مهرجان الكتاب المستعمل بالشارقة
P/Dhs. السعر درهم
USED BOOKS FESTIVAL - SHARJAH

المثقّفون I

سيمون دو بوفوار

المثقفون I

رواية

ترجمة: ماري طوق

دار الآداب

كلمة
KALIMA

المثقفون I

تأليف / سيمون دو بوفوار

الطبعة الأولى: ١٤٣٠ هـ - ٢٠٠٩ م

ص.ب. ٢٣٨٠ أبو ظبي، الإمارات العربية المتحدة هاتف ٦٣١٤٤٦٨ ٢ ٩٧١+
فاكس ٦٣١٤٤٦٢ ٢ ٩٧١+

دار الآداب للنشر والتوزيع بيروت - لبنان، ساقية الجنزير - بناية بيهم ص. ب. ٤١٢٣ - ١١
هاتف: ٨٦١٦٣٣ ١ ٩٦١+ ٧٩٥١٣٥ ١ ٩٦١+ فاكس ٨٦١٦٣٣ ١ ٩٦١+

e-mail:d_aladab@cyberia.net.lb

ISBN: 978-9953-89-098-2

هذه الترجمة العربية لكتاب: Les Mandarins I

الإهـــــــــداء

إلى

نيلسون آلغرين

مقدّمة

«أجل، أنا مثقّف، ويغيظني أن نجعل من هذه الكلمة شتيمة»

سيمون دو بوفوار، المثقّفون

تعتبر رواية «**المثقّفون**» للكاتبة الفرنسيّة سيمون دو بوفوار مصنّفًا شاملاً عن الفترة التي أعقبت الحرب العالميّة الثانية. غنيّ عن القول إنّ هذه الحرب تركت أثرًا بالغًا في وجدان المثقّف الأوروبيّ، وفي حياة سيمون دو بوفوار بالذات. فهي ـــ في معرض كلامها عن تلك الحقبة المريرة ـــ تقول في أحد كتب مذكّراتها «**ذروة الحياة** *La Force de l'âge*»: «فجأة انهال عليّ التاريخ بكل قوّته فتشظّيت»، ومن هذا التشظّي «ولدت امرأة جديدة متّصلة بكل عصب فيها بكل فرد وبالجميع». منذ نشوب الحرب، أدركت دو بوفوار أنّها أتمّت طقسًا جماعيًّا، وخطوة حاسمة باتّجاه بناءً «كيانها التاريخيّ» على حدّ قولها. «أمسك بي التاريخ، على أبواب الحرب العالميّة الثانية ولم يفكّ أسري». لا وسيلة إذًا للتفلّت من التاريخ، وبما أنّ الأمر كذلك، فيجب التفتيش عن الوسيلة الفضلى لعيشه، ألا وهي الإلمام بكلّ شجونه والالتزام بقضاياه.

اختارت دو بوفوار العنوان الأوّلي لكتابها *Les Survivants* أي

«الناجون»، لأنّه يتعرّض للفشل الذي آلت إليه حركات المقاومة في أعقاب نهاية الحرب وعودة الهيمنة البورجوازيّة. أمّا العنوان الثاني فكان «المشبوهون *Les Suspects*» والسبب الذي دفعها لهذا الاختيار الآنيّ هو أنّ أحد موضوعات روايتها الأساسيّة التباس ظرف المثقّف. إلى أن استقرّت على العنوان الأخير *Les Mandarins* أي «مثقّفو النخبة». ومعنى الكلمة يتقاطع في بعض نواحيه مع «الماندارين» أي طبقة كبار الموظّفين الذين حكموا الصين، وهم يمثّلون أرستقراطيّة مثقّفة، في إشارة خفيّة للعنوان إلى السلطة التي يضطلع بها المثقّف: جدواها، وحدودها...

تدور أحداث الرواية في جزئها الأوّل (وهي مؤلّفة من جزءين: الجزء الأوّل تدور أحداثه في باريس أساسًا وجنوب فرنسا – ما عدا رحلة هنري إلى البرتغال –، والجزء الثاني بين الولايات المتّحدة وأميركا الجنوبيّة وباريس) في باريس، عشيّة انسحاب الجيش الألماني منها عام ١٩٤٤، وتمتدّ لفترة ثلاث سنوات، حتى عام ١٩٤٧. أحدث تحرير باريس نشوة كبرى لم يستفق منها المثقّفون إلاّ ليصطدموا بأجواء الحرب الباردة المرتسمة في الأفق. ذلك أنّ «الحرب انتهت والسلم لم يولد بعد»، على حدّ قول سارتر. الرواية تسلّط الضوء بالدرجة الأولى على جماعة من مثقّفي اليسار، يعايشون آمالاً وخيبات وهواجس سياسيّة بشأن مستقبل العالم، تتحكّم بها علاقات تزداد صعوبة مع الحزب الشيوعيّ والمصالح المتناقضة للاتّحاد السوفييتي والولايات المتّحدة. تتطرّق الرواية إلى السجالات الكثيرة التي دارت بين مثقّفي تلك الحقبة، وتطرح أسئلة كثيرة: أيّ معنًى نعطي لحياتنا وسط عبثيّة العالم

الذي نعيش فيه بعد مكابدة أهوال الحرب وأمام غموض المستقبل؟ ما هو الخيار السياسي الذي يجدر بالأديب أو الصحافيّ أو المثقّف أن يتّخذه دون أن يتخلّى عن استقلاليّته، ولكن دون أن يؤول به الأمر أيضًا إلى الانسحاب كلّيًّا من السياسة والتاريخ؟ كيف يمكن للأدب أو للفنّ أن يحتفظا بمعناهما وسط أنقاض التاريخ، سواء كانت أنقاض هيروشيما أم فاسيو؟ كيف يمكن تدارك حرب جديدة والحؤول دون الدمار العبثيّ للعالم؟ وكذلك تطرح الرواية أسئلة كثيرة عن الحبّ واستقلاليّة الصحافة والتسامح والعدالة والموت والحرّيّة...

إلاّ أنّه، ومع إصرار سيمون دو بوفوار على عدم اعتبار «**المثقّفون**» رواية قضيّة، أي رواية يُقصد بها التدليل على صحّة نظريّة معيّنة roman à thèse لأنّ مثل هذه الروايات تفترض حقيقة تمحو جميع الحقائق الأخرى، وتوقف دائرة الافتراضات والشكوك التي لا تنتهي. ومع إصرارها على دعوة قرّائها إلى اعتبار روايتها فقط رواية استحضاريّة، بعيدة عن السيرة الذاتيّة، وعن كونها رواية مفاتيح، أي بوصفها تتكلّم عن أمور حقيقيّة من خلال رموز، إلاّ أنّ القارئ لا يستطيع إلاّ أن يماثل بين شخصيّات الرواية المتخيّلة والشخصيّات الواقعيّة بمن فيهم الكاتبة نفسها التي تقول باعترافها هي أيضًا إنّها حمّلت هذه الرواية فلذة ثمينة من حياتها، وهي علاقتها بالكاتب الأميركي نيلسون آلغرين. لا يمكن للقارئ إذاً إلاّ أن يرى ملامح لسارتر، وألبير كامو، وموريس ميرلو ـ بونتي وسيمون دو بوفوار في شخوص الرواية (علمًا بأنّ المواد المغترفة من ذاكرة المؤلّفة امتزجت وتشعّبت وانصهرت لتعيد خلق

الشخصيّات)، ويشعر لدى قراءتها بأنّها، في جزء كبير منها، تصوير للدراما الواقعيّة بين أبرز شخصيّتين في تلك الحقبة: ألبير كامو، وجان بول سارتر؛ قصّة هذا الصراع بين الأخلاق والسياسة، بين متغيّرات السياسة وثوابت الأخلاق والوجوه العديدة والملتبسة التي يمكن أن يتّخذها هذا الصراع. روبير دوبروي (شبيه إلى حدّ بعيد بسارتر) مناضل اشتراكيّ قديم وأديب كبير وسياسيّ ناشط، لكنّه، نظرًا للظروف التي أحاطت بفترة ما بعد الحرب، ينتقل من خيبة إلى خيبة. بعد تحرير باريس، يعمل على تأسيس حركة سياسيّة هي الـ S.R.L، حركة يساريّة غير شيوعيّة (لكن غير مناهضة للشيوعيّة، وهي تذكّر إلى حدّ بعيد بالتجمّع الديموقراطيّ الثوريّ الذي أنشأه سارتر وسعى فيه إلى دمج البروليتاريا الفرنسيّة بالهيكل السياسيّ الوطنيّ خارج إطار الحزب الشيوعيّ) تنادي بأوروبا اشتراكيّة من شأنها أن تشكّل صمّام أمان، تفاديًا لاشتعال الحرب الباردة بين الاتّحاد السوفييتي والولايات المتّحدة. ولدعم هذه الحركة، وسعيًا وراء انتشارها الجماهيريّ، يعلن دوبروي عن رغبته في استخدام جريدة يديرها صديقه هنري بيرون (ألبير كامو، ربّما) لتكون الناطقة بلسان الحركة. الجريدة تدعى *L'Espoir* (وتذكّر بجريدة (*Combat*) التي كان كامو محرّرًا لها. وظهر عددها الأوّل بشكل علنيّ عقب التحرير مباشرة في آب ١٩٤٤). هنري بيرون صحافي وأديب وغاوي نساء، أكثر تشبّثًا من دوبروي بالهواجس الأخلاقيّة (لكن هذا لن يمنعه أيضًا من أن يوضع مطلقه الأخلاقيّ على المحكّ في لحظة من لحظات الرواية وتعقّد الأحداث) وبحرّيّاته كافّة. وبينهما آن دوبروي، زوجة روبير

دوبروي (تتشابه إلى أبعد حدّ مع سيمون دو بوفوار)، وهي محلّلة نفسانيّة (وهي الراوية التي تتكلّم بضمير المتكلّم) تخطّط لكتابة مؤلّف، وتشعر بحاجة دائمة لأن يواصل زوجها الكتابة، فالكتابة ترتدي بالنسبة لها أهمّيّة مطلقة تفوق كل المشاغل الأخرى. لكن ذات يوم من عام ١٩٤٦ يطّلع روبير دوبروي وهنري بيرون، عبر وثائق سرّيّة، على وجود معتقلات عمّال سوفييتيّة. وهنا يتخاصم الصديقان: يرفض دوبروي إدانة علنيّة لمثل هذه المعسكرات تفاديًا منه لإعطاء ذرائع لليمين، فيما يصرّ هنري بيرون على نشر الحقيقة. وهنا نجد كما قلنا آنفًا أصداء للخصام الفعليّ الذي حصل بين جان ـ بول سارتر وألبير كامو، فسارتر يريد لليسار الانتصار حتى لو تخلّى عن استقلاليّته، وانضمّ إلى الحزب الشيوعيّ وكامو يرفض ذلك. عن هذا الخصام يقول جرمين بري في كتابه عن ألبير كامو: «كلا الرجلين كان مخلصًا؛ فلا سارتر ولا كامو كان يضمر في نفسه مطامح شخصيّة. كلاهما معنيّ بالمشكلات نفسها عن إخلاص. بيد أنّ بينهما خلافًا فكريًّا أساسيًّا. فسارتر قبِل التأويل الماركسي لحتميّة التاريخ وكامو يرفضه. في الرواية يتصالح الرجلان في النهاية مع إقرارهما بالفشل على الصعيد السياسيّ، لكن دون أن يتخلّيا عن الكتابة والحلم بمستقبل أفضل».

وسط هذه السجالات النظريّة والسياسيّة والفكريّة، وسط هذا الرفض الصريح والمعلن للبورجوازيّة والاستعمار والتوتاليتاريّة، والتأكيد على النزعة الإنسانيّة والذاتيّة في مواجهة الإيديولوجيّات كلّها، الفاشيّة منها والنازيّة والستالينيّة، وأيضًا الرأسماليّة، تدور

أحداث شخصيّة تحكي تغيّرها وسط عالم متغيّر تمامًا، علاقات عاطفيّة وإنسانيّة تضمحلّ وأخرى تنشأ. «**المثقّفون**» هي أيضًا رواية الهواجس الوجوديّة والعلاقات الشخصيّة والحبّ. كلّ ما يتّصل بالحبّ والانفعالات ومخاوف الإنسان وقلقه لم يفقد شيئًا من نضارته في هذه الرواية. في الجزء الثاني من «**المثقّفون**» استحضار يكاد يكون أوتوبيوغرافيًّا مكتمل الملامح لقصّة الحبّ التي عاشتها سيمون دو بوفوار مع الكاتب الأميركي نيلسون آلغرين. لم تُهدِ دو بوفوار روايتها إلى رفيق عمرها جان بول سارتر (وإن فضّلت البقاء إلى جانبه حتى نهاية حياتها) بل أهدتها إلى نيلسون آلغرين الذي التقته في شيكاغو في شباط ١٩٤٧ بعد شهر من وصولها إلى الولايات المتّحدة، للقيام بسلسلة محاضرات، ووقعت أسيرة حبّه واكتشفت معه جسدها وقلبها: «بين ذراعيك عرفت الحبّ العميق الذي يتوحّد فيه القلب والروح والجسد». تمامًا كما التقت آن دوبروي لويس بروغان في الرواية. اجتُذبت دو بوفوار إلى صميم روايتها، وروت لنا تجربتها العاطفيّة هذه العابرة للأطلسيّ. في الكتاب صفحات رائعة عن هذا الحبّ. بعد فراقها الأوّل عن حبيبها، يهديها وردة بيضاء: «عضضت الوردة، أردت أن أتلاشى في عطرها وأفنى فيه إلى الأبد» (تمامًا كما ستفنى وفي يدها عربون حبّ منه). على أيّة حال، كتبت دو بوفوار ثلاثمائة رسالة حبّ إلى نيلسون آلغرين بالإنكليزيّة على مدى ستّة عشر عامًا، وقد نشرتها ابنتها بالتبنّي سيلفي لو بون دو بوفوار عام ١٩٩٧، بعد مماتها بسنوات. هذا الحبّ الذي وصل إلى طريق مسدود في الواقع، إذ رفض كلٌّ منهما أن يترك عالمه؛ هو يرفض

مغادرة شيكاغو وهي ترفض مغادرة باريس، يصطدم أيضًا بطريق مسدود في الرواية حيال الظروف والتاريخ. تدفن آن دوبروي هذا الحبّ، مفضّلة البقاء في عالم زوجها وتدفعها خيبتها العاطفيّة وفشل اليسار الفرنسيّ إلى مواجهة مريرة مع اليأس والعدم. وتُدفن سيمون دو بوفوار إلى جانب سارتر ولكن في إصبعها خاتم الفضّة الذي أهداها إيّاه نيلسون آلغرين.

تتميّز «**المثقّفون**» ببنية روائيّة خاصّة تقوم على تداخل نوعَي السرد: ضمير الغائب المرتكز بشكل داخليّ على رؤية هنري بيرون، وضمير المتكلّم المتمثّل في آن دوبروي؛ وهذا يشكّل مصدر غنًى للشخصيّات ومجريات الواقع المتناولة من وجهات نظر متعدّدة. عمل صادق ولغة حارّة ومقاربة سينمائيّة في معظم الأحيان للتصرّفات والأحداث والمشاهد، خصوصًا حين تصف الروائيّة بعينها الثاقبة المنتبِّهة إلى أدقّ التفاصيل أوساط المجتمع الراقي.

لا تقف الرواية من وجهة نظر الانسحاب والانهزاميّة والتقهقر، ولا ترفض الالتزام وإن ألمحت مرارًا إلى محدوديّته في الأخلاق كما في السياسة. ولا تجيب الكاتبة عن أسئلتها الكثيرة بصفتها فيلسوفة أو عالمة أخلاق بل بصفتها روائيّة. ثمّة جدليّة تميّز أعمال دو بوفوار، كما شخصيّتها وحياتها، وقادتها في روايتها إلى الإشكاليّة التالية: هل للمثقّف تأثير في الواقع أو سلطة ما عليه؟ ربّما كان عاجزًا، لكنّه عجز من نوع خاصّ تتطلّب معايشته حياة بأكملها، حياة محكومة بالشغف والحرّيّة. تقول سيمون دو بوفوار في حوارها مع بيار فيانسون بونتيه: «الكتاب الذي أفضّله شخصيًّا

هو «**المثقّفون**» لأنّني كتبته وأنا في خضمّ الحياة ونارها الحارقة متحسّسة بكلّ جوارحي مشاكل تلك الحقبة. كتبته بكثير من الشغف».

قيل عن «**المثقّفون**» إنّها آخر الروايات الوجوديّة. وكلّنا نعرف أنّ هذه الفلسفة استهوت الكثيرين في القرن الماضي ولا تزال تؤثّر في أجيال الحاضر: «أعطتنا الوجوديّة الكثير من الاستبصارات الجديدة العميقة حول سرّ وجودنا البشريّ الخاصّ، وأسهمت بذلك في حماية إنسانيّتنا وتدعيمها في مواجهة كل ما يتهدّدها. لقد قدّمت، بصفتها فلسفة، معيارًا نستطيع بواسطته أن نفسّر أحداث عالمنا المعاصر المحيّرة وأن نقوّمها. وسوف أظلّ أقول إنّنا نستطيع أن نتعلّم من الوجوديّة حقائق لا غنى عنها لوضعنا الإنسانيّ، حقائق قد لا تستغني عنها أيّة فلسفة سليمة في المستقبل» (جون ماكوري).

مقدّمة المترجمة

ماري طوق

حياتها وأعمالها

«أليست حياتي أفضل عمل أنجزته؟»

سيمون دو بوفوار

ولدت سيمون دو بوفوار في باريس في ٩ كانون الثاني/يناير عام ١٩٠٨. أتمّت دروسها حتى البكالوريا في المدرسة الكاثوليكيّة «Cours Désir». دخلت إلى جامعة السوربون، ثمّ تابعت دراستها في المدرسة العليا «Ecole Normale Supérieure». التقت على مقاعد الدراسة في السوربون بجان بول سارتر في ربيع ١٩٢٩ وكان هذا اللقاء حاسمًا في حياتها؛ لأنّ سارتر يتيح لكل من يلتقي به تحقيق حياته بشكل أفضل، على حدّ قولها. كانت علاقة دو بوفوار الأسطوريّة بالأديب والفيلسوف الوجوديّ سارتر علاقة معقّدة للغاية: «الحقيقة أنّني كنت منفصلة عن سارتر بالقدر الذي كنت ألتحم فيه مع شخصيّته. كانت علاقتنا جدليّة؛ أحيانًا أشعر أنّني على مسافة لا معقولة منه وأحيانًا أخرى أشعر أنّني نصفه الآخر».

عند نشوب الحرب العالميّة الثانية، تغيّر كل شيء. عاد سارتر إلى باريس عام ١٩٤١ وأسّس مع دو بوفوار وأصدقائهما فريقًا أسمياه «اشتراكيّة وحرّيّة» هدفه مقاومة حكومة فيشي والاحتلال الألماني لفرنسا. وخلال صيف ١٩٤١ امتطى سارتر ودو بوفوار

درّاجتيهما متّجهين إلى المنطقة غير المحتلّة سعيًا لاجتذاب المثقّفين إلى دائرتهما للنضال ضدّ النازيّة، ومن بينهم أندريه جيد ومـالرو. وفي أعقاب الحرب أسّست دو بوفوار، بمعيّة سارتر وريمون آرون وميشال ليريس ومـوريس ميرلـو بـونتي، مجلّـة «*Les Temps Modernes*» التي تحوّلت إلى منبر للفكر والسياسة ومنصّة للنقاشات الفلسفيّة على اختلافها. وثمّة قول لسارتر يختصر مـشروع هـذه المجلّة الفريدة: «لا نريد أن يفوتنا شيء ممّا يعتمل في زماننا. ربمّا ثمّة أزمنة أخرى، لكنّ هذا الزمن هو زمننا ونحن لن يكون لدينا إلاّ هذه الحياة لكي نحياها». آنذاك تحوّل سـارتر ودو بوفـوار إلـى ظاهرة ثقافيّة وسياسيّة تعدّى تأثيرها حدود فرنسا، وكان لمواقفهما الشجاعة والصريحة ضدّ حرب الجزائر وفيتنام والتزامهما بقضايا كثيرة أخرى صداها العالمي.

ارتكزت شهرة دو بوفوار إلـى كتابهـا «**الجـنس الثـاني** *Le Deuxième Sexe*» الذي يُعدّ الكتاب الرائد في تحرّر المرأة، ومرجعًا أساسيًّا للحركة النسويّة في العالم. وفيه قالت جملتها الـشهيرة: «لا نولد نساء بل نصبح كذلك».

حاولت سيمون دو بوفوار في حياتها وأعمالها أن تحطّـم كل المحرّمات وتعيش الحرّيّة كاملة، غير متراجعة أمام أيّ تحدّ. وأحدثت تأثيرًا حاسمًا في المشهد الثقافي الفرنـسي فـي القرن العشرين. شُغفت دو بوفوار بالكتابـة والـسفر. كانـت ملتحمة بشكل وثيق بأحداث عصرها، ولكن اتّخذت دومًا هذه المسافة من العالم وهذه النظرة التي تجعل منها شاهدًا حقيقيًّا. كتبت سيمون دو بوفوار مذكّرات كثيرة امتدّت علـى أربعـة

أجزاء من ١٩٥٨ إلى ١٩٧٢ وهي:

ـ «**مذكّرات فتاة رصينة** Mémoires d'une jeune fille «rangée.

ـ «**ذروة الحياة** La Force de l'âge».

ـ «**قوّة الأشياء** La Force de Choses».

ـ «**كل شيء قيل وانتهى** Tout Compte Fait»

ومن أبرز أعمالها الأخرى:

ـ **المثقّفون** *Les Mandarins* رواية من جزءين نالت عنها جائزة غونكور، وصدرت عام ١٩٥٤.

ـ **الشيخوخة** (1972) *La Vieillesse*.

ـ **ميتة هادئة جدًّا** *Une Mort Très douce*.

ـ «**رسائل إلى نلسون آلغرين، حبّ عابر للأطلسيّ**» (١٩٤٧ ـ ١٩٦٤)، نقلتها عن الإنكليزيّة وقدّمت لها سيلفي لو بون دو بوفوار ـ وهي ابنتها بالتبنّي ـ وقد صدرت سنة ١٩٩٧. توّجت بوفوار حياتها بتبنّي سيلفي لو بون قائلة: «تجتذبني إلى مستقبلها وحينئذ يتّخذ الحاضر أبعادًا باتت مفقودة».

بعد وفاة سارتر سنة ١٩٨٠ أقامت دو بوفوار في شقّة تطلّ على القبر الذي دُفن فيه، وأوصت بأن تُدفن إلى جانبه. ونُفّذت الوصيّة عندما وافتها المنيّة سنة ١٩٨٦.

وقد صدر مؤخّرًا كتاب يروي سيرة حياتها بعنوان «Castor de guerre **القندس المحارب**» (لُقّبت دو بوفوار بالقندس لنشاطها وحيويّتها التي لا تهدأ)؛ كتبت هذه السيرة دانييل ساليناف وتُعدّ من أهمّ الكتب التي تناولت هذا الموضوع.

وهذه قائمة بمجمل أعمالها:

Aux éditions Gallimard

Romans

Le Sang des autres (1945) (folio)

Tous Les Hommes Sont Mortels (1946) (folio)

Les Mandarins (1954) (folio)

Les Belles Images (1966) (folio)

Quand prime le spirituel (1979) repris sous le titre de ***Anne ou quand prime le spirituel*** (2006) (folio)

Récit

Une Mort Très Douce (1964) (folio)

Nouvelles

La Femme Rompue (1968) (folio)

Théâtre

Les Bouches Inutiles (1945)

Littérature – Essais

Pyrrhus et Cinéas (1944)

Pour une morale de l'ambiguïté (1947)

L'Existentialisme et la Sagesse des Nations (1948)

L'Amérique au jour le jour (1948)

Le Deuxième Sexe, tomes I et II (1949)

Privilèges (1955)

La Longue Marche essai sur la chine (1957)

Mémoires d'une jeune fille rangée (1958)

La Force de l'âge (1960)

La force des Choses (1963)

La vieillesse (1970)

Tout Compte Fait (1972)

Les Ecrits de Simone de Beauvoir, la vie - l'écriture (1979) par Claude Francis et Fernande Gontier. Avec un appendice des textes inédits ou retrouvés.

La Cérémonie des Adieux, suivi de Entretiens avec Jean - Paul Sartre, août- seprtembre 1974 (1981)

Lettres à Sartre. Tome I : 1930 - 1939. Tome II: 1940 - 1963 (1990). Edition établie, présentée et annotée par Sylvie Le Bon de Beauvoir.

Journal de Guerre, septembre 1939 janvier 1941 (1990). Editon établie, présentée et annotée par Sylvie Le Bon de Beauvoir.

Lettres à Nelson Algren. Un amour transatlantique, texte établi, traduit de l'anglais présenté et annoté par Sylvie Le Bon de Beauvoir.

Correspondance Croisée Simone de Beauvoir - Jacques - Laurent Bost, 1937 - 1940 (2004) édition établie, présentée et annotée par Sylvie Le Bon de Beauvoir.

Témoignage

Djamila Boupacha (1962) en collaboration avec Gisèle Halimi.

Scénario

Simone de Beauvoir (1979) un film de Josée Dayan et Malka Ribowska réalisé par Josée Dayan.

وتجدر الإشارة إلى أنّ كتابًا صدر مؤخّرًا لسيمون دو بوفوار عن دار غاليمار في آذار ٢٠٠٨ Cahiers de jeunesse ١٩٢٦ ـ ١٩٣٠ «**دفاتر الشباب**»، وقد كتبته في مستهلّ حياتها.

ترجمة وتقديم

ماري طوق

الفصل الأول

I

نظر هنري مرّة أخيرة إلى السماء، فألفاها صفحة من البلّور الأسود. ألف طائرة تقطع هذا الصمت. يصعب تخيّل الأمر. ومع ذلك، تدافعت الكلمات في رأسه بصخب جذل: جرى التصدّي للهجوم ورُدّ الجنود الألمان على أعقابهم، سيكون بإمكاني الرحيل. انعطف باتّجاه جانب الرصيف. ستفوح من الشوارع رائحة الزيت وزهر البرتقال، يُثرثر الناس فوق الأرصفة المضاءة، ويحتسي قهوة حقيقيّة على إيقاع القيثارات. كانت عيناه ويداه جائعة، وجلده أيضًا. يا للصوم الطويل! ارتقى بهدوء درجات السلّم المتجلّدة.

ـ وأخيرًا!

عانقته بول كما يُعانَق الناجي من موت محتّم. نظر من فوق كتفها إلى شجرة الصنوبر البرّاقة المنعكسة إلى ما لا نهاية في المرايا الكبيرة. الطاولة مزدحمة بالصحون والأكواب والزجاجات، وباقات الهدال[1] والآس البرّي، منثورة عشوائيًّا عند أسفل السيبة. خلع هنري معطفه ورماه على الديوان.

---

(1) الهدال أو شجرة الدبق: نبات طفيليّ من فصيلة العنميات يعيش على أغصان بعض الأشجار ويمتصّ نسغها، وهو على أنواع منها أبيض الثمار.

ـ استمعت إلى الراديو؟ هناك أنباء سارّة.

ـ صحيح؟ أخبرني، هيّا.

لم تكن تستمع قطّ إلى الراديو، ولم تُرد سماع الأخبار إلاّ منه.

ـ ألم تلاحظي كم السماء منيرة هذا المساء؟ يجري الحديث عن ألف طائرة في أعقاب خطوط جيش فون روندشتت[1].

ـ الحمد لله! هذا يعني أنّهم لن يعودوا.

ـ مسألة عودتهم ليست مطروحة.

مع أنّ الفكرة خطرت له هو أيضًا.

ابتسمت بول ابتسامة غامضة:

ـ كنت أخذت الاحتياطات اللازمة.

ـ أيّة احتياطات؟

ـ في آخر القبو حجرة ضيّقة. طلبت من الناطور أن يُخليها لنختبئ فيها.

ـ ما كان يجدر بك التحدّث إلى الناطور، لأنّ ذلك يثير الرعب والذعر دون جدوى!

جمّعت بيدها اليسرى أطراف شالها وشدّت على صدرها وكأنّها تريد أن تتّقي شرًّا.

أتخيّلهم يُطلقون عليك الأعيرة الناريّة. أسمعهم كل ليلة. يقرعون على الباب، أفتح وأراهم بأمّ عيني.

تسمّرت في مكانها مغمِضة عينيها نصف إغماضة. بدت وكأنّها تسمع أصواتًا بالفعل.

---

(1) كارل فون روندشتت (١٨٧٥ ـ ١٩٥٣): مارشال ألماني قائد عام الجبهة الغربيّة في الحرب العالميّة الثانية ١٩٤٢ ـ ١٩٤٥.

قال هنري متهلّل الوجه:

ـ لن يحدث هذا.

فتحت عينيها وأخفضت ذراعيها.

ـ هل انتهت الحرب فعلاً؟

ـ انتهت، ولأجل طويل.

وضع هنري السيبة تحت العارضة الضخمة التي تعترض السقف.

ـ هل تريدين أن أساعدك؟

ـ ستأتي عائلة دوبروي لمساعدتي.

ـ ولمَ الانتظار؟

ثمّ أخذ المطرقة. فوضعت بول يدها على ذراعه:

ـ ألن تعمل؟

ـ ليس هذا المساء.

ـ هذا ما تقوله كل مساء. مضت سنة وأكثر ولم تكتب شيئًا.

ـ لا تقلقي. لديّ الرغبة في الكتابة.

ـ هذه الصحيفة تأخذ معظم وقتك. أنظر أيّ ساعة تعود. أنا متأكّدة من أنّك لم تأكل شيئًا. ألست جائعًا؟

ـ ليس الآن.

ـ ألست متعبًا؟

ـ لكن لا.

أحسّ، أمام هاتين العينين اللتين ترعيانه بشغف، بأنّه كنز ثمين، سريع العطب، مرهوب الجانب: وهذا كان يضنيه. ارتقى السيبة وأخذ يضرب بمطرقته على المسمار ضربات خفيفة حذرة، فالبيت

لم يكن بناؤه حديث العهد.

ــ حتى إنّي أستطيع أن أُخبرك عمّا أنوي كتابته: رواية مفرحة.

فسألته بول بصوت يشوبه القلق:

ــ ماذا تقصد بكلامك؟

ــ تمامًا ما قلته: أرغب في كتابة رواية مفرحة.

كاد يباشر بتأليف هذه الرواية الآن وهو واقف على السيبة، وطاب له التفكير بها بصوت عالٍ، ولكنّ بول أحدّت النظر إليه ما حمله على الصمت.

ــ ناوليني باقة الهدال الضخمة.

بعناية، علّق الباقة الخضراء المنثورة ببراعم بيضاء منمنمة. ناولته بول مسمارًا آخر. أجل، انتهت الحرب: على الأقلّ بالنسبة له. وهذا المساء عيد حقيقي. عاد السلام من جديد واستعاد الناس حياتهم العاديّة: الأعياد، العطلات، الملذّات، الأسفار، السعادة ربّما، الحرّيّة بكل تأكيد. أنهى تعليق باقات الهدال والآس البرّي وأكاليل شعور الملائكة. سأل وهو ينزل أدراج السيبة:

ــ ماشي الحال؟

ــ عظيم.

ــ اقتربت من الشجرة وقوّمت إحدى الشموع: «ما دامت مخاطر الحرب قد زالت، ألا زلت مصمّمًا على الذهاب إلى البرتغال؟».

ــ بطبيعة الحال.

ــ ألن تكتب خلال هذه الرحلة؟

ــ ليس من المفترض.

لامست بول بحركة متردّدة إحدى الكرات الذهبيّة المتأرجحة في الغصون، فنطق هنري بالكلمات التي كانت تتوقّعها:

ـ آسف لعدم اصطحابك معي.

ـ لا تتأسّف. أعرف أنّك لست السبب في ذلك. رغبتي في السفر تتضاءل يومًا بعد يوم. ثمّ ما فائدة السفر؟ وأردفت مبتسمة: «سأنتظرك، والانتظار في كنف الأمان ليس مضجرًا».

همَّ هنري بالضحك: ما فائدة السفر؟ أيّ سؤال هذا! لشبونة. بورتو. سنترا. كويمبرة. ما أجمل هذه الأسماء! لا يكاد يتلفّظ بها حتى يشعر بالغبطة تغمره فتنطلق الزغردات على لسانه. يكفيه أن يفكّر: لن أكون هنا بل سأكون هناك. هناك، كلمة أعذب من أجمل الأسماء.

سألها:

ـ ألن ترتدي ثيابك؟

ـ بلى، سأذهب لارتدائها.

صعدت الدرج الداخلي، واقترب من الطاولة. حقًّا إنّه يشعر بالجوع لكن، ما إن يعبّر عن شهيّته للطعام أمام بول حتى يعتري القلق قسمات وجهها. وضع قطعة باتيه على شريحة خبز والتهمها. فكّر مليًّا: «لدى عودتي من البرتغال، سأذهب للإقامة في الفندق». ما أعذب أن يعود المرء عند المساء إلى غرفة لا ينتظره فيها أحد! حين كانت علاقته ببول في أوجها، كان يحرص دومًا على أن تكون له غرفته الخاصّة في الفندق. لكن خلال سنتي ١٩٣٩ و١٩٤٠، كانت بول تسقط صريعة كل ليلة فوق جثّته وقد شُوّهت بشكل فظيع: وفي كل مرّة يعود إليها سليمًا فلا يتجرّأ على أن يردّ

لها طلبًا! ثم إنّ حالة حظر التجوّل جعلت هذا التدبير ملائمًا. قالت له مرارًا: «باستطاعتك الرحيل ساعة تشاء»، وحتّى اليوم لم يستطع. أمسك زجاجة وغرز البزّال في سدادتها فأحدثت الفلّينة صريرًا. شهرٌ من الزمن وتعتاد بول على غيابه. وإذا لم تعتد بئس الأمر! لم تعد فرنسا سجنًا. فُتحت الحدود ولم يعد جائزًا أن تكون الحياة سجنًا بعد اليوم. أربع سنوات من شظف العيش. أربع سنوات من الاهتمام فقط بالآخرين. هذا كثير، أكثر ممّا يستطيع احتماله. آن الأوان ليهتمّ بنفسه قليلاً. ما أحوجه ليكون وحيدًا وحرًّا! ليس سهلاً أن يهتدي المرء إلى ذاته من جديد بعد مضيّ أربع سنوات. ثمّة أمور كثيرة يتوجّب عليه أن يستوضحها. لكن ما هي؟ الحقيقة أنّه لم يتبيّن ماهيّتها بعد. لكن هناك، حين يتنزّه في الشوارع الصغيرة التي تفوح منها رائحة الزيت، سيكون على مسافة من الأشياء، وسيحاول الإحاطة بالوضع من كافّة جوانبه. خفق قلبه من جديد: ستكون السماء زرقاء والغسيل يصطفق أمام النوافذ. سيمشي واضعًا يديه في جيوبه، سائحًا وسط أناس لا يتكلّمون لغته ولا تعنيه همومهم، مستسلمًا للعيش، وهذا كاف ليتّضح كل شيء في ذهنه.

قالت بول وهي تنزل الدرج بخطوات متمهّلة حريريّة:

ــ أمر ظريف! انتزعت السدادات كلّها.

قال لها مبتسمًا:

ــ لا مجال! تظنّين أنّك منذورة للّون البنفسجيّ!

ــ لكنّك تعبد البنفسجيّ!

كان يعبد البنفسجيّ منذ عشر سنوات. عشر سنوات، وقت طويل...

ـ ألم يعد يعجبك هذا الرداء؟

قال ملاطفاً:

ـ بلى! إنّه جميل جدًّا. فكّرت فقط أنّ هناك ألوانًا أخرى تليق بك: الأخضر مثلاً...

ـ الأخضر؟ هل تعتقد فعلاً أنّ الأخضر يليق بي؟

وقفت متسمّرة أمام إحدى المرايا، محتارة في أمرها. عبثًا! سواء ارتدت الأخضر أم الأصفر، لن يشتهيها أبدًا كما اشتهاها منذ عشر سنوات عندما ناولته بحركة متهاونة قفّازيها البنفسجّيين الطويلين.

ابتسم لها قائلاً: «تعالي نرقص».

ـ أجل، لنرقص.

قالتها بحرقة شديدة كاد معها هنري أن يجمد في مكانه. كانت حياتهما المشتركة خلال السنة الفائتة فاترة جدًّا ما جعل بول نفسها مستاءة منها. لكن، مع بداية أيلول، تغيّرت بول فجأة. والآن في كلماتها وقبلاتها ونظراتها كلّها ارتعاشة شغفة. حين عانقها، التصقت به وهمست:

ـ أتذكر المرّة الأولى التي رقصنا فيها معًا؟

ـ في «الباغود»، أجل أذكر. قلت لي إنّني لا أجيد الرقص إطلاقًا.

ـ في ذلك اليوم عرّفتك على متحف غريفان[1]، قالت بصوت مستعطف. ثم أسندت جبينها إلى خدّ هنري وقالت: «أستعيد صورتنا هناك».

---

(1) متحف غريفان: متحف في باريس فيه تماثيل شمعيّة للرجال العظام، أسَّسه غريفان عام ١٨٨٢.

هو أيضًا استعاد صورته هناك: صعدا على قاعدة أحد الأعمدة في «قصر الأسربة»[1]، وعلى صفحات المرايا المتعدّدة من حولهما انعكست صورتهما إلى ما لا نهاية في موازاة صفّ الأعمدة: «ــ قل لي ألست الأنثى الأجمل بين النساء. ــ بلى، أنت الأجمل بين النساء. ــ وأنت ستكون الرجل الأعظم في العالم».

التفت إلى إحدى المرايا الكبيرة: كانت صورتهما متعانقين تتكرّر إلى ما لا نهاية على طول ممرّ مزروع بأشجار الصنوبر، وبول تبتسم له مندهشة. ألا تدرك أنّ العاشقين تغيّرا مع الزمن؟

قال هنري:

ــ أحدهم يقرع الباب.

هرع باتجاه الباب. دخلت عائلة دوبروي محمّلة بالسلال والقفف. كانت آن تضمّ بين ذراعيها باقة من الورود، ودوبروي يحمل على منكبيه عناقيد هائلة من حبّات الفلفل الحارّ الحمراء، وخلفهما دخلت نادين متجهّمة الوجه.

ــ ميلاد مجيد!

ــ ميلاد مجيد!

ــ هل سمعتم الأخبار؟ وأخيرًا أفلح الطيران!

ــ نعم، ألف طائرة أغارت.

ــ طُهّرت مواقعهم.

ــ إنّها النهاية.

---

(١) قصر الأسربة أو palais de mirages، مدينة ملاهٍ أنشأها أوجين إينار بمناسبة المعرض العالمي عام ١٩٠٠. اشتراها متحف غريفان واستعملها منذ ١٩٠٩. هي عبارة عن تشاكيل هائلة (kaléidoscopes).

ألقى دوبروي على الديوان حضن الثمار الحمراء: «هاكِ لتزيّني ماخورك الصغير».

ــ شكرًا.

قالتها بول بفتور. أزعجها أن يطلق دوبروي تسمية ماخور على الاستوديو، والسبب، على حدّ قوله، كثرة هذه المرايا والستائر الحمراء. أجال دوبروي نظره في أرجاء الغرفة وقال: «يجب تعليقها على الرافدة في الوسط. ستبدو أجمل من أغصان الهدال».

قالت بول بحزم:

ــ أحبّ الهدال.

ــ الهدال سخيف، مستدير الشكل، قديم العهد؛ وطفيلي فوق ذلك.

اقترحت آن:

ــ علّقوا الفلفل في أعلى الدرج وعلى طول الدرابزين.

فقال دوبروي:

ــ هنا مكانه أفضل.

قالت بول:

ــ أُصرّ على إبقاء باقات الهدال والآس البرّي في مكانها.

قال دوبروي:

ــ حسناً، حسناً، أنت في بيتك. ثم أشار إلى نادين قائلاً: «تعالي ساعديني».

أفرغت آن الأكياس التي تحتوي على لحم الخنزير المقطّع والزبدة والأجبان والحلوى. وضعت على الطاولة زجاجتي روم

وهي تقول: «هذا لأجل البنش»[1]. ثم وضعت رزمة بين يدي بول: «خذي هذه هديّتك». ثم اتّجهت إلى هنري: «وهذه هديّتك». ناولته غليونًا من الخزف على شكل برثن عصفور يحتضن بيضة صغيرة. إنّه بالضبط مشابه للغليون الذي كان لويس يدخّنه منذ خمس عشرة سنة.

ـ هذا رائع! منذ خمس عشرة سنة وأنا أرغب باقتناء غليون مماثل. كيف عرفت؟

ـ لأنّك قلت لي ذلك.

وهتفت بول:

ـ كيلو من الشاي! أنقذت حياتي! ما أطيب رائحته: شاي حقيقي!

أخذ هنري يقطّع شرائح الخبز فتمرحها آن بالزبدة وبول بلحم الخنزير المفروم وهي تراقب بنظرات قلقة دوبروي الذي يدقّ المسامير بضربات عنيفة من المطرقة في الدرابزين.

هتف دوبروي ببول قائلاً:

ـ هل تعرفين ما ينقصك هنا؟ ثريّا كبيرة من الكريستال. سآتيك بها.

ـ لكنّي لا أريد.

علّق دوبروي عناقيد الفلفل ثم نزل الدرج.

قال وهو يتفحّص عمله بعين ناقدة:

ـ لا بأس!

اقترب من الطاولة. فتح مغلّفًا من التوابل. منذ سنوات وهو

(1) البنش: شراب مُسكر مؤلّف من كحول وتوابل مختلفة.

يحضّر هذا البنش عند أوّل مناسبة. تعلّم كيفيّة تحضيره في هاييتي. استندت نادين إلى الدرابزين وراحت تمضغ حبّة فلفل. كانت نادين في الثامنة عشرة من عمرها، وبالرغم من علاقاتها الغراميّة المتعدّدة مع فرنسيّين وأميركيّين، كانت لا تزال تبدو في عزّ مراهقتها.

صاح بها دوبروي:

ـ لا تأكلي الزينة!

أفرغ زجاجتَي الروم في صحن السلطة ثم التفت ناحية هنري: «التقيت سامازيل أوّل البارحة. أنا سعيد فعلاً لأنّه بدا مستعدًّا للانضمام إلينا. هل لديك عمل غدًا مساءً»؟

ـ بإمكاني مغادرة الجريدة قبل الحادية عشرة.

ـ مُرّ بنا إذًا عند الساعة الحادية عشرة. علينا أن نتناقش في الموضوع. وأودّ فعلاً أن تكون معنا.

ابتسم هنري:

ـ لا أعرف تمامًا ما الداعي لوجودي معكم.

ـ قلت له إنّك تعمل معي. لكنّ حضورك سيكون له تأثير أكبر.

قال هنري والابتسامة ما زالت مرتسمة على شفتيه:

ـ لا أعتقد أنّ شخصًا مثل سامازيل يعلّق أهمِّيّة كبيرة على حضوري. لا بدّ أنّه يعرف أنّي لست طويل الباع في السياسة.

ـ لكنّه يعتقد مثلي بأنّه يجب ألاّ نترك السياسة للسياسيّين. تعالَ ولو لبرهة قصيرة. هناك فريق مهمّ من الشبّان يحيطون به ويؤازرونه في عمله ونحن بحاجة إليهم.

قالت بول غاضبة:

ـ اسمعوا، لا تتكلّموا في السياسة، هذا المساء عيد.

ـ وإن يكن، قال دوبروي. هل يحظّر علينا الكلام في الأمـور التي تهمّنا أيّام العيد؟

قالت بول:

ـ لكن لماذا أنت مصرّ على توريط هنري في هـذه القـضيّة؟ يشقى بما يكفي وقد أبلغكم عشرين مرّة أنّ السياسة تضجره.

قال دوبروي مبتسمًا:

ـ أعرف. تظنّين أنّني شخص مـنحطّ يحـاول إفـساد أعـزّ أصدقائه. لكنّ السياسة ليست فسقًا يا حلوتي ولا لعبة شـطرنج. إذا اندلعت حرب بعد ثلاث سنوات، فستكونين أوّل المتضايقين منها.

قالت بول:

ـ هذا تهويل. عندما تنتهي هذه الحرب بالكامل، لن يرغب أحد في خوض حرب جديدة.

قال دوبروي:

ـ وهل تعتقدين أنّ لرغبات الناس أهمّيّة تُذكر؟

همّت بول بالإجابة لكنّ هنري قاطعها قائلاً:

ـ ليس لديّ وقت حقًّا. وأقول ذلك دون سوء نيّة.

قال دوبروي:

ـ ليس الوقت ما ينقصنا!

قال هنري وهو يضحك:

ـ أنت لا ينقصك الوقت. أمّا أنا فإنـسان مـن لحـم ودم. لا أستطيع العمل عشرين ساعة متواصلة ولا الاستغناء عن النوم لمدّة شهر.

قال دوبروي:

ـ ولا أنا أيضًا. لم أعد في العشرين. ثم أضاف وهو يتذوّق البنش والانزعاج بادٍ على وجهه: «لا نطلب منك الكثير».

نظر إليه هنري ببشاشة: سواء كان في العشرين أم في الثمانين سيظلّ دوبروي شابًّا كما هو الآن، بفضل عينيه الهائلتين المشرقتين اللتين تلتهمان كل شيء. يا لشغفه! غالبًا ما كان يرى نفسه مقارنة مع دوبروي، مشتّتًا وكسولاً وهشًّا. ومع ذلك، كان من غير المجدي إجهاد النفس فوق طاقتها. عندما كان في العشرين، كان شديد الإعجاب بدوبروي، إعجابًا دفعه إلى تقليده. والنتيجة: شعور بالنعاس طيلة الوقت وإدمان العقاقير وإمعان في الشرود. لذا، رأى واجبًا عليه أن يحزم أمره، فهو ما إن يُحرم من أوقات الفراغ والتسلية حتى يفقد كل لذّة في العيش وكل لذّة في الكتابة معًا، ويتحوّل إلى آلة. طيلة أربع سنوات كان مجرّد آلة، واليوم ها هو يحرص كل الحرص على أن يعود إنسانًا.

قال:

ـ أتساءل عمّا إذا كان بإمكاني أن أُسدي إليك خدمة إذا كنت عديم الخبرة.

ـ إنّ لعدم الخبرة جوانبها الحسنة، هي أيضًا. ثم أردف مبتسمًا ابتسامة خفيفة: «لا تنسَ أنّه لديك الآن اسم يعني الكثير للعديد من الناس». ثم أصبحت ابتسامته أكثر إشراقًا وقال: «تعرّف سامازيل قبل الحرب على جميع الأحزاب وانضمّ إلى صفوف العديد منها. لكن ليس هذا هو السبب الذي يدفعني إلى أن أستميله إلى صفوفنا.

بل لأنّه بطل من أبطال المقاومة[1] واسمه له وزنه على الصعيد الجماهيري».

أخذ هنري يضحك. لا يبدو دوبروي بهذه السذاجة قدر ما يبدو حين يريد الظهور بمظهر المتخابث. كانت بول محقّة حين اتّهمته بالتهويل: لو أنّه كان يؤمن بقرب حدوث حرب ثالثة، لما بدا بهذا المزاج الطيّب. الواقع أنّ فرصًا عديدة باتت متاحة أمامه للقيام بتحرّك سياسيّ وأنّه يهمّ باستغلالها. شعر هنري أنّه أقلّ تحمّسًا من ذي قبل. لا شكّ أنّه تغيّر عمّا كان عليه في عام ١٩٣٩. في السابق، كان يساريًّا لأنّه كان يمقت البورجوازيّة ويشجب الظلم ويحرص على اعتبار جميع الناس إخوة. كلّها مشاعر نبيلة وشهمة لكن لا تلزمه بشيء. أمّا اليوم فهو يدرك أنّه لو أراد حقًّا أن ينفصل عن طبقته فعليه ألاّ يوفرّ جهدًا في سبيل ذلك. مالفيلاتر، بورغوان، بيكار، ثلاثتهم قُتلوا عند تخوم الغابة الصغيرة، لكن ذكراهم ستظلّ في مخيّلته، كما لو أنّهم أحياء.

كان جالسًا إلى جانبهم على المائدة أمام طبق من يخنة الأرانب، يحتسون النبيذ الأبيض ويتحدّثون عن المستقبل، وإن كانوا غافلين عمّا يخبّئه لهم في طيّاته من مفاجآت. أربعة جنود عاديّين ينتظرون نهاية الحرب حتى يعودوا إلى ما كانوا عليه من قبل: بورجوازي ومزارع وعاملان في صناعة المعادن. أدرك هنري في تلك اللحظة أنّه ما إن تنتهي الحرب حتى يبدو في عيون الثلاثة الآخرين وفي عيون أهله وأصدقائه، بورجوازيًّا متخفّيًا قانعًا بمصيره. لن يعود منتميًا لهم، وإذا أراد أن يظلّ رفيقهم فهناك

---

(1) المقاومة: المقاومة الفرنسيّة ضدّ الاحتلال الألماني في الحرب العالميّة الثانية.

وسيلة واحدة فقط: مواصلة التعاون معهم. لقد توضّحت له الأمور بشكل أفضل أثناء عمله مع جماعة بوا ــ كولومب[1]. في البداية، لم تصطلح الأمور من تلقاء نفسها. كان فلامان يغيظه حين يردّد عند أوّل مناسبة: «أنت تعرف أنّني مجرّد عامل وأنّني أحلّل الأمور بصفتي عاملاً بسيطًا». لكن بفضله استطاع هنري أن يدرك، بوضوح شعورًا كان يجهله في الأصل، وبات يتحسّس خطورته، ألا وهو الحقد. لكنّه استطاع اقتلاع الحقد من نفوس أصدقائه. وخلال عملهم المشترك، اعترفوا به صديقًا. لكنّه لو عاد يومًا إلى سلوكه البورجوازي اللامبالي، فإنّ الحقد سينبعث مجدّدًا وأشدّ خطورة من ذي قبل. وإلى أن يثبت العكس، فإنّه بمثابة عدوّ لمئات الملايين من البشر، عدوّ للبشريّة. هذا ما لا يريده بأيّ ثمن. وهذا ما يحثّه على إثبات العكس. لكنّ المصيبة هي أنّ وسائل العمل تغيّرت. فالمقاومة شيء والسياسة شيء آخر. كان هنري أبعد من أن تستهويه السياسة. وكان مدركًا أبعاد المرحلة الجديدة من التحرّك الذي ينوي دوبروي القيام به: لجان ومحاضرات ومؤتمرات، وكلام بكلام. ومناورات لا تنتهي ومساومات وتسويات متهافتة، ووقت ضائع، وتنازلات مؤلمة، وسأم قاتل. لا شيء يضاهي ذلك إحباطًا. أن يكون مسؤولاً عن جريدة فهذا عمل يحبّه. لكن، بالطبع هذا العمل، لا يلغي العمل السياسي، لا بل إنّ العملين متكاملان. مستحيل أن يستعمل جريدة «*L'Espoir*» ذريعة للتنصّل من مهامّه. لا، لا يشعر هنري أنّ له الحقّ في التخلّي عن المبادئ

(1) groupe de Bois - Colombes فريق من المقاومين في أغلبهم من الشيوعيين كانوا يجتمعون سرًّا في هذه المنطقة من باريس.

التي يطرحها. سيبذل جهده فقط لكي لا يجعل الثمن باهظًا.

قال:

ـ لا يمكن أن أتنكّر لاسمي، ولا أن أتغيّب عن بعض الاجتماعات الدوريّة المقرّرة، فهذه أمور لا بدّ من مراعاتها. لكن لا تطلب منّي أكثر.

فأجابه دوبروي:

ـ بديهيّ أنّني سأطلب منك أكثر.

ـ ليس في المدى المنظور. من الآن وحتّى رحيلي لديّ عمل فوق طاقتي.

حدّق دوبروي مليًّا في عيني هنري مباشرة ثم سأله:

ـ ألا يزال مشروع ذاك السفر قائمًا؟

ـ أكثر من أيّ وقت مضى. في غضون ثلاثة أسابيع سأحزم أمتعتي وأرحل.

قال دوبروي غاضبًا: «لا يمكن للأمر أن يكون جدِّيًّا!».

قالت آن وهي تنظر إليه بمكر:

ـ الحمد لله! همٌّ أُزيل عنّي! إذا كنت ترغب في القيام برحلة فاذهب، لا بل قلْ إنّه الأمر الوحيد النبيه الذي يمكنك فعله.

فأجاب دوبروي:

ـ لكنّي غير راغب في ذلك، وتلك ميزة أعتزّ بها.

قالت بول:

ـ السفر بالنسبة لي وهم. ثمّ أردفت وهي تبتسم لآن، «إنّ وردة تجلبينها لي تحمل المسرّة إلى قلبي أكثر من الذهاب إلى حدائق قصر الحمراء التي لن أبلغها إلاّ بعد خمس عشرة ساعة من السفر في القطار.

قال دوبروي:

ـ بإمكان السفر أن يكون مثيرًا، لكن في هذه المرحلة بالذات يبدو لي البقاء هنا أكثر إثارة.

قال هنري:

ـ أمّا أنا فأرغب بشدّة أن أكون في مكان آخر، حتى إنّني لو اقتضت الحاجة لسافرت مشيًا وحبوب البازيلا ملء جيوبي.

ـ وجريدة «*L'Espoir*»، هل تهجرها هكذا لمدّة شهر؟

ـ سيتدبّر لوك أمره من دوني.

نظر هنري إليهم ثلاثتهم بدهشة: «ألا يدركون حقيقة الأمر!» دائمًا الوجوه نفسها والديكور نفسه والأحاديث نفسها والمشاكل نفسها. تتبدّل الأشياء بتبدّل الظروف لكنّها تستعيد أشكالها السابقة. وفي نهاية المطاف تشعر وكأنّك تموت وأنت على قيد الحياة. الصداقة والانفعالات التاريخيّة الكبيرة، كل ذلك تعامل معه بالأهمّيّة التي يستحقّها. لكنّه الآن يحتاج إلى شيء آخر. إنّها حاجة ملحّة يبدو التعبير عنها أمرًا غير ذي جدوى.

ـ ميلاد مجيد!

فُتح الباب ودخل فنسان، لامبير، سيزيناك، شانسيل أي كل فريق الجريدة. كانوا يحملون زجاجات الشراب والأسطوانات وقد لوّنت برودة الطقس وجناتهم بلونورديّ. أنشدوا بأعلى صوتهم الأغنية التي يكرّرها الجميع منذ أيّام آب[1]:

لن نراهم بعد اليوم.

(1) أيام آب: من ١٠ إلى ٢٥ آب ١٩٤٤: أيام حاسمة ساهم فيها المقاومون في تحرير باريس من الاحتلال الألماني.

رحلوا إلى غير رجعة.

ابتسم لهم هنري جذلاً. شعر بأنّه فتيٌّ مثلهم وبأنّه خلقهم جميعًا في الوقت نفسه. أخذ يغنّي معهم. وفجأة انطفأت الكهرباء واشتعل البنش وفرقعت الأغصان المسنّنة في شجرة الميلاد. غمر لامبير وفنسان هنري بالشرارات، وأشعلت بول الشموع الطفوليّة في الشجرة.

ـ ميلاد مجيد.

كانوا يصلون أزواجًا وجماعات، ويستمعون إلى غيتار ديانغو رينهارت[١]، ويرقصون ويشربون ويضحكون جميعًا. عانق هنري آن وقالت بصوت منفعل: «كأنّنا عشيّة الإنزال[٢]، المكان نفسه والناس أنفسهم!».

ـ أجل. لكن الآن انتهى كل شيء.

ـ بالنسبة لنا.

كان يعرف بماذا تفكّر: في هذه اللحظة، القرى البلجيكيّة تحترق والبحر يتدفّق على الأرياف الهولنديّة. ومع ذلك، هنا، كانوا يحتفلون بمساء العيد، أوّل ميلاد للسلم. يجب أن يكون هناك عيد وإلاّ فما نفع الانتصارات. إنّه العيد. يعرف هذه الرائحة: مزيج من الكحول والتبغ وبودرة الأرزّ، رائحة ليالي السهر الطويل. كانت ألف نافورة ماء تتراقص في ذاكرته بألوانها القزحيّة. قبل الحرب،

(١) ديانغو رينهارت: عازف غيتار فرنسي من أصل غجري وموسيقي جاز.

(٢) الإنزال: في حزيران ١٩٤٤، قامت قوّات الحلفاء بقيادة إيزنهاور بإنزال عسكري شمال فرنسا على شاطئ النورماندي، وتعدّ هذه العمليّة أكبر إنزال عسكري في القرن العشرين، وقد تمّ تحرير المنطقة من الجيش الألماني.

أمضى ليالي كثيرة في مقاهي مونبارناس حيث كانوا يسكرون من القهوة بالقشدة والكلمات، في المحترفات التي تفوح منها رائحة الرسم بالزيت، في المراقص الصغيرة حيث كان يضمّ بين ذراعيه بول، أجمل النساء، ودومًا عندما يطلع الفجر بدمدمته المعدنيّة، كان هناك صوت عذب يهذي في داخله هامسًا له بأنّ الكتاب الذي ينكبّ على تأليفه سيكون جيّدًا وأن لا شيء في العالم يفوق ذلك أهمِّيّة.

قال:

ـ هل تعرفون، قرّرت أن أكتب رواية مفرحة.

ـ أنت؟ نظرت إليه آن نظرة لاهية: «متى ستبدأ بكتابتها؟».

ـ غدًا.

أجل، فجأة شعر أنّه متلهّف لاستعادة شخصيّته السابقة الأحبّ إلى قلبه، أن يعود كاتبًا. وكان يعرف أيضًا دقّة هذه الفرحة المشوبة بالقلق: أبدأ كتابًا جديدًا. سيتحدّث عن كل هذه الأشياء التي تهمّ بالانبعاث من جديد: الصباحات الطالعة، الليالي الطوال، الأسفار، الفرح...

قالت آن:

ـ تبدو رائق المزاج إلى حدّ كبير هذا المساء.

ـ وإنّي لكذلك. أشعر أنّني خرجت لتوّي من نفق طويل. وأنتِ ألا يساورك الشعور ذاته؟

قالت بلهجة متردّدة:

ـ لا أعرف. على أيّة حال، مرّت بنا لحظات سعيدة داخل هذا النفق.

ـ بالطبع.

ابتسم لآن. كانت جميلة هذا المساء، وبدت حالمة في تايّورها الصارم. لو لم تكن صديقة قديمة وزوجة دوبروي، لتغزّل بها قليلاً. راقصها عدّة مرّات متتالية. ثم دعا كلودي دو بلزنس التي جاءت في ثوبها المقوّر الصدر تزيّنه جواهر العائلة، لتختلف إلى النخبة المثقّفة. دعا أيضًا جانيت كانج ولوسي لونوار. كل هؤلاء النسوة كان يعرفهنّ تمام المعرفة. لكنّه سيتعرّف إلى نساء أخريات. ابتسم هنري لبرستون الذي اجتاز وسط الاستوديو وهو يتمايل برشاقة. إنّه أوّل أميركي تعرّف إليه هنري. التقاه في آب الماضي وأصبحا صديقين حميمين.

قال برستون:

ـ حرصت على الحضور لمشاركتكم هذا الاحتفال!

ـ لنحتفل إذًا، قال هنري.

احتسيا الشراب، وأخذ برستون يتحدّث بشاعريّة عن ليالي نيويورك. كان ثملاً قليلاً فاستند إلى كتف هنري: «عليك بالسفر إلى نيويورك»، قالها بإلحاح. أجزم بأنّ زيارتك ستلقى نجاحًا منقطع النظير.

قال هنري:

ـ بالطبع، سأزور نيويورك.

قال برستون:

ـ حين تصل، استأجرْ طائرة صغيرة. إنّها أفضل طريقة لاستكشاف البلاد.

ـ لا أجيد قيادة الطائرة.

ـ لكنّ قيادتها أسهل من قيادة السيّارة.

ـ سأتعلّم قيادة الطائرة إذاً.

أجل، لن تكون البرتغال إلاّ البداية. ومن بعدها تكرّ السبّحة: أميركا والمكسيك والبرازيل والاتّحاد السوفييتي ربّما والصين وكل البلدان. سيقود هنري السيّارة من جديد وسيركب الطائرة. كان الأفق الرمادي الأزرق أمامه مثقلاً بالوعود، والمستقبل يشرّع أبوابه إلى ما لا نهاية.

وفجأة خيّم الصمت. فُوجئ هنري برؤية بول جالسة أمام البيانو. أخذت تغنّي. منذ زمن طويل لم تغنّ. حاول هنري أن يستمع إليها بأذن محايدة. لم يستطع قط أن يُكوِّن فكرة صحيحة عن قيمة هذا الصوت. لا شكّ أنّه لم يكن صوتاً لا رجاء فيه. أحياناً يخيّل إلى السامع أنّه يسمع صدى جرس برونزي مدثّر بالمخمل. مرّة أخرى تساءل: «لماذا أهملت بول الغناء؟» وللحال رأى في عزوفها عن الغناء دليلاً دامغاً على حبّها له. إلاّ أنّه عاد وتساءل لماذا قطعت الطريق أمام كل الفرص السانحة: تُرى هل اتّخذت من حبّهما ذريعة لكي تتنصّل من المسؤوليّة الملقاة على عاتقها؟

علا التصفيق الحادّ. صفّق هنري مع الآخرين، وتمتمت آن: «لا يزال صوتها جميلاً. إذا انطلقت في الغناء من جديد أمام الجمهور فأنا واثقة من أنّها ستحظى بالنجاح».

قال هنري:

ـ أتظنّين ذلك؟ ألم يفت الأوان قليلاً؟

ـ ولمَ فات الأوان؟ إذا خضعت لبعض التمارين... نظرت آن إلى هنري وقالت بتردّد: «أعتقد أنّ ممارسة الغناء ستعود عليها بالنفع. يفترض بك أن تشجّعها».

ـ ربّما.

حدّق هنري في بول التي كانت تستمع إلى كلمات الإطراء المتحمّس لكلودي دوبلزنس وهي تبتسم. لا شكّ أنّ عودتها للغناء ستغيّر حياتها. لن يفيدها التبطّل بشيء. فكّر: «ولعلّ انصرافها إلى الغناء سيسهّل عليَّ الأمور أنا أيضًا». وبعد كل حساب، لِمَ لا؟ هذا المساء، يبدو كل شيء ممكنًا. ستصبح بول مغنّية شهيرة وستنصرف بشغف إلى الفنّ؛ وهو سيكون حرًّا، يتجوّل في كل مكان ويتفرّغ لعلاقات غراميّة سعيدة وعابرة في غير مكان. لِمَ لا؟ ابتسم دانيًا من نادين التي كانت واقفة بجانب الموقد تمضغ العلكة بهيئة ضجرة.

ـ لِمَ لا ترقصين؟

هزّت كتفيها غير آبهة: «مع مَنْ»؟

ـ معي، إذا شئتِ.

لم تكن جميلة. كانت تشبه أباها إلى حدّ كبير. مزعج أن يكون مثل هذا الوجه الفظّ متّصلاً بجسد فتاة في أوج صباها. كانت عيناها زرقاوين كعيني آن لكنّهما باردتان جدًّا، تبدوان منهوكتين وصبيانيّتين في الوقت نفسه. ومع ذلك، أحسَّ هنري أنّ القامة المتجلببة بالثوب الصوفي أكثر مرونة، والنهدين أكثر صلابة ممّا تصوّر. قال:

ـ إنّها المرّة الأولى التي نرقص فيها معًا.

ـ نعم. ثمّ أضافت: «تجيد الرقص».

ـ هل هذا يفاجئك؟

ـ ثمّة ما يدعو للمفاجأة. لا أحد من هؤلاء المدّعين يحسن الرقص.

ـ لم تتسنَّ لهم فرصة تعلّمه.

ـ أعرف، لم تتسنَّ لهم الفرصة لفعل شيء.

ابتسم لها. إنّها امرأة شابّة على الرغم من دمامتها. أعجبته رائحتها البسيطة التي هي مزيج من ماء الكولونيا والثياب النظيفة. كانت ترقص بشكل سيّئ. لكن لا بأس في ذلك. هناك هذه الأصوات الشابّة، هذه الضحكات، هذه الجوقة من الأبواق، طعم البنش، وفي عمق المرايا هذه الأشجار المزهرة بالشراقيط وخلف الستائر السماء الصافية القاتمة. كان دوبروي منصرفًا إلى ممارسة بعض ألعاب الخفّة: يقصّ أوراق الجريدة إلى قطع صغيرة ويجمعها بلمحة بصر. لامبير وفنسان يتبارزان بالزجاجات الفارغة. آن ولاشوم يغنّيان الأوبّرا بصوت عالٍ. وهناك أيضًا قطارات وطائرات ومراكب تدور حول الأرض ويمكن ركوبها.

قال ملاطفًا:

ـ وأنتِ، لا بأس برقصك.

ـ أرقص مثل ثور، لكنّي لا أبالي: لا أحبّ الرقص.

نظرت إليه مرتابة: «هل تحبّ الزازو»[1]، الجاز، الأقبية التي تفوح منها رائحة التبغ والعرق؟ هل هذا يسلّيك؟

---

(١) الزازو: لقب أُطلق على الشبيبة الغريبة الأطوار عام ١٩٤٢. كانوا يُعرفون من ملابسهم الإنكليزيّة الطابع وحبّهم للرقص وموسيقى الجاز. إبان الاحتلال الألماني لباريس، عبَّر الزازو عن مناهضتهم للأعراف والعادات من خلال تنظيمهم مسابقات في الرقص. عاصروا الوجوديّين، ومن بينهم الكاتب الشهير بوريس فيان الذي كان صديقًا مُقرّبًا لسارتر.

ـ من وقت لآخر. وأنتِ ما الذي يسلّيك؟

ـ لا شيء.

أجابت بصوت فظّ خدش فضوله. تساءل عمّا إذا كانت الخيبة أم اللذّة هي التي دفعتها للارتماء في أحضان الكثيرين. لعلّ انفعالها يرقّق قليلاً ملامح وجهها القاسية. ترى ماذا يشبه وجه دوبروي متّكئًا إلى وسادة؟

قالت بلهجة تشوبها الضغينة:

ـ ما أسعد حظّك، تستطيع السفر إلى البرتغال!

ـ عمّا قريب سيكون السفر متاحًا أمام الجميع.

ـ عمّا قريب؟ تقصد بعد سنة؟ سنتين؟ كيف تدبّرت أمرك لتسافر؟

ـ طلبت منّي دوائر البروباغندا الفرنسيّة إلقاء بعض المحاضرات.

تمتمت قائلة:

ـ بالطبع، لا أحد سيطلب منّي إلقاء محاضرات! هل ستلقي محاضرات كثيرة؟

ـ خمسًا أو ستًّا.

ـ وتتجوّل لمدّة شهر!

قال متهلّل الوجه:

ـ يستحقّ العجائز بعض المكافآت.

قالت نادين:

ـ وأيّ مكافآت يحظى بها الشباب. ثم أطلقت تنهيدة صاخبة: «لو أنّ شيئًا ما يحدث على الأقلّ...».

ـ من أيّ قبيل؟

ـ مذ رحتم تزعمون أنّكم بدأتم الثورة ولا شيء يتحرّك...

ـ لكنّ الأمور تحرّكت قليلاً في آب.

ـ في آب، جرى الكلام عن تغيير سيشمل كافّة الميادين، لكنّ كل شيء لا يزال على حاله: لا يزال الناس الذين يشقون ويكدحون هم الأفقر حالاً والأكثر تعاسة. والجميع يستحسن الأمر.

ـ لا أحد هنا يستحسن الأمر.

قالت نادين حانقة:

ـ لكنّ الجميع يتغاضى عن ذلك منشغلاً بذاته عن كل شأن. ثمّ أضافت: «أساسًا، من المؤسف أن يجبر الإنسان على تضييع وقته في العمل. لو كان الهدف سدّ الرمق فقط لفضّلت أن أكون أحد أفراد العصابات».

ـ أوافق. جميعنا موافقون. لكن انتظري قليلاً. أنت على عجلة جدًّا من أمرك.

فقاطعته نادين: «تقول إنّه يجب عليّ الانتظار، وفي المنزل يشرحون لي ذلك بإسهاب. لكنّي لا آبه للتفسيرات». هزّت كتفيها استخفافًا: «الحقّ يقال، لا أحد يحاول تغيير شيء».

ـ وأنتِ؟ هل حاولت تغيير شيء؟

ـ أنا؟ عمري لا يسمح لي. أنا عديمة الشأن في هذه المسألة.

أخذ هنري يضحك صراحة:

ـ لا تتحسّري. سوف تكبرين! العمر يمرّ سريعًا!

ـ سريعًا! يجب أن يمضي ثلاثمائة وخمسة وستّون يومًا لتكتمل السنة. أخفضت رأسها متأمّلة بصمت. ثم رفعت عينيها باتجاه هنري وقالت فجأة:

ـ خذني.

ـ إلى أين؟

ـ إلى البرتغال.

ابتسم: «لا يبدو لي الأمر سهلاً».

ـ يكفي أن يكون الاحتمال واردًا، ولو قليلاً. لم يجبها، فـسألته بإلحاح: «ولماذا هذا الأمر ليس ممكنًا»؟

ـ بداية، لن يمنحوني أمرَيْ مهمّة.

ـ حجّة سخيفة! أنت تعرف الجميع. قل إنّني سكرتيرتك.

أطلقت نادين كلامها بأسلوب ضاحك لكنّ نظراتها تنمّ عن تصميم وإلحاح.

قال بجدِّيّة:

ـ لو كان بإمكاني أن أصطحب أحدًا لاصطحبت بول.

ـ لعلّها لا تحبّ السفر.

ـ لكنّها ستسعد بمرافقتي.

ـ منذ عشر سنوات وهي تراك كل يوم وستراك لأمد طويل: شهر بالزائد أو بالناقص، لن يغيّر شيئًا في حقيقة الأمر!

ابتسم هنري من جديد: «سأجلب لك معي برتقالاً».

تجهّم وجه نادين ورأى هنري أمامه قسمات دوبروي المخيفة تقول له: «أنت تعرف أنّني لم أعد في الثامنة من عمري».

ـ أعرف.

ـ لا. سأبقى في نظرك دومًا تلك الطفلة الجامحة التي ترفس كل ما يعترض طريقها.

ـ لا، إطلاقًا. وإلاّ لما دعوتك للرقص.

ـ صدّقتك! إنّها مجرّد سهرة عائليّة. لكنّك لن تدعوني للخروج برفقتك.

تفحّص وجهها بمودّة. ها إنّ إحداهنّ على الأقلّ تتوق إلى تغيير الجوّ، تتوق إلى جملة أشياء: أشياء مختلفة. يا للصبيّة المسكينة!

صحيح، لم تسنح لها أيّة فرصة للسفر حتى الآن. الرحلة الوحيدة التي حظيت بها هي رؤية إيل ــ دو ــ فرانس على الدرّاجة. عاشت شبابًا متقشّفًا. وما زاد الطين بلّة علاقتها بذاك الشاب الذي توفّي. بدت وكأنّها وجدت سريعًا العزاء بعد وفاته. لكن ذكراه تبقى أليمة في جميع الأحوال.

قال:

ــ أنتِ مخطئة. أدعوك للخروج برفقتي.

ــ صحيح؟ التمعت عينا نادين من شدّة الفرح. يصبح مرآها ألطف حين ترتسم الحيويّة على وجهها.

ــ السبت مساءً لا أذهب إلى الجريدة. لنلتقِ عند الساعة الثامنة في «البار روج».

ــ وماذا سنفعل؟

ــ أنت تقرّرين.

ــ ليس لديَّ فكرة.

ــ من الآن وحتى نلتقي، ستتاح لي فرصة التفكير. تعالي نشرب كأسًا.

ــ لا أشرب. لكنّي آكل سندويشًا آخر بطيبة خاطر.

اقتربا من البوفيه. لونوار وجوليان يتخاصمان كالعادة، والخصام بات متأصّلاً فيهما. أحدهما يأخذ على الآخر خيانته شبابه بالطريقة الأسوأ. فيما مضى، وجدا أنّ هذيان السرياليّة مضبوط أكثر من اللازم فأسّسا معًا حركة «ما وراء الإنسان». أصبح لونوار أستاذاً في اللغة السنسكريتيّة وينظم قصائد مستغلقة على الفهم، وجوليان أمين مكتبة. بعد النجاح المبكر الذي حقّقه، انقطع عن الكتابة خشية

من نضوب موهبته قبل الأوان.

قال لونوار:

ـ ما رأيك؟ هل يجب اتّخاذ إجراءات بحقّ الكتّاب المتعاونين[1]؟

أجاب هنري:

ـ هذا المساء، لا رأي لي!

ـ قال جوليان:

ـ منعُهم من نشر كتاباتهم تدبير سيّئ. أنتم تنصرفون إلى كتابة خطابات الشتم، وهم سيتسنّى لهم الوقت لتأليف كتب جيّدة!

شعر هنري بلمسة يد ملحّة تحطّ على كتفه: إنّه سكرياسين.

ـ انظر ماذا أحضرت: ويسكي أميركيّة. استطعت تمرير زجاجتين. إنّه أوّل عيد رأس سنة لي في باريس وهذه مناسبة جيّدة لاحتسائها.

قال هنري:

ـ بديع!

وملأ كأسًا من البوربون وقدّمها لنادين فقالت كأنّ إهانة لحقت بها:

ـ لا أشرب.

أدبرت نادين، وحمل هنري الكأس إلى فمه. الواقع أنّه نسي كلّيًّا هذا الطعم. فيما مضى، كان يحتسي بالأحرى السكوتش. لكن، بما أنّه نسي طعم السكوتش أيضًا، لم يجد فارقًا بين نوعي الويسكي.

ـ من يريد جرعة من الويسكي الحقيقيّة؟

---

(١) المتعاونون مع العدوّ خلال الاحتلال الألماني لفرنسا بين ١٩٤٠ و١٩٤٤.

اقترب لوك مجرجرًا قدميه الضخمتين المصابتين بداء النقرس. وتبعه لامبير وفنسان، وملآ كأسيهما.

ــ أفضّل مشروبًا جيّدًا، قال فنسان.

ــ ليس هذا سيّئًا، قال لامبير دون اقتناع. ثم تحــرّى بنظراتــه سكرياسين: «هل صحيح أنّهم يشربون اثنتي عــشرة كأسًــا مــن الويسكي يوميًّا في أميركا»؟

ــ إنّهم؟ من هم؟ قال سكرياسين. «هناك مئة وخمسون مليــون أميركي، ولا يُعقل أن يشبه جميعهم أبطال همنغواي»! كان يتحدّث بصوت هازئ، ولم يكن في الغالب ودودًا مع من هم أصغر سـنًّا منه. التفت إلى هنري عن عمد وقال:

ــ تحدّثت لتوّي إلى دوبروي بكل جدّيّة. أنا قلق جدًّا.

بدا مهمومًا. هكذا هو في العادة، حتى أنّه يُخيّل للناظر إليه أنّــه معنيٌّ شخصيًّا بكل ما يحدث وفي أيّ مكان، ولو لم يكن متواجــدًا فيه. لكن هنري لا يشعر بأيّة رغبة في مشاركته همومه فسأله على مضض:

ــ لِمَ أنت قلق؟

قال سكرياسين مغتمًّا:

ــ ظننت أنّ الهدف الأساسي من الحركة التي يكوّنها دوبــروي هو فصل البروليتاريا عن الحزب الشيوعيّ. لكن ليس هذا إطلاقًــا ما ينوي دوبروي فعله.

ــ لا، إطلاقًا. قال هنري.

وفكّر بإعياء: «هذا هو نوع الأحاديث التي عليّ خوضها طيلــة الوقت إذا تورّطت مع دوبروي». ومن جديد، أحسّ برغبة تجتــاح

كيانه كله من رأسه حتى أخمص قدميه، رغبة منه في أن يكون بعيدًا...

نظر إليه سكرياسين مباشرة:

ـ هل ستماشيه؟

فأجاب هنري:

ـ بخطى صغيرة جدًّا. لا باع لي في السياسة.

ـ لا شكّ أنّك لم تفهم بعد ماذا يخطّط دوبروي. ثم حدّق إلى هنري بنظرات مستنكرة: «ينوي حشد يسار مستقلّ على حدّ زعمه يقبل بوحدة العمل مع الشيوعيّين».

قال هنري:

ـ نعم، أعرف. وما الخطب في ذلك؟

ـ كما ترى، يلعب لعبتهم. هناك أناس كثيرون تخيفهم الشيوعيّة فيما هو يريد التقرّب من الشيوعيّين.

قال هنري:

ـ لا تقل لي إنّك مناهض لوحدة العمل مع الشيوعيّين. سيكون جميلاً إذا بدأ اليسار بالانقسام!

قال سكرياسين:

ـ يسار منقاد للشيوعيّين! هذه خدعة. إذا كنتم صمّمتم على الانضمام إليهم فالتحقوا بالحزب الشيوعي. سيكون موقفكم أصدق.

ـ المسألة غير مطروحة. نختلف معهم على نقاط كثيرة!

قال سكرياسين هازئًا:

ـ إذًا، من الآن وحتى ثلاثة أشهر، سيشهّر بكم الستالينيّون قائلين إنّكم خنتم القضيّة.

ـ سنرى، قال هنري.

لم تكن لديه أيّة رغبة في متابعة النقاش. لكن سكرياسين حدّق في عينيه قائلاً: «قيل لي إنّ *«L'Espoir»* لديها الكثير من القرّاء في صفوف الطبقة العاملة. فهل هذا صحيح؟

ـ صحيح.

ـ إذًا فأنت تملك الجريدة الوحيدة غير الشيوعيّة التي يصل صداها إلى البروليتاريا. هل تدرك المسؤوليّات المترتّبة على عاتقك؟

ـ إنّي مدركها.

ـ لكن إذا وضعت *«L'Espoir»* في خدمة دوبروي، تصبح شريكًا في مؤامرة قذرة. ثم أضاف: «حتى لو كان دوبروي صديقك، يجب إيقافه عند حدّه».

ـ اسمع: فيما يخصّ الجريدة، لن تكون أبدًا مسخّرة لأحد، لا لدوبروي ولا لك أنت.

قال سكرياسين:

ـ يتوجّب على الجريدة أن تحدّد برنامجها السياسي قريبًا.

ـ لا لن أعمل أبدًا وفق مشروع مسبق. أحرص على قول ما أفكّر به كما أفكّر به من دون أن أعمل لترويج أفكار أيّ حزب من الأحزاب.

ـ لكنّ مثل هذه المواقف واهية! قال سكرياسين.

وفجأة، علا صوت لوك الهادئ: «لا نريد برنامجًا سياسيًّا لأنّنا نريد الإبقاء على وحدة المقاومة».

سكب هنري كأسًا من البوربون وغمغم قائلاً: «كل ما تقولونه

تفاهات». لم يكن لوك يتقن التفوّه إلاّ بهذه العبارات: روح المقاومة، وحدة المقاومة. وكان سكرياسين يرى الخطر الشيوعيّ داهمًا ما إن يؤتى على سيرة الاتّحاد السوفييتي. الأفضل لهما الانزواء كلٌّ في ركنه والإمعان في الهذيان على قدر ما يريدان. أفرغ هنري كأسه. ليس بحاجة إلى النصائح من أحد. لديه أفكاره الواضحة عن الدور الذي يجب على الصحافة أن تلعبه. بالطبع، سيؤول الأمر بالجريدة إلى اتّخاذ موقف سياسي: مع الحفاظ على استقلاليّتها التامّة. وإذا كان هنري قد حافظ على استمراريّة الجريدة، فهذا لكي يجعلها مختلفة عن صحف ما قبل الحرب. حينذاك، كانت جميع الصحف تخدع الجمهور مستغلّة سلطتها للتأثير فيه إلى أبعد الحدود. وماذا كانت النتيجة؟ ما إن حُرم الناس من وسيطهم اليوميّ حتى أضلّوا الوجهة. أمّا اليوم فالجميع متّفقون تقريبًا على دور الصحافة الأساسي. انتهت السجالات وحملات التأييد. ويجب الإفادة من ذلك بغية تثقيف القرّاء بدلاً من حشو رؤوسهم بكلام فارغ وإملاء الآراء عليهم، بل يجب دفعهم على أن يحكموا على الأمور بأنفسهم. وهذا ليس بالأمر السهل لأنّهم كانوا يريدون أجوبة في الغالب. يجب ألاّ نعطيهم انطباعًا بالجهل والشكّ وعدم التماسك. وهنا بالضبط، يكمن الرهان: الفوز بثقتهم بدل اختطافها منهم. والدليل على نجاح هذه الوسيلة هو الإقبال على شراء «*L'Espoir*» في كل مكان تقريبًا. فكّر هنري: «لا يجوز أن نعيب على الشيوعيّين تحزّبهم إذا كنّا نحن أنفسنا دوغمائيّين».

ثم قاطع سكرياسين قائلاً:

ـ ألا تعتقد أنّه بالإمكان إرجاء هذا النقاش ليوم آخر؟

ـ حسنًا، لنتّفق على موعد. أخرج مفكّرة من جيبه: «أعتقد أنّه يجب مناقشة هذه الآراء في أقرب وقت ممكن».

قال هنري:

ـ لننتظر حتى رجوعي من السفر؟

ـ هل أنت مسافر؟ هل هي رحلة للاستعلام؟

ـ لا بل للاستجمام.

ـ في هذا الوقت؟

ـ أجل في هذا الوقت!

ـ ألا تعتبر موقفك أشبه بالفرار؟

فأجابه هنري ببشاشة:

ـ الفرار؟ لست جنديًّا. وأشار بحركة من ذقنه إلى كلودي دوبلزنس: «عليك أن تراقص كلودي، هذه السيّدة المشنشلة بالجواهر، السخيّة بعرض مفاتنها. امرأة من الطبقة الراقية وفوق ذلك فهي معجبة بك كثيرًا».

أجابه سكرياسين وعلى شفتيه ابتسامة هازئة:

ـ نساء المجتمع الراقي، هذه إحدى نقاط ضعفي. ثم هزَّ رأسه: «أعترف أنّني لم أعد أفهم».

وذهب ليدعو كلودي. كانت نادين ترقص مع لاشوم. دوبروي وبول يدوران حول شجرة الميلاد: لم تكن بول تحبّ دوبروي لكنّه غالبًا ما ينجح في إضحاكها.

قال فنسان جذلاً:

ـ صدمْت سكرياسين بقوّة!

قال هنري:

ـ صُدم الجميع لأنّني مسافر، وعلى رأسهم دوبروي.

قال لامبير:

ـ غريب أمرهم! جاهدت أكثر منهم كلّهم ويحقّ لـك بعطلـة، أليس كذلك؟

قال هنري في نفسه: «بالطبع، أتفاهم مع الشبّان بالشكل الأفضل». نادين تحسده، وفنسان ولامبير يتفهّمانه. هما أيضًا حين سنحت لهما الفرصة أسرعا في الذهاب لتغطية المعارك الحربيّة في الأمكنة البعيدة، وانضمّا إلى صفوف المراسلين الحربيّين. بقي طويلاً معهم وتحدّثوا للمرّة المئة عن الأيّام الشهيرة التي شغلوا فيها مكاتب الجريدة، وحين كانت *«L'Espoir»* توزّع على مرأى من الألمان، فيما هنري ينكبّ على كتابة المقال الافتتاحي والمسدّس في درجه. هذا المساء، شعر أنّ هذه القصص القديمة مغلّفة بسحر جديد لأنّه كان يسمعها من مكان بعيد جدًّا: وهو مستلقٍ على الرمل الناعم يحدّق في البحر الأزرق المنبسط أمام عينيه، مسترجعًا بكسل لحظات غابرة وذكرى أصدقاء بعيدين، سعيدًا لكونه وحيدًا وحرًّا. أجل، سعيدًا.

وفجأة، وجد نفسه في الاستوديو الأحمر والساعة تقارب الرابعة صباحًا. غادر الكثيرون ومن تبقّى كان على وشك الرحيل. سيبقى وحده مع بول وسيتوجّب عليه عندئذ التحدّث إليها ومداعبتها.

قالت كلودي دوبلزنس وهي تقبّل بول:

ـ عزيزتي، سهرتك رائعة. وصوتك رائع أيضًا. إن شئت فستكونين إحدى النجمات الشهيرات في مرحلة ما بعد الحرب.

قالت بول مبتسمة:

ـ لست متطلّبة إلى هذا الحدّ.

وبالفعل، لم يكن لديها هذا الطموح. كان يعرف ما تتمنّــاه: أن تجد نفسها أجمل النساء بين ذراعي الرجل الأعظم في العالم. ولن يكون من السهل حملها على التخلّي عن هذا الحلم.

غادر آخر المدعوّين. وفجأة خلا الاستوديو. سمعت ضجّة عند الدرج ووقع أقدام تقطع صمت الشارع. راحت بول تجمع الأقــداح المنسيّة تحت الكنبات.

قال هنري:

ـ كلودي مصيبة فيما تقول. لا يزال صوتك جميلاً. منذ زمــن طويل لم أسمعك تغنّين! لماذا أقلعت عن الغناء؟

أشرق وجه بول: «هل تحبّ صوتي؟ هل تريد أن أغنّــي لــك أحيانًا؟».

ابتسم قائلاً:

ـ بالطبع. هل تعرفين ما قالته لي آن: عليك معاودة الغناء أمام الجمهور.

نظرت إليه بول مرتاعة: «آه لا! لا تكلّمني عن الغناء. القضيّة محسومة منذ زمن طويل».

ـ لكن لماذا؟ ألم تسمعي تصفيقهم؟ كانوا جميعًا متــأثّرين بمــا سمعوه. هناك حانات كثيرة باشرت بفتح أبوابها والناس مــشتاقون إلى سماع فنّانين جدد...

قاطعته بول: «لا! أرجوك، لا تلحّ. الظهور أمام الجمهــور... هذا يرعبني». ثم ردّدت بلهجة متوسّلة: «لا تلحّ».

تفرّس فيها محتارًا في أمرها وقال بلهجة مشكّكة: «يرعبك؟ لا

أفهم. لم يكن هذا يرعبك فيما مضى. ما زلت شابّة، كما تعرفين، لا بل ازددت جمالاً».

ــ كانت تلك مرحلة سابقة من حياتي، مرحلة دُفنت إلى الأبد. سأغنّي لك، لا لأحد غيرك. قالت ذلك بشغف كبير جعل هنري يلوذ بالصمت. لكنّه أخذ على نفسه أن يتحدّث معها في الأمر لاحقًا. ساد الصمت برهة صغيرة، ثمّ قالت:

ــ هل نصعد إلى غرفتنا؟

ــ أجل.

جلست بول على السرير: نزعت قرطيها وخواتمها، ثم قالت ملاطفة: «أتعرف، لعلّني بدوت وكأنّني ألومك على سفرك، لذا أعتذر».

ــ ماذا دهاكِ! لك الحقّ في أن تكرهي السفر وأن تعبّري عن ذلك بصراحة.

أزعجه التفكير بأنّها كابدت هذا الندم طيلة السهرة.

قالت:

ــ أتفهّم جيّدًا رغبتك في الرحيل. كما أتفهّم تمامًا أنّك تريد الرحيل من دوني.

ــ ليس لأنّي أريد ذلك.

قاطعته بحركة من يدها:

ــ لست محتاجًا لتكون مهذّبًا. بسطت يديها فوق ركبتيها. كانت بعينيها الشاخصتين وجذعها المستقيم تبدو مثل عرّافة هادئة. «لم أفكّر يومًا في أن أجعل من حبّنا قفصًا أسجنك داخله. لن تكون منسجمًا مع نفسك إذا لم ترغب في ارتياد آفاق جديدة ومناهل

جديدة». انحنت إلى الأمام وشخصت إليه بنظرات ساهمة: «يكفيني أن أشعر أنّك ما زلت تحتاج إليّ».

لم ينطق هنري بكلمة تبعث في نفسها الأمل أو اليأس. فكّر: «لو أنّني فقط أستطيع أن آخذ عليها مأخذاً» لكن لا، ما من شكوى.

نهضت بول مبتسمة. عاد وجهها إلى طبيعته البشريّة. وضعت يديها على كتفي هنري وخدّها على خدّه: «هل باستطاعتك الاستغناء عنّي يومًا؟».

ـ تعرفين أن لا.

قالت متهلّلة الوجه:

ـ أجل، أعرف. حتى لو قلت العكس، فلن أصدّقك.

اتّجهت إلى غرفة الحمّام. كان مستحيلاً ألاّ يعلّلها من وقت لآخر بتعابير لطيفة أو طيف ابتسامة لتحفظها في قلبها ذخائر تساعدها على اجتراح المعجزات، فيما لو أحسّت صدفة أنّ إيمانها قد تهاوى. «لكنّها بالرغم من كل شيء، تعرف أنّني لم أعد أحبّها»، فكّر هنري كأنّه يطمئن نفسه. خلع ملابسه وارتدى البيجاما. كانت تعرف ذلك، صحيح، لكن هذا لن يغيّر شيئًا ما دامت لم تقنع نفسها بالأمر. سمع صوتاً أشبه بحرير مدعوك يرافقه انسياب الماء على صفحة من البلّور. فيما مضى، كانت هذه الأصوات تقطع عليه أنفاسه. فكّر منزعجًا: «لا، ليس هذا المساء». ظهرت بول في فرجة الباب، شعرها منثور على كتفيها، وقورة وعارية، مكتملة كما في السابق، إلاّ أنّ هذا الجمال كله لم يعد يعني له شيئًا. اندسّت تحت الغطاء والتصقت به دون أن تتبس بكلمة. لم يكن يجد أيّة ذريعة لإبعادها. راحت تلتصق به شيئًا فشيئًا وتطلق تنهيدة منتشية.

أخذ يداعب كتفها، خاصرتيها الأليفتين، وشعر أنّ الدم يتدفّق هنيئًا إلى عضوه: نِعم الأمر. لم تكن بول بمزاجٍ يمكّنها من الاكتفاء بقبلة على صدغها. ثم إنّ إرضاءها سيأخذ وقتًا أقلّ من محاولته شرح موقفه حيالها. قبّل الفم الملتهب الذي طاوعه كالعادة. لكن بعد قليل، تركت بول شفتيه وانزعج حين سمعها تتمتم كلمات قديمة لم تعد تعني له شيئًا:

ـ هل لا أزال بالنسبة لك عنقود الغليسين[١] الجميل؟

ـ دومًا.

ـ وهل تحبّني؟ سألته وهي تضع يدها على عضوه المنتصب «هل صحيح أنّك لا تزال تحبّني»؟

كان عاجزًا عن افتعال موقف درامي. كان ينقاد بسهولة لجميع الاعترافات، وهي تعرف ذلك.

ـ صحيح.

ـ أنت لي.

ـ أنا لك.

ـ قل لي إنّك تحبّني، قلها.

ـ أحبّكِ.

صدّقته في الحال وأطلقت حشرجة طويلة. عانقها بعنف كاتمًا أنفاسها بشفتيه. ومن غير إبطاء ولجها: لكي ينهي الأمر بسرعة أكبر. كان داخلها متوهّجًا كالاستوديو الأحمر. بدأت تئنّ وتصرخ متمتمة كلمات كما كانت تفعل في السابق. لكن آنذاك، كان حبّ هنري يحميها، وكانت صرخاتها وشكواها وضحكاتها وعضّاتها

---

(١) الغليسين أو الحلوة: جنس نباتات معترشة من الفصيلة القرنيّة، أزهارها عطريّة وبنفسجيّة اللون.

هبات حقيقيّة. أمّا اليوم فوجد نفسه مضطجعًا فوق امــرأة ضــائعة تردّد كلمات مبتذلة وتشدّ على جسده بأظافرها فتؤلمه. ارتعب منها ومن نفسه. رأسها راجعٍ إلى الخلف، عيناها مغمــضتان، أســنانها بارزة، مانحة نفسها بكليّتها، تائهة إلى حدّ راعب. أحسَّ برغبة في صفعها ليرجعها إلى الواقع ويقول لها: هذا أنت، هذا أنــا، نحــن نمارس الحبّ، هذا كل شيء. بدا له أنّه يغتصب ميتة أو مجنونــة، دون أن يملك القدرة على الانعتاق من لذّته. وحين تهاوى أخيــرًا على السرير، سمع زفيرًا أشبه بزئير منتصر. تمتمت:

ـ هل أنت سعيد؟

ـ بالتأكيد.

ـ أنا سعيدة للغاية! نظرت إليه بعينين مشرقتين تلتمــع فيهمــا الدموع فأخفى بكتفه هذا الوجه ذا البريق الذي لا يحتمل. أغمــض عينيه مفكّرًا: «ستكون أشجار اللوز مزهرة... وســتزدان أشــجار البرتقال بثمارها اللذيذة».

II

لا، لن أعرف موتي اليوم، لا في هذا اليوم ولا في أيّ يوم آخر. سأكون قد متّ للآخرين، ولن تتسنّى لي أبدًا رؤية نفسي أموت.

أغمضت عيني دون أن أقدر على النوم. لماذا عبرت فكرة الموت أحلامي من جديد؟ الموت يحوم فوق رأسي، أشعر به، أكاد أراه، لكن لماذا؟

لم تخطر لي دومًا فكرة أنّني سأموت يومًا. في طفولتي، آمنت بالله. كان هناك ثوب أبيض وجناحان برّاقان ينتظرانني عند مداخل السماء. وددت لو أخترق الغيوم. كنت أتمدّد فوق لحاف من الريش، ضامّة يديّ ومستسلمة لمباهج العالم الآخر. وأفكّر أحيانًا في نومي: «أنا ميتة» وصوتي اليقظ يضمن لي الأبديّة. صمت الموت، اكتشفته برعب. كانت هناك حوريّة تلفظ أنفاسها الأخيرة عند شاطئ البحر. لأجل حبّ فتى شابّ، تخلّت عن روحها الخالدة وتحوّلت إلى حفنة من زبد أبيض، لا ذكرى لها ولا صوت. قلت لأبعث في نفسي العزاء: «إنّها قصّة خرافيّة».

لا، ليست قصّة خرافيّة. كنت أنا الحوريّة. أصبح الله فكرة مجرّدة في السماء البعيدة. وذات مساء نزعت من ذهني فكرة السماء. لم أتحسَّر قطّ على فقدان الله: كان يسرق منّي الأرض. لكن، ذات يوم أدركت أنّني، برفضي إيّاه، سأحكم على نفسي بالموت. كنت في الخامسة عشرة من عمري: رحت أصرخ في البيت الخالي. وحين استيقظت من غيبتي، تساءلت: «كيف يتصرّف

الآخرون؟ ماذا عليَّ أن أفعل؟ هل سأعيش بمعيّة هذا الخوف»؟

مذ أحببت روبير، اطمأنّت نفسي، لم يعد أيّ شيء يخيفني. التلفّظ باسمه يزرع الأمان في كياني. إنّه يعمل في الغرفة المجاورة. أستطيع النهوض ساعة أشاء وأفتح الباب... لكنّي أظلّ نائمة: لست واثقة من أنّه لا يسمع هو أيضًا هذه الضجّة الصغيرة القارضة. الأرض تنهار تحت أقدامنا وفوق رؤوسنا الخراب. لم أعد أعرف من نحن ولا ماذا ينتظرنا.

نهضت مذعورة، فتحت عينيّ. كيف لي أن أقبل بأن يكون روبير في خطر؟ كيف السبيل إلى تحمّل ذلك؟ لم يقل لي شيئًا يثير القلق تحديدًا. لم يقل شيئًا جديدًا. أنا متعبة. شربت كثيرًا. لا بدّ أنّني أهذي قليلاً، هذيان الرابعة صباحًا. لكن من يستطيع أن يقرّر أوان الساعة التي تتجلي له فيها حقيقة الأشياء؟ وحين ظننت أنّني بأمان، ألم أكن أهذي؟ وهل خلت ذلك حقًّا؟

لا أستطيع التذكّر. لم نكن نحفل بحياتنا بالذات، طغت الأحداث على كل ما عداها: التهجير، العودة، صفّارات الإنذار، القنابل، صفوف الانتظار، اجتماعاتنا، الأعداد الأولى لجريدة «*L'Espoir*»... في استوديو بول كان هناك مشعل بُنّي اللون يقذف فحمًا رجيعًا. استعنّا بعلبتين من المعلّبات جعلنا منهما موقدًا وأشعلنا فيه الأوراق المتوفّرة، فانبعث الدخان يعمي أبصارنا. في الخارج برك الدم وقرقعة الرصاص وزئير المدافع والمدرّعات. وفي داخلنا جميعًا الصمت نفسه والجوع نفسه والأمل نفسه. وكنّا كل صباح نستيقظ على السؤال نفسه: هل سيظلّ الصليب المعقوف يخفق فوق مبنى مجلس الشيوخ؟ وكان العيد يغمر قلوبنا بالبهجة نفسها عندما

رقصنا حول النار التي أشعلناها عند مفترق مونبارناس. ثم مضى الخريف. ومنذ قليل، على أنوار شجرة الميلاد، حين نسينا أمواتنا تمامًا، تنبّهت إلى أنّنا عدنا للحياة من جديد، كلٌّ لنفسه. سألَتْ بول: «هل تعتقدين أنّه يمكن للماضي الانبعاث من جديد؟»، وقال لي هنري: «أرغب في كتابة رواية مفرحة». بإمكانهم من جديد التحدّث بصوت عالٍ وإصدار الكتب وعقد اللقاءات وتنظيم أوقاتهم والتخطيط للمشاريع. ولهذا، فإنّهم سعداء: ولعلّ الجميع سعداء تقريبًا. ليست اللحظة مناسبة لأعذّب نفسي. الليلة عيد، أوّل ميلاد في مرحلة السلم. آخر ميلاد في بوشنفالد[1] آخر ميلاد على الأرض، أوّل ميلاد لم يحتفل به دييغو. رقصنا وتبادلنا القبلات حول الشجرة الحافلة بالوعود البرّاقة وما أكثر الغائبين منهم! لم يتلقّف أحد كلماتهم الأخيرة ولم يُدفنوا في أيّ مكان. ابتلعهم الفراغ. بعد يومين من التحرير، عثرت جنفياف على أحد النعوش: ترى من كان صاحب هذا النعش؟ لم يُعثر على جثمان جاك، ادّعى أحد الرفاق أنّه دفن مفكّرته تحت شجرة: أيّة مفكّرة وأيّة شجرة؟ أوصت سونيا على كنزة صوف وخُفّين من الحرير ثم انقطعت أخبارها. أين ترقد عظام راشيل وعظام روزا الرائعة الجمال؟ بين ذراعيه اللتين عانقتا لمرّات ومرّات جسد روزا العذب، كان لامبير يضمّ نادين، ونادين تضحك كما كانت تفعل أيّام كان دييغو يضمّها بين ذراعيه. نظرت إلى الممرّ الذي تحفّ به أشجار الصنوبر في عمق المرايا الكبيرة وفكّرت: ها هي الشموع، باقات الآس البرّي والهدال

(١) بوشنفالد: معسكر اعتقال نازي بالقرب من ويمار، ٥٠,٠٠٠ قتيل. بعيد انتهاء الحرب أصبح هذا المعسكر معتقلاً لمعارضي النظام السوفييتي.

التي غابت عن نواظرهم، كل ما أتيح لي أن أسرقه منهم. «قُتلا»[١]. من قُتل في البداية؟ الأب أم الابن؟ أمّا الابن فلم يكن يحسب للموت أيّ حساب. هل عرف أنه سيُقضى عليه؟ هل ثارت ثائرته أم رضي بمصيره؟ كيف السبيل إلى معرفة ذلك؟ والآن، وقد مات ما أهمِّيّة ذلك؟

لا ذكرى مولد له ولا قبر: لذا أبحث عنه متلمّسة ذكراه تلمّسًا عبر هذه الحياة التي عشقها بجنون. أمدّ يدي إلى مفتاح الكهرباء وأشعل الضوء: في مكتبي صورة لدييغو، عبثًا أتأمّلها لساعات، لن أجد أبدًا وجهه الحقيقيّ الذي يكلّله شعره الأشعث الغزير، هذا الوجه الذي كانت كل قسماته بارزة جدًّا: العينان، الأنف، الأذنان، الفم. كان جالسًا في المكتب عندما سأله روبير: «في حال انتصر النازيّون، ماذا ستفعل؟» فأجاب: «انتصار النازيّين لا يصبّ في قائمة اهتماماتي». واهتماماته كانت بأن يتزوّج من نادين ويصبح شاعرًا كبيرًا. ربَّما كان سينجح في ذلك: كان في السادسة عشرة من عمره، ومع ذلك يعرف كيف يحوّل الكلمات إلى جذوات ملتهبة. ربّما لم يكن محتاجًا إلاّ إلى القليل من الوقت: خمس سنوات، أربع سنوات. كانت حياته أشبه بإعصار.

وكنّا نسارع للتحلّق حول المدفأة الكهربائية وأستمتع برؤيته وهو يلتهم هيغل أو كانت: يقلّب الصفحات بالسرعة نفسها التي نتصفّح بها رواية بوليسيّة. والمدهش أنّه كان سريع الفهم حين يقرأ. وحدها أحلامه كانت بطيئة.

---

(١) «قُتلا»: هذه العبارة سترد في مكان آخر، وهي تشير إلى دييغو عشيق نادين ابنة آن الذي قتله النازيّون مع أبيه في المعتقل.

كان يمضي معظم وقته تقريبًا في بيتنا. كان أبوه رجل أعمال يهوديًّا إسبانيًّا مصرًّا على جمع المال من كل الأعمال التي يقوم بها. كان يقول إنّ قنصل إسبانيا يحميه، وكان دييغو يأخذ عليه ترفه ويهزأ من عشيقته الشقراء المكتنزة. أعجبته حياتنا المتقشّفة. ثم إنّه كان في السنّ التي نعجب فيها بالآخرين، وكان معجبًا بروبير: جاء إليه في أحد الأيّام حاملاً إليه أشعاره، وهكذا تعرّفنا إليه. منذ اللحظة التي التقى فيها بنادين، منحها حبّه بتهوّر واندفاع: حبّه الأوّل، حبّه الوحيد. اضطربت لشعورها بأنّ وجودها بات نافعًا أخيرًا. جعلت دييغو يقيم في المنزل. كانت لديه عاطفة حيالي مع أنّه وجدني متعقّلة للغاية. في المساء، طلبت منّي نادين الذهاب لتفقّدها في سريرها كما فيما مضى، فسألني وكان مضطجعًا قربها: «وأنا ألن تقبّليني»؟ قبّلته. تلك السنة، صرنا صديقتين أنا وابنتي. شعرتُ بالامتنان حيالها لقدرتها على أن تحبّ حبًّا صادقًا، وشعرتْ بالامتنان حيالي لأنّي لم أقف حجر عثرة في وجه حبّها. وهل يجدر بي الوقوف في وجه حبّها؟ لم تكن إلاّ في السابعة عشرة من عمرها: لكنّنا فكّرنا أنا وروبير أنّ السعادة مهما تكن مبكّرة فهي تأتي في أوانها.

عرفا كيف يكونان سعيدين وبجموح كبير. بالقرب منهما، استعدت شبابي. كانا يقولان لي وهما يشدّانني كلٌّ منهما بذراع: «تعالي لتناول العشاء معنا، تعالي، هذا المساء نحتفل». في ذلك اليوم، سرق دييغو من أبيه قطعة ذهبيّة، فهو يفضّل التماس الأشياء اغتصابًا لا سؤالاً، وهذه ميزة يمتاز بها من هم في عمره. حوّل قطعته الذهبيّة إلى عملة دون مشقّة، وأمضى بعد الظهر مع نادين

على الجبال الروسيّة[1] في مدينة الألعاب. وعندما قابلتهما مساءً في الشارع، وجدتهما يلتهمان تورتة هائلة اشترياها من خلفيّة دكّان أحد الفرّانين. تلك كانت طريقتهما في فتح الشهيّة. اتّصلا بروبير عبر الهاتف لكنّه رفض الانقطاع عن عمله. رافقتهما. كان وجهاهما ملطّخين بالمربّى وأيديهما مسودّة من غبار الأسواق الشعبيّة، وفي أعينهما صلف المجرمين السعداء. لا شكّ أنّ رئيس الخدم ظنّ أنّهما ينفقان على عجلة مالاً سرقاه. أشار إلينا بالجلوس إلى طاولة في آخر القاعة سائلاً بتهذيب بارد: «ألا يملك السيّد سترة؟» فألبست نادين سترتها فوق صدريّته الصوفيّة العتيقة المثقوبة، كاشفة بذلك عن صدّارها المجعلك المتّسخ. ومع ذلك قُدّمت لنا الخدمات. طلبا بداية المثلّجات وسمك السردين ثم ستيكًا وبطاطا مقليّة ومحارًا ومن ثم مثلّجات. «بطبيعة الحال، سيمتزج هذا كله في المعدة».

قالا ذلك وهما يلوكان ملء شدقيهما الزيت والكريما. بدوا سعيدين جدًّا وهما يشبعان جوعهما! عبثًا فعلتُ، كنّا دومًا نشعر بالجوع. أمراني: «كُلي، كُلي» وأخذا يدسّان في جيوبهما باتيه لروبير.

بعد ذلك بفترة قصيرة، قرع الألمان ذات صباح على بيت السيّد سيرا: كان قنصل إسبانيا قد غيَّر سياسته من غير أن يعلمه. صدف أنّ دييغو أمضى ليلته تلك عند أبيه. لم تقلق العشيقة الشقراء لما حدث. نقلت عن لسان دييغو ما يلي: «قولي لنادين ألاّ تقلق بشأني. سأعود لأنّي أريد أن أعود». كانت تلك آخر كلمات تلفّظ بها. وكل كلماته الأخرى اختفت إلى الأبد، هو الذي أحبَّ الكلام كثيرًا.

---

(١) الجبال الروسيّة سلسلة مرتفعات ومنحدرات تُرقى بواسطة مركبة في مدينة الألعاب.

الفصل ربيع والسماء زرقاء وأشجار الدرّاق مزهرة ورديّة. كنّا نسير على درّاجتينا أنا ونادين وسط البساتين المحتفلة بالربيع، ونعبّ ملء رئاتنا تلك السعادة الأشبه بسعادة عطلات الأسبوع في فترة السلم. لكنَّ حصون درانسي[1] بدّدت بوحشيّة هذه الأوهام الكاذبة. دفعت العشيقة الشقراء مبلغ ثلاثة ملايين فرنك لألمانيّ يُدعى فليكس لينقل إلينا رسائل من السجينين، ووعد بمساعدتهما على الهرب. لمرّتين استطعنا، عبر منظار صغير، أن نلمح دييغو عند إحدى النوافذ البعيدة. حلقوا خصلاته الكثيفة الجعدة، ولم يكن إطلاقًا هو نفسه الذي يبتسم لنا: كانت صورته المبتورة تطفو خارج العالم.

ذات يوم من أيّار بعد الظهر، وجدنا الثكنات الكبيرة فارغة. رأينا أفرشة من قشّ موضوعة للتهوئة عند حافّات النوافذ المفتوحة على غرف فارغة. قيل لنا في المقهى حيث ركنّا درّاجتينا إنّ ثلاثة قطارات غادرت المحطّة ليلاً. وقفنا أمام سور الأسلاك الشائكة ورحنا نراقب لفترة طويلة. وفجأة لمحنا في البعيد البعيد، وفي أعلى البناء، قامتين وحيدتين انحنتا باتجاهنا. القامة الأكثر فتوّة لوّحت لنا بالبيريه وبحركات متحمّسة ظافرة: لم يكذب فليكس. لم يُنقل دييغو إلى مكان آخر. كانت الفرحة تزهق أنفاسنا فيما كنّا نكمل طريقنا باتّجاه باريس.

قالت لنا الشقراء: «إنّهما في معسكر للمعتقلين الأميركيّين. إنّهما بخير ويأخذان حمّامات شمسيّة». لكنّها لم ترهما. أرسلنا إليهما صداري صوف وشوكولا. نقل إلينا فليكس شكرهما. لكنّ أيّة رسالة

---

(١) درانسي: مدينة فرنسيّة في ضواحي باريس، معتقل للأسرى السياسيّين بين ١٩٤١ ــ ١٩٤٤.

مكتوبة منهما لم تصل إلينا. أرادت نادين الحصول على علامة: خاتم دييغو أو خصلة شعر. لكن قيل لنا إنّهما نُقلا إلى معسكر آخر، في مكان ما، غير بعيد عن باريس. وشيئًا فشيئًا، لم يعودا موجودين في مكان محدّد. كانا غائبين، لا شيء أكثر. ألا يكون المرء موجودًا في مكان وألاّ يكون إطلاقًا، ليس ثمّة فارق كبير بين الأمرين. لم يتغيّر شيء إطلاقًا حين أبلغنا فليكس أخيرًا أنّهما قُتلا منذ زمن بعيد.

ظلّت نادين تولول ليالي عدّة. من المساء حتى الصباح، ضممتها بين ذراعيّ، إلى أن استعادت النوم. بداية، كان دييغو يزورها في أحلامها ليلاً والشرر يتطاير من عينيه. ما انقضت فترة قصيرة حتى تلاشى طيفه. كانت معذورة، ليس صحيحًا أنّني ألومها. فماذا نستطيع أن نفعل بجثّة؟ أعرف ماذا نفعل بالضحايا. نستخدمهم لنضع أعلامًا ودروعًا وبنادق وأوسمة ومكبّرات للصوت وتحفًا لتزيين البيوت. الأفضل أن ندع رفاتهم يرقد بسلام. سواء رفعنا لهم الأنصاب أم تناثرت أجسادهم في الغبار، كانوا إخوة لنا. لكن لم يكن لدينا الخيار: لماذا غادرونا؟ ليتركونا بسلام هم أيضًا. فلننسهم ولنبقَ فيما بيننا. لدينا حيواتنا وهي تكفينا. الموتى ماتوا. لم تعد لديهم مشاكل. ولكن نحن الأحياء، عندما تنتهي ليلة العيد هذه سنفيق عند الصباح. وعندئذٍ كيف سنواصل حياتنا؟

كانت نادين تضحك مع لامبير والأسطوانة تدور، وأرض القاعة تهتزّ تحت أقدامنا، والشرارات الزرقاء تترنّح. نظرت إلى سيزيناك فوجدته منبطحًا بطوله على السجّادة: لا شكّ أنّه كان يحلم بالأيّام المجيدة أيّام تجواله في باريس متقلّدًا بندقيّته. نظرت إلى شانسيل

الذي حكم عليه الألمان بالموت واستُبدل عند آخر لحظة بأحد المساجين، وإلى لامبير الذي وشى أبوه بخطيبته، وإلى فنسان الذي أجهز بيده على اثني عشر جنديًا. ماذا سيفعلون بهذا الماضي الثقيل جدًّا، الوجيز جدًّا، وبمستقبلهم الذي لم تتبيّن معالمه بعد؟ هل سأتمكّن من مساعدتهم؟ تقوم مهنتي على مساعدة الناس: أطلب منهم الاستلقاء على أحد الدواوين وسرد أحلامهم لي: لكنّي لن أستطيع أن أبعث روزا إلى الحياة ولا الجنود الاثني عشر الذين قتلهم فنسان بيده. ولنسلّم بأنّي نجحت في التخفيف من وطأة ماضيهم، فما هو المستقبل الذي أعدهم به؟ لي أن أمحو المخاوف وأصقل الأحلام وأقلّم الرغبات وأكيّفهم مع الواقع، لكن مع أيّ واقع؟ وكل شيء من حولي قد انهار.

لا شكّ أنّني أفرطت في الشرب. لست أنا من خلق السماء والأرض. لا يطالبنّني أحد بشيء، ثم لماذا يكون الاهتمام بالآخرين شغلي الشاغل؟ يحسن بي أن أهتمّ بنفسي ولو قليلاً. أسند خدّي إلى الوسادة، أنا هنا، هذا أنا. أشعر بالسأم لأنّني لا أجد ما أقوله عن نفسي. آه... إذا سألني أحد من أنا أستطيع إبراز الملفّ المتعلّق بشخصيّتي. فلكي أبرع في مجال التحليل النفسي، عليَّ تحليل نفسي بالذّات. وجدوا لديَّ بوضوح عقدة أوديب تعلّل زواجي برجل يكبرني بعشرين سنة، وعدوانيّة جليّة حيال أمّي، وبعض الميول المثليّة التي تخطّيتها بالشكل الملائم. أدين لتربيتي الكاثوليكيّة بأنا مثاليّة طاغيةٍ للغاية: وهنا يكمن سبب طهرانيّتي وضمور النرجسيّة لديّ. أمّا التباس مشاعري حيال ابنتي فمصدره كراهيّتي لأمّي ولامبالاتي بنفسي. قصّتي من أكثر القصص كلاسيكيّة، ويسهل

إدراجها ضمن الأطر المعهودة.

في نظر الكاثوليكيّين، حالتي تافهة للغاية: توقّفت عن الإيمان بالله عندما اكتشفت إغراءات الشهوة. وزاد زواجي بملحدٍ في هلاكي. اجتماعيًّا أنا وروبير من مثقّفي اليسار. في وجهات النظر هذه شيء من الصحّة. هاأنذا مصنّفة إذًا وقانعة بذلك، متكيّفة مع زوجي ومع مهنتي ومع الحياة والموت والعالم وأهواله. هذه أنا. أنا بالضبط أي لا أحد.

أن لا أكون أحدًا فهذا أعتبره في النهاية امتيازًا. أراهم يروحون ويجيئون عبر الاستوديو. جميعهم أسماؤهم معروفة ولا أحسدهم. روبير اسم معروف وهو منذور لذلك، وفي هذا قدره. أمّا الآخرون فكيف يجرؤون؟ كيف بالإمكان أن نكون من الادّعاء أو من الطيش بحيث نرمي بأنفسنا لقمة سائغة تتناتشها زمرة مجهولين؟ كانت أسماؤهم تُدنَّس على أفواه الآلاف من الناس، وكان الفضوليّون يسطون على أسرار فكرهم وقلبهم وحياتهم: لو كنت أنا أيضًا فريسة جشع لمّامي الخرق هؤلاء لآل بي الأمر إلى اعتبار نفسي قذارة لا أكثر. أغبط نفسي لكوني لست أحدًا.

اقتربت من بول: لم تقضِ الحرب على أناقتها المستفزّة. كانت ترتدي تنّورة طويلة من الحرير ذات تموّجات بنفسجيّة، وتعلّق في أذنيها أقراطًا على شكل عناقيد من الجمشت.

قلت لها:

ــ أنت جميلة جدًّا هذا المساء!

ألقت نظرة سريعة على إحدى المرايا الكبيرة وقالت بحزن:

ــ أجل! أنا جميلة.

كانت جميلة لكن تحت عينيها هالات من لون أقراطهـــا. فـــي سريرتها كانت تعرف جيّدًا أنّ هنري يستطيع اصطحابها معه إلى البرتغال لو أراد. على أيّة حال، تعرف أكثر ممّـــا كانـــت تـــدّعي معرفته بكثير.

ــ يجدر بك أن تكوني سعيدة: أقمت سهرة ناجحة بمناسبة رأس السنة.

قالت بول:

ــ هنري يحبّ الأعياد.

كانت يداها المثقلتان بخواتم ضخمة كخواتم الأساقفة، تملّـــسان بطريقة آليّة حرير تنّورتها المتموّج.

ــ ألن تغنّي لنا شيئًا؟ يسعدني أن أراك تغنّين.

قالت مندهشة:

ــ أغنّي؟

فأجبتها ضاحكة:

ــ نعم، تغنّين. هل نسيت أنّك كنت تغنّين من زمان؟

ــ من زمان... زمان بعيد.

ــ ليس بالبعد الذي تتصوّرين. الآن سيعود كل شيء من جديـــد كما كان من زمان.

ــ أوتظنّين؟ قالت وهي تنظر إلى عينيّ ساهمةً حتى خُيّل إلـــيّ أنّ نظراتها تحدّق، فيما يتعدّى وجهي، إلى كرة من زجاج: «هـــل تظنّين أنّ الماضي يستطيع أن يُبعث من جديد»؟

أعرف تمامًا الجواب الذي تتوقّعه منّي. ضحكت بـــشيء مـــن الانزعاج وقلت لها: «لست عرّافة».

قالت بنبرة متأنّية:

ـ يجدر بروبير أن يشرح لي ماهيّة الزمن.

كانت مستعدّة أن تلغي المكان والزمان على أن تسلّم بأنّ الحبّ قد لا يكون أبديًا. خفت لأجلها. أدركت خلال هذه السنوات الأربع أنّ هنري لا يوليها إلاّ عاطفة سئمة. لكن، منذ التحرير لا أعرف أيّ أمل مجنون استفاق في قلبها.

ـ أتذكرين هذه الترتيلة الزنجيّة التي كنت أحبّها جدًّا؟ ألا تريدين أن تغنّيها لي؟

مشت باتّجاه البيانو. رفعت الغطاء. كان صوتها خافتًا قليلاً لكن مؤثّرًا كما كان من زمان. قلت لهنري: «عليها أن تغنّي من جديد أمام الجمهور». تعجَّب من كلامي. وفي ختام التصفيق، اقترب من نادين وراحا يرقصان: لم تعجبني الطريقة التي كانت تنظر بها إليه. هي أيضًا لم تكن لديّ أيّة وسيلة لمساعدتها. أعطيتها فستاني الوحيد اللائق لتلبسه وأعرتها أجمل عقد لديّ. هذا كل ما استطعت فعله. غير مُجْدٍ أن أستكشف أحلامها: أعرف. ما تحتاج إليه هو الحبّ، الحبّ الذي أظهر لامبير استعدادًا لمنحها إيّاه، لكن كيف بالإمكان منعها من أن تدمّره؟ ومع ذلك، حين دخل لامبير إلى الاستوديو، راحت تنزل الدرج الصغير، حيث كانت واقفة في أعلاه تراقبنا بنظرات معاتبة. هرولت، ثمّ تسمّرت عند آخر درجة وقد أربكتها اندفاعتها. تقدّم باتّجاهها وابتسم لها بوقار:

ـ أنا سعيد لأنّك أتيت!

فأجابته بلهجة فظّة:

ـ أتيت لأراك.

كان يبدو جميلاً هذا المساء في بذلته القاتمة. يرتدي ثيابه بتكلّف صارم وكأنّه في الأربعين. كان مفرطًا في اللياقات، هادئ النبـرة، مراقبًا ابتساماته. لكن في نظراته الحائرة وشفتيه النديّتين فتـوّة لا تردّ. نادين معجبة بجدّيّته ومطمئنّة لضعفه.

تفرّست به بلطف ساذج بعض الشيء وقالت:

ـ هل استمتعت بوقتك؟ يبدو أن الألزاس جميلة جدًّا؟

ـ تعرفين، حين يكون المنظر معسكرًا فإنّه يصبح مشؤومًا.

ذهبا للجلوس على إحدى الدرجات. تحـدّثا وضـحكا ورقـصا طويلاً. وفي نهاية المطاف كان لا بدَّ أن يتـشاجرا فهـذا يـضفي حيويّة على الجوّ. ثم إنّ نادين دأبت على أن ينتهي كل لقاء مماثل بخصام مكشوف. ذهب لامبير للجلوس بجانب الموقد والغضب بادٍ عليه، ولم يكن واردًا أن أبادر لجمعهما مـن طرفـي الاسـتوديو ومصالحتهما من جديد.

اتّجهت إلى البوفيه واحتسيت كأسًا من المـشروب. أخفـضت بصري على طول تنّورتي السوداء وتوقّفت عند سـاقيّ: طريـف التفكير بأنّ لديَّ ساقين. لا أحد كان يبالي بالأمر، ولا أنـا حتّـى. ساقان رشيقتان وصلبتان تحت الجوارب الحريريّة بلـون الخبـز المحروق، وهما مشابهتان لغيرهما من السيقان. وذات يوم ستُدفنان كما لو أنّهما لم توجدا قطّ. بدا هذا مجحفًا. كنـت مـستغرقة فـي تأمّلهما عندما أقبل سكرياسين ناحيتي:

ـ لا يبدو عليك أنّك تستمتعين بالسهرة كما يجب!

ـ أبذل ما في وسعي.

ـ هناك شبّان كثر في السهرة والشبّان ليسوا سعيدين أبدًا وأكثر

منهم الكتّاب. ثم أشار بحركة من ذقنه إلى لونوار وبليتييه وكـانج: «جميعهم يتعاطون الكتابة، أليس كذلك»؟

ــ جميعهم.

ــ وأنتِ، ألا تكتبين؟

قلت ضاحكة:

ــ يا مصيبتي، لا!

كانت تصرّفاته الفظّة تروق لي. فيما مضى، قرأت كما الجميع كتابه الشهير «الجنّة الحمراء» لكنّي تأثّرت خصوصًا بكتابه عـن النمسا النازيّة. كان الكتاب أكثر من مجرّد تحقيق، لا بل شهادة حيّة مفعمة شغفًا. كان سكرياسين قد فرَّ من النمسا وقبلها من روسـيا، وحصل على الجنسيّة الفرنسيّة. لكنّه أمـضى الـسنوات الأربـع الأخيرة في أميركا. التقينا به لأوّل مرّة في الخريف، وللحال توجّه بالكلام إلى روبير وهنري رافعًا الكلفة. لكن، لم يبدُ عليه آنذاك قطّ أنّه انتبه إلى وجودي.

أشاح بنظره عنّي قائلاً:

ــ أتساءل ما المصير الذي سيؤولون إليه.

ــ من تقصد؟

ــ الفرنسيّين عامّة وهؤلاء خاصّة.

وبدوري تفرّست فيه. وجهه المثلّث بخدّيه البـارزين وعينيـه اليقظتين القاسيتين وفمه الرقيق الذي يكاد يكون أنثويًّا، لم يكن وجهًا فرنسيًّا. كان يعتبر الاتّحاد السوفييتي بلدًا معاديًا ولم يكـن يحـبّ أميركا: ليس من مكان على الأرض يشعر فيه أنّه في بلده.

قال وقد ارتسمت على شفتيه ابتسامة خفيفة:

ـ عدت من نيويورك على متن باخرة إنكليزيّة. ذات يوم قال لي المضيف: «الفرنسيّون المساكين: لا يعرفون ما إذا كانوا ربحوا الحرب أم خسروها». بدا لي أنّ تعليقه يختصر الوضع بشكل تامّ.

كان في صوته زهو يغيظني. قلت:

ـ لا قيمة للأسماء التي تردّدونها في معرض وصفكم لأحداث الحرب الماضية. المهمّ هو المستقبل.

قال متحمّسًا:

ـ بالضبط، ولكي نحقّق لأجيالنا مستقبلاً زاهرًا يجب أن نحسن مواجهة الحاضر. أشعر أنّ الناس هنا لا يدركون هذا الأمر. دوبروي يحدّثني عن مجلّة أدبيّة، وبيرون عن رحلة استجمام. يبدو أنّهم يظنّون أنّ باستطاعتهم استئناف حياتهم السابقة وكأنّ الحرب لم تحدث.

ـ وهل أوفدتك السماء لكي تفتح أعينهم على الحقيقة؟

كان صوتي قاسيًا. ابتسم سكرياسين:

ـ هل تلعبين الشطرنج؟

ـ بشكل سيّئ جدًّا.

تابع الابتسام، واختفت كل مسحة ادّعاء من وجهه: مذ تعارفنا ونحن صديقان حميمان وشريكان. فكّرت: ها إنّه يفعل كل ما بوسعه ليغريني بسحره السلافيّ. لكنّ للإغراء مفعوله. ابتسمت أنا أيضًا.

ـ عندما أشاهد لعبة شطرنج من خارج، أرى مجريات اللعب

أفضل من اللاعبين أنفسهم حتى لو كنت في الواقع أقلّ براعة منهم. حسناً الأمر مماثل. أراقب من الخارج ما يجري فأرى بشكل أفضل.

ـ ماذا؟

ـ المأزق.

ـ أيّ مازق؟

كان سؤالي ينمّ عن قلق مفاجئ. عشنا كل تلك الفترة متلازمين جنبًا إلى جنب وفي منأى عن عيون الرقباء. كانت هذه النظرة الآتية من مكان آخر تقلقني.

أردف سكرياسين بشيء من الرضى:

ـ المثقّفون الفرنسيّون في مأزق. جاء دورهم. لن يكون لفنّهم وفكرهم أيّ معنى إلاّ إذا نجحت حضارة ما في إثبات نفسها. وإذا أرادوا إنقاذها فلن يتبقّى لهم شيء يعطونه للفنّ أو للفكر.

قلت:

ـ ليست هذه المرّة الأولى التي يشتغل فيها روبير في السياسة بشكل مندفع. لكنّ هذا لم يمنعه قطّ من الكتابة.

قال سكرياسين بتهذيب:

ـ نعم. عام ١٩٣٤، بذل دوبروي الكثير من وقته في النضال ضدّ الفاشيّة. لكن هذا النضال بدا له من الناحية الأخلاقيّة قابلاً للمصالحة مع اهتماماته الأدبيّة. ثم أضاف بشيء من الغضب: «في فرنسا، لم يشعروا إطلاقاً بضغط التاريخ بكل استحقاقاته الملحّة. في الاتّحاد السوفييتي والنمسا وألمانيا، كان هذا الضغط يرمي بكل ثقله عليهم ولم يقدروا على تجاوزه. هذا هو السبب مثلاً في أنّني لم أكتب.

ـ لكنّك كتبت.

ـ وهل تعتقدين أنّني لم أحلم أيضًا بتأليف كتب أخرى؟ لكنّ الأمر فوق طاقتي. وأضاف هازئًا: «يجب أن نستحضر تراثًا عريقًا غنيًّا بالنزعة الإنسانيّة لكي نستطيع الاهتمام بمسائل ثقافيّة في مواجهة ستالين وهتلر. بالطبع، أنتم في بلد ديدرو وفكتور هوغو وجوريس، تعتبرون أنّ الثقافة والسياسة متلازمتان. باريس اعتبرت نفسها أثينا لوقت طويل. لكنّ أثينا لم تعد موجودة. انتهى الأمر».

قلت:

ـ أمّا بالنسبة للشعور بضغط التاريخ فأعتقد أنّ روبير يستطيع أن يسلّفك من حسابه.

ـ لا أهاجم زوجك.

قالها سكرياسين بابتسامة خفيفة جرّد بها كلماتي من كل معنًى، معتبرًا إيّاها اندفاعة مباغتة تنمّ عن غيرتي على زوجي.

ثم أضاف:

ـ في الواقع، أعتبر أنّ أعظم مفكّرين في هذا الزمن هما روبير دوبروي وتوماس مان. لكنّي إذا كان حدسي ينبئني بأنّه سيتخلّى عن الأدب، فهذا لأنّني أثق ببعد نظره.

هززتُ كتفي؛ إذا كان يريد مداهنتي فهو مخطئ. أكره توماس مان.

قلت:

ـ لن يتخلّى روبير عن الكتابة أبدًا.

قال سكرياسين:

ـ اللافت في أعمال دوبروي أنّه استطاع التوفيق بين متطلّبات جماليّة رفيعة والإلهام الثوري. وفي حياته، حقّق توازنًا مماثلاً: كان ينظّم لجان الـ Vigilance(١) ويكتب الروايات. لكن هذا التوازن الجميل الذي حقّقه بات اليوم مستحيلاً.

قلت:

ـ سيختلق روبير توازنًا آخر. يمكنك الاعتماد عليه.

فأجابني:

ـ وسيضحّي بالمتطلّبات الجماليّة للعمل الأدبي. ثم أشرق وجهه وسأل بلهجة ظافرة:

ـ هل درست مرحلة ما قبل التاريخ؟

ـ ليست معرفتي بها بأفضل من معرفتي بالشطرنج.

ـ لكنّك ربّما كنت تعلمين أنّ الرسوم الجداريّة في الكهوف والأدوات التي عُثر عليها في أعمال التنقيب تدلّ على ذوق فنّي رفيع استمرّ لفترة طويلة من الزمن. وفجأة، اختفت الرسومات والمنحوتات وشهد الفنّ فترة انحطاط امتدّت لقرون عدّة وترافقت مع انطلاقة تقنيّات جديدة. حسناً، نحن نقارب والحالة هذه عهدًا ستكون فيه البشريّة، ولأسباب شتّى، في مواجهة مشاكل سيعدّ معها التعبير عن النفس ترفًا.

قلت:

ـ البراهين عن طريق المقارنة لا تثبت الشيء الكثير.

---

(١) لجان أو لجنة الـ Vigilance ، منظّمة سياسيّة فرنسيّة تأسّست عام ١٩٣٤ قبل الحرب العالميّة الثانية، وتضمّ مثقّفي اليسار المناهضين للفاشيّة. شعارها بالفرنسيةCVIA أي: Comité de Vigilance des intellectuels de gauche antifascistes.

قال سكرياسين بأناة:

ـ لندع جانبًا هذه المقارنة. أعتقد أنّك عشت هذه الحرب عن كثب لذا لا يمكنك فهمها كما يجب. لم تكن حربًا فقط. إنّها تصفية لمجتمع ولعالم بأكمله أو إنّها بداية التصفية. إنّ تقدّم العلم والتقنيّة وكذلك التغيّرات الاقتصاديّة، كل هذا سيبدّل وجه الأرض بحيث إنّ طرق تفكيرنا وشعورنا ستتبدّل جذريًّا: سيصعب علينا تذكّر من كنّا. وستتغيّر نظرتنا إلى الفنّ والأدب فننظر إليهما بصفتهما متعًا تجاوزها الزمن.

هززت رأسي استنكارًا، وأردف سكرياسين بحماسة:

ـ ثم ما قيمة الرسالة الملقاة على عاتق الأدب التي ينادي بها الأدباء الفرنسيّون حين سيقع العالم في قبضة الاتحاد السوفييتي أو الولايات المتّحدة؟ لن يفهمهم أحد ولن يعود هناك من يتحدّث بلغتهم.

قلت:

ـ يخيّل للسامع أنّك تؤيّد وجهة النظر هذه عن طيب خاطر.

حرّك كتفيه هازئًا:

ـ تفكّرين الآن بوصفك امرأة. على أيّة حال، النساء غير قادرات على رؤية الأمور من وجهة نظر موضوعيّة.

قلت:

ـ ليكن لك ما تشاء: ما من دليل موضوعيّ على أنّ العالم سيصير أميركيًّا او روسيًّا.

ـ هذا الأمر محتّم نوعًا ما على المدى الطويل.

أوقفني عن الكلام بإشارة من يده وقد ارتسمت على شفتيه

ابتسامة جميلة على الطريقة السلافيّة:

ـ أفهمك، التحرير لا يزال حديث العهد. جميعكم تسبحون الآن في بحر من الغبطة الكاملة. تعذّبتم كثيرًا على مدى أربع سنوات وتعتبرون أنّكم دفعتم الثمن غاليًا لكن ليس هناك ثمن يُدفع بشكل كاف.

قال الجملة الأخيرة بمرارة حادّة. ثم نظر في عينيّ: «هل تعلمين أنّ في واشنطن جماعة نافذة جدًّا تريد أن تجعل الريف الألماني يصل حتى حدود موسكو؟ من وجهة نظرهم، هم على صواب. فالإمبرياليّة الأميركيّة مثلها مثل التوتاليتاريّة الروسيّة، كلاهما يفترض توسّعًا غير محدود. يجب أن تنتصر إحدى القوّتين على الأخرى». ثم أردف بلهجة حزينة: «تعتقدون أنّكم تحتفلون بالهزيمة الألمانيّة لكنّها الحرب العالميّة الثالثة التي تشقّ طريقها».

قلت:

ـ هذه توقّعاتك الشخصيّة.

فقال:

ـ أعرف أنّ دوبروي يؤمن بالسلام وبالفرص المؤاتية لخلق أوروبا قويّة ومستقلّة. ثم ابتسم بلطف: «يحدث أنّ المفكّرين العظام يخطئون هم أيضًا. سنُلحَق بستالين أو تستعمرنا أميركا».

قلت ببشاشة:

ـ إذًا لن نقع في مأزق. غير مجدٍ القلق بشأن الأدب فهؤلاء الذين يستمتعون بالكتابة سيواصلون عملهم.

ـ ما الجدوى من الكتابة في غياب القرّاء، إنّها مجرّد تسلية بلهاء!

ـ حين يكون الإفلاس شاملاً، لا يتبقّى عندئذٍ إلاّ الانصراف إلى تسليات بلهاء.

صمت سكرياسين وعبرت وجهه ابتسامة ماكرة. ثم قال كمن يفشي سرًّا:

ـ على أيّة حال، قد تكون بعض المصادفات أقلّ سلبيّة من الأخرى. في حال انتصر الاتّحاد السوفييتي لا تعود هناك مشكلة لأنّ في هذا الانتصار نهاية الحضارة ونهايتنا جميعًا. وإذا انتصرت أميركا فستكون الكارثة أقلّ مأساويّة. إذا نجحنا في أن نفرض عليها بعض القيم ونصون بعضًا من أفكارنا، يمكن لنا حينئذٍ أن نأمل بأن تقدر الأجيال القادمة على إعادة الاتّصال يومًا بثقافتنا وتقاليدنا. لكن، يجب أن نعدّ العدّة من أجل تعبئة شاملة لكل إمكانيّاتنا.

قلت:

ـ لا تقلْ لي إنّه في حال حدوث نزاع بين القوّتين، سوف تتمنّى الانتصار لأميركا!

أجاب:

ـ في جميع الأحوال سيفضي مسار التاريخ حتمًا إلى ولادة مجتمع لا طبقات فيه، إنّها مسألة قرنين أو ثلاثة. أتمنّى بحرارة، ولصالح الأجيال التي تعيش ضمن هذه الفترة الزمنيّة الفاصلة، أن تحصل الثورة في عالم تهيمن عليه أميركا وليس الاتّحاد السوفييتي.

قلت:

ـ في عالم تهيمن عليه أميركا، أتصوّر أنّ الثورة سيطول انتظارها إلى ما لا نهاية.

ـ لكن هل يسعك أن تتخيّلي أيّ معنى للثورة يبقى إذا قادها

الستالينيّون؟ الثورة الحقيقيّة كانت في أوجها في فرنسا عام ١٩٣٠. أمّا في الاتّحاد السوفييتي فأقول لك إنّها كانت أقلّ وهجًا. ثم أضاف بلهجة مستخفّة: «تعدّون أنفسكم لمفاجآت عجيبة! في اليوم الذي تسقط فيه فرنسا تحت الاحتلال الروسي ستدركون عندئذٍ معنى كلامي. لكن لسوء الحظّ، يكون الأوان قد فات».

قلت:

ـ احتلال روسيا لفرنسا، أنت نفسك لا تؤمن به.

قال سكرياسين:

ـ بلى للأسف!

ثم أضاف متنهّدًا:

ـ أيًّا يكن، لنكن متفائلين، لنسلّم جدلاً بأنّ لأوروبا فرصًا مؤاتية لتكون قويّة ومستقلّة. ومع ذلك لن يمكننا إنقاذها إلاّ من خلال نضال دؤوب. ممنوع إطلاقًا أن يعمل كلٌّ لنفسه.

لزمت الصمت. كل ما يتمنّاه سكرياسين هو أن يلزم الكتّاب الفرنسيّون الصمت، وأفهم جيّدًا ما يرمي إليه. لم يكن في تنبّؤاته ما يقنع، ومع ذلك فقد كان لصوته المأسوي صدى في داخلي: «كيف سنواصل حياتنا؟»، سؤال آلمني التفكير فيه منذ بداية السهرة لا بل منذ أيّام وأسابيع.

تفرّس سكرياسين في وجهي: «يجب الاختيار بين أمرين: إمّا يتصدّى رجال أمثال دوبروي وبيرون للوضع فيقودان حركة تغيير شاملة تتطلّب منهما تفانيًا كاملاً، وإمّا يراوغان ويصرّان على الكتابة والأدب وعندئذٍ ستكون أعمالهما منقطعة عن الواقع

والمستقبل معًا، أشبه بأعمال العميان، ومحزنة كقصائد شعراء الإسكندريّة[1]».

من الصعوبة بمكان النقاش مع متحدّث يحسب نفسه يتكلّم عن العالم والآخرين، فيما هو يتكلّم عن نفسه بلا انقطاع. لن يهدأ لي خاطر إذا لم أجرحه بكلامي. ومع ذلك قلت:

ـ من المؤسف أن ترمي الآخرين في مأزق لا خلاص لهم منه سوى أن يختاروا بين أمرين لا ثالث لهما. الحياة لا ترضى بمثل هذه المعضلات.

ـ إلاّ في هذه الحالة. إمّا الاسكندريّة وإمّا إسبارطة. ما من خيار آخر. الأفضل أن نقول هذه الأشياء اليوم. ثمّ أردف بلهجة رقّت قليلاً: «إنّ التضحيات لا تعود مؤلمة حين تغدو وراءنا».

ـ أنا واثقة من أنّ روبير لن يضحّي بشيء.

ـ سأذكّرك بهذا الكلام بعد سنة من الآن. بعد سنة، إمّا أنّه سيتخلّى عن القضيّة وإمّا أنّه سيقلع عن الكتابة. ولا أعتقد أنّه سيتخلّى عن القضيّة.

ـ لن يتوقّف عن الكتابة.

قال سكرياسين بلهجة محتدّة: هل تراهنين؟ على زجاجة شامبانيا؟

ـ لا أراهن على شيء.

ابتسم قائلاً:

ـ أنت، ككلّ النساء، تحتاجين إلى نجوم ثابتة في السماء

---

(١) المدرسة الشعريّة الإسكندريّة التي ازدهرت في القرنين الثالث والثاني قبل الميلاد في عهد دولة البطالسة. من أشهر ممثّليها كاليماخوس، أبولونيوس وثيوقريس.

ولافتات في الطريق لتحديد المسافات.

قلت هازئة:

ـ هل تعرف، أبدعت النجوم الثابتة في الرقص خلال الأعوام الأخيرة؟

ـ أجل لكنّك بقيت مقتنعة بأنّ فرنسا ستبقى فرنسا، وروبير دوبروي سيبقى روبير دوبروي وإلاّ اعتبرت نفسك ضائعة.

قلت ببشاشة:

ـ قل لي إذاً. الموضوعيّة التي تدّعيها تبدو مريبة فعلاً!

ـ أنا مجبر على مجاراتك في وجهة النظر التي تطرحينها. لا تواجهينني إلاّ بقناعات ذاتيّة.

ثم أردف وقد أدفأت ابتسامته عينيه المتحرّيتين:

ـ تأخذين الأشياء على محمل الجدّ كثيرًا، أليس كذلك؟

ـ هذا رهن بالظروف.

قال:

ـ أُحطت علمًا بالأمر، لكنّي أحبّ فعلاً النساء الجدِّيّات.

ـ من أحاطك علمًا بالأمر؟

أشار بحركة غامضة قصد بها جميع الناس دون أن يسمّي أحدًا منهم:

ـ الناس.

ـ وماذا قالوا لك؟

ـ إنّك متحفّظة وصارمة، لكن لا أرى ذلك صوابًا.

زممت شفتيّ لئلاّ أطرح أسئلة أخرى. فخّ المرايا استطعت أن أنجو منه. لكن نظرات الآخرين، من ذا الذي يستطيع أن ينجو من

الوقوع في هذه الهاوية التي تبعث على الدوار؟ أرتدي الأسود، أتكلّم قليلاً، لا أكتب، وكل هذا يرسم لي وجهًا يراه الآخرون. أنا لا أحد، يسير هذا القول: أنا نفسي، من أنا؟ أين أجدني؟ عليّ أن أكون في الجهة الأخرى للأبواب كلّها، لكن إذا كنت أنا من يقرع فلن ألقى جوابًا. شعرت فجأة أنّ وجهي يحرقني. أردت انتزاع جلدي.

قال سكرياسين:

ـ لماذا لا تكتبين؟

ـ ثمّة ما يكفي من الكتب.

ـ ليس هذا سببًا وجيهًا. حدّق إليّ بعينيه الصغيرتين المتفحّصتين: «الحقيقة هي أنّك لا تريدين أن تعرّضي نفسك...».

ـ أعرّض نفسي لأيّ شيء؟

ـ تبدين واثقة جدًّا من نفسك. لكنّك في العمق أنت خجولة جدًّا. أنت من هؤلاء الناس الذين يتفاخرون بما لا يفعلونه.

قاطعته:

ـ لا تحاول أن تحلّلني نفسيًّا. أعرف نفسي من جميع زواياها. أنا طبيبة نفس.

ـ أعرف، وأضاف مبتسمًا: «ما رأيك أن نتناول العشاء معًا في إحدى الأمسيات المقبلة؟ نشعر بأنّنا تائهون فعلاً في هذه الباريس المتّشحة بالسواد. بتنا لا نعرف أحدًا فيها»».

فكّرت فجأة: «يبدو أنّه انتبه إلى ساقيّ!». انتزعت مفكّرتي، ليس لديّ أيّ سبب لأرفض عرضه.

قلت:

ـ نتناول العشاء معًا، أيوافقك الثالث من كانون الثاني؟

ـــ حسنًا، في الساعة الثامنة في حانة ريتز، موافقة؟
ـــ موافقة.

شعرت بانزعاج، لكن لا بأس، ليفكّر بي كما يحلو له. عندما أستشفّ صورتي بالذات منعكسة في مرآة الغريب، تعتريني دومًا لحظة رعب لكنّها لا تدوم طويلاً إذ سرعان ما أتخطّاها. لكن ما أربكني فعلاً هو أنّني رأيت روبير بعيني شخص آخر، هل كان فعلاً في مأزق؟ رأيته يمسك بول من خصرها ويجعلها تدور، وباليد الأخرى يرسم لا أعرف ماذا في الهواء، ربّما كان يشرح لها ماهيّة الوقت. في أيّة حال، كانت تضحك، وكان يضحك ولا يبدو عليه أنّه في خطر. لو كان في خطر لعرف ذلك. ليس من هؤلاء الذين ينخدعون أو يكذبون على أنفسهم إطلاقًا. ذهبت لأحتجب في فرجة إحدى النوافذ، خلف ستارة حمراء. تفوّه سكرياسين بحماقات شتّى، إلاّ أنّه طرح بعض الأسئلة التي لا أستطيع إغفالها بسهولة. طيلة هذه الأسابيع، تفاديت الأسئلة. طال كثيرًا انتظار هذه اللحظة، لحظة التحرير والنصر وأريد التمتّع بها. سيتسنّى لي أيضًا الوقت غدًا للتفكير في اليوم التالي. ولكن ها إنّي أفكّر في هذه الأمور منذ الآن، وأتساءل ما إذا كان روبير يفكّر بها أيضًا. الواقع أنّ الشكوك التي تعتريه لا تعبّر عن نفسها أبدًا بالإحباط بل بفائض من النشاط. لكن هذه الأحاديث، الرسائل، المخابرات الهاتفيّة، الإجهاد في العمل ليلاً، ألا تخفي خلفها قلقًا؟ صحيح أنّ روبير لا يخفي عنّي شيئًا لكن يحدث له أحيانًا أن يحتفظ لنفسه موقّتًا ببعض الهموم. فكّرت بحسرة: «على أيّة حال، هذه الليلة أيضًا قال لبول: نحن على مفترق طرق». غالبًا ما كرّر هذا القول وكان جُبنًا منّي أن أتحاشى

تحميل هذه الكلمات معناها الحقيقي: «نحن على مفترق طرق». إذًا العالم في خطر بالنسبة لروبير، وبالنسبة لي العالم هو روبير، إذًا روبير في خطر! فيما كنّا نعود متخاصريْن على طول الأرصفة عبر الظلمات الأليفة، لم تكن ذرابة لسانه كافية لطمأنتي.

لقد شرب كثيرًا وكان في قمّة الحبور. عندما يبقى محتبسًا لأيّام وليالٍ في غرفته، يصبح خروجه من عزلته عملاً بطوليًّا. أخذ يستفيض في الكلام عن هذه السهرة لدرجة كدت معها أشعر أنّني اجتزتها وأنا مغمضة العينين. أمّا هو فلديه عينان تراقبان وتشاهدان كل شيء ولديه اثنا عشر زوجًا من الآذان. كنت أصغي إليه لكنّي أتابع مساءلة نفسي خفية. لماذا لم ينجز حتى الآن هذه المذكّرات التي كتبها بشغف طيلة الحرب؟ هل في ذلك مؤشّر؟ لأيّ شيء؟

قال روبير:

ـ مسكينة بول. كارثة أن يحبّ أديب امرأة. لقد صدّقت كل ما قاله بيرون عنها.

حاولت حصر اهتمامي ببول فقلت:

ـ أخاف أن يكون التحرير قد أفقدها رشدها. في السنة الماضية، لم تكن تعلّل نفسها بالأوهام مطلقًا. وها هي اليوم تعاود اللعبة، لعبة الحبّ المجنون. إلاّ أنّها لاعب وحيد.

قال روبير:

ـ رغبَتْ في أن أقول لها إنّ الزمن غير موجود. عليها أن تعرف أنّ أفضل ما في حياتها بات خلفها. الآن وقد انتهت الحرب، ها هي تحلم باستعادة الماضي.

ـ كلّنا أملنا ذلك، صحيح؟ بدا لي صوتي مرحًا لكن روبير ضغط على ذراعي.

ـ ما الذي لا يسير على ما يرام؟

قلت بنبرة واثقة:

ـ لا شيء. كل شيء على ما يرام.

ـ هيّا قولي لي، أعرف ما معنى أن يتّخذ صوتك نبرة السيّدة الاجتماعيّة الراقية. أنا واثق أنّ الأفكار تتزاحم في رأسك. كم كأسًا من البنش شربت؟

ـ بالتأكيد أقلّ منك. ليس البنش هو السبب !

فقال روبير بلهجة ظافرة.

ـ ها قد اعترفْتِ! هناك أمور تشغل بالكِ إلى هذا الحدّ، والبنش ليس السبب. ما السببَ إذًا؟

قلت ضاحكة:

ـ إنّه سكرياسين. قال لي إنّ المثقّفين الفرنسيّين وصلوا إلى حائط مسدود!

ـ يودّ ذلك!

ـ أعرف، لكنّه أثار خوفي في الوقت نفسه.

ـ فتاة ناضجة في مثل سنّك تتأثّر بأوّل نبيّ تصادفه! معقول! يعجبني سكرياسين. إنّه يتخبّط ويهذي ويغلي، وكل شيء يتحرّك من حوله. لكن يجب ألاّ تأخذي كلامه على محمل الجدّ!

ـ قال إنّ السياسة ستلتهم كل وقتك وإنّك ستتخلّى عن الكتابة.

قال روبير بمرح:

ـ وصدّقته؟

ـ يبدو أنّ ذلك صحيح فأنت لا تنهي مذكّراتك.

تردّد روبير برهةً قصيرة ثم قال:

ـ هذه حالة خاصّة.

ـ ماذا تقصد؟

ـ قد أتعرّض لنقد لاذع من الكثيرين بسبب هذه المذكّرات!

فأجبته بحماس:

ـ لكن هنا بالضبط تكمن أهمِّيّة الكتاب! نادر جدًّا أن يتجرّأ أحدهم على مكاشفة نفسه بهذا الصدق! وحين يجرؤ أخيرًا فهو يربح المعركة!

قال روبير:

ـ أجل، عندما يموت. ثم أضاف وهو يهزّ كتفيه: «عدت إلى الحياة السياسيّة. لديَّ جحفل من الخصوم: هل تدركين مدى غبطتهم في اليوم الذي ستنتشر فيه هذه المذكّرات»؟

ـ لا تخف، سيجد أعداؤك دومًا ذرائع لمهاجمتك. لتلك الأسباب أو لغيرها، لا فرق.

ـ تخيّلي هذه المذكّرات بين يدي لافوري أو لاشوم أو العزيز لامبير أو بين يدي أحد الصحافيّين.

كان روبير قد انقطع عن الحياة السياسيّة والمستقبل والجمهور منكبًّا على تأليف هذا الكتاب، جاهلاً ما إذا كان سينشر يومًا، مستعيدًا أثناء كتابته سعادة المبتدئ الغفلة وهو يغامر في تجربته الأولى في الكتابة ويسير على غير هدى في طريق تفضي إلى الهاوية، لا معالم فيها ولا حواجز. برأيي، لم يكتب أفضل منها. قلت له بلهفة:

ـ تقصد أنّنا حين نشتغل بالسياسة فإنّنا ننحرف عن الكتابة التي تتّسم بالصدق؟

ـ لا. لكن لا ينبغي علينا أن نثير الفضائح على صفحات مؤلّفاتنا، تعرفين جيّدًا، هناك العديد من الموضوعات الراهنة التي لا يستطيع الإنسان أن يخوض فيها دون أن يثير فضيحة. ثم أضاف مبتسمًا: «تريدين الصدق، كل ما يتعلّق بالفرد يشكّل مادّة صالحة للفضيحة».

سرنا بعض الخطوات صامتين:

ـ لقد أمضيت ثلاث سنوات تكتب هذه المذكّرات. أتظنّ أنّه من الممكن أن تبقيها مدفونة في الأدراج؟

لا أفكّر فيها. أفكّر في كتاب آخر.

ـ ما هو؟

ـ سأحدّثك عنه في الأيّام القليلة المقبلة.

تفحّصت روبير بريبة: «هل تعتقد أنّك ستجد الوقت الكافي للكتابة»؟

ـ بالطبع.

ـ حقًّا! لا يبدو لي هذا أكيدًا: لا تملك دقيقة واحدة لتتفرّغ فيها للكتابة.

ـ في السياسة، كل الصعوبة تكمن في البداية ومن ثمَّ تصبح وتيرة العمل أخفّ.

بدا لي صوته قويًّا رنّانًا.

قلت بإصرار:

ـ افرض أنّ وتيرة العمل لم تصبح أخفّ هل ستتخلّى عن نشاطك السياسيّ أم ستتوقّف عن الكتابة؟

فأجاب مبتسمًا:

ـ تعرفين، لن يكون الأمر مأساويًّا إذا توقّفت قليلاً. كتبت ما يكفي من الكتب في حياتي.

انقبض قلبي:

ـ قلتَ لي في يوم ليس ببعيد إنّ مستقبلك كأديب لا يزال بين يديك.

ـ وإنّه لكذلك. لكن بوسع الأدب أن ينتظر.

سألته:

ـ كم من الوقت: شهر؟ سنة؟ عشر سنوات؟

قال روبير وكأنّه يسترضيني:

ـ اسمعي، كتاب بالزائد أو بالناقص على الأرض، ليس هذا مهمًّا. الأوضاع السياسيّة مثيرة للاهتمام. هل تعلمين: إنّها المرّة الأولى التي يجد فيها اليسار أنّ مصيره بات بين يديه. إنّها المرّة الأولى التي في الإمكان أن نسعى فيها لإيجاد تجمّع مستقلّ عن الشيوعيّين دون أن نجازف بجعل ذلك خدمة لليمين. لن نترك هذه الفرصة تفلت من أيدينا! لقد انتظرتها طيلة حياتي.

قلت:

ـ أجد أنّ كتبك مهمّة جدًّا، تقدّم للناس أعمالاً فريدة فيما هناك الكثيرون ممّن باستطاعتهم الاضطلاع بالعمل السياسي.

قال روبير ببشاشة:

ـ لكنّي الوحيد الذي أستطيع تسييره وفق أفكاري. يجب أن تفهميني. كان النضال عبر لجان مناهضة الفاشيّة، ومن بعدها المقاومة، مفيدًا للغاية. لكنّه نضال سلبي. اليوم علينا أن نبني: هذا أهمّ بكثير.

ـ أفهم قصدك تمامًا. لكن كتبك تهمّني أكثر.

ـ كان مبدأنا دومًا أنّ الكتابة لا يسعها أن تكون لمجرّد الكتابة. أحيانًا، تطرح أشكال أخرى نفسها للعمل بصورة أكثر إلحاحًا.

ـ ليس بالنسبة لك. أنت كاتب قبل كل شيء.

فأجاب روبير معاتبًا:

ـ تعرفين جيّدًا أن لا. الثورة هي في طليعة اهتماماتي.

ـ حسنًا، لكنّ الوسيلة الفضلى لخدمة الثورة هي أن تكتب.

هزَّ روبير رأسه قائلاً: «هذا رهن بالظروف، نعيش لحظة حرجة. ويجدر بنا قبل كل شيء الفوز في المواجهة في الميدان السياسي».

ـ وما الذي سيحدث إن لم نفز فيها؟ أَوَتَعْتَقِد أنّ هناك حربًا وشيكة الحدوث؟

ـ لا أعتقد أنّ هناك حربًا وشيكة. لكن يجدر بنا استدراك حالة الحرب التي قد تنشأ في العالم. عندئذ سنعود، عاجلاً أو آجلاً، للاقتتال من جديد. يجب أيضًا أن نحوِل دون أن تستغلّ الرأسماليّة هذا النصر الذي أُحرز. هزَّ كتفيه ثم أردف: «هناك جملة من الأمور يجب التصدّي لها قبل أن نباشر بكتابة مؤلّفات لمتعتنا الخاصّة ولن يقرأها أحد ربّما».

توقّفت فجأة وسط الطريق:

ـ ماذا! هل تعتقد أنت أيضًا أنّ الناس لن يهتمّوا بالأدب مستقبلاً؟

ـ صدّقيني، ستكون لديهم أشياء أخرى يهتمّون بها!

وكان صوته قويًّا رنّانًا، بطبيعة الحال.

قلت مستنكرة:

ـ تبدو وكأنّك غير مكترث لما تقوله. إنّ عالمًا دون أدب وفنّ لهو عالم مشؤوم إلى حدّ راعب.

ـ على أيّة حال، هناك الملايين من البشر الذين يعتبرون حاليًّا أنّ الأدب عديم الأهمِّيّة.

ـ حسنًا، لكنّك كنت تعوّل على أنّ نظرة الناس إلى هذه الأمور ستتغيّر.

ـ ولا زلت أعوّل على أن يطرأ تغيير في النظرة إلى الأدب، ماذا دهاك! لكن يبدو أنّ العالم حازم أمره على التغيير وسوف نجتاز، ولا شكّ، حقبة لن تكون خلالها مسألة الأدب مطروحة.

دخلنا المكتب وجلست على ذراع كنبة الجلد. أجل، لقد شربت الكثير من البنش. الجدران تدور من حولي. نظرت إلى الطاولة التي يكتب عليها روبير ليلاً ونهارًا منذ عشرين سنة. لقد بلغ الستّين من عمره. إذا دامت الحقبة التي تحدّث عنها، فمن المحتمل ألاّ يرى لها نهاية أبدًا. وهذا لا يستطيع أن يصغر في عينه.

ـ قلْتَ إنّك تعتقد أنّ مستقبلك كأديب لا يزال بين يديك. وقلت منذ بضع دقائق إنّك ستباشر بكتاب جديد: هذا يفترض إذًا أنّك تؤمن بالرهان على أنّ الناس لا يزالون يهتمّون بالأدب ومطالعة الكتب.

ـ بالطبع، هذا هو الافتراض الأكثر احتمالاً. لكن يجب ألاّ نلغي الفرضيّة الأخرى.

جلس على الكنبة إلى جانبي وأضاف ببشاشته المعهودة: «ليست

هذه الفرضيّة بالفظاعة التي تتصوّرين. الأدب خُلق للإنسان ولم يُخلق الإنسان للأدب»!

ـ لعلّ انصرافك عن الكتابة سيسبّب لك إحباطًا.

ـ لا أعرف. ثمّ أضاف مبتسمًا: «لا أستطيع أن أتخيّل ما سيصير بحالي».

بلى يستطيع. أذكر كم كان قلقًا حين قال لي ذلك المساء: «مستقبلي كأديب لا يزال بين يدي»! هو حريص على أن تكون لكتاباته قيمة وأن يُكتب لها الخلود. عبثًا يعترض، فهو كاتب قبل كل شيء. في البداية، انحصر همّه الوحيد في خدمة الثورة، وكان الأدب مجرّد وسيلة ليس إلاّ، لكن فيما بعد، أصبح غاية لذاته. بات يحبّ الأدب لذاته، وكتبه تثبت ذلك، وبالأخصّ هذه المذكّرات التي لم يعد يريد نشرها. كتبها لأجل متعة الكتابة. لا، الحقيقة هي أنّه يضجره التحدّث عن نفسه، وهذا النفور لم يكن ذا فأل جيّد.

قلت:

ـ لكن! أنا بوسعي أن أتخيّل.

الجدران تدور من حولي لكنّي شعرت أنّني نافذة البصيرة، وأكثر تنوّرًا بكثير ممّا لو كنت في حالة الصحو، لأنّني حينئذ أتحصّن خلف دفاعاتي متعمّدة تجاهل ما أعرفه. فجأة رأيت الأمور بوضوح، الحرب توشك أن تنتهي وبانتهائها تبدأ مرحلة جديدة لا يبدو فيها شيء مضمونًا. ومستقبل روبير أيضًا لم يكن مضمونًا، قد يتوقّف عن الكتابة أو يلتهم النسيان كل أعماله السابقة.

سألته:

ـ ما رأيك بجدّ: هل ستسير الأمور كما نشتهي أو عكس ما نشتهي؟

أخذ روبير في الضحك: «اسمَعي، لست من الأنبياء! على أيّة حال، أمامنا فرص كثيرة للنجاح».

ـ لكن ما هي حظوظنا في الربح؟

ـ هل تريدين أن أتنبأ لك بالورق أم تفضلين قراءة الثفل في فنجان القهوة؟

ـ لا داعي لأن تسخر منّي. لنا الحقّ في طرح الأسئلة على أنفسنا من وقت لآخر.

ـ لكنّي أنا أيضًا أطرح الأسئلة على نفسي، تعرفين.

أجل كان يطرح الأسئلة على نفسه وبطريقة تفوقني جدِّيّة. لم يسبق لي أن دخلت المعترك السياسي أو الاجتماعي، لذا تؤثّر بي الأمور أكثر منه. أدركت أنّني كنت مخطئة، لكن مع روبير لا أشعر بالحرج حين أكون مخطئة.

ـ لا تطرح إلاّ الأسئلة التي تستطيع الإجابة عنها.

ضحك من جديد وقال:

ـ أفضّل ذلك، فالأسئلة الأخرى لا تنفع كثيرًا.

ـ ليس هذا مبرّرًا لكي تمتنع عن طرحها.

قلت كلامي بنبرة عدائيّة لكنّي لم أكن ساخطة على روبير بل على نفسي بالأحرى، وبسبب قلّة تبصّري في الأسابيع الأخيرة، قلت: «أردت على أيّة حال أن أكوّن فكرة عمّا سيصير بحالنا...».

ـ ألا تعتقدين أنّ الوقت تأخّر وأننا شربنا الكثير من البنش، وأنّ أفكارنا ستكون أقلّ تشوّشًا عند الصباح؟

غدًا صباحًا لن تعود الجدران إلى الاهتزاز وسيظلّ الأثاث والتحف منتظمة في مكانها، وأفكاري أيضًا ستكون منتظمة

وسأعاود العيش يومًا بيوم دون التفاتة إلى الوراء، بل ناظرة إلى الأشياء وهي نصب عيني، وعلى مسافة واضحة منها. لن أعود للإصغاء إلى هذه الأصوات المدمدمة في قلبي. مللت مساءلة الذات المستمرّة هذه. نظرت إلى الأريكة حيث كان دييغو يجلس في الزاوية أمام المدفأة. كان يقول: «انتصار النازيّين لا يصبّ في قائمة اهتماماتي». ثم قتلوه!

قلت لروبير:

ـ الأفكار واضحة دومًا! انتصرنا في الحرب، هذه فكرة واضحة. لكنّي وجدت الحفلة هذا المساء غريبة مع كل هؤلاء الذين غيّبهم الموت عن أبصارنا!

قال روبير:

ـ على أيّة حال لم يموتوا عبثًا، وهذا يجعل موتهم مختلفًا...

ـ مات دييغو عبثًا. ثمَّ افرض أنّ موته لم يكن سدًى، فما الذي سيتغيّر؟ وأضفت غاضبة: «هذا النمط في التفكير يلائم الأحياء حيث كل شيء يجب تجاوزه إلى سواه. لكنّ الموتى يبقون موتى. نخونهم ولا نتخطّى موتهم».

قال روبير:

ـ لا نخونهم بالضرورة.

ـ بل نخونهم حين ننساهم وأيضًا حين نستغلّ وفاتهم. يجب أن تكون حسراتنا ناجعة وإلاّ فإّنها ليست حقيقيّة.

قال روبير وقد بدت عليه الحيرة: «لا أظنّ أنّني موهوب بالحسرات. الأسئلة التي لا أستطيع الإجابة عنها، والأحداث التي لا يمكنني أن أغيّر فيها شيئًا، لا أحفل بها كثيرًا». ثم أردف قائلاً: «لا أقول إنّني على صواب».

قلت:

ـ اسمع! لا أقول إنّك مخطئ. على أيّة حال، الموتى ماتوا ونحن الأحياء من بعدهم. التحسّرات لن تغيّر شيئًا.

ـ وضع روبير يده على يدي: «لا تختلقي الحسرات إذًا. تعلمين، نحن أيضًا سنموت. وهذا يقرّبنا منهم كثيرًا».

انتزعت يدي من يده. في مثل هذه اللحظات، لا أحتمل التودّد، لم أشأ أن أتعزّى. ليس بعد.

قلت:

ـ أنت على صواب، بنشك اللعين جعل مشاعري مضطربة ومشوّشة. سأذهب للنوم.

ـ حسنًا تفعلين. وغدًا سنطرح كل الأسئلة التي تريدين. حتى تلك التي لا تفيد بشيء.

ـ وأنت ألن تذهب للنوم؟

ـ أعتقد أنّني سأستحمّ على الفور ثمّ أواصل العمل.

فكّرت عندما صرت في فراشي: «لا بدَّ أنّ روبير محصّن أفضل منّي في مواجهة الندم والحسرات. يعمل ويجهد للتأثير في الواقع. إنّ شؤون المستقبل تشغله أكثر بكثير ممّا تشغله شؤون الماضي. وفوق ذلك فهو كاتب. كل ما يقع خارج نطاق عمله، كالشقاء والفشل والموت، كل هذه المواضيع يخصّها بحيّز في كتبه وهكذا يبرّئ ذمّته. أمّا أنا فلا ملجأ لي. ما أفقده لا أستطيع استدراكه في أيّ مكان ولا شيء، يعوّض لي عن خياناتي». وفجأة أجهشت بالبكاء. فكّرت: «عيناي أنا هما اللتان تذرفان الدموع. هو يرى كل شيء، لكن ليس بعينيّ». بكيت، وللمرّة الأولى، منذ

عشرين سنة شعرتُني وحيدة، وحيدة مع حسراتي وخوفي. حلمت أثناء نومي أنّني ميّتة. استيقظت مذعورة وكان الخوف لا يزال هنا محدقًا بي. مضت ساعة وأنا أُصارع الخوف وهو لا يزال هنا والموت يحوم في المكان. أشعلت الضوء. أطفأته. إذا رأى روبير الضوء منسابًا من فرجة الباب سيقلق. هذا غير مجدٍ وهذه الليلة لن يستطيع مساعدتي. عندما أردت أن أحدّثه عن نفسه، تملّص من أسئلتي. هو مدرك خطورة وضعه. وأنا خائفة عليه. لغاية الآن، لا زلت أراهن على القدر الذي ينتظره، ولم أحاول، ولا مرّة، أن أروز قدرته: كان هو مقياس الأشياء كلها. عشت معه وكأنّني مع نفسي، دون مسافة. لكنّي فجأة فقدت ثقتي بنفسي وبتّ كمسافر لا يهتدي لا بنجمة ثابتة ولا بعلامة طريق. روبير رجل، رجل في الستّين من عمره، قابل للانهزام والانجراح، لا يهدّده ماضيه، ولا يحميه مستقبله. أسند رأسي إلى الوسادة وأنا مفتّحة العينين. يجب أن أتدبّر أمري فأترك بيني وبينه مسافة كافية لأراه عن بعد، كما لو أنّني لم أحبّه طيلة عشرين عامًا حبًّا متواصلاً لا تتخلّله لحظة تردّد واحدة.

أن أراه على مسافة منّي أمر صعب. ثمّة زمن رأيته على هذا النحو، لكنّي كنت فتيّة جدًّا. كنت أنظر إليه من مسافة بعيدة جدًّا. كان أصدقائي يتحدّثون عنه كثيرًا وبمزيج من الإعجاب والنفور. كانوا يتهامسون فيما بينهم قائلين إنّه يشرب الكحول ويذهب إلى المواخير. وهذا بالضبط ما جذبني إليه. آنذاك لم أكن قد شُفيت تمامًا من طفولتي التي اتّسمت بالورع المتزمّت. كنت أرى أنّ الخطيئة تدلّ بشكل دراميّ على غياب الله. حتى لو قالوا لي إنّ

دوبروي يغتصب الفتيات الصغيرات، لاعتبرته قدّيسًا. لكن عيوبه ظلّت مغفورة، وأمجاده المكرّسة أزعجتني. عندما كنت أستمع إلى محاضراته في الجامعة، بدا لي رجلاً كبيرًا زائفًا. بالطبع، كان مختلفًا عن جميع الأساتذة الآخرين. يأتي خاطفًا كالبرق داخلاً علينا بخطًى متسارعة، وغالبًا ما يصل متأخّرًا لأربع أو خمس دقائق. كان أوّل وصوله يتفرّس بنا بعينيه الجاحظتين الماكرتين لبرهة قصيرة، ثم يبدأ في الكلام بنبرة إمّا وديّة جدًّا وإمّا مغالية في الاستعداء. كان ثمّة شيء استفزازيّ في وجهه الفظّ وصوته الجهوريّ وضحكاته التي بدت لنا مجنونة قليلاً. كان يرتدي قمصانًا داخليّة ناصعة البياض، وكانت أظافر يديه مقلّمة بعناية، وذقنه حليقة بطريقة مثاليّة، في حين أنّ قمصانه وصداريه الصوفيّة وأحذيته الضخمة تنمّ عن تهاون متعمّد. كان يؤثر الراحة على اللياقة إيثارًا يعبّر عن طلاقة بدت لي متكلّفة. قرأت رواياته ولم تعجبني إطلاقًا؛ توقّعت أن تمدّني برسالة أو عبرة تثير حماستي، لكنّها كانت تتحدّث عن أُناس عاديّين ومشاعر مبتذلة وجملة أشياء بدت لي ثانويّة. أمّا بالنسبة لمحاضراته في الجامعة، فلا أنكر أنّها كانت مهمّة، ولكن لم تتضمّن أيّ شيء لافت ينمّ عن عبقريّة. ثم إنّه بدا واثقًا من حقيقة ما يقوله بحيث تولّدت لديّ رغبة لا تقاوم في مناقشة أفكاره ونقدها. آه، كنت أنا أيضًا على قناعة بأنّ الحقيقة هي إلى جهة اليسار. منذ طفولتي، وأنا أشعر أنّ الفكر البورجوازيّ تفوح منه رائحة السخف والكذب، وكانت رائحة نتنة. ثمّ أدركت، من خلال قراءتي الإنجيل، أنّ جميع الناس متساوون، وأنّهم كلّهم إخوة، وهذا لا زلت أؤمن به إيمانًا ثابتًا لا يكلّ. لكن، بالنسبة لنفسي

المترعة بفكرة المطلق، كان فراغ السماء يجعل كل أخلاقيّة تهـون في نظري. أمّا دوبروي فكان يؤمن بإمكانيّة تحقيق الخلاص على هذه الأرض. شرحت فكرتي في البحث الأوّل الذي قدّمته، وجاء فيه: «الثورة أمر جيّد، لكن ماذا بعد؟» عندما أعاد إليّ ورقة البحث بعد ثمانية أيّام عند انتهاء الحصّة، قال لي، بلهجة مغالية في السخرية، إنّ المطلق الذي ذكرته في بحثي مجرّد حلم يراود خيال البورجوازيّة الصغيرة غير القادرة على مواجهة المواقع. لم أكن أملك الوسائل للردّ عليه، فهو ينتصر دومًا بطبيعة الحال لكنّني أفهمته أنّ انتصاره هذا لا يُثبت شيئًا. أكملنا نقاشنا في الأسبوع التالي وهذه المرّة سعى إلى إقناعي بدلاً من توبيخي. لا بدَّ لي من الاعتراف أنّ الحديث معه وجهًا لوجه كشف عن ذاته المتواضعة. بدأ يكثر من توجيه الكلام إليَّ بعد انتهاء الحصص الدراسيّة وأحيانًا يرافقني حتى باب شقّتي متعمّدًا التباطؤ، ومختارًا الطريق الأطول إلى أن أصبحنا نخرج معًا بعد الظهر وعند الأماسي، لم نعد نتحدّث لا عن الأخلاق ولا عن السياسة ولا في أيّ موضوع ذي شأن. كان يروي لي قصصًا ويصطحبني معظم الأحيان للتنزّه في شوارع وحدائق وأرصفة وقنوات ومدافن ومناطق ومستودعات وأراضٍ بور وحانات وزوايا كثيرة في باريس لم أكن أعرفها. أدركت أنّني كنت غافلة عن الأشياء التي ظننت أنّني أعرفها. كل شيء اتخذ معه أشكالاً ومعاني جديدة، الوجوه والأصوات والملابس والناس والأشجار والملصقات واللافتات المضاءة بالنيون، كل شيء. وللحال قرأت رواياته من جديد وأدركت أنّني لم أفقه شيئًا منها من قبل. كان دوبروي يترك انطباعًا لدى الآخرين بأنّه يكتب، لمتعته

الخاصّة وبطريقة مزاجيّة، عن أشياء اعتباطيّة تمامًا. ومع ذلـك، حين تغلق الكتاب، تجد نفسك في حالة من القلق وقد انتابتك مشاعر الغضب والتمرّد، وترغب في أن تتغيّر الأمور. وتطالعك بعض المقاطع فتحسبه من هؤلاء الأدباء الذين يعنون بالجماليّة الخالصة: يتذوّق الكلمات ويتحدّث صراحة عن المطـر والطقـس الجميـل ومهازل الحبّ والحظّ، وكل شيء. لكنّه لا يتوقّف عند هذا الحـدّ، فجأة ترى نفسك وقد التحمت بحشود الناس معنيًّا بكلّ مشاكلهم. لهذا السبب، أنا حريصة كل الحرص على أن يتابع الكتابـة. وأعـرف بالقياس على نفسي ماذا يستطيع أن يقدّمه لقرّائه. ما من مسافة بين فكره السياسي وانفعالاته الشعريّة. ولأنّه يعشق الحياة فهو يريد لكل الناس أن يحظوا منها بحصّتهم التي يستحقّونها. ولأنّه يحبّ الناس، فإنّ كلّ ما يتعلّق بحياتهم يثير اهتمامه.

أعدت قراءة كتبه. كنت أصغي إليه وأطرح عليه الأسئلة. كنت مستغرقة جدًّا في أحاديثي معه لدرجة أنّني نسيت أن أتساءل لمـاذا يشعر بالمتعة حين يكون في صحبتي. لم يتسنَّ لي الوقت أصلاً، أو فاتني أن أحلَّ ألغاز المشاعر التي تعتمل في قلبي بالذات. عنـدما ضمّني بين ذراعيه ذات ليلة وسط حديقة كاروزيل، قلت بنفـور: «لن أقبل إلاّ رجلاً أحبّه»، فأجابني بهـدوء: «لكنّـك تحبّينـنـي!» وللفور، أدركت أنّ هذا صحيح. إذا كنت لم أنتبه للأمر فلأنّه حدث لي بسرعة فائقة ولأنّ كل شيء معه يسير بسرعة قصوى! هذا ما فتنني في البداية. الناس الآخرون كانوا بطيئين جدًّا وكانت الحيـاة بطيئة جدًّا. أمّا هو فيحرق الوقت ويقلب كل شيء رأسًا على عقب. ومن اللحظة التي عرفت فيها أنّه يحبّني تبعته بشغف، من مفاجـأة

إلى مفاجأة. تعلّمت أنّه في الإمكان العيش دون أثاث ولا مواعيد منتظمة، في الإمكان الاستغناء عن الغداء والنوم بعد الظهر، وممارسة الحبّ في الغابات كما في السرير. بدا لي بسيطًا ومفرحًا أن أكتشف أنوثتي بين ذراعيه. وعندما كانت اللذّة ترعبني، تأتي ابتسامته لطمأنتي. إلاّ أنّ همًّا ألقى بظلّه آنذاك على قلبي: العطلة اقتربت وفكرة الانفصال عنه جعلتني أرتعد. انتبه روبير للأمر. هل هذا السبب في أنّه عرض عليَّ الزواج؟ فيما لم تعبر هذه الفكرة قطّ ببالي: في سنّ التاسعة عشرة، من الطبيعي أن يبادلنا الرجل الذي نحبّه الحبّ كما يحبّنا أهلنا أو الله العليّ القدير.

«لكنّي كنت أحبّك!»، هكذا أجابني روبير فيما بعد بوقت طويل. ماذا تعني هذه الكلمات حين ينطق بها؟ هل كان ليحبّني قبل ذلك بعام عندما كان منغمسًا جسدًا وروحًا في خضمّ السياسة؟ وفي تلك السنة بالذات، ألم يكن باستطاعته أن يختار امرأة أخرى تواسيه في فترة اعتكافه السياسة؟ تلك هي الأسئلة التي لا جدوى منها، فلنغيّر الموضوع. الأكيد هو أنّه أراد إسعادي باندفاع جامح وأنّه لم يخطئ هدفه. حتى ذلك الحين، لم أكن تعيسة، لا، ولم أكن سعيدة أيضًا. كانت صحّتي جيّدة ومررت ببعض اللحظات السعيدة، لكنّي أمضيت معظم وقتي في التأفّف. أرى من حولي الغباء والكذب والظلم والعذاب، هذه الفوضى الشديدة القتامة. وهذه الأيّام التي تتكرّر من أسبوع لأسبوع ومن قرن لقرن، ولا تؤدّي إلى أيّ مكان، أيّ بطلان هذا! أن تعيش يعني أن تنتظر الموت لأربعين أو ستّين عامًا وأنت تراوح في العدم. لذا انكببت على الدراسة بورع شديد: وحدها

الكتب والأفكار بوسعها الصمود في وجه العدم. وحدها بـدت لـي حقيقيّة.

وبفضل روبير، انحدرت الأفكار مـن السماء لتستقرّ على الأرض. أضحت الأرض متماسكة مثل كتاب، كتاب بدايته سيّئة ونهايته سعيدة. غدت البشرية متّجهة إلى مكان ما وبـات للتاريخ معنى، ولوجودي أنا بالذات. كان الاضطهاد والبؤس يحملان في طيّاتهما بذور اضمحلالهما الواعدة. الشرّ هُزم والعار بُدّد. التأمت السماء فوق رأسي من جديد وفـارقتني المخـاوف القديمـة. لـم يحرّرني روبير بفعل نظريّاته بل لأنّه أبان لي أنّ الحيـاة تكتفـي بنفسها من خلال عيشنا إيّاها. أمّا الموت فكان لا يبالي به إطلاقـاً. ولم تكن النشاطات التي يقوم بها مجرّد ترفيه بل كان يحبّ ما يحبّه ويريد ما يريده ولا يتهرّب من شيء. أردت بقـوّة أن أشـبهه. إذا كنت قد أعدت البحث في الحياة فهذا لأنّني كنت أشعر بالسأم داخل البيت. الآن، لم أعد أشعر به. انتزع روبير من الفوضـى عالمًـا مكتملاً، منتظمًا، مطهّرًا بهذا المستقبل الذي كان يخلقه: وهذا العالم كان عالمي. كانت المسألة الوحيدة المطروحة أن أحدّد لنفسي مكاناً منه. لا يكفيني أن أكون زوجة روبير. قبل زواجي به، لم أتصوّر أنّ الزواج سيكون مهنتي. ولم أفكّر لحظة واحدة أن أنـشط فـي الميدان السياسي. صحيح أنّ هناك نظريّات فـي السياسة تثيـر حماستي وتلهب مشاعري لكن الممارسة تحبطني. عليَّ الاعتراف أنّني أفتقر إلى الصبر.

الثورة مستمرّة في مسيرتها لكنّها تمشي بتمهّل، بخطى وئيـدة متردّدة كلّ التردّد! وبالنسبة لروبير، إذا كان هناك حلّ أفضل مـن

آخر فهو جيّد وشرّ أقلّ يعتبره خيرًا. إنّه محقّ، لكن يظهر أنّني لم أتخلَّ تمامًا عن أحلامي القديمة بالمطلق. لا أشعر بالرضى. ثم إنّ المستقبل يبدو لي بعيدًا جدًّا. يصعب عليَّ الاهتمام بالناس الذين لم يولدوا بعد. أفضّل بالأحرى أن أساعد هؤلاء الذين يعيشون في هذه اللحظة بالذات. لهذا تغريني مهنتي. لم أظنّ يومًا بأنّنا نستطيع أن نقدّم للآخرين حلولاً جاهزة لمعاناتهم، لكنّي أرى مع ذلك أنّ السخافات هي التي تحول غالبًا دون تحقيق أماني الناس بالسعادة. أردت تحريرهم من هذه السخافات، وشجّعني روبير الذي يختلف في هذا المضمار عن الشيوعيّين المتزمّتين، فهو يعتقد أنّ بإمكان التحليل النفسي أن يكون مفيدًا ليس فقط في المجتمع البورجوازي بل أن يضطلع بدور يلعبه في المجتمع اللاطبقي. كان متحمّسًا لأن يعاد التفكير في التحليل النفسيّ الكلاسيكيّ على ضوء الماركسيّة. الواقع أنّ التحليل النفسيّ استهواني. كانت نهاراتي حافلة بكل جديد كما الأرض من حولي. كنت كل صباح أستيقظ على فرحة الصباح الذي سبقه، وأجدني عند المساء قد تزيّنت بألف فكرة جديدة. إنّها لفرصة نفيسة أن نكتشف في سنّ العشرين أسرار هذا العالم على لسان من نحبّ! إنّها لفرصة كبيرة أيضًا أن يحتلّ الإنسان في هذا العالم مكانه بالضبط. وقد نجح روبير أيضًا في فعل البطولة هذا: حماني من مخاطر العزلة دون أن يحرمني من مسرّاتها. كان كل شيء مشتركًا بيننا ومع ذلك كانت لديَّ صداقاتي وملذّاتي وشؤوني وهمومي الخاصّة بي. كان بإمكاني التصرّف على هواي: أمضي الليلة متّكئة إلى كتفٍ حنونٍ، أو وحيدةً في غرفتي كما أفعل اليوم، وكما كنت أفعل في صباي. أنظر إلى هذه الجدران، إلى شعاع

النور من شقّ الباب: كم من المرّات عرفت هذه العذوبة؟ عذوبة أن أخلد للنوم فيما روبير منكبّ على الكتابة على مقربة منّي. منذ سنوات استُنفدت الرغبة بيننا لكنّنا ظللنا متّحدين بشكل وثيق ولهذا لم يكن لاتّحاد جسدينا أهمّيّة كبيرة. وإذ تخلّينا عن الوصال، لم نخسر الشيء الكثير، حتى أنّني لأخال هذه الليلة أشبه بليالي ما قبل الحرب. وهذا القلق الذي يبقيني مستيقظة ليس جديدًا. غالبًا ما اكتُنف مستقبل العالم بالقتامة الشديدة. فما الذي تغيّر إذًا؟ لماذا عاد الموت يدور فوق رأسي ويمعن في دورانه: لماذا؟

يا لعنادي الذي لا طائل منه! أشعر بالخزي. طيلة السنوات الأربع الأخيرة، وبالرغم من كل شيء، كنت مقتنعة أنّه عند انتهاء الحرب سيؤول بنا الأمر لاستعادة حياة ما قبل الحرب. منذ قليل قلت لبول: «الآن عاد كل شيء من جديد كما كان من زمان». وها أنا الآن أسعى لأن أقول: «ما أشبه الماضي بالحاضر». بيد أنّ هذا ليس صحيحًا، هذا كذب، ليس الماضي كالحاضر، لا ولن يكون. فيما مضى، كنت واثقة في سرّي من أنّنا سنخرج من أحلك الأزمات. كان لا بدَّ لروبير أن يجد حتمًا منفذًا ما. كان قدره يضمن لي قدر العالم، والعكس صحيح. لكن، مع هذا الماضي الذي خلّفناه وراءنا، كيف بالإمكان الوثوق من جديد بالمستقبل؟ توفّي دييغو. مات الكثيرون وعاد العار يدنّس وجه الأرض. لم تعد لكلمة سعادة أيّ معنى، وعادت الفوضى من حولي مجدّدًا. ربّما سيخرج العالم من المأزق لكن متى؟ قد يطول الأمر، بعد قرنين ربّما أو ثلاثة، وأيّامنا نحن معدودة. وإذا أفضت حياة روبير إلى الفشل والشكّ واليأس فلا شيء سيستقيم إذًا، لا شيء إطلاقًا.

ها هو يتحرّك بتؤدة في مكتبه: يقرأ، يفكّر، يخطّط لمشاريع مستقبليّة. هل سينجح في مسعاه؟ وإذا لم ينجح فما الذي سيحدث؟ ليس هناك من داعٍ لتصوّر الأسوأ، مازلنا موجودين. لنقل ببساطة إنّنا عشنا متهامدين حياةً لم تعد أحداثها تمتّ لنا بصلة، واختُزل دور روبير فيها إلى الشاهد السلبي. فماذا سيفعل بجلده الآن؟ أعرف لأيّ حدّ هو مفتون بالثورة، إنّها مطلقه، وقد وسمه شبابه إلى الأبد. خلال كل هذه السنوات التي كبر فيها وسط منازل وحيوات بلون السخام، كانت الاشتراكيّة أمله الوحيد. لم يؤمن بها على سبيل المروءة ولا بمقتضى المنطق بل بدافع الحاجة. أن يصير رجلاً فهذا يعني بالنسبة له أن يسير على خطى أبيه في النضال. لقد بذل جهدًا جبّارًا ليتنحّى عن السياسة: الخيبة الفاضحة لسنة ١٩١٤، القطيعة مع كاشين[١] بعد سنتين من مؤتمر تور[٢]، عجزه عن إحياء الروح الثوريّة القديمة في صفوف الحزب الاشتراكي. وعندما سنحت له أوّل فرصة، أقحم نفسه من جديد في النشاط السياسيّ. وهو الآن أكثر شغفًا بالسياسة من أيّ وقت مضى. إنّه قادر على الخروج من الورطة وهو واسع الحيلة، هكذا أفكّر لتهدئة خاطري. بعد زواجنا، وخلال هذه السنوات التي أمضاها معتكفًا عن النضال، انكبَّ على الكتابة وكان سعيدًا. لكن مهلاً، هل كان سعيدًا فعلاً؟ ربّما كان يلائمني الاعتقاد بأنّه كان

---

(١) كاشين: مارسيل كاشين (١٨٦٩ ــ ١٩٥٨)، سياسي فرنسي، أحد مؤسّسي الحزب الشيوعي الفرنسي وكان مديرًا لجريدة *الأومانيته*.

(٢) مؤتمر تور: عقد مؤتمر تور بين ٢٥ و٣٠ كانون الأول ١٩٢٠. وقد شهد الانشقاق بين الاشتراكيّين (وهم الأقلّيّة) والشيوعيّين الفرنسيّين.

سعيدًا. وفي هذه الليلة بالذات، لا أجرؤ على التنصّت على ما يقوله لنفسه وحيدًا، بينه وبين نفسه. لم أعد أشعر أنّني واثقة من ماضينا. إذا كان قد أعرب على وجه السرعة عن رغبته في إنجاب طفل فهذا لأنّ وجودي لم يكن كافيًا لتبرير وجوده. ربّما كان يحاول أن يثأر لنفسه في مواجهة هذا المستقبل الذي لم يعد يملك أيّة سطوة عليه. أجل، بدت لي هذه الرغبة في الأبوّة ذات دلالة كما بدا لي معبّرًا أيضًا الحزن الذي خالجنا إبّان الزيارة التي قمنا بها إلى برواي مسقط رأسه. جلنا في شوارع طفولته. اصطحبني إلى المدرسة التي كان والده يعلّم فيها، وإلى المبنى القاتم حيث استمع في سنّ التاسعة إلى جوريس(١). أخبرني من جديد عن أوّل احتكاك له بالشقاء اليوميّ، وعن العمل الذي يزهق الروح. تكلّم بسرعة فائقة وبنبرة لا مبالية تمامًا. وفجأة قال لي بصوت يخالجه الاضطراب: «لا شيء تغيّر، لكنّي أكتب روايات». أردت أن أقنع نفسي بأنّه مجرّد انفعال عابر. كان روبير شخصًا بهجًا، تلك البهجة التي تجعلك تظنّ أنّ حياته خالية من الحسرات. لكن، بعد مؤتمر أمستردام(٢) وطيلة الفترة التي أدار فيها لجان مناهضة الفاشيّة، لاحظت أنّ بإمكانه أن يكون أكثر بهجة ممّا تصوّرت. وعندئذٍ رأيت لزامًا عليّ أن أعترف بالحقيقة أمام نفسي: كل ما كان يفعله هو أنّه يكظم غيظه محتملاً هذا الجمود بشقّ النفس. إذا ألفى نفسه

---

(١) جوريس (١٨٥٩ ـ ١٩١٤) سياسي فرنسي تزعَّم الحركة الاشتراكيّة وعمل في سبيل توحيد القوى العمّاليّة. أسَّس جريدة *الأومانيته* عام ١٩٠٤. قُتل في الحرب العالميّة الأولى.

(٢) مؤتمر أمستردام: عقد مؤتمر أمستردام في آب ١٩٠٧. سعى هذا المؤتمر لتحديد أوضاع الحركة الفوضويّة العالميّة وأنبأ بولادة التيّار الشيوعي الفوضويّ. كما شكّل نقطة تحوّل بالنسبة للحركات النقابيّة الثوريّة.

مجدّدًا وقد حُكم عليه بالعجز والوحدة، فإنّ كل شيء سيبدو له عندئذ باطلاً، بما فيه الكتابة، لا بل الكتابة بوجه خاص. بين ١٩٢٥ و١٩٣٢، في الفترة التي كان يكظم فيها غيظه، استطاع أن يكتب، صحيح. لكنّ الأمر كان مختلفًا. بقي على صلة بالشيوعيّين وبعض الاشتراكيّين، معلّلاً الأمل بوحدة العمّال والنصر النهائي. أعرف غيبًا العبارة التي كان يردّدها عن لسان جوريس في كل مناسبة: «إنسان الغد سيكون في تعقّد منازعه وغنى حياته أعظم إنسان عرفه التاريخ». كان مقتنعًا أنّ كتبه تساعده في بناء المستقبل وأنّ إنسان الغد سيقرأها. لذا انكبّ على الكتابة. لكن إذا كان المستقبل قاتمًا فالكتابة تفقد معناها، وإذا توقّف معاصروه عن الإصغاء إليه وعجزت الأجيال اللاحقة عن فهمه، فالأجدى به أن يلزم الصمت.

وعندئذٍ ما الذي ستؤول إليه حاله؟ مرعب أن يتحوّل كائن حيّ إلى زبد. لكنّ ثمّة مصيرًا أسوأ، مصير المشلول الذي رُبط لسانه. عندئذ سيكون الموت خلاصه الوحيد. هل سأتوصّل يومًا ما أن أتمنّى فيه موت روبير؟ لا، غير معقول. سبق له أن خسر جولات عديدة وخرج منها منتصرًا وسينتصر دومًا. لا أعرف بأيّة طريقة لكنّه سيختلق طريقة ما، كأن يلتحق مثلاً بالحزب الشيوعيّ فالأمر لا يبدو مستحيلاً. لا شكّ أنّه لا يفكّر بذلك حاليًّا ويهاجم سياستهم بعنف شديد. لكن لنفرض أنّهم غيّروا نهجهم. لنفرض أنّه لا إمكانيّة لقيام يسار متماسك خارج الشيوعيّين... أتساءل عمّا إذا كان روبير يفضّل الالتحاق بهم على أن يجد نفسه وحيدًا في مواجهة الواقع. لا أحبّ الاسترسال في الموضوع. أعتقد أنّه يشقّ عليه أكثر من أيّ كان الامتثال لأوامر لا تنبع من قناعاته. وفيما يتعلّق بالتكتيك

المتّبع، لديه دومًا أفكاره الخاصّة به. ومن ثمَّ أنّى له أن يكون متخابثًا مستخفًّا بالأخلاق! أعرف جيّدًا أنّه سيبقى دومًا وفيًّا لمناقبيّته القديمة. تستهويه المثاليّة لدى الآخرين وهو أيضًا له مثاليّته الخاصّة به. لن يستطيع تحمّل بعض الأساليب التي تنتهجها الشيوعيّة. لا، إنّ التحاقه بالحزب لا يُعدّ حلاًّ ممكنًا. أمور كثيرة تفرّق بينه وبينهم، ونزعته الإنسانيّة مختلفة عن نزعتهم الإنسانيّة. لن يستطيع الكتابة بصدق، ليس ذلك فقط بل سيكون مجبرًا أيضًا على التنكّر لكلّ ماضيه.

«بئس الأمر»، سيقول لي. «كتاب بالزائد أو بالناقص، ليس لذلك أهمِّيّة كبيرة». لكن هل يقصد ذلك فعلاً؟ بالنسبة لي تعني لي الكتب الكثير، وربمّا أكثر من اللازم. في سابق عهدي فضّلتها على العالم الحقيقيّ: لا زلت أحمل في داخلي شيئًا من هذا الإحساس. ولا زالت الكتب تحتفظ بالنسبة لي بمذاق الأبديّة. أجل، هذا أحد الأسباب التي تحدوني لأن أُولي أعمال روبير اهتمامًا خاصًّا: إذا كانت أعماله إلى فناء، نصبح، نحن الاثنين، فانييْن، ويضحي المستقبل قبرًا. صحيح أنّ روبير لا يرى الأمور على هذا النحو لكنّه لا يحسب نفسه مناضلاً نموذجيًّا لجهة نكران الذات، بل هو يأمل فعلاً أن يخلّف اسمًا وراءه، اسمًا يعني الكثير لكثير من الناس. ومن ثم فالكتابة شغفه الأقوى في هذا العالم وفرحته وحاجته. إنّها نَفَسه وتخلّيه عنها سيكون بمثابة انتحار له.

إذاً، والحالة هذه، لن يتبقّى أمامه إلاّ أن ينصرف إلى الكتابة وفقًا لتوجّهات الحزب. للآخرين أن يفعلوا ذلك لكن ليس روبير. أستطيع في أقصى الحالات أن أتخيّله مناضلاً على مضض، لكنّ

الكتابة قضيّة أخرى. إذا لم يعد بإمكانه التعبير بحرِّيّة فإنّ القلم سيسقط من بين أصابعه.

ويحي! أرى المأزق متربّصًا به. روبير متشبّث بقوّة ببعض الأفكار، وكنّا موقنين قبل الحرب أنّها ستتحقّق يومًا. طيلة حياته جهد لبلورتها والعمل على تجسيدها في الواقع. لكن لنفرض أنّ ذلك لن يحصل وأنّ النزعة الإنسانيّة التي دافع عنها روبير دومًا تعارضت تمامًا مع منجزات الثورة، عندئذ ماذا بإمكان روبير أن يفعل؟ إذا ساهم في بناء مستقبل منافٍ لكل القيم التي آمن بها، فسيكون عمله باطلاً، وإذا أصرّ على التمسّك بالقيم التي لن تنحدر أبدًا إلى الأرض فسيصبح أحد هؤلاء الحالمين القدامى فيما يحرص شديد الحرص على عدم التمثّل بهم. لا، إنّ أيّ خيار بين الأمرين ليس ممكنًا، لأنّ كلاًّ منهما يعني الفشل والعجز والموت حيًّا بالنسبة لروبير. هذا هو السبب الذي دفعه للارتماء بكلّيّته في هذا الصراع: فالوضع برأيه ينطوي على فرصة انتظرها طيلة حياته. حسنًا، لكنّ الوضع ينطوي أيضًا على خطر أفدح من جميع الأخطار التي واجهها، وهذا أمر يعرفه. أجل، أنا واثقة من ذلك. كل ما يتبادر إلى ذهني يفكّر فيه هو أيضًا. يفكّر أنّ المستقبل سيكون قبرًا ربّما وسيطويه في جوفه دون أن يترك أثرًا مثل روزا ودييغو. لا بل وأسوأ من ذلك، ربّما سينظر إليه أُناس الغد بصفته متخلّفًا أو مغفّلاً أو مخادعًا، انهزاميًّا أو مذنبًا، أو ربّما رأى فيه حثالة القوم... من المحتمل أن يؤول به الأمر إلى أن يرى نفسه بأعينهم المتحجّرة. عندئذٍ ينتهي به الأمر عند حافّة اليأس. روبير يائسًا: هذا عار أفظع من الموت نفسه. من السهل أن أتقبّل فكرة موتي وفكرة موته، لكن

ليس يأسه. لا، لا أتحمّل أن أستفيق غدًا أو بعد غد وفـــي الأفــق أمامي هذا الخطر الكبير الجاثم. لا. أكرّر مئة مــرّة: لا ولا ولا، ولن أغيّر شيئًا. سأستيقظ غدًا وبعد غد وأنا فـــي مواجهـــة هـــذا الخطر. باستطاعتنا أن نموت في سبيل يقين ما، لكن هذا الخـــوف الذي لا قرار له، يجدر بنا عيشه.

الفصل الثاني

I

في صباح اليوم التالي، تأكّدت هزيمة الألمان عبر الراديو. «ها قد دخلنا مرحلة السلم فعلاً»، قال هنري وهو جالس أمام طاولة مكتبه. «وأخيرًا أستطيع الكتابة! سأنظّم أموري بطريقة يمكنني معها الكتابة كل يوم». عن أيّ موضوع تحديدًا؟ لا يعرف، وسُرّ لعدم معرفته. سابقًا كان يعرف تمامًا ماذا سيكتب. أمّا هذه المرّة فسيحاول التوجّه إلى القارئ دون سابق تصميم، كمن يكتب إلى رفيقه متحدّثًا إليه عن كل هذه الأمور التي لم يتطرّق إليها قطّ في كتبه التي اتّسم بناؤها بتعقيد بالغ. كم من الأشياء نرغب في تجسيدها عبر الكلمات وتضيع منّا!

رفع رأسه ناظرًا عبر النافذة إلى السماء الباردة. لن يسمح لنفسه أن تضيع هذه الصبيحة من يده! بدا له كل شيء عزيزًا هذا الصباح: الورق الأبيض، رائحة الكحول والتبغ البارد، الموسيقى المنبعثة من المقهى المجاور، كنيسة نوتردام الباردة كالسماء التي من فوقها، المتشرّد الذي يرقص وسط الزقاق وهو يلفّ حول عنقه طوقًا كثيفًا من ريش الديك الأزرق، الفتاتان اللتان ترتديان أجمل ثيابهما وتنظران إليه ضاحكتين... إنّه الميلاد، إنّها هزيمة الألمان،

بداية عهد جديد. أجل كل هذه الصباحات، كل هذه الأمسيات التي تركها تنزلق من بين أصابعه طيلة السنوات الأربع الأخيرة وطيلة ثلاثين سنة قبلها، سيحاول هنري التعويض عنها. لا يمكنك أن تقول كل شيء، صحيح، لكن في استطاعتك على الأقلّ أن تعيد لحياتك مذاقها الحقيقي. لكل حياة مذاقها الخاصّ ويجب التعبير عنه، وإلاّ فما الجدوى من الكتابة. «أن أتحدّث عمّا أحببته، عمّا أحبّ، عمّا أنا». رسم باقة من الأزهار. من هو؟ أيّ هنري سيستعيد بعد هذا الفراق الطويل؟ من الصعوبة بمكان أن يعرّف الإنسان بنفسه من الداخل ويحدّد ماهيّتها. لم يكن مهووسًا بالسياسة، ولا متعصّبًا للكتابة، ولا ذاك الشغوف الكبير. كان يشعر أنّه كأيّ إنسان آخر، وهذا لا يزعجه في نهاية المطاف. هو رجل كسائر الناس يريد أن يتكلّم بصدق عن نفسه، وسيتكلّم باسم الجميع. الصدق: هذا هو الهدف الوحيد الذي يجدر به أن يضعه نصب عينيه وهو الذي سيصنع تميّزه، هذا هو الأمر الملزم الوحيد الذي يجدر به الانصياع له. أضاف زهرة أخرى إلى الباقة التي يرسمها. ليس سهلاً أن تقول الحقيقة كما هي، لا سيّما أنّه لا ينوي كتابة سيرة قوامها الاعتراف. أن تكتب رواية يعني أن تكذب. آه! سيبحث في هذه المسألة لاحقًا. الآن، لن يشغل نفسه بالمسائل الشائكة. سيترك للصدفة أن تقوده في انطلاقته بادئًا الرواية كيفما كان، عبر بساتين الواد[1] تحت أشعّة القمر. أمامه الصفحات بيضاء عارية ويجب انتهاز الفرصة.

سألته بول:

---

(١) الواد: واحة في الصحراء الجزائريّة بولاية بسكرة.

ـ هل باشرت بكتابة روايتك المفرحة؟

ـ لا أعرف.

ـ كيف لا تعرف. ألا تعرف مسبقًا ما ستكتبه؟

قال ضاحكًا: «أفاجئ نفسي».

هزّت بول كتفيها مستغربة. إلاّ أنّ ما قاله صحيح: لا يريد أن يعرف. يريد أن يفرغ على الورق، كيفما اتّفق، لحظات شتّى من حياته، وهذا يمتّعه إلى أقصى حدّ، وهو لا يطلب أكثر. عند المساء، حين ذهب لموافاة نادين، صعب عليه التخلّي عن عمله. قال لبول إنّه خارج بصحبة سكرياسين. تعلَّم خلال السنة الفائتة الاقتصاد في صراحته، لأنّ هذه الكلمات البسيطة: «أنا خارج مع نادين» قد تثير أسئلة لا تنتهي وتعليقات أكثر منها، بحيث يفضّل استبدالها بكلمات أخرى. لكن، أمر محيّر فعلاً هذا الخروج المتخفّي برفقة فتاة طائشة يعتبرها بمثابة ابنة أخ له. وعبثيٌّ أيضًا هذا الموعد الذي ضربه معها. دفع باب «البار روج» مقتربًا من الطاولة حيث كانت نادين جالسة بين لاشوم وفنسان.

ـ هل من شجارات اليوم بينكما؟

أجاب فنسان بلهجة محتقرة:

ـ ولا واحد.

كان الشبّان يزدحمون في هذا القبو الأحمر، ليس فقط للقاء أصدقائهم بل بالدرجة الأولى ليتواجهوا وأخصامهم، لا سيّما أنّ كل التيّارات السياسيّة ممثّلة هنا. غالبًا ما كان هنري يمرّ بالحانة ولو لوقت قصير. أراد فعلاً الجلوس وتبادل أطراف الحديث مع لاشوم وفنسان ومراقبة الناس، لكنّ نادين نهضت فورًا:

ـ هل ستصطحبني إلى العشاء؟

ـ أتيت لهذا الهدف.

في الخارج، الظلمة قاتمة والرصيف مغطًّى بالوحل المتجلّد: ماذا سيفعل بنادين؟

سألها: أين تريدين الذهاب؟ إلى مطعم L'Italien؟

ـ نعم.

لم تعاكسه، تركته يختار الطاولة التي سيجلسان عليها وطلبت مثله البيبيروني[١] والأوسوبوكو[٢]. كانت توافق على كل ما يقوله بغبطة بدت له مريبة. الحقيقة أنّها لم تكن تصغي إليه، تأكل بعجلة وبصمت، متلذّذة بالطعام. تجاهل التحدّث إليها ولم يبدُ عليها أنّها لاحظت ذلك. ما إن ابتلعت آخر لقمة، مسحت فمها بحركة عريضة.

ـ والآن، إلى أين تريد اصطحابي؟

ـ لا تحبّين لا الجاز ولا الرقص؟

ـ لا.

ـ هل يمكننا أن ننتقل إلى حانة Le Tropique du Cancer؟

ـ هل الجوّ هناك مسلٍّ؟

ـ هل تعرفين أنت حانات مسلّية؟ هناك في الـ Tropique بالإمكان التحدّث.

هزّت كتفيها مستخفّة: «التحدّث؟ مقاعد المترو مكان ممتاز للتحدّث!» ثم قالت مشرقة الوجه: «هناك حانات أحبّها كثيرًا، تلك

(١) بيبيروني: pepperoni نقانق إيطاليّة.

(٢) أوسوبوكو: ossobuco طبق إيطالي من فخذ العجل مع البصل والبندورة.

التي نرى فيها نساء عاريات».

ـ معقول! هل هذا يسلّيك؟

ـ بالطبع! صحيح أنّ الأمر مسلٍّ أكثر في الحمّامات التركيّة، لكن لا بأس به أيضًا في الكاباريهات.

قال هنري ضاحكًا:

ـ ألست داعرة قليلاً؟

فأجابت بلهجة جافّة:

ـ ربّما. هل لديك اقتراح أفضل؟

مشاهدة النساء العاريات بصحبة هذه الفتاة التي بلغت سنّ الرشد، وليست عذراء ولا امرأة ناضجة في آن، لا يمكن تصوّر أمر أسوأ من هذا. صحيح أنّه تكفّل بالترويح عنها لكنّه لا يملك فكرة واضحة عن السبيل إلى ذلك. جلسا في كاباريه Chez Astarté وأمامهما دلو صغير فيه قنّينة شمبانيا. لا تزال القاعة فارغة، وحول البار الساقيات يثرثرن. تفحّصتهن نادين طويلاً.

ـ لو كنتُ رجلاً لاصطحبت كل ليلة امرأة جديدة.

ـ امرأة جديدة كل ليلة، هذا يعني في نهاية المطاف المرأة نفسها.

ـ قطعًا لا. انظر إلى السمراء القصيرة القامة وإلى تلك الصهباء صاحبة النهدين الجميلين الاصطناعيين. عندما تخلعان ثيابهما، لن تبدوا متشابهتين، أليس كذلك؟

أسندت ذقنها إلى راحة يدها متفحّصة هنري:

ـ ألا تسلّيك النساء؟

ـ ليس من هذا الصنف.

ـ من مثلاً؟
ـ حسنا، أحبّ أن أنظر إلى الجميلات وأراقصهنّ أو أتحدّث إليهن.
ـ إذا أردت التحدّث فالرجال أفضل.
ثم أضافت وقد بدا في نظراتها الارتياب:
ـ قل لي، لماذا دعوتني للخروج؟ لست جميلة وأرقص بشكل سيّئ، ولست محدّثة جيّدة.
قال مبتسمًا:
ـ ألا تذكرين أنّك لمتني لأنّني لا أدعوك للخروج أبدًا؟
ـ كلّما لامك أحد على عدم فعل شيء، تبادر إلى فعله؟
ـ ولماذا قبلت دعوتي؟
حدجته بنظرة مستفزّة تشوبها السذاجة بحيث شعر معها بالارتباك. أيكون صحيحًا ما ادّعته بول عنها: لا تستطيع رؤية رجل دون أن تستسلم له؟
قالت بلهجة مفخّمة:
ـ يجب عدم رفض أيّ شيء يُعرض علينا!
للحظة، خلطت الشمبانيا بصمت. عاودا التحدّث على وتيرة هادئة، لكن، من وقت لآخر، كانت نادين تصرّ على الصمت محدّقة بهنري وعلى وجهها تعبير من الدهشة المعاتبة. فكّر: «لا يمكنني أن أتورّط معها في علاقة بجميع الأحوال». لا تعجبه إلاّ قليلاً ويعرفها أكثر ممّا ينبغي. ثم إنّها ستكون سريعة الاستجابة ولعلّه سيجد نفسه محرجًا بسبب صداقته مع آل دوبروي. حاول أن يقطع حبل الصمت لكنّها لمرّتين اصطنعت التثاؤب. أحسّ بوطأة الوقت،

هو أيضًا. كان هناك رجال ونساء يرقـصون، أميركيّـون بوجـه خاصّ وبعض الكوبلات القادمين من الريف المنتحلين صفة الزوج والزوجة. قرَّر الرحيل ما إن تنتهي الفتيات من عرضـهنّ. شـعر بالارتياح عندما رآهنّ أخيرًا قادمات. كنّ سـتّ فتيـات يرتـدين الصداري والسراويل البرّاقة ويعتمرن قبّعات التشريفات الأسطوانيّة بألوان العلمين الفرنسي والأميركي. رقصن بشكل عـادي، وكـنّ قبيحات دون إفراط. بدا المشهد تافهًا وليس فيه ما يضحك. لكـن، لماذا كانت نادين مسرورة إلى هذا الحدّ؟ عندما خلعـت الفتيـات صداريهن كاشفات عن نهودهنّ المبرفنة، رمقت نادين هنري بنظرة ماكرة:

ـ أيّهنّ تروق لك أكثر؟

ـ جميعهنّ متشابهات.

ـ وتلك الشقراء إلى اليسار، ألا ترى أنّ لديها سـرّة صـغيرة رائعة؟

ـ لكنّ وجهها كئيب.

صمتت نادين. رمقت النساء بنظرة خبيرة وسئمة بعض الشيء. خرجت النساء متراجعات إلى الخلف وهنّ يلوّحن بسراويلهنّ بيـد، ويضعن باليد الأخرى القبّعات ذات الألوان الثلاثة على أعـضائهنّ الجنسيّة. عندئذ سألت نادين:

ـ أيّهما الأهمّ: جمال الوجه أم تناسق الجسم؟

ـ هذا رهن...

ـ رهن ماذا؟

ـ رهن مظهر المرأة ككلّ وأيضًا ما يهواه الرجل.

ـ ما العلاقة التي أستحقّها على مظهري بصورة عامّة ووفق هواك؟

حدّق إليها قائلاً:

ـ سأعطيك رأيي بعد ثلاث وأربع سنوات. لم يكتمل مظهرك بعد.

قالت غاضبة:

ـ لكنّ مظهرنا لا يكتمل حتى نموت، جالت القاعة بنظرها واستوقفتها الراقصة ذات الوجه الكئيب التي أتت تجلس أمام البار مرتدية فستانًا أسود ضيّقًا.

ـ أنت على صواب. وجهها كئيب. يفترض بك أن تدعوها للرقص.

ـ لن يفرحها هذا كثيرًا.

ـ لزميلاتها أصدقاء، أمّا هي فتبدو وحيدة. ثم أضافت بنبرة محتدّة: «ادعها للرقص، ماذا ستخسر؟» ثم رقّ صوتها وقالت متوسّلة: «فقط لمرّة واحدة».

ـ حسناً، إذا كنت مصرّة إلى هذا الحدّ.

تبعته الشقراء إلى حلبة الرقص دون حماس. كانت تافهة إلى حدّ البلاهة، ولم يفهم لماذا كانت نادين مهتمّة بها أصلاً. بدأت نزوات نادين تزعجه في الحقيقة. حين عاد للجلوس قربها، كانت قد ملأت كأسين من الشمبانيا ثمّ راحت تحدِّق إليه بنظرات ساهمة.

قالت له وهي ترنو إليه بشوق: «أنت لطيف جدًّا». ثمَّ ابتسمت فجأة: «هل يصبح منظرك مضحكًا عندما تثمل؟».

ـ عندما أثمل أجد منظري مضحكًا.

ـ والآخرون، كيف يجدونك؟

ـ عندما أكون ثملاً، لا أكترث.

أشارت إلى القنّينة وقالت: «اشرب إذًا حتّى تسكر».

ـ مع الشمبانيا، لن أذهب بعيدًا.

ـ كم من الكؤوس يلزمك لكي تسكر؟

ـ كؤوس عديدة.

ـ أكثر من ثلاث كؤوس؟

ـ بالطبع.

رمقته بنظرات مشكّكة وقالت: «أودّ فعلاً أن أتحقّق ممّا تقول. إذا تجرّعت هاتين الكأسين دفعة واحدة، ألن تشعر بشيء»؟

ـ إطلاقًا.

ـ هيّا اشربهما.

ـ لماذا؟

ـ الناس يتباهون دومًا بقدرتهم على الشراب، لذا يجب أن نمتحنهم في هذا الأمر.

ـ وبعدها، هل ستطلبين منّي أن أمشي على رأسي مثلاً؟

ـ بعدها ستذهب إلى النوم. اشربهما، الكأس تلو الكأس.

تجرّع إحدى تينك الكأسين وأحسّ بحريق في حلقه بلغ أحشاءه.

وضعت الكأس الثانية في يده وقالت:

ـ اتفقنا: الكأس تلو الكأس.

فجرع الكأس الأخرى.

حين استيقظ وجد نفسه ممدّدًا على أحد الأسرّة، عاريًا وقربه امرأة عارية.

جذبته من شعره وهزّت رأسه. تمتم: من هنا؟

ـ أنا نادين. استيقظ. تأخّر الوقت.

فتح عينيه فوجد المصباح الكهربائي مضاء في غرفة مجهولة، في فندق ما. أجل، تذكّر المكتب والدرج وقبلهما الشمبانيا والألم في رأسه.

ـ ما الذي حدث؟ لا أفهم.

قالت نادين مسترسلة في الضحك:

ـ الشمبانيا التي احتسيتها كانت ممزوجةً بشراب مُسكر.

ـ وضعتِ شرابًا مسكرًا في الشمبانيا؟

ـ «قليلاً! غالبًا ما أستخدم هذه الحيلة مع الأميركيّين حين يخطر ببالي أن أسكرهم». ثمّ أضافت مبتسمة: «كانت الوسيلة الوحيدة لأنال منك مأربي».

ـ وهل تحقّقت أمنيتك؟

ـ يمكنك قول ذلك.

مرّر يده على جبهته وقال: «لا أتذكّر شيئًا».

ـ آه ليس هناك ما يستوجب التذكّر.

قفزت من السرير، أخذت مشطًا من حقيبتها ووقفت عارية أمام مرآة الخزانة ثم بدأت تسرّح شعرها. كم كان جسدها فتيًّا! هل التصق فعلاً بهذا الجذع الرقيق ذي الكتفين المستديرتين والنهدين اللطيفين.

لاحظت أنّه يراقبها بإمعان.

ـ لماذا تنظر إليَّ هكذا! أمسكت شعارها ولبسته على عجل.

ـ أنت جميلة جدًّا.

قالت بلهجة فيها الكثير من الاعتزاز بالنفس:

ـ لا تتفوّه بحماقات!

لماذا ترتدين ثيابك من جديد، تعالي.

هزّت رأسها غير مذعنة فقال بلهجة يشوبها شيء من القلق:

ـ هل آذيتك بشيء؟ كنت ثملاً كما تعرفين.

عادت إلى السرير وقبّلت هنري على خدّه:

ـ كنت لطيفًا جدًّا لكن ليست لي رغبة في ممارسة الجنس من جديد. ثم أضافت وهي تبتعد: «لندع الأمر إلى يوم آخر».

أزعجه ألاّ يتذكّر شيئًا. لبست جواربها القصيرة، وشعر بالاستياء مضطجعًا هكذا على هذا السرير، عاريًا مغطّى بالشراشف: «أريد أن أنهض، أشيحي بوجهك».

ـ تريدني أن أشيح بوجهي؟

ـ لو سمحت.

وقفت في إحدى الزوايا في مواجهة الحائط ويداها خلف ظهرها كتلميذة معاقبة. وللحال، سألت بسخرية: «هل انتهيت»؟

قال وهو يشدّ حزام بنطاله:

ـ انتهيت.

تفحّصته بعين ناقدة: «كم أنت معقّد»!

ـ أنا؟

ـ تختلق قصصًا لتدخل إلى السرير وأخرى لتغادره.

قال هنري:

ـ أيّ ألم في الرأس تسبّبت لي به!

شعر بالحسرة لأنّها لم تشأ ممارسة الجنس معه مجدّدًا. كانت

جميلة الجسد وغريبة الأطوار.

عندما جلسا يحتسيان القهوة المائعة في مقهى Biard الصغير المجاور لمحطّة مونبارناس، سألها والبشاشة على وجهه:

ــ لماذا كنت مصرّة على مضاجعتي؟

ــ لأتعرّف إليك.

ــ وهل هذا هو أسلوبك في التعرّف إلى الرجال؟

ــ المضاجعة تكسر الجليد. نشعر بعدها أنّ علاقتنا أمتن ممّا كانت عليه من قبل. أليس كذلك؟

قال هنري وهو يضحك:

ــ الجليد انكسر، لكن لماذا أردت أن تعرفيني؟

ــ أردت أن تجدني لطيفة.

ــ لكنّي أجدك في غاية اللطف.

نظرت إليه بعينين ماكرتين وبارتباك في الوقت نفسه: «أريدك أن تجدني من اللطف بحيث تصحبني معك إلى البرتغال».

ــ ذاك هو السبب إذًا! وضع يده على ذراع نادين: «قلت لك إنّ ذلك مستحيل».

ــ بسبب بول؟ لكن، بما أنّها ليست مسافرة معك فبإمكاني أنا المجيء.

ــ لكن لا، لا تستطيعين، هذا سيتعسها جدًّا.

ــ لا تخبرها!

ــ ستكون كذبة فاضحة. ثمّ أضاف مبتسمًا: «خاصة وأنّها ستعرف».

ــ هكذا إذًا: تُجنّبها ألمًا لتحرمني من لذّة أرغب فيها بشدّة!

ـ هل ترغبين فعلاً في السفر؟

ـ بلد نتمتّع فيه بأشعّة الشمس والمآكل اللذيذة: أبيع روحي لأذهب إليه.

ـ هل عرفت الجوع خلال الحرب؟

ـ أكيد! ثق أنّ أمّي فعلت المستحيل لتجنّبنا ذلك. كانت تذهب على درّاجتها مسافة ثمانين كيلومترًا لتأتي لنا بكيلو من الفطر وقطعة من اللحم المتعفّن. لكنّ هذا لم يشبع جوعي. أُخذت بأوّل أميركي قدّم لي حصّته من الطعام.

ـ لهذا تحبّين الأميركيّين كثيرًا؟

ـ أجل، لكنّ السبب الرئيسي هو أنّ رفقتهم تسلّيني. هزّت كتفيها باستخفاف وقالت:

ـ «اليوم، هم ينصاعون للأنظمة المفروضة عليهم بشدّة، وهذا يضجرني. عادت باريس حزينة من جديد». نظرت إلى هنري نظرات متوسّلة: «اصطحبني معك».

كان يودّ فعلاً أن يوفّر لها هذه المتعة، أن يمنحها سعادة حقيقيّة، فهذا مشوّق! لكن كيف؟ ما السبيل إلى جعل بول تتقبّل الأمر؟

ـ سبق لكما وواجهتما بعض الخلافات واستطاعت بول في النهاية أن تتجاوزها.

ـ من أخبرك بذلك؟

ضحكت نادين ضحكة ماكرة: «النساء يتحدّثن عن غراميّاتهنّ للنساء، هذا أمر معروف جدًّا».

أجل، اعترف هنري لبول ببعض الخيانات فسامحته بتعالٍ. أمّا اليوم فالصعوبة تكمن في أنّ أيّ تفسير مماثل سيفضي به إمّا إلى

اللجوء إلى الكذب، وهذا ما يزعجه، وإمّا إلى البوح بالحقيقة بجرأة ومطالبته باستعادة حرّيّته، وهذا الأمر يحتاج إلى شجاعة لا يمتلكها الآن.

ردّد بصوت منخفض: «لكنّ الرحلة تستغرق شهرًا كاملاً، هذه قضيّة مختلفة».

ـ لكنّنا سنفترق لدى رجوعنا. لا أنوي اختطافك من بول! قالتها نادين وهي تضحك بوقاحة. «أريد الترويح عن نفسي، ليس أكثر».

احتار هنري في أمره: التجوّل في شوارع مجهولة، الجلوس على أرصفة المقاهي بصحبة امرأة تضحك له، استعادة جسدها الفتي الدافئ عند المساء في غرفة الفندق. أجل هذا أمر مغرٍ. ثمَّ إنّه كان مصمّمًا على حسم أمره مع بول فماذا سيجنيه من إطالة انتظاره؟ إنّ الهروب إلى الأمام لا يجدي نفعًا، بل على العكس سيجعل الأمر أكثر تأزّمًا.

ـ اسمعي. لا أستطيع أن أعدك بشيء. أقنعي نفسك أنّه ليس وعدًا. لكنّي سأحاول من جهتي أن أتحدّث مع بول في الموضوع. وإذا بدا لي اصطحابك ممكنًا فلن أمانع.

II

نظرتُ مثبطة العزيمة إلى اللوحة الصغيرة. قبل ذلك بشهرين، قلت للطفل: «ارسم لي بيتًا» فرسم دارة مع سطوحها ومدفأتها والدخان المتصاعد منها. لم يرسم نافذة واحدة ولا بابًا بل أحاطها بسور عالٍ قضبانه حادّة الرأس. «والآن ارسم لي عائلة» فرسم رجلاً يمسك بيد فتًى صغير. وها هو اليوم يرسم لي بيتًا لا باب فيه، مسيّجًا بقضبان حديديّة سوداء. لا يحرز أيّ تقدّم. هل كان وضعه مستعصيًا فعلاً أم كنت أنا عاجزة عن معالجته؟ وضعت الرسم في أحد الملفّات. لا أعرف أم لا أريد؟ ربَّما كانت مقاومة الطفل تجسيدًا للمقاومة التي أحسّها في داخلي: أرعبتني فكرة أن أطرد من قلب الطفل شبح والده الذي توفّي في داشو[1] منذ سنتين. فكّرت: «عليَّ التخلّي عن معالجته». بقيت واقفة بالقرب من مكتبي. أمامي ساعتان أستطيع خلالهما تنظيم ملاحظاتي لكنّي كنت عاجزة عن حزم أمري. واسترسلت بالطبع في جملة من الأسئلة. أن تعالج مرضًا أصاب أحد الأعضاء ألا يعني في الغالب أن تبتره؟

لكن، في مجتمع ظالم، ماذا يساوي توازن الفرد؟ كنت أجد لذّة كبرى حين أختلق لكل حالة علاجًا ملائمًا. لم يكن هدفي منح مرضاي راحة داخليّة مخادعة. سعيت لأحرّرهم من أوهامهم الحميمة، وهذا لأجعلهم قادرين على التصدّي للمشاكل الحقيقيّة التي تعترضهم في حياتهم. كلَّما نجحت في مهمّتي، اعتبرت عملي

(١) داشو: مدينة في مقاطعة بافاريا في ألمانيا. أُقيم فيها معسكر اعتقال ألماني ١٩٣٣ ــ ١٩٤٥.

مفيدًا. المهمّة شاملة وتتطلّب مشاركة الجميع: هذا ما فكّـرت بـه البارحة. لكنّ هذا يفترض أنّ لكل إنسان عاقل دورًا يضطلع به في مسار التاريخ الذي يقود البشريّة نحو السعادة. لكنّي لم أعد أؤمـن بهذا الانسجام الجميل. المستقبل يفلت منّا ويُصنع بمعزل عنّا. مـن هنا، إذا أردنا الوقوف على الحاضر، فأيّة حسنة في أن يغدو فرنان الصغير مرحًا وطائشًا كالأطفال الآخرين؟ فكّرت: «أحوالي تسوء، وإذا دامت هذه الحالة فلن يبقى أمامي إلاّ إقفـال بـاب عيـادتي». اتّجهت إلى الحمّام وأتيت بطشت ورزمة مـن الجرائـد القديمـة. جثوت أمام المدفأة حيث كانت تشتعل بفتور كرات مـن الـورق. رطّبت الصفحات المطبوعة وبدأت أعجنها. لم أعد أنفر كثيرًا مـن هذه الأعمال كما كنت في السـابق. واسـتطعت بمعونــة نـادين والناطور أحيانًا أن أتدبّر أمري في الشؤون المنزليّة. على الأقـل كنت واثقة وأنا أدعك هذه الجرائد القديمة من أنّني أقوم بعمل مفيد. لكنّ المشكلة هي أنّ هذا العمل لا يشغل إلاّ يـديّ. نجحـت فـي التوصّل إلى الإقلاع عن التفكير بفرنان الصغير وبمهنتي، لكنّي لم أستفد من انشغالي هذا كثيرًا. عاودت الأسـطوانة دورانهـا فـي رأسي. «في ستافلو[1]، لم يعد هناك نعـوش كافيـة لـدفن جميـع الأطفال الذين قتلتهم الشرطة العسكريّة النازيّة...».

نحن استطعنا النجاة لكن الأسوأ حصل في مكان آخـر. أخفـوا على عجل الرايات ورموا الأسلحة في الماء، فرّ الرجال مذعورين باتّجاه الحقول وتحصّنت النساء خلف الأبـواب، وفـي الشـوارع

---

(١) ستافلو: مدينة في بلجيكا شهدت معارك عنيفة بين ١٨ و٢٠ كانون الأول ١٩٤٤ وقتل فيها ١٣٠ مدنيًّا على يد الشرطة العسكريّة النازيّة.

المتروكة للمطر، سُمعت أصواتهم الخشنة. لم يتوافدوا هذه المرّة بوصفهم الفاتحين المظفّرين، بل عادوا مع الحقد والموت في قلوبهم. رحلوا، لكن من القرية المحتفلة بالنصر لم يتبقَّ إلاّ أرض محروقة وأكوام من جثث الأطفال المبعثرة.

هبّة باردة جعلتني أرتعش: فتحت نادين الباب فجأة:

ــ لماذا لم تطلبي منّي مساعدتك؟

ــ ظننت أنّك منصرفة إلى ارتداء ثيابك.

ــ انتهيت منذ وقت طويل. جثت بالقرب منّي وأمسكت جريدة: «تخشين ألاّ أحسن فعل ذلك؟ أقدر على القيام بمثل هذه الأعمال».

الواقع أنّها تقوم بهذا العمل بشكل سيّئ. ترطّب الورق أكثر ممّا ينبغي ولا تضغطه بالشكل الكافي، ومع ذلك كان لزامًا عليَّ أن أناديها لمساعدتي.

نظرت إليها نظرات متفحّصة وقلت:

ــ دعيني أرتّب هندامك قليلاً...

ــ وما الداعي؟ من أجل لامبير؟

ذهبت وأتيت من خزانتي بمنديل ومشبك قديم، وناولتها الخفّ ذا النعل الجلديّ الذي أهدتني إيّاه إحدى الزبونات التي ظنَّت أنّها شُفيت من مرضها. تردّدت في أخذه:

ــ لكنّك خارجة هذا المساء. ماذا ستنتعلين في قدميك؟

قلت ضاحكة:

ــ لا أحد سينظر إلى قدميّ.

أخذت الحذاء مهمهة: «شكرًا».

رغبت في أن أجيبها: «لا داعي للشكر».

كان اهتمامي بها وسخائي حيالها يجعلانها مستاءة لأنّها لم تكن ممتنّة لي فعلاً، وكانت تلوم نفسها على ذلك. كنت أشعر بها متأرجحة بين الامتنان والارتياب، فيما هي تدعك بشكل أخرق كرات الورق. على أيّة حالٍ، كانت محقّة في ارتيابها، فالتفاني الذي أُظهره، وسخائي، كانا الوسيلتين الأكثر إجحافاً بحقّها: كنت أدفعها إلى ارتكاب الخطأ في حين كنت أسعى فقط إلى التهرّب من نداماتي الكثيرة التي أشعر بها حيالها. الندم لأنّ دييغو توفّي، لأنّ نادين لم يكن لديها ثوب سهرة، لأنّها تضحك بشكل سيّئ، لأنّ عبوس وجهها يجعلها قبيحة. الندم لأنّني لا أحسن أن أجعلها تطيعني، ولأنّي لا أحبّها كفاية. كان يجدر بي ألاّ أغدق عليها محاسني. ربّما كان من الأفضل لمؤاساتها أن أضمّها بين ذراعيّ وأقول لها: «يا ابنتي الصغيرة المسكينة، سامحيني لأنّي لم أحبّك أكثر». لو أنّني احتضنتها بين ذراعيّ لربّما استطعت اتّقاء هذه الجثث الصغيرة التي لم تكن هناك وسيلة لدفنها.

رفعت رأسها باتّجاهي قائلة:

ــ هل ذكّرت والدي بإمكانيّة استلامي لأمانة السرّ.

ــ لا، لم أفعل منذ أوّل أمس. وأضفت بعجلة: «المجلّة لن تصدر إلاّ في نيسان. لدينا متّسع من الوقت لتذكيره».

ــ لكنّي بحاجة لأن أحسم أمري. رمت بالكرات الورقيّة في النار: «لا أفهم سبب معارضته».

ــ قال لك السبب. لعلّه يخشى أن تضيّعي وقتك هباء.

كنت أرى أنّه من الجيّد لنادين أن تمارس مهنة ما، وتضطلع بمسؤوليّات الناضجين. هذا سيعود عليها بالفائدة. لكن روبير كان

أكثر طموحًا منّي فيما يتعلّق بمستقبلها.

قالت وهي ترفع كتفيها باستخفاف:

ـ والكيمياء، أليست مضيعة للوقت؟

ـ لا أحد أجبرك على هذا الاختصاص.

اختارت نادين الكيمياء لتغيظنا. لكنّها عاقبت نفسها بالنهاية على خيارها هذا.

قالت:

ـ ليست الكيمياء هي التي تزعجني بل كوني طالبة. أبي لا يدرك ذلك: أنا أكثر نضجًا منك حين كنت في سنّي. أريد القيام بشيء أكثر واقعيّة.

ـ تعلمين جيّدًا أنّني موافقة. كوني مطمئنّة. إذا رأى أبوك أنّك مصرّة على موقفك فسيؤول به الأمر إلى الموافقة هو أيضًا.

قالت نادين والإعراض باد على وجهها:

ـ سيوافق لكنّي أعرف بأيّة لهجة!

ـ سنقنعه. تعرفين، لو كنت مكانك لباشرت فورًا في تعلّم الضرب على الآلة الكاتبة.

ـ فورًا، لا أستطيع. تردّدَت قليلاً ونظرت إليَّ بشيء من التحدّي:

ـ هنري سيصطحبني معه إلى البرتغال.

فاجأني الأمر، فسألت بلهجة لم أستطع معها إخفاء استيائي: «هل قرّرتما ذلك البارحة»؟

ـ منذ وقت طويل اتّخذت القرار. ثمّ أضافت بلهجة عدائيّة: «لا شكّ أنّك تلومينني، تلومينني بسبب بول، أليس كذلك»؟

دعكت كرة رطبة من الورق بين يديّ:

ــ أعتقد أنّك ستتسبّبين لنفسك بالتعاسة.

ــ هذا أمر يعنيني.

ــ صحيح.

لم أضف شيئًا. كنت أعرف أنّ صمتي يغيظها، لكنّها تغضبني حين ترفض بلهجة قاطعة التفسيرات التي تتمنّاها. تريدني أن أمارس ضغطًا عليها، لكنّي أرفض الدخول في لعبتها، ومع ذلك قلت جاهدة:

ــ هنري لا يحبّك، ليس في مزاج أن يحبّ...

فأجابتني بعدائيّة:

ــ أمّا لامبير فسيكون أبله بما فيه الكفاية ليتزوّجني، أليس كذلك؟

ــ لم أدفعك مرّة إلى الزواج به. لكن لامبير يحبّك.

فقاطعتني:

ــ أوّلاً، هو لا يحبّني ولم يطلب منّي مرّة واحدة أن أضاجعه. حتى أنّني في تلك الليلة، ليلة رأس السنة، سعيت جاهدة لإقامة علاقة معه، لكنّي لم ألمس منه أيّة استجابة.

ــ لعلّه يتوقّع منك شيئًا آخر.

ــ إذا كنت لا أعجبه فهذا شأنه. على أيّة حال، أتقبّل ألاّ يستجيب لامرأة مثلي إذا حظي بفتاة مثل روزا. وأتوسّل إليك أن تصدّقي أنّني لا أكترث به، وألاّ تخبريني أنّه مغرم بي. وهنا علا صوت نادين.

قلت لها رافعة كتفيّ:

ـ افعلي ما تشائين. لك مطلق الحرِّيّة. فماذا تطلبين أكثر؟
تتحنحت كما تفعل دومًا حين يخجلها قولٌ ما:
ـ بين هنري وبيني ليس هناك إلاّ مغامرة عابرة. فور عودتنا من البرتغال سنفترق.
ـ نادين، قولي لي بصراحة: هل تظنّين أنّك ستكونين قادرة على تناسيه؟
أجابت باقتناع كلِّيّ:
ـ نعم.
ـ إنّ وجودك إلى جانبه طيلة شهر كامل سيجعلك تتعلّقين به أكثر فأكثر!
ـ لا، إطلاقًا. ومن جديد انطلقت من عينيها علامات التحدّي: «إذا أردت أن تعرفي المزيد فاعلمي أنّني ضاجعته البارحة، وهذا لم يؤثّر بي إطلاقًا».
أشحت بنظري: لست حريصة على معرفة ذلك. قلت مخفية انزعاجي.
ـ ليس هذا سببًا وجيهًا. أنا واثقة أنّك لدى عودتك ستسعين جاهدة لاجتذابه، لكنّه لن يقع في المصيدة.
ـ سوف نرى.
ـ ها أنت تعترفين بخطئك إذًا. تنوين الاحتفاظ به وفي هذا أنت مخطئة. أقصى ما يتمنّاه في هذه المرحلة هو التمتّع بحرِّيّته إلى أبعد حدّ.
ـ ثمّة جولة سأسعى جاهدة إلى كسبها: هذا يسلّيني.

ـ التخطيط والمناورة والترصّد والانتظار، كل هذا يسلّيك! فيما أنت لا تحبّينه حتى!

ـ ربّما لا أحبّه لكنّي أريده.

ورمت في الموقد حفنة من كرات الورق.

ـ معه سأشعر أنّني حيّة، هل تفهمين؟

قلت متبرّمة:

ـ لا نحتاج لأحد كي نشعر أنّنا أحياء!

ثم نظرت حولها وقالت: «أتسمّين هذه حياة؟ قولي لي بصراحة يا أمّي المسكينة هل تظنّين أنّك عشت حياتك كما ينبغي؟ تتحدّثين إلى أبي نصف يومك وتعتنين بمعتوهين خلال النصف الآخر، وتسمّين هذه حياة؟». نهضت من جديد ونفّضت الغبار عن ركبتيها. احتدم الغضب في صوتها: «يحدث لي أن أرتكب حماقات، لا أنفي ذلك، لكنّي أفضّل الانتهاء في أحد المواخير على أن أتجوّل في الحياة مرتدية قفّازين من جلد الجدي المصقول. تضعين في يديك قفّازين وتمضين وقتك في إعطاء النصائح، وماذا تعرفين عن الرجال؟ أنا متأكّدة أنّك لا تنظرين إلى نفسك في المرآة وأنّ الكوابيس لا تقضّ مضجعك».

كانت كلّما شعرت أنّها على خطأ أو كلّما ارتابت في سلوكها، تزداد شراسة في مواجهتي. لم أجبها بشيء. مشت باتّجاه الباب وتوقّفت عند العتبة ثم سألتني بلهجة أكثر هدوءًا.

ـ هل تأتين لتناول كوب من الشاي معنا؟

ـ ليس عليك إلاّ الاتّصال بي.

نهضتُ. أشعلت سيجارة. عندما أخذت نادين تسعى في إثر

ذكرى دييغو وتهرب منها في آن متنقّلةً من مضجع إلى مضجع، حاولتُ التدخّل. لكن اكتشافها المبكر للتعاسة بكلّ قسوتها التي لا تطاق، واعتمال التمرّد في نفسها نتيجة اليأس الذي ألمّ بها أغرقها في ضياع شديد عجزتُ معه عن التأثير بها. ما إن أحاول التحدّث إليها، حتى تصمّ أذنيها وتمعن في الصراخ وتفرّ هاربة من البيت لتعود إليه عند الفجر. وبناءً على طلبي، شرع روبير يهدّئ من روعها ليرجعها إلى صوابها. في ذاك المساء لم تذهب للقاء النقيب الأميركي. بقيت محتبسة في غرفتها. لكنّها في اليوم التالي اختفت تاركة وراءها رسالة صغيرة: «أنا راحلة». ليلة بكاملها أعقبها نهار بكامله ثم ليلة أخرى بكاملها، بحث عنها روبير وأنا كنت أنتظر في المنزل. يا للانتظار المرعب! عند الساعة الرابعة صباحًا اتّصل بنا نادل في مونبارناس. وُجدت نادين ممدّدة على مقعد في البار وقد تعتعها السكر وعينها مسودّة من الضرب. «اتركي لها الحرّيّة، لا تدفعيها إلى العناد»، قال روبير. لم يكن لديّ الخيار. لو أنّني أمعنت في النضال لكرهتني نادين وتعمّدت إغاظتي. لكنّها تعرف أنّني استسلمت على مضض وأنّني أعيب عليها تصرّفاتها. كانت حاقدة عليّ. ربّما لم تكن مخطئة تمامًا. لو أنّني أحببتها كما يجب، لكانت علاقتنا مختلفة ولاستطعت ربّما منعها من أن تحيا حياة لا أرتضيها. بقيت لفترة طويلة واقفة أنظر إلى اللهب وأنا أقول: «لا أحبّها بشكل كاف».

لم أرغب في إنجابها. إنّه روبير الذي رغب في إنجاب طفل ما إن تزوّجنا. حقدت على نادين لأنّها شوّشت عليَّ أحاديثي مع روبير. كنت أحبّ روبير كثيرًا ولم أكن مهتمّة كثيرًا بنفسي، لم

تتحرّك عواطفي حين رأيت ملامحي أو ملامحه مرتسمة على وجه هذه الدخيلة الصغيرة. عاينت دون سماحة عينيها الزرقاوين وشعرها وأنفها. لم أوجّه إليها تأنيبًا إلاّ فيما ندر، لكنّها أحسَّت بتحفّظي حيالها. كنت دومًا مربّية بالنسبة لها. ما من فتاة استبسلت مثلها للفوز على غريمتها وللحظوة بقلب أبيها. ولم ترغب قطّ في الاقتناع بأنّها تنتمي لجنس النساء: عندما شرحت لها أنّها ستحيض عمّا قريب، وأنّ هذا الأمر سيشكّل منعطفًا في حياتها، استمعت إليَّ بعينين زائغتين ثم حطَّمت أرضًا إناءها المفضّل. بعد الطمث الأوّل بلغ غضبها درجة من العنف بحيث بقيت لمدّة ثمانية عشر شهرًا منقطعة عن الحيض. إلى أن جاء دييغو فأشاع بمجيئه مناخًا جديدًا بيننا: حظيت أخيرًا بكنز لن يسعد به أحد سواها. شعرت عندئذ بأنّها مساوية لي فتولّدت بيننا صداقة، ولكن فيما بعد أصبح كلّ شيء أسوأ.

ـ ماما.

اتّصلت بي نادين. فكّرت وأنا أعبر الرواق: إذا بقيتُ طويلاً فستقول إنّني أريد الاستئثار بأصدقائها. وإذا غادرتُ سريعًا فستخال أنّني أحتقرهم. كان هناك لامبير وسيزيناك ولاشوم. ما من امرأة. لم تكن لنادين صديقات مطلقًا. كانوا يحتسون القهوة الأميركيّة متحلّقين حول مدفأة كهربائيّة. ناولتني فنجانًا من المياه السوداء المرّة...

قالت فجأة:

ـ قُتل شانسيل.

لم أكن أعرف شانسيل جيّدًا. لكنّي منذ عشرة أيّام رأيته يضحك

مع الآخرين حول شجرة الميلاد. ربّما كان روبير على حقّ حين قال لي إنّه ما من مسافة بين الأحياء والأموات. ومع ذلك فإنّ هؤلاء الموتى العتيدين الذين كانوا يحتسون قهوتهم بصمت، بدوا خجلين مثلي كونهم أحياء. كانت عينا سيزيناك أكثر خواءً من المعتاد وكان أشبه برامبو منزوع الدماغ. سألت:

ــ كيف حدث ذلك؟

ــ لا نعرف شيئًا، قال سيزيناك. تلقّى أخوه رسالة تقول إنّه توفّي في ساحة القتال.

ــ أيكون قد فعل ذلك عمدًا؟

ــ ربّما، قال سيزيناك وهو يهزّ كتفيه.

ــ أو ربَّما قُتل دون أن نستشيره، قال فنسان. جنرالاتنا لا يضنّون باللحم البشريّ. لا بل يهدرونه دون حساب!

بدت عيناه المحمرّتان وسط وجهه الممتقع وكأنّهما ندبتان. وكان فمه أشبه بندبة أيضًا. لا ننتبه للوهلة الأولى أنّ ملامحه منتظمة ورقيقة. فيما كان وجه لاشوم، خلافًا لذلك، هادئًا ومربكًا مثل صخرة.

قال:

ــ إنّها مسألة نفوذ. إذا كانوا يريدون ممارسة لعبة الدول العظمى، فلا بدّ من بذل العديد من التضحيات.

قال فنسان وقد انفغرت ندبته بما يشبه الابتسامة:

ــ لعلّ المطلوب نزع سلاح القوى الفرنسيّة الداخليّة[1]. لكن إذا

---

(١) القوى الفرنسيّة الداخليّة : FFI أُطلقت التسمية عام ١٩٤٤ على مجموعة التنظيمات العسكريّة للمقاومة الفرنسيّة المنخرطة في معارك التحرير.

كان بالإمكان تصفية هؤلاء الشبّان تدريجيًّا، فهذا ما يتمنّاه هؤلاء الأسياد.

ــ إلامَ تلمّح؟ قال لامبير بلهجة غاضبة وهو ينظر إلى فنسان في عينيه مباشرة. «هل تقصد القول إنّ ديغول أعطى الأمر إلى دولاتر[1] ليتخلّص من جميع الشيوعيّين؟ إذا كان هذا ما تريد قوله فقلْه صراحة. لتكن لديك على الأقلّ الجرأة».

قال فنسان:

ــ المسألة لا تحتاج لإعطاء الأوامر. يجيدان توزيع الأدوار ويعرف كل منهما مهامه.

هزّ لامبير كتفيه مستخفًّا:

ــ أنت نفسك لا تصدّق ما تقوله.

قالت نادين بلهجة عدائيّة:

ــ ربّما كان هذا صحيحًا.

ــ بالطبع، هذا ليس صحيحًا.

قالت:

ــ وما الذي يثبت عدم صحّته؟

فقال لامبير:

ــ ما أبرعك! ها قد بدأت تقلّدين أسلوبهم. يفبركون حدثًا من هنا وهنالك ثمّ يُطلب منك في نهاية المطاف أن تبرهن أنّه لا أساس له من الصحّة! لن أستطيع بالطبع أن أثبت لك أنّ شانسيل لم يُقتل برصاصة في الظهر.

ابتسم لاشوم وقال: «لم يقل فنسان ذلك».

---

(١) دولاتر de Lattre (١٨٨٩ــ ١٩٥٢)، مارشال فرنسي، أحد أبطال فرنسا الحرّة.

هكذا كانت الأمور تجري دومًا. سيزيناك يصمت وفنسان ولامبير يتخاصمان، وفي اللحظة الملائمة يتدخّل لاشوم الذي يأخذ، عمومًا، على فنسان يساريّته وعلى لامبير أحكامه المسبقة كبورجوازيّ صغير. أمّا نادين فتتعاطف مع أحد الأطراف، وفق مزاجها. تفاديت التدخّل في شجارهم الذي كان أكثر احتدامًا من العادة وهذا بالطبع لأنّ موت شانسيل هزّهم في العمق. على أيّة حال لَمْ يكن فنسان ولامبير مخلوقين ليتفاهما. كان للامبير مظهر الفتى الميسور الحال وفنسان أقرب إلى الصعلوك بسترته المبطّنة بالفرو ووجهه الناحل السقيم. ثمّة بريق لا يبعث على الطمأنينة في عينيه. لكنّي لم أستطع أن أصدّق بأنّه قتل رجالاً حقيقيّين بمسدّس حقيقيّ. كلّما رأيته فكّرت في ذلك ولم أكن لأصدّق. ربّما كان لاشوم قد قتل أناسًا هو أيضًا، لكنّه لا يتحدّث عن الموضوع ولا يبدو أنّ هذا يزعجه.

التفت لامبير ناحيتي وقال: «لم نعد نستطيع الكلام حتى مع الرفاق. للأسف، الحال في باريس ليست على ما يرام في هذه الأيّام. أتساءل ما إذا كان شانسيل على حقّ. لا أقصد أن نقتل بل أن نذهب إلى ساحة القتال».

نظرت إليه نادين غاضبة وقالت:

ـ وما شأنك أنت وباريس.لا علم لك بما يدور هنا!

ـ بل على علم تامّ بما يجري لأجد الجوّ مشؤومًا، وليس الأمر أفضل حالاً حين أجول على الجبهة...

قالت بصوت حادّ:

ـ ومع ذلك بذلت كل وسعك لتعمل كمراسل حرب!

ـ وأفضّل ذلك على البقاء هنا. لكن هذا تدبير غير مجدٍ.

قالت نادين وقد بدت على وجهها علامات الغضب صراحة:

ـ أفٍّ منك! إذا كنت منزعجًا في باريس فارحل لن يثنيك أحد عن قرارك. ثمّ أضافت: «يبدو أنّ دولاتر يحبّ الفتيان الحسني الطلعة. اذهب إذًا والعب دور البطل. اذهب».

همهم لامبير وهو يحدجها بنظرة مفعمة بالمعاني والتلميحات:

ـ أفضل من الألاعيب الأخرى.

حدجته نادين بنظراتها لحظة وقالت:

ـ لن يبدو مظهرك سيّئًا وأنت مثخن بالجراح والضمّادات تغطّي جسدك. ثم أضافت هازئة: «لكن لا تعتمد عليَّ لأزورك في المستشفى. من الآن وحتى خمسة عشر يومًا، أكون قد صرت في البرتغال».

ـ في البرتغال؟

قالت بنبرة لا مبالية:

ـ بيرون سيصطحبني بصفتي سكرتيرة له.

قال لامبير:

ـ يا له من محظوظ. ستكونين له وحده لمدّة شهر!

ـ ليس الجميع مستاء مثلك، قالت نادين.

قال لامبير، وهو يصرّ على أسنانه:

ـ أجل، في هذه الأيّام، الرجال عابثون، عابثون كالنساء.

ـ كم أنت فظّ!

تساءلت وبي شيء من الانزعاج كيف كان باستطاعتهم الاستسلام لمناوراتهم الصبيانيّة! كنت واثقة مع ذلك أنّ بإمكانهم

التعاون ليعيشوا من جديد معًا ويتجاوزوا هذه الذكريات التي تجمعهم وتفرّقهم في آن. لكن ربّما كان هذا سبب تناحرهم بالذات: كلٌ يكره في الآخر خيانته لذاته. على أيّة حال، التدخّل من جانبي سيكون في غاية الرعونة. لذا تركتهم يتخاصمون وغادرت الغرفة. تبعني سيزيناك إلى المدخل.

ـ أتسمحين لي بكلمة؟

ـ تفضّل.

ـ إنّها خدمة. أريد منك خدمة.

ـ تذكّرت كم كان يبدو مميّزًا وبهيّ الطلعة في الخامس والعشرين من آب بلحيته وبندقيّته ومنديله الأحمر، وكأنّه جندي حقيقيّ من ثوّار ١٨٤٨ (١). الآن، انطفأ البريق في عينيه الزرقاوين، وأصبح وجهه منتفخًا. لاحظت وأنا أصافحه أنّ راحتيه كانتا رطبتين.

قال:

ـ لا أستطيع النوم. لديّ... لديّ أوجاع. ذات مرّة أعطاني صديق لي تحميلة أوبين. وهذا أراحني كثيرًا. إلاّ أنّ الصيادلة لا يبيعونه إلاّ بناءً على وصفة طبّيّة.

كانت نظراته متوسّلة.

ـ أيّ نوع من الأوجاع.

ـ آه! أوجاع في كل مكان... في الرأس... وخصوصًا الكوابيس...

---

(١) ثوّار ١٨٤٨: نسبة للحركة الثوريّة التي قامت على لويس فيليب لتشدّده في رفض الإصلاحات الانتخابيّة، وأدّت إلى اعتزاله وإعلان الجمهوريّة الثانية. عُرف ثوّار ١٨٤٨ بهذا المظهر.

ـ لا نعالج الكوابيس بالأوبين.

أصبح جبينه رطبًا كيديه.

ـ أريد أن أصارحك بكلّ شيء. لدي صديقة، صديقة أحبّها كثيرًا، وأودّ الزواج بها. لكن، لا... لا أستطيع أن أفعل معها شيئًا إلاّ إذا أخذت الأوبين.

ـ الأوبين يدخل الأفيون في تركيبه، هل تأخذ منه غالبًا؟

بدا مرتعبًا: «لكن لا، مرّة واحدة من وقت لآخر، عندما أمضي الليلة مع لوسي».

ـ نِعْمَ ما حدث. غالبًا ما نصبح مدمنين إذا تناولنا هذه العقاقير.

نظر إليَّ متوسّلاً. كان العرق يتلألأ فوق جبينه. قلت له: «تعال لرؤيتي غدًا صباحًا. سوف أرى ما إذا كان بإمكاني إعطاؤك هذه الوصفة».

دخلت إلى غرفتي. بالتأكيد كان مدمنًا أو شيئًا ما من هذا القبيل. متى بدأ يتعاطى المخدّرات؟ ولماذا؟ أطلقت تنهيدة. إنّه شخص آخر سأطلب منه الاستلقاء على الديوان وأسعى إلى إفراغ ما في جوفه. أحيانًا، كان كل هؤلاء المسجّين أمامي على الديوان يثيرون أعصابي. في الخارج، يقفون على أقدامهم ويلعبون بطريقة ما دورهم كناضجين. أمّا هنا فيرجعون أطفالاً رضيعين، مؤخّرتهم متّسخة، وعليَّ أنا أن أغسلهم وأطهّرهم من أدران طفولتهم. ومع ذلك، كنت أتحدّث إليهم بصوت لا شخصيّ، صوت العقل والصحّة. حياتهم الحقيقيّة في مكان آخر وحياتي أيضًا. ليس من المستغرب أن أكون تعبة منهم ومنّي.

أجل، كنت تعبة. نادين تحدّثت عن أنّني أرتدي دومًا «قفّازين

من جلد الجدي المصقول»؛ وقال سكرياسين إنّي «باردة ومجفلة». هل أبدو بالنسبة لهم على هذه الصورة؟ هل أنا هكذا فعلاً؟ أذكر ثورات غضبي وأنا طفلة وخفقان قلبي وأنا مراهقة وحمّى شهر آب ذاك. لكنّ كل ذلك بات بعيدًا، الآن لا شيء يتحرّك في داخلي. سرّحت شعري مرّة أخيرة وأصلحت زينتي. لا يمكن أن نستمرّ على هذه الحال من الخوف إلى ما لا نهاية، فهذا متعب. ومن ثمّ كان روبير يبدأ كتابًا جديدًا وكان مزاجه ممتازًا. لا زلت أشعر بالإرهاق، لكنّي لم أعد أستفيق في الليل متعرّقة من شدّة القلق. لا أرى سببًا لأكون حزينة، لا، لكنّ المشكلة هي أنّني لا أشعر بالسعادة وهذا يتعسني. لا بدّ أنّني دُلّلت كثيرًا. أخذت حقيبتي وقفّازيَّ وذهبت لأقرع على باب روبير. لم تعد لديّ أيّة رغبة في الخروج.

ـ ألا تشعر بالبرد؟ هل أشعل لك نارًا صغيرة من أوراق الصحف؟

أبعد كنبته وابتسم لي: «أنا بأحسن حال».

بالطبع، روبير دومًا في حال جيّدة. اقتات هنيئًا على مدى سنتين بالشوكروت(١) واللفت والروتاباغة(٢). لا يشعر مطلقًا بالبرد حتى ليخال المرء أنّه يستمدّ الدفء من ذاته على طريقة ممارسي اليوغا. عندما سأعود في منتصف الليل سأجده أيضًا منصرفًا إلى الكتابة ومتدثّرًا في معطفه السكوتلندي المربّع النقش، وسيقول متعجّبًا: «لكن، كم الساعة الآن؟». لم يحدّثني عن كتابه الجديد بعد،

(١) الشوكروت: ورق ملفوف محفوظ بالخلّ والملح.

(٢) الروتاباغة: ضرب من الكرنب اللفتي.

إلاّ بطريقة غامضة، لكنّي أحسست أنّه كان راضيًا عنه. جلست قبالته وقلت:

ـ زفّت لي نادين خبرًا غريبًا للتوّ. سترافق بيرون إلى البرتغال.

رفع نظره بحيويّة نحوي: «وهل هذا يزعجك»؟

ـ أجل. ليس بيرون من هؤلاء الرجال الذين نعثر عليهم ثم نهملهم. ستتعلّق به كثيرًا.

وضع روبير يده على يدي: «لا تقلقي على نادين أبدًا. أستغرب أن تتعلّق ببيرون. على أيّة حال ستجد العزاء لنفسها سريعًا».

ـ لكن، هل ستمضي حياتها في البحث عن وسيلة للعزاء!

أخذ روبير يضحك:

ـ ليس باليد حيلة. يصدمكِ أن تضاجع ابنتك الرجال بلا هوادة وكأنّها ندّة لهم. كنت أتصرّف مثلها في عمرها.

لم يشأ روبير أن يقتنع أبدًا بأنّ نادين ليست رجلاً.

قلت:

ـ ليس الأمر مشابهًا. تتشبَّث نادين بالرجل تلو الآخر لأنّها ما إن تشعر أنّها وحيدة حتّى تصبح غير قادرة على التحكّم بتصرّفاتها. هذا ما يقلقني.

ـ اسمعي، من الطبيعي أن تخاف من الوحدة. قصّتها مع دييغو لم تندمل جراحها بعد.

هززت رأسي: «ليس دييغو وحده هو السبب».

قال بنبرة مرتابة:

ـ أعرف، تظنّين أنّ لنا ضلعًا في ذلك. ثم هزَّ كتفيه وأضاف:

«ستتغيّر، أمامها متّسع من الوقت لتتغيّر».

ـ لنأمل ذلك. ثم نظرت إلى روبير بإصرار: «تعرف، سيكون حيويًّا جدًّا بالنسبة لها أن تجد عملاً يستأثر باهتمامها الفعليّ؛ استجب لرغبتها في تولّي منصب السكرتيرة. حدّثتني عنه للتوّ وهي مصرّة على موقفها».

ـ لكن، ليس في هذا المنصب أيّ شيء مثير للاهتمام. ستمضي النهار بطوله في كتابة الرسائل على الآلة الكاتبة وتنظيم السجلاّت. هذا يعتبر جرمًا بحقّها نظرًا لذكائها.

ـ ستشعر أنّها مفيدة. هذا يشجّعها.

ـ باستطاعتها القيام بما هو أفضل. فلتتابع تحصيلها العلميّ.

ـ تشعر الآن بحاجة للقيام بعمل ما، وستكون سكرتيرة ناجحة. ثم أضفت: «يجب ألاّ نحمّل الناس أعباء فوق طاقتهم».

بالنسبة لي، كان روبير يتطلّب من نادين الشيء الكثير. ما أدّى إلى إثباط همّتها. لم يكن يوجّه إليها الأوامر: كان يثق بها وينتظر أن تبادر إلى الفعل، لكنّها تجد نفسها تسلك دروبًا ليست مهيّأة لها في الأصل وفوق ذلك تعاند. قرأت وهي لا تزال في عمر فتيّ جدًّا كتبًا في غاية التعقيد، وشاركت في سنّ مبكرة للغاية في أحاديث الكبار، ثم سئمت من نمط الحياة هذا. في البداية اغتاظت من نفسها، والآن تبدو وكأنّها تأخذ بثأرها من خلال دأبها على تخييب آمال روبير.

نظر إليَّ روبير محتارًا كما يفعل عادة حين يستشعر الملامة في كلامي:

ـ حسنًا إذا كنت تعتقدين أنّ ذلك سيرضيها. لعلّك تعرفين صالحها أفضل منّي.

ـ نعم، أنا على يقين من ذلك.

ـ إذًا ليكن لك ما تريدين.

وافق بمنتهى السهولة، وهذا يثبت أنّ نادين لم تنجح إلاّ في إخلاف ظنّه. حين يعجز روبير عن بذل مساعيه دون حساب في سبيل عاطفة أو مشروع، فإنّه سرعان ما يغضّ الطرف عنهما.

قلت:

ـ أن تمارس مهنة تجعلها مستقلّة عنّا أمر سيعود عليه بالفائدة.

قال روبير ببرودة ظاهرة:

ـ لكن ليس هذا ما تريده. تريد أن تلعب دور المرأة المستقلّة.

لم يعد راغبًا في الكلام عن نادين، وعجزت عن أن أبثّ فيه الحماسة لأجل مشروع لم يكن مقتنعًا به في الأصل. ثمّ أغفلت الأمر.

وفجأة قال روبير بلهجة محتدّة:

ـ حقًّا لا أفهم لماذا يريد بيرون القيام بهذه الرحلة!

قلت:

ـ لأنّه يحتاج إلى عطلة. أفهمه. ثم أضفت بعطف: «أعتقد أنّ له الحقّ بأن يستمتع بوقته قليلاً. أرهق نفسه بما يكفي...».

ـ أجل، أرهق نفسه أكثر منّي. لكنّ المسألة ليست هنا... ثم نظر إليّ بإلحاح وقال:

ـ لكي تنطلق حركة إلـ *S.R.L*[1] كما ينبغي نحن بحاجة إلى جريدة.

---

(١) S.R.L: (حركة سياسيّة قد تكون معادلة للـ Rassemblement Démocratique R.D.R. Révolutionnaire أي التجمّع الديموقراطي الثوري وهو حزب أنشأه دافيد روسيه وجان بول سارتر، ويضمّ جميع المعارضين للحرب والأنظمة التوتاليتاريّة، مناديًا باشتراكيّة ثوريّة=

ــ «أعرف». ثم أضفت متردّدة:
ــ أتساءل...
ــ عن ماذا؟
ــ عمّا إذا كان هنري يقبل تسليمكم الجريدة، فهو حريص عليها كل الحرص.
ــ ليست المسألة أن يسلّمنا إيّاها.
المسألة في أن يكون وفيًّا لمبادئ الـ*S.R.L*
ــ لكنّه ينتمي إلى هذه الحركة، وسيكون في مصلحة الجريدة أن تتبنّى برنامجًا سياسيًّا محدّدًا لأنّ جريدة دون برنامج سياسي لن تكتب لها الاستمراريّة.
ــ لكنّها وجهة نظرهم بالذات.
قال روبير باستخفاف: «وتسميّن هذه وجهة نظر!» ثم أضاف: «الإبقاء على روح المقاومة فيما يتعدّى الأحزاب! مثل هذه الأضاليل جيّدة لأمثال لوك المسكين. روح المقاومة! هذا يجعلني أفكّر بروح لوكارنو(1). بيرون لا يؤمن باستحضار الأرواح على الطاولات الدائرة(2). أنا مطمئنّ لناحيته فالأمر سيؤول به إلى

=مستقلّة. لم تورد الروائيّة في هذا الكتاب أيّ إيضاح بشأن الكلمات المرادفة للأحرف الأولى من هذا الشعار S.R.L ارتأينا أن نعتبرها Socialisme Révolutionnaire Libre أي الاشراكيّة الثوريّة الحرّة.

(١) لوكارنو: إشارة إلى اتفاقيّات لوكارنو التي وُقّعت في مدينة لوكارنو بسويسرا عام ١٩٢٥ بمشاركة فرنسا وبلجيكا وبريطانيا وألمانيا وإيطاليا. أقرّت هذه الاتفاقيّات حدود البلدان الموقّعة وهدفت إلى إقامة سلم دائم في أوروبا. وبموجبها استطاعت ألمانيا أن تنضمّ إلى عصبة الأمم.

(٢) الطاولات الدائرة تستعمل في استحضار الأرواح ويُفرض في حركاتها أن تنقل حديث الأرواح.

الموافقة. إلاّ أنّه في الانتظار، يضيّع الوقت».

كنت أخشى أن يحضّر روبير لنفسه مفاجأة سيّئة لأنّه، حين يتشبّث بموقف، يعتبر البشر مجرّد أدوات بسيطة في تصرّفه. لقد نذر هنري نفسه لهذه الجريدة قلبًا وروحًا. إنّها مغامرته الكبرى. لذا لن ينصاع طوعًا لمن يملي عليه توجّهاته السياسيّة.

سألته:

ـ لماذا لم تتحدّث معه في الموضوع حتى الآن؟

ـ همّه الوحيد التنزّه!

بدا روبير مستاء جدًّا فاقترحت عليه:

ـ حاول إقناعه بالبقاء.

سأكون سعيدة إذا عدل بيرون عن هذه الرحلة، لجهة نادين. لكنّي فكّرت به هو أيضًا فندمت لأنّه كان متهلّلاً جدًّا لهذه الرحلة.

قال روبير:

ـ لكنّك تعرفينه جيّدًا! عندما يتّخذ قرارًا لا يمكن لأحد أن يثنيه عنه. من الأفضل الانتظار حتى يعود. غطّى ركبتيه بالمعطف وأضاف بوجه بشوش: «لا أريد التخلّص منك لكنّك عادة تكرهين أن تتأخّري على الموعد...».

نهضت: «أنت على حقّ. عليَّ الانطلاق. هل أنت واثق من أنّك لا تريد المجيء؟».

ـ بالطبع لا! لا رغبة لي في أن أتحدّث في السياسة مع سكرياسين أمّا أنت فقد يعفيك من ذلك.

ـ لنأمل هذا.

في الفترات التي يختلي فيها روبير بنفسه كان يحدث لي أحيانًا

أن أخرج من دونه. لكن، هذا المساء، عندما مضيت قُدُمًا وسط البرد والظلام، أسفت لقبولي دعوة سكرياسين. آه! أعرف لماذا قبلت: سئمت قليلاً من رؤية الوجوه نفسها. الأصحاب، بتّ أعرفهم جيّدًا فقد عشنا لمدّة أربع سنوات متلاصقين وكان الجوّ حميمًا. الآن، بلغت علاقتنا الحميمة مرحلة الفتور وفاحت منها رائحة الأمكنة المغلقة. استسلمت لجاذب الجديد. لكن، عن ماذا سأتحدّث مع سكرياسين؟ أنا أيضًا لا رغبة لي في التحدّث بالسياسة. توقّفت عند المدخل في حانة ريتز. نظرت إلى نفسي في إحدى المرايا. كان يفترض بي، لأظلّ أنيقة، أن أُعنى بأناقتي باستمرار رغمًا عن البطاقات الخاصّة بالأنسجة[1] لذا فضّلت عدم الاكتراث بالأمر على الإطلاق. رأيت نفسي في سترتي الردنغوت التي بهت لونها، وحذائي ذي النعل الخشبي. فعلاً لا أبدو مشرقة. كان أصدقائي يرضون بي كما أنا. لكن سكرياسين وصل حديثًا من أميركا حيث النساء يولين أنفسهنّ كبير العناية. لا شكّ أنّه سيلاحظ حذائي. «لم يكن يفترض بي التهاون في هذه المسألة».

بالطبع، ابتسامة سكرياسين لا تخونه. قبّل يدي. أكره أن يقبّل أحد يدي. اليد أكثر عريًا من الوجه ويزعجني أن يُنظر إلى وجهي عن هذا القرب.

سألني:

ـ ماذا تشربين؟ أترغبين في كأس من المارتيني؟

ـ حسنًا، كأس مارتيني.

---

(١) بطاقات الأنسجة، من البطاقات التي كانت توزّع أثناء الحرب وتسمح بشراء أشياء أخرى أيضًا كالموادّ الغذائيّة أو المصنّعة.

كانت الحانة مليئة بالضبّاط الأميركيّين والنساء المتأنّقات.

دفء المكان ورائحة السجائر وطعم الجِنّ الحادّ... كل ذلك أسكرني وبعث الطمأنينة في نفسي. شعرت بالسعادة لوجودي هنا. أمضى سكرياسين أربع سنوات في أميركا، البلد المحرّر العظيم حيث نوافير الماء تتدفّق بعصير الفواكه والكريما المتجلّدة. سألته بنهم عن هذه البلاد وأجاب على أسئلتي بكل رحابة صدر، وأنا أحتسي كأسي الثانية من المارتيني. ذهبنا لتناول العشاء في مطعم صغير، ورحت ألتهم بنهم قطعة من لحم العجل وفطيرة بالقشدة. وبدوره، دفعني سكرياسين إلى الكلام. صعب عليَّ أن أجيب على أسئلته البالغة الدقّة. حاولت أن أستعيد طعم أيّام الحرب يومًا بيوم – رائحة حساء الملفوف في المنزل المحصّن بالرهبة التي يثيرها منع التجوّل، هذا الصمت الذي يكتنف قلبي عندما يتأخّر روبير في العودة من اجتماع سرّي. سألني سكرياسين بلهجة آمرة. كان في منتهى الإصغاء وشعرت أنّ الكلمات تأخذ طريقها ببطء إلى أسماعه وأنّه يهوى الكلام موجّهًا إليه وليس عن أنفسنا. كان يستفسر عن أشياء عمليّة: كيف تدبّرنا أمرنا للحصول على هويّات مزيّفة، أو لطبع جريدة «*L'Espoir*» وتوزيعها؟ وكان يطالب أيضًا بأن أقوم له بوصف شامل للحقبة: في أيّ مناخ أخلاقي كنّا نعيش؟ سعيت لإشباع فضوله لكنّي لم أوفّق في مهمّتي كثيرًا. بدا كل شيء أتحدّث عنه وكأنّه أشدّ وطأة ممّا تصوّر أو أخفّ. صحيح أنّ المصائب الحقيقيّة لم تحلّ بي شخصيًّا إلاّ أنّها طوّقتني من كل جانب: كيف لي أن أتحدّث عن موت دييغو؟ شعرت بالكلمات مريرة في فمي، تافهة لذاكرته. هذا الماضي، لا رغبة لي في

استعادته أيًّا تكن الظروف. ومع ذلك، شعرت أنّه يكتنف بعذوبة قاتمة مع نأيه في الزمن. كنت أفهم سأم لامبير من هذا السلم الذي يعيدنا إلى حيواتنا دون أن يوفّر لنا أسباب العيش الذي كنّا نسعى إليه. حين لفحني عند باب المطعم البرد والظلام من جديد، تذكّرت مكابرتنا في مواجهة ظروف المناخ القاسية أثناء الحرب. الآن كنت بحاجة إلى الضوء والدفء. أنا أيضًا بحاجة إلى شيء آخر مختلف. استرسل سكرياسين للتوّ ودونما استفزاز، في نقد لاذع لما يجري، وتمنّيت أن يغيّر الموضوع على الفور؛ كان يأخذ على ديغول زيارته إلى موسكو. قال لي بلهجة اتّهاميّة:

ـ الخطير في الأمر هو أنّ البلاد كلّها تبدو وكأنّها موافقة على ما يجري، ثمّ أنّ بيرون ودوبروي، وهما معروفان بنزاهتهما، يمشيان جنبًا إلى جنب مع الشيوعيّين. وهذا يبعث الحزن في نفوس العارفين.

قلت في محاولة منّي لتهدئة خاطره:

ـ روبير لن ينخرط في صفوف الشيوعيّين. يحاول أن يخلق حركة مستقلّة.

ـ حدّثني عن ذلك. لكنّه أكّد لي فعلاً أنّه لا ينوي معاداة الستالينيّين. لن ينضمّ إلى صفوفهم لكنّه لن يقف ضدّهم!

قالها سكرياسين بحزن.

قلت: «أوتريده أن يعمل على مناهضة الشيوعيّة في هذه اللحظة بالذات»!

نظر إليَّ سكرياسين بقسوة: ـ هل قرأت كتابي «الجنّة الحمراء»؟

ـ بالطبع.

ـ لديك فكرة إذًا عمّا سيحدث إذا قدّمنا أوروبا هديّة لستالين.

ـ ليس الأمر كما تتصوّر.

ـ بل هكذا هو الأمر تمامًا.

ـ لكن لا! يجب أن نربح المعركة ضدّ الرجعيّة. وإذا بدأ اليسار بالانقسام على نفسه، ينتهي أمره.

قال سكرياسين بلهجة ساخرة:

ـ اليسار! ثم أشار بحركة قاطعة من يده: «آه، فلنقلع عن الحديث في السياسة. أكره التحدّث في السياسة مع النساء».

ـ لست البادئة.

فقال بوقار غير متوقّع: «صحيح، أعتذر».

عدنا إلى حانة ريتز من جديد، وطلب سكرياسين كأسين من الويسكي. راق لي هذا الطعم لأنّه جديد. كان حريًّا بسكرياسين أن يفتخر لأنّه لم يكن مألوفًا لديّ. هذه السهرة لم تكن متوقّعة، ولهذا كانت تفوح منها رائحة شباب غابر. فيما مضى، كانت السهرات لا تشبه سابقاتها، وكنّا نلتقي بأناس مجهولين يتحدّثون بكلمات غير متوقّعة. وأحيانًا يحدث شيء ما غير متوقّع. أشياء كثيرة حدثت منذ خمس سنوات في العالم، وفي فرنسا، وفي باريس، وفي بلدان أخرى... لكن شيئًا لم يحدث لي. ترى ألن يحدث لي شيء أبدًا؟

قلت:

ـ غريب أن أكون هنا.

ـ ولمَ هو غريب؟

ـ الدفء، الويسكي، هذه الضجّة، هذه البذلات...

نظر سكرياسين من حوله: «لا أحبّ هذا المكان. حجزوا لي غرفة فيه لأنّني مراسل مجلّة «France - Amérique» ثم ابتسم وقال: «لحسن الحظّ، ستصبح كلفته مرتفعة بالنسبة لي وسأكون مجبرًا على الرحيل».

ـ ألا تستطيع الرحيل دون أن تكون مجبرًا؟

ـ لا، لذا أجد المال مفسدًا جدًّا. أعاد بريق من الفرح إلى وجهه نضارة الشباب. «ما إن يصبح في حوزتي مال حتى أسارع إلى التخلّص منه».

اقترب رجل عجوز أصلع قصير من طاولتنا. قال وكانت عيناه تشعّان عذوبة ورقّة:

ـ فيكتور سكرياسين، أليس كذلك؟

ـ أجل.

قرأت في عيني سكرياسين الارتياب ممزوجًا بشيء من الترقّب.

ـ ألا تذكرني؟ زحفت إلى وجهي بشائر الشيخوخة منذ أيّام فيينّا. أنا مانيس غولدمان. أخذت على نفسي أن أوجّه لك آيات الشكر على كتابك.

قال سكرياسين بحماس:

ـ آه! مانيس غولدمان! تذكّرتك بالطبع. تعيش في فرنسا الآن؟

ـ منذ ١٩٣٥. أمضيت سنة في معتقل غور (١) لكنّي خرجت في

(١) معتقل غور Gurs ، كان في البداية مخيّمًا للاجئين، أنشئ في فرنسا في غور سنة ١٩٣٩ لاستقبال المقاتلين القدامى في الحرب الأهليّة الإسبانيّة بعد استلام الجنرال فرانكو الحكم. بعد الهدنة، هدنة فرنسا مع ألمانيا عام ١٩٤٠، استُخدم المخيّم كمعسكر اعتقال نازي لليهود. بعد تحرير فرنسا، وقبل إقفاله، اعتُقل فيه مساجين حرب ألمانيّون ومتعاونون مع النازيّين.

الوقت المناسب... «كان يتكلّم بصوت أرقّ من نظرته، من الرقّة بحيث يكاد يتلاشى». «عذرًا على الإزعاج. أنا مسرور لكوني صافحت الرجل الذي كتب *Vienne la brune*».

قال سكرياسين:

ـ وأنا مسرور لرؤيتك من جديد.

ابتعد النمساوي القصير بخطى صامتة. واختفى عبر الباب الزجاجي خلف أحد الضبّاط الأميركيّين. شيّعه سكرياسين بنظراته. ثم قال فجأة:

ـ ارتكبت حماقة جديدة!

ـ حماقة؟

ـ كان يتوجّب عليَّ دعوته للجلوس والتحدّث إليه. كان وكأنّه يريد شيئًا ما. لا أعرف عنوانه، ولم أعطه عنواني.

قال سكرياسين ذلك والغضب في صوته.

ـ إذا شاء السؤال عنك فإنّه يستطيع التوجّه.

ـ لن يجرؤ. كان عليَّ أنا أن آخذ المبادرة وأسأله. لم يكن هذا صعبًا! أمضى سنة في غور. أظنّ أنّه عاش متخفّيًا متواريًا عن الأنظار لمدّة أربع سنوات. إنّه في مثل سنّي ومع ذلك يبدو عجوزًا. كان يؤمّل نفسه بشيء لكنّي لم أترك له فرصة الحديث عمّا يدور في خلده.

ـ لم يبدُ عليه أنّه مخيّب الآمال. ربّما أراد فقط أن يشكرك.

ـ هذه حجّة تذرّع بها. ثم أضاف سكرياسين وهو يفرغ كأسه دفعة واحدة: «كانت دعوته للجلوس أمرًا في منتهى السهولة. ما أكثر الأعمال التي نغفل عن القيام بها! ما أكثر الفرص المتاحة

التي نضيّعها لأنّ الفكرة تفوتنا ونسهو عن اتّخاذ المبادرة! بـدل أن نكون منفتحين على الآخرين، ننغلق على أنفسنا. هذه هي الخطيئـة الكبرى. الخطيئة سهوًا».

كان يتحدّث وكأنّ لا علاقة لي بمناجاته وفي صوته حرقة الندم. أردف: «وأنا، خلال هذه السنوات الأربع، كنت في أميركا، دافئًا، آمنًا، متنعّمًا بأشهى المآكل».

قلت:

ـ لم يكن بإمكانك البقاء هنا.

ـ كان بإمكاني البقاء هنا والعيش متخفّيًا.

ـ لا جدوى من ذلك.

ـ عندما نُفي أصدقائي إلى سيبريا، كنت في فيينا. وحين قُتل أصدقائي في فيينا على يد القمصان السمراء[1]، كنت في باريس، وكنت في نيويورك خلال احتلال باريس. المسألة تكمن في معرفة ما الجدوى من البقاء على قيد الحياة.

تأثّرت بالنبرة التي يتكلّم بها سكرياسين. نحن أيضًا شعرنا بالخزي والعار تجاه المعتقلين: لم نرتكب ذنبًا نُلام عليه لكنّنا لم نشاركهم عذاباتهم.

قلت:

ـ الآلام التي لا نتقاسمها تُشعرنا بالذنب وكأنّنا تسبّبنا بها. ثم أضفت: «أن يشعر المرء بالذنب أمر فظيع».

وفجأة ابتسم لي سكرياسين ابتسامة تنمّ عن تواطؤ خفيّ وقال:

ـ هذا رهن بالظروف.

---

(١) القمصان السمراء: الشبيبة النازيّة.

تفحّصت للحظة هذا الوجه الماكر المعذّب وقلت:

ـ تقصد القول إنّ هناك ندامات تبرّر لنا ارتكـاب تجـاوزات أخرى.

نظر إليّ بدوره وقال:

ـ لست بلهاء إطلاقًا. عمومًا لا أحبّ النساء الـذكيّات. ربّمـا لأنّهنّ لسن ذكيّات بما يكفي. يردن إثبات ذكائهنّ فيـتكلّمن طيلـة الوقت ولا يفقهن شيئًا. عندما رأيتك للمـرّة الأولـى، اسـتوقفتني طريقتك في الصمت.

قلت وأنا أضحك:

ـ ليس لديَّ الخيار.

ـ نحن نتكلّم كثيرًا: دوبروي، بيرون، أنا... وأنـت تـصغين بهدوء.

ـ مهنتي تقوم على الإصغاء كما تعرف.

ـ نعم. لكنّ هناك أيضًا ما يسمّى بفنّ الإصغاء. هزَّ رأسه ثـم أضاف: «لا بدَّ أنّك طبيبة نفسانيّة ماهرة. لو كنت أصغر سنًّا بعشر سنوات، لسلّمتك أمري».

ـ هل يستهويك أن تخضع للتحليل النفسي؟

ـ الآن، فات الأوان. بتّ رجلاً مكتملاً. أنا الآن رجل اسـتخدم هناته ونقائصه ليبني نفسه. إنّ تدميره أسهل من شفائه.

ـ الأمر مرتبط بنوع المرض.

ـ ليس هناك إلاّ مرض واحد يُخشى منه: أن يظهـر الإنـسان على حقيقته دون نقصان.

وفجأة رقّت ملامح وجهه واكتست بـصدق يكـاد ألاّ يطـاق.

أصابتني الثقة الحزينة التي خالجت صوته في الصميم.

قلت بحماسة:

ـ هناك من هم أكثر سقمًا منك.

ـ ماذا تقصدين؟

ـ ثمّة أناس نتساءل لدى رؤيتهم كيف يستطيعون احتمال أنفسهم ما لم يكونوا معتوهين فعلاً، وإلاّ لارتاعوا من أنفسهم. لا توحي أنت بذلك.

بقي وجه سكرياسين محافظًا على وقاره وقال: «ألا تخافين من نفسك؟».

قلت:

ـ لا. وأضفت مبتسمة: «علاقتي بنفسي ضئيلة جدًّا».

ـ لهذا السبب نشعر معك بالارتياح. للحال وجدتك مريحة: تبدين كفتاة شابّة حظيت بتربية لائقة وتُحسن الاستماع إلى أحاديث الكبار.

قلت:

ـ لديّ ابنة في الثامنة عشرة.

ـ هذا لا يعني شيئًا. على أيّة حال، لا أستطيع تحمّل الفتيات الشابّات. لكن أن تشبه امرأة فتاة شابّة شيء بديع.

تفحّصني بدقّة ثمّ قال:

ـ هذا غريب. في الوسط الذي تعيشين فيه، النساء متحرّرات جدًّا. أمّا أنت فنتساءل عمّا إذا كنت خنت زوجك مرّة.

ـ خنت زوجي! يا للكلمة الفظيعة! روبير وأنا نؤمن بالحرّيّة ولا نخفي عن بعضنا شيئًا.

ـ لكنّك لم تستخدمي هذه الحرِّيّة قطّ!

قلت بشيء من الانزعاج: «عند مقتضى الحال». أفرغت كأس المارتيني للتعبير عن رباطة جأشي. لم تتسنَّ لي فرص كثيرة في هذا المضمار. في هذه النقطة بالذات، كنت مختلفة تمامًا عن روبير. أن يفوز بعاهرة جميلة في أحد البارات ويختلي بها لساعة أمرٌ عادي بالنسبة له. أمّا أنا، فلم يسبق لي أن اتّخذت رجلاً عشيقًا ما لم تربطني به علاقة صداقة متينة وكنت متطلّبة جدًّا في صداقاتي. خلال السنوات الخمس الأخيرة، عشت عفيفة النفس والجسد تمامًا، ولم أتحسّر على شيء، ووددت أن أبقى هكذا إلى الأبد. كان طبيعيًّا أن تنتهي حياتي كامرأة. أشياء كثيرة انتهت، إلى الأبد.

تفحّص سكرياسين وجهي بصمت:

ـ على أيّة حال، أراهن أنّه لم يكن هناك رجال كثر في حياتك.

ـ هذا صحيح.

ـ لماذا؟

ـ لا يوجد رجال، هذا كل ما في الأمر.

ـ لا يوجد رجال... هذا يعني أنّك لم تبحثي عنهم.

ـ بالنسبة للجميع، أنا زوجة دوبروي أو الدكتورة آن دوبروي. وهذا لا يوحي إلاّ بالاحترام.

قال ضاحكا:

ـ لا أشعر بالرغبة في احترامك إلى هذا الحدّ!

ساد صمت قصير وقلت:

ـ ألا تكتمل صورة المرأة المتحرّرة إلاّ إذا ضاجعت جميع الرجال؟

نظر إليَّ بقسوة ثمّ قال: «إذا اقترح عليك رجل تستلطفينه بعض الشيء أن يمضي الليلة معك فورًا، فهل توافقين؟».

ـ هذا منوط بـ...

ـ منوط بماذا؟

ـ منوط به، وبي، وبالظروف.

ـ افرضي أنّني أقترح عليك ذلك الآن.

ـ لا أعرف.

منذ بعض الوقت وأنا أدرك مقاصده لكنّي تفاجأت رغم هذا.

ـ أقترح عليك ذلك فما رأيكِ: نعم أم لا؟

ـ كم أنت سريع القرارات!

ـ أكره التملّق والتصنّع. التغزّل بامرأة مهين للنفس ولها. لا أعتقد أنّك تحبّين هذا النوع من الأحاديث.

ـ لا، لكنّي أحبّ التفكير قبل أن أتّخذ قرارًا ما.

ـ فكّري إذًا.

طلب كأسين أخريين من الويسكي. لا، لا أرغب في مضاجعته أو مضاجعة أيّ رجل كان. جسدي هاجع منذ فترة طويلة، مستغرق في سبات أناني، فبأيّ فجور أُزعج راحته. هذا مستحيل. غالبًا ما أدهشتني نادين، كيف تسلّم نفسها وبسهولة إلى مجهولين. ما من صلة بين جسدي المتوحّد والرجل الجالس قربي ويشرب كأسه وحيدًا. معيب أن أرى نفسي عارية بين ذراعيه العاريتين، كمن يتخيّل أمّه العجوز في الموقف نفسه.

قلت:

ـ لنرَ أيّ منعطف ستأخذ هذه السهرة؟

ـ هذا محال، كيف تريدين أن نتحدَّث في السياسة أو علم النفس مع هذا السؤال الذي يجول في رأسينا؟ عليك أن تعرفي جيّـدًا أيّ قرار ستتّخذين: قولي ذلك مباشرة.

أكّدت لي لهفته أنّي لم أكن أمّي العجوز، بعد كل حساب. كـان عليّ أن أصدّق أنّني، ولو لساعة، كنت مشتهاة لأنّه يشتهيني. كانت نادين تقول إنّ الاندساس في سرير مع رجل والجلوس أمام الطاولة معه أمران سيّان. ربّما كانت على صواب. تتّهمني أنّنـي أقـارب الحياة وفي يديَّ قفّازان من جلد الجدي المصقول. تُرى هـل هـذا صحيح؟ وماذا سيحدث لو أنّني نزعت قفّازيّ؟ وإذا لم أنزعهما هذا المساء فهل سأتمكّن من نزعهما يومًا؟ فكّـرت بتعقّـل: «حيـاتي انتهت». لكن خلافًا لكل اعتقاد، ما زال أمامي كثير من الـسنوات لأنفقها.

وفجأة قلت:

ـ ليكن، موافقة.

ـ آه! هذا جواب جيّد، قال بصوت مشجّع وكأنّه صوت طبيب أو أستاذ. أراد الأخذ بيدي، لكنّي رفضت هذه المكافأة.

ـ أريد فنجان قهوة. أخاف أن أكون قد أفرطت في الشرب.

ابتسم وقال:

ـ لو كنت أميركيّة لطلبت كأس ويسكي أخرى. لكنّك على حقّ ليس مستحبًّا أن يفقد أحدنا رشده تمامًا.

طلب فنجانَيْ قهوة. خيّم صمت ثقيل. قلت نعم وموافقتي هذه في جزء كبير منها على سبيل التودّد إليه، وبسبب هذه الحميميّة الموقّتة التي عرف أن يخلقها بيننا: والآن، هذه النَعَم تربكني وتعيق تودّدي

إليه. ما إن فرغنا من تناول القهوة، قال:

ــ لنصعد إلى غرفتي.

ــ الآن؟

ــ ولم لا؟ ترين جيّدًا أنّه لم يعد لدينا شيء نقوله.

وددت لو يكون لديّ متّسع من الوقت لأتآلف مع القرار الذي اتّخذته للتوّ. كنت آمل أن ينشأ عن توافقنا تواطؤ تدريجي. لكنّ الحقيقة هي أنّني لم أجد ما أقوله.

ــ لنصعد.

كانت الغرفة مزدحمة بالحقائب. وكان هناك سريران من النحاس أحدهما مغطّى بالملابس والأوراق. فوق طاولة مستديرة زجاجتان فارغتان من الشمبانيا. ضمّني بين ذراعيه. أحسست فمًا بهجًا يلتهم فمي. أجل، كان هذا ممكنًا، سهلاً. شيء ما يحدث لي، شيء مختلف. أغمضت عينيّ، استسلمت لحلم ثقيل كالواقع وسأستيقظ منه عند الفجر وقلبي خفيف. عندئذ سمعت صوته: «حتى أنّ هذه الفتاة الشابّة خائفة. لن نسيء إلى الفتاة الشابّة سنفضّ بكارتها، لكن دون أن نسيء إليها». هذه الكلمات التي لم تكن موجّهة لي أيقظتني بقسوة. لم آتِ لألعب دور المراهقة المغتصبة، ولا أيّ دور. تملّصت من عناقه.

ــ انتظر.

لجأت إلى غرفة الحمام. قمت بتسوية هندامي سريعًا وأبعدت من رأسي جميع الأفكار. لم يكن لديّ الوقت الكافي للتفكير. وافاني إلى السرير قبل أن يتسنّى لأيّة فكرة النهوض في داخلي، وتشبّثت به: الآن هو أملي الوحيد. انتزعت يداه شعاري وداعبتا بطني

فاستسلمت لأمواج الرغبة السوداء العاتية، تجرفنـــي، تهدهـــدني، تغمرني، ترفعني، ترميني. أحيانًا كنت أسقط مــن شــاهقها فــي الفراغ، أسقط في النسيان والليل، أيّة رحلة! قذفني صوته من جديد على السرير. «هل عليّ الانتبـاه؟ ـ إن أمكــن ـ ألــم تعــودي عذراء؟».

انهال عليَّ السؤال قاسيًا بحيث وثبت من السرير «لا. ـ لكــن لماذا؟» صعب عليَّ الرحيل مجدّدًا. ومن جديد تجمّعت بين يديــه، لملمت الصمت والتصقت بجلده والتهمت حرارتــه كــل مــسامّي: انصهرت عظامي وعضلاتي في ناره والتفَّ السلام من حولي على شكل دوائر لولبيّة حريريّة عندما أمرني: «افتحي عينيك».

رفعت أجفاني لكنّها كانت ثقيلة. التأمت من تلقاء نفــسها فــوق عينيّ اللتين كان الضوء يجرّحهما. قال لي: «افتحي عينيك. هــذا أنت. هذا أنا». كان على صواب ولم أشأ أن أهرب منّا. لكن توجّب عليَّ في البداية أن أعتاد على هذا الحضور غير المــألوف وهــو جسدي. أن أنظر إلى وجهه الغريب وأضيع في الوقت ذاته تحــت وطأة نظرته في نفسي، هذا كثير عليَّ. نظرت إليه لأنّه طلب ذلك: توقّفت في اضطرابي عند منتصف الطريق، في منطقة لا ضــوء فيها ولا عتمة حيث لم أكن لا جسدًا ولا شهوة. رمــى الــشرشف جانبًا وفي اللحظة نفسها خطر لي أنّ الغرفة تتــاقص دفؤهــا وأنّ بطني لم يعد مشدودًا كبطن فتاة شابّة.

كشفت لفضوله هيكلاً لا يشعر بالبرد ولا بــالحرّ. عبــث فمــه بنهدي وزحف إلى بطني منحدرًا إلى عضوي فأغمضت عينيّ من جديد ولُذت بكليّتي باللذّة التي انتزعها منّي: لــذّة بعيــدة، وحيــدة

كزهرة مقطوعة. هناك، كانت الزهــرة المبتــورة تلتهــب، تنثــر أوراقها. وتمتم لنفسه كلمات حاولت ألاّ أسمعها، فأنا كنت ســئمة. عاد إليَّ، لآونة أحيتني حرارته من جديد وبصورة حازمة وضــع عضوه في يدي. داعبته دون حماسة.

قال سكرياسين معاتبًا:

ـ لا تكنّين حبًّا حقيقيًّا لعضو الرجل.

هذه المرّة سجّل نقطة ليست لصالحي. فكّرت: «كيف بالإمكــان أن أحبّ قطعة اللحم هذه إذا لم أحبّ الرجل بكلِّيّته؟ ولهذا الرجــل بالذات من أين أنهل الحنان؟ في عينيه عداء يثبط مــن عزيمتــي، ومع ذلك لم أكن مذنبة حياله ولا حتى سهوًا».

لم أشعر بشيء عظيم عندما ولجني. للحال أخذ يتمتم كلمــات. كان فمي متحجّرًا كقطعة من الإسمنت. عجزت عن تمرير تنهيــدة بين فكّيّ. صمت لحظة ثم قال: «انظري». هززت رأسي بضعف، ما يحدث هناك قلّما يعنيني، لو نظرت لبدوت مثل متلصّصة. قال: «تخجلين! الفتاة الشابّة خجولة!». شغله انتصاره للحظة ثم قال من جديد: «قولي إذًا بماذا تشعرين. قولي!». بقيت صامتة، استشعرت بحضور فيَّ دون أن أشعر به حقًّا، كما نتفاجــأ بمبــضع طبيــب الأسنان في اللثة المخدّرة. «هل تمتّعــت؟ أريــدك أن تتمتّعــي». استشاط صوته غضبًا، كان يطالب بأجوبة دقيقة: «لم تتمتّعــي؟ لا بأس، لا زال الليل طويلاً». سيكون الليل قصيرًا جــدًّا، ســتكون الأبديّة قصيرة جدًّا. الجولة خاسرة. أعرف ذلك. كيــف بالإمكــان الانتهاء منها؟ عزلاء أنتِ حين تجدين نفسك في الليل وحيدة عارية بين ذراعين معاديتين. انحلّت عقدة لساني أخيرًا وتفوّهت ببــضع كلمات:

ـ لا تهتمّ لأمري كثيرًا، دعني...

قال بغضب:

ـ لكنّكِ لست باردة. رأسك يعاند وسآخذك عنوة...

ـ لا، لا...

صعب عليَّ جدًّا أن أشرح موقفي. رأيت حقدًا حقيقيًّا في عينيه وخجلت لأنّي خُدعت بالسراب القليل الحلاوة للعلاقة الجسديّة: تنبّهت إلى أنّ الرجل ليس مجرّد حمّام ساخن يريح أعصابنا.

قال وهو يربّت برفق على ذقني:

ـ آه، لا تريدين. كم أنت عنيدة!

كنت تعبة جدًّا لألوذ بالغضب. أخذت أرتجف: أحسست بقبضة تنهال عليّ وكأنّها ألف قبضة... فكّرت: «العنف في كل مكان». لا زلت أرتجف، وانهمرت الدموع من عينيّ.

راح يقبّل عينيّ ويتمتم: «أشرب دموعك». اكتنف وجهه بحنان ظافر يعيده إلى طفولته وأشفقت عليه كما أشفقت على نفسي: كنّا تائهين كلانا، خائبين سواء بسواء. داعبت شعره وألزمت نفسي أن أحدّثه مع رفع الكلفة بيننا:

ـ لماذا تكرهني؟

ـ آه! هذا أمر محتوم، قال بحسرة، هذا محتوم.

ـ أنا لا أكرهك، أحبّ كثيرًا أن تضمّني بين ذراعيك.

ـ هذا صحيح؟

ـ صحيح.

بمعنى ما، كان هذا صحيحًا. شيء ما يحدث لي فيه من الإخفاق والحزن والاستهجان، لكنّه حقيقي.

قلت مبتسمة:

ـ جعلتني أمضي ليلة غريبة: لم يسبق لي أن أمضيت ليلة مماثلة.

ـ لم يسبق لك قطّ أن أمضيت مثلها؟ ولا حتى برفقة شبّان؟ ألا تكذبين؟

كذبت الكلمات لأجلي، جيّرتها أكاذيبي:

ـ أبدًا.

شدّني إليه بزخم ومن ثمَّ ولجني من جديد. «أريد أن تتمتّعي معي في الوقت نفسه. هل تريدين؟ ستقولين لي: الآن، الآن...».

فكّرت بانزعاج: هاكم اكتشافًا جديدًا: اللذّة المتزامنة! كما لو أنّ ذلك يثبت شيئًا. كما لو أنّ ذلك يقوم مقام التفاهم. حتى لو تمتّعنا في الوقت نفسه، هل سيجعلنا ذلك أكثر اتّصالاً؟ أعرف جيّدًا أن ليس للذّتي صدى في قلبه، وإذا كنت أنتظر لذّته بلهفة، فهذا فقط لأتحرّر. ومع ذلك كنت منهزمة: قبلت أن أتنهّد وأتأوّه، ليس بشكل لبق تمامًا، حسب تصوّري، لأنّه سألني:

ـ ألم تشعري بالنشوة؟

ـ بلى، أؤكّد لك.

هو أيضًا كان مهزومًا لأنّه لم يكفَّ عن إصراره. وللحال تقريبًا، نام ملتصقًا بي ونمت أنا أيضًا. أيقظتني ذراعه التي وضعها على صدري عرضًا.

ـ آه أنتِ هنا! قال وهو يفتح عينيه «رأيت كابوسًا. أرى دومًا كوابيس».

كان يتحدّث إليَّ من مسافة بعيدة جدًّا، من عمق الظلمات:

ـ ألا يوجد مكان يمكنك فيه إخفائي؟

ـ إخفاؤك؟

ـ نعم. سيكون جيّدًا أن أختفي. ألا يمكننا أن نختفي معًا لبضعة أيّام؟

ـ لا مكان لديَّ؛ ولا أستطيع الرحيل.

ـ هذا مؤسف. ثم سألني: ألا تنتابك الكوابيس أبدًا؟

ـ ليس كثيرًا.

ـ آه، أغبطك على هذا. أحتاج لأحد ما قربي في الليل.

قلت:

ـ لكن عليّ أن أرحل.

ـ ليس في الحال. لا تذهبي. لا تتركيني.

أمسك بكتفي وكأنّني خشبة خلاص. أين كان يغرق؟

قلت:

ـ أنتظر حتى تنام. هل تريد أن نلتقي في الغد؟

ـ بالطبع سأكون ظهرًا في المقهى بالقرب من بيتك. اتّفقنا؟

ـ مفهوم. حاول أن تنام بهدوء.

عندما غطّ في النوم، تسلّلت خارج السرير. كان صعبًا عليَّ انتزاع نفسي من هذه الليلة التي كانت تلتصق بجلدي. لكن لم أشأ أن أوقظ شكوك نادين. لكل منّا طريقتها في خداع الآخر: كانت تقول لي كل شيء ولم أكن أقول لها شيئًا. وحين كنت أسوّي قناع الحشمة أمام المرآة، فكّرت أنها أثّرت بشكل ما على قراري وحقدت عليها. لكن، بمعنى ما، لم أكن أندم على شيء. نتعلّم أشياء كثيرة من رجل في السرير لا بل وأكثر بكثير ممّا نتعلّمه حين

نرغمه على الهذيان لأسابيع فوق الديوان في العيادة، إلاّ أنّ المشكلة في تجارب مماثلة هي أنّني سهلة الانجراح كثيرًا.

كنت منشغلة طيلة الصبيحة. لم يأتِ سيزيناك. كان لديَّ الكثير من الزبائن الآخرين. لم أستطع التفكير بسكرياسين إلاّ سرًّا. شعرت بالحاجة لرؤيته من جديد. لم أستطع تمثّل ليلتنا، بقيت غير مكتملة، عبثيّة، وأملت في أن ينجح حديثنا في إبرامها وتتجيتها. وصلت قبله إلى المقهى، مقهى صغير كله أحمر وطاولاته ملساء. غالبًا ما كنت أشتري سجائري منه لكنّي لم أجلس فيه قطّ. كان هناك بعض الكوبلات يتهامسون في مقاعدهم. طلبت كأسًا من البورتو الرديء. شعرت بأنّني من مدينة غريبة ولا أعرف فعلاً ما الذي كنت أنتظره. وصل سكرياسين بلمحة بصر:

ـ أعتذر. كان لديّ عشرة مواعيد.

ـ لطف منك أن تأتي، على أيّة حال.

قال مبتسمًا لي:

ـ هل نمت جيّدًا؟

ـ جيّد جدًّا.

ـ طلب له هو أيضًا كأسًا من البورتو الرديء ثم انحنى ناحيتي. لم يعد وجهه عدائيًّا.

ـ أودّ أن أطرح عليك سؤالاً.

ـ تفضّل.

ـ لماذا وافقت بهذه السهولة على الصعود إلى غرفتي؟

ابتسمت قائلةً:

ـ على سبيل التودّد.

ــ ألم تكوني ثملة؟

ــ إطلاقًا.

ــ ألم تندمي؟

ــ لا.

تردّد. أحسست أنّه كان يريد أن يضيف ملاحظة نقديّة مفصّلة إلى مصنّف علاقاته الحميمة: «أريد أن أعرف. في لحظة ما، قلت لي إنّك لم تمضي قطّ ليلة مشابهة: هل كان هذا صحيحًا؟».

ضحكت بشيء من الانزعاج:

ــ نعم ولا.

ــ قال لي خائبًا:

ــ آه! هذا ما اعتقدته. لا يمكن لذلك أن يكون صحيحًا أبدًا.

ــ كان صحيحًا في تلك اللحظة ولعلّه لن يكون صحيحًا غدًا أو بعد غد.

تجرّع النبيذ اللزج، وأردفت: «هل تعرف ما الذي جمّدني كلوح ثلج؛ بدوت في نظري عدائيًّا جدًّا».

هزّ كتفيه: «ليس في الإمكان تجنّب ذلك»!

ــ لماذا؟ بسبب صراع الجنسين؟

ــ لا يجمعنا انتماء واحد. أقصد سياسيًّا.

بقيت للحظةٍ منذهلة ثم قلت: «السياسة تحتلّ حيّزًا ضئيلاً جدًّا من حياتي»!

فقال بفتور ملحوظ:

ــ اللامبالاة هي أيضًا موقف. تعرفين، في هذا المجال بالذات من ليس معي فهو حتمًا ضدّي.

قلت بعتب:

ـ إذًا، لم يكن يفترض بك أن تطلب منّي الصعود إلى غرفتك.

غضّنت ابتسامة ماكرة عينيه:

ـ لا بأس عندي أن أبحث عن اللذّة في أحضان امرأة أختلف معها في السياسة إذا كنت أشتهيها: يمكنني ممارسة الحبّ مع امرأة فاشيّة.

ـ ليس الأمر سواء عندك لأنّك كنت عدوانيًّا.

ابتسم من جديد:

ـ في السرير، ليس سيّئًا أن يكره أحدنا الآخر، قليلاً.

ـ هذا مرعب. تفرّست فيه ثم قلت: «لا يسهل عليك الخروج من ذاتك! بإمكانك مشاركة الناس في مشاعر الشفقة أو الندم، لكن ليس في التودّد بالطبع».

ـ جميل! أنت من يقوم اليوم بتحليل نفسيّتي؛ هيّا تابعي أنا متشوّق إلى سماع المزيد.

لمحت في عينيه النهم المرضيّ نفسه، حين كان يراقبني ليلة أمس، لا أستطيع تحمّل هذا النّهم إلاّ صادرًا عن طفل أو عن مريض.

ـ أفي ظنّك أنّه بالإمكان كسر الوحدة عنوة: في الحبّ، لا يوجد أمر أرعن من هذا.

ـ باختصار، هل كانت تلك الليلة مخيّبة لآمالك؟

ـ تقريبًا.

ـ ألا تعاودين الكرّة؟

تردّدت:

ـ أجل، لا أحبّ المبيت على الضيم.

تجهّمت ملامح وجهه، قال: «ليس هذا سببًا وجيهًا». رفع كتفيه باستهزاء: «لا يمكن ممارسة الحبّ ذهنيًّا».

لكن هذا كان رأيي أيضًا. إذا كانت كلماته ورغباته قد جرحتني فهذا لأنّها نابعة من موقف ذهنيّ.

قلت:

ـ كلانا يعتمد على فكره في تحديد مواقفه.

ـ من الأفضل إذًا عدم معاودة الكرّة.

ـ هذا ما فكّرت به أيضًا.

أجل، إنّ السعي إلى فشل جديد سيكون أسوأ من الفشل الذي سبق أن وقعنا فيه. النجاح يبدو صعب المنال. لم يكن أحدنا يحبّ الآخر إطلاقًا. الكلمات نفسها كانت غير مُجدية، لا شيء يمكن إنقاذه. ليس لهذه القصّة خاتمة. تبادلنا بعض الكلام التافه، وعدت إلى البيت.

لم أشعر بأيّة ضغينة تجاهه بل بالضغينة حيال نفسي. على أيّة حال، وكما قال لي روبير: ليس لهذا أهمّيّة كبيرة. إنّها مجرّد ذكرى تراود خواطرنا ولا تعنينا إلاّ نحن. إلاّ أنّني حين صعدت إلى غرفتي، أخذت عهدًا على نفسي ألاّ أحاول مجدّدًا نزع قفّازيَّ. «فات الأوان»، تمتمت وأنا ألقي نظرة إلى مرآتي. الآن، بات قفّازاي ملتصقين بيدي، ولا يمكن انتزاعهما إلاّ بسلخ جلدي. لا، ليست غلطة سكرياسين إذا سارت الأمور على هذا النحو. الذنب ذنبي. تمدّدت في هذا السرير بدافع الفضول والتحدّي والتعب، ولكي أثبت لنفسي لا أعرف ماذا بالضبط، لكنّي بالتأكيد أثبتّ عكس

مقصدي. بقيت متسمّرة أمام المرآة. خطرت لي فكرة مهمّة، كان بإمكان حياتي أن تكون مختلفة، أن أرتدي ثيابًا أكثر أناقة، أن أتباهى بنفسي وأتمتّع بالملذّات التي ترضي غروري الصغير، أو تشبع حمّى الحواسّ اللاهبة. فات الأوان. وفجأة أدركت لماذا بدا لي ماضيَّ أحيانًا كأنّه ماضي امرأة أخرى. الآن، صرت امرأة أخرى. امرأة في التاسعة والثلاثين، امرأة تقدّمت في العمر.

قلت بصوت عالٍ: تقدّمت في العمر! قبل الحرب كنت فتيّة جدًّا ولم تكن السنوات تثقل بوطأتها عليّ. ومن ثمّ ولمدّة خمس سنوات عشت في غفلة عن نفسي تمامًا؛ وعندما استعدتها، علمت أنّه حُكم عليّ إلى الأبد: شيخوختي في انتظاري، ليس هناك من وسيلة للهرب منها. ها إنّي أتبيّنها في عمق المرآة! لا زلت أحيض كل شهر، لا شيء تغيّر؛ إلاّ أنّني اليوم بتّ أعرف ماذا ينتظرني. أرفع شعري: هذه الخطوط البيضاء ليست أمرًا غريبًا ولا علامة: إنّها البداية. سيتّخذ رأسي، وهو حيّ، لون عظامي. يمكن لوجهي أن يبدو أملس مشدودًا، لكن، بين لحظة وأخرى، سيسقط القناع كاشفًا عن عينين محمرّتين لامرأة عجوز. الفصول تعاود دورتها من جديد والهزائم يمكن مواجهتها. لكن ما من وسيلة لإيقاف تداعيّ. فكّرت وأنا أشيح بوجهي عن صورتي في المرآة: لا جدوى من القلق. فات الأوان على الحسرات. عليَّ فقط الاستمرار.

الفصل الثالث

I

أتت نادين إلى الجريدة تسأل عن هنري لعدّة أمسيات متتاليــة. في إحدى الليالي، صعدا من جديد إلى غرفة في أحد الفنادق، لكــن من غير فائدة تذكر. كانت نادين ترى ممارســة الحــبّ انـشغالاً مضجرًا، وكان هنري يسأم بسرعة هو أيضًا. لكنّه يهوى الخروج برفقة نادين ويستمتع برؤيتها تأكل وتضحك، وبالتحدّث إليها. كانت غافلة عن أشياء كثيرة لكنّها تتفاعل بحدّة مع ما تراه ودون غــشّ إطلاقًا. اكتشف أنّها ستكون رفيقة سفر مسلّية، وأعجـب بنهمهــا للاكتشاف.

كلّما رأته سألته:

ــ هل تحدّثتَ إليها؟

ــ ليس بعد.

أحنت رأسها بأسى بليغ ما جعله يشعر بذنب حيالهــا. فهنــاك الشمس والطعام والسفر الحقيقي، كل ما حُرمت منه أصلاً. وها هو يزيد من حرمانها. ثمَّ إنّه كان مصممًا على القطيعــة مــع بــول، فليجعلها تغتنم إذًا هذه الفرصة. على أيّة حال، مــن الأفــضل أن يشرح موقفه لبول قبل الرحيل لعلّ ذلك يكون في مصلحتها، بــدل

أن يتركها فريسة الهواجس التي لا طائلة منها. بعيدًا عنها، يشعر أنّ له الحقّ في هذه القطيعة، لا سيّما أنّه ليس مرائيًا معها. وهي إذ تعلّل نفسها بأنّها قادرة على بثّ الحياة في ماضٍ تولّى ودُفن إلى غير رجعة، فإنّما تكذب على نفسها. قربها، يشعر أنّ أخطاءه حيالها تنبعث من جديد حيّة أمام عينيه. كان يتساءل لدى رؤيتها تروح وتجيء عبر الاستوديو «هل أنا وغد لأنّني كففت عن حبّها؟ هل أخطأت لأنّني أحببتها؟».

كان في مقهى Le Dôme[1] برفقة جوليان ولويس. أمام طاولة مجاورة، كانت هناك امرأة جميلة ترتدي ثيابًا بنفسجيّة بلون أزهار نبتة الغليسين، وتقرأ بتكلّف *La Mésaventure*.[2] ألقت على المنضدة قفّازين طويلين بنفسجيّين. مرَّ من أمامها وقال: «قفّازاك جميلان فعلاً! ــ هل يعجبانك؟ إنّهما لك. ــ وماذا أفعل بهما؟ ــ احتفظ بهما كذكرى للقائنا». رمق أحدهما الآخر بنظرات مخمليّة، وبعد بضع ساعات، كان يلتصق بها وهي عارية ويقول لها: «أنت جميلة جدًّا!» لا، ليس في وسعه محاسبة نفسه لأنّه أحبّها. كان من الطبيعي أن ينبهر بجمال بول، بصوتها، بكلامها الغامض، بالحكمة العميقة التي تشعّ من ابتسامتها. كانت أكبر منه سنًّا بقليل، وتعرف أمورًا كثيرة وتُعنى بتفاصيل دقيقة كان يجهلها. وتبيّن له أنّها على درجة كبيرة من الأهمّيّة. أكثر ما كان يعجبه فيها هو احتقارها للأمور الدنيويّة. تسبح في عالم من الخيال وكان يائسًا من موافاتها. شعر بالاضطراب عندما تنازلت وصارت جسدًا بين ذراعيه. «لا

(١) لو دوم: مقهى في مونبارناس كان يرتاده الوجوديّون: سيمون دو بوفوار وجان بول سارتر.

(٢) La Mésaventure: الرواية التي كتبها هنري بيرون وكانت سبب شهرته وانطلاقته الأدبيّة.

شكّ أنّني استثُرت قليلاً»، اعترف لنفسه. صدَّقت بأنّه تعهّد لها بحبّ أبدي، صدّقت معجزة أن تكون نفسها. لا شكّ أنّه هنا بالذات كان مذنبًا: عندما رفع من منزلة بول إلى أبعد حدّ ثمّ أعادها بعد ذلك إلى المرتبة التي تستحقّها. أجل، كلاهما ارتكب أخطاء. لم تكن هذه هي المسألة، المسألة هي الخروج من هذه الورطة. أخذ يقلّب الجمل في رأسه، ماذا سيقول لها؟ هل كانت تشكّ في الأمر؟ إجمالاً، حين يلوذ بالصمت، كانت تبادر إلى مساءلته.

سألها:

ـ لماذا تغيّرين مكان هذه التحف؟

ـ ألا تجدها أجمل في مكانها الجديد؟

ـ أيزعجك أن تجلسي قليلاً؟

ـ هل أثير أعصابك؟

ـ لا، إطلاقًا، لكنّي أردت التحدّث إليك.

أطلقت ضحكة قصيرة متشنّجة وقالت:

ـ كم تبدو نبرتك جدِّيّة! ألن تقول إنّك لم تعد تحبّني؟

ـ لا.

ـ إذًا لا أهميّة لأيّ شيء آخر. ثم جلست وهي تميل نحوه منتظرة بصبر جوابه ودلائل السخرية بادية على وجهها: «تحدّث يا حبّي، أسمعك».

ـ أن نحبّ بعضنا، أن نكفّ عن حبّ بعضنا، ليست هذه المسألة الوحيدة.

ـ إنّها الوحيدة بالنسبة لي.

ـ لكن ليس بالنسبة لي، تعرفين. هناك أشياء أخرى لها أهمِّيّتها عندي.

ـ أعرف: عملك والسفر، لكنّي لم أصرفك عنهما.
ـ ثمّة أمر آخر أتمسّك به وقد حدّثتك عنه غالبًا وهو حرِّيّتي.
ابتسمت من جديد وقالت:
ـ لا تخبرني أنّني لا أترك لك الحرِّيّة.
ـ الحرِّيّة على قدر ما تسمح به حياة مشتركة. لكن بالنسبة لي الحرِّيّة هي الوحدة قبل كل شيء. تذكرين، عندما أقمت عندك، اتّفقنا على أن تكون الإقامة خلال فترة الحرب فقط.
قالت وقد فارقت الابتسامة وجهها:
ـ لم أكن أعرف أنّني سأشكّل عبئًا عليك.
ـ لا أحد بوسعه أن يكون أكثر خفّة منك، لكنّي أرى أنّ الأفضل هو حين كان كلٌّ منّا يعيش وحده.
ابتسمت بول وقالت:
ـ كنت تأتي للقائي هنا كل ليلة وتقول إنّك لا تستطيع النوم من دوني.
قال ذلك لمدّة سنة، ليس أكثر. لكنّه لم يعترض على ما قالته.
ـ حسنًا، لكنّي كنت أعمل في غرفتي في الفندق...
قالت له بلهجة متسامحة:
ـ تلك الغرفة كانت نزوة من نزوات الشباب. لا تجاور ولا مساكنة: أعترف أنّها كانت كلمة السرّ المبهمة لديك. لا يمكنني أن أصدّق أنك لا تزال تحملها على محمل الجدّ.
ـ لا، لم تكن مبهمة. الحياة المشتركة عاقبتها التوتّر والتهاون في آن. أعرف أنّني أكون سيّئًا أو مهمِلاً في الغالب، وهذا يؤلمك. من الأفضل ألاّ نرى بعضنا إلاّ عندما نشعر فعلاً برغبة في ذلك.

قالت بعتب:

ـ أشعر برغبة دائمة في رؤيتك.

ـ لكن من جهتي أفضّل أن أكون وحدي عندما أشعر بالتعب، أو بأنّ مزاجي سيّئ، أو حين أنصرف إلى العمل.

كانت لهجة هنري جافّة.

من جديد، ابتسمت بول وقالت:

ـ ستكون وحدك لمدّة شهر، سنرى لدى رجوعك، ربّما غيّرت رأيك...

قال بحزم:

ـ لا، لن أغيّر رأيي.

وفجأة زاغت نظرة بول ثم تمتمت: «تعهّد لي بشيء...».

ـ ما هو؟

ـ ألاّ تقيم مع امرأة أخرى أبدًا...

ـ مجنونة أنت! كيف تفكّرين بذلك! بالطبع أتعهّد لك أنّني لن أقيم مع امرأة أخرى.

قالت بلهجة مطمئنّة:

ـ إذًا، بإمكانك استعادة عادات الشباب الغالية على قلبك.

قال وهو يتفحّص وجهها بفضول:

ـ لماذا تطلبين منّي ذلك؟

ومن جديد، بدا الذعر في نظرات بول. احتفظت للحظة بالصمت ثم قالت بلهجة تصطنع الهدوء:

ـ آه، أعرف أن أيّة امرأة لا يمكنها أن تحتلّ مكانتي في حياتك. لكنّي متعلّقة بالرموز.

همَّت بالنهوض وكأنّها تخشى أن يسترسل في الكلام، فأوقفها في سعيها قائلاً:

ـ انتظري. سأتحدّث إليك بصراحة تامّة. لن أقيم أبدًا مع أيّة امرأة أخرى، أبدًا. لكن نظرًا لقساوة الحياة التي عشتها طيلة السنوات الأربع الماضية، أشعر بحاجة إلى الجديد، إلى المغامرات، أشعر بحاجة إلى إقامة علاقات عابرة مع النساء.

سألت بول بهدوء:

ـ لكنّك تقيم علاقة مع إحداهنّ، أليس كذلك؟ مع نادين.

ـ كيف عرفت بذلك؟

ـ لأنّك لا تحسن الكذب.

أحيانًا تكون مغفّلة تمامًا! وأحيانًا ثاقبة النظر إلى حدّ لا يصدّق! شعر بالارتباك وقال منزعجًا:

ـ كنت أحمق لأنّي لم أحدّثك بالأمر. لكنّي خشيت أن أتسبّب لك بالتعاسة دون سبب. لم يحدث شيء بيننا تقريبًا، لكن هذا لن يدوم طويلاً.

ـ آه، اطمئنّ. لن أغار من طفلة، وخاصّة من نادين. اقتربت من هنري وجلست على ذراع الكنبة. «سبق وقلت لك ليلة الميلاد: إنّ رجلاً مثلك لا يمتثل للقوانين التي يخضع لها الآخرون. هناك مفاهيم مغلوطة للوفاء لن أطالبك أن تتقيّد بها إطلاقًا. تسلَّ مع نادين ومع من تشاء». داعبت شعر هنري: «أرأيت، أحترم حرّيّتك!».

ـ أجل، قال ذلك بعزاء وخيبة في آن.

هذا الانتصار السهل لا يقوده إلى أيّ مكان. على الأقلّ، كان ينبغي الذهاب بالنصر إلى النهاية، فأضاف:

ـ في الواقع، لا تشعر نادين بأيّ شيء تجاهي. كل ما تريده هو أن تسافر بصحبتي. لكنّنا عند العودة سنفترق بالطبع.

ـ تسافر بصحبتك؟

ـ سترافقني خلال سفري إلى البرتغال.

ـ لا!

وفجأة سقط عن وجهها قناع الهدوء الذي تقنّعت به وأظهرت وجهًا آخر. رأى هنري أمامه وجهًا من لحم ودم، وشفتين ترتعشان وعينين تترقرقان بالدموع! «قلت لي إنّك غير قادر على اصطحابي معك!».

ـ لم تبدي أيّ اعتراض على هذا الأمر لذلك لم أعره اهتمامي.

ـ لم أعلّق اهتمامًا! كنت سأفعل المستحيل لأذهب معك لكنّي أيقنت أنّك تريد الذهاب وحدك... ثم هتفت غاضبة: «لأجل ذلك أردت التضحية برغبتي في مرافقتك لأوفّر لك أجواء هادئة في فترة الوحدة التي تنشدها، لكنّي لن أبذل تلك التضحية من أجل أن تنعم بها نادين! لا!».

فأجابها بنيّة سيّئة:

ـ سواء كنت وحيدًا أو مع نادين ليس من فارق كبير، سيّما أنّك لا تغارين منها.

قالت بصوت يخالجه الاضطراب:

ـ بل هناك كل الفرق. إذا سافرت وحدك، أكون معك وأبقى معك. إنّه أوّل سفر لك بعد الحرب، فليس لك أن تصطحب فيه امرأة غيري.

قال:

ـ اسمعي، إذا كنت ترين في ذلك رمزًا ما فأنت مخطئة. نادين ترغب في رؤية العالم. إنّها فتاة مسكينة لم تر شيئًا بعد. يسرّني أن أصطحبها معي ولن تذهب الأمور أبعد من ذلك.

قالت بول بأناة:

ـ ما دامت الأمور لن تذهب أبعد من ذلك، لا تصطحبها إذًا.

ثم نظرت إلى هنري نظرات متوسّلة: «أطلب منك ذلك باسم حبّنا».

تبادلا النظرات صامتين للحظة. تحوّل وجه بول كلّه إلى صلاة. لكن هنري أحسَّ فجأة أنّه تورّط في مشادّة عنيفة وكأنّ عليه أن يواجه، ليس امرأة تعيسة يائسة، بل فرقة من الجلاّدين المسلّحين.

ـ قلت لتوّك بأنّك تحترمين حرّيّتي!

فأجابته بنبرة مجافية:

ـ إذا كنت تريد تدمير نفسك سأمنعك. لن أدعك تخون حبّنا.

ـ فقال لها بلهجة ساخرة:

ـ بكلام آخر، أنا حرّ بأن أفعل ما أشاء.

ـ آه كم أنت ظالم! قالت وهي تشهق من البكاء. أتقبّل كل شيء منك، كل شيء! لكن في هذا الموضوع، أعرف أنّه لا يفترض بي ذلك. لا أحد غيري يحقّ له أن يذهب معك.

ـ أصدرْتِ القرار!

ـ هذا بديهيّ.

ـ ليس في نظري.

ـ لأنّك أصبحت معميّ البصيرة، لأنك تريد أن تكون معميّ البصيرة.

ثم قالت له بصوت متعقّل: «أنت غير متعلّق بهذه الفتاة وتتبيّن الشقاء الذي تسبّبه لي، لا تصطحبها معك إذًا».

لاذ هنري بالصمت. هذه حجّة تافهة ولن يردّ عليها. شعر بالضغينة حيال بول كما لو أنّها استعملت ضدّه إكراهًا جسديًا.

ـ حسنًا لن أصطحبها معي. ثم نهض ومشى باتّجاه الدرج: «ولكن إيّاك أن تحدّثيني عن الحرّيّة بعد الآن».

تبعته بول ووضعت يديها على كتفيه:

ـ ألا يمكنك أن تتمتّع بالحرّيّة دون أن تسبّب في عذابي؟

تملّص من يديها فجأة وقال: «إذا رأيتِ أنّك تتألّمين عندما أفعل ما أرغب في فعله فيجب أن أختار إذًا بين حرّيّتي وبينك».

خطا خطوة نحو الأمام فهتفت بصوت قلق: «هنري»! كان الهلع جليًّا في نظراتها: «ماذا تقصد بقولك؟».

ـ ماذا أقصد؟

ـ ألن تتعمّد تدمير حبّنا؟

حدّق هنري في وجهها وقال: «حسنًا! حسنًا! إذا كنت حريصة على هذا الحبّ، فلنتصارح لمرّة واحدة كما يجب!». كان غاضبًا جدًّا منها، لذا أراد الذهاب حتى النهاية في قول الحقيقة: «هناك سوء تفاهم بيننا. ليست لدينا الفكرة ذاتها عن الحبّ».

قالت بول بسرعة: «ليس هناك أيّ سوء تفاهم. أعرف ماذا تريد قوله: الحبّ هو كل حياتي فيما تريد أن يكون شيئًا من أشياء حياتك. أعرف ذلك وأنا موافقة».

حسنًا، لكن، انطلاقًا من هنا، هناك بعض الأسئلة التي تطرح نفسها.

ـ لكن، توقّف! ثم أضافت بصوت مضطرب: «آه كل ما تقوله سخيف. لن نعيد النظر في حبّنا لأنّني أطلب منك ألاّ ترحل مع نادين»!.

ـ لن أرحل معها، مفهوم. لكنّ هناك أمرًا آخر...

قالت بول فجأة:

ـ هاي! اسمع! لننهِ الموضوع. إذا كنت تشعر بحاجة ماسّة لاصطحابها لتثبت لنفسك أنّك حرّ، فإنّي أفضّل والحالة هذه أن تصطحبها. لا أريدك أن تظنّ أنّي أضطهدك.

ـ لن أصطحبها بالتأكيد إذا كنت ستشقين طيلة المدّة التي ستستغرقها هذه الرحلة.

ـ سيكون شقائي أعظم إذا كنت تسعى إلى تدمير حبّنا بدافع الحقد. هزَّت كتفيها: «أنت قادر على ذلك فأنت تعلّق أهمِّيّة كبرى على أقلّ نزوة من نزواتك».

نظرت إليه بتوسّل وهي تنتظر جوابًا: «لن أُبيّت لك أيّ حقد». بوسعها الانتظار طويلاً بعد. تنهّدت وقالت: «تحبّني لكنّك لا تريد أن تضحّي بشيء لأجل هذا الحبّ. عليَّ وحدي أن أبذل في سبيله كل تضحية».

قال بلهجة ملاطفة:

ـ بول، إذا قمت بهذه الرحلة بصحبة نادين أعود وأكرّر لك أنّني سأكفّ عن رؤيتها عند العودة، وأنْ لا شيء بيني وبينك سيتغيّر.

لاذت بالصمت. فكّر هنري: «هذا ابتزاز. ما أفعله ابتزاز. وبه شيء من الحقارة». والأسوأ من ذلك أنّ بول تعرف أنّه ابتزاز

وستلعب دور المرأة الشهمة فيما تدرك أنّها توافق على هذه التسوية الدنيئة. لكن ما العمل؟ يجب أن يمتلك الإنسان ما يريده وهو كان يريد اصطحاب نادين؟

ــ افعل ما تشاء. ثم تنهّدت: «يبدو أنّني أعلّق أهمِّيّة كبيرة على الرموز... إن أردت الحقيقة، سواء رافقتك هذه الفتاة أم لا، فأيّ فرق».

ــ «لا فرق»، قال هنري بنبرة حازمة.

لم تتطرّق بول للموضوع في الأيّام التالية. إلاّ أنّ حركاتها وسكناتها كانت مفعمة بالدلالات: «أنا في موقف ضعيف وأنت تستغلّ ذلك». صحيح أنّه لم يكن لديها أيّ سلاح تحتمي به، ولا أيّ سلاح. لكنّ هذا التجرّد كان فخًّا، لأنّه لا يترك لهنري أيّ منفذ سوى أن يكون ضحيّة أو جلاّدًا. لا يرغب في أن يلعب دور الضحيّة. والمشكلة هي أنّه لم يكن جلاّدًا إطلاقًا. لا بل أحسّ أنّه سيّئ المزاج حين ذهب مساءً لموافاة نادين على أحد الأرصفة في محطّة أوسترليتز.

قالت متأفّفة:

ــ لم تصل باكرًا.

ــ لم أتأخّر.

ــ لنعجّل الصعود. ماذا لو انطلق القطار.

ــ لن ينطلق قبل ميعاده.

ــ من يدري.

صعدا واختارا مقصورة فارغة. وقفت نادين لوقت طويل حائرة بين المقعدين ثمّ جلست قرب النافذة مديرة ظهرها للقاطرة. فتحت

حقيبتها وراحت تجهّز نفسها للنوم بعناية فائقة أشبه بفتاة عانس. ارتدت مبذلاً للنوم وخفًّا ودثّرت ساقيها بغطاء ثم وضعت وسادة تحت رأسها. ومن الكيس الذي كان أشبه بقفّة، أخرجت علكة. عندئذٍ تذكّرت وجود هنري فابتسمت وقالت بإغراء:

ـ هل راحت بول تصرخ وتزعق عندما عرفت أنك قرّرت اصطحابي معك؟

رفع هنري كتفيه: «بالطبع، لم تكن مسرورة».

ـ وماذا قالت لك؟

أجابها بجفاف:

ـ لا شيء يعنيك.

ـ لكن يسعدني أن أعرف.

ـ ولا يسعدني أن أخبرك.

أخرجت من قفّتها كنزة حمراء اللون وأخذت تطقطق بصنّارتيها وهي تمضغ علكتها. فكّر هنري مغتاظًا: «إنّها تبالغ». ربّما كانت تتعمّد استفزازه لأنّها ترتاب في شعور بالذنب يساوره حيال بول وفي أنّ فكره لا يزال في الاستوديو الأحمر. قبّلته بول دون دموع: «استمتع برحلتك». لكنها تبكي الآن. فكّر: «سأكتب لها ما إن أصل». ارتجَّ القطار. كان ينسلّ عبر الغسق الحزين للضواحي. فتح هنري رواية بوليسيّة، ألقى نظرة على الوجه المتجهّم قبالته. الآن، لا يستطيع فعل شيء حيال حزن بول، لكنّه لا يريد أن يفسد على نادين لذّتها. قام بجهد ليضفي حماسًا على نبرة صوته:

ـ غدًا في مثل هذه الساعة نجتاز إسبانيا.

ـ نعم.

ـ لن يكونوا في لشبونة في انتظاري لأنّنا سنصل قبل الموعد المحدّد. سيكون لدينا يومان لنا نحن نتصرّف بهما كما يحلو لنا.

لم تجب بشيء. لوهلة تسارعت حركة يديها في الحياكة، ثم تمدّدت على المقعد. أغرزت كرتي شمع في أذنيها وعصبت عينيها بمنديل ثم أدارت عجيزتها لهنري. فكَّر هنري هازئًا: «وأنا الذي كنت آمل أن أعوّض عن دموع بول بالابتسامات!». أكمل روايته ثم أطفأ الضوء. لم يعد هناك طلاء أزرق على الزجاج، لكن السهول كانت شديدة القتامة تحت سماء لا نجوم فيها. الجوّ بارد في المقصورة. لماذا كان موجودًا في هذا القطار قبالة هذه الغريبة التي تشخر بقوّة؟ وفجأة بدا له من المستحيل أن يدير عجلة الزمن إلى الوراء.

في صباح اليوم التالي، على الطريق التي تؤدّي إلى إيرون[١] فكّر وهو يشعر بالضغينة: «لكن باستطاعتها أن تكون أكثر لطفًا»! وحتى لدى خروجهما من محطّة هنداي، حين غمرتهما الشمس بأشعّتها الدافئة وأحسّا بالرّيح الخفيفة فوق جلديهما، لم ترتسم على وجه نادين أيّة ابتسامة. ثم راحت تتثاءب دون حياء حين ذهب ليؤشّر على جوازي سفرهما. الآن، ها هي تمشي أمامه بخطوات صبيانيّة متباعدة. كان يحمل الحقيبتين الثقيلتين ويشعر بالدفء تحت هذه الشمس الجديدة. نظر بدون رغبة إلى الساقين القويّتين الوبرتين اللتين كانت الجوارب القصيرة تبرز عريَهما النافر. أُغلق الحاجز خلفهما.

للمرّة الأولى منذ ستّ سنوات، يدوس أرضًا غير فرنسيّة. ثم

(١) إيرون: مدينة في شمال إسبانيا على بيداسُوا.

انتصب حاجز أمامهما وسمع صرخة نادين: «آه!» كانت صرختها تأوّهًا شغوفًا، عبثًا حاول انتزاعه منها بمداعباته.

ـ آه! انظر!

على حافّة الطريق بالقرب من منزل محترق، ارتفع طبق من البرتقال والموز والشوكولا، هرعت نادين وأمسكت ببرتقالتين. أعطت واحدة منهما لهنري. حين رأى أنّ هذه الفرحة سهل بلوغها ولا يفصل بينها وبين باريس إلاّ مسافة كيلومترين فقط، أحسَّ بهذه الكتلة السوداء القاسية التي جثمت لأربع سنوات فوق صدره وقد تحوّلت إلى هباء. كان قد نظر دون تذمّر إلى صور الأطفال الهولنديّين المتضوّرين جوعًا، وها هو يرغب في الجلوس عند حافّة الخندق واضعًا رأسه بين يديه، متجنّبًا القيام بأيّة حركة.

استعادت نادين مزاجها الطيّب وهي تلتهم الفواكه وأقراص الحلوى. كان القطار يعبر قرى الباسك والصحارى القشتاليّة فيما هي تنظر إلى سماء إسبانيا مبتسمة. أمضيا ليلة أخرى نائمين فوق المقاعد المغبّرة. وعند الصباح سلك القطار بمحاذاة جدول أزرق شاحب ينسلّ كالأفعى بين أشجار الزيتون، متحوّلاً إلى نهر ثم إلى بحيرة. توقّف القطار: لشبونة!

ـ كل هذه التاكسيّات!

كان صفّ من سيّارات التاكسي ينتظر في باحة المحطّة. أودع هنري الحقائب في مخزن الاستيداع وقال لأحد السائقين: «جُلْ بنا». أخذت نادين تشدّ ذراعه وهي تصيح من شدّة الرعب فيما السيّارة تنحدر بهما بسرعة، مجتازة الطرقات الوعرة حيث كانت قطارات الترامواي تطلق دويّها. لم يركبا السيّارة منذ عهد بعيد.

ضحك هنري هو أيضًا ضاغطًا على ذراع نادين. أدار رأسه يمينًا وشمالاً بفرحة وكأنّه لا يصدّق ما يراه: انتصبت أمام عينيه إحدى لوحات الماضي: مدينة في الجنوب، مدينة حارّة ومنعشة في آن، والبحر يظهر عند الأفق والريح المالحة تصطدم بالمرتفعات القريبة من الشاطئ: هذه المدينة يعرفها جيّدًا. ومع ذلك فقد فاجأته أكثر ممّا فاجأته سابقًا مرسيليا، وأثينا، ونابولي، وبرشلونة، فاليوم كل جديد أقرب إلى المعجزة. جميلة هذه العاصمة بوسطها الهادئ، وتلالها المبعثرة، وبيوتها المصقولة بألوان دافئة، ومراكبها الكبيرة البيضاء.

توجّه إلى السائق: ـ اتركنا في مكان ما في وسط المدينة.

توقّفت التاكسي في ساحة كبيرة محاطة بقاعات السينما والمقاهي. على الأرصفة، جلس رجال يرتدون ألبسة قاتمة اللون. ما من نساء. كانت النساء يتدافعن في الشارع التجاري المنحدر إلى مصبّ النهر. وللحال، أصاب الذهول هنري ونادين:

ـ هل انتبهت؟

جلد، جلد حقيقي سميك وناعم ورائحته نفّاذة. حقائب من جلد الخنزير، قفّازات من جلد الخنزير البرّي، أكياس من التبغ الأشقر. لا سيّما أحذية ذات نعال سميكة مصنوعة من المطّاط، أحذية يمكن السير بها دون أن تحدث ضجّة أو تتبلّل القدمان. حرير طبيعي، صوف حقيقي، بزّات من الفانيلاّ، قمصان من البوبلين. تنبّه هنري فجأة إلى أنّه كان أهلاً للرثاء ببزّته المصنوعة من النسيج الاصطناعي وحذائه المشقّق المقوّس عند طرفه. ووسط هؤلاء النساء اللواتي يرتدين الفرو وجوارب الحرير والأخفاف الرهيفة، بدت نادين أشبه بمتشرّدة.

قال:

ــ غدًا، سنشتري أشياء وأشياء، أكوامًا!

وقالت نادين:

ــ لا يبدو هذا حقيقيًّا! ترى ماذا سيقول أناس باريس لو رأوا ما نراه!

قال هنري وهو يضحك:

ــ ما نقوله للتوّ!

توقّفا أمام محلّ للحلويات. وهذه المرّة لم تكن الشراهة هي التي جمّدت نظرة نادين بل الصدمة. هو أيضًا بقي لوهلة غير مصدّق ما يراه متسمّرًا في مكانه، دفع نادين من كتفها وقال: «هيّا ندخل!».

في ما عدا عجوز وصبيّ صغير، لم يكن هناك إلاّ النساء حول المناضد، نساء بشعور برّاقة، يرزحن تحت ثقل الفرو والجواهر، والشحوم الزائدة وكأنّهنّ يمارسن كل يومٍ طقوس تسمين أجسادهنّ. فتاتان صغيرتان بجدائل سوداء تتقلّد كلٌّ منهما شريطًا أزرق وكومة من الميداليّات في عنقها. أخذتا تتذوّقان دونما لهفة تُذكر شوكولا كثيفًا مشبعًا بالكريما المخفوقة.

قال هنري:

ــ تريدين تذوّقه؟

هزّت نادين رأسها إيجابًا. لكن عندما وضعت الخادمة الفنجان أمامها وحملته إلى شفتيها، بدا وجهها شاحبًا: «لا أستطيع». ثمّ أضافت بلهجة معتذرة: «لم تعد معدتي معتادة على هذه الأصناف». لكن استياءها لم يكن آتيًا من معدتها. لعلّها فكّرت بشيء ما أو شخص ما. لم يطرح عليها أسئلة.

كانت جدران غرفة الفندق مغلّفة بالكريتون الأنيق. في غرفة الحمّام ماء ساخن وصابون حقيقي وبرانس من القماش الإسفنجي. استعادت نادين غبطتها كاملة. اشترطت على هنري أن تدلّكه بالليفة الخشنة. وعندما صار جلده من الرأس حتى القدمين أحمر متوهّجًا، رمته على السرير وهي تضحك. مارست الحبّ معه بكثير من المزاج الطيّب حتى أنّها بدت وكأنّها تستمتع بذلك. كانت عيناها تبرقان في صباح اليوم التالي وهي تلامس بيدها الخشنة الملابس الصوفيّة المترفة والحرائر.

ـ هل يوجد مخازن في باريس بهذا الجمال؟

ـ كانت هناك مخازن أجمل. ألا تذكرين؟

ـ لم يتسنَّ لي الذهاب إلى المخازن الجميلة. كنت صغيرة جدًّا. نظرت إلى هنري بحبور: «أوتعتقد أنّ المخازن الجميلة ستعود يومًا؟».

ـ يومًا ما ربّما.

ـ لكن كيف يصدف أنّهم موسرون جدًّا هنا؟ اعتقدت أنّها بلاد فقيرة.

ـ هذه بلاد فقيرة حيث يوجد أناس موسرون للغاية.

اشتريا لهما ولأصدقائهما في باريس أقمشة وجوارب وألبسة داخليّة وأحذية وسترات قطنيّة. تناولا غداءهما في قبو غُلّفت جدرانه بالمصلقات الملوّنة التي يظهر فيها مصارعو ثيران يمتطون أحصنة ويتحدّون ثيرانًا هائجة. «لحم أو سمك: يبدو أنّ لديهم تقنينًا على الطعام»، قالت نادين وهي تضحك. تناولا شرائح من لحم البقر بلون الرماد. ثمَّ، انتعلا حذاءين من الأصفر الصارخ

والنعل المترف، واجتازا صُعُدًا الشوارع المرصوفة بحصى مستديرة باتّجاه الأحياء الشعبيّة. وعند أحد المفارق، كان هناك أطفال حفاة ينظرون غير ضاحكين إلى مسرح عرائس باهت. أصبحت الطريق ضيّقة والواجهات مقشّرة. ازداد وجه نادين تجهّمًا.

ـ ما أقذر هذا الشارع. هل هناك شوارع كثيرة تشبهه؟

ـ نعم، حسب ظنّي.

ـ ألا يصدمك هذا المنظر؟

لم يكن بمزاج يسمح له بالسخط. في الواقع كان ينظر بدفعة من اللذّة إلى الغسيل المزركش المنشور عند النوافذ المشمسة. سلكا بصمت زقاقًا قذرًا ورطبًا وتوقّفت نادين وسط درج مرصوف ببلاط قذر: «هذا قذر، فلنذهب من هنا».

قال هنري:

ـ لا بأس! لنتابع السير قليلاً.

في مرسيليا، في نابولي، في بيريه، في باريو ـ شينو، أمضى الساعات متسكّعًا في الأزقّة المزدحمة بالناس. لا شكّ أنّه حينذاك، كما اليوم، كان يتمنّى أن يُقضى على كل هذا البؤس. لكنّ هذه الأمنية بقيت بعيدة المنال. لم يشعر قطّ أنّه يرغب في الهرب من هذه الأزقّة. فهذه الرائحة الإنسانيّة النفّاذة تسبّب له دوارًا في الرأس. من أعلى التلّة وحتى أسفلها، الصخب الحيّ نفسه، السماء الزرقاء الحارقة نفسها فوق السطوح.. بدا لهنري أنّه، بين اللحظة والأخرى، سيستعيد ذاك الفرح القديم بكلّ حدّته. ذاك الفرح الذي طارده من زقاق إلى زقاق ولم يجده. كانت النساء المنحنيات أمام

الأبواب يشوين سمك السردين فوق الفحم. طغت رائحة السمك الكابي على رائحة الزيت الساخن. كانت الأقدام عارية. الجميع هنا يمشون حفاة. داخل الأقبية المطلّة على الشارع، ما من سرير، ما من أثاث ولا صورة، فقط أفرشة حقيرة وأطفال جلودهم مصابة بالقوبة الصفراء. نادرًا ما تُلمح عنزة بين الفينة والأخرى. في الخارج لا صوت دافئًا، لا ضحكة، فقط عيون جامدة. هل كان البؤس هنا أكثر بعثًا على القنوط منه في المدن الأخرى؟ أم إنّ قلب الإنسان بدل أن يتحجّر لمرأى الشقاء يصبح أكثر رقّة؟ بدا أزرق السماء موحشًا فوق الظلّ الموبوء. وشعر هنري بأنّ الامتعاض الصامت لنادين انتقل إليه. التقيا بامرأة تلبس أسمالاً سوداء وطفل يتشبّث بثديها العاري. كانت تركض مذعورة، فقال هنري فجأة:

ـ آه! أنت على حقّ. لنرحل!

لكنّ الرحيل عن هذه الأمكنة لم يكن مجديًا. هذا ما أدركه هنري في صباح اليوم التالي خلال حفلة الكوكتيل التي أقامتها القنصليّة الفرنسيّة. كانت الطاولة ملأى بالسندويشات وأصناف الكاتو العجيبة، والنساء يلبسن فساتين ذات ألوان باتت منسيّة، والوجوه كلّها تضحك. الجميع يتحدّثون الفرنسيّة. بدت تلّة غراس بعيدة جدًّا من هنا، في بلاد غريبة تمامًا ومآسيها لا تعني هنري. كان يضحك مع الآخرين عندما اجتذبه العجوز مندوز داس فييرناس إلى إحدى زوايا الصالون. كان يرتدي ياقة منشّاة وربطة عنق سوداء. شغل سابقًا منصب وزير قبل أن يتسلّم نظام سالازار[1] الدكتاتوري قيادة

---

(1) سالازار (١٨٨٩ ـ ١٩٧٠) سياسي برتغالي رئيس الوزراء ١٩٢٣ ـ ١٩٦٨. أقام حكمًا متصلّبًا يمينيّ النزعة وبنى دولة البرتغال الحديثة.

البلاد. نظر إلى هنري نظرات مرتابة.

ـ أيّ انطباع أثارت فيك لشبونة؟

قال هنري:

ـ إنّها مدينة جميلة جدًا. تجهّمت نظرته وأضاف مبتسمًا:

ـ يجدر بي القول إنّني لم أرها بعد بشكلٍ كافٍ.

ـ قال داس فييرناس بحقد:

ـ الفرنسيّون الذين يأتون عادة يتدبّرون أمرهم لكي لا يروا شيئًا البتّة. وشاعركم فاليري أعجب بالبحر والبساتين وأغفل الباقي. توقّف العجوز عن الكلام لحظة ثم قال: «هل أنت أيضًا مصرّ على أن تغمض عينيك؟».

ـ على العكس، أعتمد عليهما لاكتشاف المزيد.

ـ داس فييرناس قال بلهجة ملطّفة:

ـ نأخذ موعدًا في الغد وأتكفّل بأن أجول بك في لشبونة. أجل، الواجهة جميلة! لكن سترى بعينيك ماذا يوجد خلف الواجهة!

ـ قمت بجولة البارحة في تلّة غراس.

ـ لكنّك لم تدخل إلى البيوت. أريدك أن ترى بنفسك ماذا يأكل الناس وكيف يعيشون. لن تصدّقني. كل هذا الأدب عن الكآبة البرتغاليّة وأسرارها له ما يبرّره! من أصل سبعة ملايين برتغالي هناك سبعون ألفًا فقط يأكلون عند جوعهم؟

مستحيل الهرب، أمضى هنري الصبيحة التالية يجول على الأكواخ. تعمّد الوزير السابق دعوة بعض الأصدقاء عند نهاية بعد الظهر ليتسنّى لهنري الالتقاء بهم. كانوا جميعًا يرتدون بزّات قاتمة وياقات منشّاة وقبّعات مستديرة ومنتفخة. يتحدّثون بتكلّف، لكنّ

الحقد يبدّل من وقت لآخر من سيماء وجوههم الرزينة. كانوا وزراء وصحافيّين وأساتذة قدامى هُمّشوا بسبب رفضهم الالتحاق بالنظام القائم. كان لديهم جميعًا أقارب وأصدقاء في المنفى، وكانوا فقراء مضطهدين. أمّا هؤلاء الذين لا يزالون منهم مصرّين على التحرّك فكانوا يدركون أنّ مصيرهم الهلاك. فالطبيب الذي يعتني مجّانًا بالفقراء أو يحاول أن يفتتح مستوصفًا أو يُدخل شيئًا من السلامة الصحّيّة إلى المستشفيات، سرعان ما يصبح مشتبهًا بأمره. وكل من يعطي دروسًا مسائيّة أو يقوم بمبادرة إنسانيّة كريمة أو بعمل خيري، يغدو عدوّ الكنيسة والدولة. ومع ذلك كانوا مصرّين على موقفهم وظلّواعلى قناعتهم بأنّ سقوط النازيّة سيؤدّي إلى نهاية الفاشيّة المتظاهرة بالتقوى. يحلمون بإطاحة سالازار وخلق جبهة وطنيّة مشابهة لتلك التي أنشئت في فرنسا. ويعرفون أنّهم وحدهم ولا حليف لهم: فلدى الرأسماليّين الإنكليز مصالح ضخمة في البرتغال، وكان الأميركيّون يفاوضون النظام بشأن إقامة قواعد جوّيّة في آزور[1]. كانوا يردّدون: «فرنسا أملنا الوحيد». قالوا له متوسّلين: «قل للفرنسيّين الحقيقة فهم لا يعرفونها لأنّهم لو كانوا يعرفونها لسارعوا إلى نجدتنا!». فرضوا على هنري لقاءات يوميّة وأطلعوه على حقيقة الأمور بالوقائع والأرقام والإحصاءات، وجالوا به في الضواحي التي تنتشر فيها المجاعة. بالطبع، لم تكن هذه غايته من العطلة التي يحلم بها ولكن ليس لديه الخيار. وعدهم بالتأثير في الرأي العام الفرنسيّ من خلال حملة صحافيّة تفضح الاستبداد السياسيّ والاستغلال الاقتصاديّ والإرهاب البوليسيّ

(١) آزور: أرخبيل برتغالي في الأطلسي. قاعدة جوّيّة أميركيّة.

وعمليّة غسل الأدمغة المكشوفة التي تمارسها السلطة ضدّ الجماهير وصمت رجال الدين المريب. سيقول كل شيء. وأكّد له داس فييرناس: «إذا عرف كارمونا[١] أنّ فرنسا مستعدّة لدعمنا فسينضمّ إلينا. كانت له معرفة سابقة ببيدو[٢] وكان يعتزم أن يقترح عليه نوعًا من المعاهدة السرِّيّة، مقابل دعمه، يمكن للحكومة البرتغاليّة العتيدة بموجبها أن تتيح لفرنسا عقد معاهدات تطال المستعمرات في أفريقيا». صعب على هنري أن يقول له إلى أيّ حدّ يبدو هذا المشروع خياليًّا، ولا يكون فظًّا!

قال هنري عشيّة رحيله إلى آلغارف:

ـ سأرى تورنيل، رئيس ديوانه، كان صديقًا في المقاومة.

ـ سأضع اللّمسات الأخيرة على خطّة عمل، وأعهد بها إليك لكي تسلّمه إيّاها لدى عودتك.

كان هنري مسرورًا لمغادرته لشبونة. وضعت الدوائر الفرنسيّة سيّارة تحت تصرّفه ليقوم بجولته ويجري محاضراته دون عناء. يستطيع أن يتنقّل حيث ما يشاء. وأخيرًا، استطاع أن يحظى بعطلة حقيقيّة. لسوء الحظّ، كان أصدقاؤه الجدد يريدون أن يمضي أسبوعه الأخير بالتخطيط معهم. سيجمعون توثيقًا شاملاً ويجرون لقاءات مع بعض الشيوعيّين في مصانع زامورا.

قالت نادين بنبرة حردة:

---

(١) كارمونا (١٨٦٩ ـ ١٩٥١) مارشال وسياسي برتغالي استلم الحكم في ١٩٢٦ وظلّ رئيسًا من ١٩٢٨ إلى وفاته. عيّن سالازار رئيسًا للحكومة.

(٢) بيدو (Bidault 1899 ـ ١٩٨٣) سياسي فرنسي. قائد المجلس الوطني للمقاومة وأحد مؤسّسي الحركة الجمهوريّة الشعبيّة .M.R.P رئيس الحكومة ١٩٤٩ ـ ١٩٥٠ ووزير الخارجيّة في الجمهوريّة الرابعة. عارض سياسة ديغول في الجزائر.

ـ هذا يعني أنّه لا يزال أمامنا فقط خمسة عشر يومًا للتنزّه.

تناولا عشاءهما في إحدى الخمّارات، على الضفّة الأخرى لنهر تاجو. وضعت إحدى الخادمات على الطاولة قطعًا من سمك النازلي المقلي وزجاجة من النبيذ الوردي المعتكر. عبر الزجاج، لمحا أنوار لشبونة المتراصفة بين الماء والسماء.

قال هنري:

ـ في غضون خمسة عشر يومًا سنتمكّن من رؤية البلاد سيّما أنّ لدينا سيّارة، هل تدركين الحظّ الذي توفّر لنا؟

ـ لكن من المؤسف ألاّ نفيد منه.

ـ كل هؤلاء الأشخاص الذين يعتمدون عليَّ لا أستطيع التسبّب في خيبة لهم. أليس كذلك؟

رفعت كتفيها باستخفاف وقالت:

ـ لا تستطيع فعل شيء لهم.

ـ يمكنني التحدّث باسمهم. هذه مهنتي وإلاّ فالأمر لا يستحقّ أن أكون صحافيًّا.

ـ لعلّك لا تستحقّ.

قال بنبرة مصالحة:

ـ لا تفكّري منذ الآن بالعودة، سنقوم برحلة جميلة. انظري إلى هذه الأنوار الخافتة على ضفّة الماء. كم هذا جميل.

ـ وأين الجمال في هذا؟

كان هذا السؤال من الأسئلة المغيظة التي يحلو لها طرحها. رفع كتفيه. قالت من جديد: «أكلّمك بجدّيّة، لماذا تجد ذلك جميلاً؟».

ـ هذا جميل، ببساطة.

أسندت جبينها إلى النافذة: «ربّما كان هذا المنظر جميلاً لو أنّنا لا نعرف ماذا يوجد خلفه. لكن ما إن نعرف... هذه أيضًا خديعة». ثم ختمت قولها غاضبة: «أكره هذه المدينة القذرة».

كانت هذه خديعة ولا شكّ، ومع ذلك لم يكن قادرًا على الامتناع عن رؤية الأنوار جميلة. لن يُخدع بالرائحة الدافئة للبؤس ولا بالزركشات البهجة. لكنّ هذه النيران الصغيرة التي تلمع على طول المياه القاتمة كانت تؤثّر فيه، رغمًا عن الجميع، ربّما لأنّها كانت تذكّره بزمن كان يجهل فيه ماذا يختبئ خلف المظاهر الخارجيّة، ربّما لم يكن يحبّ هنا إلاّ ذكرى سراب. عاد إلى نادين، ثمانية عشر عامًا وما من سراب في ذاكرتها! على الأقلّ هو كان لديه ماض. لكنّه ما لبث أن احتجّ في داخله: «وحاضر ومستقبل. لحسن الحظّ، لا زالت هناك أشياء تستحقّ أن تُحبّ!».

لحسن الحظّ، هناك أشياء تستحقّ أن تحبّ! يا لمتعة أن تقود سيّارة من جديد وهذه الطرقات أمامك على مدّ النظر! بعد كل هذه السنوات. كان هنري خائفًا في اليوم الأوّل حين بدا له أنّه لم يتآلف بعد مع أحوال السيّارة، زد على ذلك أنّها كانت ثقيلة الهيكل وتحدث ضجيجًا مريبًا وصعبة القيادة. وعلى الرغم من ذلك طاوعته كما تطاوعه يد.

قالت نادين:

ــ ما أسرع السيّارة! هذا مدهش!

ــ ألم تتنزّهي من قبل في سيّارة؟

ــ تنزّهت في جيبات داخل باريس، لكنّي لم أجرِ في عربة بمثل هذه السرعة من قبل.

هذه أيضًا كذبة، الوهم القديم للحرِّيّة والجبروت، لكنّها وافقت عليه دون تحفّظ. أخفضت زجاج النوافذ كلها وأسلمت وجهها للريح والغبار.

لو أنّ هنري سمعها لما نزل قطّ من السيّارة. كانت تهوى أن يقود السيّارة بأقصى سرعة بين الأرض والسماء. ولا تكاد تهتمّ بالمناظر. ومع ذلك كم هي جميلة هذه المناظر! النثار الذهبي لأزهار الميموزا، الجنبات الوادعة البدائيّة المتكرّرة إلى ما لا نهاية في بساتين البرتقال بثمارها المستديرة، جموح الحجارة في بتالحا[1]، السلالم المزدوجة الضخمة التي تصعد متلاصقة لتنتهي عند كنيسة بيضاء وسوداء، شوارع بيجا التي كانت لا تزال تُسمع فيها الصرخات القديمة لراهبة أضناها الجوى. وفي الجنوب الذي تنبعث منه رائحة أفريقيا، كانت هناك حمير صغيرة تسعى باحثة في الأرض القاحلة عن مصادر الماء لتروي غليلها. من حين لآخر، وسط نباتات الباهرة التي تشقّ الأرض الحمراء بخناجرها، تُلمح النضارة الكاذبة لبيت أملس وأبيض كالحليب. صعدا شمالاً عبر طرقات بدت فيها الحجارة وكأنّها سرقت من الأزهار ألوانها الأشدّ عنفًا: البنفسجي والأحمر والأصفر. ومن ثمَّ عادت ألوان الأزهار وسط تلال مينهو القديمة. أجل، توالت المناظر الجميلة بسرعة لا يتسنّى معها الوقت للتفكير بما يختبئ خلفها. على طول شواطئ الغرانيت وعلى الطرق الحارقة لآلغارف، التقيا بمزارعين يمشون حفاة الأقدام. وفي بورتو الحمراء حيث القذارة بلون الدم، انتهى المهرجان. على جدران الأكواخ الأشدّ قتامة ورطوبة من

(١) بتالحا: مدينة في البرتغال، فيها دير شهير يعود تاريخ بنائه إلى القرون الوسطى.

أكواخ لشبونة، والتي تعجّ بالأطفال العراة، وُضعت لافتات: «غير صحّي، غير صالح للسكن». كانت فتيات في الرابعة أو الخامسة من العمر يرتدين أكياسًا مثقوبة، ويبحثن في النفايات. احتجب هنري ونادين لتناول الغداء في أحد السراديب القاتمة، لكنّهما لمحا وجوهًا ملتصقة بزجاج المطعم.

قالت نادين غاضبة «أكره المدن»، وبقيت محتبسة طيلة النهار في غرفتها. وفي صباح اليوم التالي أثناء الطريق، لم تتبس إلاّ بكلمات قليلة، لم يحاول هنري أن يروّح عنها.

في اليوم المحدّد لعودتهما، توقّفا لتناول الغداء في مرفأ صغير على مسافة ثلاث ساعات من لشبونة. تركا السيّارة أمام النزل ليتسلّقا إحدى التلال المطلّة على البحر، وعند قمّتها تنتصب طاحونة بيضاء مكلّلة بقرميد أخضر وقد عُلّقت إلى مراوحها جرار صغيرة من الفخّار ضيّقة العنق تغنّي فيها الرّيح. انحدر هنري ونادين التلّة وهما يركضان بين أشجار الزيتون المورقة وأشجار اللوز المزهرة، والموسيقى الطفوليّة تلاحقهما. ارتميا على رمل الخليج: كانت القوارب ذات الأشرعة الصدئة تترنّح فوق صفحة البحر الشاحب.

قال هنري:

ـ سنكون على ما يرام هنا.

ـ أجل، قالت نادين بصوت متجهّم. ثم أضافت: «أتضوّر جوعًا».

ـ بالطبع فأنت لم تأكلي شيئًا.

ـ طلبت بيضًا نمبرشت فأحضروا لي قصعة من الماء الفاتر وبيضًا نيئًا.

ـ كان سمك المورة لذيذًا جدًّا، والفول أيضًا.

ـ ما إن تُذكر كلمة زيت حتّى أشعر أنّني سأتقيّأ. ثم بصقت بتأفّف: «هناك طعم زيت في فمي».

ومن دون تردّد، خلعت قميصها.

ـ ماذا تفعلين؟

ـ كما ترى!

لم تكن ترتدي حمّالة نهدين، تمدّدت على ظهرها وعرّضت للشمس نهديها الرقيقين.

ـ لا، نادين، احذري، ماذا لو جاء أحدهم.

ـ لا أحد سيأتي.

ـ يحلو لك أن تفترضي ذلك.

ـ لا آبه، أريد أن أستمتع بالشمس وأعرّض نهديّ للرّيح وأترك شعري مسترسلاً في الرمل. نظرت إلى السماء وقالت بعتب: «يجب الإفادة من ذلك لأنّه اليوم الأخير».

لم يجب فقالت بصوت نائح:

ـ هل أنت مضطرّ فعلاً للعودة إلى لشبونة هذا المساء؟

ـ تعرفين جيّدًا أنّهم بانتظارنا.

ـ لكنّنا لم نرَ الجبل والجميع يقولون إنّه الأجمل، لدينا ثمانية أيّام ويمكننا القيام بجولة رائعة.

ـ لكنّي قلت لك إنّ لديَّ موعدًا مع أناس ويجب أن أراهم.

ـ هؤلاء السادة ذوو الياقات المنشّاة؟ يليق بهم فعلاً أن نعرضهم

في واجهات متحف الإنسان. لكن لجهة أنّهم ثوريّون، فهذا يبعث على الضحك فعلاً.

ـ لكنّي أجدهم مؤثّرين كما تعرفين، يواجهون أخطارًا كثيرة.

ـ بل يتكلّمون كثيرًا. التقطت حفنة من الرمل فتناثرت من بين أصابعها: «كلمات، مجرّد كلمات».

فقال هنري بشيء من الانزعاج:

ـ ما أسهل أن نتعالى على الناس الذين يسعون للقيام بمهمّات صعبة.

أجابته بغضب:

ـ الشيء الذي أعيبه عليهم هو أنّهم لا يحاولون فعل شيء بطريقة جدِّيّة. يكتفون بالثرثرة. لو كنت مكانهم لأطحت بسالازار برصاصة واحدة.

ـ لن يفيد ذلك كثيرًا.

ـ بل سيكون مفيدًا جدًّا أن يموت. وكما يقول فنسان، على الأقلّ الموت لن يخطئ أحدًا. تأمّلت البحر بنظرات ساهمة: «لو أنّ أحدًا يصمّم على قتله مضحّيًا بنفسه، لأمكننا التخلّص منه بكل تأكيد».

قال هنري مبتسمًا:

ـ إيّاك والمحاولة. وضع يده على الذراع المرصّعة بحبيبات الرّمل: «أتعرفين، ستكون سحنتي جميلة!».

ـ وهكذا تكون الرحلة الجميلة قد شارفت على نهايتها.

ـ أنت مستعجلة جدًّا على النهاية؟

قالت وهي تتثاءب:

ـ هل تجد الحياة ممتعة؟

قال ببشاشة:

ـ لا أجدها مضجرة.

رفعت جذعها قليلاً مستندة إلى كوعها وتفحّصته بفضول: «قل لي، هل يملأ فراغ حياتك أن تظلّ منكبًّا على الكتابة من غير جدوى كما تفعل من الصباح حتى المساء؟»

ـ نعم، الكتابة تملأ فراغ حياتي. لديّ رغبة جارفة في الانكباب عليها من جديد.

ـ كيف جاءتك الرغبة في الكتابة؟

ـ آه، هذا يرقى إلى زمن بعيد.

نعم، هذا يعود إلى زمن بعيد لكنّه لا يعرف كثيرًا ما الأهمِّيّة التي يمكن أن يوليها لذكرياته.

ـ عندما كنت فتيًّا، بدت لي الكتب أشبه بالسحر.

فقالت نادين بحماس:

ـ أنا أيضًا أحبّ الكتب، لكنّ هناك الكثير منها. ماذا ينفع كتاب بالزائد؟

ـ لكلّ منّا أسلوبه في التعبير. لكلّ حياته الخاصّة، علاقته بذاته، بالأشياء، بالكلمات.

قالت نادين بلهجة يشوبها التأفّف:

ـ ألا يزعجك التفكير أنّ هناك أشخاصًا كتبوا مؤلّفات تفوق قيمتها بكثير ما تكتبه أنت؟

أجابها هنري مبتسمًا:

ـ لم أفكّر في الأمر منذ البداية. نكون مدّعين ما دمنا لم نفعل شيئًا. ثمَّ حين ننخرط في الكتابة، نهتمّ فقط بما نكتبه ولا نضيّع

وقتنا في مقارنة أنفسنا بالآخرين.

ـ آه، بالطبع نتدبّر أمرنا! قالت ذلك بصوت حرد وارتمت بكل طولها أرضًا.

لم يعرف بِمَ يجيب: يصعب أن نشرح لأحد لا يحبّ الكتابة حبّنا لها.

لكن هل هو قادر فعلاً أن يشرح ذلك لنفسه؟ لم يتبادر إلى ذهنه أنّ الآخرين سيقرأونه إلى ما لا نهاية. لكنّه، مع ذلك، عندما يكتب، يشعر أنّه دوّن اسمه في سجلّ التاريخ. بدا له أنّ ما يوفّق إلى تجسيده عبر الكلمات ينقذه من الضياع. لكن، هل هذا حقيقي؟ إلى أيّ حدّ لم يكن ذلك إلاّ سرابًا هو أيضًا؟ هذا أحد الأمور التي كان يجدر به استجلاؤها خلال هذه العطلة، إلاّ أنّه في الواقع لم يستجلِ شيئًا على الإطلاق. الثابت أنّه يشعر بإشفاق يشوبه القلق على هذه الحيوات التي لا تسعى إلى التعبير عن نفسها عبر الكتابة: حيوات بول وآن ونادين. فكّر «كيف غاب عن بالي! لا بدّ أنّ كتابي صدر خلال هذا الوقت». من زمن بعيد، لم يواجه الجمهور. شعوره بأنّ أناسًا في هذا الوقت بالذات ينكبّون على قراءة روايته أو يتحدّثون عنها، أمر أثار فيه الرهبة. مال ناحية نادين وابتسم لها:

ـ كل شيء على ما يرام؟

قالت بلهجة نائحة قليلاً:

ـ نعم، نشعر بالراحة هنا!

ـ نحن على ما يرام.

شبك أصابعه بأصابع نادين ملتصقًا بالرمل الدافئ بين البحر المتكاسل الذي أبهتت الشمس لونه وأزرق السماء الصارخ، شعر

أنّ هناك سعادة معلّقة، وأنّه كان كافيًا ربّما للإمساك بها أن تبتسم له نادين، فالابتسامة تخفّف من دمامة وجهها قليلاً. لكن وجهها المبذور بالنمش بقي جامدًا.

قال:

ـ مسكينة نادين!

فانتفضت قائلة:

ـ ولماذا تقول إنّني مسكينة؟

كانت حالتها تدعو للإشفاق بالفعل ولم يعرف ما السبب.

ـ مسكينة أنت لأنّ هذه الرحلة خيّبت أملك.

ـ تعرف، لم أكن أتوقّع أكثر.

ـ ومع ذلك كانت هناك لحظات جميلة.

ـ وبالإمكان أن ننعم بالمزيد من اللحظات الأخرى. أصبح أزرق عينيها البارد دافئًا: «دع هؤلاء الحالمين العجائز في حالهم. لم تأتِ من أجلهم. لنتنزّه ونتمتّع ما دمنا على قيد الحياة».

رفع كتفيه والحسرة تبدو على وجهه ثمّ قال:

ـ تعرفين جيّدًا، التمتّع بالوقت ليس بهذه السهولة.

ـ لنحاول. ما رأيك لو قمنا بنزهة طويلة في الجبال، سيكون الأمر ممتعًا، أليس كذلك؟ أنت تحبّ التنزّه. فيما هذه الاجتماعات والتقارير تسبّب الإرهاق.

ـ هذا صحيح.

ـ وما الذي يدعوك للقيام بأشياء تزعجك؟ هل أنت منذور لذلك؟

ـ تفهّمي وضعي، هل أستطيع أن أقول لهؤلاء العجائز

المساكين إنّ الآخرين لا يكترثون لمصائبهم، وإنّ البرتغال عديمة الشأن بحيث لا يأبه أحد لمصيرها؟ انحنى هنري باتجاه نادين مبتسمًا: «قولي هل أستطيع؟».

ـ بإمكانك الاتّصال بهم والقول إنّك مريض. وعندئذٍ، نهرب باتّجاه إيفورا.

ـ لا، هذا سيحطّم قلوبهم، لا أستطيع.

قالت نادين مغتاظة:

ـ بل قل إنّك لا تريد.

فأجابها بنفاد صبر:

ـ وإن يكن. لا أريد.

ـ همهمت وهي تغرز أنفها في الرمل:

ـ أنت أسوأ من أمّي.

ارتمى هنري بطوله إلى جوارها. «لنستمتع بوقتنا». فيما مضى، كان يعرف التمتّع بوقته. كان ليضحّي بأحلام هؤلاء المتآمرين لإسقاط النظام دون تردّد في سبيل هذه الأفراح التي عرفها سابقًا. أغمض عينيه: كان مضطجعًا على شاطئ آخر بالقرب من امرأة ذهبيّة البشرة، ترتدي باريو مزدانًا بالأزهار، امرأة هي أجمل النساء: بول. كانت هناك أشجار نخيل تتأرجح فوق رأسيهما، وعبر القصب، راحا ينظران إلى نساء يهوديّات سمينات يتقدّمن في البحر ضاحكات وفساتينهنّ تعيق حركتهنّ وكذلك مناديلهنّ ومجوهراتهنّ. في الليل، كانا يتلصّصان أحيانًا على النساء العربيّات اللواتي يجازفن بالنزول إلى الماء متدثّرات بأكفانهنّ. أو كانا يحتسيان شرابًا كثيفًا بطعم القهوة في الخمّارة ذات الأساسات

النارجيلة متحدثًا إلى أمور هارسين. ومن ثمَّ يعودان إلى الغرفة المليئة بالنجوم ويرتميان على السرير. لكن الأوقات التي كان هنري يتذكّرها في هذه اللحظة بحنين لا حدّ له هي تلك الصباحات التي أمضاها على شرفة الفندق بين أزرق السماء ورائحة الأزهار الشغفة. كان يكتب في انتعاش النهار الطالع وفي حرّ الظهيرة والإسمنت يحرق قدميه إلى أن تذوّبه الشمس والكلمات، فينزل ليحتمي بفيء الباحة الداخليّة ويحتسي شراب اليانسون المتجلّد. جاء ليبحث هنا عن السماء وأشجار الدفلى ومياه جربة[1] المصطخبة، عن غبطة لياليها الثرثارة ونداوة صباحاتها واحتدام نهاراتها. لماذا لم يكن قادرًا على استعادة هذا الطعم الحارق والعذب الذي اتّسمت به حياته سابقًا؟ بَيدَ أنّه في أمس الحاجة لهذا السفر. ظلّ لأيّام عديدة لا يفكّر بشيء آخر. لأيّام حلم بأنه مستلق على الرمل. تحت الشمس. والآن تحقّق حلمه. لديه الشمس والرمل. لكن شعورًا بالنقصان اعتمل في كيانه. لم يعد يعرف معنى هذه الكلمات القديمة: السعادة، اللذّة. ليس لدينا إلاّ خمس حواس وسرعان ما يصيبها السأم. كان نظره سئمًا من الانسياب دون نهاية على الأزرق الذي لا نهاية لزرقته. أحسَّ برغبة في ثقب هذا الساتان، في تمزيق بشرة نادين الملساء.

قال:

ــ بدأ الجوّ يبرد.

ــ أجل. والتصقت به فجأة. أحسَّ بنهديها الفتيّين العاريين فوق صدره. «دفّئني».

دفعها عنه بلطف: «ارتدي ثيابك سنعود إلى القرية».

---

(١) جربة: جزيرة في تونس على مدخل خليج قابس.

ـ هل أنت خائف من أن يرانا الناس؟ برقت عينا نادين واحمرَّ خدّاها قليلاً لكنّه كان يعرف أنّ فمها بقي باردًا. قالت بنبرة مغوية: «ماذا تظنّ أنّهم سيفعلون بنا؟ هل سيرجموننا بالحجارة؟».

ـ انهضي، حان وقت العودة.

ارتمت بكل ثقلها عليه ولم يستطع مقاومة الرغبة التي خدّرت جسده. كان يحبّ جذعها الفتيّ وبشرتها الصافية. لو أنّها فقط تستسلم لهدهدة اللذّة، بدل أن تتنطنط بوقاحة متعمَّدة فوق السرير. راقبته بعينين نصف مغمضتين، ثم انحدرت يدها إلى بنطاله الكتّان...

ـ دعني.. دعني أفعل.

يدها وفمها ماهران لكنّه يكره الظفر الواثق الذي يقرأه في عينيها كلّما كان يستسلم لها. قال: «لا، لا ليس هنا».

تملّص منها ونهض. كان قميص نادين مطروحًا على الرمل فوضعه على كتفها.

قالت غاضبة: «لماذا؟» ثم أضافت بلهجة غنجة: «ربَّما كان الأمر أكثر إمتاعًا في الهواء الطلق».

نفض الرمل عن ثيابه.

ثم قال بنبرة تصطنع التساهل:

ـ أتساءل عمّا إذا كنت ستصيرين امرأة يومًا.

ـ آه! تعرف، أنا واثقة من أنّ النساء اللواتي يحببن أن يُضاجعهنّ الرجال، لا يوجد منهنّ واحدة من أصل مئة. إنّها خدعة يمارسنها مع الرجال بدافع التفاخر بما لا يملكنه.

قال وهو يأخذ بذراعها:

ـ هيّا، لنقلع عن المشاجرة: تعالي. سنشتري الكاتو والشوكولا وتتناولينهما في السيّارة.

ـ تتعامل معي وكأنّي طفلة صغيرة.

ـ لا. تعرفين أنّك لست طفلة. أفهمك أفضل ممّا تتصوّرين.

نظرت إليه بارتياب. ثم ارتسمت فوق شفتيها ابتسامة صغيرة:

ـ لا أكرهك دائمًا.

ضغط بقوّة أكبر على ذراعها وسارا بصمت باتّجاه القرية. أصبح الضوء موهنًا. عادت القوارب إلى المرفأ وجرّتها العجول إلى الرملة، وراح القرويّون يراقبون ما يجري واقفين أو جالسين متحلّقين. كانت قمصان الرجال وتنانير النساء الفضفاضة مخطّطة بمربّعات من الألوان الزاهية: لكن هذه الغبطة مكتنفة بجمود كئيب. المناديل السوداء تكلّل وجوهًا متحجّرة، والعيون المحدّقة إلى الأفق لا تأمل بشيء. لا حركة ولا كلام. حتى ليقال إنّ لعنة نزلت فأذوت اللغات كلها.

قالت نادين:

ـ يجعلونني أشعر برغبة في الصراخ.

ـ لن يسمعوك حتى لو صرخت.

ـ ماذا ينتظرون؟

ـ لا شيء، يعرفون أنّهم لا ينتظرون شيئًا.

في الساحة الكبيرة، كانت الحياة تلجلج بضعف. أولاد يتصايحون. أرامل الصيّادين الذين قضوا في البحر جلسن للتسوّل على حافّة الرصيف. أوّل الأمر، نظر هنري ونادين بغضب إلى البورجوازيّات المرتديات معاطف الفرو السميكة وهنّ يستجبن

بترفّع للمتسوّلات، قائلات: «تصبّرن». لكن ما انقضى وقت قصير حتى امتدّت الأيدي نحوهما من كل جانب فلاذا بالفرار أشبه بلصّيْن.

قال هنري مستوقفًا نادين أمام محلّ للحلويات:

ـ ابتاعي لنفسك شيئًا.

دخلت. كان هناك طفلان حليقا الرأس يسحقان أنفيهما لصق الزجاج.

عندما ظهرت من جديد وهي تتأبّط أكياسًا من الورق، صرخوا فتوقّفت.

ـ ماذا يقولون؟

ـ تردّد هنري ثم أجاب:

ـ إنّك محظوظة لأنّك تأكلين عندما تشعرين بالجوع.

ـ آه!

وبحركة غاضبة منها، حمّلتهم بين أذرعتهم الأكياس المنتفخة التي كانت في حوزتها.

قال هنري:

ـ لا، لا تفعلي، سأعطيهم مالاً.

فجذبته من يده وقالت: «دعك من الأمر، هؤلاء الفتيان القذرون قطعوا عليّ شهيّتي».

ـ لكنّك كنت جائعة.

ـ لم أعد جائعة.

صعدا إلى السيّارة وسارا بصمت. وأخيرًا قالت نادين بصوت مخنوق.

ـ كان يجدر بنا الذهاب إلى بلاد أخرى!

ـ أين؟

ـ لا أعرف. لكن أنت يفترض بك أن تعرف.

ـ لا، لا أعرف.

ـ لكن يفترض أن يكون هناك بلاد يحلو العيش فيها.

وفجأة انهارت نادين مجهشة بالبكاء. نظر إليها بذهول. كانت دموع بول طبيعيّة مثل المطر. لكن أن يرى نادين تبكي فهذا مزعج، كمن يفاجئ دوبروي منتحبًا. مرّر ذراعه حول كتفيها وجذبها ناحيته.

قال مداعبًا شعرها المخشوشن:

ـ لا تبكي. لا تبكي.

لماذا لم يكن قادرًا على جعلها تبتسم؟ لماذا كان الحزن يثقل صدره؟ مسحت نادين دموعها وعالجت أنفها بمنديل، محدثة جلبة.

ـ لكن أنت، حين كنت شابًّا، هل كنت سعيدًا؟

ـ نعم، كنت سعيدًا.

ـ أرأيت!

ـ أنت أيضًا ستكونين سعيدة يومًا.

كان يجدر به أن يشدّها إليه بقوّة أكبر ويقول لها: «سأجعلك سعيدة»: في هذه اللحظة بالذات، شعر بهذه الرغبة، الرغبة في أن يورّط حياته بكليّتها في لحظة واحدة. لم يقل شيئًا. فكّر فجأة: «الماضي لا يعود. الماضي لن يعود».

ـ فنسان!

اندفعت نادين باتّجاه المخرج.

كان فنسان يرتدي بذلته كمراسل حربيّ ويلوّح بيده مبتسمًا. تزحلقت نادين في حذائها ذي النعل المطّاطيّ ثم تمسّكت بذراع فنسان: «مرحبًا، ها أنت!».

قال فنسان فرحًا: «أهلاً بالعائدين» ثمَّ صفَّر إعجابًا بنادين: «يا للأناقة»!

ـ سيّدة مرموقة، أليس كذلك؟ قالت نادين وهي تدور على نفسها، بمعطفها الفرو وجواربها واسكربينتها. كانت تبدو أنيقة وأكثر أنوثة.

«أعطني هذا!»، قال فنسان وهو يستأثر بالكيس الكبير الذي يشبه أكياس البحّارة والذي كان هنري يجرّه خلفه: «أفيه جثّة؟».

قال هنري:

ـ خمسون كيلوغرامًا من أصناف الطعام! نادين تريد تموين عائلتها. كيف السبيل إلى إيصالها إلى رصيف فولتير. هنا المشكلة.

قال فنسان واثقًا من نفسه:

ـ ليست هناك مشكلة.

قالت نادين:

ـ هل سرقت جيبًا؟

ـ لم أسرق شيئًا.

اجتازت بخطوات واثقة قاعة استقبال المسافرين، وتوقّفت أمام سيّارة صغيرة سوداء: «هذه هي السيّارة، أليس كذلك»؟

قال هنري:

ـ إنّها لنا؟

ـ نعم، لوك تدبَّر أمره أخيرًا. ما رأيك؟

قالت نادين:

ـ إنّها صغيرة.

وقال هنري وهو يفتح باب السيّارة:

ـ ستكون مفيدة جدًّا لنا.

ثمّ رميا الأمتعة في صندوق السيّارة كيفما اتّفق.

سألت نادين فنسان:

ـ هل ستأخذني في نزهة؟

ـ هل جننت؟ إنّها سيّارة مخصّصة للعمل. ثم أضاف: «بالطبع مع كل حمولتكم ستضيق علينا».

جلس أمام المقود وانطلقت السيّارة مطلقة حشرجات متتالية.

سألت نادين:

ـ هل أنت واثق من أنّك تحسن القيادة؟

ـ لو أنّك رأيتني في تلك الليلة كيف كنت مندفعًا في الجيب دون مصابيح، على طرقات محفوفة بالمخاطر، لما أهنتني جزافًا.

نظر فنسان إلى هنري ثم قال: «هل أوصل نادين ومن بعدها أقلّك إلى الجريدة؟».

ـ حسنًا. كيف حال *«L'Espoir»* لم أرَ عددًا واحدًا منها في ذاك البلد اللعين. أما تزال تصدر بحجم طابع البريد؟

ـ أجل. أعطوا رخصة لجريدتين لكنّهم لا يجدون لنا ورقًا! لوك أخبر منّي في هذا الموضوع. رجعت لتوّي من الجيش.

ـ وهل نسبة الإصدار انخفضت.

ـ لا أعتقد.

كان هنري مستعجلاً للذهاب إلى الجريدة. لكن بول كانت قد اتّصلت ولا شكّ بالمحطّة. تعرف أنّ القطار لم يتأخّر. لا شكّ أنّها تنتظره وعيناها مسمّرتان إلى ساعة الحائط مترصّدة كل ضجّة في الخارج. أوصلا نادين إلى قفص المصعد وتركاها وسط أمتعتها. عندئذ قال هنري:

ـ أرى أنّه من الأفضل أن أمرَّ بالبيت أوّلاً.

قال فنسان:

ـ لكنّ الزملاء في انتظارك.

ـ قل لهم إنّي سأكون في الجريدة في غضون ساعة.

ـ إذًا، أترك لك الرولز. أوقف السيّارة أمام مستوصف الكلاب وسأله: «هل أخرج الحقائب؟».

ـ الصغرى فقط. شكرًا.

دفع هنري الباب بحسرة فاصطدم بسلّة النفايات محدثًا ضجّة. أخذ كلب الناطور يعوي. وقبل أن يقرع هنري على الباب، فتحت بول له.

ـ هذا أنت! أنت بحقّ! بقيت لبرهة جامدة بين ذراعيه. ثم تراجعت: «بشرتك جميلة، برونزيّة! هل أجهدك السفر؟». كانت تبتسم. لكنّ هناك عضلة متشنّجة كانت ترتجف في زاوية فمها.

ـ لا، إطلاقًا. وضع الحقيبة على الديوان: «هذه لك».

ـ هذا لطف منك.

ـ افتحيها.

فتحتها: جوارب حرير وصندل من جلد الغزال مع حقيبة من لونه، أقمشة، مناديل، قفّازات. اختار لها كلّ هديّة بعناية فائقة

وخاب أمله قليلاً لأنّها نظرت دون أن تلمس شيئًا ودون أن تنحني. ثمّ ردّدت وقد بدا على وجهها الانفعال وبعض الحِلم: «ما ألطفك!» ثمّ التفتت إليه: «وحقيبتك، أين هي؟».

قال بلهجة حيويّة:

ــ في الأسفل، تركتُها في السيّارة. تعرفين، أصبح لدى الجريدة سيّارة. وقد أتى فنسان لاصطحابي فيها.

ــ سأتّصل بالناطور ليجلبها لك.

ــ لا تتعبي نفسك. ثم أضاف بسرعة: «كيف أمضيت هذا الشهر؟ لم يكن الطقس سيّئًا كثيرًا، أليس كذلك؟ هل خرجت قليلاً للتنزّه؟».

قالت بنبرة مواربة:

ــ قليلاً.

وجمدت نظراتها.

ــ من رأيتِ، ماذا فعلت؟ أخبريني.

ــ آه، لا فائدة من ذلك. دعك من أخباري. ثم أضافت بحيويّة ولكنّها كانت شاردة الذهن.

ــ هل عرفت أنّ كتابك لاقى نجاحًا كبيرًا.

ــ لا أعرف شيئًا عن الموضوع. هل لاقى فعلاً النجاح؟

ــ آه! النقّاد لم يفقهوا شيئًا بالطبع. لكنّهم اشتمّوا فيه رائحة التحفة الأدبيّة.

قال مُكرهًا نفسه على الابتسام:

ــ أنا سعيد فعلاً. كان يودّ أن يطرح عليها بعض الأسئلة لكنّه لم يحتمل أسلوب بول في الإجابة، فغيّر الموضوع:

ـ هل رأيت آل دوبروي؟ كيف حالهم؟

ـ التقيت بآن. إنّها منشغلة كثيرًا.

كانت تجيب مغالبة نفسها في الكلام. وكان متلهّفًا لاستعادة نمط حياته المعتاد!

سألها:

ـ ألم تحتفظي بأعداد «*L'Espoir*»؟

ـ لم أقرأها.

ـ لم تقرئيها؟

ـ لا أقرأها عندما لا تكتب فيها. وكان لديّ مشاغل أخرى ملحّة.

تحرّت عن نظرته ثم قالت وقد اكتسى وجهها بالحيويّة: «فكّرت كثيرًا خلال هذا الشهر وفهمت أشياء كثيرة. آسفة على الشجار الذي تسبّبت به قبل سفرك. آسفة حقًّا».

ـ آه! انسي الموضوع. ثمَّ إنّك لم تتشاجري معي.

ـ بلى، أعود وأكرّر أنّني آسفة لما حصل. تعرف، أدركت منذ وقت طويل بأنّ ما من امرأة في استطاعتها أن تستأثر برجل مثلك، ولا حتى النساء كلهنّ مجتمعات. لكنّي لم أكن أتقبّل ذلك فعلاً. الآن، أنا مستعدّة لأن أحبّك دون مقابل، لنفسك لا لنفسي. لديك دعوتك ويجب أن تأتي في الصدارة.

ـ عن أيّة دعوة تتحدّثين؟

غالبت الابتسامة وقالت:

ـ أدركت أنّني ربّما كنت عائقًا في تحقيق طموحاتك. أفهم أنّك راغب في استعادة القليل من حرّيّتك لكن يمكنك أن تكون مُطمئنًّا:

الوحدة والحرِّيّة، أعدك بهما. ثمّ نظرت إلى هنري نظرات حادّة: «أنت حرٌّ يا حبيبي. اعلم ذلك جيّدًا. على أيّة حال، تحقّقت منه بنفسك، أليس كذلك؟».

ـ نعم. ثمّ أضاف بنبرة خافتة: «لكنّي شرحت لك موقفي».

ـ أعرف. لكنّي أؤكّد لك أنّه نظرًا للتغيّر الذي حدث في داخلي، لا داعي لأن تذهب للإقامة في الفندق. اسمع: أنت بحاجة للاستقلاليّة والمغامرات، لكنّك ترغب فيَّ أيضًا...

ـ بالتأكيد.

ـ إذًا ابقَ هنا. لن أجعلك تندم على ذلك. أقسم لك. سوف ترى كيف تصالحت مع نفسي. من الآن فصاعدًا لن يكون لوجودي ثقل في حياتك. نهضت وأمسكت سمّاعة الهاتف: «قريبًا الناطور سيحضر لك حقيبتك».

نهض هنري أيضًا ومشى باتّجاه السلّم الداخلي. فكّر: «لاحقًا، أحسم موقفي». لم يكن قادرًا على التسبّب بعذابها من جديد منذ الدقائق الأولى لوصوله. قال: «سأذهب لأستحمّ قليلاً. إنّهم في الجريدة في انتظاري. أتيت فقط لأقبّلك».

قالت بلطف:

ـ حسنًا، أتفهّم ظروفك.

فكَّر وهو يجلس في سيّارته الصغيرة السوداء: «والآن ستسعى جاهدة لتثبت لي أنّها تحرص على حرِّيّتي. آه! لكن هذا لن يدوم. لن أطيل الإقامة عندها». اتّخذ قراره الضمنيّ وهو يشعر بالضغينة حيالها: «منذ الغد، سأهتمّ بحسم هذا الموضوع». الآن لا يريد التفكير بها. كان سعيدًا جدًّا بالعودة إلى باريس. في الشوارع،

الطقس رماديّ. لا بدَّ أنّ الناس واجهوا البرد والجوع هذا الشتاء لكن صار لديهم أحذية ينتعلونها. ومن ثمَّ، يمكن التحدّث إليهم، التحدّث لأجلهم. ما أشعره بالإحباط في البرتغال إحساسه أنّه الشاهد العاجز عن دفع الشقاء عن أناس غرباء عنه. ترجّل من السيّارة ونظر بحنان إلى واجهة المبنى. كيف سارت أمور الجريدة في غيابه؟ هل صحيح أنّ روايته لاقت نجاحًا؟ صعد الدرج بنشاط وللحال سمع جلبة أصوات. عُلّقت لافتة صغيرة في سقف الرواق: أهلاً وسهلاً بالعائد. اصطفّ العاملون في الجريدة ملتصقين بالجدران وبدل السيوف شهروا أقلامهم وغنّوا مقطعًا من أغنية غير مفهومة حيث سالازار Salazar يشكّل قافية مع «سال ازار sale hasard».

كان لامبير وحده غائبًا، لكن لماذا؟

صرخ لوك:

ـ الجميع إلى البار! ثمّ وضع يده على كتف هنري وقال: «هل كانت رحلتك موفّقة؟».

ـ لوّحت الشمس بشرتك بشكل ظريف!

ـ انظروا إلى هذا الحذاء.

ـ هل عدت لنا بتحقيق؟

ـ هل رأيتم قميصه!

وراحوا يتحسّسون البزّة التي يرتديها هنري وربطة العنق متعجّبين، ويطرحون السؤال تلو الآخر فيما النادل يملأ الأقداح. وطرح هو أيضًا الأسئلة. أعداد الجريدة تراجعت قليلاً، لكنّها ستصدر من جديد بالحجم الطبيعي، وهذا يعيد ترتيب الأمور.

حصلت قصّة مع الرقابة، لكن لا شيء خطير. الجميع استحسنوا كتابه، وتلقّى رسائل لا تُحصى. سيجد على مكتبه كل الأعداد الصادرة للجريدة أثناء غيابه. عمّا قريب سيكون بالإمكان الحصول سرًّا على فائض من الورق عبر الأميركاني برستون وهذا سيسمح بإصدار مجلّة يوم الأحد من كل شهر. هناك أمور كثيرة أخرى يجب التداول بشأنها. لكنّه شعر بالخبل قليلاً لأنّه لم ينم بشكل جيّد منذ ليالٍ ثلاث، وأيضًا بسبب هذه الضجّة والأصوات والضحكات والمشاكل المتراكمة. أحسّ بالخجل والسعادة في آن. كيف خطرت له فكرة الذهاب إلى البرتغال بحثًا عن ماضٍ مات ودُفن إلى غير رجعة فيما الحاضر يضجّ بالفرح والحيويّة!

قال بحماس:

ـ سعيد جدًّا لأنّني عدت!

قال لوك:

ـ ونحن لسنا مستائين لرؤيتك مجدّدًا. ثمّ أضاف: «حتى أنّنا بدأنا نحتاج إليك. سيكون لديك عمل كثير. أحذّرك».

ـ آمل ذلك.

ـ كانت الآلات الكاتبة تصطكّ. تفرّقوا في الأروقة وهم يتزحلقون ويضحكون! كم بدوا في ريعان الشباب لدى خروجهم من بلاد كان الجميع فيها دون عمر! دفع هنري باب مكتبه وجلس في كنبته برضى بيروقراطي عجوز. بسط أمامه الأعداد الأخيرة من «*L'Espoir*»: التواقيع المعتادة، الموادّ بتوزيعها المنظّم على صفحات الجريدة. ما من صفحة ناقصة. عاد شهرًا إلى الوراء وأخذ يتصفّح الأعداد الصادرة الواحد تلو الآخر. لقد نجح فريق

العمل في الاستغناء عنه وهذا يثبت نجاحه في إدارة الجريدة: لم تكن «*L'Espoir*» فقط مغامرة فرضتها الحرب، بل أصبحت جريدة في غاية الإتقان. ممتازة المقالة التي كتبها فنسان عن هولندا، وأفضل منها تلك التي كتبها لامبير عن المعتقلات. لا بدَّ أنّهم عرفوا كيفيّة تحرير مقالات متوازنة: ما من سخافات أو أكاذيب أو كلام معسول: كانت«*L'Espoir*» تشدّ المثقّفين بنزاهة توجّهاتها وتجتذب الجمهور العريض بحيويّة مقالاتها. نقطة الضعف الوحيدة هي رداءة المقالات التي يكتبها سيزيناك.

ـ هل يمكنني الدخول؟

كان لامبير يبتسم بخجل في فرجة الباب.

ـ بالطبع! أين كنت مختبئًا؟ كان بإمكانك المجيء إلى المحطّة أيّها المعرض عن الأصدقاء.

ـ قال لامبير بانزعاج:

ـ قلت في نفسي إنّه لن يكون هناك مكان لأربعة. ثمّ أضاف وهو يمطّ شفتيه: «وحفلتهم الصغيرة تلك... لكن، هل أزعجك بحضوري؟».

ـ لا إطلاقًا. اجلس.

ـ هل كانت جيّدة تلك الرحلة؟ هزَّ لامبير كتفيه: «لا بدَّ أنّ هذا السؤال تكرّر عشرين مرّة على مسامعك...».

ـ كانت الرحلة جيّدة وسيّئة في آن. مناظر جميلة وسبعة ملايين يموتون جوعًا.

قال لامبير وهو يتفحّص هنري بنظرات استحسان:

ـ لديهم أقمشة جميلة. هل الأحذية الحمراء على الموضة هناك؟

ـ والبرتقاليّة والصفراء> لديهم ألبسة وأحذية جلديّة جميلة. الأثرياء لهم ما يطلبون وما يشتهون. وهذا أسوأ ما في الأمر. سأخبرك لاحقًا عن كل شيء. لكن الآن حدّثني عمّا يجري هنا، زوّدني بآخر الأخبار. قرأت لتوّي مقالاتك. إنّها جيّدة، كما تعلم.

قال لامبير بصوت ساخر:

ـ كأنّها تشبه توسيعًا لموضوع إنشاء بالفرنسيّة: صف انطباعاتك لدى زيارتك معسكرًا للاعتقال. أعتقد أنّنا كنّا أكثر من عشرين صحافيًّا نعالج الموضوع نفسه. ثم أضاف وقد أشرق وجهه: «هل تعرف ما هو الأمر الرائع الذي حدث في غيابك: صدور كتابك. عندما بدأت قراءته كنت منهكًا بعد أن قدت السيّارة ليلاً ونهارًا متواصليْن دون أن يغمض لي جفن وقرأته دفعة واحدة. لم أستطع النوم قبل إنهائه».

قال هنري:

ـ هذا من دواعي سروري!

محرجة المجاملات. ومع ذلك فقد أسعده حقًّا ما قاله لامبير. كان يحلم دومًا أن يقرأه قارئ فتيّ بلهفة ولليلة كاملة دون توقّف. لهذا وحده يستحقّ الأمر عناء الكتابة.

قال لامبير وهو يرمي على الطاولة ظرفًا كبيرًا أصفر اللون:

ـ فكّرت أنّك ستستمتع بقراءة ما كتبه النقّاد عن الكتاب. أنا أيضًا كتبت مقالتي المتواضعة عنه.

ـ شكرًا، هذا سيكون ممتعًا فعلاً.

نظر إليه لامبير نظرة تنمّ عن قلق ما وسأله:

ـ هل كتبت شيئًا هناك؟

ــ كتبت تحقيقًا.

ــ لكن هل ستمدّنا برواية جديدة قريبًا؟

ــ سأنكبّ على كتابتها ما إنْ أجد الوقت لذلك.

ــ جد الوقت. فكّرت في غيابك... وهنا احمرّ وجهه: «أنّه يجب أن تدافع عن نفسك».

قال هنري مبتسمًا:

ــ ضدّ من؟

تردّد لامبير من جديد ثم قال:

ــ يبدو أنّ دوبروي ينتظرك بفارغ الصبر. لا تورّط نفسك في مخطّطه...

ــ سبق لي وتورّطت قليلاً.

ــ حسنًا. عجّل إذًا في خروجك من هذه الورطة.

ابتسم هنري وقال:

ــ لا، من المستحيل أن نبقى اليوم غير مسيّسين.

قطّب لامبير وجهه:

ــ هكذا إذًا! هل تلومني على موقفي؟

ــ لا إطلاقًا. أقصد أنّه بالنسبة لي لم يعد الأمر ممكنًا. لسنا في السنّ نفسها.

سأل لامبير:

ــ وما دخل العمر في ذلك؟

ــ سترى بنفسك عندما تكبر، ستدرك أمورًا جديدة وتتغيّر. ابتسم ثم قال: «أعدك أنّني سأجد وقتًا للكتابة».

ــ هذا واجب.

ـ لكن، قل لي أنت أيّها الواعظ بامتياز، أين هي تلك القصص القصيرة التي وعدتني بها؟

ـ إنّها عديمة الشأن.

ـ أطلعني عليها قبل أن نذهب لنتناول العشاء معًا في إحدى الأمسيات المقبلة، ونتحدّث طويلاً...

قال لامبير:

ـ حسنًا. نهض ثمّ أضاف: «أظنّ أنّك لا ترغب في مقابلتها، لكن هناك ماري آنج بيزيه التي تريد بأيٍّ ثمنٍ إجراء مقابلةٍ معك. إنّها تنتظر منذ ساعتين. ماذا أقول لها؟

ـ قل لها إنّي لا أجري مقابلاتٍ وإنّ لديّ عملاً فوق طاقتي.

أغلق لامبير الباب خلفه، وأفرغ هنري الظرف الأصفر على الطاولة. فوق حافظة أوراق منتفخة، كتبت السكرتيرة: بريد الرواية. تردّد قليلاً في فتحه. لقد كتب هذه الرواية خلال الحرب دون أن يفكّر في الصدى الذي ستحدثه. حتى إنّه لم يكن أكيدًا بأنّ مصيرًا ما ينتظرها: والآن، نُشر الكتاب وقرأه النّاس. ها إنّ هنري يصبح هو نفسه موضوع تقييم ومناقشة وتصنيف بعد أن كان يقوم بهذا الدور مع الآخرين. بسط المقتطفات الصحفيّة أمامه وبدأ يتصفّحها. قالت له بول: إنّهم وصفوا الرواية بأنّها «نجاح باهر». حينئذ خال أنّها تبالغ. لكنّ الواقع أنّ النقّاد أنفسهم استعملوا كلمات رنّانةً. لا شكّ أنّ لامبير كان منحازًا إليه، ولاشوم أيضًا، وكل هؤلاء النقّاد الشبّان الذين وُلدوا للتوّ وكان لديهم عطف خاصّ على كل الكتّاب الذين ساندوا بأقلامهم حركة المقاومة ضدّ المحتلّ النازي. لكنّ الرسائل الحارّة التي أرسلها أصدقاء وأناس مجهولون

كانت تؤكّد على الحكم الذي أصدرته الصحافة. وفعلاً، شعر بأنّ هناك ما يبرّر سعادته بعيدًا عن سكرة النجاح. فهذه الصفحات التي كُتبت بانفعال أثارت انفعال الآخرين. تمطّى هنري بسعادة. ما حصل أمر عجيب. منذ سنتين، كانت الستائر السميكة تحجب النوافذ المطليّة بالأزرق، وكان منقطعًا عن المدينة السوداء والأرض كلّها، وكان قلمه يهاب الورقة متردّدًا. أمّا اليوم، فهذه الدمدمات الغامضة في حلقه صارت في العالم صوتًا حيًّا. وخفقات قلبه السرِّيّة انجلت حقيقتها وأحدثت خفقانًا في قلوب الآخرين. فكّر: «كان عليّ أن أشرح لنادين. إذا كنّا لا نأبه للآخرين فلا أهمِّيّة لما نكتبه. لكن، إذا كنّا نأبه لأمرهم فما أجمل وأروع أن نثير إعجابهم عبر الكلمات ونكسب صداقتهم وثقتهم. ما أجمل وأروع أن تجد أفكارنا صداها في نفوسهم». رفع عينيه: فتح الباب.

سمع صوتًا مشتكيًا يقول:

ــ لقد انتظرت ساعتين. كان بإمكانك أن تخصّني بربع ساعة.

كانت هذه ماري آنج تنتصب أمام مكتبه: «أريد إجراء مقابلة معك وستُنشر في مجلّة «*Lendemain*» في الصفحة الأولى مرفقة بصورتك».

ــ اسمعي، لا أجري مقابلات إطلاقًا.

ــ أعرف ولهذا لن تقدَّر هذه المقابلة بثمن.

هزَّ هنري رأسه نفيًا، واستأنفَت بلهجة مستنكرة:

ــ أتريد أن أفشل في مهنتي من أجل مسألة مبدأ؟

ابتسم. لا بدَّ أنّ ربع ساعة من الحديث تعني الكثير لها، وبالنسبة له، لن تكلّفه الكثير. ثم إنّه، في الحقيقة، كان في مزاج يؤهّله

للحديث عن نفسه. لا شكّ أنّ بين هؤلاء الناس من أُعجب بكتابه ويودّ التعرّف عليه بشكل أفضل. أحسَّ أنّه راغب في تزويدهم بالمعلومات ليضمن المزيد من تعاطفهم معه.

قال:

ـ لا بأس: عمّ تريدين أن أحدّثك؟

ـ حسناً، نبدأ بالسؤال عن المحيط الذي تنتمي إليه؟

ـ كان أبي صيدليًّا في تول.

ـ وبعد ذلك؟

تردَّد هنري. ليس مريحًا أن يشرع الإنسان فجأة في التحدّث عن نفسه.

قالت ماري آنج:

ـ هيّا، حدّثني عن واحدة أو اثنتين من ذكريات طفولتك.

لديه ذكريات ككلّ الناس، لكنّها لم تبدُ له متّسمة بأيّة أهمّيّة تُذكر: إلاّ ذاك العشاء في غرفة طعام هنري الثاني وحينها تحرّر من الخوف.

ـ هاك واحدة. إنّها سخيفة لكنّها كانت بداية لأشياء كثيرة.

نظرت إليه ماري آنج نظرات مشجّعة. كان القلم معلّقًا فوق مفكّرتها. فأردف هنري:

ـ كان الموضوع الأساسي للأحاديث التي دارت بين والديّ عن الكوارث التي تهدّد العالم: الخطر الأحمر، الخطر الأصفر، البربريّة، الانحطاط، الثورة، البولشفيّة. كنت أراها وحوشًا مرعبة تريد التهام البشريّة كلها. في ذلك المساء، تنبّأ والدي كالعادة: الثورة وشيكة الوقوع، الحضارة في طريقها إلى الانهيار، وأمّي

تستعرض آراءها والخوف يجفل قلبها. وفجأة فكّرت: «لكن، في جميع الأحوال، هؤلاء الذين سينتصرون سيكونون هم أيضًا من البشر». «ربّما لم أقل بالضبط هذه الكلمات لكن بما معناه». ابتسم هنري ثمّ أضاف: «كانت النتيجة رائعة: لا وجود للوحوش بيننا: لا نزال بشرًا على الأرض بين البشر».

ــ وعندئذٍ؟

ــ عندئذٍ، بدأتُ منذ ذلك اليوم أطارد الوحوش.

نظرت ماري آنج إلى هنري حائرة:

ــ لكن قصّتك، كيف انتهت؟

ــ أيّة قصّة؟

فأجابت بنفاد صبر:

ــ هذه التي بدأتها للتوّ.

ــ ما من نهاية. لقد انتهت.

ــ هكذا! ثم أضافت بلهجة نائحة: «كنت أنتظر منك ما هو أكثر غرابة!».

ــ آه! طفولتي ليس فيها ما يدعو للغرابة. كان العمل في الصيدليّة يرهقني والعيش في الريف يغيظني. لحسن الحظّ، كان لديّ عمّ يقيم في باريس وقد أدخلني إلى جريدة «*Vendredi*».

توقّف عن الكلام. بالنسبة لسنواته الأولى في باريس، كانت هناك أشياء كثيرة تستحقّ الذكر، لكنّه لم يعرف أيّها يختار.

قالت ماري آنج:

ــ«*Vendredi*» جريدة يساريّة. هل كنت متأثّرًا بالأفكار اليساريّة؟

ــ كنت أشمئزّ بشكل خاصّ من جميع الأفكار اليمينيّة.

ـ لماذا؟

فكّر هنري «كنت طموحًا عندما كنت في العشرين من عمري. ولهذا كنت ديمقراطيًّا. أردت أن أكون الأوّل: الأول بين متساوين. لأنّه إذا كان السباق مزيّفًا في الأساس فإنّ الرهان يفقد كل قيمته».

خربشت ماري آنج على مفكّرتها بعض الكلمات. لم يكن يبدو عليها أنّها ذكيّة. جدّ هنري في إثر كلمات بسيطة: «بين الشمبانزي وآخر الناس، هناك فعلاً فارق أكبر من بين آخر الناس وإينشتاين! إنّ وعيًا يشهد لذاته، هذا هو المطلق».

همَّ بأن يكمل كلامه لكن ماري آنج قاطعته قائلة:

ـ حدّثني عن بداياتك...

ـ أيّ بدايات؟

ـ بداياتك في الأدب.

ـ كتبت على الدوام شيئًا ما...

ـ كم كان عمرك عندما أصدرت روايتك «*La Mésaventure*».

ـ خمسة وعشرين عامًا.

ـ هل كان دوبروي سبب انطلاقتك؟

ـ ساعدني كثيرًا.

ـ كيف تعرّفت إليه؟

ـ أرسلوني لأجري مقابلة معه، وبدل أن أحمله على الكلام، حملني هو على الكلام. طلب منّي أن أعود للقائه من جديد، وهكذا فعلت...

قالت ماري آنج بلهجة شاكية:

ـ زوّدني بالتفاصيل. تخبر عن الأشياء بسرعة خاطفة. ثمّ حدّقت إليه في عينيه مباشرة:

ـ عمَّ تتحدّثان عندما تكونان سويّة؟

هزَّ كتفيه:

ـ عن كل شيء وعن لا شيء كما يفعل الجميع.

ـ هل شجّعك على الكتابة؟

ـ نعم، وعندما أنهيت «*La Mésaventure*»، سلّمها إلى موفان ليقرأها فنشرها على الفور...

ـ هل لاقيت نجاحًا كبيرًا؟

ـ كان نجاحًا كبيرًا تقديريًا. تعرفين، هذا مضحك...

قالت بغنج:

ـ حدّثني عن شيء مضحك!

تردّد هنري ثم قال:

ـ مضحك حين نبدأ بنسج أحلام كبيرة عن المجد، ثمّ لدى أوّل نجاح صغير، نشعر أنّنا في غمرة السرور...

أطلقت ماري ـ آنج تنهيدة ثمّ قالت:

ـ لديَّ عناوين كتبك الأخرى وتواريخها. هل استُدعيت للجنديّة؟

ـ في فرقة المشاة كجندي من الفئة الثانية. لم أشأ قطّ أن أكون ضابطًا. أُصبت في التاسع من أيّار في مون ديو بالقرب من فوزييه ثم نقلوني إلى مونتيليمار ومن بعدها عدت إلى باريس في أيلول.

ـ ما الدور الذي لعبته تحديدًا في المقاومة؟

ـ أنا ولوك أنشأنا جريدة «*L' Espoir*» في ١٩٤١.

ـ لكن هل كانت لديك نشاطات أخرى.

ـ ليس لذلك أهمّيّة. إنسي الموضوع.

ـ حسنًا وكتابك الأخير، متى كتبته تحديدًا؟

ــ بين ١٩٤١ و١٩٤٢.
ــ هل بدأت عملاً آخر؟
ــ لا، على وشك.
ــ ما طبيعته؟ هل هو رواية.
ــ نعم، رواية. لكنّ الأمر حتى الآن لا يزال مبهمًا للغاية.
ــ سمعتهم يتحدّثون عن مجلّة، هل هذا صحيح؟
ــ نعم، أعمل مع دوبروي على إصدار مجلّة شهريّة لدى موفان وسيكون اسمها «*Vigilance*».
ــ ما هذا الحزب السياسيّ الذي يحاول دوبروي إنشاءه؟
ــ يطول شرح الأمر.
ــ حدّثني عنه.
ــ اذهبي واسأليه.
ــ لا يمكن الاقتراب منه. تنهّدت ماري ــ آنج وأضافت: «أنتما غريبا الأطوار. لو كنت شهيرة مثلكما لما انقطعت عن إجراء المقابلات».
ــ عندئذ لن يعود لديك وقت لتفعلي أيّ شيء، ولن تكوني شهيرة إطلاقًا. والآن عليك أن تتحلّي باللطف وتتركيني، لديّ عمل.
ــ لكن لديَّ أيضًا كومة أسئلة: ما هي الانطباعات التي عدت بها من البرتغال؟
هزَّ هنري كتفيه:
ــ ما يجري هناك يدعو للأسف.
ــ لماذا؟
ــ لألف سبب وسبب.

ـ أوضح موقفك قليلاً، لا أستطيع أن أقول لقرّائي: ما يجـري في البرتغال مؤسف، وكفى!

قال هنري بسرعة:

ـ حسنًا. قولي لهم إنّ الأبويّة التي يدّعيها سالازار هي مجـرّد ديكتاتوريّة مشينة، وإنّ على الأميركيّين الإسراع في خلعه. لـسوء الحظّ هذا لن يحدث غدًا لأنّه سيسمح لهم بإقامة قواعد جوِّيّة فـي آزور.

قطّبت ماري آنج حاجبيها،وأضاف هنري: «إذا كان هذا الأمـر يزعجك، تجاوزيه. سأتحدّث عن كل شيء في *L'Espoir*».

قالت ماري آنج:

ـ لا، لا يزعجني الأمر، سأتحدّث عنه! نظرت إلـى هنـري طويلاً ثمّ سألته: «ما هي الدوافع العميقة التي حدت بك للقيام بهذه الرحلة؟».

ـ اسمعي، لست مضطرّة لطرح أسئلة بلهـاء فـي سـبيل أن تنجحي في مهنتك. قلت لك، يكفي، اذهبي من فضلك.

ـ أردت أن تخبرني عن بعض القصص الطريفة.

ـ ليس عندي قصص طريفة.

ابتعدت ماري آنج بخطًى خافتة. شعر هنري بأنّه خائب قليلاً: لم تطرح عليه الأسئلة التي كان يفترض بها أن تطرحها، ولم يقل هو شيئًا ممّا أراد فعلاً قوله. ثمَّ، إذا أراد التمعّن في الأمر، هل هنـاك ما يقال فعلاً؟ «أردت فقط أن يعرف قرّائي مَنْ أنا لكنّي لم أنجـح في التعريف عن نفسي». لكن، لا أهمِّيّة للأمر، في غضون بضعة أيّام، سينكبّ على روايته محاولاً التعريف عن نفسه وفقًا لمنهجيّـة محدّدة.

عاد إلى تصفّح الرسائل المبعوثة إليه. كم من الأخبار العاجلة والمقتطفات الصحفيّة يتوجب عليه تفحّصها! كم من الرسائل يجب كتابتها! وكم من الأشخاص يجب أن يلتقيهم! لقد حذّره لـوك بأنّ عملاً كثيرًا بانتظاره. أمضى الأيّام التالية محتبسًا في مكتبه ولم يعد إلى الاستوديو عند بول إلاّ لينام. يكاد لا يجد الوقت ليكمل كتابة التحقيق عن البرتغال، وكان عمّال المطبعة يأتون إليه لينتزعوا منه الصفحة تلو الصفحة. بعد العطلة الطويلة التي أمضاها، راق له هذا الإفراط في العمل.

تعرّف دون حماس إلى صوت سكرياسين في الهاتف:

ـ قل لي أيّها المعتزل عن الأصدقاء. أربعة أيّام مضت ولم نرك بعد. تعال الآن إلى الإيسبا، شارع بلزاك.

ـ آسف، لديّ عمل.

ـ لا تأسف على شيء، تعال. نحن في انتظارك لنشرب الشمبانيا احتفاءً بالصداقة.

قال هنري فرحًا:

ـ من هم الذين في انتظاري؟

فأجابه صوت دوبروي:

ـ أنا من بين آخرين وآن وجوليان. لديَّ الكثير من الأخبار وأريد أن أطلعك عليها. لكن ما الذي تفعله؟ ألا تستطيع الخروج من وكرك لساعة أو لساعتين؟

قال هنري:

ـ كنت أنوي أن أمرَّ بك غدًا.

ـ مرّ إذًا بالإيسبا في الحال.

ـ حسنًا. أنا قادم.

أقفل هنري السمّاعة مبتسمًا: كان يرغب حقًّا في رؤية دوبروي.

رفع السمّاعة من جديد وهاتف بول:

ـ هذا أنا، آن ودوبروي وسكرياسين ينتظروننا في الإيسبا. نعم الإيسبا. لا أعرف شيئًا عن الموضوع. سأمرّ لاصطحابك في السيّارة.

بعد نصف ساعة، كان ينزل برفقة بول درجًا محاطًا بقوزاق يرتدون ألبسة مزركشة. كانت بول ترتدي فستانًا جديدًا طويلاً، لكنّ الأخضر لم يكن يليق بها كثيرًا.

تمتمت:

ـ مكان غريب!

ـ مع سكرياسين يجب توقّع أيّ شيء!

في الخارج، اللّيل مقفر جدًّا وأصمّ بحيث بدا ترف الإيسبا مثيرًا للقلق. وكأنّ هذه الحانة تشبه ماخورًا يخفي وراءه غرفة للتعذيب. كانت الجدران مطليّة بالأحمر الدموي، وكان الدم يقطر من ثنيّات الستائر، وقمصان العازفين الغجر كانت من الساتان الأحمر.

هتفت آن:

ـ آه! ها قد وصلتما! هل استطعتما الإفلات منهم؟

قال جوليان:

ـ يبدو أنّهما وصلا سالمين معافيَيْن.

قال دوبروي:

ـ تعرّضنا لمهاجمة بعض الصحافيّين للتوّ.

وقالت آن:

ـ بعض الصحافيّين المسلّحين بآلات تصوير.

قال جوليان بلهجة متحمّسة وهو يتأتئ:

ـ دوبروي كان مدهشًا. قال لهم... لم أعد أعرف ماذا قال لكنّه طردهم بخشونة. ولو تطوّرت الأمور، كان سينقضّ عليهم.

كانوا يتحدّثون معًا. إلاّ سكرياسين الذي كان يبتسم بشيء من الاعتزاز.

قالت آن:

ـ خِلْت فعلاً أنّ روبير سيضربهم.

وقال جوليان كمن هبط عليه الوحي:

ـ قال لهم إنّنا لسنا قرودًا حيّة.

قال دوبروي بوقار:

ـ اعتبرت دومًا أنّ وجهي هو ملك لي.

قالت آن:

ـ الواقع أنّه بالنسبة لأناس أمثالكم، العري يبدأ بالوجه: أظهروا أنوفكم وعيونكم، ويكون ما تفعلونه شكلاً من أشكال الاستعرائيّة.

قال دوبروي:

ـ لا نلتقط صورًا للاستعرائيّين.

قال جوليان:

ـ هذا خطأ.

ـ قال هنري وهو يقدّم كأس فودكا لبول:

ـ اشربي. تأخّرنا كثيرًا. ثمّ أفرغ كأسه وسأل: «لكن، كيف عرفوا أنّكم هنا؟».

ـ أنت على صواب. قالوا وهم ينظرون إلى بعضهم بعضًا بدهشة: «كيف»؟

قال سكرياسين:

ـ أعتقد أنّ رئيس الخدم اتّصل بهم.

قالت آن:

ـ لكنّه لا يعرفنا.

ـ لكنّه يعرفني، قال سكرياسين. عضَّ على شفته السفلى بارتباك أشبه بارتباك امرأة ضُبطت بالجرم المشهود. «أردت أن يعاملكم نظرًا لما تستحقّون. فقلت له: من أنتم؟».

قال هنري:

ـ حسنًا، قمت بضرب موقف. كان يدهشه دومًا هذا الادّعاء الصبيانيّ لسكرياسين.

وانفجر دوبروي ضاحكًا:

ـ لقد وشى بنا، بنفسه! إنّها حقيقة الأمر! ثم التفت إلى هنري بحيويّة وقال: «وماذا عن الرحلة؟ يخيّل إليَّ أنّك بدلاً من الاستمتاع بتلك العطلة، أمضيت وقتك في المحاضرات والتحقيقات».

ـ صحيح إلى حدٍّ ما. لكنّي استطعت التنزّه قليلاً أيضًا.

ـ التحقيق الذي كتبته يشجّع بالأحرى على السفر إلى بلاد أخرى. يا للبلاد التعيسة!

قال هنري بفرح:

ـ بلاد تعيسة لكنّها جميلة! تعيسة للبرتغاليّين خصوصًا.

قال دوبروي:

ـ لا أعرف إذا كنت تعمّدت ذلك. لكن حين تصف أزرق البحر، يصبح الأزرق لونًا مشؤومًا.

ـ بدا مشؤومًا أحيانًا، لكن ليس دائمًا. ابتسم هنري: «تعرف

كيف يتبدّل اللون أثناء الكتابة».

قال جوليان:

ـ أجل. ينبغي أحيانًا أن نكذب على الآخرين لنتجنّب قول الحقيقة.

قال هنري:

ـ على أيّة حال، أنا سعيد لأنّني عدت.

ـ لكنّك لم تكن متلهّفًا لرؤية أصدقائك.

قال هنري:

ـ بلى، كنت متلهّفًا جدًّا لرؤيتكم. كل صباح أفكّر: سأمرّ بك. وإذ بي أفاجأ أنّ الساعة جاوزت منتصف الليل.

قال دوبروي بنبرة حردة:

ـ طبعًا، طبعًا. تدبّر أمرك إذًا، لكي تراقب غدًا الساعة بشكل أفضل. عليَّ أن أضعك في الجوّ، هناك أمور كثيرة يجب أن تعرفها. أعتقد أنّنا على وشك أن ننطلق انطلاقة حسنة.

سأل هنري:

ـ هل بدأتم بتعبئة المناصرين للحركة؟ هل حسم سامازيل أمره؟

فأجابه دوبروي:

ـ ليس موافقًا على كل شيء لكنّنا سنتوصّل لتسوية.

قال سكرياسين:

ـ ممنوع التحدّث في الأمور الجدّيّة هذه الليلة! ثمّ أشار إلى رئيس الخدم الذي كان يرتدي نظّارة بعدسة واحدة تظهره بمظهر المتغطرس: «كأسان من الشمبانيا من فضلك».

قال هنري:

ـــ هل هذا أمر ضروري لا مفرّ منه؟

ـــ إنّها الأوامر. تابع سكرياسين بنظراته رئيس الخدم ثم قال: «انفصل عن الجيش منذ ١٩٣٩. إنّه عقيد سابق».

سأل هنري:

ـــ هل أنت من زبائن هذا الماخور؟

ـــ كلّما شعرت برغبة في تفتيت قلبي، آتي لسماع هذه الموسيقى.

قال جوليان:

ـــ ثمّة وسائل أخرى أقلّ كلفة! ثمّ أضاف وهو ساهم النظرات: على أيّة حال القلوب مفتّتة منذ زمن طويل.

قال هنري:

ـــ لا يتفتّت قلبي إلاّ لدى سماع الجاز. أمّا عازفوك الغجريّون فهم يحطّمون قدمي بدلاً من قلبي.

ـــ آه! هتفت آن.

قال سكرياسين:

ـــ تتحدّث عن الجاز! كتبت صفحات حاسمة عنه في كتاب *Les Fils d'Abel*.

سألته بول بلهجة متعالية:

ـــ هل تعتقد أنّه بالإمكان كتابة صفحات حاسمة في موضوع ما؟

ـــ لن أناقشك. أنصحك بقراءة الكتاب، ستصدر الطبعة الفرنسيّة قريبًا. هزّ كتفيه «خمسة آلاف نسخة، هذا رقم لا يؤبه له! يجب اتّخاذ إجراءات استثنائيّة بالنسبة للكتب القيّمة. كم نسخة صدر من كتابك»؟

ـ خمسة آلاف، قال هنري.

ـ لا أفهم، أنت في النهاية أرّخت بشكل ما لفترة الاحتلال. إنّ كتابًا مماثلاً يجب أن تصدر منه مئة ألف نسخة.

قال هنري وقد أزعجته الحماسة اللجوجة لسكرياسين:

ـ اذهب واشرح الأمر لوزير الإعلام. يجب تجنّب الكلام عن كتبنا بين الأصدقاء. هذا يجرح الجميع ولا يسلّي أحدًا.

قال دوبروي:

ـ سنصدر مجلّة خلال الشهر المقبل. لكن صدّقني، للحصول على الورق أقسم لك أنّ الأمر كان في منتهى الصعوبة!

قال سكرياسين:

ـ هذا لأنّ الوزير لا يتقن ممارسة مهنته. سأحصل حتمًا على ما تحتاج إليه مجلّتكم من ورق.

عندما يندفع سكرياسين للدفاع عن قضيّة تقنيّة بصوته الواعظ، يتحوّل إلى محدّث طويل النفس. وفيما كان يُغرق فرنسا بالورق الذي سيحصل عليه، قالت آن لهنري بصوت خفيض: «تعرف، أعتقد أنّه منذ عشرين سنة لم يؤثّر فيّ كتاب كما أثّرَتْ فيَّ روايتك. إنّه الكتاب... الذي نرغب بقراءته بعد هذه السنوات الأربع. أثار انفعالي حتى إنّني لمرّات عديدة أغلقته وذهبت للتنزّه عبر الشوارع لأهدّئ من روعي». احمرّ وجهها فجأة ثم أضافت:

ـ نشعر بالغباء لدى قولنا هذه الأشياء، لكن من الغباء أيضًا إذا لم نقلها. فهذا لا يحزن من كتبها على أيّة حال.

قال هنري:

ـ على العكس بل يفرحني ما تقولينه.

أضافت آن:

ـ أثّرت في أناس كثيرين. ثم أردفت بشيء من الشغف: «في كلّ هؤلاء الذين لا يرغبون في النسيان».

ابتسم لها هنري متودّدًا. كانت ترتدي هذا المساء فستانًا اسكوتلنديًّا يجعلها أكثر شبابًا، وكانت متبرّجة بشكل جميل. حتّى إنّها بدت، بمعنى ما، أصغر سنًّا من ابنتها نادين. نادين لا تحمرّ وجنتاها أبدًا.

جهّز سكرياسين صوته وقال:

ـ بإمكان هذه المجلّة أن تكون منبرًا ثقافيًّا وأداة عمل لا يستهان بهما، لكن شريطة ألاّ تنحاز لجهة معيّنة. أعتبر أنّ رجلاً مثل لويس فولانج يجب أن يكون عضوًا في فريق العمل.

قال دوبروي:

ـ لا مجال للبحث.

قال سكرياسين:

ـ أن يُظهر المثقّف ضعفًا، ليس هذا بالأمر الخطير! دلّني على مثقّف لم يرتكب قطّ أخطاء في حياته. ثم أضاف بصوت كئيب: «هل يفترض بإلانسان أن يتحمّل طيلة حياته وزر أخطائه؟».

قال دوبروي:

ـ الانتساب إلى الحزب في الاتحاد السوفييتي عام ١٩٣٣ هذا لا يعدّ خطأ.

ـ لو لم يكن الوقوع في الخطأ حقًّا من حقوقنا لعُدّ هذا جريمة.

قال دوبروي:

ـ ليست المسألة مسألة حقّ.

فقال سكرياسين دون أن يصغي إليه:

ـ لكن، كيف تجرؤون على أن تتصبّوا أنفسكم حكّامًا وتدينوا الآخرين؟ هل تعرفون الأسباب التي دفعت فولانج للقيام بذلك؟ هل استمعتم إلى وجهة نظره؟ هل أنتم واثقون من أنّ جميع المنتسبين إلى فريقكم هم أرفع منه منزلة؟

قال هنري:

ـ نحن لا نصدر أحكامًا. نحن نتّخذ موقفًا وهذا مختلف جدًّا.

كان فولانج من اللباقة بحيث لم يتورّط جدّيًّا، وظلّ إلى حدّ ما بعيدًا عن الشبهات. لكن هنري تعهّد لنفسه أنّه إذا التقاه فلن يعمد إلى مصافحته من جديد. على أيّة حال، لم يفاجأ لدى قراءته المقالات التي كان لويس يكتبها في الزاوية الحرّة: منذ أن تركا المعهد، تحوّلت صداقتهما إلى عداوة شبه معلنة.

هزّ سكرياسين كتفيه مستاءً ثم أشار إلى رئيس الخدم: زجاجة أخرى! ومن جديد تفحّص خفية العقيد العجوز المهاجر: «ألا يصدمكم هذا الوجه؟ الجيوب تحت العينين، تغضّن الفم، وكل أعراض الانحطاط الجسدي. قبل الحرب، كان لا يزال هذا الوجه يحتفظ بعنفوانه. لكن أمثاله يتآكلهم خمول طبقتهم ودناءتها وخيانتها».

حدّق سكرياسين بالرجل منبهرًا، وفكّر هنري: «إنّه مسترفه»، كلاهما من سلالة الأرقّاء. هو أيضًا هرب من بلاده وكانوا يصفونه هناك بالخائن، وهذا ما يفسّر ولا شكّ صلفه. ما من وطن لديه ولا من شاهد آخر إلاّ نفسه. لذا كان يريد باستمرار التأكّد من أنّ اسمه في مكان ما من العالم، يعني شيئًا ما.

هتفت بول:

ـ آن، ماذا تفعلين، يا للفظاعة!

كانت آن تفرغ قدح الفودكا في كأس الشمبانيا.

فقالت موضحة:

ـ هذا يحيي الشمبانيا. جرّبيه، إنّه لذيذ جدًّا.

هزّت بول رأسها نفيًا.

قالت آن:

ـ لماذا لا تشربين شيئًا؟ يصبح الجوّ أبهج.

ـ لأنّ الشرب يثملني.

أخذ جوليان يضحك:

ـ تذكّرينني بتلك الصبيّة ـ صبيّة فاتنة التقيت بها أمام باب فندق صغير في شارع مونبارناس ـ التي قالت لي: «آه! أنا العيش يميتني...».

قالت آن:

ـ لم تقل بول ذلك.

ـ كان بإمكانها قوله.

ـ على أيّة حال، إنّها على صواب.

قالت آن بلهجة الوقار التي يصطنعها الثمل: «أن تعيش هو أن تموت قليلاً...».

ـ اصمتوا! قال سكرياسين. بالله عليكم، إذا كنتم لا تريدون الإصغاء فدعوني أسمع على الأقلّ!

كانت الفرقة تعزف بحماس كبير مقطوعة «Les Yeux noirs».

قالت آن:

ـ دعونا نفتّت قلبه.

همس جوليان:

ـ على فتافيت قلب متفتّت.

ـ لكن اصمتوا.

صمتوا. تسمّرت نظرات سكرياسين علـى الأنامـل الراقـصة لعازفي الكمان. كان يصغي منذهلاً إلى ذكرى ما قديمة. كان يخال نفسه ذكوريًّا حين يُملي على الآخرين نزواتـه. لكـنّ الآخـرين يُطيعونه كمن يتجنّب إثارة امرأة عصبيّة المزاج. كان يفترض بـه أن يرتاب في أمر هذه الطاعة أو ربمًّا كان ارتاب بأمرها... ابتسم هنري وهو ينظر إلى دوبروي الذي راح يقرقع على الطاولة. كان لطف دوبروي يبدو لامتناهيًا شرط ألاّ يُمتحن لفتـرة طويلـة، إذ سرعان ما نتبيّن أنّ للطفه حدودًا. كان هنري راغبًـا فعـلاً فـي التحدّث إليه بهدوء، لكنّه لم يكن معدم الـصبر. لـم يكـن يحـبّ الشمبانيا، ولا الموسيقى الغجريّة، ولا هذا الترف المزيّف. لكن هذا لا يمنع أن تشعر أنّ هذا الجلوس في الساعة الثانية صباحًا وفـي مكان عامّ هو بمثابة عيد. فكّر: «ها قد عدنا من جديد إلى الديار». آن، بول، جوليان، سكرياسين، دوبروي: «إنّهم أصدقائي». فرقعت هذه الكلمات في داخله بفرح أشبه بفرح الناظر إلى أغصان شجرة الميلاد.

وفيما كان سكرياسين يصفّق بكل حماس، اجتذب جوليان بـول إلى الحلبة. التفت دوبروي ناحية هنري:

ـ كل هؤلاء الأشخاص الذين قابلتهم هناك يأملون بأن تحـدث ثورة، أليس كذلك؟

ـ يأملون... لسوء الحظّ، لن يسقط سالازار قبل الإطاحة بفرانكو. ولا يبدو على الأميركيّين أنّهم مستعجلون.

رفع سكرياسين كتفيه:

ـ أظنّ أنّهم لا يرغبون في أن تقام قواعد شيوعيّة في المتوسّط. أتفهّم وجهة نظرهم.

قال هنري وكأنّه لا يصدّق ما يقوله سكرياسين:

ـ أيذهب بك الأمر خوفًا من الشيوعيّة لحدّ أن تتقبّل فرانكو؟

فأجابه سكرياسين:

ـ أخشى أنّكم لا تدركون جيّدًا ما يحدث.

فقال دوبروي بحماس:

ـ اطمئنّ، ندرك تمامًا ما يحدث.

همَّ سكرياسين بالكلام لكن دوبروي قاطعه ضاحكًا:

ـ أجل أنت تنظر بعيدًا جدًّا، لكنّك لست نوستراداموس. أمّا بالنسبة للأحداث المتوقّعة بعد خمسين عامًا فلا أظنّ أنّك أعلم منّا بها. الأكيد لغاية الآن أنّ الخطر الستاليني اختراع أميركي.

نظر إليه سكرياسين نظرة مرتابة:

ـ تتكلّم مثل الشيوعيّين تمامًا.

ـ أعتذر من فخامتك! إنّ شيوعيًّا لن يقول صراحة ما قلته لتوّي. عندما تهاجم أميركا يتّهمونك أنّك تلعب دور الطابور الخامس.

قال سكرياسين:

ـ ستتغيّر التعليمة عمّا قريب. كلّ ما في الأمر أنّكم استبقتموهم ببضعة أسابيع. قطّب حاجبيه ثم قال: «غالبًا ما يسألونني عن نقاط

اختلافكم مع الشيوعيّين وأعترف أنّني غير قادر على الإجابة».

أخذ دوبروي يضحك:

ـ لا تجب إذًا.

قال هنري:

ـ ماذا دهاكم! ظننت أنّ الأحاديث الجدّيّة ممنوع الخوض فيها.

رفع سكرياسين كتفيه بانزعاج ملمّحًا إلى أنّ التفاهة لم تعد أمرًا جائزًا. ثم سأل وهو يحدّق إلى دوبروي بنظرات اتّهاميّة:

ـ هل هذا تهرّب من الإجابة؟

قال دوبروي:

ـ لكن لا. لست شيوعيًّا، تعرف ذلك جيّدًا.

ـ لا بل أعرفه بشكل سيّئ. تغيّرت ملامح سكرياسين وابتسم ابتسامته الأكثر سحرًا: «حقًّا أودّ أن أعرف وجهة نظرك».

قال دوبروي:

ـ أعتقد أنّ الشيوعيّين مخطئون في حساباتهم. أعرف جيّدًا لماذا يساندون مؤتمر يالطا[1]، يريدون أن يتركوا للاتّحاد السوفييتي الفرصة لكي ينهض مجدّدًا. لكنّ النتيجة ستكون أنّ العالم سيجد نفسه مقسومًا إلى معسكرين لديهما كل الأساليب الموجبة للدخول في نزاع.

سأل سكرياسين:

---

(١) يالطا: مؤتمر يالطا في مدينة يالطا على البحر الأسود الذي عقده الحلفاء عام ١٩٤٥، ستالين وروزوفلت وتشرشل في سبيل رسم مستقبل العالم والتداول في المشاكل التي تطرحها الهزيمة الوشيكة لألمانيا في الحرب. تمّت فيه الموافقة على اقتطاع بولندا الشرقيّة لصالح الاتّحاد السوفييتي، كما جرى الاهتمام بمسألة إنشاء حكومات ديموقراطيّة في أوروبا المحرّرة.

ـ هل هذا كل مأخذك عليهم؟ خطأهم في الحساب؟

ـ مأخذي عليهم أنّهم لا يرون أبعد من أنوفهم. رفع دوبروي كتفيه ثم أضاف: «إعادة الإعمار شيء عظيم لكن ليس بأيّة وسيلة. إنّهم يتقبّلون المساعدات من أميركا. ويومًا ما سيعضّون على أصابعهم ندمًا، وشيئًا فشيئًا ستقع فرنسا تحت نفوذ أميركا».

أفرغ سكرياسين كأس الشمبانيا ثم ألقاه بصخب على الطاولة: «هاكم نبوءة متفائلة فعلاً!» ثمّ أضاف بلهجة جادّة: لا أحبّ أميركا، لا أؤمن بالحضارة الأطلسيّة لكنّي أتمنّى أن تكون الهيمنة لأميركا، لأنّ المسألة المطروحة اليوم هي مسألة الرخاء الاقتصادي، ووحدها أميركا قادرة على تأمينه لنا.

قال دوبروي:

ـ الرخاء؟ لمن؟ وبأيّ ثمن؟ ثم أضاف بلهجة مستهجنة: «سيكون رائعًا اليوم الذي تستعمرنا فيه أميركا!».

ـ وهل تفضّل أن يُلحقنا الاتّحاد السوفييتي به؟ ثمّ قاطع سكرياسين دوبروي بإشارة من يده: «أعرف، تحلمون بأوروبا الموحّدة، المستقلّة ذاتيًّا، الاشتراكيّة. لكنّها إذا رفضت حماية الولايات المتّحدة، فستقع حتمًا في قبضة ستالين».

هزَّ دوبروي كتفيه مستنكرًا:

ـ الاتّحاد السوفييتي لا يريد أن يُلحق أحدًا به.

قال سكرياسين:

ـ أيًّا يكن الأمر اعلم أنّ أوروبّا هذه لن تبصر النور يومًا.

قال دوبروي:

ـ أنت من يقول هذا! ثم أضاف مغتاظًا: «على أيّة حال لدينا

هدف واضح نحن في فرنسا: أن نعمل على قيام حكومة جبهة شعبيّة حقيقيّة. من هنا ضرورة وجود يسار غير شيوعيّ قادر على الإمساك بزمام الأمور». ثمّ التفت إلى هنري قائلاً: يجب عدم تضييع الوقت. في هذه اللحظة يشعر الناس أنّ المستقبل يشرّع لهم أبوابه. لا يجب الانتظار حتى تتثبط عزيمتهم».

جرع سكرياسين كأسًا من الفودكا واستغرق في تأمّل رئيس الخدم. لم يعد يرغب في مخاطبة هؤلاء المجانين بلغة العقل.

قال هنري:

ـ قلت إنّكم انطلقتم انطلاقة جيّدة.

ـ نعم. لكن المهمّ الآن أن نتابع ما بدأناه. أودّ أن تلتقي بسامازيل في أقرب وقت ممكن. هناك اجتماع للّجنة يوم السبت. أعتمد عليك.

قال هنري ناظرًا إلى دوبروي بشيء من القلق:

ـ دعني أتنفّس.

لن يكون سهلاً عليه أن يردّ طلبًا لهذا الوجه بابتسامته الطيّبة المتطلّبة.

قال دوبروي بلهجة معاتبة:

ـ أرجأت النقاش حتى تتمكّن من حضور الاجتماع.

قال هنري:

ـ لم يكن يجدر بك أن تفعل هذا. أؤكّد لك أنّك تغالي في تقدير كفاءتي.

قال دوبروي:

ـ أنت، وعدم كفاءتك! ضقت ذرعًا بها! ثمّ نظر إلى هنري

بقساوة: «لا بدّ أنّك قمت بجولة شاملة لتقييم الوضع في الأيّام الأربعة الأخيرة ورأيت أنه سجّل تطوّرًا لافتًا»!

ولا بدّ أنّك أدركت بنفسك أنّ الحياد ليس ممكنًا.

قال هنري:

ـ لكنّي لم أكن قط محايدًا. وافقت دومًا على الانضمام إلى الـ *S.R.L*

ـ لنتحدّث في الأمر: اسمك وبعض جلسات الحضور. هذا كل ما وعدتني به.

قال هنري بحيويّة:

ـ لا تنس أنّ لديَّ جريدة في عهدتي.

ـ هذا بالضبط ما كنت أفكّر فيه: جريدتك. لا يمكنها أن تبقى على الحياد.

قال هنري متفاجئًا:

ـ لكنّها ليست كذلك.

ـ مطلوب منك الكثير! ثم أضاف دوبروي وهو يهزّ كتفيه: «أن تكون إلى جانب المقاومة هذا لا يشكّل برنامجًا سياسيًّا».

قال هنري:

ـ ليس لديّ برنامج. لكن كلّما اقتضت الحاجة تتّخذ «*L'Espoir*» موقفًا من كل المستجدّات.

ـ ولكن لا، لا تتجاوز مواقفها مواقف الصحف الأخرى. على أيّة حال، تتنازعون على القشور وتهملون اللباب. كان هناك غضب في صوت دوبروي: «من «الفيغارو» إلى «الأومانيته»، جميعكم مخادعون. تقولون نعم لديغول، نعم ليالطا، لكل شيء. تتظاهرون

بأنّكم تؤمنون بأنّه لا تزال هناك مقاومة وأنّكم تسيرون باتجاه الاشتراكيّة. صديقك لوك يتفوّه بحماقات كثيرة في افتتاحيّاته الأخيرة. الحقيقة هي أنّنا نراوح مكاننا، لا بل بدأنا نتقهقر. لا أحد منكم يجرؤ على تسمية الأشياء بأسمائها».

قال هنري:

ـ كنت أعتقد أنّك متّفق مع الخطّ الذي تتبعه «*L'Espoir*».

أخذ قلبه يخفق بسرعة متزايدة. شعر أنّه منذهل. خلال الأيّام الأربعة الأخيرة شعر أنّه متماهٍ مع هذه الجريدة كمن يتماهى مع حياته بالذات. وفجأة أصبحت «*L'Espoir*» موضع اتّهام ومَن المتّهِم؟ دوبروي نفسه!

ـ متّفق مع ماذا؟ ليس للجريدة خطّ واضح. تتحسّرون كل يوم على أنّهم لا يقومون بالتأميمات. وماذا بعد؟ المهمّ أن تقولوا جهارًا من يحول دون القيام بها ولماذا.

قال هنري:

ـ لا أريد الاصطفاف في حيّز طبقيّ؛ الإصلاحات ستتحقّق عندما يطالب بها الرأي العامّ. مهمّتي هي تحريك الرأي العامّ. لذا يجب ألاّ أثير نفور نصف قرّائي.

سأل دوبروي بنبرة مشكّكة.

ـ أيُعقل أن يتبادر إلى ذهنك أنّ صراع الطبقات تمّ تجاوزه؟

ـ لا.

ـ إذًا لا تحدّثني عن الرأي العامّ. هناك من جهة البروليتاريا التي تريد الإصلاحات، وهناك من جهة ثانية البورجوازيّة التي لا تريدها. أمّا الطبقة الوسطى فهي متردّدة لأنّها لم تعد تدرك أين

تكمن مصلحتها فعلاً. لكن لن يصار إلى كسب ودّها لأنّ الزمن هو الذي سيحسم هذه المسألة.

تردّد هنري. صراع الطبقات لم يتمّ تجاوزه: هل في هذا إدانة لكل دعاء يتوجّه إلى الإرادة الطيّبة للناس وحسّهم السليم؟

قال:

ـ مصالح الطبقة الوسطى معقّدة. لست متأكّدًا أبدًا من أنّه ليس بإمكاننا التأثير عليها.

همّ دوبروي بالردّ لكن هنري أوقفه في مسعاه ثم قال بحدّة:

ـ أريد أن أوضح لك أمرًا آخر. العمّال الذين يقرؤون«*L'Espoir*» يفعلون ذلك لأنّهم يقرؤون شيئًا مختلفًا عن «الأومانيته» وهذا الأمر يثلج قلوبهم. إذا اصطففت على الخطّ نفسه للصحف الشيوعيّة، إمّا أكرّر الأشياء نفسها التي يقولونها وإمّا آخذ موقفًا مناهضًا لهم، وعندئذ سيتخلّى العمّال عنّي. وأضاف بلهجة مصالحة: «إنّي أستميل القرّاء أكثر بكثير ممّا تحشدون. أنا مضطرّ لأن تكون لديّ قاعدة أكثر اتّساعًا.

قال دوبروي:

ـ نعم، تستميل الكثير من الناس. لكنّك أنت نفسك قلت للتوّ السبب! إذا كانت جريدتك محطّ إعجاب الجميع، فهذا لأنّها لا تزعج أحدًا. ولا تهاجم أحدًا. ولا تدافع عن شيء، وتغفل المشاكل الحقيقيّة. نقرأها بلذّة لكن كمن يقرأ جريدة محلّيّة.

خيّم على المكان صمت مطبق. عادت بول لتجلس بالقرب من آن. كانت تبدو مهانة، أمّا آن فبدا عليها الانزعاج الشديد. اختفى جوليان. انقطع سكرياسين عن تأمّله وأخذ ينظر مداورة إلى هنري

ودوبروي، بمظهر من يحتسب الضربات، لكن لم تكن هناك مباراة. بدا هنري كالمستسلم أمام هذا الهجوم العنيف. قال:

ــ إلى أين تريد الوصول؟

فأجابه دوبروي:

ــ تكلّم بصراحة إذًا، وحدّد موقعك بالنسبة للحزب الشيوعي.

تفرّس هنري في دوبروي مرتابًا. غالبًا ما يقحم نفسه بحماس في شؤون الآخرين، لكن يتبيّن في نهاية المطاف أنّه إنّما يقوم بذلك لمصلحته الخاصّة.

قال هنري.

ــ خلاصة القول إنّك تقترح عليَّ أن أتبنّى برنامج الــ *S.R.L*

ــ نعم، قال دوبروي.

ــ ألا تطمح أيضًا لأن تصبح «*L'Espoir*» جريدة الحركة؟

ــ بطبيعة الحال. إنّ الضعف الذي تعاني منه الجريدة هو أنّها لا تمثّل أحدًا. هذا من جهة. من جهة أخرى ليس للحركة أيّ حظّ في النجاح إذا لم يكن لديها جريدة تنطق باسمها. وبما أنّ أهدافنا متطابقة...

ــ أهدافنا واحدة ولكنّ سبل بلوغها مختلفة.

ثم فكّر بحسرة: هذا هو السبب إذًا في أنّ دوبروي كان متلهّفًا لرؤيتي، وتلاشت كل فرحته. «ألا يمكن قضاء سهرة واحدة بين الأصدقاء دون التحدّث في السياسة». ليس لهذا الحديث ما يجعله ضرورة ملحّة. كان بإمكان دوبروي إرجاؤه يومًا أو اثنين. لقد أصبح مهووسًا بالسياسة مثله مثل سكرياسين.

ــ وسيكون من مصلحتك أن تغيّر نهجك، قال دوبروي.

هزّ هنري رأسه ثم قال: «سأطلعك على الرسائل التي أتلقّاها ومعظمها من المثّقفين، أساتذة وطلابًا. الأمر الذي يعجبهم في «*L'Espoir*» هو صدقها. إذا التزمت بنهج محدّد، فقدت ثقتهم.

قال دوبروي:

ــ بالطبع، يُسَرّ المثقّفون عندما نشجّعهم على أن يكونوا متردّدين في آرائهم. أمّا بالنسبة لثقتهم... فما النفع منها، حسب ما يقول أحدهم.

قال هنري:

ــ أعطني مهلة سنتين أو ثلاث وأجعلهم ينضمّون إلى الـ *S.R.L*. من تلقاء أنفسهم.

ــ هل تظنّ ذلك؟ إذاً أنت مثالي لعين.

أجابه هنري بشيء من الغضب:

ــ ربّما أنا مثالي. في ١٩٤١، تمَّ التعامل معي أيضًا بوصفي مثاليًّا. ثم أضاف بلهجة حازمة: «لديَّ تصوّري عن الدور الذي ينبغي على الصحافة أن تلعبه».

قال دوبروي كمن يتهرّب من الإجابة:

ــ سنتحدّث في الموضوع لاحقًا. لكن صدّقني، في خلال ستّة أشهر ليس أكثر، ستصطف «*L'Espoir*» في خطّنا السياسي وإلاّ لن تكون إلاّ جريدة رديئة.

ــ ليكن، سيذكّر بعضنا بعضًا بعد ستّة أشهر.

شعر بنفسه فجأة تعبًا وحائرًا. فاجأه اقتراح دوبروي. كان قد صمّم على عدم مواصلة الحديث. لكنّه كان محتاجًا لأن يكون وحده ليهدّئ روعه. قال: «عليّ العودة».

احتفظت بول بالصمت طيلة الطريق لكن ما إن صارا وحدهما، قالت بعنف:

ـ لن تسلّمه الجريدة، أليس كذلك؟

ـ بالطبع لا.

ـ هل أنت واثق. دوبروي يريدها وهو عنيد.

ـ وأنا عنيد أيضًا.

قالت بول وقد علا صوتها فجأة:

ـ لكنّك تستسلم له دومًا في نهاية المطاف! لماذا وافقت على الدخول في هذه الحركة؟ وكأنّك ليس لديك ما يكفيك من العمل! عدت منذ أربعة أيّام ولم نتحدّث لخمس دقائق ولم تكتب سطرًا واحدًا من روايتك!

ـ سأنكبّ عليها غدًا. بدأت الأمور تعود إلى نصابها في الجريدة.

ـ ليست هذه حجّة مقنعة لكي ترهق كاهلك بأعمال سخرة جديدة.

ثمّ علا صوت بول: «أدّى دوبروي خدمة لك من عشر سنوات، لن يجعلك تدفع ثمنها طيلة العمر!».

ـ لكن بول، ماذا دهاك؟ لا أعمل معه لكي أردّ له جميله بل لأنّني مهتمّ.

رفعت بول كتفيها باستخفاف:

ـ ليس هذا صحيحًا.

ـ لكنّي أؤكّد لك.

سألت بشيء من القلق:

ـ هل تصدّق ما يُقال: عن أنّ حربًا جديدة يمكن أن تنشب؟

ـ لا، ربّما كان هناك بعض الناس مستائين في أميركا، لكن ليس إلى درجة خطيرة، فالحرب لا تستهويهم. الأكيد هو أنّ العالم سيتغيّر فعلاً: نحو الأحسن أم الأسوأ، لا أحد يعرف. لكن يجب السعي لكي يكون تحوّله نحو الأحسن.

ـ العالم في تغيّر مستمرّ وعلى الدوام. قبل الحرب تركته يتغيّر دون أن تتورّط في ذلك.

صعد هنري الدرج بنشاط:

ـ لم نعد الآن في فترة ما قبل الحرب. قالها وهو يتثاءب.

ـ لكن لماذا لا نعيش كما كنّا قبل اندلاع الحرب؟

ـ الظروف مختلفة، وأنا أيضًا. تثاءب من جديد: «أشعر بالنعاس». كان يشعر بالنعاس لكن ما إن تمدّد بالقرب من بول حتى شعر بالأرق وفقد كل رغبة في النوم. ربّما كان السبب الشمبانيا أو الفودكا، أو دوبروي. لا، لن يسلّمه «*L'Espoir*». هذا أمر بديهي ولا يحتاج إلى تفكير. لكنّه كان يفضّل أن يجد أسبابًا وجيهة تبرّر موقفه هذا. هل هو مثالي؟ هل هذا صحيح؟ لكن ماذا يعني ذلك؟ لا شكّ في أنّه، بمعنى ما، كان يؤمن بحرّيّة الناس وبإرادتهم الطيّبة وبقدرة الأفكار على التأثير في الواقع. «أيكون قد تبادر إلى ذهنك أنّ صراع الطبقات تمّ تجاوزه؟» لا، لم يكن يظنّ ذلك، لكن ماذا يفترض به أن يستخلص من قول دوبروي هذا؟ تمدّد على ظهره: شعر برغبة في التدخين لكنّه إن قام بحركة فستستيقظ بول وستكون مسرورة بأن تسلّيه في أرقه. لم يأتِ بحركة فكّر بشيء من القلق: «يا إلهي كم أنا جاهل!». صحيح أنّه كان يقرأ كثيرًا لكن لا يستطيع

الكلام عن دراية حقيقيّة إلاّ فيما يتعلّق بالأدب. وإن يكن! حتى الآن، لم يزعجه الأمر. لا يحتاج المرء إلى مقدّرات خاصّة لكي يشارك في المقاومة أو يؤسّس جريدة سرّيّة. اعتقد أنّ الأمور ستستمرّ على هذا المنوال. لا بدَّ أنّه كان مخطئًا. ما معنى «رأي»؟ ما هي الفكرة؟ ما قدرة الكلمات، بمن تؤثّر، في أيّة ظروف؟ إذا كان المرء مسؤولاً عن جريدة، يفترض به أن يجيب على هذه الأسئلة. لكن هذه الأسئلة تطرح كل شيء على بساط البحث. «ونضطر لاتخاذ القرار عن جهل!» فكّر هنري. أمّا دوبروي، فبالرغم من كل المعرفة التي يتحلّى بها، فغالبًا ما كان يتصرّف دون تبصّر. تنهّد هنري: لا يسعه الاعتراف بالهزيمة، ثمّة مراتب في الجهل. الواقع هو أنّه لم يكن جاهزًا كما يجب لدخول المعترك السياسي بوجه خاصّ. «عليَّ فقط الانكباب على العمل». لكنّه إذا كان يريد فعلاً التعمّق في الأمور فيحتاج إلى بضع سنوات من الزمن حتى يتمكّن من الإلمام بالاقتصاد والتاريخ والفلسفة، ولن تكون لذلك نهاية! سيحتاج إلى مزيد من الوقت ليقف تقريبًا على جليّة الأمر من الماركسيّة، أيّ جهد مضنٍ يتطلّبه ذلك! لن يتسنّى له الوقت حينئذٍ للكتابة. وهو يريد الكتابة. ما العمل؟ كذلك لن يتخلّى عن «*L'Espoir*» بسبب عدم إلمامه بالمادّيّة التاريخيّة من كل زواياها! أغمض عينيه، لم تستوف هذه المسألة حقّها! كان يشعر أنّه مجبر، كما الجميع، على التعاطي في السياسة. لكن هذا لا يتطلّب فعلاً دربة خاصّة. وإذا كانت السياسة حكرًا على تقنيّين مختصّين، فليقلعوا إذًا عن مطالبته بالتورّط في حبائلها.

«أحتاج فقط إلى الوقت!» هذا ما فكّر فيه هنري عندما أفاق من

نومه. المشكلة الوحيدة هي إيجاد الوقت، وسمع باب الاستوديو يُفتح لتوّه ثم ينغلق. لا شكّ أنّ بول خرجت. لدى رجوعها، جالت في الغرفة بخطىً حذرة. رمى عنه الغطاء. «إذا عشت وحدي فهذا يكسبني وقتاً، ساعات إضافيّة!» لا تعود هناك أحاديث تافهة ولا مآدب منتظمة. سيتصفّح الجرائد اليوميّة وهو يحتسي القهوة في Biard، المقهى الصغير في الزاوية. وسيواصل العمل قبل أن يتوجّه إلى الجريدة. وعندما يحين وقت الغداء، سيكتفي بسندويش. وعندما ينهي عمله في الجريدة، سيتناول عشاءه على عجلة من أمره، ويقرأ حتى وقت متأخّر من الليل. وهكذا سينجح في الاهتمام بالجريدة والرواية والقراءة في آن. «سأتحدّث مع بول في الأمر هذه الصبيحة بالذات».

سألته بول بفرح:

ــ هل نمت جيّدًا؟

ــ أجل.

وضعت الأزهار على الطاولة وهي تغنّي. مذ رجع هنري وهي في حالة من النشوة.

قالت متباهية:

ــ حضّرت لك قهوة حقيقيّة. ولا تزال هناك زبدة طازجة!

استوى في جلسته وراح يمرح الزبدة على قطعة من الخبز المحمّص.

ــ هل أكلت؟

ــ لست جائعة.

ــ لا تشعرين أبدًا بالجوع.

ـ آكل. أؤكّد لك. آكل كما يجب.

راح يأكل شريحة الخبز. ما العمل؟ لم يكن قادرًا على إدخال الطعام في حلقها بواسطة أنبوب.

ـ نهضتِ باكرًا جدًّا.

ـ نعم، لم يعد باستطاعتي النوم. ألقت على الطاولة ألبومًا ضخمًا حافّته مذهّبة: «استغللت الوقت لأرتّب صورك في البرتغال». فتحت الألبوم وأشارت إلى درج براغا. كانت نادين جالسة على إحدى الدرجات وهي تبتسم.

قالت:

ـ كما رأيت لا أسعى إلى الهروب من الواقع.

ـ أعرف هذا تمامًا.

لم تكن تهرب من الواقع لكنّها تجتازه من جانب إلى آخر، وهذا أكثر إرباكًا. أخذت تقلّب صفحات الألبوم: «حتى في صورك وأنت طفل، لديك الابتسامة المرتابة نفسها. كم تشبه نفسك!».

ساعدها فيما مضى على تجميع هذه الذكريات. اليوم، يبدو له هذا غير مجدٍ. شعر بالانزعاج لرؤية بول مصرّة على نبش رفاته وتحنيطه.

ـ هذا أنت عندما تعرّفت إليك!

قال وهو يضع الألبوم جانبًا:

ـ لا أبدو محتالاً.

ـ كنت شابًّا، كنت متطلّبًا.

انتصبت واقفة أمامه وقالت بانفعال مفاجئ:

ـ لماذا أجريت مقابلة مع مجلّة «*Lendemain*»؟

ـ هل صدر العدد؟

ـ نعم، أتيتك به. ذهبت لتأتي بالمجلّة من عمق الاستوديو ورمتها على الطاولة: «كنّا قد اتّخذنا قرارًا بعدم القبول بإجراء المقابلات».

ـ ليت أنّه كان بإمكاننا الالتزام بكل القرارات التي نتّخذها...

ـ هذا القرار كان جدِّيًا. كنت تقول إنّه ما إن نبدأ بالابتسام للصحافيّين حتى نشيخ ونصبح جاهزين للدخول إلى الأكاديميّة الفرنسيّة.

ـ قلتُ أشياء كثيرة.

ـ شعرت بألم في جسدي عندما رأيت صورتك منشورة في المجلّة.

ـ يبهجك فقط رؤية اسمي...

ـ أوّلاً لا يبهجني هذا. ثم إنّه أمر مختلف.

ليس لأنّ بول لم تكن تبدي تناقضًا في مواقفها، لكن هنري انزعج من هذه المفارقة بالذات: كانت تريده الأعظم بين الناس وتتظاهر باحتقار المجد. ذلك لأنّها تصرّ على أن تتخيّل نفسها كما تخيّلها هو سابقًا: متعالية ونبيلة. وفي الوقت نفسه كانت تعيش على الأرض كجميع البشر. ثمّ فكّر هنري بإشفاق مفاجئ: «ولم تكن حياة ظريفة فعلاً، وهذا طبيعي أن تشعر بحاجة للتعويض عن خيبتها».

ـ أردت مساعدة هذه الصبيّة. إنّها مبتدئة ولا تعرف كيف تتدبّر نفسها.

ابتسمت له بول بحنان.

ـ ثم إنّك لا تعرف أن تقول لا.

لم تكن ابتسامتها مبطّنة. فابتسم هو أيضًا:

ـ لا أعرف أن أقول لا، تلك هي الحقيقة.

بسط أمامه المجلّة الأسبوعيّة، على الصفحة الأولى صورته وهو يبتسم. مقابلة مع هنري بيرون. فعلاً، لا يأبه لرأي ماري آنج فيه. وبالرغم من ذلك، وأمام هذه الأسطر المطبوعة، استعاد قليلاً الإيمان الساذج للمزارع الذي يقرأ الكتاب المقدّس: كما لو أنّه عبر هذه الجمل التي أثارها هو نفسه، استطاع أخيرًا أن يتعرّف أكثر إلى ذاته. «في كنف صيدليّة تول، وسط السحر المنبعث من الأوعية الزجاجيّة الحمراء والزرقاء.. لكنّ الطفل العاقل سئم من هذه الحياة المحدودة الأفق ورائحة الأدوية والشوارع البائسة في مسقط رأسه... كبر ونداء المدينة بات أكثر إلحاحًا. تعهّد لنفسه بالتعالي عن الأمور التافهة. وفي زاوية سرّيّة من قلبه، أمل أن يرتقي يومًا إلى مرتبة أعلى من الآخرين... أتاحت له العناية الإلهيّة اللقاء بروبير دوبروي.. فبهرته شخصيّته، وبشعور من الإعجاب والتحدّي، تخلّى هنري بيرون عن أحلام الفتى المراهق وسعى إلى تحقيق طموحات رجل حقيقيّ، منكبًّا على العمل بشراسة... صدر كتابه الأول، كتاب صغير وكان له موعد مفاجئ مع المجد، في سنّ الخامسة والعشرين من عمره. أسمر، ذو نظرة مفعمة بالجديّة، فمه صارم، كلامه مباشر، منفتح على الآخرين وغامض مع ذلك»... رمى الجريدة جانبًا، لم تكن ماري آنج غبيّة. كانت تعرفه بما فيه الكفاية جاعلة إيّاه أقرب إلى صورة

راستينياك[1]، صورة تليق بالفتيات الساذجات الحالمات.

قال:

ـ أنت على حقّ. يجب الكفّ عن التحدّث إلى الصحافيّين. بالنسبة لهم، حياة أحدهم تُختزل إلى المهنة التي يزاولها، والعمل ليس إلاّ وسيلة لكسب العيش. أمّا ما يُسمّونه نجاحًا فهو الصخب الذي نحدثه والمال الذي نجنيه. من المستحيل جعلهم يخرجون من هذا القمقم.

ابتسمت بول بلطف وقالت:

ـ تجدر الإشارة إلى أنّ هذه الصبيّة قالت أشياء لطيفة عن كتابك لكنّها، مثلها مثل الآخرين، يُعجبون بالشيء دون أن يفهموه.

ـ ليسوا معجبين إلى الحدّ الذي تتصوّرين! كل ما في الأمر أنّها الرواية الأولى الصادرة بعد التحرير، لذا هم مضطرّون لأنّ ينظروا إليها نظرة استحسان.

وعلى التمادي، بدأت تزعجه حفلة الإطراءات هذه التي تظهر قشور الكتاب وتغفل لبّه. انتهى الأمر بهنري إلى الاعتقاد أنّه يدين بنجاحه إلى سوء فهم متكرّر. ذلك أنّ لامبير اعتبر أنّ هنري أراد عبر العمل الجماعي أن يمجّد الفرديّة. وخلافًا له، اعتقد لاشوم أنّه يدعو للتضحية بالفرد من أجل الجماعة. وأظهر الجميع الطابع التعليمي للرواية. ومع ذلك كانت كتابة هذه القصّة في فترة انطلاق المقاومة مجرّد صدفة. هدفه كان أن يصوّر بطلاً في لحظة تاريخيّة

---

(١) راستينياك Rastignac شخصيّة من شخصيّات بلزاك في روايته *Le Père Goriot* يجسّد نموذج الشابّ الوصولي والأنيق الذي يحلم بتأكيد نفسه في المجتمع الباريسي الراقي، ويظهر في غالبيّة روايات الكاتب التي تصف المجتمع الباريسي.

محدّدة ويتطرّق إلى العلاقة ما بين ماضيه والأزمة التي يجتازهـا. كذلك عُني بأمور كثيرة لم يُشر إليها أيّ من النقّاد. هل كانت تلك غلطته أم غلطة القرّاء؟ أُعجب الجمهور بكتاب مختلف تمامًا عن الرواية التي كان يعتقد هنري أنّه وضعها في متناوله.

سأل بلهجة متودّدة:

ـ ماذا ستفعلين هذا النهار؟

ـ لا شيء خاصّ.

ـ أبدًا؟

قالت بعد تفكير:

ـ سأتّصل بخيّاطتي لكي أريها الأنسجة الجميلة التي أحضرتها لي.

ـ وبعد ذلك؟

قالت بفرح:

ـ هناك أشياء كثيرة يتوجّب عليَّ القيام بها!

ـ هذا يعني أنّك لا تفعلين شيئًا. ثم نظر إلى بول بقسوة: «فكّرت بك كثيرًا خلال هذا الشهر. أجد أنّ تمضية نهاراتك وأنت تعيشين خاملة بين هذه الجدران الأربعة جريمة لا تغتفر».

ـ وهل تسمّي ذلك عيشًا خاملاً. ثم ابتسمت بعذوبة، وكما فيما مضى، كانت هناك حكمة العالم كلها في ابتسامتها: «من يحبّ لا يَعِشْ بخمول».

ـ لكنّ الحبّ ليس مهنة.

قاطعته:

ـ أستميحك عذرًا، الحبّ يشغلني.

ـ فكّرت من جديد في حديثنا ليلة الميلاد. أنا واثق من أنّني على صواب: يجب أن تعودي من جديد إلى الغناء.

ـ منذ سنوات وأنا أحيا الحياة نفسها. لماذا الآن بدأت تقلق بشأني فجأة؟

ـ خلال الحرب، من الجائز قتل الوقت. لكنّ الحرب انتهت. ثم قال بلهجة آمرة: «اسمعيني، ستذهبين إلى غريبان العجوز وتقولين له إنّك ستعاودين الغناء. أنا سأساعدك في اختيار الأغاني، لا بل إنّني سأحاول كتابتها لك، وأطلب من الزملاء أن يفعلوا بالمثل. على فكرة، جوليان خبير بذلك. أنا واثق أنّه سيكتب لك أغاني رائعة. وبروجير سيلحّنها. سترين أنّك ستحصلين على مجموعة أغان لا يستهان بها في خلال شهر ليس أكثر! وحين تشعرين أنّك جاهزة، سيستمع إليك سابريريو ويخلق منك نجمة في نادي نجوم ١٩٤٥ وهكذا تحقّقين انطلاقة مذهلة».

لاحظ أنّه تكلّم بذرابة لسان ونشاط زائد. تفحّصته بول بعتب مفاجئ: «وبعد ذلك؟ هل سأحلو في عينيك أكثر إذا كان اسمي على الملصقات»؟

رفع كتفيه هازئًا:

ـ كم أنت بلهاء! بالطبع لا، لكن من الأفضل القيام بشيء يملأ فراغ أيّامك. أنا أحاول الكتابة، وأنت عليك أن تغنّي لأنّك موهوبة في الغناء.

ـ أحيا وأنا أحبّك: هذا ليس شيئًا في نظرك.

قال نافد الصبر:

ـ تلعبين على الكلام. لماذا لا تريدين المحاولة؟ هل أصبحت

كسولة إلى هذا الحدّ؟ أم أنّك خائفة؟ أم ماذا؟

قالت بلهجة تشوبها قسوة مفاجئة:

ـ اسمعني. حتى لو كانت هذه التفاهات كالنجاح والشهرة ما زالت ذات قيمة بالنسبة لي، لن أبدأ في السابعة والثلاثين مهنة من مرتبة ثانويّة. عندما ضحّيت بهذه الجولة الغنائيّة التي كان مزمعًا القيام بها في البرازيل، من أجلك، قرّرت أنّني سأعتزل نهائيًّا. لست متأسّفة على ما حصل. لكن لا تعد إلى التحدّث في هذا الموضوع.

همَّ هنري بالاعتراض. تلك التضحية التي بذلتها دون أن تستشيره وهي في أوج شغفها به، تريد أن تصوّرها وكأنّه مسؤول عنها! تمالك نفسه وتفحّص بول في حيرة من أمره. لم يعرف قطّ ما إذا كانت فعلاً تحتقر الشهرة أم أنّها كانت تخشى ألاّ تصل إليها.

ـ صوتك جميل كالسابق. ومظهرك أيضًا.

قالت وقد نفد صبرها:

ـ لكن لا! ثم هزّت كتفيها وأضافت: «أعرف أنّه سيكون هناك حفنة من المثقّفين الذين لكي يدخلوا السرور إلى قلبك، سيحلو لهم أن يصفوني لبضعة أشهر بأنّني عبقريّة. ومن ثمَّ عليكم السلام... كان بإمكاني أن أكون داميا(*) أو إديث بياف. أضعت الفرصة من قبل. بئس ما فعلت وكفى.

بالطبع، لن تصبح نجمة شهيرة لكن يكفي أن تحظى ببعض النجاح. وتكفكف من ادعاءاتها. وفي جميع الأحوال، ستكون حياتها أقلّ تعاسة إذا ما شغلت نفسها بنشاط ما. «ثم إنّ هذا يلائمني

(*) داميا: ماري ـ لويز دميان ممثّلة ومغنيّة فرنسيّة عرفت باسم داميا Damia ، اشتهرت في مرحلة ما بين الحربين العالميّتين، وأعجب بها الكثير من الأدباء منهم جان كوكتو وروبير دسنوس.

تمامًا!». كان يعرف أنّ حياته بالذات هي التي كانت تشغل باله بالدرجة الأولى، أكثر من حياة بول.

ـ وافرضي أنّك لم تجتذبي اهتمام الجمهور العريض، فالأمر، مع ذلك، يستحقّ العناء. لديك صوتك، مواهبك أنت. سيكون أمرًا مهمًّا أن تستغلّيها إلى أبعد حدّ ممكن. أنا واثق من أنّ ممارستك لموهبتك ستمنحك مسرّات كبرى.

ـ لديَّ الكثير من المسرّات في حياتي. احتدّت تعابير وجهها: «لا يبدو عليك أنّك تعي مقدار حبّي لك».

قال بحيويّة:

ـ بل أعي. ثم أضاف بخبث: «تحبّينني لكنّك لا تقومين، لأجل حبّي، بما أطلبه منك».

قالت بلهجة رصينة:

ـ إذا كانت لديك أسبابك الحقيقيّة لتطلب منّي ذلك فسأحقّق لك ما تطلبه.

ـ لكنّك تفضّلين أسبابك على أسبابي.

قالت بهدوء:

ـ نعم، لأنّها الأفضل، تتحدث إليَّ من وجهة نظر خارجيّة تمامًا، وجهة نظر دنيويّة لا تعبّرعن قناعاتك.

قال هنري متبرّمًا:

ـ لا أعرف حقًّا ما هي وجهة نظرك الخاصّة بك.

ثمّ نهض. غير مجد النقاش. سيحاول بالأحرى أن يضعها أمام الأمر الواقع. سيأتيها بالأغاني وينسّق لها المواعيد. «حسنًا، لننسَ الموضوع. لكنّك مخطئة».

ابتسمت دون أن تعلّق على كلامه.

ثم قالت:

ـ هل ستنصرف إلى العمل؟

ـ نعم.

ـ في الرواية؟

ـ نعم.

ـ حسناً.

صعد الدرج. كان يتحرّق شوقًا للكتابة. اغتبط لفكرة أنّ هذه الرواية لن تكون تعليميّة. لم تكن لديه فكرة واضحة عمّا سيكتبه. والتعليمة الوحيدة التي فرضها على نفسه هي هذا الاستمتاع المجّاني بأن يقول كل شيء بصدق. بسط أوراقه المسودّة أمامه. مئة صفحة تقريبًا. من الجيّد أن يتركها جانبًا لمدّة شهر. حينئذٍ سيقرأها بعين جديدة. بدايةً، استسلم للذّة التي تثيرها رؤية كومة من الانطباعات والذكريات متجسّدة في جمل متقنة. ثم شيئًا فشيئًا داهمه القلق. ماذا سيفعل بها؟ هذه الخربشات ليس لها نهاية ولا بداية. إلاّ أنّ هناك شيئًا مشتركًا بينهما، مناخًا ما: فترة ما قبل الحرب. وفجأة أحسَّ هنري بالانزعاج، من هذا الأمر بالذات. خطرت له فكرة مبهمة: «سأحاول من خلالها استعادة طعم حياتي»، كما لو أنّ هذا الطعم يشبه عطرًا له عنوان وماركة مسجّلة، العطر نفسه طيلة تلك السنوات. لكن، وعلى سبيل المثال، ما قاله عن أسفاره يتعلّق حصرًا بفتى الخامسة والعشرين الذي كانه عام ١٩٣٥ وهذا لا علاقة له بالانطباعات التي أثارتها فيه رحلته إلى البرتغال. أمّا قصّته مع بول فقديمة. لا لامبير ولا فنسان ولا أيّ من الفتيان الذين

يعرفهم يظهرون اليوم ردود الفعل نفسها التي كانت لهم في السابق. أضف إلى ذلك أنّ امرأة في السابعة والعشرين، مع خمس سنوات من الاحتلال وراءها، ستكون مختلفة كلّيًّا عن بول. كان هناك حلّ: أن يتعمّد وضع إطار لروايته في ١٩٣٥. لكنّه لم يكن يشعر بأيّة رغبة في تأليف رواية تدور أحداثها في حقبة معيّنة، وتذكّر بعالم تمّ تجاوزه. خلافًا لذلك، كان يتمنّى، وهو يخطّ هذه السطور، الانقضاض بكل حماسة على الورق. عندئذٍ، ينبغي كتابة هذه القصّة في الحاضر من خلال مغايرة الشخصيّات والأحداث. «مغايرة الشخصيّات، عبارة مثيرة للغيظ! وأيّة كلمة بلهاء! هذه الحرّيّة التي نتصرّف بها حيال شخصيّات نجيز بها لأنفسنا مع شخصيّات الرواية أمر غير مفهوم. ننتقل بهم من قرن إلى آخر ونسوقهم من بلد لآخر، ونلصق حاضر هذه الشخصيّة بماضي تلك، ونحمّلها فانتسماتنا[١] بالذات. إذا نظرنا عن كثب لرأينا أنّهم كلهم أمساخ، وأنّ أساس الفنّ يقوم على منع القارئ من أن ينظر عن هذه المسافة القريبة. حسنًا، لنتخلّ عن فكرة مغايرة الشخصيّات. باستطاعتنا أن نخلق شخصيّات ليس لديها أيّ شيء مشترك مع بول، مع لويس، معي. فعلتها في مرّات سابقة، لكن، في هذه الرواية، أريد التعبير عن حقيقة وجودي بالذات». أبعد حزمة الأوراق المسوّدة. إنّ تجميع الموادّ عن طريق الصدفة نهج سيّئ. يجب التصرّف كالعادة، الانطلاق من شكل عامّ، من نيّة محدّدة. لكن أيّة نيّة؟ أيّة حقيقة أتوق إلى التعبير عنها؟ حقيقتي؟ لكن ماذا تعني حقيقتي تحديدًا؟ راح ينظر ببلاهة إلى الصفحة البيضاء. السباحة في الفراغ واليدان

---

(١) فانتسمات Fantames: استيهامات وتصوّرات تخيليّة شبه واعية، تعبّر عادة عن رغبات خفيّة.

فارغتان هذا مخيف! ربّما لم يكن لديَّ شيء أقوله. لكن، بدا لـــه، خلافًا لما كان يتصوّر، أنّه لم يقل شيئًا من قبل. وبات لديه الآن كل شيء ليقوله، كالجميع، في أيّ وقت. كل شيء، هذا كثيـــر. تـــذكَّر لغزًا رمزيًّا، فُكَّ في قعر أحد الصحون: «ندخل، نصرخ، وهذه هي الحياة. نصرخ ونخرج وهذا هو الموت». ما الذي يمكن إضـــافته؟ نسكن جميعًا الكوكب نفسه، نولد من بطون أمّهاتنا وسنصير طعامًا للدود، قصّتنا نفسها، القصّة نفسها، فلماذا أتّخذ قرارًا بأنّها قـــصّتي وعليَّ أنا روايتها؟ أخذ يتثاءب. لم يَنَمْ بشكل كافٍ، وهذه الورقـــة العارية أمامه تسبّب له الدوار. كان يسقط في عمق اللامبالاة. يجدر به الصعود ثانية على سطح الحياة حيث لكل لحظة أهمِّيّتها ولكـــل فرد وزنه وخصوصيّته. لكن لا، ما كان قادرًا على اســـتعادته، إذ نفض عنه خدره، هو همومه الحاضرة. قيـــل لـــه إنّ «*L'Espoir*» صحيفة محلِّيّة: هل هذا صحيح؟ وعندما أسعى للتأثير في الـــرأي العامّ، هل أنا مثالي؟ من الأفضل، بدل الشرود أمام هذه الورقـــة، المبادرة إلى دراسة ماركس بطريقة جدِّيّة. أجل، هذا الأمر ملـــحّ. عليه أن يضع لنفسه برنامجًا يسير وفقه وينـــصرف للعمـــل بـــلا انقطاع. كان عليه القيام بذلك منذ زمن بعيد. لكنّـــه يتـــذرّع بـــأنّ الأحداث فاجأته على حين غرّة، وكان عليه أن يبادر إلى معالجـــة الأمور الأكثر إلحاحًا. لكنّ ثمّة طيشًا يسم حالته: منذ التحرير وهو يعيش في نوع من الغبطة التي لا شيء يبرّرها. نهض من مكانه. يبدو أنّه هذا الصباح عاجز عن التركيز على عمل ما. أثـــار فيـــه حديثه إلى دوبروي اضطرابًا كبيرًا. ترك البارحة رســـائل غيـــر منجزة. يجدر به أن يتكلّم مع سيزيناك. كان قلقًا لمعرفة ما إذا كان

برستون سيمدّه بالورق للمجلّة. كما أنّه لم يسلّم بعد إلى مقرّ وزارة الخارجيّة الرسالة التي أودعه إيّاها داس فييرناس العجوز، «حسناً، سأسلّمها في الحال».

ـ هل يمكنني أن أرى السيّد تورنيل لخمس دقائق؟ من قبل هنري بيرون. أنا مكلّف بإيصال رسالة له.

قالت السكرتيرة وهي تناول هنري استمارة مطبوعة:

ـ لو سمحت، اكتب اسمك والهدف من زيارتك.

أخرج قلمه: ما الهدف من الزيارة؟ احترامًا لوهم. كان يدرك أنّ هذا المسعى لا جدوى منه إطلاقًا. كتب على الاستمارة: «سرّيّ». ثم قال للسكرتيرة: «تفضّلي».

أمسكت السكرتيرة الاستمارة بلطف ثم اتّجهت إلى الباب المقابل. كانت ابتسامتها وجلال مشيتها يغنيان بوضوح بأنّ رئيس الديوان رجل أهمّ من أن نزعجه دون تبصّر مسبق. نظر هنري بإشفاق إلى الظرف الأبيض الضخم الذي كان يحمله. شارفت المهزلة على النهاية ولم يعد بالإمكان تفادي الواقع: سيصطدم التعيس داس فييرناس بجواب قاسٍ أو بالصمت.

ظهرت السكرتيرة من جديد:

ـ يسرّ السيّد تورنيل أن يضرب لك موعدًا في أقرب وقت ممكن. بإمكانك ترك رسالتك لي وأنا أسلّمها له فورًا.

ـ شكرًا جزيلاً.

ناولها الظرف. لم يبدُ الظرف بهذا البطلان كما بدا بين ذراعي هذه المرأة الشابّة الجديرة. وفي النهاية، قام بالمهمّة التي أوكلت إليه. البقيّة لا تعنيه. قرَّر المرور بحانة «البار روج». يقدّمون

المقبّلات في مثل هذه الساعة. لا شكّ أنّ لاشوم سيكون هناك وأراد أن يشكره على مقالته. وإذ دفع الباب، لمح نادين التي كانت جالسة بين لاشوم وفنسان. قالت بلهجة متبرّمة:

ـ أنت محتجب عن الأنظار.

ـ لديّ عمل.

جلس على الطاولة قربها وطلب كأسًا من التوران ـ جن.

قال لاشوم بفرح:

ـ كنّا نتحدّث عنك وعن المقابلة التي أجريتها في مجلّة «Lendemain». جيّد أن تبوح بما لديك، أقصد بخصوص سياسة الحلفاء في إسبانيا.

قال فنسان:

ـ ولمَ لا تبوح أنت بما لديك؟

ـ لا نستطيع. ليس الآن. لكن من الجيّد أنّ أحدهم قام بذلك.

ـ هذا مسلّ! قال فنسان.

ـ ليس بإمكانك فهم أيّ شيء، قال لاشوم.

ـ بل أفهم بشكل ممتاز.

ـ لا، لا تفهم.

احتسى هنري كأس التوران ـ جن وهو يستمع إلى الحديث شارد الذهن. لم يكن لاشوم يترك مناسبة إلاّ ويشرح فيها الحاضر والماضي والمستقبل من وجهة نظر الحزب مراجعة وتصحيحًا. لكن، لا يمكن أن يُلام على ذلك. في عمر العشرين، اكتشف بانضمامه إلى صفوف مقاتلي المقاومة معنى المغامرة والرفقة والشيوعيّة معًا، وهذا يبرّر تعصّبه. فكّر هنري باستهزاء: «أحبّه

جدًّا لأنّني أدّيت له خدمة». أخفاه لمدّة ثلاثة أشهر في استوديو بول. تدبّر له هويّة مزيّفة، وحين غادرهم، أهداه معطفه الوحيد.

قال بصورة مفاجئة:

ـ على فكرة، أشكرك على مقالتك. إنّها فعلاً لطيفة.

قال لاشوم:

ـ قلت ما أفكّر فيه. على أيّة حال، الجميع يوافقونني الرأي. إنّه كتاب جدير بالاهتمام.

قالت نادين:

ـ المضحك في الأمر أنّ جميع النقّاد متّفقون على امتداح الكتاب. حتى ليخيّل إليك أنّهم يرثون أحد الأموات أو يسلّمونه جائزة الجدارة.(١)

قال هنري:

ـ هذا صحيح إلى حدّ ما.

فكّر بحقدٍ مشوب بالدعابة: «هذه الأفعى الصغيرة، وجدت بالضبط الكلمات التي تفاديت قولها لنفسي».

ابتسم للاشوم وقال:

ـ ارتكبتَ هفوة: لن يصير بطل روايتي شيوعيًّا أبدًا.

ـ وماذا تريد أن يصير غير ذلك؟

أخذ هنري يضحك: «حسنًا، ما صرته أنا نفسي».

ضحك لاشوم أيضًا: «بالضبط ما قصدته!» نظر إلى هنري في

---

(١) جائزة الجدارة: جائزة سنويّة تمنحها الأكاديميّة الفرنسيّة منذ القرن الثامن عشر لأفضل عمل أدبي أو فكري على أن تُلقى خطبة مسهبة لإبراز أهمّيّة هذا العمل.

عينيه وقال: «خلال فترة لن تربو على ستة أشهر، ستختفي الـ *S.R.L* من الوجود، وستفهم أنّ الفرديّة ليست عملة رائجة. ستلتحق بالحزب الشيوعي».

هزَّ هنري رأسه نفيًا:

ـ أؤدّي لك خدمات أكثر إن بقيت على حالي. قلت لتوّك إنّك سعيد لأنّني بحث بما عندي عن البرتغال بدلاً منك. ماذا يفيد «*L'Espoir*» أن تكرّر أقوال «الأومانيته»؟ أقوم بعمل أكثر فائدة وأنا أسعى لأن أحثّ الناس على التفكير أو أطرح الأسئلة التي لا تطرحها أنت، أو أقول بعض الحقائق التي لا تقولها.

قال لاشوم:

ـ لكن يجب القيام بهذا العمل بصفتك شيوعيًّا.

ـ لن يدعوني أقوم به إذا صرت شيوعيًّا.

ـ بلى، بالطبع، في هذه اللحظة، هناك تعصّب كبير في أوساط الحزب. لكن هذا الموقف الخاطئ رهن الظروف، ولن يدوم إلى ما لا نهاية. تردّد لاشوم ثم قال: «لا تقل لأحد، أنا والزملاء نأمل أن نصدر عمّا قريب مجلّة خاصّة بنا، مجلّة نعبّر فيها بحرِّيّة تامّة عن آرائنا بمجريات الأمور».

قال هنري:

ـ المجلّة أمر مختلف عن الجريدة اليوميّة. أمّا بالنسبة للحرِّيّة التي تتحدّث عنها فتلك مسألة فيها نظر. رنا إلى لاشوم بمودّة: «على أيّة حال، جيّد أن تكون لك مجلّتك الخاصّة بك. هل تعتقد أنّه سيكتب لها النجاح؟».

ـ حظوظ النجاح متوفّرة.

مال فنسان ناحية لاشوم ونظر إليه متحدّيًا: «إذا كنت فعلاً صريحًا. اشرح لهم، لرفاقك، كم هو دنيء احتضان هؤلاء السفلة الذين يزعمون أنّهم ارتدّوا، بذراعين مفتوحتين».

ـ نحن؟ نحن نستقبل الذين تعاونوا مع العدوّ وبذراعين مفتوحتين؟ اذهب وقل ذلك لقرّاء «الفيغارو»، فهذا يدخل السرور إلى قلوبهم.

ـ هناك عصبة من الفاجرين الذين تعملون خفية على تبرئتهم وإعادة الاعتبار لهم.

قال لاشوم:

ـ لا تخلط الحابل بالنابل. عندما يُتَّخذ القرار بمسامحة أحدهم، فهذا لأنّ استعادته ممكنة.

ـ إذا كنت تعتقد ذلك، كيف بالإمكان إذاً معرفة ما إذا كان الفتيان الذين قُتلوا قابلين للاستعادة أم لا.

ـ في تلك اللحظة، لم يكن هناك من مجال. كان يحبّ الإطاحة بهم.

ابتسم فنسان بمكر:

ـ في تلك اللحظة! أنا قتلتهم مدى الحياة! لكنّي سأقول لك أمرًا مهمًّا: كانوا أنذالاً دون استثناء، وما تبقّى علينا فعله هو أن نُلحق بهم هؤلاء الذين نسيناهم.

سألت نادين:

ـ ماذا تقصد بقولك؟

قال فنسان وهو يتحرّى بنظراته عن هنري:

ـ أقصد القول إنّه يجدر بنا تنظيم صفوفنا.

قال هنري ضاحكًا:

ـ تنظيم ماذا؟ حملات عقابيّة؟

قال فنسان:

ـ هل تعرف أنّهم في مرسيليا يسجنون كل مقاتلي المقاومة بصفتهم مجرمين بحقّ القانون العامّ. هل يجب السماح لهم بالاستمرار في ذلك؟

قال لاشوم:

ـ الإرهاب ليس حلاًّ.

ـ لا، قال هنري. ثم نظر إلى فنسان وأضاف: «أخبروني عن العصابات التي تستمتع بلعب دور منفّذي العدالة. أفهم أن يكون الأمر متعلّقًا بتصفية حسابات شخصيّة. لكنّ الأشخاص الذين يتصوّرون أنّهم ينقذون فرنسا بقتلهم متعاونًا هنا ومتعاونًا هنالك، هم مرضى أو أغبياء».

قال فنسان:

ـ أعرف، الأمر السليم هو الالتحاق بالحزب الشيوعي أو بالـ *S.R.L*. هزّ رأسه امتعاضًا ثم قال: «لن تنالوا منّي».

أجابه هنري متودّدًا:

ـ سيتمّ الاستغناء عنك!

نهض هنري ونهضت معه نادين:

ـ أرافقكَ.

باتت نادين تهوى التنكّر بزيّ النساء. أرادت التبرّج لكن أهدابها كانت أشبه بأشواك قنفذ البحر، وآثار الكحل السوداء تحيط بعينيها. عندما صارا خارج الحانة، قالت:

ـ تتناول الغداء برفقتي؟

ـ لا، لديّ عمل في الجريدة.

ـ في هذه الساعة؟

ـ في كل ساعة.

ـ إذًا، لننتعشّ سويّة.

ـ لا، ألازم الجريدة حتى وقت متأخّر. ومن ثمَّ، سأذهب لرؤية والدك.

ـ هذه الجريدة! ليس لديك إلاّ هذه الكلمة تنطق بها! ليست محور العالم.

ـ لم أقل هذا.

ـ لكنّك قصدته. رفعت كتفيها: «إذًا، متى نرى بعضنا؟».

تردّد ثم قال:

ـ بالفعل يا نادين، في هذه الأيّام، لا أملك دقيقة واحدة.

ـ لكن يبقى لك وقت لتجلس إلى الطاولة وتأكل، أليس كذلك؟ لا أفهم لماذا لا يمكنني الجلوس قبالتك. نظرت إلى هنري مباشرة: «إلاّ إذا كان هذا يزعجك».

ـ بالطبع لا.

ـ ما المشكلة إذًا؟

ـ ليكن ما تريدين. تعالي غدًا لإحضاري بين التاسعة والعاشرة.

ـ حاضرة.

كان يشعر بالودّ ناحية نادين. لا تزعجه رؤيتها. لكنّ المشكلة ليست هنا، المسألة هي أنّه يجدر به تنظيم وقته بدقّة متناهية. لم يكن هناك من مكان لنادين.

ـ لماذا تحدّثت إلى فنسان بجفاء كبير. لم يكن يجدر بك ذلك.

ـ خشيت أن يقوم بحماقة.

ـ حماقة! هل هي حماقة أن يقوم أحد بمبادرة ما؟ فيما تحسب أنّ تأليف الكتب ليس الحماقة الأسوأ؟ يصفّقون لك فتزداد غطرسة. لكن بعد ذلك، يرمي الناس الكتاب جانبًا في إحدى الزوايا وينسون أمره.

ـ هذه مهنتي.

ـ ما أغربها مهنة!

تابعا السير بصمت، وأمام باب الجريدة، قالت نادين بجفاء:

ـ حسنًا، سأعود إلى البيت. إلى الغد.

ـ إلى الغد.

بقيت مسمّرة أمامه والحيرة بادية عليها: «بين التاسعة والعاشرة، هذا وقت متأخّر جدًّا. لن تتسنّى لنا الفرصة للقيام بشيء. ألا نستطيع أن نبدأ السهرة في وقت أبكر؟».

ـ لن أكون متفرّغًا قبل ذلك.

رفعت كتفيها: «في التاسعة والنصف، إذًا. لكن، ماذا تفيدك الشهرة إن لم تترك لنفسك متّسعًا من الوقت لتمارس حياتك؟».

فيما كانت نادين تمضي في سبيلها، فكّر: «أن تعيش، هذا يعني دومًا بالنسبة لهنّ أن تهتمّ بهنّ. لكن، هناك أكثر من طريقة للعيش!». كان يهوى رائحة الغبار العتيق هذه والحبر الطازج. لا تزال مكاتب الجريدة فارغة، ولا يزال الطابق الأرضي صامتًا. قليلاً وينبثق عالم من هذا الصمت، عالم من خلقه. قال في نفسه: «لا أحد سيصادر *L'Espoir*». جلس أمام مكتبه وتمطّى. على أيّة

حال لا يستحقّ الأمر عناء التوتّر. لن يسلّم الجريدة لأحد. وبالنسبة للوقت سيتدبّر أمره للعثور عليه، لا مفرّ. ثم إنّ النوم الجيّد لليلة كاملة سيجعل عمله يسير بشكل أفضل.

أنهى قراءة بريده بسرعة، ثم نظر إلى ساعته. كان على موعد مع برستون ولا يزال أمامه زهاء نصف ساعة ليلتقيه، أي متّسع من الوقت ليتحدّث إلى سيزيناك. قال لسكرتيرته: «من فضلك، اتّصلي لي بسيزيناك». جلس أمام مكتبه. أمر جميل أن نثق بالناس. لكن ما أكثرهم هؤلاء الذين كانوا ليتمنّوا أن يأخذوا مكان سيزيناك، وهم أجدر منه بتولّيه على أيّة حال. أحيانًا، نصرّ على إعطاء الفرصة لأحدهم فيما نحرم منها آخر بطريقة اعتباطيّة، وهذا ليس مقبولاً. «يا للأسف!». أخذ يتذكّر كم كان سيزيناك صاحب طلّة وحضور مميّزين عندما جاء لرؤيته برفقة شانسيل. ربّما هو بحاجة إلى ظروف خارقة ليثبت مقدرته. أمّا اليوم فكان ممتقع الوجه منتفخه، كابي العينين، منقادًا لفنسان، غير قادر على كتابة جملتين متماسكتين.

ـ ها قد أتيت. اجلس!

جلس سيزيناك دون أن ينبس بكلمة. وفجأة تنبّه هنري إلى أنّه عمل معه لمدّة سنة ولا يعرف عنه شيئًا البتّة. بالنسبة للآخرين، كان مطّلعًا إلى حدّ ما على حياتهم وميولهم وأفكارهم. أمّا سيزيناك فكان صامتًا دومًا.

قال هنري بلهجة أكثر جفافًا ممّا كان يتوقّع:

ـ أريد أن أعرف إذا كنت ستعمل على تحسين أدائك في المجلّة وترفع من مستوى مقالاتك.

رفع سيزيناك كتفيه وكأن ليس بيده حيلة.

ـ ما الذي لا يسير على ما يرام؟ هل أنت تعب؟ هل هناك ما يزعجك؟

دعك سيزيناك منديلاً بين يديه محدّقًا إلى الأرض. كان التواصل معه شاقًّا للغاية.

قال هنري:

ـ ما الذي لا يسير على ما يرام؟ أرغب فعلاً في أن أمنحك فرصة أخرى.

قال سيزيناك:

ـ لا، الصحافة لا تناسبني.

ـ أوّل عملك فيها، لم تجرِ الأمور بهذا السوء.

ابتسم سيزيناك ابتسامة غامضة:

ـ كان شانسيل يساعدني قليلاً.

ـ لكنّه لم يكن يكتب المقالات بدلاً عنك، أليس كذلك؟

ـ لا، قالها سيزيناك دون ثقة بالنفس. ثمّ هزَّ رأسه: «لا يستحقّ الأمر عناء الإصرار. لا يعجبني هذا العمل».

قال هنري بشيء من الانزعاج:

ـ كان بإمكانك أن تقول ذلك من قبل.

خيّم صمت من جديد.

سأل هنري:

ـ ماذا سنفعل؟

ـ لا تقلق، سأتدبّر أمري.

ـ لكن أخبرني...

ـ أعطي دروسًا في الإنكليزيّة. وقد وعدوني بتزويدي ببعض نصوص لترجمتها إلى الإنكليزيّة. نهض ثم قال: «لقد تحمّلت تقصيري لفترة طويلة، هذا لطف منك».

ـ إذا رغبت يومًا في أن تبعث لنا بمقالة...

ـ إذا توفّرت.

ـ هل بإمكاني أن أفعل شيئًا لك؟

ـ بإمكانك أن تقرضني ألف فرنك.

ـ وهذه ألفا فرنك، قال هنري. لكن لا يشكّل المبلغ حلاًّ للمشكلة.

دسَّ سيزيناك منديله في جيبه، وللمرّة الأولى ابتسم: «هذا حلّ موقّت: إنّه الأضمن». دفع الباب: «شكرًا».

قال هنري:

ـ حظًّا موفّقًا.

شعر بالارتباك. يمكن القول إنّ سيزيناك كان يتحيّن الفرصة للهرب، «سأعرف أخباره عن طريق فنسان»، فكّر كأنّما ليطمئن نفسه. لكن أحزنه بعض الشيء أنّه لم يستطع حمله على الكلام.

أخرج قلمه وبسط أمامه ورقة لكتابة الرسائل. سيصل برستون في خلال ربع ساعة. لم يكن يريد أن يشغل باله كثيرًا بأمور المجلّة قبل أن يكون متأكّدًا من إمكانيّة صدورها، سيّما وأنّ لديه جملة من الخيارات الأخرى المتاحة. كل المجلات الأسبوعيّة التي تصدر حاليًّا تعاني من مشاكل جوهريّة. من الممتع فعلاً إصدار مجلّة جيّدة.

فتحت السكرتيرة الباب:

ـ السيّد برستون هنا.

ـ أدخليه.

لم يكن برستون، وهو في ملابسه المدنيّة، يبدو أميركيًّا على الإطلاق.

وحدها طريقة تكلّمه الفرنسيّة تدعو للارتياب بعض الشيء. وفي الحال تقريبًا، دخل برستون إلى صلب الموضوع.

قال:

ـ لا بدَّ أنّ صديقك لوك قال لك إنّنا التقينا عدّة مرّات خلال غيابك. تحدّثنا عن الظروف الصعبة التي تحيط بالصحافة الفرنسيّة. إنّه لمن دواعي سروري الكبير أن أساعد جريدتكم بتزويدكم ما تحتاجون إليه من ورق إضافي.

قال هنري:

ـ آه! هذا يناسبنا فعلاً، بطبيعة الحال، لا ننوي تغيير حجم الورق المعتمد. نحن متضامنون مع الجرائد الأخرى. لكن لا شيء يمنعنا من إصدار مجلّة كل يوم أحد. لا سيّما أنّ هذا يفتح إمكانيّات شتّى أمام عملنا الصحفي.

ابتسم برستون مطمئنًا:

ـ عمليًّا لا توجد مشكلة، يمكنكم أن تحصلوا على الورق ابتداءً من نهار غد.

أشعل بتمهّل سيجارته بقدّاحة من البرنيق الأسود: «عليَّ أن أطرح عليك بصراحة كبيرة سؤالاً: هل سيتغيّر الخطّ السياسي لجريدة *L'Espoir*؟».

ـ لا، قال هنري، لماذا؟

ـ تمثّل «*L'Espoir*» الاتّجاه السليم الذي تحتاج إليه بلادكم في الوقت الراهن. ولهذا، نريد أنا وأصدقائي أن نساعدكم. نحن معجبون باستقلاليّتكم الفكريّة وشجاعتكم وبُعد نظركم...

صمت برستون لكن كلماته بقيت معلّقة في الهواء...

ـ إذاً؟ قال هنري.

ـ تابعت باهتمام كبير التحقيق الذي باشرت به عن البرتغال، لكنّي فوجئت قليلاً هذا الصباح عندما قرأت في إحدى المقابلات أنّك عازم على انتقاد السياسة الأميركيّة في المتوسّط، فيما يتعلّق بنظام سالازار.

قال هنري بلهجة يشوبها الجفاف:

ـ في الواقع، أجد أنّ هذه السياسة تدعو للأسف. منذ زمن طويل، كان يُفترض بفرانكو وسالازار أن تَتِمّ تصفيتهما.

ـ ليست الأمور بهذه السهولة. أنت تعرف جيّدًا. من البديهي أنّنا نريد فعلاً مساعدة الإسبانيّين والبرتغاليّين على استعادة الحرّيّات الديمقراطيّة، لكن في الوقت المناسب.

ـ الوقت المناسب هو الآن. هناك محكومون بالإعدام في سجون مدريد. وكل يوم يمرّ يشكّل خطرًا على حياتهم ويجب إنقاذهم.

ـ هذا هو رأيي أيضًا، قال برستون. وهذا بالضبط الموقف الذي ستعتمده الحكومة الأميركيّة ولا شكّ. ابتسم ثم قال: «لذا لا يبدو لي مناسبًا أن تثير الرأي العامّ الفرنسي ضدّنا».

ابتسم هنري أيضًا وقال:

ـ رجال السياسة يعملون على مهل. آن الأوان لكي نحمّلهم

المسؤوليّة، وأن نضعهم أمام الأمر الواقع.

قال برستون بمودّة:

ـ لا تعلّل نفسك بالأوهام كثيرًا. جريدتكم محترمة جدًّا في الأوساط السياسيّة الأميركيّة، لكن لا تأمل التأثير في موقف واشنطن.

ـ آه! لا آمل ذلك. ثم أضاف بحيويّة: «أقول ما أفكّر به، هذا كل شيء. هنأتني للتوّ على استقلاليّتي».

ـ لكنّك ستعرّض هذه الاستقلاليّة تحديدًا للخطر. ثم نظر إلى هنري نظرة عتب وأضاف: «إنّ التركيز على هذه النقطة يوحي بأنّك من هؤلاء الذين يريدون تصويرنا على أنّنا إمبرياليّون. تتكلّم من وجهة نظر إنسانويّة أتعاطف معها بشكل كلّيّ. لكنّها ليست مقبولة سياسيًّا. أعطونا مهلةً لسنة بعد والنظام الجمهوري سيعود إلى إسبانيا، وفي أبهى حلّة».

قال هنري:

ـ ليس في نيّتي شنّ أيّة حملة. أريد فقط الإشارة إلى بعض الوقائع.

ـ لكنّ هذه الوقائع ستُستخدم ضدّنا.

هزّ هنري كتفيه باستخفاف:

ـ هذا لا يعنيني. أنا صحافي أقول الحقيقة، هذه مهنتي.

تفحّص برستون هنري:

ـ إذا كنت متأكّدًا من أنّ حقيقة تعرفها ستؤدّي إلى عواقب وخيمة، فهل تقولها؟

تردّد هنري ثم قال:

ـ إذا كنت متيقّنًا من أنّ الحقيقة ستكون سيّئة فلا أرى والحالة هذه إلاّ حلاًّ واحدًا: أعتزل وأترك الصحافة.

ابتسم برستون ابتسامة جذّابة:

ـ أليس موقفك نابعًا من أخلاقيّة شكليّة فعلاً؟

ـ لديَّ أصدقاء شيوعيّون طرحوا عليَّ السؤال نفسه، لكن ليست الحقيقة هي ما أجلّها فعلاً بل قرّائي. قد أتّفق معك أنّه في بعض الظروف يمكن للحقيقة أن تكون ترفًا. ربّما كان هذا ينطبق على الوضع في الاتّحاد السوفييتي. لكن في فرنسا، اليوم، لا أعترف لأحد بحقّ الاستئثار بالحقيقة. ربَّما بالنسبة للسياسيّين الأمور أقلّ بساطة. لكنّني أنا لست في صفّ هؤلاء الذين يناورون ويقومون بالأضاليل. أنا في صفّ هؤلاء الذين نسعى إلى التلاعب بهم، وهم يريدون منّي أن أُطلعهم على حقيقة ما يجري على أفضل وجه ممكن، وإذا سكتُّ عن الحقيقة أو إذا كذبت خنتهم.

توقّف عن الكلام إذ شعر بالخجل قليلاً من هذا الخطاب الطويل. لم يكن يتوجّه بحديثه إلى برستون فقط. شعر أنّه مستهدف وراح يدافع عن نفسه صدفة وضدّ الجميع.

هزَّ برستون رأسه:

ـ عدنا إلى سوء التفاهم نفسه. ما تسمّيه إطلاع القرّاء على الحقيقة أرى فيه وسيلة ضغط وموقفًا سياسيًّا منحازًا. أخشى ألاّ تكون ضحيّة التعقّليّة[1] الفرنسيّة. أنا براغماتي[2]. ألا تعرف ديوي؟

ـ لا.

---

(١) التعقّليّة أو المذهب العقلي: النظريّة القائلة بأنّ المعرفة مستمدّة من العقل.

(٢) البراغماتيّة أو الذرائعيّة: مذهب يرى أنّ معيار صدق الآراء والأفكار في قيمة عواقبها العمليّة. فالحقيقة تعرف بـ «نجاحها»: فلسفة جيمس وديوي وغيرهما.

ـ للأسف، نحن غير معروفين في فرنسا. ديوي فيلسوف كبير.

صمت برستون قليلاً. ثمّ أضاف:

ـ سجّل عندك أنّنا لا نرفض إطلاقًا أن يوجّهوا لنا النقد. لا أحد أكثر انفتاحًا من الأميركيّين على النقد البنّاء. إنّنا نسعى إلى كسب ودّ الفرنسيّين، ونحرص أشدّ الحرص على الاستماع إلى وجهة نظركم. لكن فرنسا ليست في موقع جيِّد لتحكم على سياستنا المتوسّطيّة.

قال هنري منزعجًا:

ـ لن أتكلّم إلاّ باسمي، سواء كانت فرنسا في موقع جيّد أم سيّئ. لدينا دومًا الحقّ في التعبير عن رأينا.

خيَّم صمت، وقال برستون أخيرًا:

ـ لا شكّ أنّك فهمت أنّه إذا اتّخذت «*L'Espoir*» موقفًا ضدّ أميركا فهذا يؤثّر على علاقتي الشخصيّة بإدارتها.

قال هنري بلهجة مجافية:

ـ فهمت، ولا شكّ أنّكم ستفهمون من جهتكم أنّني لا أستطيع تصوّر «*L'Espoir*» خاضعة لرقابتكم.

قال برستون مصدومًا:

ـ لكن من يتكلّم عن الرقابة! كل ما أريده هو أن تظلّوا أوفياء لموقفكم الحيادي الذي جعلتم منه قاعدة لعملكم.

قال هنري غاضبًا:

ـ هذا بالضبط ما سأبقى وفيًّا له. لن تتخلّى «*L'Espoir*» عن مبادئها من أجل بضعة كيلوغرامات من الورق.

قال برستون:

ـ آه! آسف إذا كنت تفهم الأمور على هذا النَحو!... ثم نهض: «صدّقني، أنا آسف».

قال هنري:

ـ أنا لست آسفًا على شيء.

طيلة النهار، شعر باغتياظ لا يعرف له سببًا واضحًا. حسنًا، كانت لديه أسبابه فعلاً ليغضب. كم كان غبيًّا حين تصوّر أنّ برستون سيلعب دور البابا نويل. كان عميلاً لدى الحكومة الأميركيّة. أظهر هنري سذاجة لا تغتفر عندما تحدّث إليه كصديق. نهض ثم مشى إلى غرفة التحرير.

قال وهو يجلس على حافّة الطاولة الكبيرة:

ـ حسنًا، طار مشروع المجلّة، يا لتعاسة حظّك يا لوك!

ـ هل صحيح ما تقوله؟

أصبح وجه لوك منتفخًا وهرمًا مثل وجه قزم. ما إن تعاكسه الظروف حتى يبدو وكأنّه على وشك البكاء.

ـ لأنّ اليانكي يريد أن يمنعنا من توجيه النقد إلى السياسة الأميركيّة: خُيّرت تقريبًا بين إتمام الصفقة أو فسخها!

ـ غير ممكن! بدا لي شخصًا في غاية الطيبة!

ـ بمعنى ما، هذا إطراء لنا، قال هنري. الجميع طامع فينا. هل تعرف ماذا اقترح دوبروي البارحة مساءً؟ أن تصير *«L'Espoir»* جريدة الـ *S.R.L*

رفع لوك نظره باتّجاه هنري وقد بدا عليه الوجوم:

ـ وافقت؟

ـ بالطبع لا.

قال لوك بلهجة متوسّلة:
ـ كل هذه الأحزاب التي تُبعث من جديد، هذه التنظيمات، هذه الحركات، يجب البقاء بعيدًا عنها كلها.
كانت قناعات لوك من الجزم والتمام بحيث إنّنا حتّى لو شاركناه إيّاها لتسبّبنا في بثّ القلق في نفسه.
قال هنري:
ـ ومع ذلك يبقى صحيحًا أنّ وحدة المقاومة لم تعد إلاّ كلامًا. لذا يتوجّب علينا تحديد موقفنا بوضوح.
قال لوك باحتداد مفاجئ:
ـ لكنّهم هم الذين يقضون على وحدة المقاومة! الـ *S.R.L.* يسمّون ذلك تجمّعًا، ولكنّهم في الواقع يخلقون انشقاقًا جديدًا.
ـ لا، الانشقاق تحدثه البورجوازيّة. وعندما ندّعي تحديد موقفنا فيما يتجاوز صراع الطبقات، نجازف بأن نلعب لعبتها.
قال لوك:
ـ اسمع، الخطّ السياسي للجريدة، أنت الذي تقرّره. لديك من الذكاء والفطنة ما يفوقني بأضعاف، لكن أن نتشيّع لحركة الـ *S.R.L* فهذه قصّة أخرى. أرفض قطعًا ذلك. أصبحت ملامح وجهه متصلّبة: «وفّرت عليك التحدّث بشأن التفاصيل المتعلّقة بالصعوبات المادّيّة التي نواجهها، لا سيّما الماليّة منها، لكنّي حذّرتك من أنّ الأمور ستتّجه نحو الأسوأ. وإذا صرنا منقادين لحركة لا تعني الشيء الكثير لأحد فهذا لن يكون في مصلحتنا».
سأل هنري:
ـ هل تعتقد أنّنا سنخسر المزيد من القرّاء؟

ـ بالطبع، وعندئذ سيُقضى علينا.
ـ نعم، لا يبدو هذا مستبعدًا إطلاقًا.

ما دام الأمر يتعلّق بشراء جريدة رديئة، فإنّ سكّان الأرياف كانوا يفضّلون جرائدهم المحليّة على الصحف الباريسيّة. ونسبة الإصدار انخفضت كثيرًا. باستعادتها حجمها الطبيعي، لم يكن أكيدًا أنّ «*L'Espoir*» ستستعيد زبائنها. على أيّة حال، لا يمكن للجريدة أن تسمح لنفسها أن تواجه أزمة. فكّر هنري «لا شكّ أنّني مثاليّ ليس أكثر!» لام على دوبروي قصصًا متعلّقة بالثقة والنفوذ والدور الذي يضطلع به. لكنّ الردّ الحقيقي يندرج في إطار الأرقام: نحن على وشك الإفلاس، هذه هي إحدى الحجج الدامغة التي لا تستطيع السفسطة ولا الأخلاق شيئًا حيالها؛ وكان هنري يريد استخدامها على جناح السرعة.

وصل هنري عند الساعة العاشرة إلى رصيف فولتير، لكنّ المواجهة لم تحدث في الحال. وكالعادة، أحضرت آن حمّالة مزوّدة بعجلات وضعت عليها طعام السهرة: نقانق برتغاليّة، جامبون، سلطة أرزّ، زجاجة ميرسو[1]. أخذا يتبادلان كيفما اتّفق أحاديث متفرّقة تتناول انطباعات عن السفر وآخر الأخبار الباريسيّة. الحقّ يقال، لم يكن هنري يشعر أنّ مزاجه يسمح له بخوض مواجهة. كان سعيدًا لوجوده في هذا المكتب، وسط هذه الكتب القديمة، المهداة في أغلبها، وهذه اللوحات التي عليها تواقيع أسماء معروفة التي قُدّمت مجّانًا، والتحف الأكزوتيكيّة وهي جميعها تذكارات

(١) ميرسو meursaut نبيذ بورغونيا، الشهير بجودته وطعمه.

سفر، هذه الحياة المتميّزة باحتشام التي كان يقدّرها عن بعد وتشعره أنّه في بيته الحقيقي، محاط بدفء حميم.

قال لآن:

ــ نشعر بالراحة عندكم.

قالت آن فرحة:

ــ بالفعل. ما إن أخرج من البيت حتى أشعر بأنّني تائهة.

قال دوبروي:

ــ يجدر القول إنّ سكرياسين اختار مكانًا مخيفًا.

ــ نعم، ما هذا الماخور! لكن عمومًا، كانت سهرة جيّدة. ثم ابتسم: «ما عدا النهاية».

قال دوبروي ببراءة:

ــ النهاية؟ عندما وافت معزوفة «العيون السود»، تلك كانت بالنسبة لي اللحظة التي لا تُحتمل.

تردّد هنري. ربّما كان دوبروي لا يريد أن يتطرّق إلى الموضوع مباشرة بهذه السرعة. لذا من الأفضل أن يطيل فترة التكتّم. من المؤسف إفساد هذه اللحظة، لكن هنري كان متلهّفًا لإثبات انتصاره الخفي.

قال متهلّل الوجه:

ــ لقد حملتم بشدّة على «*L'Espoir*» وأوصلتموها إلى الحضيض.

قال دوبروي مبتسمًا:

ــ غير صحيح.

ــ آن شاهدة على ذلك! ثم أضاف: «لم يكن كل شيء خطأً في هذه المحاكمة، لكنّني أردت أن أقول لك إنّي أعدت التفكير في

اقتراحك بأن تكون الجريدة تابعة لـــ S.R.L، لا بل تحدّثت عنه مع لوك. هذا الاقتراح خارج البحث.

امّحت ابتسامة دوبروي، ثم قال: «آمل ألاّ يكون هـــذا قـــرارك الأخير، لأنّ الـــ S.R.Lلن تقوم لها قائمة دون جريدة، ولا تقل لي إنّ هناك صحفًا أخرى، إذ ليست هناك صحيفة تعبّر عن توجّهاتنا. إذا أنت رفضت فمن سيوافق؟».

قال هنري:

ــ أعرف. لكن خذ علمًا بأنّ «*L'Espoir*»، كما غالبيّة الصحف، تمرّ بأزمة. أعتقد أنّنا سنجد مخرجًا منها ولـــو بـــصعوبة، أمـــلاً بالتوصّل على المدى البعيد إلى موازنة الـــدخل والخـــرج. لكـــن، وابتداءً من اليوم الذي سنقرّر فيه أن نجعلها بوقًا لحزب سياســـي، فإنّ نسبة الإصدار ستنخفض في الحال ولن نقدر علـــى مواجهـــة الأمر.

ــ ليست الـــ *S.R.L*. حزبًا، بل حركة هي من الاتّساع بحيث إنّ قرّاءك لن يجفلوا منها.

قال هنري:

ــ سواء كانت حركة أم حزبًا فالأمر سيّان. كل هؤلاء العمّـــال الشيوعيّين أو القائلين بالشيوعيّة الذين حدّثتك عنهم، يشترون بطيبة خاطر، إلى جانب جريدة «الأومانيته»، جريدة إخباريّة، لكـــن لـــن يبتاعوا صحيفة سياسيّة أخرى. حتى لو مشت الـــ *S.R.L* واضـــعة يدها بيد الحزب الشيوعي، فإنّ هذا لـــن يغيّـــر شـــيئًا. ستـــصبح «*L'Espoir*»مشبوهة ما إن تُلصق بها لافتة معيّنة. هزَّ كتفيـــه ثـــم أضاف: «في اليوم الذي ينحصر قرّاؤنا فقط بأعضاء الـــــ *S.R.L*،

علينا الكفّ عن ممارسة النشاط السياسي».

قال دوبروي:

ـ لكنّ الأعضاء المنتمين إلى الـ *S.R.L* سيتزايد عددهم باطّراد حين تتبنّى آراءهم صحيفة معروفة.

ـ بانتظار ذلك، ستضطرّ الجريدة إلى خوض مواجهة ستؤدّي حتمًا إلى إفلاسها، وهذا ليس في مصلحة أحد.

سلَّم دوبروي بما قاله هنري:

ـ لا، هذا ليس في مصلحة أحد.

لزم الصمت لفترة قصيرة وراح يربّت بأطراف أصابعه على ورق النشّاف، ثم قال: «لا شكّ أنّ في الأمر مجازفة».

ـ مجازفة لا يمكن القيام بها.

استغرق دوبروي في التفكير قليلاً ثم قال وهو يطلق تنهيدة:

ـ سنحتاج إلى المال!

ـ بالطبع، لا سيّما أنّنا نمرّ بأزمة ماليّة صعبة.

وافقه دوبروي الرأي واعترف بلهجة حالمة:

ـ نعم، نمرّ بأزمة ماليّة صعبة.

بالطبع، كان يصعب عليه الاعتراف بالهزيمة. كان لا يزال يتعلّل بالآمال، إلاّ أنّ الحجّة كانت دامغة وأفحمته. لم يتطرّق إلى الموضوع خلال الأسبوع الذي أعقب هذا الحديث، ومع ذلك، التقاه هنري غالبًا وكان حريصًا على أن يثبت له حسن نواياه. أجرى مقابلتين مع سامازيل وشارك في اجتماعات اللجنة ووعدهم بأن ينشر البيان في «*L'Espoir*». «افعل ما تشاء، قال لوك، المهمّ أن نحافظ على استقلاليّتنا».

«أن نحافظ على استقلاليّتنا»، هذا أمر بـديهيّ، ولكـن يجـب معرفة إلى أين ستؤدّي بنا هذه الاستقلاليّة. في أيلول بدا كل شيء بسيطًا: القليل من الحسّ السليم والنوايا الحسنة وهـذا كـاف، تـمّ الاحتياط للأمر. أمّا الآن فإنّ مسائل كثيرة بدأت تُطرح باسـتمرار وكان كل واحدٍ يعيد النظر في الأمور كافّة. لفت لاشـوم النظـر، بكثير من الصدق والحماس إلى مقالات هنري عن البرتغال التـي أوحت بأنّ «*L'Espoir*» تتعاطف مع مواقف الحزب الشيوعي. هل يجب إنكار ذلك؟ لم يكن هنري يريد أن يخسر هذا الجمهور مـن المثقّفين الذين كانوا يحبّون «*L'Espoir*» لحياديّتها، ولم يكن أيـضًا يريد إزعاج قرّائه من الشيوعيّين في آن. إلاّ أنّه من خلال إمعانـه في مداراة الجميع حكم على نفسه باللامعنى، وكان يساهم بذلك في تخدير الناس. ما العمل إذًا؟ كان يراجع الأمر في ذهنه وهو يمشي باتجاه مطعم Le Scribe حيث كان لامبير ينتظره على العشاء. أيًّـا يكن قرارُه، فهو سيركن إلى مزاجه وليس لحقيقة بديهيّة. وبالرغم من كل قراراته، كان دومًا يعود إلى النقطة نفسها: لا يعرف مليًّا ما الصواب أو بالأحرى لا يعرف شيئًا. على أيّة حال، رأى أنّه «من المنطقيّ الاستعلام عن الموضوع أوّلاً ومـن ثـم التطـرّق إليـه والتحدّث عنه». لكنّ الأمور لا تسير على هذا النحو. يجب التحدّث أوّلاً عن الموضوع، هذا ملحّ ولاحقًا تكذّبك الأحداث أو تـصدّقك. «هذا بالضبط ما ندعوه الخداع. يبدو أنّني أنا أيضًا أخدع قرّائي». فكّر بذلك بشعور الاشمئزاز. تعهّد لنفسه بأن يقول للناس الأشـياء التي تنيرهم وتساعدهم على التفكير، أشـياء صـادقة، لكنّـه الآن يوارب. ما العمل إذًا؟ لم يكن باستطاعته إقفال مكاتـب الجريـدة

وطرد جميع الموظّفين والانزواء في غرفته بين الكتب! كان ينبغي بالجريدة أن تستمرّ في الصدور، ولهذه الغاية، كان هنري مجبرًا على تكريس نفسه لها يومًا بيوم. توقّف أمام Le Scribe. كان سعيدًا لأنّه سيتناول العشاء مع لامبير. كان يزعجه قليلاً أنّه مضطرّ لإطلاعه على أخباره، لكنّه أمل ألاّ يعلّق لامبير أهمّيّة كبيرة على الأمر. دخل من الباب الدوّار. يُخيّل للمرء أنّه انتقل إلى قارّة أخرى: كان الجوّ دافئًا. الرجال والنساء يرتدون بزّات عسكريّة. فاحت في الجوّ رائحة التبغ الأشقر، وفي الواجهات عُرضت مجوهرات مزيّفة مترفة. تقدَّم لامبير مبتسمًا، متنكّرًا هو أيضًا في زيّ ضابط. في قاعة المطعم الذي كان بمثابة مقهى لمراسلي الحرب، كانت هناك على الطاولات زبدة، وشرائح من الخبز ناصعة البياض موشوريّة الشكل.

قال لامبير ببشاشة:

ـ هل تعلم، يمكننا الحصول على نبيذ فرنسي في هذا المركز التجاريّ. سنأكل مثلما يأكل سجين حرب ألماني.

ـ هل يسخطك أنت أن يطعم الأميركان مساجينهم كما يجب؟

ـ ليس هذا تحديدًا ما يسخطني. لكن هذا يترك آثاره السلبيّة. ففي أمكنة كثيرة من فرنسا لا يجد الناس ما يأكلونه. الوضع في مجمله هو الذي يبعث على الاشمئزاز: مراعاتهم الألمان، بمن فيهم النازيّون، ومعاملتهم السيّئة لأسرى المعتقلات.

قال هنري:

ـ أودّ أن أعرف ما إذا كانوا يمنعون الصليب الأحمر من دخول المعتقلات.

قال لامبير:

ـ هذا الموضوع في طليعة اهتماماتي وسأتثبّت منه.

قال هنري وهو يملأ صحنه بـ «السبام»[1] والمعكرونة الشريطيّة:

ـ لسنا متحمّسين للأميركيّين هذه الأيّام.

ـ ليس بالإمكان ذلك. ثم قطّب لامبير حاجبيه: «للأسف، هذا سيدخل السرور كثيرًا إلى قلب لاشوم».

ـ فكّرت بالموضوع في الطريق إلى هنا. تقول كلمة ضدّ الحزب الشيوعي فيتّهمونك بالرجعيّة! تنتقد واشنطن فيتّهمونك بالشيوعيّة؛ وإلاّ اتّهموك بالانتماء إلى الطابور الخامس.

قال لامبير:

ـ لحسن الحظّ، إنّ كل حقيقة تدحضها حقيقة أخرى.

هزّ هنري كتفيه: «يجب عدم الركون إلى ذلك كثيرًا. هل تذكر ليلة رأس السنة؟ كنا نقول إنّ «*L'Espoir*» يجب ألاّ تتجنّد لنصرة أيّ حزب، لكن يبدو أنّ هذا ليس سهلاً.

قال لامبير:

ـ ليس علينا إلاّ مواصلة الكلام وفقًا لضميرنا!

قال هنري:

ـ هل تعلم! كل صباح أشرح لمئة ألف شخص ماذا يجدر بهم أن يفكّروا. لكن ما هو دليلي؟ صوت ضميري! سكب لنفسه كأس خمر: «هذا نصب واحتيال».

ابتسم لامبير:

---

(١) سبام: spam خليط مكبوس من اللحم يُعلَّب في علب من التنك ويؤكل ومعظمه من لحم الخنزير.

ـ سمِّ لي صحافيّين أكثر نزاهة ودقّة منك. ثم قال بلطف: «أنت تطّلع بنفسك على كل الأخبار العاجلة وتراقب كل شيء...».

قال هنري:

ـ أحاول أن أكون نزيهًا يومًا بيوم، لكن هذه المتابعة لا تترك لي دقيقة واحدة لأدرس بالعمق الأشياء التي أتحدّث عنها.

قال لامبير:

ـ ليكن! قرّاؤك يرتضون بك كما أنت. أعرف جحفلاً من الطلاّب الذين يستحسنون كل ما تقوم به.

قال هنري:

ـ لكن هذا يزيدني شعورًا بالذنب.

نظر إليه لامبير بقلق:

ـ ألن تمضي نهارك بطوله في دراسة الإحصاءات؟

ـ هذا ما يجدر بي فعله!

خيّم صمت لفترة قصيرة وفجأة اتّخذ هنري القرار: يجب التخلّص بأقصى سرعة من أعمال السخرة هذه.

قال لامبير:

ـ أتيتك بالقصص القصيرة التي طلبتها منّي.

ابتسم هنري للامبير وقال:

ـ هذا غريب. لديك تجارب لا يُستهان بها وراءك وقد عشتها بقوّة وغالبًا ما حدّثتني عنها. تحقيقاتك غنيّة بأشياء جمّة. لكنّك في قصصك تبقى ضحلاً وأتساءل عن السبب.

ـ هل تجدها سيّئة إلى هذا الحدّ؟ ثم رفع لامبير كتفيه وقال: «لقد حذّرتك».

قال هنري:
ـ المسألة هي أنّك لم تضع فيها شيئًا من ذاتك.
تردّد لامبير ثم قال:
ـ الأشياء التي تمسّني بالعمق لا يكترث بها أحد.
ابتسم هنري:
ـ نشعر أنّ الأمور التي تتحدّث عنها لا تمسّك إطلاقًا حتى ليخيّل للقارئ أنّك كتبت هذه القصص كمن ينفّذ عقابًا.
قال لامبير:
ـ لطالما ساورتني الشكوك بأنّني غير موهوب.
ابتسم لكن مكرهًا. شعر هنري أنّ لامبير يعلّق أهمّيّة كبيرة على هذه القصص.
قال هنري:
ـ لكن من هو الموهوب فعلاً؟ ومن هو عديم الموهبة؟ لا أعرف بالضبط ماذا يعني هذا. كل ما في الأمر أنّك أخطأت باختيار مواضيع لا تعنيك. في المرّة القادمة، ليكن ما تكتبه نابعًا من ذاتك.
ـ لن أقدر. ضحك بشكل خاطف ثم قال: «أنا النموذج الأمثل للمثقّف الصغير الثانوي الذي لا يقدر أن يكون خلّاقًا أبدًا».
قال هنري:
ـ لا تتلفّظ بالحماقات. هذه القصص التي تكتبها ليست مقياسًا لإثبات الموهبة، ثم إنّه طبيعي أن نخطئ الهدف في أوّل الطريق.
هزّ لامبير رأسه وقال:
ـ أعرف نفسي، لن أستطيع أن أفعل شيئًا يتّسم بأهمّيّة ما. لكم

هو بائس المثقّف الذي لا يستطيع فعل شيء يذكر.

ـ بل ستفعل شيئًا مهمًّا إذا كنت تؤمن بما تفعله، هذا من جهة، من جهة أخرى، أن تكون مثقّفًا، هذا ليس عيبًا.

ـ ولا هو نعمة كذلك.

ـ لكن أنا مثقّف وتولينى تقديرك.

ـ أنت مختلف، قال لامبير.

ـ لكن لا، أنا مثقّف. يغيظني أن نجعل من الثقافة شتيمة. لا تظنّ أنّ الرجل إذا فرغ رأسه قويت خصيتاه.

تحرّى لامبير بنظراته، لكنّه ظلّ يحدّق في صحنه بإصرار.

قال لامبير:

ـ أتساءل فعلاً ماذا سيصير بحالي عندما تنتهي الحرب.

ـ ألن تبقى في ميدان الصحافة؟

ـ أن تكون مراسلاً حربيًّا، أمر تستطيع الدفاع عنه. لكن أن تكون مراسلاً في زمن السلم فهذا لا جدوى منه. ثم أضاف بصوت حيويّ: «أن يعمل المرء في الصحافة كما تفعل أنت، فهذا يستحقّ العناء. إنّها مغامرة حقيقيّة. لكن أن أكون محرّرًا حتى في جريدة «*L'Espoir*» فمعنى ذلك أن أكون مضطرًّا لكسب رزقي لكي أشعر بأنّ لعملي معنى. ثم إنّ العيش كأجير يمنحني شعورًا بالذنب». تردّد ثم قال: «والدتي أورثتني مالاً كثيرًا: في جميع الأحوال لديّ شعور بالذنب».

قال هنري:

ـ والجميع أيضًا.

ـ أنت تقول هذا! كلّ ما تملكه جمعته يداك.

ـ لن نستطيع أبدًا التحرّر من الشعور بالذنب. مثلاً، أتناول الطعام هنا وأمتنع عن تناوله في مطاعم السوق السوداء. لدينا جميعنا حيلنا. دوبروي يتظاهر بأنّه يعتبر المال أمرًا طبيعيًّا. لديه منه الكثير لكنّه لا يفعل شيئًا ليكسبه، لا يحجبه عن أحد ويترك لآن أن تُعنى بإدارته. وهي تتدبّر أمرها معتبرة أنّه ليس ملكًا لها: فهي تنفقه من أجل زوجها وابنتها لتوفّر لهما حياةً مريحة تفيد منها في الوقت نفسه. ما يساعدني هو أنّني أجد صعوبة في موازنة دخلي وخرجي وهذا ما يمنحني الشعور أنّني لا أملك فائضًا من المال بين يديّ. هذه أيضًا طريقة في الغشّ.

ـ لكنّ الأمر مختلف على أيّة حال.

هزَّ هنري رأسه: «عندما تكون المساواة غير متحقّقة، لا تستطيع أن تعيش بطريقة نزيهة. ربّما هذا ما يستدرجنا للعمل في السياسة، سعيًا وراء تغيير الوضع».

قال لامبير:

ـ أتساءل أحيانًا عمّا إذا كان يتوجّب عليَّ رفض هذا المال. لكن ما جدوى ذلك؟ تردّد ثم قال: «من ثم أعترف أنّ الفقر يخيفني».

ـ حاول إذًا استخدام المال بطريقة مفيدة.

ـ هذا بالضبط ما أريد معرفته: ماذا يمكنني أن أفعل به؟

ـ هناك أشياء كثيرة نرغب القيام بها بإلحاح، أليس كذلك؟

ـ أتساءل...

قال هنري نافد الصبر:

ـ أليس هناك ما ترغب فيه؟ ألا تحبّ شيئًا؟

ـ أحبّ الأصدقاء، لكنّنا منذ التحرير لا نكفّ عن التخاصم. النساء، أجدهنّ إمّا غبيّات وإمّا لا يحتملن. الكتب، لديّ منها ما يفيض عنّي، أمّا السفر فإنّه يبعث الحزن في نفسي أنّى ذهبت. ثم إنّني، منذ فترة، لم أعد أعرف تمييز الخير من الشرّ.

ـ ماذا تقصد؟

ـ منذ سنة، كان الأمر سهلاً، وكنّا ننظر إلى الأمور نظرة تفاؤليّة. أمّا الآن فيتبيّن لي أنّ الأميركيّين وحوش عنصريّون مثلهم مثل النازيّين، وأنّهم لا يبالون أن يموت الناس في المعتقلات. ثم إنّ المعتقلات منتشرة بكثرة في الاتحاد السوفييتي، وليست حالها أفضل من حال غيرها. نطلق الرصاص على بعض المتعاونين، فيما نطلق على الأنذال أعذب تعابير الثناء.

ـ إذا كنت مستاءً فهذا يعني أنّك لا تزال مؤمنًا بتغيير بعض الأمور.

ـ لا، بصراحة. عندما نبدأ بطرح الأسئلة فلا شيء يصمد في وجهنا، ثمّة جملة من القيم اعتبرناها بديهيّة، باسم ماذا؟ لماذا الحرِّيّة، لماذا المساواة، أيّ عدالة لها معنى؟ لماذا إيثار الآخرين على أنفسنا؟ لقد سعى والدي طيلة حياته للتمتّع بالحياة، فهل كان فعلاً على خطأ؟ نظر لامبير إلى هنري بقلق: «هل أصدمك بأسئلتي؟».

ـ لا، إطلاقًا، يجب طرح هذه الأسئلة على أنفسنا.

قال لامبير بحماس:

ـ لكن يفترض أن يجيب أحد عليها. يرهقون كاهلنا بالسياسة، لكن لماذا اعتماد هذه السياسة بدلاً من أخرى؟ نحتاج، قبل كل

شيء، إلى أخلاقيّة، إلى فنّ للعيش. نظر لامبير إلى هنري بشيء من التحدّي: «هذا ما يفترض بك مدّنا به. هذا أهمّ من أن تساعد دوبروي في كتابة البيانات».

ـ لكنّ الأخلاقيّة تنطوي حكمًا على موقف سياسي. ومن ثم فإنّ السياسة أمر حيويّ بالنسبة لنا جميعًا.

قال لامبير:

ـ أوافقك الرأي. لكن في السياسة، لا نهتم إلاّ بالقضايا المجرّدة: المستقبل، الجماعات، فيما الواقعي هو اللحظة الحاضرة، والأفراد، فردًا فردًا.

قال هنري:

ـ لكنّ الأفراد معنيّون بالتاريخ الجماعيّ.

ـ المصيبة هي أنّه في السياسة لا ننطلق أبدًا من التاريخ لنعود إلى الفرد. نضيع في العموميّات وفي الخصوصيّات، ولا أحد يبالي.

تحدّث لامبير بلهجة فيها من المطلبيّة بحيث إنّ هنري نظر إليه بفضول وسأله:

ـ مثلاً؟

ـ مثلاً، خذ مسألة ارتكاب الذنب، من الناحية السياسيّة ومن وجهة نظر مجرّدة، كل من تعامل مع الألمان نذل ويجب البصق بوجهه، ما من مشكلة. ولكن الآن، إذا رأيت متعاونًا عن كثب وإذا كان من المقرّبين، تشعر أنّ الأمر مختلف.

قال هنري:

ـ أتفكّر في أبيك؟

ـ نعم، منذ بعض الوقت وأنا أرغب في استشارتك: هل عليَّ الاستمرار في معاداته؟

فأجابه هنري مندهشاً:

ـ لو ترى بأيّة نبرة تحدّثت عنه العام الفائت!

ـ لأنّني في ذلك الحين، كنت أعتقد أنّه هو الذي وشى بروزا. لكنّه أقنعني أن لا علاقة له بهذا الموضوع لأنّ الجميع يعلم أنّها كانت يهوديّة. أبي كان متعاوناً على الصعيد الاقتصادي، وهذا الأمر يعتبر بنظري إدانة له. لكنّه سيُحاكم في النهاية، وسيصدر حكم بحقّه. إنّه عجوز...

ـ هل رأيته؟

ـ مرّة واحدة، ومنذ ذلك الوقت، أرسل لي عدّة رسائل. رسائل أثّرت فيَّ عميقاً، صدّقني.

ـ إذا كنت راغباً في التصالح معه فأنت حرّ. لكن، تبادر إليَّ الاعتقاد أنّكما على علاقة سيّئة.

ـ حين تعرّفت إليك، نعم، كانت علاقتنا سيّئة. تردّد لامبير ثم قال: «هو الذي ربّاني وأعتقد أنّه يحبّني كثيراً على طريقته. فقط كان يرفض أن أعصي أوامره».

سأل هنري:

ـ قبل أن تتعرَّف إلى روزا، لم تعصِ أوامره إطلاقاً، صحيح؟

ـ صحيح. هذا ما جعله يجنّ غضباً منّي. كانت المرّة الأولى التي وقفت فيها في وجهه. ربّما كان يلائمني آنذاك الاعتقاد بأنّه وشى بها. لأنّه عندئذٍ لا تعود لديَّ مشكلة وكان بإمكاني قتله بيديَّ الاثنتين.

ــ لكن كيف وصل بك الأمر إلى حدّ الارتياب به؟

ــ بعض الزملاء أقنعوني بهذه الفكرة ومن بينهم فنسان. لكنّي عدت وتحدّثت مع فنسان في الموضوع فقال لي إنّه لا يملك أيّ إثبات، ولا أيّ إثبات. أمّا أبي فقد أقسم على قبر أمّي بأنّه لم يشِ بروزا. الآن وقد هدأ روعي قليلاً، أنا متأكّد أنّه لم يفعل شيئًا من هذا القبيل. إطلاقًا.

ــ لكنّ ما تقوله مخيف!

تردّد هنري: كان لامبير يتمنّى أن يكون والده بريئًا تمامًا، كما تمنّى منذ سنتين أن يكون مذنبًا، ولا دليل لديه في الحالتين. وليست هناك وسيلة فعليّة لمعرفة الحقيقة. ثم قال:

ــ فنسان يهوى مطالعة الروايات السوداء. اسمعْ: إذا لم تعد مرتابًا بأبيك، وإذا كنت شخصيًّا غير حاقد عليه، فلا تلعب دور المحقّق العدلي. عدْ لرؤيته، افعلْ ما يحلو لك ولا تهتمّ لأحد.

ــ هل تظنّ أنّني فعلاً قادر على ذلك؟

ــ ما الذي يمنعك؟

ــ ألن تعتبر تصرّفي صبيانيًّا؟

تفحّص هنري لامبير بنظرات مندهشة:

ــ تصرّفك صبيانيّ؟

احمرّ وجه لامبير:

ــ أعني أنّه تصرّف جبان، أليس كذلك؟

ــ لكن لا، ليس جبنًا أن تعيش وفيًّا لمشاعرك وأحاسيسك.

ــ نعم، أنت على صواب. سأراسله. ثم أضاف بصوت ممتنّ: «أحسنتُ صنيعًا بالتحدّث إليك».

غمس ملعقته في الهلام الزهريّ المرتعش في صحنه ثم تمتم قائلاً: «بإمكانك مساعدتنا كثيرًا، ليس فقط فيما يخصّني. فهناك شبّان كثر يعانون من المشكلة نفسها».

ـ مساعدتكم في أيّ أمر؟

ـ عليك أن تعلّمنا كيف نواجه الواقع وكل يوم بيومه بحسّ سليم.

ابتسم هنري:

ـ الأخلاقيّة، فنّ العيش، هذا لا يندرج في قائمة مشاريعي.

نظر إليه لامبير بعينين برّاقتين وقال:

ـ يبدو أنّي عبّرت عن نفسي بشكل سيّئ. لم أقصد الاستفاضة بدراسات نظريّة. لكنّ هناك أمورًا وقيمًا نتشبّث بها. إذًا يجدر بك أن تظهر لنا ما هي الأشياء القابلة لأن تُحبّ على هذه الأرض والتي تستحقّ منّا أن نحيا لأجلها. أرجو أن تتحدّث عنها في تآليفك التي تنوي أن تنشرها. يبدو لي أنّ هذا هو الدور الذي يضطلع به الأدب.

تلفّظ لامبير بهذه الخطبة الصغيرة دون أن يتردّد في كلامه. شعر هنري أنّه حضّرها مسبقًا وقد تحيّن الفرصة منذ أيّام لإلقائها.

قال هنري:

ـ ليس الأدب مفرحًا بالضرورة.

قال لامبير:

ـ بل هو مُفرح بالضرورة. حتى المُحزن يصبح مُفرحًا حين نجعله فنًّا. تردّد ثم قال: «كلمة مفرح ربّما ليست هي الكلمة المناسبة، لكن لها ما يبرّرها». توقّف قليلاً عن الكلام وقد احمرّ

وجهه: «لا أريد أن أُملي عليك كيفيّة كتابة الكتب. لكن كل ما أردت قوله هو ببساطة أنّه لا يجدر بك أن تنسى أنّك كاتب قبل كل شيء، وفنّان».

ـ لا أنسى.

ـ أعرف، ولكن... من جديد تلعثم لامبير: «مثلاً، التحقيق الذي أجريته عن البرتغال جيّد جدًّا، لكنّي أتذكّر صفحات كتبتها في السابق عن صقلية ونشعر بالأسف قليلاً إذ لم نجد من يحاكيها في مقالتك».

ـ لو ذهبت إلى البرتغال لما شعرت برغبة في أن تصف أشجار الرمّان المزهرة.

قال لامبير بلهجة لجوجة:

ـ آه، أودّ لو أنّ هذه الرغبة تعاودك. ولم لا؟ لدينا فعلاً الحقّ في أن نعبّر عن مشاعرنا عند شاطئ البحر دون أن نشغل بالنا لارتفاع ثمن السردين أو تدنّيه.

ـ الواقع هو أنّني لم أقدر.

قال لامبير باحتداد:

ـ على أيّة حال، خضنا المقاومة للدفاع عن الفرد وعن حقّه بأن يكون نفسه وأن يكون سعيدًا. آن الأوان لنجني ثمار ما زرعناه.

ـ المشكلة الكبرى هي أنّ هنالك بضعة مليارات من البشر الذين يبقى هذا الحقّ بالنسبة إليهم حبرًا على ورق. وأعتقد أنّنا من اللّحظة التي بدأنا فيها نهتمّ لأمرهم، لم يعد بإمكاننا التراجع أبدًا.

ـ ولكن، هل على كل واحد منّا أن ينتظر حتى تعمّ السعادة جميع البشر، وعندها يسعى ليكون هو نفسه سعيدًا؟ هل ولّى زمن

الفنّ والأدب بتولّي العصر الذهبي؟ لكنّنا نحن الآن بأمسّ الحاجة إليهما!

قال هنري:

ـ لا أقول إنّه يجب الإقلاع عن الكتابة.

تردَّد قليلاً. كان يشعر بأنّه معنيّ بما يقوله لامبير وبمأخذه على مقالته. أجل، كانت هناك أشياء أخرى كثيرة يجب قولها عن البرتغال وقد تفادى التطرّق إليها بحسرة. أراد على الدوام أن يكون فنّانًا وكاتبًا. يجب ألاّ ينسى ذلك. فيما مضى، أطلق وعودًا كثيرة، وآن الأوان ليفي بها. الكتب الناجحة التي نشرها في شبابه والكتاب الذي صدر له حديثًا وجاء صدوره في اللحظة المناسبة وامتدحه الجميع كيفما اتّفق، هذا جيّد لكنّه أراد القيام بشيء مختلف تمامًا.

ـ في الواقع، أنكبُّ حاليًّا على كتابة رواية من تلك الروايات التي يهواها قلبك. رواية لا طائل منها وأروي فيها أخبارًا لمتعتي الخاصّة.

قال لامبير متهلّل الوجه:

ـ هل صحيح؟ هل قطعت شوطًا في عملك؟ كل شيء على ما يرام؟

ـ البدايات مربكة دومًا. لكن سيسير كل شيء على ما يرام في نهاية المطاف.

ـ آه! كم أنا سعيد! سيكون من المؤسف أن تضيّع وقتك سدى!

ـ لن أضيّع وقتي سدى، قال هنري.

سألت بول هنري:

ـ هل قطعت شوطًا في روايتك المفرحة تلك؟
ـ أجل، أتقدّم.

تمدّدت على السرير، خلفه. وأحسَّ بنظرتها المتأمّلة على رقبته. النظرة لا تحدث ضجّة، لكنَّه شعر بثقلها. كان قد قام بجهود خلال هذا الشهر لكي يعير انتباهه إلى روايته، وصمّم على أن يجعل الإطار الزمني لروايته في عام ١٩٣٥. ربّما ارتكب خطأ بفعله هذا. فمنذ أيّام وهو يشعر أنّ قريحته قد نضبت.

«أجل، كان هذا خطأ منّي»، قال لنفسه بإصرار. كان يريد التحدّث عن نفسه. لكن لم يعد له علاقة بما كانه في ١٩٣٥: لامبالاته بالسياسة، فضوله، طموحه، كل هذا الانحياز للفرديّة... إنّ تلك الفترة الوجيزة في حياته كانت ساذجة ومسدودة الأفق! فترة تفترض مستقبلاً لا عوائق فيه، سائرًا حتمًا نحو التقدّم والأخوّة التلقائيّة بين البشر والأجيال القادمة. وكل هذا كان تعبيرًا عن خصوصيّة تسيطر عليها الأنانيّة ويغلب عليها الطيش. آه! كان بإمكانه أن يجد ولا شكّ الأعذار لتصرّفه. لكنّه يحاول في كتابه هذا أن يقول حقيقة حياته لا أن يبرّر أخطاءه. «يجب كتابتها في الحاضر إذًا». أعاد قراءة الصفحات الأخيرة. من المؤسف التفكير بأنّ هذا الماضي سيُدفن بلا رجعة: الوصول إلى باريس، اللقاءات الأولى بدوبروي، السفر إلى جربة، «لكن عشته وهذا يكفي». لكن إذا أردنا اعتبار الأمور من وجهة النظر هذه لوجدنا أنّ الحاضر أيضًا يكتفي بذاته والحياة تكتفي بذاتها: الواقع أنّها لا تكتفي بذاتها. فلكي يشعر أنّه لا زال على قيد الحياة فعلاً عليه بالكتابة. وفي النهاية، بئس الأمر. ففي جميع الأحوال ليس في الإمكان إنقاذ كل

شيء. المسألة هي أن يعرف ماذا يستطيع أن يقول عن نفسه اليوم: «إلى أين آلت بي الأمور؟ ماذا أريد؟» أمر غريب، إذا كان هناك إصرار في التعبير عن الذات فهذا لأنّنا نشعر أنّنا متفرّدون، ولسنا قادرين أن نقول ما مصدر تفرّدنا. «من أنا»؟ لم يخطر على باله هذا السؤال سابقًا. فيما مضى، كان الناس كلهم معروفين ومحدّدين بشكل واضح. أمّا هو فلا، كانت كتبه وحياته لا تزال بين يديه، وكان هذا يسمح له بتلقّف جميع الأحكام التي صدرت بحقّه، وبالنظر إلى الجميع حتى دوبروي نفسه بشيء من التسامح المتعجرف ومن شاهق عمله المقبل. لكنْ الآن يجدر به أن يعترف لنفسه أنّه بات رجلاً مكتملاً. كان الشباب يعاملونه كأخ كبير لهم والكبار بصفته ندًّا لهم، وبعضهم أظهر له الاحترام. بات مكتملاً، محدّدًا، متحقّقًا، هو نفسه ولا أحد غيره، لكن من هو؟ بمعنًى ما، كتبه هي التي ستحسم الأمر. لكنّ العكس صحيح، لن يستطيع الكتابة قبل أن يكتشف حقيقته بالذات. للوهلة الأولى، كان معنى هذه الأشهر التي عاشها لتوّه واضحًا كفاية، لكن لو نظر عن كثب لرأى كل شيء مشوّشاً. إنّ مساعدة الناس على التفكير بشكل أفضل والعيش بشكل أفضل هل هذا ما كان يريده من أعماق قلبه فعلاً أم أنّه مجرّد حلم إنسانوي؟ هل كان مهتمًّا فعلاً بمصير الآخرين أم بإراحة ضميره؟ والأدب ماذا أصبح بالنسبة له؟ الرغبة في الكتابة هل تصبح مبهمة عندما لا تكون لدينا أمور ملحّة؟ كانت الكلمات تجافيه؛ أحسّ بالانزعاج لدى التفكير بأنّ بول تلاحظ أنّه لا يكتب.

التفت إليها قائلاً:

ــ هل ستذهبين غدًا صباحًا لرؤية غريبان؟

ضحكت بول ضحكة صغيرة ثم قالت:

ـ أنت، حين تعاند في أمر ما!...

ـ اسمعي، هذه الأغنية تلائمك. تقولين إنّك تحبّينها. اللحن الذي وضعه برجير رائع، وسابريريو سيستمع إليك يوم تشائين: يمكنك بالطبع أن تضعي من ذاتك فيها! بدل أن تمضي وقتك خاملة على هذا السرير ستعملين على تحسين قدرات صوتك حتى تقتنعي أنّه بات جاهزًا.

ـ لا أمضي وقتي خاملة.

ـ على أيّة حال، الآن وقد حدّدت لك هذا الموعد، فهل ستذهبين؟

ـ أريد فعلاً الذهاب إلى غريبان وتعلّم كيفيّة الغناء الحسن.

ـ لكنّك لن تخطي خطوتك باتّجاه التجربة الفنيّة الموصوفة. هل هذا ما تقصدينه؟

ابتسمت وقالت:

ـ شيء من هذا القبيل.

ـ تثبّطين عزيمتي!

ـ عليك الاعتراف أنّي لم أشجّعك إطلاقًا. ابتسمت من جديد وقالت بحنان: «لا تشغل بالك بشأني إذًا».

كان يودّ فعلاً أن يهتمّ بأمرها وألاّ يشعر بها خلفه تراقبه طيلة الوقت. لكنّها ربّما كانت تدرك ذلك. كان قد تكلّم مع سابريريو وكتب أغنيتين واتّصل بغريبان. فعل كل ما بوسعه أن يفعل من أجلها. كانت تريد فعلاً أن تغنّي من أجله، وخصوصًا الأغاني التي توافق ذوقه، لكنّها تبقى متصلّبة في عنادها.

وعاد من جديد يرصف جملاً لا معنى لها.

أمضى ساعتين وهو في حال من السأم أمام أوراقه عندما قرع أحدهم بحماس على باب الاستوديو. نظر إلى ساعته: الثانية عشرة وعشر دقائق. «أحدهم قرع على الباب». كانت بول راقدة في السرير. نهضت وقالت: «هل أفتح؟». قُرع الباب من جديد وسمعا صوتًا فرحًا: «أنا دوبروي، هل أزعجكما؟».

نزلا معًا الدرج، وفتحت بول الباب.

ـ هل من خطب ما؟

فأجابها دوبروي مبتسمًا:

ـ لماذا يجب أن يكون هناك خطب؟ رأيت النور مضاءً ففكّرت أنّ باستطاعتي الصعود لرؤيتكما. بالكاد تجاوزت الساعة منتصف الليل. هل تريدان الخلود للنوم؟ قالها وهو يجلس على الكنبة الجلديّة حيث اعتاد الجلوس.

قال هنري:

ـ شعرت للتوّ بالرغبة في شرب كأس، ولم أجرؤ على احتسائه وحدي. إنّه ملاكي السيّئ الذي جاء بك إلى هنا.

سألت بول وهي تفتح الخزانة في الحائط:

ـ هل تريد كونياك؟

ـ بكل سرور. التفت دوبروي إلى هنري بوجه يشعّ فرحًا: أتيتكم بخبر لا يزال ساخنًا وهو في غاية الأهمّيّة.

ـ ماذا هناك؟

ـ كنّا قد تخلّينا تقريبًا عن الفكرة بأن نجعل من *«L'Espoir»* جريدة الـ *S.R.L* بسبب الأزمة الماليّة التي يمكن أن تنتج عن هذا القرار.

قال هنري:

ـ نعم.

ثمّ أخذ الكأس التي أعطته إيّاها بول. احتسى جرعة منها وقد انتابه شعور من القلق المبهم.

ـ حسناً، لا أزال خارجًا لتوّي من عند شخص ميسور جاهز لدعمنا في حال احتجنا له. ألم تسمع بشخص يدعى تراريو؟ صاحب محلاّت أحذية من التجّار الكبار، وقد انضمّ إلى صفوف المقاومة لفترة وجيزة.

ـ يذكّرني هذا الاسم بشيء.

ـ لديه من الملايين ما يفيض عنه وهو معجب إعجابًا لا حدود له بسامازيل. وبالفعل هناك علاقة وثيقة بين ثرائه وصداقته لسامازيل، وستؤدّي حتمًا إلى مدّ يد العون بشكل جوهري إلى الـ *S.R.L*. هذا المساء قادني سامازيل عنوة إليه. أبدى استعداده لتمويل اللقاء الذي سيجري في حزيران، وأعلن أنّه سيغطّي كامل النفقات المتوجّبة وسيزوّدنا بجميع الرساميل الضروريّة إذا أصبحت *«L'Espoir»* جريدة الحركة.

قال هنري:

ـ سامازيل بارع في إقامة العلاقات العامّة. ثم أفرغ كأسه دفعة واحدة وهو منزعج قليلاً من الغبطة التي ظهرت على وجه دوبروي، وهو يعلن بصراحته المعهودة ضرورة اغتنام الفرصة المتاحة.

قال دوبروي وهو يضحك:

ـ نعم، سامازيل هو من هؤلاء الأشخاص الذين يواظبون

باستمرار على تناول العشاء في المدينة. أنت وأنا، هذا آخر شيء يمكن أن نفعله. أفضّل أن ألتمس التبرّعات في الساحات على أن أفعل ذلك. لكن، هو يهوى هذا الأسلوب في التعامل ويثير إعجاب الآخرين. نِعمَ الأمر، لأنّه بهذه الطريقة يستطيع أن يجلب مالاً: لا أعرف ماذا كان سيصير بحالنا من دونه فيما يتعلّق بالتمويل. تعرّف إلى تراريو إبّان الاحتلال وتعهَّد تثقيفه.

ـ وهل هذا الإسكافي مع كل الملايين التي في حوزته منتمٍ إلى الـ *S.R.L*؟

ـ وهل هذا يفاجئك؟

جلست بول قبالة دوبروي. كانت تدخّن سيجارة وتحدّق إليه شزرًا. همَّت بالكلام لكن هنري حدس قولها المستنكر فاستدركها قبل أن تتكلّم.

ـ لن أقول لك إنّ اقتراحك يثير حماستي!

رفع دوبروي كتفيه:

ـ أنت تعرف أنّ جميع الجرائد ستكون مجبرة عاجلاً أم آجلاً على تقبّل الإعانات الماليّة الخاصّة، ثم إنّ الصحافة الحرّة كذبة أخرى جميلة!

قال هنري:

ـ «*L'Espoir*» عادت إلى سابق عهدها. يمكننا الاعتماد على أنفسنا لوقت طويل إذا بقينا على حالنا.

قال دوبروي بحيويّة:

ـ تعتمدون على أنفسكم؟ وبعد؟ أفهم جيّدًا ما تقصد: قمت بتأسيس «*L'Espoir*» بمفردك وتهوى إدارتها بمفردك.

ـ أفهم جيّدًا موقفك. لكن فكّر في الدور الـذي يفتـرض بـك الاضطلاع به! أدركت خلال هذا الشهر حاجـة الـ *S.R.L* إلـى جريدة، أليس كذلك؟

ـ بلى، قال هنري.

ـ أنت موافق على أهمِّيّة السعي الذي نقوم به، صحيح؟

قال هنري:

ـ إذا كان ذاك السيّد تراريو سيموّل «*L'Espoir*» فسيتدخّل عندئذٍ في كل شاردة وواردة.

ـ لا، لا مجال لذلك! قطعًا هو لن يتدخّل فـي إدارة الجريـدة. وفي الواقع، ستكون أكثر استقلاليّة مع شريك مماثل ممّا أنت عليه الآن، لأنّك في النهاية، ها أنت مقيّد بالخوف من أن تخسر قرّاءك.

ـ رجلك الخيّر هذا... يبدو لي حبّه للبشريّة مستغربًا!

ـ لو تعرّفت إليه فستفهم في الحال.

ـ لا أستطيع أن أقتنع مع ذلك أنّه لن يملي عليَّ شروطًا.

ـ ولا شرط، أضمن لك ذلك. هذا أمر مبتوت فيه تمامًا.

ـ كل هذا مجرّد كلام فارغ. هل أنت واثق من ذلك؟

قال دوبروي:

ـ تكلّم معه بنفسك! ليس لديك إلاّ أن تتّصل به عبر الهـاتف. أبدى استعداده للتوقيع على العقد غدًا.

تكلّم دوبروي بحيويّة كبيرة، فابتسم هنري قائلاً: «تمهّلْ قلـيلاً! عليَّ بادئ الأمر أن أتحدّث مع لوك. ثم حتى لو قرّرنـا أن نعلـن صراحة انتماءنا إلى الـ *S.R.L*، فسنسعى لنتدبّر أمرنا بأنفسنا دون مساعدة أحد، هذا أفضل بكثير».

قال دوبروي:

ــ شخصيًّا، أنا مقتنع أنّ «*L'Espoir*» لن تخسر قرّاءها. وأنا موافق تمامًا أن نجرّب حظّنا وحدنا دون مساعدة تراريو. تردّد ثم قال: «لكن من الأفضل مع ذلك أن تتحدّث إليه».

ــ لن يقول لي شيئًا إضافيًّا عمّا قاله لك أنت. ولا أريد أن يقدّم لي ماله ما دمت أستطيع تجنّب ذلك.

ــ كما تريد. نظر دوبروي إلى هنري نظرات يشوبها القلق: «أتوسّل إليك. حاول أن تبتّ الأمر سريعًا. ضيّعنا وقتًا كثيرًا».

ــ طلبك هذا أمر بالغ الأهمّيّة والخطورة. لست وحدي المعنيّ بالأمر. حاول أنت أيضًا من جهتك أن تكون صبورًا ولو قليلاً.

قال دوبروي مطلقًا تنهيدة:

ــ أنا مرغم على ذلك. ثم نهض مبتسمًا ابتسامة عريضة لبول: «ألا تأتين معي في جولة صغيرة»؟

ــ إلى أين؟ قالت بول.

ــ إلى أيّ مكان. إنّها ليلة جميلة. ليلة حقيقيّة من ليالي الصيف.

قالت بول على مضض:

ــ لا، أشعر بالنعاس.

ــ أنا أيضًا، قال هنري.

ــ بئسَ الأمر. سأتنزّه وحيدًا، قال دوبروي وهو يسير باتّجاه الباب. إلى اللقاء يوم السبت.

ــ إلى اللقاء.

أقفل الباب بالمزلاج. عندما التفت كانت بول تقف قبالته والاضطراب بادٍ على وجهها:

ـ أمر غير مقبول! يريد أن يسرق منك جريدتك!

فأجابها هنري وهو يصطنع التثاؤب:

ـ اسمعي، ليس في الأمر سرقة.

في مثل هذه الحالات، كان يصعب عليه أن يتناقش مع بول،لا سيّما عندما تكون متّفقة معه في الرأي. هو أيضًا كان غاضبًا: يا للمراوغة الغريبة! يكفي أن يطالب دوبروي بهذه الجريدة حتى يشعر أنّ له حقوقًا عليه: «أسباب نفوري الشخصي لا تهمّه. وصداقته لا تؤثّر بشيء حين يقرّر استخدامك».

قالت بول:

ـ كان عليك أن تطرده. لن يأخذك أبدًا على محمل الجدّ. ستكون إلى الأبد الشابّ الفتيّ الذي أطلقه في عالم الأدب والذي يدين له بكلّ شيء.

قال هنري:

ـ على أيّة حال، لا يطلب شيئًا يفوق العادة. أنا عضو في الـ S.R.L ومدير لجريدة «*L'Espoir*» إنّه بالأحرى لمن الطبيعي أن يحصل التكامل بين الأمرين.

قالت بول وصوتها يرتجف لشدّة استنكارها:

ـ لن تكون سيّد نفسك وستجبر على إطاعة أوامره. ثم سيكون عليك أن تنغمس في السياسة حتى أذنيك. لن تحظى بدقيقة واحدة لنفسك. أصلاً، أنت تتذمّر لكونك لا تجد وقتًا كافيًا للانصراف إلى كتابة روايتك.

قال هنري:

ـ لا تفقدي صوابك، لم يُحسم شيء بعد. لم أقل إنّي وافقت.

كان شعور هنري بالضغينة يتلاشى وهو يستمع إلى اعتراضات بول: لا بل إنَّ حدّتها أظهرت له أسبابها السخيفة: تلك التي كان هنري يجترّها في داخله: «أنتفض لأنّي أخاف أن تلتهمني السياسة، ولأنّي أخشى الاضطلاع بمسؤوليّات جديدة، ولأنّي أرغب في بعض الترفيه ولأنّي، وخصوصًا، أريد أن أبقى سيّد الموقف في جريدتي». إنّها حجج سخيفة جدًّا في مجملها. عندما أتى إلى الجريدة في صباح اليوم التالي، كان يأمل في سرّه أن يزوّده لوك بحجج أقوى.

لكن لوك طغت عليه الأحداث. لا شكَّ أنّ لاشوم أدّى خدمة سيّئة للـ «*L'Espoir*». سرى التهامس بأنّ هنري كان بتصرّف الشيوعيين وكان هذا مثيرًا للغضب لا سيّما أنّه في هذه اللحظة كان يأخذ عليهم أشياء كثيرة: الخلط بين المقاومة والحزب، شوفينيّتهم، ديماغوجيّة دعايتهم الانتخابيّة، تسامحهم المعيب وتعسّفهم الصارم حيال المتعاونين. لكنّ الصحف اليمينيّة كانت تفيد طوعًا من هذا الالتباس، وبدأ الكثير من القرّاء يشتكون. كان أكثريّة العاملين في الجريدة يشعرون بالاستياء ولوك أيضًا. عندما استعرض هنري معه الوضع قال: «لافتة مقابل لافتة. من الأفضل أن نمثّل الـ *S.R.L*من أن يتمّ اعتبارنا شيوعيّين». كان هذا هو الرأي العامّ السائد في الجريدة تقريبًا. «أنا لا أؤمن لا بالـ *S.R.L* ولا بالحزب الشيوعي فهما سواء بسواء. خذ أنت القرار»، قال فنسان.

فكّر هنري عندما اختلى بنفسه في مكتبه: «إجمالاً، كلّهم موافقون. ولا يجدون أيّ مبرّر للرفض». انقبض قلبه: سيجد نفسه مرغمًا إذًا على الاستجابة لطلب دوبروي. كانت الـ *S.R.L* بحاجة

إلى جريدة وها هي الفرصة سانحة فهل يحقّ له رفضها. فالعالم متردّد بين الحرب والسلم، والمستقبل متعلّق ربّما بحدث غير متوقّع. ألاّ نعمل في سبيل السلام فهذا يُعدّ جريمة. نظر هنري إلى المكتب والمكتبة والجدران واستمع إلى هدير آلات الطبع، وبدا له فجأة أنّه استيقظ من حلم طويل سخيف. الجريدة... اعتبرها حتى الآن مجرّد لعبة: الأعتدة الكاملة لعامل المطبعة، الحجم الطبيعي، ألعوبة رائعة فعلاً... لكنّها باتت أداة وسلاحًا وكان لديهم الحقّ في محاسبته على وجهة استخدامها. مشى باتّجاه النافذة. آه! كان يبالغ بعض الشيء؛ لم يكن الحلم بهذا السخف. الغبطة التي أثارها أيلول تلاشت منذ زمن بعيد. وكان يقلق أشدّ القلق على مصير هذه الجريدة. لكن، على أيّة حال، فكّر أنّه ليس مدينًا إلاّ لنفسه وفي هذا كان مخطئًا. «غريب هذا الأمر، ما إن تقوم بعمل مناسب حتى تتراكم عليك الواجبات بدل أن تتكرّس لك حقوق». عمل على تأسيس «*L'Espoir*» وهذا دفعه للارتماء جسدًا وروحًا في السوق الشعبي السياسي. راح يتخيّل منذ الآن تدخّلات سامازيل وخطبه ومخابرات دوبروي الهاتفيّة والندوات والاستشارات والخصومات والصفقات. تعهّد لنفسه:

«لن أكون فريسة سهلة». خرج من مكتبه ونزل الدرج. في هذا الضباب، بدت له المدينة هذا المساء أشبه بمحطّة هائلة: كان يحبّ الضباب والمحطّات. الآن، لم يعد يحبّ شيئًا. جعل من نفسه فريسة دون أن يدري. لذا، عندما سعى للتحدّث عن نفسه لم يجد ما يقوله: «هل هناك أشياء تعني لك في الصميم، قل لي أيّها». أيّها؟ لم يكن يحبّ لا بول ولا نادين. السفر لم يعد يستهويه البتّة. لم يعد قطّ يقرأ

للذّته الخاصّة ولا يتنزّه ولا يستمع إلى الموسيقى. لم يعد يفعل شيئًا لمتعته الخاصّة. أبدًا، لم يعد يحدث له أن يقف منذهلاً في زاوية الشارع أمام أمر ما. لم تعد الذكريات تسلّيه. هنالك فقط أناس يجب الاتّصال بهم، وأشياء يجب القيام بها. كان يعيش مثل مهندس وسط عالم من الأدوات. ليس مدهشًا أن يصير أجفّ من حصاة. حثّ الخطى. هذا الجفاف يخيفه. لقد تعهّد ليلة الميلاد بأن يستعيد ذاته، لكنّه لم يستعد شيئًا. وفوق هذا كلّه، كان طيلة الوقت مستاءً، محترسًا، متوتّرًا، سهل الإغاظة، مغتاظًا. كان يعرف جيّدًا أنّه فرض على نفسه أعمال السخرة هذه، وأنّه يؤدّي واجبه بشكل سيّئ، ولم يكن هذا يجرّ عليه إلاّ الندم. «لا أعرف شيئًا حقّ المعرفة، لا أرى الأشياء بوضوح. آخذ المواقف على سبيل الطيش، ليس لديّ وقت، لن يكون لديَّ الوقت». كانت هذه اللازمة تثير أعصابه. ولا يني يسمعها. كل شيء أسوأ من السابق، أسوأ بما لا يُحدّ. كان مأكولاً، ملتهَمًا، منظّفًا حتى العظام. لن تعود مسألة الكتابة مطروحة. الكتابة نمط حياة وهو سيختار نمط حياة آخر، ولن يعود لديه شيء يقوله لأحد. «لا أريد»، فكَّر وشعور بالتمرّد يساوره. لا، لم تكن أسباب نفوره غير مبرّرة. لا بل يستطيع بقليل من التعاطف مع الذات أن يقنع نفسه أنّ المسألة بالنسبة له مسألة حياة أو موت. فحياته أو موته ككاتب كانا على المحكّ وعليه أن يدافع عن نفسه. «بعد كل حساب، مصير البشريّة ليس بين يدي الـ *S.R.L* ومصير الـ *S.R.L* ليس بين يديَّ». غالبًا ما فكَّر: «نأخذ أنفسنا كثيرًا على محمل الجدّ. لكنّ أعمالنا لا وزن كبيرًا لها ولا تؤثّر كثيرًا وهذا العالم ليس شديد الوطأة: إنّه ليفيّ، مساميّ، دون

كثافة». كان المارّة يحثّون الخطى عبر الضباب وكأنّه كان مهمًّا بالنسبة لهم استباق الوقت للوصول إلى هنا أو هنالك. وفي النهاية، سيموتون جميعًا، وأنا أيضًا، وهذا يجعل الحياة خفيفة. لا نستطيع الوقوف بوجه الموت، وبالتالي لا يمكن أن نفعل شيئًا للآخرين، ولا ندين لهم بشيء. من العبث تسميم وجودنا بأفكار تافهة. ليفعل إذاً ما هو قادر على فعله. ليترك الجريدة والـ *S.R.L* ليترك باريس ويذهب للإقامة في أيّ بقعة منزوية من بقاع الجنوب ويكرّس نفسه للكتابة. «نحصد ما زرعناه»، قال لامبير. ليحاول أن يكون سعيدًا دون أن ينتظر حتى تعمّ السعادة الجميع. لم لا؟ تخيّل هنري البيت الريفيّ المنعزل والصنوبر ورائحة الغابات. «لكن ماذا سأكتب؟» واصل السير مشتّت الذهن. فكّر: «أُحكم الفخّ. ما إن تشعر أنّك أفلتّ منه حتى يطبق عليك». استعادة الماضي وإنقاذ الحاضر عبر الكلمات، أمر جميل فعلاً، لكن هذا ليس بوسعه أن يحصل إلاّ إذا أخبرناه للآخرين. هذا لا معنى له إلاّ إذا كان للماضي والحاضر والحياة وزن ومعنى. إذا لم يكن لهذا العالم أهمِّيّة وللناس الآخرين أهمِّيّة، فلمَ الكتابة إذاً؟ لا يعود أمامك إلاّ التثاؤب ضجرًا. الحياة لا يُقبض عليها بالتفاصيل بل دفعة واحدة. إمّا كل شيء أو لا شيء. إلاّ أنّنا لا نملك الوقت لكل شيء. تلك هي المأساة. ومن جديد احتدمت الرقصة في رأس هنري. كان حريصًا كل الحرص على هذه الجريدة، ولم تكن همومه بشأن الحرب والسلم والعدالة مجرّدة من أيّ معنى. لا مجال لرمي كل ذلك جزافًا. ومع هذا، كان كاتبًا. كان يرغب في الكتابة، وقد تدبّر لغاية الآن أمره موفّقًا بين جميع الأمور قدر الإمكان، وربّما بشكل سيّئ. إذا رضخ لدوبروي فلن

يخرج من الورطة أبدًا. ما العمل إذًا؟ الرضوخ؟ عدم الرضـــوخ؟ العمل السياسي؟ الكتابة؟ عاد إلى المنزل ليخلد للنوم.

بضعة أيّام مرّت، وكان هنري لا يزال متردّدًا: «نعـــم أم لا؟» وآل به الأمر لأن يشعر بأنّ هذا الهاجس يجعله سيّئ المزاج. تنبّه للأمر عندما لمح وجه لاشوم المبتسم في فرجة الباب:

ـ هل يمكنني أن آخذ من وقتك خمس دقائق؟

كان لاشوم يمرّ غالبًا بالجريدة لرؤية فنسان. وعندما يدخل إلى مكتب هنري، كان دائمًا موضع ترحيب. لكن هذه المرّة قـــال لـــه هنري بلهجة جافّة جدًّا:

ـ مُرّ بي غدًا. لديّ مقال وعليّ أن أنهيه.

قال لاشوم دون حرج وجلس دون تردّد:

ـ لكنّي أودّ التحدّث إليك اليوم..

ـ عمَّ؟

نظر لاشوم إلى هنري بشيء من الوجوم:

ـ يقول فنسان إنّ ثمة مـــن يقتـــرح عليـــك تجيير الجريـــدة للـــ*S.R.L*؟

قال هنري:

ـ فنسان يحبّ الثرثرة. ليس الأمر مطروحًا على بساط البحث.

ـ آه! أرحتني. أفضّل هذا.

قال هنري بنبرة فيها شيء من العداء:

ـ لماذا؟ بمَ يزعجك الموضوع؟

ـ سيكون هذا خطأ جسيمًا.

ـ وأين تكمن جسامته؟

ـ خطر لي فعلاً أنّك لم تتنبّه للأمــر. ولهــذا أردت المجــيء لتحذيرك. أصبحت لهجته جافّة: «في الحزب، نعتبر أنّ الــ *S.R.L* في طريقها لتصير حركة معادية للشيوعيةّ».

أخذ هنري يضحك:

ـ هل تعرف، لولاك لما كنت قادرًا على اكتشاف الأمر!

قال لاشوم:

ـ ليس هناك ما يضحك!

ـ أنت يصعب عليك الضحك. قال هنري وهو ينظر إلى لاشوم بسخرية: «تكيل الثناء للجريدة أكثر ممّا يستطيع ذوقــي تحمّلــه. دوبروي يقول الأشياء نفسها مثلي. هل هو ضدّك إذاً؟ مــا الــذي حدث؟ كان لافوري ودودًا إلى درجة لا تصدّق الأسبوع الماضي».

قال لاشوم بلهجة رصينة:

ـ إنّ حركة مثل الــ *S.R.L* حركة ملتبسة جدًا. من جهة تجــذب اليسار وهذا واقع. لكن ابتداءً من اللحظة التي تلتحق فيها بجريــدة أو تسعى إلى عقد مؤتمر، فهذا لأنّ لديها النيّة في تأليب الأنــصار والمحازبين حولنا. في البداية كان الحزب الشيوعي يرغــب فــي إقامة التحالف، لكن عندما يعلنون أنهم ضدّنا، فنحن مضطرّون لأن نكون ضدّهم.

ـ هل تقصد القول إنّه لو كانت الــ *S.R.L* فريقًا ممحوًّا، صامتًا ويعمل في ظلّكم بكل طاعة، عندئذ ستتحمّلونه وتشجّعونه؟ لكن إذا بدأ يعمل لحسابه يصبح الاتّحاد المقدّس باطلاً؟

ـ أكرّر لك: الــ *S.R.L* تريد تأليب الأنصار والمحازبين حولنــا وعندئذٍ لا يعود هناك اتّحاد مقدّس.

قال هنري:

ـ نعم، هكذا تحلّلون الأمور! حسنًا، نصيحة مقابل نصيحة: لا تبدأوا بمهاجمة الـ *S.R.L* لأنّكم لن تقنعوا أحدًا بأنّها حركة مناهضة للشيوعيّة. وستحكم لصالح هؤلاء الذين اعتبروا الجبهة الوطنيّة[١] تمويهًا. ما يقال عنكم من أنّكم لا تحتملون وجود يسار خارجًا عنكم صحيح إذًا!

قال لاشوم:

ـ مهاجمة الـ *S.R.L* ليست مطروحة علانية. لكنّنا نراقبها بحذر. هذا كل ما في الأمر.

ثم نظر إلى هنري متجهّمًا وقال:

ـ ابتداءً من اليوم الذي ستكون الجريدة ناطقة باسم الحركة فستصير خطيرة. لا تسلّمهم «*L'Espoir*».

قال هنري:

ـ ماذا! هل هذا ابتزاز؟ هل تقصد القول إنّه إذا تخلّت الـ *S.R.L* عن أن تكون لها جريدة فسيكون بمقدورها أن تتعيّش بسلام، هل هذا ما قصدته؟

قال لاشوم معاتبًا:

ـ ابتزاز؟ إذا التزمت الـ *S.R.L* حدودها، فسنبقى أصدقاء، وإلاّ فلا. هذا منطقيّ.

هزّ هنري كتفيه امتعاضًا:

ـ عندما كان سكرياسين يؤكّد لي أنّه لا يمكن العمل معكم، لم

---

(١) الجبهة الوطنيّة: حركة مقاومة فرنسيّة خلال الاحتلال الألماني في الحرب العالميّة الثانية، أنشئت بتحريض من الحزب الشيوعي.

أرد تصديقه. لقد كان على صواب في أيّة حال. ليس من حقّنا إلاّ الرضوخ لتعليماتكم، لا شيء أكثر.

قال لاشوم:

ـ لماذا لا تريد أن تفهم؟ ثم أضاف بلهجة ملحاحة: «لماذا لا تبقى مستقلاً عن أيّة حركة؟ هذا ما يصنع قوّتك».

ـ إذا انضممْتُ إلى الـ *S.R.L* سأقول الأشياء نفسها التي قلتها من قبل. أشياء تستحسنها.

ـ لكنّك تقولها الآن باسم فئة ما وتتّخذ بذلك معنًى آخر.

ـ فيما حتى الآن يمكن الافتراض أنّني كنت متّفقًا مع الحزب الشيوعي على طول الخطّ؟ هل هذا يريحك؟

قال لاشوم بحدّة:

ـ هذا صحيح، أنت متّفق معنا. لكن إذا كنت مستاءً من التصرّف بطريقة مستقّلة، تعال معنا. الـ *S.R.L* هي في جميع الأحوال حركة لا أفق لها. لن تنال دعم البروليتاريا. في الحزب الشيوعي، إذا تكلّمت، فثمّة من يصغي إليك. وهناك تستطيع القيام بعمل حقيقي.

قال هنري:

ـ لكن هذا عمل لا يروق لي. فكَّر غاضبًا: «ها قد ألحقوني بهم فعلاً».

كان لاشوم يتابع حثّه على الالتحاق بالحزب. كان عليه التنبّه لهذا النوع من المناورات. لا شيء يدفعه إلى تغيير قناعاته. هل جاء ليحذّر هنري بصفته صديقًا أم أتى يغرّر به؟ لا شكّ أنّ الأمرين يكمّلان بعضهما، وهذا أسوأ.

قال هنري فجأة:

ـ نضيّع وقتنا دون فائدة، وعليَّ إنهاء مقالتي.

نهض لاشوم: «لا أخفي عليك أنّ الحصول على «*L'Espoir*» هو في مصلحة دوبروي وليس في مصلحتك».

ـ اعتمد عليَّ في الدفاع عن مصالحي.

وتصافحا بشيء من البرودة.

أُعلم دوبروي بانقلاب موقف الحزب الشيوعي. أشار إليه لافوري بتهذيب أن يعدل عن فكرة إقامة الاجتماع. قال دوبروي: «يخافون أن نظهر على الملأ، ونكسب تأييد الناس. يحاولون إخافتنا. لكن، إذا صمدنا فلن يجرؤوا على مهاجمتنا. على الأقلّ، ليس بجدِّيّة». كان مصمّمًا على الصمود وجاراه هنري في موقفه. لكن كان ينبغي بأيّة حال طرح المسألة على اللجنة. إنّها مجرّد استشارة شكليّة؛ لأنّ اللجنة تميل في نهاية الأمر إلى الأخذ برأي دوبروي. «كم من الوقت الضائع سدًى؟» قال هنري في نفسه، وهو يستمع إلى احتدام أصوات المتكلّمين وصخبهم. نظر عبر النافذة إلى السماء الزرقاء الجميلة: «الأجدى بي الذهاب للتنزّه»!؟ إنّه أوّل يوم في الربيع، أوّل ربيع في السلم. ولم يجد دقيقة واحدة للإفادة منه. صباحًا، كان هناك مؤتمر لمراسلي الحرب الأميركيّين، ثم أعقبه الاجتماع السرّي مع الأفارقة الشماليّين. تناول سندويشه على الغداء، وهو يطالع الصحف سريعًا. وها هو الآن محتبس في هذا المكتب. نظر إلى الآخرين: لا أحد منهم تخطر له الرغبة في فتح النافذة، ولو قليلاً. كان صوت لونوار متحمّسًا وخجلاً في آن. قال وهو يتأتئ تقريبًا: «إذا كان لا بدَّ لهذا الاجتماع أن يكشف عن

عدائه للحزب الشيوعي فسأعتبره ذا فأل سيّئ».

قال سافيير:

ـ بل سيكون ذا فأل سيّئ إذا لم يندّد باستبداد الحزب الشيوعي، فاليسار يموت بسبب هذا الموقف الجبان.

قال لونوار:

ـ لا أعتقد أنّني جبان. لكن أريد أن أنضمّ إلى صفوف الرفاق المغنّين في الليلة التي سيشعلون فيها نيران الفرح.

قال سامازيل:

ـ في العمق، نحن جميعًا متّفقون. ليست المسألة إلاّ مسألة تكتيك.

ما إن يشرع سامازيل في الكلام حتى يصمت الجميع. لا يعود يُسمع صوت آخر بجانب صوته. كان صوته هائلاً وهادرًا حين يدحرج الكلام في فمه. يخيّل إليك أنّه يَنهم نبيذًا أحمر. راح يقول إنّ الاجتماع في ذاته يشكّل إعلانًا بالاستقلاليّة حيال الحزب الشيوعي، وإنّه من اللائق إذًا أن يكون محتوى الخطب التي ستلقى معتدلاً لا بل وديًّا.

كان ينمّق كلماته، بحيث إنّ سافيير ظنّ أنّ هناك مناورة هدفها إحداث القطيعة مع الشيوعيّين وتحميلهم تبعات الأخطاء، فيما فهم لونوار أنّ هناك إصرارًا على التحالف بأيّ ثمن.

تساءل هنري: «ما الجدوى من هذه المهارة الكلاميّة؟ القفز فوق خلافاتنا لا يعني تجاوزها». حتى الآن، استطاع دوبروي فرض قراراته بسهولة. «لكن إذا توتّرت الأوضاع وهاجمنا الشيوعيّون، فماذا ستكون ردود فعل كلٍّ منّا؟ كان لونوار منسحرًا بالشيوعيّين،

وحدها ميوله الأدبيّة وصداقته لـدوبروي تمنعه من الالتحاق بالحزب، عكس سافيير، الذي يصعب عليه أن يتحكّم بأحقاده الناجمة عن كونه مناضلاً اشتراكيًّا سابقًا. بالنسبة لسامازيل، لم يكن هنري يعرف كثيرًا بماذا يفكّر، وكان يرتاب منه بشكل مبهم. بدا له النموذج المكتمل للرجل السياسي. بدانته ودفء صوته الأجشّ يجعلانه يبدو وكأنّه متجذّر في الأرض. يخيّل للناظر إليه أنه نَهِمٌ في الأشخاص والأشياء، لكنّه في الواقع يفيد منها ليقيت حيويّته النزقة. كان فقط منتشيًا بحيويّته، ويهوى الكلام ولأيٍّ كان! ويطمئنّ كل الاطمئنان إلى تناول العشاء في المدينة! وحين يعلّق رجل أهمّيّة على نغمة صوته أكثر ممّا يُعنى بمغزى كلماته، فأين يكمن صدقه إذًا؟ كان برونو وموران صادقين لكن متردّدين، بالضبط من هؤلاء المثقّفين الذين يتحدّث عنهم لاشوم والذين يريدون أن يشعروا بفعاليّتهم دون أن يضحّوا بفردانيّتهم. «مثلي، فكّر هنري، ومثل دوبروي. ما دمنا نستطيع أن نظلّ على علاقة وطيدة مع الشيوعيّين دون أن ننضمّ إلى صفوفهم، فهذا جيّد. لكن إذا قرّروا نبذنا فهذا لن يؤدّي إلاّ إلى علاقات متأزّمة». رفع هنري عينيه إلى السماء الزرقاء. من غير المجدي السعي إلى حلّ المشكلة اليوم ما دمنا لا نستطيع طرحها بشكل ملموس، فجميع وجهات النظر ستتغيّر بتغيّر موقف الحزب الشيوعي. الأمر الأكيد هو أنّه يجب عدم الاستسلام للخوف. الجميع موافقون وهذه السجالات عقيمة. «وفي أثناء ذلك، هناك فئة تصطاد في المياه العكرة»، فكّر هنري. لم يكن يهوى هذا النوع من الصيد لكنّ الصيّادين يألفونه وشباكهم ملأى دومًا.

عندما أقرّت اللجنة قرارها بعقد الاجتماع، اقترب سامازيل من

هنري، وقال وفي صوته عتب مبهم:

ـ يجب العمل على إنجاح هذا الاجتماع وبذل الجهود ليرتفع عدد الملتحقين بصفوفنا بشكل ملحوظ.

ـ نأمل ذلك.

ـ وتعرف أنّه إذا كانت لدينا جريدة ناطقة باسمنا فسنكون واثقين من حضور أكثر اتّساعًا بكثير.

ـ أعرف، قال هنري.

بشيء من البرود، كان يراقب الوجه الممتلئ بابتسامته الفيّاضة. فكّر هنري: «إذا انضممت إلى صفوفهم فسيكون خصمًا لي، خصمًا موازيًا لدوبروي». كان سامازيل ذا حيويّة لا تكلّ.

قال سامازيل:

ـ يجب أن تحسم خيارك على وجه السرعة.

ـ أحطت دوبروي علمًا بالأمر: يلزمني بضعة أيّام للتفكير.

ـ نعم، انقضت هذه البضعة أيّام.

ردّد هنري في نفسه: «بجدّ، لا أحبّه». ثم لام نفسه على موقفه هذا: «هذا نابع من ردّة فعلي كشخص فردانيّ!» الحليف ليس صديقًا بالضرورة: «على أيّة حال، تساءل وهو يصافح دوبروي، من هو الصديق؟» أصدقاء: لأيّ حدّ؟ بأيّ ثمن؟ وإذا لم أوافق على طلبه، فإلى أين ستؤدّي هذه الصداقة؟

قال دوبروي:

ـ لا تنسَ أنّ هناك مخطوطات تنتظرك في «*Vigilance*».

قال هنري:

ـ سأمرّ بالمجلّة في الحال.

كان يرغب بكل طيبة خاطر في الاهتمام بهذه المجلّة. كان يمتعه أن يساعد دوبروي في تجميع النصوص واختيارها، لكنّه يعيد دومًا اللازمة نفسها: يجب أن يكون الوقت متوفّرًا ليقرأ بعناية المخطوطات، ويكتب إلى المؤلّفين، ويتحدّث معهم. المسألة غير مطروحة. يجب أن يكرّس وقته ليتصفّح على عجلة كتابات لأشخاص مغمورين. فكّر وهو يجلس أمام مقود السيّارة الصغيرة السوداء: «أفسد كل شيء». وهذا النهار الجميل، يوشك أن يفسده أيضًا. ويومًا بعد يوم سيؤول به الأمر لإفساد حياته كلها.

قالت نادين:

ـ هل جئت تفتّش عن بريدك؟

بهيئة جادّة ناولته ظرفًا ضخمًا أصفر. كانت تأخذ دورها كسكرتيرة على محمل الجدّ. «هذه هي العروض الموجزة إذا شئت أن تلقي نظرة».

قال هنري:

ـ في يوم آخر.

تفحّص بنظرة ودّ رزم الورق المكدّسة فوق الطاولة، الدفاتر السوداء، الحمراء، الخضراء، رزم الصفحات المربوطة بشكل سيّئ، الملفّات... مخطوطات كثيرة ولكل مخطوطة مؤلّفها الفريد الذي لا يشبه الآخر.

قالت له نادين وهي منشغلة بترتيب البطاقات:

ـ دعني أدوّن لوائح بتلك التي تسلّمتها.

قال هنري:

ـ سآخذ هذه الرزمة، وأيضًا تلك. ثم قال وهو يشير إلى الرواية

التي اطّلع على الصفحة الأولى فيها: «تبدو جيّدة».

ــ تقصد كتاب الروائي الشابّ بولفي؟ يبدو لطيفًا هذا الأصهب، لكن ماذا بوسعه أن يكتب في هذه السنّ، وهو لم يتعدّ بعد الثانية والعشرين؟ ثم وضعت يدها على الدفتر بطريقة لجوجة وقالت: «دعه لي، آخذه لك هذا المساء».

ــ لست واثقًا من أنّ هذا تصرّف جيّد...

قالت نادين:

ــ أريد إلقاء نظرة عليه.

كان هذا الفضول النهم شغفها الوحيد. ثم أضافت بلهجة مرتابة: «هل سنلتقي هذا المساء»؟

ــ حسنا، عند الساعة العاشرة في الحانة عند زاوية الطريق.

ــ ألن تأتي عند ماركوني قبل ذلك؟ إنّهم يحتفلون بذكرى سقوط برلين، وسيكون جميع الرفاق هناك.

ــ ليس لديّ وقت.

ــ يبدو أنّ في حوزة ماركوني أسطوانات من أحدث طراز. أنا لا أحفل بها. لكنّك تدّعي أنّك تحبّ الجاز.

ــ أحبّ الجاز. لكنّ لديّ عملاً.

ــ بين الخامسة والعاشرة، أليس لديك دقيقة فراغ واحدة.

ــ لا، في السابعة سأذهب للقاء تورنيل الذي وافق أخيرًا على مقابلتي.

هزّت نادين كتفيها باستخفاف: «سيسخر منك مواجهة».

ــ لا أشكّ بذلك، لكنّي أريد أن تكون لي القدرة على مراسلة داس فييرناس المسكين، والتأكيد له بأنّني أطلعت تورنيل على قضيّته وتحدّثت إليه مشافهة.

أنهت نادين تسجيل اللوائح بصمت، ثم رفعت رأسها وقالت:

ـ حسنًا نلتقي هذا المساء.

ابتسم لها هنري:

ـ إلى هذا المساء.

سيلتقي بها في العاشرة. وحوالى الحادية عشرة سيصعدان معًا إلى الفندق الصغير قبالة الجريدة. أصرّت على مضاجعته من جديد. كان يؤاسيه التفكير بأنّ النهار المجدب سينفتح في غضون ساعات قليلة على ليل دافئ ووردي. ركب هنري سيّارته وانطلق باتّجاه الجريدة. كان الليل لا يزال بعيدًا، وفترة بعد الظهر ستنتهي دون بهجة. الاستماع إلى موسيقى جاز جديدة، الشرب برفقة الأصدقاء، الابتسام للنساء، نعم، كان يودّ ذلك، لكن دقائقه محتسبة، وفي الجريدة هناك أيضًا يحتسبون دقائقه. ودّ لو يوقف السيّارة إلى جانب الرصيف، لو يتّكئ إلى الدرابزين وينظر إلى الشمس المنعكسة في الماء، أو يولّي الفرار باتّجاه الأرياف الخجولة المحيطة بباريس. كان يرغب في فعل أشياء كثيرة، لكنّه لا يستطيع. هذه السنة أيضًا ستستعيد حجارة باريس القديمة رونقها من دونه. «ما من استراحة. لا وجود إلاّ للمستقبل المرجأ إلى ما لا نهاية. وهذا ما يسمّونه العمل السياسي!» أي النقاشات والمؤتمرات. إنّ أيًّا من هذه الأوقات ليس معاشًا لذاته. الآن سيبدأ كتابة الافتتاحيّة، ومن بعدها سيذهب لرؤية تورنيل، وبالكاد سيتسنّى له الوقت قبل حلول الساعة العاشرة لينهي هذه المقالة ويرسلها إلى المطبعة. أوقف السيّارة، أمام مبنى الجريدة. إنّه لمحظوظ لحصوله على هذه السيّارة. من دونها لما استطاع قطّ إنجاز ما عليه إنجازه.

فتح باب السيّارة وألقى نظرة على لوحة القيادة: ٢٣٢٧. أعاد قراءة الرقم بدهشة، كان واثقًا من أنّ العدّاد أشار مساء أمس إلى الرقم ٢١٠٢. كانوا أربعة فقط يملكون مفتاح المرآب: لامبير وهو في ألمانيا، ولوك أمضى فترة الصباح في الجريدة. لكن كيف بإمكان فنسان أن يسير مسافة ٢٢٥ كيلومترًا بين منتصف الليل والظهر؟ ليس من هؤلاء الأشخاص الذين يهوون التنزّه مع العاهرات. وكان يألف ارتياد المواخير بصورة دائمة. لكن من أين أتى بالوقود؟ ثم إنّه كان يجدر به الإخطار بالأمر كالعادة. صعد هنري الدرج، ثم وقف جامدًا على عتبة المكتب. قصّة الكيلومترات هذه تحيّره. مشى باتّجاه قاعة التحرير ووضع يده على كتف فنسان:

ـ أخبرني إذًا...

التفت فنسان ثم ابتسم. تردّد هنري. لم يكن يشكّ بالأمر لحظة واحدة. لكنّه منذ قليل وحين قرأ المقالة الصغيرة في جريدة «فرانس سوار» في أسفل الصفحة الأولى، تذكّر ابتسامة مريبة ارتسمت على وجه فنسان في «البار روج». والآن حين ابتسم فنسان، أعاد التفكير بهذه المقالة الصغيرة. أبقى سؤاله عن المقالة معلّقًا وقال لفنسان:

ـ هل تأتي لنشرب كأسًا؟

ـ لا أرفض مثل هذا الطلب.

صعدا الطريق إلى البار وجلسا أمام منضدة صغيرة، بالقرب من الباب الذي يطلّ على الرصيف. طلب هنري كأس نبيذ أبيض وقال:

ـ أخبرني، هل أنت من أخذ السيّارة هذا الصباح؟

ـ السيّارة؟ لا.

ـ أمر غريب. إذًا هناك أحد غيرنا يملك المفاتيح. أوقفتها مساء أمس عند منتصف الليل، ومنذ تلك الساعة سار بها أحدهم مسافة ٢٢٥ كيلومترًا.

قال فنسان:

ـ لا بدَّ أنّك أخطأت بخصوص الرقم.

ـ لا، أنا موقن أنّي لم أخطئ. دوّنت عندي أنّ العدّاد تخطّى الـ ٢١٠٠ كيلومتر. صَمَتَ هنري، ثم أضاف: «كان لوك في الجريدة هذا الصباح. إذا لم تكن أنت من أخرج السيّارة، أتساءل حقًّا من يكون. يجب أن أستوضح هذه المسألة».

قال فنسان:

ـ وبمَ يفيدك هذا؟

كانت هناك لجاجة في صوته. تفحّصه هنري بصمت لبرهة قصيرة ثم قال:

ـ لا أهوى الأسرار.

ـ إنّه لسرّ صغير جدًّا!

ـ صحيح؟

ومن جديد خيّم الصمت. ثم سأل هنري:

ـ هل أنت من أخذ السيّارة؟

ابتسم فنسان وقال: «اسمع، أريد أن تسديني خدمة: انسَ هذه القصّة. انسَها كلّيًّا. لم تخرج السيّارة من المرآب منذ مساء أمس. وكفى».

أفرغ هنري كأسه. ٢٢٥ كيلومترًا، أتيشي على مسافة مئة

كيلومتر تقريبًا من باريس. كانت المقالة الصغيرة في «فرانس سوار» تشير إلى أنّ الدكتور بومال، وهو مشتبه بكونه تعامل مع الغستابو، والذي صدر لصالحه قرار بعدم وجود وجه لإقامة دعوى، عُثر عليه عند الفجر مقتولاً في منزله في أتيشي. تفحّص هنري فنسان من جديد. كانت تفوح من هذه القضيّة رائحة الرواية البوليسيّة المتسلسلة، وفنسان يبتسم بشحمه ولحمه، ولم يكن شخصيّة متخيّلة. نهض هنري. في أتيشي جثّة حقيقيّة فعلاً والمجرمون الذين ارتكبوا فعلتهم موجودون أيضًا بلحمهم وشحمهم في مكان ما.

قال هنري:

ـ من الأفضل أن نتحدّث على الرصيف.

ـ أجل، هذا نهار جميل.

قال فنسان ذلك، وهو يتقدّم باتّجاه الدرابزين الذي تُرى من أمامه أبنية باريس منعكسة في الماء.

قال هنري:

ـ أين كنت في تلك الليلة؟

ـ هل أنت مصرّ على معرفة ذلك؟

قال هنري، وقد راقت له أفكاره فجأة:

ـ كنت في أتيشي.

تبدّلت ملامح فنسان، نظر هنري إلى يديه، لا ترتجفان.

رفع فنسان نظراته باتّجاه هنري بحيويّة وقال:

ـ ما الذي يدفعك إلى قول هذا؟

ـ هذا جليّ.

الحقّ يقال، لقد تلفّظ بهذه الكلمات دون أن يقصدها فعلاً، وفجأة كان ما قاله صحيحًا. فنسان هو أحد أفراد عصابات السوء وتلك الليلة كان في أتيشي.

قال فنسان بلهجة مغتمّة:

ــ هل الأمر بهذا الوضوح؟

أسف لكونه ترك أمره ينفضح بهذه السهولة. وكل ما تبقّى لا يعنيه إطلاقًا.

أمسكه هنري من كتفه:

ــ لا يبدو عليك أنّك تدرك خطورة ما تفعل. هذه القصص قذرة، لا بل منتهى القذارة.

قال فنسان بصوت هادئ:

ــ الدكتور بومال هو الذي كان يتمّ استدعاؤه إلى شارع لابومب لمعالجة الشبّان المُغمى عليهم. كان يعيد إنعاشهم ويُباشر من جديد بفتل أصابع أقدامهم. قام الدكتور بهذا العمل لمدّة سنتين.

شدَّ هنري بقوّة أكبر على كتفه الهزيلة وقال: «نعم، كان الدكتور نذلاً كبيرًا. وماذا بعد؟ ما الفائدة من سقوط اسم من قائمة الأنذال على وجه الأرض؟ أن تقتل متعاونين في عام ١٩٤٣ أمر مفهوم. لكنّ هذا لا يفيد الآن شيئًا ولا قيمة له! ما قمت به ليس فعلاً، ولا عملاً، ولا تمرينًا. فقط لعبة حقيرة موبوءة. ثمة أشياء أفضل بكثير يمكن القيام بها».

ــ تعترف بأنّ تصفية المتعاونين مع العدوّ مهزلة قذرة.

ــ وهذه أيضًا مهزلة توازيها قذارة. ثم أضاف بلهجة غاضبة: «تريد أن أقول لك شيئًا؟ إنّ نهاية المغامرة تدمي قلبك، ويحلو لك

التظاهر بإطالة أمدها. لكن يا الله! ألا تفهم أنّ المغامرة ليست هي المهمّة بحدّ ذاتها بل الأفكار التي دافعنا عنها».

قال فنسان بصوته الهادئ.

ــ ولا زلنا ندافع عن الأشياء نفسها.

يخيّل للسامع أنّه يناقش مسألة مغالية في التجريد في علم القضايا الضميريّة.

ثمّ أضاف: «هل تعرف، هذه الأحداث التافهة كفيلة بإنعاش ذاكرة الناس. هم في أمسّ الحاجة لمثل هذه الأخبار. اسمع، الأسبوع الماضي التقيت لامبير وكان يتنزّه برفقة والده. ألا ترى أنّ تصرّفه تجاوز الحدّ؟».

قال هنري:

ــ نصحته بأن يراه إذا كانت لديه رغبة في ذلك، فهذا الأمر يعنيه وحده، ثم أضاف بلهجة هازئة: «إنعاش ذاكرة الناس! على المرء أن يكون مجنونًا لكي يصدّق أنّ هذا سيغيّر شيئًا في مجرى الأمور».

فردّ عليه فنسان ساخرًا:

ــ وما الذي يغيّر شيئًا في مجرى الأمور؟

قال هنري غاضبًا:

ــ هل تعلم لماذا نحن معطّلون؟ لأنّ عددنا قليل. إنّها غلطتك أنت وزملائك وجميع الفتيان الذين يتلهّون بارتكاب الحماقات بدل أن يبادروا للقيام بعمل حقيقي...

ــ قال فنسان هازئًا:

ــ هل تريدني أن ألتحق بالــ *S.R.L*؟

ــ هذا سيكون أفضل بكثير! اسمعني: بـمَ يفيدك أن تطلق الرصاص على أنذال مغمورين لا يحفل بهم أحد؟ ليس في هذا ما يسيء إلى اليمين.

قاطعه فنسان:

ــ لاشوم يقول إنّ الـ *S.R.L* تخدم الرجعيّين، ودوبروي يقول إنّ الحزب الشيوعي يخون البروليتاريا: وصدّق من تصدّق! ثم اتّجه إلى باب المدخل وقال: «انسَ هذه القصّة». ثم أضاف مبتسمًا «أعدك أنّني لن أعود إلى استخدام السيّارة».

ــ قال هنري:

ــ لا أبالي بالسيّارة.

قاطعه فنسان:

ــ إذن لا تبالِ بالبقيّة.

وسأل فنسان وهما يجتازان الحانة:

ــ هل تأتي عند ماركوني بعد قليل؟

ــ لا لديّ عمل كثير.

ــ للأسف! لمرّة واحدة خلت أنّنا نتمتّع كلّنا بأمر مشترك. كان بودّنا أن تحضر.

ــ كان بودّي أيضًا.

نزلا الدرج بصمت. كان هنري يريد أن يضيف شيئًا آخر أو يدلي بحجّة مقنعة: لم يستطع. شعر أنّه محبط للغاية. في عنق فنسان اثنتا عشرة جثّة، يحاول نسيانها بمواصلة عمليّات القتل. وبين الحين والآخر يفرط في الشرب ويثمل. كان يذهب ليثمل عند ماركوني. لا يمكن تركه يكمل على هذا النحو. لكن، كيف السبيل

إلى ردعه؟ «الفساد في كل مكان» كم من الأشياء التي ينبغي القيام بها! كم من الناس الذين لا يدرون ماذا يفعلون! كان يفترض بالأمور أن تسير نحو الأفضل لكنّها لم تسر! فكّر مصممًا «سأرسل فنسان للقيام بتحقيق مطوّل في مكان بعيد جدًّا». لكنّ هذا ليس إلاّ حلاًّ موقّتًا. يجدر به القيام بمبادرة تردع فنسان عن مواصلة مثل هذه الأعمال. لو أنّ الـ *S.R.L* سارت بشكل أفضل، لو أنّها جسّدت فعلاً أملاً ما لكان بإمكان هنري القول لفنسان: «نحن بحاجة إليك؟» لكن حتّى الآن لا يزال الأمر بعيدًا.

بعد مضي ساعتين، وصل هنري إلى مقرّ الخارجيّة الفرنسيّة، مكتئب المزاج. كان قد تدارك الاستقبال الودّي لتورنيل وابتسامته المرتابة.

قال تورنيل:

ـ قل لصديقك داس فييرناس إنّ رسالته ستؤخذ بعين الاعتبار. لكن أنصحه بالصبر. أتكفّل بإيصال رسالتك عبر البريد الدبلوماسي. ثم أضاف: «ليس عليك إلاّ إيداعها لدى السكرتيرة. لكن كنْ حذرًا جدًّا مع ذلك».

ـ بالتأكيد. العجوز المسكين مشتبه بأمره أصلاً. نظر هنري إلى تورنيل بشيء من العتب: «إنّهم حالمون ولا يدركون حقيقة الأشياء، لكنّهم على أيّة حال محقّون في سعيهم للإطاحة بسالازار».

قال تورنيل:

ـ بالطبع، هم محقّون.

كان هناك شيء من الحقد في صوته، وتفحّصه هنري بانتباه أكبر.

ـ ألا تجد أنّه ينبغي أن نجدّ لمساعدتهم بطريقة أو بأخرى؟
ـ بأيّ طريقة؟
ـ لا أعرف. هذا اختصاصك.
هزّ تورنيل كتفيه: «تعرف الوضع مثلي تمامًا. كيف تريد أن تفعل فرنسا شيئًا ما للبرتغال أو لأيّة دولة، وهي غير قادرة على فعل شيء لنفسها؟».
نظر هنري قلقًا إلى الوجه المغتاظ. كان تورنيل أوّل من عمل على تنظيم صفوف المقاومة ولم يشكّ قطّ بالنصر. هذا الاعتراف بالهزيمة لم يكن من شيمه. قال هنري:
ـ لدينا في جميع الأحوال شيء ما من المصداقيّة.
ـ أتظنّ ذلك؟ هل أنت من هؤلاء الناس الذين يشعرون بالفخر لأنّ فرنسا مدعوّة إلى مؤتمر سان فرنسيسكو؟ ماذا تتصوّر؟ الحقيقة هي أنّنا بتنا خارج المعادلة.
قال هنري:
ـ ربّما ليس لدينا تأثير على مجرى الأحداث، مفهوم. لكن في النهاية، نستطيع أن نعبّر عن رأينا، أن ندافع عن بعض وجهات النظر ونمارس ضغوطًا...
قال تورنيل بلهجة تعتريها المرارة:
ـ أذكر. أردنا إنقاذ الشرف لكي تستطيع فرنسا أن تتكلّم مع الحلفاء برأس مرفوع. ثمّة أُناس قُتلوا في سبيل ذلك، وذهب دمهم هدرًا!
قال هنري:
ـ لن تقول لي إنّه كان علينا أن نتخلّى عن المقاومة.

ـ لا أعرف، كل ما أعرفه أنّ هذا لم يجعلنا نحرز تقدّمًا كبيرًا. وضع تورنيل يده على كتف هنري: «لا تردّد أمام أحد ما قلته لك هنا».

قال هنري:

ـ بالطبع لا.

أعاد تورنيل إلى شفتيه ابتسامة رجل المجتمع الراقي:

ـ سعيد لكوني حظيت برؤيتك مجدّدًا!

ـ أنا أيضًا، قال هنري.

بخطى سريعة عَبَرَ الأروقة ومن ثم اجتاز الباحة. شعر بقلبه منقبضًا: «مسكين داس فييرناس. مساكين هؤلاء الرجال العجائز، الطيّبو القلب». استعاد ياقاتهم المنشّاة وقبّعاتهم المستديرة المنتفخة، وهذا الغضب المتعقّل في نظراتهم. كانوا يقولون: «فرنسا أملنا الوحيد». لم يكن هناك أمل، ولا في أيّ مكان، لا في فرنسا ولا خارج فرنسا. اجتاز الطريق المعبّدة واتّكأ على درابزين الرصيف. من البرتغال، كانت فرنسا لا تزال تحتفظ بالبريق المعاند للنجوم الخامدة، وقد خُدع هنري بهذا البريق. اكتشف فجأة أنّه يسكن العاصمة المحتضرة لبلاد صغيرة. كان السين يسيل في مجراه وأمامه المادلين ومجلس النوّاب. كل شيء في مكانه والمسلّة أيضًا. يخيّل للناظر أنّ باريس نجت من الحرب بطريقة عجائبيّة. «أردنا تصديق ذلك»، فكّر هنري وهو يقود سيّارته في جادّة سان جرمان حيث تزهر أشجار الكستناء وفيّة دومًا لمواعيدها. خُدع الجميع وعن طيبة خاطر بكل هذه البيوت والأشجار والمقاعد التي لا زالت كما كانت عليه. لكنّ الحقيقة مختلفة، لقد قُضي على هذه الحاضرة

المكابرة المنتصبة في قلب العالم. لم يعد هنري إلاّ المواطن المهمّش من الدرجة الخامسة. ولم تعد «*L'Espoir*» إلاّ جريدة محلّيّة من صنف *Le Petit Limousin*. صعد درج الجريدة بخطى كئيبة: «فرنسا غير قادرة على فعل شيء». إطلاع الناس الذين ليس بيدهم حيلة على مجريات الأمور وإثارة سخطهم واستدراج حكمتهم، ما فائدة ذلك كلّه؟ كتب هنري التحقيق عن البرتغال وعُني به وكأنّه يتوجّب عليه تحريض الرأي العامّ من القطب للقطب. لكنّ واشنطن لا تبالي ووزارة الخارجيّة أَوَلاَ تستطيع فعل شيء. جلس أمام مكتبه وأعاد قراءة مطلع مقالته: ما جدوى ذلك؟ سيقرأها الناس ويهزّون برؤوسهم، ومن ثم يرمون الجريدة في سلّة المهملات وكفى! ما أهمّيّة أن تبقى «*L'Espoir*» مستقلّة منحازة، أو أن يتزايد عدد قرّائها أو يتناقص، أو أن تبلغ حافّة الإفلاس؟ «لا يستحقّ الأمر منّي عناء المعاندة والإصرار» فكرّ هنري فجأة. كان دوبروي وسامازيل يظنّان أنّهما قادران على استخدام هذه الجريدة، ويعتقدان أنّ لفرنسا دورًا تلعبه إذا خرجت من عزلتها: جميع الآمال إلى جانبهما وقبالتهما ليس إلاّ الفراغ، «لماذا لا أتّصل بهم إذًا وأقول لهم إنّني موافق؟» نظر طويلاً إلى آلة الهاتف على مكتبه، لكن يده لم تطاوعه على الفور. انكبّ من جديد على كتابة مقالته.

ــ آلو هنري؟ هذه نادين. كانت هناك ارتعاشة مذعورة في صوتها: «هل نسيت موعدنا؟».

نظر إلى ساعته متفاجئًا:

ــ لكن لا. أنا قادم. لم تتعدّ الساعة العاشرة والربع. صحيح؟

ــ إنّها العاشرة وسبع عشرة دقيقة.

ـ حسنًا، لا أزال أعمل.

أعاد السمّاعة نافد الصبر. ما أبرعها في إفساد لقاءاتنا! طيلة هذا النهار القاحل، فكَّر غالبًا بهذه اللحظة التي سيضمّ فيها بين ذراعيه جسدها الأملس والطري. عندئذٍ سيحظى بحصّته من الربيع. لكن ها إنّ الشعور بالضغينة بلحظةٍ واحدة يطغى على رغبته فيها: «هذه امرأة أخرى تعتقد أنّ لها حقوقًا عليّ»، فكّر وهو ينزل الدرج. «ألا تكفيني بول؟» دفع باب المقهى الصغير. كانت نادين تقرأ بهيئة رصينة وإلى جانبها قنّينة مياه معدنيّة...

ـ إذًا، ألا يمكنك الانتظار عشرين دقيقة بعد؟

رفعت رأسها:

ـ اعذرني. لم أشأ أن أقطع عليك عملك. لكنّ هذا أقوى منّي. ما إن أبدأ في الانتظار حتّى أشعر أنّني لن أرى أبدًا الشخص الذي أنتظره.

ـ لا نختفي بهذه السهولة!

ـ هل تظنّ ذلك؟

أشاح بوجهه بشيء من الخجل. تذكّر فجأة أنّها في الثامنة عشرة، وأنّ لديها ذكريات مؤلمة.

ـ هل طلبت شيئًا؟

ـ نعم. لديهم شرائح من لحم العجل هذا المساء. ثم أضافت بابتسامة مصالحة: «أحسنت صنيعًا بأنّك لم تأت إلى ماركوني، لم يكن الأمر ظريفًا».

ـ هل ثمل فنسان؟

ـ كيف عرفت؟

ـ يثمل دومًا. حاولي ثنيه عن هذه الممارسات.

ـ آه، لفنسان الحقّ في أن يفعل ما يشاء. إنّه مختلف عن الآخرين. إنّه رئيس الملائكة.

حدّقت إلى هنري ثم أردفت:

ـ أخبرني، هل رأيت تورنيل؟

ـ رأيته، قال إنّه لا يستطيع فعل شيء.

ـ كنت أعرف أنّك ترهق نفسك سدًى.

ـ وأنا أيضًا.

قالت، وقد بدت على وجهها علامات الإعراض من جديد:

ـ إذًا، لم يكن الأمر يستحقّ العناء في الأساس. ناولت هنري الدفتر الأسود: «أتيتك بالمخطوطة».

ـ ما رأيك؟

ـ يروي قصصًا ظريفة جدًّا عن الهند الصينيّة.

ـ هل تعتقدين أنّ بإمكاننا نشر بعض المقاطع في المجلّة؟

ـ بالطبع! لو كنت مكانك لنشرتها بأكملها.

نظرت إلى المخطوطة بشيء من الضغينة: «يجب أن تكون لنا الجرأة بالتخلّي عن الخجل لكي نستطيع الكلام عن أنفسنا بهذا الشكل. لن أقدر أبدًا أن أكون بهذه الجرأة».

ابتسم لها هنري وقال:

ـ ألا تراودك الرغبة في الكتابة؟

قالت نادين بلهجة مفخّمة:

ـ أبدًا، ولكن ما الجدوى من الكتابة إذا كنّا نفتقر إلى العبقريّة؟

ـ أحيانًا، أشعر أنّ الكتابة بوسعها أن تساعدك...

تجهّمت ملامح نادين:

ـ تساعدني في ماذا؟

ـ في تدبّر أمرك في الحياة.

قالت وهي تنقضّ على شريحة اللحم:

ـ أتدبّر أمري على أفضل وجه، شكرًا على اهتمامك. ثم أضافت: «أنتم غريبو الأطوار، أسوأ من المدمنين!».

ـ لماذا تصفيننا بالمدمنين؟

ـ لأنّ المدمنين يريدون أن يصير كل الناس مثلهم. وأنت تريد من الجميع أن يكونوا كتّابًا مثلك.

فتح هنري المخطوطة من جديد: تركت الجمل المستكتبة صداها في داخله نقيًّا وجليًّا ومبهجًا كوابل من الحصى الصغيرة.

قال:

ـ بالنسبة لفتى في الثانية والعشرين، هذا فعلاً جيّد.

ـ نعم، جيّد. هزّت كتفيها متبرّمة: كيف بإمكانك أن تتعاطف مع شخص وأنت لا تعرفه بعد؟

ـ لا أتعاطف، فقط أستنتج أنّه موهوب.

ـ لكن، قل لي ألا يوجد ما يكفي من الكتّاب الموهوبين على هذه الأرض؟ ثم أضافت بهيئة معاندة: «ما حاجتكم أنت وأبي إلى اكتشاف طرف أدبيّة لم تنضج بعد؟».

قال هنري:

ـ من يكتب يؤمن بالأدب ويسرّه أن يغتني الأدب بكتاب جديد.

ـ تقصد القول إنّ ذلك يرتدّ على نشاطكم أنتم بالذات كأدباء ويبرّره؟

ـ نعم، بطريقة ما.

قالت بلهجة راضية:

ـ هذا ما فكّرت فيه. الاهتمام الذي تولونه للشبّان نوع من الأنانيّة في العمق.

ـ آه! ما هذا التخابث الرخيص!

ـ ألا تعبّر تصرّفاتنا دومًا عن أنانيّة ما؟

ـ لنقل إنّه في جميع الأحوال، ثمة أشكال من الأنانيّة مفيدة بالنسبة للآخرين.

لم تكن له رغبة في الجدال. أحسّ أنّه مستاء صراحة فيما هي كانت منصرفة إلى تنظيف أسنانها بعقب عود ثقاب، ثم رمت العود على البلاط.

ـ هل برأيك أخطأت في أن أعمل كسكرتيرة؟

ـ لماذا تسألينني؟ تعرفين أنّك تتدبّرين أمرك جيّدًا.

ـ الأمر لا يتعلّق بأمانة السرّ بل بي كإنسانة. هل أنا على خطأ أم على صواب؟

الحقيقة أنّه لم يفكّر في الأمر كثيرًا، وبالرغم من كل دهائها، كانت نادين ستتفاجأ لو عرفت كم أنّ مشاكلها لا تعنيه.

قال على مضض:

ـ بالطبع، كان بإمكانك مثلاً متابعة دروسك...

ـ أردت أن أكون مستقلّة.

أن تعمل في مجلّة والدها، أيُّ استقلال هذا! في الواقع كانت تدأب على احتقار والديها، لا بل على كرههما، لكنّها لم تكن تتحمّل

أن تكون حياتها بمعزل عن حياتهما. تحتاج إلى الـتهكّم عليهما حيثما يتواجدان.

قال بفتور:

ـ أنت أفضل من يحكم على نفسك.

ـ إذًا تجد أنّني على صواب؟

ـ أنت محقّة في أن تفعلي ما يحلو لـك. كـان يجيـب علـى تساؤلاتها مكرهًا، لأنّه يعرف أنّ نادين مولعة بالتحدّث عن نفسها، لكنّ كل حكم، حتى لو كان مصيبًا، يجرح كبرياءها. ثم إنّه لـيس لديه ما يرغب في قوله هذا المساء. كل ما كان يتمنّاه هو أن يندسّ إلى جانبها في السرير.

ـ هل تعرفين ماذا ستفعلين لو كنت لطيفة.

ـ ماذا؟

ـ ستجتازين الشارع برفقتي..

تجهّم وجه نادين وقالت مغتاظة:

ـ تراني عندما تفكّر فقط في هذا...

ـ لم أقصد إهانتك.

قالت بلهجة شاكية:

ـ أردت التحدّث إليك...

ـ حسنًا، فلنتحدّث! هل تريدين كونياك؟

ـ تعرف جيّدًا أنّني لا أريد.

ـ دومًا محتشمة كطفلة العذراء مريم. ألا تريدين سيجارة؟

ـ لا؟

طلب كأس كونياك وأشعل سيجارة.

ـ عمَّ تريدين التحدّث؟

لم يكن صوته ودودًا، لكنّ نادين لم تحفل بالأمر وتابعت الكلام:

ـ أرغب في الالتحاق بالحزب الشيوعي.

ـ التحقي.

ـ لكن ما رأيك؟

أجاب بحيويّة:

ـ لا رأي عندي. أنت تعرفين ما يجدر بك فعله.

ـ لكنّي متردّدة. ليس الأمر بهذه البساطة. لذا وددت التحدّث عن الموضوع.

ـ النقاش لا يؤدّي إطلاقًا إلى تكوين قناعة.

قالت نادين، وقد احتدّ صوتها فجأة:

ـ تناقش الآخرين. أمّا أنا فلا تريد مناقشتي. وهذا برأيي لأنّني امرأة فحسب. النساء يصلحن فقط للمضاجعة.

ـ أمضي نهاراتي في الثرثرة. لو تعرفين مدى سأمي من الكلام.

لو أنّه برفقة لامبير أو فنسان لما تقاعس عن تقديم النصح. صحيح أنّ نادين كانت بحاجة للمساعدة مثلهما تمامًا، لكنّه تعلَّم من تجاربه السابقة أنّ مساعدة المرأة ترتّب عليه واجبات لاحقة تجاهها. ما إن تتكرّم عليهنّ ولو بهبة بسيطة حتّى يُعلّلن نفوسهنّ بالآمال. لذا كان دومًا محترسًا فيما يتعلّق بهنّ.

قال بجهد:

ـ أعتقد أنّك إذا دخلت إلى الحزب فلن تبقى فيه طويلاً.

ـ آه! هل تعرف، أنّ هواجسكم كمثقّفين آخر ما يشغل بالي. ثم

أضافت بشغف: «الأكيد هو أنّني إذا التحقت بالحزب الشيوعي فعلى الأقلّ لن أشعر بالندم كما حصل معي في البرتغال عندما رأيت هؤلاء الأطفال الصغار يتضوّرون جوعًا».

لاذ بالصمت. إنّها على صواب، ليته يستطيع التخلّص من كل أسباب الندم دفعة واحدة. الأمر مغرٍ جدًّا. لكن إذا كان هذا هو الهدف من الالتحاق بالحزب الشيوعي فقد أخطأناه. قالت نادين:

ـ بمَ تفكّر؟

ـ أفكّر أنّه إذا كنت ترغبين في الالتحاق بالحزب فعليك أن تلتحقي.

ـ لكن أنت تفضلّ البقاء في الـ *S.R.L* على الدخول إلى الحزب الشيوعي، أليس كذلك؟

ـ ولماذا يُفترض بي أن أغيّر رأيي؟

ـ إذًا، تعتبر أنّ الشيوعيّة جيّدة بالنسبة لي وسيّئة بالنسبة لك.

ـ ثمة أشياء كثيرة لا أتحمّلها عندهم. أمّا أنت إذا كنت تتحمّلينها فانضمّي إليهم إذًا.

قالت:

ـ هل رأيت أنّك لا ترغب في التحدّث إليّ؟

ـ بلى، ها إنّي أتحدّث إليك.

ـ على مضض، ثم أضافت بعتب: «تبدو فعلاً منزعجًا برفقتي»!.

ـ لكن لا، لست منزعجًا. فقط هذا المساء أشعر بالخبل.

ـ أنت دومًا تشعر بالخبل عندما تراني.

ـ لأنّي أراك في المساء. تعرفين جيّدًا أنْ لا وقت فراغ آخر لديّ.

خيّم الصمت لفترة قصيرة. وقالت:

ــ اسمع، أريد أن أطلب منك شيئًا لكنّي أعرف أنّك بطبيعة الحال سترفضه.

ــ ما هو؟

ــ أن تمضي عطلة نهاية الأسبوع المقبلة برفقتي.

ــ لكن لا أستطيع.

ومن جديد أحسّ بغصّة الضغينة في حلقه. كانت تمنع عليه هذا الجسد الذي كان يرغب فيه، ومن ثم تفرض عليه أن يمنحها وقتًا ورعاية. «تعرفين جيّدًا أنّني غير قادر».

ــ بسبب بول؟

ــ بالضبط.

ــ كيف يرضى رجل بأن يبقى طيلة حياته عبدًا لامرأة لم يعد يحبّها؟

ــ لم أقل لك قطّ إنّني متعلّق بها.

ــ تشفق عليها وتشعر بالندم حيالها. كل هذه البروتوكولات العاطفيّة مثيرة للقرف فعلاً! عندما نفقد اللذّة في رؤية الناس، ننقطع عن رؤيتهم وكفى.

قال وهو ينظر إليها بوقاحة:

ــ في هذه الحالة يجب ألاّ نطلب شيئًا من أحد وألاّ نشعر بالسخط خصوصًا عندما نجابه بالرفض.

ــ لن يسخطني إذا قلت لي بصراحة: لا أرغب في إمضاء عطلة الأسبوع معك، بدل أن تحدّثني عن واجباتك.

ضحك هنري ضحكة خفيّة وفكّر: «لا، هذه المرّة، لن أدعها

تهينني في صراحتي. تطالب بالحقيقة، ستحصل عليها».

قال بصوت عالٍ:

ـ هل تقبلين أن أكلّمك بصراحة؟

ـ لا تحتاج لقول ذلك مرّتين.

أخذت حقيبتها عن الطاولة وأقفلتها بعصبيّة قائلة:

ـ لست علَقًا. لا أتشبّث بأحد. وعلى أيّ حال، كن مطمئنًّا لأنّني لا أحبّك. ثم أجالت فيه نظرها للحظة بصمت: «كيف يُعقل أن نحبّ مثقّفًا؟ لديك ميزان مكان القلب، وعقل صغير في طرف قضيبك». ثم اختتمت بقولها: «أنتم جميعًا فاشيّون».

ـ لم أطاردك.

ـ لا تعاملون الناس بالتساوي، بل تستغلّونهم وفقًا لمداركم الصغيرة. سخاؤكم إمبرياليّة وحيادكم ادّعاء.

كانت تتكلّم دون غضب، بلهجة حالمة. نهضت ثم أطلقت ضحكة صغيرة:

ـ بالله عليك لماذا تبدو بهذا المزاج السيّئ؟ يزعجك أن تراني وعلاقتنا لم تعد تسلّيني. فلننس كل هذه القصّة! ولنتحدّث من وقت لآخر ونتقابل دون ضغينة.

ثمّ توارت تحت جنح الظلام عبر الشارع. طلب هنري الحساب. لم يكن راضيًا عن نفسه: «لماذا كنت بهذه القسوة معها؟» كانت تغيظه لكنّه يحبّها. «غالبًا ما أشعر بالغيظ. كل شيء يغيظني. هناك خلل ما في مكان ما». أفرغ كأس النبيذ. لا شيء يدعو إلى العجب. يمضي نهاراته في القيام بأشياء لا يرغب القيام بها، ويعيش من الصباح حتى المساء مكرهًا. «لماذا صرت على هذه الحال؟».

للوهلة الأولى، لم يكن يبدو أنّ العهد الذي أخذه على نفسه غداة التحرير أمر صعب المنال. كل ما سعى إليه هو أن يستعيد حياته كما كانت قبل الحرب ويغنيها بنشاطات جديدة. كان يظنّ أنّ بإمكانه إدارة شؤون «*L'Espoir*» والعمل مع الـ *S.R.L* ومتابعة الكتابة والعيش بسعادة. لم يعد قادرًا، لماذا؟ ليست المسألة متعلّقة بإيجاد الوقت. لو أنّه كان فعلاً حريصًا على إيجاد الوقت لتدبّر أمره ولأمضى فترة بعد الظهر هذه متسكّعًا في الشوارع، أو يذهب عند ماركوني. الآن، تحديدًا، كان لديه الوقت للعمل، كان بإمكانه أن يطلب من الخادم ورقًا للكتابة، لكنّ هذه الفكرة أشعرته بالغثيان. «أيّة مهنة هذه!». هكذا قالت نادين وكانت على صواب. كان الروس منصرفين إلى تدمير برلين. كانت الحرب تنتهي منذرة باندلاع حرب أخرى أم ماذا؟ كيف بإمكاننا التمتّع بسرد حكايا لم تحدث قطّ؟ هزّ كتفيه هازئًا: هذه أيضًا حجّة نتذرّع بها عندما نتعثّر في عملنا. كانت الحرب وشيكة الاندلاع ثم وقعت الحرب، وهو كان يتسلّى بسرد القصص. لماذا لا يتسلّى الآن أيضًا؟ خرج من المقهى. تذكّر ليلة أخرى، ليلة مكتنفة بالضباب تنبّأ فيها لنفسه أنّ السياسة ستلتهم كل وقته ذات يوم. وهذا ما حصل. التهمته السياسة. لماذا لم يدافع عن نفسه بشكل أفضل؟ كيف وقع فريسة هذا الجفاف الداخليّ الذي يشلّ كل قدرة فيه؟ كيف لهذا الفتى الذي يحمل مخطوطته أن يقول ما لديه من أشياء فيما هو عاجز عن قول أيّ شيء. عندما كان في الثانية والعشرين من العمر، كانت لديه أشياء يقولها، ويمشي في هذه الشوارع حالمًا بكتابه: الكتاب... أبطأ الخطى. لم تعد الشوارع على حالها. فيما مضى، كانت باهرة

بضوئها وكانت تخترق عاصمة العالم. اليوم، بالكاد يخترق الضوء الخافت لأحد الفوانيس ظلمة الليل البعيدة. أصبحت الطرقات ضيّقة والمنازل دون طلاء. مدينة النور انطفأت. حتى لو عادت للّمعان من جديد ستكون روعة باريس شبيهة بروعة العواصم التي اندثر ألقها: البندقيّة، براغ، بروج لا مورت(١). لا الشوارع ستعود كما كانت ولا المدينة ولا الناس. أخذ هنري على نفسه عهدًا ليلة الميلاد بأن يعبّر بالكلمات عن عذوبة السلم وحلاوته. لكن هذا السلم كان دون عذوبة ولا حلاوة. الشوارع حزينة. جسد نادين كئيب. وهذا الربيع ليس لديه ما يمنّ به عليه. السماء زرقاء والبراعم تنصاع لرتابة الفصول، لكن لا رجاء فيها. «أين طعم الحياة الذي تذوّقه من قبل؟». لم يعد للحياة طعم لأنّ الأشياء فقدت معناها. لذا، لم يعد للكتابة معنى. في هذا المنظار، كانت نادين محقّة أيضًا: لا يمكننا أن نتلذّذ بوصف الأنوار الخافتة على طول نهر تاجو، لأنّنا نعرف أنّها تنير مدينة ترزح تحت وطأة الموت جوعًا. والناس الذين يموتون جوعًا ليسوا ذريعة للكتابة. لم يكن الماضي إلاّ سرابًا وإذا تبدّد السراب فماذا يتبقّى؟ الشقاء والمخاطر والمهامّ المبهمة والفوضى. فقد هنري عالمه القديم ولم يحصل على شيء في المقابل. لم يكن في أيّ مكان ولا يملك شيئًا، ولم يكن شيئًا ولا يستطيع الكلام في أيّ شيء. فكّر: «لم يتبقّ لي إلاّ الصمت. لو استطعت أن أتّخذ فعلاً قرارًا حاسمًا لكففت عن الشعور بهذا التمزّق، ولكان بمقدوري ربّما القيام طوعًا بأعمال السخرة التي

---

(١) بروج لا مورت: Bruges - La - Morte مدينة في بلجيكا عرفت انطلاقة عمرانيّة وازدهارًا لا مثيل له في القرن الخامس عشر، ثمّ ما لبث وهجها أن انطفأ.

أقوم بها مرغمًا». توقّف أمام «البار روج». لمح عبر الزجاج جوليان جالسًا وحده على المقعد. دفع الباب وسمعهم يهمسون باسمه. البارحة ليس إلاّ، لو سمع هذا الهمس لتأثّر به، لكنّه اليوم وفيما يشقّ طريقه عبر الجماعة المألوفة، تأسّف على أنّه سمح لنفسه بأن ينخدع بهذا السراب الوضيع. أن يكون الإنسان كاتبًا كبيرًا في الغواتيمالا أو الهندوراس، أيّ انتصار سخيف! فيما مضى، كان يحسب أنّه يقيم في مكان مميّز من العالم حيث كل كلمة تنتشر تتناهى إلى أسماع الناس في الأرض جمعاء. أمّا الآن فقد بات يدرك أنّ كل الكلمات تتهافت صريعة عند قدميه.

قال جوليان:

ـ تأخّرت كثيرًا.

ـ تأخّرت على ماذا؟

ـ لقد فاتتك رؤية حفلة التضارب والاقتتال. آه لا شيء يستحقّ الذكر. حتى أنّهم يجهلون كيف يقتتلون بشكل ملائم.

ـ ما السبب؟

قال جوليان بصوت متردّد:

ـ أحدهم أبقى على لقب المارشال، وهو يتحدّث عن بيتان.

ثم انتشل من جيبه قارورة مسطّحة وسأل هنري:

ـ تريد ويسكي حقيقيّة؟

ـ نعم.

ـ يا آنسة، كأس أخرى وقنّينة صودا أخرى من فضلك!

وأخذ يملأ كأس هنري حتى نصفها.

قال هنري بعد أن احتسى جرعة كبيرة:

ـ عظيم! كنت بحاجة لشيء يرفع من معنويّاتي المنهارة. كان نهاري حافلاً جدًّا. أمر غير معقول! ألاحظت كم نشعر بالفراغ في نهاية نهار حافل؟

ـ النهارات دومًا حافلة وتملأ الأحداث المتواصلة ساعاتها، أمّا القناني ففارغة دومًا لسوء الحظّ.

لمس جوليان الدفتر الذي وضعه هنري على طاولة الشرب:

ـ ما هذه؟ وثائق سرِّيّة؟

ـ رواية كتبها فتى شابّ.

ـ قُلْ لفتاك الشابّ أن يجعل منها قصاصات ورق تلفّ بها أخته الصغيرة شعرها. فليعمل أمين مكتبة مثلي، هذه مهنة ممتعة وأقلّ إثارة للمتاعب. لاحظ: لو بعت الزبدة أو المدافع للألمان لسامحناك وقبّلناك وقلّدناك وسامًا. لكن إذا كتبت كلمة واحدة زائدة عن اللزوم هنا أو هنالك، عندئذ: «صوّبوا البندقيّة وارموه بالرصاص!» عليك أن تكتب مقالة بهذا الصدد.

ـ أفكّر بذلك.

ـ تفكّر في كل شيء، أليس كذلك؟

أفرغ جوليان قارورة الويسكي في الكأسين وأردف: «باستطاعتك أن تملأ أعمدة كثيرة في الصحف وتطالب بالتأميمات! لكن ماذا عن تأميم قُضُب الرجال، إلى متى؟». أفرغ كأسه ثم قال: «نخب مجازر برلين!».

ـ عن أيّ مجازر تتحدّث؟

ـ وماذا تعتقد أنّهم يفعلون في برلين هذه الليلة، هؤلاء القوزاق الطيّبون؟ مجازر وأعمال اغتصاب! إنّها غوغاء وفوضى عارمة.

لكنّه النصر، نصرنا! ألا تشعر بالفخر والاعتزاز؟

ـ آه! لا ترهق كاهلي أنت أيضًا بأخبارك عن السياسة!

قال جوليان:

ـ بئس هذه السياسة!

قال هنري:

ـ إذا كنت تقصد أنّ هذا العالم لا يدعو إلى التفاؤل كثيرًا أوافقك الرأي.

ـ نعم أنظر إلى هذا المكان اللعين: هذا ما يسمّونه حانة. حتى السكارى فيه لا يتحدّثون إلاّ عن النهوض بفرنسا. والنساء! ما من امرأة تبعث على البهجة في هذه الناحية! لا وجود إلاّ للّواتي يزدن على الهمّ همومًا.

نزل جوليان عن مقعده: «على فكرة تعال معي إلى مونبارناس. على الأقلّ هناك نلتقي بفتيات ظريفات. ربّما لسن فتيات صالحات، لكنّهنّ لطيفات ولا يثرن الهمّ بلا طائل.

هزّ هنري رأسه نفيًا:

ـ سأعود للنوم.

ـ لست ظريفًا أنت أيضًا، ونظرًا لأنّها فترة ما بعد الحرب، يبدو الجوّ فعلاً مخيّبًا للآمال.

ـ أجل الجوّ مخيّب للآمال.

ردّد هنري، وهو يشيّع بنظراته جوليان الذي مشى باتّجاه الباب. ولا جوليان أيضًا كان ظريفًا بحديثه المليء بالعنف والقسوة. لكن بعد كل حساب، لماذا يفترض بالجوّ بعد الحرب أن يدعو للتفاؤل بشكل خاصّ؟ نعم، في ظلّ الاحتلال كانت الحياة أجمل، تلك أيضًا

قصّة قديمة. أنشدوا الأغاني للغد الآتي المشرق ملء الحناجر. غدًا أصبح اليوم وفاتت مدّة الغناء من أجله. لقد دُمّرت باريس والجميع ماتوا في الحرب. «وأنا أيضًا» وماذا بعد؟ ليس مزعجًا أن تموت إذا كنت تتخلّى عن التظاهر بأنّك تعيش. انتهت الكتابة. انتهت الحياة. هناك تعليمة واحدة باقية: العمل. العمل ضمن المجموعة وعدم الانشغال بالذات. الزرع وثم الزرع ولا حصاد. العمل، الاتّحاد، الخدمة، إطاعة دوبروي، الابتسام لسامازيل... سيتّصل: «الجريدة لكم»، لكم أيضًا الخدمة والاتّحاد والعمل.

ثمّ طلب كأسًا مزدوجة من الكونياك.

الفصل الرابع

I

أن تستمرّ على قيد الحياة، أن تسكن الجانب الآخر من الحياة: هذا مريح بعد كل مراجعة. لا تعود تنتظر شيئًا ولا تخشى شيئًا. وجميع الساعات التي تمرّ تغدو أشبه بالذكريات. هذا ما اكتشفتُه في غياب نادين: الراحة! لم تعد أبواب الشقّة تصطفق. بتّ أستطيع التحدّث إلى روبير دون أن يشعر أحد أنّه مكبوت، وأسهر إلى ساعة متأخّرة من الليل دون أن يقرع أحد على بابي. كنت أستغلّ هذا الوضع، لأباغت الماضي في عمق كل لحظة. تكفيني دقيقة أرق واحدة: النافذة المفتوحة على نجمات ثلاث تعيد انبعاث كل الشتاءات والأرياف المتجلّدة وأعياد الميلاد. وعندما تتناهى إلى مسامعي ضجّة صناديق القمامة التي يفرغها عمّال التنظيفات، تستيقظ كل صباحات باريس منذ طفولتي. الصمت القديم نفسه يخيّم في مكتب روبير فيما هو ينصرف إلى الكتابة، عيناه محمرّتان، غافل عن كلّ ما حوله، فاقد الحسّ. كم هي أليفة لي دمدمة هذه الأصوات المضطربة! كانوا يلبسون وجوهًا جديدة ويحملون أسماء لونوار وسامازيل. لكنّ رائحة التبغ الرمادي وهذه الأصوات المحتدمة والضحكات الودودة، أعرفها جيّدًا. مساءً، أستمع إلى ما

يقصّه عليّ روبير. أنظر إلى تحفنا الساكنة في أمكنتها، كتبنا، لوحاتنا وأفكّر أنّ الموت ربّما كان أكثر رأفة ممّا تصوّرت.

فقط، ينبغي عليَّ أن أتحصَّن في قبري. ها إنّنا في الطرقات التي بلّلها المطر نلتقي رجالاً يرتدون البيجامات المخطّطة. إنّهم أوائل المعتقلين الذين يعودون. فوق الجدران، في الصحف صور تكشف لنا أنّه خلال كل هذه السنوات لم نستشعر ما معنى كلمة «أهوال الحرب». موتى جدد أضيفت أسماؤهم إلى لائحة الموتى الذين كانت حيواتنا بمثابة خيانة لهم، وفي عيادتي أيضًا ظهر الناجون من أهوال الحرب الذين لم يعد في استطاعتهم، من جهتهم، الركون إلى الماضي. «أودّ لو أستطيع النوم ليلة واحدة من دون ذكريات»، هكذا قالت لي متوسّلة هذه الفتاة الناضجة التي لا تزال النضارة تفوح من خدّيها فيما خطّ المشيب شعرها. عادة، كنت أعرف كيف أدافع عن نفسي. جميع المصابين بالعصاب الذين كتموا جنونهم خلال الحرب يطلقون الآن لجنونهم العنان، ولم أكن أوليهم إلاّ اهتمامًا مهنيًّا، لكنّي شعرت بالخزي حيال هؤلاء العائدين من الموت، وبالعار لأنّني لم أتعذّب ما يكفي ولأنّني لزمت بيتي طمعًا بالسلامة والعافية، وظللت متأهّبة لتقديم النصائح إليهم من علياء صحّتي. آه! بدت لي الأسئلة التي طرحتها على نفسي غير مجدية: أيًّا يكن مستقبل العالم، يجب مساعدة هؤلاء الرجال والنساء على النسيان وعلى الشفاء. المشكلة الوحيدة هي أنّ نهاراتي كانت قصيرة جدًّا، وأنّني عبثًا أعوّض عنها مقتطعة من ساعات لياليَّ.

نادين عادت إلى باريس. كانت تجرّ وراءها كيسًا كبيرًا مليئًا بالنقانق بلون الصدأ ولحم الخنزير المقدّد والسكّر والقهوة

والشوكولا. أخرجت من حقيبتها قطع الحلــوى المــشبعة بالــسكّر والبيض وجوارب وأحذية ومناديل وأقمشة وعرقًا. قالــت بفخــر: «اعترفي بأنّي تدبّرت أمري جيّدًا». كانت ترتدي تنّورة اسكوتلنديّة وقميصًا أحمر جميل الطراز والشكل ومعطفًا من الفــرو الأثيــري وحذاء ذا نعل مطّاطي. «أسرعي يا أمّي المسكينة وخيطي لك ثوبًا، فملابسك وضيعة جدًّا»، قالت وهي ترمي بين ذراعيّ قماشًا موبرًا بألوان الخريف الغنيّة. ظلّت ليومين تتحدّث باندفاع وانفعــال عــن البرتغال. تروي ما رأته بشكل سيّئ، وتحاول بإشارات مختلفة من يديها أن تعبّر عن أفكار لم تستطع الكلمات التعبيــر عنهــا. كــان يشوب صوتها احتداد قلق: حتى يخيّل أنّها كانت تحتــاج إلــى أن تبعث في نفوسنا الدهشة لكي تستمتع باسترجاع ذكريات رحلتهــا. تحرّت المنزل بنظرات متفحّصة:

ـ ألم تنتبهي للأمر: هــذا الــبلاط والزجــاج! لا، لا يمكنــك الاستمرار على هذا الشكل الآن، وقد بدأ الزبــائن يعــودون. لــن تستطيعي تدبّر الأمر بمفردك.

كان دوبروي يصرّ هو أيضًا على أن يساعدني أحد في تــدبير شؤون المنزل. كنت أنفر من أن تكون لديَّ خادمة، لكــن نــادين واجهتني قائلة بأنّ هذه هواجس الطبقة الوسطى. عثرت لي، بــين ليلة وضحاها، على مدبّرة منزل شابّة وأنيقة ومتفانية تُدعى ماري. كدت أصرفها منذ الأسبوع الأوّل. غادر روبير مكتبه فجــأة كمــا يحصل له في هذه الأيّام وترك أوراقه مبعثرة على الطاولة. سمعت ضجّة في مكتبه ففتحت الباب ورأيت ماري منحنية على كراريس المخطوطات.

ــ ماذا تفعلين هنا؟

قالت ماري بهدوء:

ــ أرتّب الأوراق. اغتنمت فرصة غياب السيّد.

ــ قلت لك بألاّ تلمسي هذه الأوراق. لم يكن يعنيك أمر ترتيبها بل كنت تقرئين ما ورد فيها!

قالت بأسى:

ــ لا أستطيع أن أقرأ خطّ السيّد. ثم ابتسمت لي بوجهها الصغير الكامد الذي لا تحييه ابتسامتها: «غريب كيف يستطيع السيّد أن يكتب طيلة النهار: هل ينتزع كل هذه الكلمات من رأسه؟ أردت أن أرى كيف يصير الأمر على الورق. لم أفسد شيئًا».

تردّدت. وفي النهاية خانتني شجاعتي. تمضية النهار في التنظيف والترتيب عمل مزعج فعلاً! رغم مظهرها الذي يوحي بالغفلة، لم يكن يبدو عليها أنّها بلهاء. حاولت أن تروّح عن نفسها قليلاً، أفهم.

قلت:

ــ لا بأس. لكن لا تعيدي الكرّة. ثم أضفت: «هل تحبّين القراءة؟».

قالت ماري:

ــ ليس لديّ الوقت لأقرأ.

ــ هل أنهيت عملك اليوم؟

ــ في البيت نحن ستّة أولاد وأنا الكبرى بينهم.

«من المؤسف أنّها لا تستطيع أن تتعلّم مهنة حقيقيّة»، فكّرت، بشكل ما، أن أحدّثها بالموضوع لكنّي لم أعد أراها إلاّ قليلاً، وكانت شديدة التكتّم.

قالت نادين بعد عودتها ببضعة أيّام كيما تلفت انتباهي:

ـ لم يتّصل بي لامبير. يعرف تمامًا أنّ هنري عاد وأنّي عدت معه.

ـ كرّرتِ على مسامعه عشرين مرّة قبل رحيله بأنّك أنت من سيتّصل به، يخشى إزعاجك.

ـ على أيّة حال! إذا كان غاضبًا فهذا شأنه. لكن كما ترين، يستطيع الاستغناء عنّي.

لم أجب، وأضافت بلهجة عدائيّة:

ـ أردت أن أخبرك أنّك أخطات كثيرًا بشأن هنري. أن أقع في غرام شخص مثله: قولي ذلك لغيري! إنّه شديد الثقة بنفسه. ثم ختمت قولها متبرّمة: «وفوق ذلك هو مضجر».

بالطبع، لم تكن تشعر بحنان حياله. بالرغم من ذلك، وفي الأيّام التي كان ينبغي عليها الالتقاء به، كانت تتبرّج بعناية خاصّة. وعندما تعود، تتصرّف بفظاظة أكثر من المعتاد، وهذا يعني الكثير، كما تغضب فجأة لأيّ سبب حتى لو كان تافهًا. ذات صباح، جاءت إلى مكتب روبير، وهي تلوّح بجريدة في يدها، وقد بدت على وجهها علامات الغضب والرغبة في الانتقام:

ـ انظر إلى هذا!

على الصفحة الأولى من مجلّة «*Lendemain*»، كان سكرياسين يبتسم لروبير الذي يحدّق إلى الأمام بنظرات غاضبة.

قال روبير لنادين وهو يمسك المجلّة الأسبوعيّة:

ـ آه! لقد نالوا منّي! كنّا في الإيسبا تلك الليلة. طلبت إليهم أن يغربوا عن وجهي. لكنّهم نالوا منّي!

قالت نادين بصوت حانق:

ـ التقطوا لك صورة مع هذا الشخص القذر. فعلوا ذلك عمدًا.

قال روبير:

ـ سكرياسين ليس شخصًا قذرًا.

ـ الجميع يعرف أنّه عميل أميركي. إنّه قذر. ماذا ستفعل؟

رفع روبير كتفيه:

ـ ماذا تريدين أن أفعل؟

ـ ارفَعْ دعوى عليهم. لا يحقّ لهم التقاط صور الناس رغمًا عنهم!

كانت شفتا نادين ترتجفان. تمقت فكرة أنّ أباها رجل معروف. كانت إذا سألها أستاذ جديد أو ممتحن: «هل أنت ابنة روبير دوبروي»، لا تجيب بل تبقى متصلّبة مشاكسة في صمتها. صحيح أنّها فخورة به لكنّها ترغب في أن يكون مشهورًا دون أن يُعرف ذلك.

قال روبير:

ـ لن أرفع دعوى، فهذا سيثير ضجّة كبيرة. لا، لا يمكن أن نخوض مواجهات نكون فيها الطرف الأضعف. رمى المجلّة جانبًا: «في ذلك اليوم، كنت على صواب حين قلتِ إنّ العري، بالنسبة لنا، يبدأ من الوجه».

كنت أتفاجأ دومًا من قدرته المدهشة على تذكّر كلمات قلتها ونسيتها تمامًا ثم يضمّنها معنى أعمق ممّا قصدته. وكان يفعل ذلك مع الجميع.

ثم أضاف:

ـ العري يبدأ من الوجه والفجور من الكلمات. يظنّون أنّنا تماثيل أو أشباح، وحين يتأكّدون من أنّنا أُناس من لحم ودم، يتّهموننا بالنفاق. لذا تتّخذ أقلّ حركة نقوم بها شكل الفضيحة، وبسهولة تامّة: يصبح الضحك أو الكلام أو الأكل جرمًا مشهودًا!

قالت نادين غاضبة:

ـ تدبّروا أمركم إذًا كي لا يباغتوكم!

قلت:

ـ اسمعي، لا تجعلي من ذلك قصّة!

ـ آه! أنت! لو دسنا على قدمك لفكّرت أنّنا دسنا على قدم كانت قدمك بالصدفة.

في الواقع، أنا أيضًا سئمت من كل هذه الهالة الكبرى التي يرسمونها حول شخص روبير. ومع أنّه لم ينشر شيئًا منذ ١٩٣٩ ـ باستثناء مقالات في «*L'Espoir*» ـ فإنّ هذا الأمر لم يمنع الألسنة من تناوله وبطريقة أكثر إلحاحًا ممّا كانت قبل الحرب. توسّلوا إليه كثيرًا لترشيح نفسه من أجل الحصول على مقعد في الأكاديميّة، والمطالبة بوسام الشرف. كان الصحافيّون يطاردونه وينشرون عنه كثيرًا من الأخبار المضلّلة. «فرنسا تغالي في امتداح مزاياها الذاتيّة: الثقافة والخياطة الراقية»، هكذا كان يقول لي. شعر بالانزعاج هو أيضًا من هذه الضجّة التي تُثار من حوله من دون طائل. لكن ما العمل؟ عبثًا شرحت لنادين أنّه ليس بإمكاننا فعل شيء. لكنّها تُصاب بنوبة غضب كلمّا قرأت نبأ عن روبير أو رأت له صورة في الصحف.

عادت الأبواب تصطفق بقوّة في المنزل، والأثاث يُنقل من مكان

إلى آخر، والكتب تُرمى على الأرضيّة محدثة قرقعة. تبدأ البلبلة منذ الصباح الباكر لأنّ نادين تنام قليلاً معتبرة النوم مضيعة للوقت، مع أنّها لا تعرف كيف تشغل وقتها بعمل ما، إذ ما من عمل مجدٍ برأيها مقارنة مع الأعمال الأخرى التي يُضحّى بها من أجله. لم تكن تعقد العزم على الاضطلاع بأيّ عمل. عندما كنت أراها تجلس متجهّمة الوجه أمام آلتها الكاتبة، كنت أسألها: «هل تحرزين تقدّمًا؟».

ـ من الأفضل لي أن أدرس الكيمياء. سأرسب في الامتحان.

ـ ادرسي الكيمياء إذًا.

ـ لكن يفترض بالسكرتيرة أن تتقن الضرب على الآلة الكاتبة.

هزّت كتفيها: «من الغباء أن يرهق الإنسان ذاكرته بالقواعد العلميّة. ما علاقة هذا بالحياة الحقيقيّة»؟

ـ اتركي الكيمياء إذا كانت تبعث الملل في نفسك.

ـ قلت لي مرارًا إنّه لا يجدر بي أن أبدّل رأيي كما تتبدّل حركة دوّارة الريح.

كانت تتفنّن في أن تقلب ضدّي جميع النصائح التي كنت أسديها إليها في طفولتها دون انقطاع.

ـ ثمّة حالات يبدو فيها العناد غباء.

ـ لكن لا تفقدي أعصابك! لست عديمة الأهليّة بالشكل الذي تتصوّرينه. سأنجح في هذا الامتحان.

ذات يوم بعد الظهر، قرعت على باب غرفتي وقالت لي:

ـ لامبير أتى لزيارتنا.

ـ بل لزيارتك.

ــ سيسافر بعد غد إلى ألمانيا وهو يحرص على أن يودّعك.

ثم أضافت بحيويّة يشوبها الغنج الشاكي:

ــ تعالي، ليس لطيفًا ألاّ تأتي.

تبعتها إلى غرفة الجلوس مع أنّي أعرف أنّه لم يكن يحبّني ــ وليس من دون سبب ــ ربّما لأنّه كان يعتقد أنّي مسؤولة عن كل ما يجرحه في شخصيّة نادين: عدائيّتها، نيّتها السيّئة، عنادها. كنت أظنّ أيضًا أنّه قد يكون ميّالاً للبحث عن أمٍّ من خلال امرأة تكبره سنًّا، وأنّه يقاوم هذا الإغراء الطفولي. كان وجهه، بأنفه الأقنى وخدّيه المتهدّلين قليلاً، يكشف أنّ عاطفته وجسده ينمّان عن رغبته في الخضوع والاستسلام.

قالت نادين بحيوية:

ــ أتعلمين ماذا أخبرني لامبير؟ لم يطلق الأميركيّون من المعتقلين إلاّ واحدًا من كلّ عشرة. وأبقوا على الآخرين محتجزين حتّى يحين أجلهم.

قال لامبير:

ــ في الأيّام الأولى توفّي نصفهم لأنّهم أتخموهم بالنقانق والمعلّبات. الآن، يقدّمون لهم الحساء في الصباح والقهوة في المساء مع قطعة خبز كبيرة. والبعض منهم يموتون من التيفوس كالذباب.

قلت:

ــ يجب أن تُذاع هذه الحقائق علنًا. يجب شجبها من قبل الجميع.

ــ بيرون سيقوم بحملة لكنّه يريد الانطلاق من وقائع محدّدة

وهذا صعب، لأنّهم يمنعون الصليب الأحمر الفرنسي من دخول المعتقلات. لهذا أنا مسافر.

قالت نادين:

ـ خذني معك.

ابتسم لامبير:

ـ أرغب في ذلك شاكرًا.

فأجابته نادين بصوت مُحتدّ:

ـ ما الغريب في ما قلته؟

قال لامبير:

ـ تعرفين جيّدًا أنّ هذا مستحيل. لا يسمحون بالسفر إلاّ للمراسلين الحربيّين.

ـ هناك نساء يعملن أيضًا كمراسلات ويقمن بتغطية أحداث الحرب.

ـ لكنّك لست منهنّ. والآن فات الآوان، بات عدد المراسلين لا يحتمل أيّ زيادة. على أيّ حال، لا تتأسّفي، لا أنصح أحدًا بامتهان هذا العمل.

كان يتوجّه إلى نفسه بالنصيحة، لكن نادين خالت أنّها سمعت في صوته نبرة تعطّف فقالت:

ـ لماذا؟ ما تفعله يمكنني أنا أيضًا فعله، صحيح؟

ـ هل ترغبين في رؤية الصور التي أحضرتها؟

قالت بنهم:

ـ أرني إيّاها.

رمى الصور على الطاولة. كان من الأفضل ألاّ أراها لكن لا

خيار لديَّ. صور المقابر الجماعيّة لا تزال محتملة، الجثث لا يُحصى عديدها، لكن هل يمكن أن ننتحب على عظام بالية؟ وصور الأحياء، كيف نواجهها؟ ماذا نفعل أمام كل هذه العيون...

قالت نادين:

ـ رأيت صورًا أسوأ منها.

أخذ لامبير الصور دون أن يجيب، وقال بنبرة مشجّعة: «تعرفين، إذا كانت لديك رغبة في إجراء تحقيق، لن يكون الأمر صعبًا. ليس عليك إلاّ أن تكلّمي بيرون. في فرنسا نفسها، هناك غير تحقيق يمكن القيام به».

قاطعته نادين قائلة:

ـ ما أريده هو رؤية العالم كما هو. رصف الكلمات لا يعنيني.

قال لامبير بحماس:

ـ أنا متأكّد أنّك ستنجحين. لديك الجرأة وتعرفين كيف تحملين الناس على الكلام وتتدبّرين أمرك، ويمكنك التكيّف مع كل الظروف. أمّا فيما يتعلّق بكيفيّة كتابة المقال، فهذه تقنيّة يمكنك اكتسابها مع الوقت.

ـ لا! قالت بلهجة معاندة. «عندما نكتب، لا نقول الحقيقة أبدًا. التحقيق الذي أجراه بيرون عن البرتغال يقفز فوق خطوط النار. ومقالاتك، أنا متأكّدة أنّها مكتوبة بالروحيّة نفسها: لا أؤمن بها. لذا أريد أن أرى الأشياء بأمّ عيني. ولن أحاول أن ألفّق منها الأكاذيب بغية استغلالها ماديًّا».

اكفهرّ وجه لامبير.

قلت بحيويّة:

ـ أجد مقالات لامبير مقنعة، حين يصف غرفة التمريض في معسكر داشو، نشعر وكأنّنا نزورها بأنفسنا.

قالت نادين بلهجة نافدة الصبر:

ـ وما نفع انطباعاتك أنت؟

خيَّم صمت قصير؛ ثم سألت:

ـ هل ستحضر ماري الشاي، نعم أم لا؟

نادَت بلهجة سلطويّة:

ـ ماري!

ظهرت ماري عند عتبة باب الغرفة مرتدية قميص العمل الأزرق. لدى رؤيتها، نهض لامبير مبتسمًا:

ـ ماري آنج ماذا تفعلين هنا؟

احمرَّ وجهها بشدّة واستدارت على أعقابها. أوقفتها وقلت:

ـ أجيبي على سؤاله!

قالت وهي تحدّق إلى لامبير:

ـ أنا الخادمة المياومة!

احمرَّ وجه لامبير أيضًا وراحت نادين تتفحّصهما بريبة ثم سألت:

ـ ماري آنج؟ هل تعرفها؟ من ماري آنج؟

ساد صمت ثقيل. وقالت فجأة:

ـ ماري آنج بيزيه.

شعرتُ بالغضب يُلهب وجنتيَّ: «أنت الصحافيّة؟».

هزّت كتفيها وقالت: «نعم، سأرحل، سأرحل فورًا. لا تكلّفي نفسك عناء طردي».

ـ هل جئت تتجسّسين علينا في بيتنا؟ ليس هناك عمل أكثر دناءة.

أجابت وهي تلقي نظرة على لامبير:

ـ لم أكن أعلم أنّك تعرفين صحافيّين.

صرخت نادين:

ـ ماذا تنتظرين لكي تصفعيها! استمعت إلى كل أحاديثنا واطّلعت على كل أسرار العائلة وقرأت كل رسائلنا وستنقل كل شيء عنّا للجميع...

ـ آه! أنت لن تخيفيني بصوتك العالي، قالت ماري آنج.

بالكاد تسنّى لي الوقت لأمسك نادين من معصميها، وإلاّ لأطاحت بضربة واحدة ماري آنج ورمت بها أرضًا. معي، كانت تنقصها فقط الجرأة لتنتفض وتتخلّص من قبضتي. مشت ماري آنج باتّجاه الباب وتبعتها. عند المدخل سألتني بهدوء:

ـ ألا تريدين أن أنهي تنظيف مربّعات الزجاج؟

ـ لا، ما أريده هو معرفة لحساب أيّ صحيفة تعملين.

ـ لا أعمل لصالح أحد. أتيت من تلقاء نفسي. فكّرت بكتابة مقالة شيّقة يسهل بيعها.

ثم قالت بلهجة احترافية: «كتابة ما يسمّونه بروفيل[1] بلغة الصحافة».

ـ حقًّا؟! سأراقب الصحف كلّها، والصحيفة التي ستنشر مقالتك المليئة بالأكاذيب، ستدفع ثمنًا باهظًا.

ـ آه! لن أحاول بيعها أبدًا. لقد قُضي على الأمر الآن». خلعت

---

(١) بروفيل : profil صورة مجملة أو موجزة عن شخص معين.

قميصها الأزرق وارتدت معطفها: «منذ ثمانية أيّام وأنا أمارس الأعمال المنزليّة». ثم أضافت يائسة: «أكره الأعمال المنزليّة!».

لم أجب بشيء، لكنّها أحسّت ولا شكّ أنّ ثورة غضبي هدأت، لأنّها تجرّأت على الابتسام لي ابتسامة صغيرة وقالت: «تعرفين، لم أفكّر إطلاقًا في كتابة مقالة تثير فضيحة». ثم أضافت وقد أصبح صوتها نحيفًا مثل فتاة صغيرة: «كنت أبحث فقط عن مناخ ملائم لمقالتي».

– لأجل هذا فتّشت في أوراقنا؟

– آه، فتّشت لمتعتي الخاصّة. ثم أضافت بلهجة حردة: «بالطبع يسهل عليك تأنيبي لأنّني مذنبة... لكن هل تظنّين أنّ أحدًا يمكن أن يجمع بين الشهرة وراحة البال؟ أنت، أنت زوجة رجل شهير، وهذا نجاح بذاته. أمّا أنا فعليَّ أن أتدبّر أمري وحدي». ثم أضافت: «اسمعي، أعطيني فرصة... سأحضر لك المقالة غدًا وكل ما لا يعجبك فيها تحذفينه».

– ومن ثم ترسلينها للطباعة كما هي...

– لا، أقسم لك. إذا شئت، بإمكاني إعطاؤك وسائل تستعملينها ضدّي: اعتراف بسيط جدًّا وموقّع رسميًّا وهكذا تتمكّنين منّي. ما رأيك؟ وافقي! لقد غسلت لك الصحون ولم تنقصني الجرأة أليس كذلك؟

– ولا زلت تملكينها.

احترت في أمري. لو أنّ أحدًا روى لي هذه القصّة، ولو في الحلم، لكنت اجتذبت تلك الوقحة التي انتهكت حرمة حياتنا الخاصّة من شعرها ورميتها من أعلى الدرج. لكنّها كانت واقفة أمامي، هذه

الفتاة الصغيرة الصحماء، الناحلة حتى تكاد عظامها تبين، الخالية من أيّ مسحة جمال، والساعية بأيّ ثمن إلى ارتقاء سلّم الشهرة...

قلت أخيرًا:

ـ زوجي لا يُجري أبدًا المقابلات. لن يوافق.

ـ حاولي إقناعه لأنّني أنجزت المقالة. ثم أضافت بسرعة: «سأتّصل غدًا صباحًا. لست حاقدة عليَّ، أليس كذلك؟ أكره أن يحقد أحد عليّ». ثم أطلقت ضحكة صغيرة مريبة: «أنا لا أستطيع أن أحقد على أحد».

ـ وأنا أيضًا لم أحقد يومًا على أحد!

صرخت نادين وقد ظهرت فجأة في الرواق برفقة لامبير:

ـ طفح الكيل! هل ستدعينها تنشر مقالتها! تتبسّمين لها! لهذه الجاسوسة!

فتحت ماري ـ آنج باب المدخل واحتجبت عن الأنظار مغلقة الباب خلفها.

ـ وعدتني بأن تطلعني على مقالتها.

ردّدت نادين بلهجة حادّة:

ـ هذه الجاسوسة! قرأت يوميّاتي، قرأت رسائل دييغو،.. انقطع صوتها وهي تختلج غضبًا كما كانت تفعل عندما كانت صغيرة: «وتكافئينها على فعلتها! يجب إنزال أشدّ أنواع العقاب بها!».

ـ أشفقت عليها!

ـ تشفقين دومًا على الجميع! بأي حقّ! ثم نظرت إليَّ بنوعٍ من الحقد: «هذا ازدراء في العمق! لا تعرفين كيف تقيمين حدودًا بينك وبين الآخرين!».

ـ اهدئي، ليس الأمر بهذه الخطورة!

ـ حقًّا! أعرف، أنا مخطئة بطبيعة الحال! أنا لا تغفرين لي أبدًا! ولست مخطئة في ذلك!! لا أريد شفقتك!

قال لامبير:

ـ إنّها فتاة طيّبة، هل تعرفين. وصوليّة قليلاً لكنّها لطيفة.

ـ عظيم! اذهب وهنّئها أنت أيضًا، أسرع!

وفجاة ركضت نادين باتّجاه غرفتها وأغلقت الباب خلفها فأحدثت ضجّة كبيرة!

قال لامبير:

ـ أنا آسف!

ـ ليست غلطتك!

ـ الصحافيّون في هذه الأيّام يتصرّفون وكأنّهم من رجال الشرطة. أتفهّم موقف نادين وغضبها. لو كنت مكانها لتصرّفت مثلها واحتدمت غيظًا.

لم يكن بحاجة لأن يحتملها في مواجهتي، لكنّي أعرف أنّه يقول ذلك عن نيّة حسنة.

قلت:

ـ أنا أيضًا أتفهّم موقفها.

قال لامبير:

ـ حسنًا، أنا ذاهب.

ـ قلت له:

ـ سفرًا ميمونًا! ثم أضفت: «عليك أن تأتي غالبًا لرؤية نادين. فهي، كما تعرف، تكنّ لك أصدق مشاعر الودّ».

ابتسم بانزعاج:

ـ لكنّها لا تُظهر ذلك.

ـ لعلّ أملها خاب لأنّك لم تتّصل بها في وقت أبكر. لذا، لم يكن مزاجها على ما يرام.

ـ لكنّها قالت لي بألاّ أبادر في الاتّصال بها أنا أوّلاً.

ـ لكن ذلك كان سيسعدها لو اتّصلت بها رغم قولها. تطمح إلى درجة عالية من الصداقة لكي تجرؤ على التعبير عن مشاعرها وتمنح ثقتها.

ـ ليس لديها أيّ عذر لتشكّ بصداقتي. ثم أضاف فجأة: «أنا حريص كل الحرص على العلاقة التي تربطني بنادين».

ـ افعل ما بوسعك إذًا لكي تجعلها تشعر بذلك.

ـ أبذل ما في وسعي. تردّد ثم مدّ لي يده: «على أيّة حال، سأزوركم عند عودتي».

عدت إلى غرفتي، ولم أجرؤ على أن أقرع باب نادين. لَكَم هي ظالمة! صحيح أنّني أبحث طوعًا عن أعذار للآخرين، وأنّ التساهل حيالهم يذكي في القلب مشاعر القسوة. إذا كنت أفرض عليها بعض الأشياء فهذا لأنّها ليست مريضًا أعالجه. بينها وبيني المقياس الحقيقي، ذلك الضجيج القارض الذي يتآكل قلبي، ضجيج همّي وقلقي عليها.

اعترضتْ على المبدأ عندما ظهر المقال السخيف لماري آنج بيزيه. لكن مزاجها تحسّن عندما فتحت مجلّة «*Vigilance*» مكاتبها. وقد أظهرت أنّها سكرتيرة ممتازة لدى اضطلاعها بمهمّات محدّدة وهذا ما جعلها فخورة بنفسها. أحرز العدد الأوّل من المجلّة نجاحًا

لافتًا. كان هنري وروبير سعيدين جدًّا ويحضّران للعدد المقبل بحماس. وكان روبير يكنّ فائض المودّة لهنري مذ اقتنع بربط مصير «*L'Espoir*» بمصير الـ *S.R.L* وسرّني ذلك لأنّه صديقه الوحيد الحقيقي. صحيح أنّنا كنّا نمضي برفقة جوليان ولونوار وآل بليتييه وآل كانج أوقاتًا حلوة، لكن لم تتعدَّ صداقتنا لهم هذه الحدود. أمّا الرفاق الاشتراكيّون القدامى، فثمّة من تعاون مع العدوّ ومن توفّي في المعتقلات. كان شارلييه يتلقّى العلاج في سويسرا، والذين ظلّوا على وفائهم للحزب أخذوا على روبير مواقفه وعاملهم بالمثل. لافوري خاب أمله بعدما أسَّس روبير الـ *S.R.L* بدل الانضمام إلى الحزب الشيوعي. وباتت علاقتهما باردة. ويمكن القول إنّ روبير كان يفضّل عدم الاتّصال بأترابه لأنّه يعتبر أنّ أترابه كانوا مسؤولين عن هذه الحرب ولم يحاولوا منعها. أراد العمل مع جيل الشباب. لأنّه أصبح للسياسة والعمل السياسي وجه جديد ووسائل جديدة ويجد لزامًا عليه مواكبتها. كان يعتبر أنّ أفكاره بالذات تحتاج إلى إعادة نظر، لذا راح يردّد بإصرار كبير أنّ أعماله الأدبيّة لا زالت في بداياتها. في البحث الذي انكبّ على كتابته، سعى إلى الانطلاق من أفكاره القديمة ليتجاوزها إلى رؤية جديدة للعالم فيما لا تزال أهدافه مماثلة للسابق. وكانت الـ *S.R.L*، فيما يتعدّى أهدافها المباشرة، تأمل بتحقيق ثورة تواكب الغايات الإنسانيّة الكبرى. لكن روبير بات مقتنعًا بأنّها لن تتحقّق إلاّ مقابل تضحيات جمّة. إنسان الغد لن يكون ذلك الذي حاول جوريس التعريف عليه بكثير من التفاؤل. إذًا ما هو المعنى وما هي الحظوظ التي لا تزال القيم القديمة تحتفظ بها: كالحقيقة والحرِّيّة والأخلاق الفرديّة والأدب

والفكر؟ إذا أردنا إنقاذها، يجب إعادة خلقها من جديد. هذا ما كـــان روبير يسعى إليه وهذا ما ألهب حماسته. شعرت بالرضى وأيقنت أنّ روبير استطاع التوفيق بين العمل الأدبي والالتـــزام الـــسياسي. بطبيعة الحال، كانت انشغالاته متعدّدة لكنّه ظلّ وفيًّا لهذه القاعـــدة. وأنا أيضًا كانت حياتي مفعمة: روبير، نادين، زبائني، كتابي! لـــم أكن أجد الوقت خلال نهاراتي للتحسّر على شيء أو لإشباع رغبة في شيء آخر. الفتاة الشابّة التي غزا الشيب شعرها باتت تستطيع إغماض جفنيها دون أن تنتابها الكوابيس. التحقت بالحزب الشيوعي وحظيت بعشّاق، حظيت بعشّاق كثيرين وراحت تشرب بإفراط. لا نستطيع القول إنّها بلغت درجة عالية من التوازن لكنّها، على الأقلّ، لم يعد النوم يجافيها. وشعرت بالسعادة خلال فترة بعد الظهـــر لأنّ فرنان الصغير استطاع أن يرســـم وللمـــرّة الأولـــى دارةً بنوافـــذ وأبواب، ودون قضبان. هرعت للاتّصال بوالدتـــه، وإذ بحارســـة المبنى تجلب لي الرسائل. كان روبير ونادين في المجلّة حيث يُقام هناك حفل استقبال وأنا وحيدة في المنزل. أزلت ختم الرسالة التي بعثها لي روميو وانتابني الخوف كما لو أنّ أحدًا قذف بـــي إلـــى الفضاء الخارجي. إنّهم يوجّهون لي دعوة لحضور مؤتمر التحليـــل النفسي الذي سيُعقد في نيويورك في كانون الثاني المقبل. وعرض عليّ منظّمو المؤتمر إلقاء محاضرات في نيـــو إنغلنـــد وشـــيكاغو وكندا. بسطت الرسالة فوق المدخنة وأعدت قراءتها وأنا لا أصدّق ما تراه عيناي. كم أحبّ السفر! ما خلا بعض الأشخاص، ما أحببت شيئًا في حياتي كما أحببت السفر. لكنّه بات من تلك الأشياء التـــي اعتبرتها منتهية بالنسبة لي إلى الأبد. لو أنّ السفر كان مقرّرًا إلى

بلجيكا أو إيطاليا لما استغربت، ولكن إلى نيويورك! لم أستطع أن أشيح ببصري عن هذه الكلمة العجيبة. كانت نيويورك بالنسبة لي دومًا مدينة خرافيّة، ومنذ زمن طويل لم أعد أؤمن بالمعجزات. لا يليق بهذه الورقة الصغيرة أن تعجّل بقلب الزمان والمكان والحسّ المشترك رأسًا على عقب. وضعت الرسالة في حقيبتي ورحت أعبر الشارع بخطى واسعة. لا بدَّ أنّهم يهزأون بي لدى السلطات العليا. لا بدّ أنّ أحدهم دبّر لي مكيدة وأرادها أن تنطلي عليَّ. وكنت بحاجة إلى روبير لكي يبيّن لي حقيقة هذه الخدعة. صعدت بسرعة درج دار موفان:

قالت نادين بشيء من الملامة:

ـ عجبًا، هذا أنت؟

ـ كما ترين.

قالت بلهجة فيها الكثير من التبجّح:

ـ أبي منشغل.

كانت تستوي على عرشها وراء إحدى الطاولات وسط المكتب الكبير الذي استخدم بمثابة غرفة انتظار. جمع غفير في الانتظار. شبّان، وعجائز، ورجال، ونساء، تنوّع حقيقيّ. قبل الحرب كان روبير يتلقّى عددًا لا يُستهان به من الزيارات لكن أين هؤلاء الزائرون من هذا الحشد! الشيء الجديد بإعجابه هو توافد الشباب خصوصًا. لا شكّ أنّ العديد منهم كانوا يأتون إلى هنا بدافع الفضول وبسبب البطالة لانتهاز فرص متاحة للعمل. لكنّ العديد منهم أيضًا كانوا معجبين بأعمال روبير الأدبيّة ومهتمّين بنشاطه السياسي. عظيم! باتت لكلماته أصداء تتردّد في كل اتّجاه، وبات

لمعاصريه أعين ليقرأوا وآذان ليسمعوا.

نهضت نادين وهتفت بصوت مشاكس: «ستقفل الأبواب عند الساعة السادسة!».

رافقت زوّارًا خائبين حتى الباب ثم أدارت المفتاح في القفل:

ـ «أيّ غوغاء!» قالت وهي تضحك. «من يرهم يحسب أنّنا نقدّم وجبةً مجّانيّة». فتحت باب غرفة الإدارة: «الطريق مفتوحة».

ابتسم لي روبير ما إن رآني عند العتبة:

ـ هل منحت نفسك فترة من الراحة؟

ـ نعم شعرت بالحاجة للقيام بجولة.

التفتت نادين إلى والدها وقالت:

ـ من المضحك أن نراك تحتفل: تبدو أشبه بكاهن في كرسي الاعتراف.

ـ بل الأصحّ أنّني أبدو كعرّاف.

وفجأة وبأسرع من لمحة البصر، راحت نادين تقهقه. كانت نوبات فرحها نادرة ولكن حادّة:

ـ انظرا إلى هذا!

أشارت لنا بإصبعها إلى حقيبة، أطرافُها بالية وفوق الجلد الذابل أُلصقت بطاقة كتب فوقها: «حياتي» بقلم جوزفين ميافر. قالت نادين وكادت تغصّ بريقها: «إنّها مخطوطة! وهذا اسمها الحقيقي. أتعرفين ماذا قالت لي؟». التمع في عينيها الرطبتين جرّاء الضحك بصيص من الانتصار: كان الضحك طريقتها في الانتقام. قالت لي: «أنا، يا آنسة، وثيقة حيّة!». هي في الستّين من عمرها وتقطن في أورياك. تروي كل حياتها من البداية.

وبرفسة من قدمها، رفعت غطاء الحقيبة فبانت إضبارات وإضبارت من الورق الزهري المكتوبة بحبر أخضر بعناية فائقة وخالية من أيّ تصحيح. أخذ روبير كرّاسًا، ألقى نظرة عليه، ثم رماه جانبًا: «إنّه أردأ من أن يثير السخرية»!

قالت نادين بلهجة تترك مكانًا للأمل:

ـ ربّما كانت هناك مقاطع جيّدة.

جثت أمام الحقيبة: الكثير من الأوراق! الكثير من الساعات المصطلية بالنار في ركن ما تحت ضوء المصباح في الرائحة الريفيّة لغرفة الطعام، الساعات المفعمة والخالية، المبرّرة بلذّة والضائعة ببلاهة.

نهضت نادين نافدة الصبر:

ـ لا، ليس فيه من الظرف شيء... لم يعد هناك أثر من فرح على وجهها... «ماذا؟ هل نحتفظ بها؟».

ـ أمهليني خمس دقائق، قال روبير.

ـ أسرع، رائحة الأدب تفوح من هنا نفّاذة.

ـ ماذا تشبه رائحة الأدب؟

ـ رائحة عجوز لا يغتسل.

ما هو سرّ تلك الرائحة؟ خلال ثلاث ساعات، كان الجوّ مفعمًا بالأمل والخوف والغضب، ويُشتمّ فيه الحزن الذي لا شكل له ويعقب الحمّى العقيمة. أخرجت نادين من الدرج كنزة حمراء فانية وراحت صنّارتاها تصطكّان وهي تحرّكهما بهيئة متعاظمة. عادة، كانت تهدر وقتها دون حساب، لكن ما إن يُطلب منها القليل من الصبر حتى تريد بأيّ ثمن أن تثبت أنّ لحظة واحدة من وقتها يجب

ألاّ تضيع سدى. تسمّر نظري على مكتبها. شيء ما استفزّني في هذا الغلاف الأسود حيث انبسطت بأحرف كبيرة حمراء كلمات: «قصائد مختارة»، رينيه دوس. فتحت الدفتر:

«الحقول جميلة لكن مسمومة في الخريف...».

قلبت الصفحة:

«صُدمت، لو تعرفون، بفلوريدات[1] لا يصدّقها العقل...».

ـ نادين!

ـ ماذا!

ـ هناك شخص أرسل مقاطع مختارة من أبولينير ورامبو وبودلير ووقّعها باسمه... لا يعقل أن يظنّ أنّ الحيلة ستنطلي علينا.

قالت نادين باستخفاف:

ـ آه. أعرف ماذا يجري! هذا الفتى المسكين دفع مبلغ عشرين ألف فرنك لسيزيناك ثمناً لقصائد يبيعه إيّاها. وبالطبع لن يقدّم له سيزيناك قصائد غير مسبوقة.

قلت:

ـ لكن عندما يحضر إلى مكاتب المجلّة، عليكم مصارحته بحقيقة الأمر...

ـ لا بأس. سيزيناك حصل على المال. يفاجئني أن يعترض الزبون. لأنّه لن يجد سبيلاً يلجأ إليه وسيكون خجلاً من فعلته.

قلت مندهشة:

ـ هل يقوم سيزيناك بهذه الحيل؟

---

(١) فلوريدات: Florides: ما يسمى بأرض الأزهار أو غابة الأزهار. على أيّة حال، بيت الشعر هذا مأخوذ من قصيدة لرامبو عنوانها: "المركب السكران" Le bateau ivre.

قالت نادين:

ـ وكيف تظنّين أنّه يتدبّر أمره؟ رمت كنزتها في الـدرج ثـم قالت: «بعض المؤامرات مسلّية».

قال روبير:

ـ دفع مبلغ عشرين ألف فرنك ليرى اسمه مدوّنًا تحت قـصائد لم يكتبها! هذا أمر يجعلني مذهولاً!

قالت نادين:

ـ لماذا؟ ما دمنا نسعى إلى رؤية اسمنا مطبوعًا.

ثم تمتمَت لي وحدي، لأنّها لا تحبّ أن تتكلّم بشكل بذيء أمـام والدها:

ـ دفع المال أفضل من أن ينقصم ظهرنا في العمل.

عندما وصلنا إلى أسفل الدرج، سألت بهيئة مرتابة:

ـ هل نذهب لاحتساء كأس في الحانة المواجهـة كمـا فعلنـا الخميس الماضي؟

قال روبير:

ـ نعم بالتأكيد.

أشرق وجه نادين، وعندما جلست أمام منضدة الرخـام، قالـت بفرح: «أعترف أنّني أدافع عنك كما يجب».

ـ نعم، أعترف.

نظرت إلى أبيها بقلق:

ـ ألست مسرورًا منّي؟

ـ آه! سحرتني. لكن لأجل صالحك أقول إنّ هذا لن يوصـلك إلى الشيء الكثير.

قالت نادين بتصلّب مفاجئ:

ــ كل المهن لا توصل إلى شيء أصلاً...

ــ هذا رهن الظروف. قلت لي في ذلك اليوم إنّ لامبير اقترح عليك القيام بتحقيق. بدت لي الفكرة جيّدة.

ــ آه! لو كنت رجلاً لما اعترضت. لكنّ فرص نجاح المرأة كمراسلة تكاد تكون معدومة. ثم قطعت علينا بحركة من يدها كل اعتراض وقالت بتعالٍ: «ليس هذا ما أسمّيه نجاحًا. النساء لا يتطوّرن بسهولة».

قلت:

ــ ليس دومًا.

ــ هل تظنّين؟ ثم ضحكت وقالت: «انظري لنفسك مثلاً، أنت تتدبّرين أمرك. لديك زبائن لكنّك في النهاية لن تكوني أبدًا فرويد».

احتفظت بهذه العادة منذ طفولتها. تخاصمني بعدوانيّة حين يكون والدها حاضرًا.

قُلْتُ:

ــ بين أن نكون بمستوى فرويد وبين البطالة، هناك مراتب متفاوتة.

ــ لكنّي أعمل. أنا سكرتيرة.

قال روبير بسرعة:

ــ المهمّ بعد كل حساب أن تكوني سعيدة ومقتنعة بما تقومين به.

أسفت لأنّه لم يتدارك لسانه. أفسد اللذّة على نادين دون فائدة تُرجى. نصحته دومًا بألاّ يعلّق الآمال العريضة على مستقبل نادين.

قالت بنبرة عدائيّة:

ـ على أيّة حال، اليوم لم يعد مهمًّا مصير الفرد.
قال روبير مبتسمًا:
ـ لكن لمصيرك أهمّيّة كبرى في نظري.
ـ لكنّه ليس منوطًا لا بك ولا بي: إنّ كل هؤلاء الشبّان الذين يطمحون أن يصبحوا أشخاصًا مهمّين، أهزأ بهم. تنحنحت ثم أضافت دون أن تنظر إلينا: «في اليوم الذي أمتلك فيه الشجاعة التي تخوّلني القيام بعمل ما شاقّ، سأخوض العمل السياسي».
قال روبير:
ـ وماذا تنتظرين لكي تلتحقي بالـ *S.R.L*؟
تجرّعت دفعة واحدة كوبًا من مياه فيتال المعدنيّة:
ـ لا، لا أتّفق معكم. أنتم مناهضون للشيوعيّين.
هزّ روبير كتفيه مستغربًا:
ـ هل تعتقدين أنّ لافوري سيكون بهذا التودّد لو اعتقد أنّني أعمل ضدّهم؟
تبسّمت نادين قليلاً وقالت:
ـ يبدو أنّ لافوري سيطلب منكم عدم عقد المؤتمر الذي قرّرتموه.
ـ من قال لك هذا؟
ـ لاشوم البارحة. ليسوا مطمئنّين على الإطلاق، وبحسب رأيهم فإنّ *S.R.L* تنحرف عن الطريق الصحيح.
هزّ روبير كتفيه باستخفاف:
ـ ربّما كان لاشوم، وزمرته من اليساريّين الصغار، غير مسرورين لكنّهم يخطئون حين يظنّون أنّهم يختصرون بأنفسهم

اللجنة المركزيّة للحزب. التقيت لافوري الأسبوع الماضي ليس إلاّ.
قالت نادين:
ـ لاشوم التقاه أوّل أمس. أؤكّد لك. الأمر جدّيّ. عقدوا مجلسًا عسكريًّا موسّعًا وقرّروا اتخاذ سلسلة من الإجراءات. سيأتي لافوري ليكلّمك بالموضوع.
لاذ روبير بالصمت ثم قال:
ـ إذا كان هذا صحيحًا فإنّه يبعث القنوط الشامل في النفس.
قالت نادين:
ـ هذا صحيح. يقولون إنّ الـ *S.R.L* بدل أن تتعاون معهم، فإنّها تتّبع سياسة مناهضة لسياستهم، وأمّا المؤتمر المقرّر فهو إعلان لحال العداء، وأمّا أنت فتعمل على تقسيم اليسار. لذا سيضطرّون للقيام بحملة لإفشال مساعيك.
كان هناك تواطؤ في صوت نادين. لا شكّ أنّها لا تدرك مغزى ما تقوله. عندما نصادف متاعب حقيقيّة، تتضامن معنا إلى أبعد حدّ، لكنّ المشاحنات الصغيرة التي نواجهها تسلّيها.
قال روبير:
ـ سيضطرّون! هذا رائع! وأنا أعمل على تقسيم اليسار. ثم أضاف بلهجة غاضبة: «آه! لن يتغيّروا! الشيء الوحيد الذي يريدونه هو أن تقدّم لهم الـ *S.R.L* الولاء والطاعة. لدى أوّل بادرة استقلال تصدر عنّا يناصبوننا العداء»!
قالت نادين بصوت متعقّل:
ـ بالطبع، إذا لم تكن من رأيهم سيخطّئونك. وأنت تفعل مثلهم.
قال روبير:

ـ يمكن أن تكون آراؤنا وأساليبنا مختلفة وأن نُبقي على وحدة اليسار: كانت هذه فكرة الجبهة الوطنيّة.

قالت نادين:

ـ يجدون أنّك تشكّل خطرًا عليهم، وأنّك تبشّر بسياسة الأسوأ وتريد عرقلة إعادة الإعمار.

قال روبير:

ـ اسمعي! تستطيعين تعاطي السياسة أو الامتناع عن تعاطيها لكن لا تلعبي دور الببغاء. إذا كنت تجيدين استخدام عقلك، ستفهمين عندئذٍ أنّ سياستهم ستؤدّي إلى نهاية كارثيّة.

قالت نادين:

ـ ليس في وسعهم أن يتحرّكوا بطريقة مختلفة. إذا سعوا لاستلام السلطة فإنّ أميركا ستتدخّل في الحال.

قال روبير:

ـ يحتاجون إلى كسب الوقت. أفهم. لكنّهم قادرون على التصرّف بطريقة أخرى. هزّ كتفيه: «عليَّ التسليم بأنّ موقفهم صعب ويشعرون بالإحراج إلى حدّ ما. منذ أن احتجب الفرع الفرنسي للأمميّة العالميّة عن الساحة وهم مضطرون إلى سدّ الفراغ الحاصل ولعب جميع الأدوار معًا. إنّهم يسار اليسار ويمينه مداورة. ولهذا السبب بالذات، يفترض بهم أن يطمئنّوا إلى وجود حزب يساري آخر».

قالت نادين:

ـ حسنًا، لا يطمئنّون إلى ذلك!

ثم نهضت فجأة وقد شعرت بالرضى لكونها أحدثت زوبعتها

الصغيرة، وأرادت عدم توريط نفسها في نقاش لن تكون لها فيه الغلبة.

ـ سأذهب للقيام بجولة.

ونهضنا نحن أيضًا وعدنا سيرًا على الأقدام على طول الأرصفة.

قال روبير:

ـ أريد الاتّصال على الفور بلافوري! يقولون إنّ التكاتف ضروري جدًّا! ويعرفون أهمِّيّته! لكنّهم لن يتحمّلوا أبدًا وجود يسار بمعزل عنهم. الحزب الاشتراكي لم يعد له وجود فاعل على الأرض، والجبهة الوطنيّة يسلّمون بوجودها، صحيح. لكن أن تكون هناك حركة شابّة تبشّر بانطلاقة جديدة، فتلك مسألة أخرى في نظرهم.

وتابع حديثه غاضبًا. فكّرت وأنا أستمع إليه «لا أريد أن أتركه». ربّما لم يكن يزعجني أن أتركه فيما مضى: كنّا متحابّين ونعيش وكأنّ الأبديّة في متناول أيدينا. لكنّي أعرف الآن أنّنا لا نملك إلاّ حياة واحدة بدأناها بشكل جدّي، أمّا مستقبلنا فلم يعد آمنًا، ولا روبير منيعًا. فجأةً انكشفت لي هشاشته. انخدع إلى حدّ كبير حين اطمأنّ إلى حسن نوايا الشيوعيّين، وأكاد أجزم أنّ عدائيّتهم ستتسبّب له في مشاكل خطيرة. «لا بأس، إنّه المأزق»، قلت في نفسي. لا يستطيع روبير التخلّي عن برنامجه، ولا الدفاع عنه في وجه الشيوعيّين: ليس هناك حلٌّ وسطي. ربّما اصطلحت الأمور في حال رضي الشيوعيّون بإقامة المؤتمر. لكنّ مصير روبير ليس بين يديه بل في أيديهم. ارتعبت لهول هذه الفكرة. باستطاعتهم أن

يدمّروا بضربة واحدة التوازن الفريد الذي أقامه روبير. لا، ليس مناسبًا أن أتخلّى عنه في هذه المرحلة. دخلت إلى المكتب وقلت بصوت هازئ.

ـ هاك الرسالة التي استلمتها!

ناولت روبير رسالة روميو، فتبدّلت أسارير وجهه. رأيت فيها الفرحة التي كان من المفترض أن تكون فرحتي: «هذا بديع، لماذا لم تخبريني شيئًا عن الأمر؟».

قلت:

ـ لا أريد الغياب لفترة ثلاثة أشهر.

نظر إليّ مندهشًا:

ـ لكن لماذا؟ ستكون رحلة ممتعة.

تمتمت:

ـ لديَّ أعمال كثيرة هنا.

ـ ماذا دهاك. من الآن وحتى كانون الثاني، سيكون لديك كل الوقت لتنظيم كافّة الأمور. نادين كبرت وتستطيع الاستغناء عنك. ثم أضاف مبتسمًا: «وأنا أيضًا».

قلت:

ـ بعيدة أميركا.

قال:

ـ تغيّرت عليَّ! ثم تفحّصني بعين ناقدة: «سيكون لصالحك أن تتحرّري قليلاً من حياة الرتابة التي تعيشينها».

ـ سنذهب للتنزّه على الدرّاجة هذا الصيف.

قال روبير:

ـ لن تكون رحلة طويلة! ثم قال مبتسمًا: «أنا خليّ البال وواثق من أنّه لو جاء أحدهم وقال لك إنّ هذا المشروع لم يعد قائمًا لأُصبت بخيبة كبيرة...».

ـ ممكن!

كان على صواب. كنت راغبة فعلاً في القيام بهذه الرحلة، لذا أنا قلقة البال. كل هذه الذكريات، هذه الرغائب التي تستيقظ بلمحة بصر ورطة، وأيّ ورطة! لماذا أتت هذه الرسالة وعكّرت صفو حياتي الصغيرة الرتيبة الجامدة جمود الموت؟ في ذاك المساء صبَّ روبير وهنري جام غضبهما على لافوري وراح كلٌّ منهما يشجّع الآخر على التصدّي لكلّ العراقيل: إذا أصبحت الـ *S.R.L* قوّة حقيقيّة، عندئذ سيجد الشيوعيّون أنفسهم مضطرّين للتعامل معها معاملة الندّ للندّ، وحينها يمكن استعادة وحدة الصفّ. كنت أستمع إلى أقوالهما وأهتمّ بها فعلاً، لكن في مخيّلتي تتدافع الصور البلهاء. في اليوم التالي، لم أكن أفضل حالاً. جلست أمام مكتبي، وتساءلت لساعات: «هل أقبل أم لا؟». وصل بي الأمر إلى النهوض وأمسكت سمّاعة الهاتف. لا يمكن أن أتحجّج بكثرة مشاغلي. لقد وعدت بول بالمرور لرؤيتها، والأفضل أن أذهب الآن إلى زيارتها. بالطبع، هي وحدها في الاستوديو. ثم انطلقت إلى منزلها سيرًا على القدمين. أُحبّ بول كثيرًا، وأخشاها في الوقت نفسه. غالبًا ما أشعر عند الصباح بكلّ الشقاء في العالم يستيقظ من حولي، وبظلّه الخانق يجثم فوق رأسي. لكنّها أوّل شخص أفكّر فيه. أفتح عينيّ فتفتح عينيها، وفي الحال يسود الظلام في قلبها. فكّرت: «لو كنت مكانها، لما استطعت تحمّل هذه الحياة». أعرف جيّدًا أنّ هذا المكان هي

التي تشغله وأنّ احتماله أهون عليها منّي. كانت بول قادرة على البقاء محتبسة لساعات وأسابيع دون أن تفعل شيئًا ودون أن ترى أحدًا، ومع ذلك فهي لا تشعر بالضجر. وتنجح أيضًا في تفادي الاعتراف لنفسها بأنّ هنري لم يعد يحبّها. لكن في أحد الأيّام ستتّضح الحقيقة لها بكل قسوتها، وعندئذ ما الذي سيحصل؟ ماذا بالإمكان أن ننصحها؟ أن تغنّي؟ لكنّ هذا لن يكون كافيًا لمؤاساتها.

اقتربت من بيتها وانقبض قلبي. كان يلائمها فعلاً السكن في هذه الناحية التي يقطن فيها عديمو الحظّ هؤلاء! لا أعرف أين كانوا مختبئين خلال الاحتلال، لكن، في هذا الربيع انبعثت خرقهم وتدرّناتهم وجراحهم. كان هناك ثلاثة أشخاص جالسين بجانب بوّابة الحديقة الصغيرة بالقرب من لوحة رخاميّة مزيّنة بباقة أزهار ذابلة؛ رجل وامرأة يتشاجران على كيس من القماش المشمّع الأسود وعلى وجهيهما المحمرّين آثار السكر والغضب. راحا يتبادلان أعنف الشتائم، لكن أيديهما المتشبّثة بالكيس بالكاد تتحرّك، وثالث ينظر إليهما مبتهجًا. عبرت شارعًا صغيرًا ضيّقًا. كانت أبواب من الخشب العاري تسدّ الطريق أمام المستودعات حيث كان جامعو الخرق يأتون صباحًا ليرموا الأوراق وقطع الخردة، وأبواب أخرى مزجّجة مفتوحة على قاعات انتظار، حيث كانت النساء جالسات وقد أوقفن كلابًا فوق ركابهنّ. قرأت صدفة في إحدى النشرات الدعائيّة أنّ في هذه المستوصفات «نعتني بالعصافير والحيوانات الصغيرة» ونقتلها دون ألم. توقّفت أمام لافتة: **غرف مفروشة**، وقرعت الجرس. كان هناك دومًا صندوق للقمامة في أسفل الدرج، وما إن نصعد الدرجات الأولى حتى يأخذ كلب في النباح بشكل

عنيف. تفتح بول التي تعشق الأجواء المسرحيّة الباب، فيفاجأ الزائر بما يراه خلفه وكأنّ تطوّرًا مفاجئًا شديد الوقع قد طرأ على الأحداث: أنا نفسي كنت في كل مرّة أتفاجأ بهذه الروعة التي تطالعني بغتةً وبأزيائها أيضًا. كانت بول تفضّل العيش في الأحلام وتفصّلها على مقاسها، وتبدو دومًا وكأنّها متنكّرة بعض الشيء. عندما فتحت لي الباب، كانت ترتدي فستانًا منزليًّا فضفاضًا من التافتا لونه بنفسجي متموّج، وحذاءً مفرّغًا بكعب عالٍ جدًّا وشرائطه تلتفّ حول ساقيها. على أيّ حال، إنّ مجموعة الأحذية التي تمتلكها تصيب التيّامين[1] أنفسهم بالانكساف.

قالت وهي تجتذبني للجلوس أمام الحطب المتأجّج:

ـ تعالي قرب النار بسرعة.

ـ الطقس ليس باردًا.

ألقت نظرة إلى النوافذ التي سُدّت شقوقها باللّباد.

ـ هكذا يقولون. جلست وهي تنحني نحوي بلطف صارم: «كيف حالك؟».

ـ بخير. لديّ من العمل ما يفيض عنّي. لم يعد للناس حصّتهم اليوميّة من الرعب. لذا يبدؤون بتعذيب أنفسهم.

ـ وكتابك؟

ـ قطعت شوطًا فيه.

كنت أجيب بتهذيب على طريقة أسئلتها. كنت أعرف أنّها لا تبالي بما أفعله.

---

(١) التيّامون أو الـمُتيمُون: fétichistes، من fétichisme أي الفتيشيّة ويُقصد بها في علم النفس حالة مرضيّة تتّصف بالتعلّق الجنسيّ بأجزاء معيّنة من الجسم أو الملابس بحيث تثير الشخص جنسيًّا.

سألت:

ـ وهل أنت مهتمّة فعلاً بكتابته؟

ـ إنّه يثير حماستي.

ـ أنت محظوظة، قالت بول.

ـ لأنّني أقوم بعمل يثير حماستي؟

ـ بل لأنّك ترسمين مصيرك بيديك.

لم يكن هذا قطّ الانطباع الذي تولّد لديّ عن نفسي. لا شكّ أنّها تقصد شخصًا آخر.

قلت بحرارة:

ـ تعرفين بِمَ أفكّر مذ سمعتك تغنّين ليلة الميلاد؟ عليك أن تُفيدي من صوتك. جميل أن تتفاني من أجل هنري لكن عليك، في نهاية المطاف، أن تهتمّي بنفسك أيضًا...

قالت باستخفاف:

ـ عجبًا. تجادلت لتوّي مع هنري في هذا الموضوع، ومطوّلاً. ثم هزّت برأسها. «لا، لن أغنّي أمام الجمهور».

ـ لكن لماذا؟ أنا واثقة أنّك ستحرزين نجاحًا.

ـ وبِمَ سيفيدني ذلك؟ ثم ابتسمت: «اسمي على الملصقات، صوري في الصحف: حقًّا، هذا لا يهمّني! كان بإمكاني الحصول على هذا كله منذ زمن طويل ولم أسعَ إلى بلوغه». ثم أضافت: «تفهمينني خطأ. لا أتمنّى أيّ مجد شخصي لنفسي. إنّ حبًّا كبيرًا يبدو لي أهمّ من المهنة بكثير. كل ما أتحسّر عليه هو أنّ نجاحه ليس في يدي».

ـ لكن لا شيء يجبرك على الخيار بين أحد الأمرين. يمكنك أن

تستمرّي في حبّ هنري، والغناء في الوقت نفسه.

نظرت إليّ بوقار خطير: «الحبّ الكبير لا يترك للمرأة وقتًا شاغرًا. أعرف مقدار التفاهم الذي يسود العلاقة بينكما أنت وروبير، لكن ليس هذا ما أسمّيه حبًّا كبيرًا».

لم آتِ إلى هنا لأناقشها لا في مفرداتها ولا في حياتي...

ــ كل هذه النهارات التي تمضينها وحدك هنا تتيح لك الوقت لتعملي!

ــ ليست المسألة مسألة وقت. ثم ابتسمت لي ابتسامة يشوبها العتب: «برأيك لماذا تخلّيت عن الغناء منذ عشر سنوات؟ لأنّني فهمت أنّ هنري يريدني له بكلّيّتي».

ــ قلت إنّه نصحك بالعودة إلى الغناء.

قالت بفرح:

ــ ولكن لو قبلت اقتراحه على الفور، سيغضب! لن يتحمّل أن تخرج واحدة من أفكاري عن نطاق سيطرته.

ــ يا للأنانيّة!

ــ الحبّ ليس أنانيًّا.

وملّست بيدها ثوبها الحريري: «آه، لا يطلب منّي شيئًا. لم يطلب قطّ شيئًا. لكنّي أعرف أنّ تضحيتي ضروريّة ليس فقط لإسعاده، بل لعمله أيضًا ولاكتمال ذاته. اليوم أكثر من أيّ وقت مضى».

ــ لكن لماذا يبدو نجاحه بالذات مهمًّا لك إلى هذا الحدّ فيما يصغر في عينيك نجاحك؟

قالت بحدّة:

ــ آه. لا أحفل إذا كان شهيرًا أم لا. إنّ شيئًا آخر هــو علــى المحكّ.

ــ وما هو؟

نهضت فجأة وقالت:

ــ حضّرت نبيذًا ساخنًا، هل تريدين؟

ــ بسرور.

سمعت جلبتها في المطبخ وتساءلت بانزعــاج: «بمــاذا تفكّــر جديًّا؟» كانت تقول إنّها تحتقر المجد، ومع ذلك، وفي اللحظة التي بدأ فيها اسم هنري يلمع، وعندما بدأوا يحيّون فيه بطلاً للمقاومــة وأملاً لأدب الشباب، عادت لتلعب معه دور العاشقة. قبل ذلك بسنة، أذكر كم كانت كئيبة وخائبة الأمل. كيف كانت تنظر تحديدًا إلى هذا الحبّ؟ لماذا كانت ترفض أن تهرب منه بالعمل؟ كيف كانت تــرى الحياة من حولها؟ كنت محتبسة معها بين هذه الجدران الحمــراء، وكنّا ننظر إلى النار ونتبادل الكلام، لكنّي لم أكن أعرف ماذا يدور في رأسها. نهضت. مشيت باتّجاه النافذة ورفعت الســتارة. كــان المساء يهبط، ورجل بأسماله ينزّه كلبًا دانمركيًّا مربوطــًا بزمــام. خلف العبارة الغامضة المكتوبة على اللافتة: «اختــصاصي فــي الطيور النادرة والسكسونيّة»، قرد مقيّد إلى حــاجز فــي إحــدى النوافذ، وبدا عليه أنّه يسائل هو أيضًا الغــسق بحيــرة. أخفــضتُ الستارة. ما الذي كنت أرجوه؟ أن أرى للحظة بعينــي بــول هــذا الديكور الأليف؟ أن أقبض على لون أيّامها؟ لا، أبدًا. أبدًا لن يــرى القرد الحياة بعيني إنسان. أبدًا لن أستطيع الدخول في جلــد امــرأة أخرى.

عادت بول من المطبخ حاملة بمهابة صينيّة من الفضّة وعليها قصعتان يتصاعد منهما البخار: «تحبّينه حلو المذاق كثيرًا، أليس كذلك؟».

تنشّقت الطفح الأحمر بعطره الحارق: «يبدو لي هذا لذيذاً!».

احتست بضع جرعات من الخمر بنظرات مستغرقة في التأمّل وكأنّها تسائل إكسير الحقيقة. تمتمت: «مسكين هنري!».

ـ مسكين؟ لماذا؟

ـ يمرّ بأزمة صعبة. وأخشى أن يتعذّب كثيرًا قبل أن يتسنّى له الخروج منها.

ـ عن أيّ أزمة تتكلّمين؟ يبدو بأحسن حالاته ومقالاته الأخيرة من أفضل ما كتب.

ـ مقالات؟ نظرت إليَّ بشيء من الغضب. «فيما مضى، كان يحتقر الصحافة ويرى فيها مورد رزق فقط. كان همّه أن يظلّ بمنأى عن السياسة ويحمي وحدته».

ـ لكنّ الظروف تغيّرت يا بول.

قالت باحتداد:

ـ ماذا تهمّ الظروف! المهمّ ألاّ يتغيّر بتغيّر الظروف. خلال الحرب، كان يجازف بحياته، وكان هذا موقفًا نبيلاً منه. اليوم، عظمته تكمن في عدم الانتماء لهذا الزمن!

ـ ولماذا؟

رفعت كتفيها ولم تجب. أضفتُ بشيء من الغضب: «لا بدَّ أنّه شرح لك لماذا هو مهتمّ بالسياسة، وأنا أوافقه قطعًا. ألا تعتقدين أنّ عليك الوثوق به؟».

قالت بلهجة حاسمة:

ـ إنّه يسلك طرقًا ليست طرقه. أعرف. وأستطيع أن أعطيك البرهان.

ـ قلت:

ـ سيفاجئني هذا.

قالت:

ـ الدليل هو أنّه أصبح عاجزًا عن الكتابة.

ـ ربّما كان في هذه اللحظة لا يكتب. لكن، هذا لا يعني أنّه لن يعود إلى الكتابة.

قالت بول:

ـ لا أدّعي أنّ ما أقوله سيتحقّق حتمًا. لكن اعلمي أنّني أنا صنعت هنري. خلقته كما يخلق شخصيّات كتبه، أعرفه كما يعرفها. إنّه يخون رسالته، وعليَّ أنا أن أجعله يهتدي من جديد إليها، ولذا لا أستطيع الانصراف إلى مشاغلي الخاصّة.

ـ تعرفين، ليست لدينا رسالة إلاّ تلك التي نعدّ أنفسنا للاضطلاع بها.

ـ هنري ليس كاتبًا كالآخرين.

ـ جميعهم مختلفون.

هزّت رأسها نفيًا: «لو لم يكن إلاّ كاتبًا لما اهتممت. هناك الكثير من الكتّاب. عندما تعهّدته في عمر الخامسة والعشرين، لم يكن يفكّر إلاّ في الأدب. لكنّي عرفت في الحال أنّ بإمكاني أن أجعله يرتقي صعودًا باطّراد. علّمته أنّ حياته وعمله متلازمان ويجب أن يشركهما معًا في صنع مستقبله، فيثمرا نجاحًا مطلقًا وفي منتهى

الشفافيّة، ويكون بذلك قدوة للآخرين.

شغلني ما قالته، وفكّرت أنّها إذا كانت تتحدّث إلى هنري بهـذه اللهجة فإنّه سيضيق ذرعًا بها.

قلت:

ـ هل تقصدين أنّ الرجل يجب أن يُعنى بحياته قـدر عنايتـه بكتبه؟ لكن هذا لا يمنعه من أن يتغيّر...

ـ شريطة أن يتغيّر ويظلّ منسجمًا مع نفسه. أنا تطوّرت كثيرًا لكنّها طريقتي الخاصّة بي تلك التي أتّبعها.

قلت:

ـ ليست لدينا طرق مرسومة مسبقًا. لم يعد العالم هو نفسه. لم يعد أحد قادرًا على فعل شيء. يجب السعي للتكيّف مـع الأمـور المستجدّة. ابتسمت لها: «أنا أيضًا، لأسابيع، توهّمت أنّنا سنستعيد الحياة تمامًا كما كانت قبل الحرب. لكن ذلك ضرب من الخيال».

كانت بول تتأمّل النار بإصرار ثم قالت: «الوقت ليس حقيقيًّا». ثم التفتت صوبي فجأة: «اسمعي، حـين تفكّـرين برامبـو. مـاذا ترين؟».

ـ ماذا أرى؟

ـ أيّ صورة ترين له؟

ـ صورته شابًّا.

ـ هل رأيت! هناك رامبو، بودلير، ستندال، جمـيعهم، سـواء تقدّموا في السنّ أم لم يتقدّموا تختصر حياتهم مـع ذلـك صـورة واحدة. هناك هنري واحد. وأنا سأكون دومًا أنا، والوقت لا يستطيع فعل شيء. الخيانة لا تأتي منه بل منّا.

قلت:

ـ آه! تخلطين الأمور بعضها ببعض. عندما تبلغين السبعين، ستكونين دومًا أنت. لكن ستكون لك علاقات مختلفة بالناس والأشياء.وأردفت: «ومع مرآتك».

ـ لم يحدث لي أن نظرت كثيرًا في المرايا. نظرت إليَّ بشيء من الارتياب: «ما الذي تريدين إثباته؟».

للحظة، التزمت الصمت. نفي الوقت، جميعنا تغوينا المحاولة ولا شكّ. غالبًا ما أغوتني التجربة. كنت أحسد بول بشكل مبهم على يقينها المعاند:

ـ تقصّدت القول إنّنا نعيش على هذه الأرض وإنّه يجب الاقتناع بذلك. عليك أن تتركي هنري يفعل ما يحلو له، وأن تهتمّي بنفسك قليلاً.

قالت بلهجة حالمة:

ـ تتكلّمين كما لو كنّا أنا وهنري منفصلين. ربّما كان هناك نوع من التجارب التي لا يمكن إيصالها للآخرين.

فقدت كل أمل في إقناعها: وبماذا أقنعها على أيّ حال؟ لم أعد أعرف لكنّي مع ذلك قلت لها:

ـ أنتما منفصلان والبرهان أنّك تنتقدينه.

ـ نعم. ثمّة جانب سطحي فيه أتصارع معه ويفرّقنا. لكن في الأساس نحن كائن واحد. غالبًا ما شعرت بذلك سابقًا. لا بل إنّني أتذكّر بوضوح إلهامي الأوّل: حتى أنّني كنت مرتعبة منه. إنّه لأمر غريب، كما تعلمين، أن تضيعي تمامًا في الآخر. لكن أيّ أجر عظيم لنا أن نستعيد الآخر فينا!

حدّقَت إلى السقف بنظرة ملهمة: «كوني واثقة من هذا الأمـــر: سيعود لي زمني وسيُردّ لي هنري كما هو على حقيقته، كما رددته هو إلى نفسه».

كان في صوتها عنف يشوبه اليأس. امتنعت عن الخوض معها في النقاش أكثر. قلت بحيويّة: «لا يهمّ، سيفيدك أن تـــري النـــاس وتخرجي قليلاً من رتابة حياتك. ألا تريدين مرافقتي عند كلـــودي الخميس المقبل؟».

عادت نظرات بول من عليائها لتنحدر إلى الأرض. يخيّل إلـــى الناظر أنّها بلغت نشوة جنسيّة داخليّة وأنّ ذلـــك أعتقهـــا وجعلهـــا خفيفة. تبسّمت لي ثم قالت:

ــ آه لا، لا أريد، أتت لرؤيتي الأسبوع الفائت، وأُتخمت منهـــا لشهر. هل تعرفين أنّها تؤوي سكرياسين عندها؟ يحيّرني كيف قبل دعوتها.

ــ أتصوّر أنّه لم يعد لديه مال.

ــ تقصدين، لم يعد لديه حريم!

وانفجرت في ضحكة جعلتها تبدو أكثر شبابًا بعـــشر ســـنوات. هكذا كانت تضحك برفقتي. أمّا بحضور هنري فتـــصبح متكلّفـــة. واليوم من يرها يشعر بأنّها تبقى محاصرة بنظراته حتى في غيابه. ربّما كان بإمكانها استعادة غبطتها لو كانت لديها الشجاعة لأن تحيا لذاتها. «لم أعرف كيف يجدر بي أن أتكلّم معها، كنـــت خرقـــاء». هكذا لمت نفسي وأنا أفارقها. لم تكن هذه الحيـــاة التـــي تعيـــشها طبيعيّة، وكانت في بعض الأحيان تهذي صراحة. لكنّي لـــم أكـــن قادرة على تقديم النصح لها. وفي النهاية ما معنى أن تكون الحيـــاة

طبيعيّة، هل هناك شيء جنوني أكثر من حياة طبيعيّة؟ أليس من الجنون أن نفكّر بالأشياء التي نحن مرغمون على تجنّب التفكير فيها إذا أردنا أن نعبر مسالك أيّامنا من يوم لآخر دون أن نضلّ الطريق؟ أليس جنونًا أيضًا أن نفكّر كم من الذكريات يجب تجاوزها ومن الحقائق إغفالها؟ فكّرت: «لهذا السبب يخيفني الرحيل». في باريس، بالقرب من روبير، أتفادى، من دون مشقّة كبيرة، الأفخاخ. أعاينها عن بعد وهناك أجراس إنذار تنبّهني عند اقتراب المخاطر. لكن، وفي وحدتي تحت سماء مجهولة، ماذا سيحدث لي؟ ما هي البديهيّات التي ستبهرني فجأة؟ ما هي المهاوي التي سأكتشفها؟ لكن، أيًّا يكن الأمر، فالمهاوي ستلتئم والبديهيّات سيخبو ألقها. هذا غنيٌّ عن التفكير. رأيت منها ما يكفي. نساوي فعلاً ديدان الأرض هذه التي نقطعها جزافًا إلى قسمين وهذه السرطانات البحريّة التي تنبت لها قوائم من جديد. لكنّ أوان الاحتضار المزيّف عندما أفكّر فيه، في تلك اللحظة التي نتمنّى فيها الموت بدل أن نتصالح مع أنفسنا مرّة أخرى، تخونني الشجاعة. أحاول أن أرى الأمور بتعقّل: لماذا سيحدث لي شيء ما أنا بالذات؟ لماذا لا يحدث لي أيّ شيء؟ ليس لصالحنا أن نحيد عن الدروب المطروقة. صحيح أنّني أشعر بالاختناق هنا قليلاً لكنّنا نعتاد أيضًا على هذا الشعور، والعادة ليست أبدًا سيّئة كما يقال عنها.

سألتني نادين بعد بضعة أيّام وهي تنظر إليّ بارتياب:

ــ ما بك؟

كانت في غرفتي ممدّدة فوق ديوان ومتدثّرة بمبذلي. هكذا كنت

أجدها عادة عندما أعود إلى البيت. وحدها ثياب الآخرين وحيـاتهم تكتسب قيمة في نظرها.

ـ لا شيء، لماذا تسألين؟

لم أحدّثها عن رسالة روميو. لكن مع أنّها تسيء فهمي دائمًا، إلاّ أنّها كانت تلاحظ أقلّ تغيّر في أمزجتي.

قالت لي:

ـ تبدين وكأنّك تنامين واقفة!

صحيح أنّني كنت عادة أسألها باهتمام كبير عن نهاراتها، لكنّي هذا المساء خلعت معطفي وأعدت تزيين شعري بصمت.

قلت:

ـ أمضيت فترة بعد الظهر في سانت آن. أشعر بالإرهاق قليلاً. وأنت، ماذا فعلتِ؟

سألتني بلهجة تشوبها الضغينة:

ـ وهل هذا يهمّك؟

ـ بالطبع.

أصبح وجه نادين متهلّلاً. لم تستطع أن تُخفـي بهجتهـا أكثـر وقالت بلهجة متحدّية:

ـ التقيت لتوّي برجل حياتي!

قلت مبتسمة:

ـ رجل حياتك الحقيقي؟

وأجابت بجدِّيّة:

ـ أجل، الحقيقي. إنّه زميل لاشـوم، شـخص رائـع، لـيس كالآخرين كاتبًا رديئًا بل مناضل، مناضل حقيقي ويُدعى جولي.

تخاصَمَت مع هنري منذ بعض الوقـت. كانـت ردّات فعلهـا متوقّعة تمامًا لدرجة أنّني فوجئت بأنّها لم تكن على علم بما يحصل.

ــ إذًا، هذه المرّة ستنتسبين جدِّيًّا للحزب؟

ــ صُدم عندما عرف أنّني لم أنتسب بعد. آه! لو تعرفين، إنّـه من هؤلاء الأشخاص الذين يغالون في التدقيق بكل الأمور. يـسلك طريقه الخاصّ به. رجل بكلّ معنى الكلمة.

ــ منذ زمن طويل وأنا أفكّر أنّه يجدر بـك أن تكـون لـديك تجربتك الخاصّة بك..

قالت بصوت فيه مرارة:

ــ آه! بالطبع هذه بالنسبة لك مجرّد تجربة. أنتسب إلى الحزب ومن ثم أتركه. لا بأس يجب أن نغفر زلاّت الشباب. هل هذا مـا تقصدين؟

ــ لا، لا، لم أقل شيئًا من هذا.

ــ أعرف بماذا تفكّرين... إنّ قوّة جولي تكمن في أنّـه يـؤمن بحقائق ولا يتسلّى باختبار تجارب: إنّه رجل فاعل ونشيط.

لعدّة أيّام تحمّلت بلا تذمّر التقريظ الاستفزازي الذي تكيله نادين لجولي. فتحت «الرأسمال» على مكتبها إلى جانب كتاب الكيميـاء وراحت نظراتها تجول بكآبة من مجلّد إلى آخر. ثم شرعت تحلّـل كل تصرّفاتي على ضوء المادّيّة التاريخيّة. كان هناك الكثير مـن المتسوّلين في الشوارع في بداية هذا الربيع البـارد. إذا تفـضّلت عليهم بالقليل من المال، تهزأ منّي نادين قائلة: «لا تتصوّري أنّـك بتصدّقك على هذا الحثالة المسكين قد غيّرتِ وجه العالم!».

ــ لا أطلب الكثير. هذه الصدقة تشرح صدره. هذا كل ما فـي الأمر.

ـ وتريحين ضميرك. ربح الجميع.

وكانت دومًا تتّهمني بأنّي أسعى إلى غايات غامضة:

ـ أتظنّين أنّك برفضك الاختلاط بالناس وتصرّفك الفظّ معهم تسترين انتماءك الطبقي: أنت مجرّد بورجوازيّة قليلة الحياء، ليس إلاّ.

الواقع أنّني لم أكن أستمتع بزيارة كلودي. خلال الحرب أرسلت إليَّ من قصرها البورغوني[1] أكوامًا من الرزم المليئة بالأغراض، والآن تدعوني بإلحاح إلى سهراتها يوم الخميس. آل بي الأمر إلى تنفيذ ما وعدت به، لكنّي شعرت أنّني أمتطي درّاجتي مكرهة في هذا المساء المثلج من أيّار. انبعث الشتاء بنزق من قلب الربيع. السماء صامتة وبيضاء، وندف الثلج الكبيرة تتساقط متناثرة على الأرض، يستدفئ بها النظر ويُعرض الجسد عن برودتها. وددت لو أستطيع السير قُدُمًا إلى الأمام بعيدًا جدًّا على إحدى هذه الطرق المندوفة بالقطن. كانت اللقاءات الاجتماعيّة ترهقني أكثر من السابق، وكأنّها أعمال سخرة. عبثًا حاول روبير الانزواء، وتحاشي الصحافيّين، والأوسمة والأكاديميّات، والصالونات، والحفلات العامّة. رغم ذلك كلّه، كنّا أشبه بصرح عامّ، وصرت شخصًا عامًّا أنا نفسي. بخطى بطيئة صعدت الدرج الفخم. أكره هذه اللحظة حين تستدير الوجوه نحوي وحين يجري تحديدي وتقطيعي إلى أشلاء بلحظة واحدة خاطفة. عندئذ أعي نفسي وهذا الوعي يواكبه إحساس بالذنب.

قالت لور مارفا:

---

(١) البورغوني نسبة إلى Bourgogne بورغونيا، مقاطعة في فرنسا.

ـ إنّها لمناسبة سعيدة أن ألتقي بك! أنت منشغلة طيلة الوقت لدرجة أنّنا لا نجرؤ على دعوتك.

تخلّفنا على الأقلّ ثلاث مرّات عن تلبية دعوتها. وبين الناس الذين تعرّفت إليهم في هذا الجمع الغفير، كان هناك القليل منهم الذين لم أشعر بالذنب حيالهم. كانوا يظنّون أنّنا نتعالى على الناس أو نكرههم أو نبدي تكلّفًا نحوهم. لكنّ الأمر بسيط للغاية، لا تسلّينا الاجتماعيّات وأظنّ أنّ الآخرين أيضًا، حتى لو لم تخطر لهم الفكرة قطّ، يهرعون إلى هنا ليضجروا بشرف. الضجر كارثة بعثت الذعر في نفسي منذ الطفولة وتمنّيت أن أكبر لا لشيء إلاّ لأتفاداه، وتجنّبت طيلة حياتي الوقوع فيه. لكن ربّما كان هؤلاء الذين أصافحهم معتادين عليه لدرجة أنّهم لا يتبيّنون وجوده في حياتهم: ربّما كانوا يجهلون أنّ للهواء طعمًا آخر.

قالت كلودي:

ـ ألم يستطع روبير دوبروي مرافقتك؟ قولي له على لساني إنّ مقاله في *Vigilance* رائع! حفظته غيبًا: أتلوه على المائدة وفي الحمّام وفي السرير. أضاجعه. إنّه عشيقي حاليًّا.

ـ سأقول له.

نظرت إليّ نظرات متفحّصة وشعرت بانزعاج. بطبيعة الحال، لا أحبّ أن يقال شيء سيّئ عن روبير. لكن عندما يُكال له المديح، أشعر أنّ هذا يربكني، وأنّ ابتسامة بلهاء ترتسم فوق شفتي. يصبح الصمت تصنّعًا والكلام ثرثرة شبقة.

قال الرسّام برلين الذي كان عشيق كلودي حاليًا:

ـ إصدار هذه المجلّة حدث مهمّ.

اقتربت غيت فنتادور. كانت نشرت بعض الروايات الحاذقة وتشعر أنّها الشخصيّة الأهمّ في هذا الصالون. تبرّجها وتصرّفاتها تشير إلى أنّها تدرك أنّها لم تعد شابّة لكنّها تريد أن تذكّر الجميع بإلحاح أنّها كانت جميلة. قالت بلهجتها المتذاكية: «الشيء الخارق عند دوبروي هو مع اهتمامه الكبير بالفنّ، يعرف كيف يولي شغفه لعالم اليوم. أن يعشق الكاتب الكلمات والبشر معًا أمر نادر جدًّا».

سألتني كلودي:

ـ هل تكتبين يوميّات حياته؟ لو فعلت فأيّ وثيقة مهمّة ستقدّمينها للناس!

قلت:

ـ وقتي لا يسمح لي. ثم إنّه لا يحبّ هذا على ما أعتقد.

قالت أوغيت فولانج:

ـ يفاجئني أنّك تعيشين إلى جانب رجل ذي شخصيّة طاغية، ومع ذلك احتفظت بمهنة لنفسك. أنا، بكل بساطة، لا أستطيع أن أفعل مثلك. زوجي العزيز يلتهم كل وقتي. وأرى ذلك طبيعيًّا على أيّ حال.

أصررت على الامتناع عن كل الأجوبة التي كادت شفتاي تنطقان بها وقلت بفتور شديد:

ـ إنّها مسألة تنظيم.

فأجابتني وكأنّني أهنتها:

ـ لكنّني منظّمة جدًّا. لا إنّها بالأحرى مسألة جوّ معنوي...

كانوا يصوّبون إليَّ سهام نظراتهم ويطالبونني بتأدية حسابات. هذا ما يفعلونه على الدوام. يطوّقونني ويسألونني بنبرات ماكرة

وكأنّني زوجة رجل ميت. لكن روبير حيّ ولن أعاونهم على تحنيطه. يجمعون تواقيعه ويتخاصمون على مخطوطاته ويعرضون أعماله الكاملة مزيّنة بالإهداءات على ألواح الخشب. أنا بالكاد أملك اثنين أو ثلاثة من كتبه. ولا شكّ أنّني تعمّدت عدم المطالبة باسترداد تلك التي استُعيرت منّي، وأنّني تعمّدت عدم تصنيف رسائله وإهمالها بشكل أو بآخر، لا سيّما أنّها موجّهة لي فقط، وهي ليست أمانة يجدر بي إيداعها لديهم ذات يوم. لست وريثة روبير ولا شاهدة عليه: أنا زوجته.

ربّما حدست غيت فنتادور بانزعاجي، وبثقة السيّدة التي تشعر أنّها في بيتها أينما حلَّت، وضعت يدها الصغيرة مداعبة معصمي وهي تقول: «لكن لم تتناولي شيئًا. دعيني أقودك إلى البوفيه». ابتسمت لي ابتسامة متواطئة وهي تجذبني من يدي: «أودّ فعلاً أن نثرثر قليلاً نحن الاثنتين ذات يوم. يندر الالتقاء بامرأة ذكيّة». لكأنّها اكتشفت لتوّها الشخص الوحيد القادر في هذا الجمع على فهمها. ثم أردفت قائلة: «هل تعرفين، سيكون لطيفًا أن تأتي برفقة دوبروي لتناول العشاء عندي في ركني الصغير».

هذه هي إحدى أكثر لحظات الامتحان صعوبة، حين يُطلب منك بنبرة متهاونة أو فوقيّة أن توافق على المجيء إلى الموعد المحدّد، وعندما أجيبهم بالكلمات الطقسيّة: «روبير مشغول جدًّا في هذه الأيّام»، أشعر بنظراتهم القاسية تضعني في قفص الاتّهام ويؤول بي الأمر للاعتراف بذنبي. أنا زوجته، صحيح، لكن لست وصيّة عليه! ثم إنّ هذا ليس سببًا للاستئثار به: الصرح العامّ ملك الجميع!».

قالت غيت:

ـ آه! أعرف ما معنى أن يكون الإنسان متفانيًا في عمله. أنا أيضًا لا أخرج أبدًا. كانت صدفة أنّك التقيتني هنا! كانت ضحكتها تنمّ عن شعورها بأنّني سأكون ساذجة لو حملت كلامها على غير معناه. ثم قالت كمن يأتمن الآخر على سرّ:

ـ سيكون عشاءً حميمًا مختلفًا عمّا ترينه هنا، ولن أدعو إليه إلاّ رجالاً. لا أحبّ رفقة النساء. أشعر بالضياع في صحبتهنّ. وأنت؟

ـ لا، أتفاهم بشكل ممتاز مع النساء.

نظرت إليّ نظرة استهجان وغضب:

ـ أمر غريب، أمر غريب جدًّا، ربّما لستُ طبيعيّة.

كانت تؤكّد في كتاباتها على التمييز بين الجنسين، وتظنّ أنّها تتفادى دونيّة أنوثتها بذكورة موهبتها. لا بل إنّها تتفوّق على الرجال بامتلاكها علاوة على الفضائل التي يمتلكونها، تلك المزيّة الفريدة الساحرة، مزيّة أن تكون امرأة. كان هذا المكر يثير أعصابي.

قلت لها بلهجة متعالية:

ـ لست غير طبيعيّة البتّة. كل النساء تقريبًا يفضّلن الرجال.

جمدت نظراتها دون تكلّف، لكنّها تقصّدت أن تلتفت إلى أوغيت فولانج. مسكينة غيت فنتادور! كانت تتأرجح بين رغبتها في إخفاء نرجسيّتها وإظهار فضائلها. عندئذ، تحاول أن تملي على الآخرين ما ترغب في أن يقال عنها، لكن ماذا لو لم يقل الآخرون شيئًا؟ هل يجدر بها تقبّل أن تكون غير مقدّرة حقّ قدرها؟ لاحظت كلودي أنّني وحدي، وبصفتها سيّدة منزل قديرة، قدّمت لي إحدى السيّدات وقالت:

ـ آن، ألم تلتقي من قبل لوسي بلوم؟ ثم أضافت وهي تتأهّب لاستقبال زائر جديد: «فيما مضى كانت على معرفة وثيقة بصديقتك بول».

قلت للسيّدة الطويلة السمراء التي ترتدي ثوبًا من القماش العثماني الأسود والمتقلّدة عقدًا من الماس، والتي كانت تبتسم لي على مضض:

ـ آه! كنت تعرفين بول؟

أجابتني بنبرة مستخفّة:

ـ نعم، معرفة وثيقة. ألبستها الثياب على سبيل الدعاية عندما أطلقتُ دار أزياء آماريليس، وكانت هي مبتدئة عند فالكور. كانت جميلة لكنّها لا تحسن انتقاء ملابسها إطلاقًا. أظهرت لي لوسي بلوم إحدى ابتساماتها الجليديّة وأضافت: «لم يكن ذوقها هذا قد اكتمل بعد وكانت ترفض كل النصائح. كم تعذّبنا أنا وفالكور المسكين».

قلت:

ـ لدى بول أسلوبها الخاصّ بها.

ـ لم تكن قد اكتشفته آنذاك. اعتزازها بنفسها أعمى بصيرتها، وأساء إلى مهنتها. كان صوتها جميلاً، لكنّها لم تكن تحسن استغلال مواهبها الفنيّة، ولا استمالة الجمهور إليها.

ـ لم أسمعها قط تغنّي على المسرح، لكن قيل لي إنّها أحرزت نجاحًا كبيرًا، وقد وقّعت عقدًا للذهاب إلى الريّو.

أخذت لوسي بلوم تضحك: «أحرزت نجاحًا عابرًا مفاجئًا لأنّها كانت جميلة، لكن بريقها ما لبث أن خبا في الحال، لأنّ الغناء ككل شيء يتطلّب المثابرة والجهد الذي كانت تضنّ به. أجل البرازيل،

أذكر تلك القصّة. كان عليَّ أن أخيط لها فساتينها، لكن ذاك الفتى لم يكن مهتمًّا بجولتها الفنِّيّة، وهي فهمت ذلك تمامًا فهي أقلّ جنونًا ممّا كانت تدّعي. كانت تتظاهر بأنّها تعتبر نفسها لا ماليبران[1]. لكن، في العمق، كل ما كانت تتمنّاه هو العثور على شابّ يوافق مزاجها ويهتمّ بها، وسرعان ما أغفلت كل الباقي. وهي في ذلك محقّة لأنّها غير قادرة على الاضطلاع بمهنة ناجحة».

ثم سألتني لوسي فجأة بصوت مجامل: «ماذا أصبح حالها. قيل لي إنّ فتاها الأغرّ على وشك أن يتخلّى عنها. هل هذا صحيح»؟

قلت بحزم:

ـ لا، قطعًا، إنّ علاقة حبّ متينة لا تزال تربطهما.

قالت بلهجة لا تصدّق كلمة واحدة ممّا أقول:

ـ صحيح! نِعْم الأمر! لطالما انتظرت ذلك، الفتاة المسكينة!

شعرت بالبلبلة. لوسي بلوم تكره بول. لن أقبل بهذه الصورة التي رسمتها عنها لي: عاهرة صغيرة، مدّعية، وخاملة تفتّش عن رجل يحميها أثناء انصرافها إلى غنائها الرديء. لكنّي تنبّهت إلى أنّ بول لم تحدّثني قطّ عن سنواتها الأولى في باريس، ولا عن صباها أو طفولتها. فما السبب؟

ـ هل أستطيع إلقاء التحيّة عليك؟ أما زلت تكرهينني؟

كانت تلك ماري آنج تبتسم لي بهيئة تصطنع التردّد.

قلت وأنا أبتسم لها:

ـ تستحقّين ذلك! خدعتني خدعة لا يُستهان بها.

---

(١) لا ماليبران La Malibran (ماريا غارسيا) مغنّية فرنسية من أصل إسباني (باريس ١٨٠٨ ـ مانشستر ١٨٣٦). كانت مشهورة جدًّا وألهمت الرومنطيقيّين ومن بينهم ألفرد دو موسيه.

ـ كنت مضطرّة.

ـ والآن طمئنيني عن حالك: هل لديك ستّة إخوة وأخوات؟

قالت بلهجة صادقة:

ـ صحيح أنّني الابنة الكبرى لكنْ لديّ أخ وحيد وهو في المغرب.

أخذت نظراتها تتحرّاني بنهم: «قولي لي ماذا أخبرتك غيت فنتادور؟».

ـ لا شيء على الإطلاق.

ـ بإمكانك أن تخبريني، أن تقولي كل شيء لي، فالأخبار تدخل من هنا (أشارت إلى أذنيها) وتخرجٍ من هنا (أشارت إلى فمها).

ـ هذا جُلّ ما أخشاه. ثم أردفتُ وأنا أشير إلى لوسي: «ليتك أنت تقولين لي ماذا تعرفين عن تلك المرأة الضخمة الفظّة».

قالت ماري آنج:

ـ إنّها امرأة رائعة.

ـ وأين يكمن مصدر روعتها؟

ـ في مثل هذه السنّ ولا تزال قادرة على استمالة الرجل الذي تريد، وهي قادرة على التوفيق بين المفيد والمسلّي. لديها الآن ثلاثة رجال والثلاثة يريدون الاقتران بها.

ـ وكل واحد فيهم يعتبر نفسه الوحيد في حياتها؟

ـ لا، كل واحد منهم يعتبر أنّه الوحيد الذي يعرف أنّ لديها عشيقين غيره.

ـ ومع ذلك ليست فينوس.

ـ يقال إنّها كانت شديدة القبح في سنّ العشرين، لكنّها اعتنت

بمظهرها بطريقة باتت معها غير معروفة. وأضافت ماري آنج بلهجة حكيمة عالمة بخفايا الأمور: «وهذا ليس مستحيلاً. هناك نساء قبيحات يبلغن مرادهنّ عن طريق تسليم أجسادهنّ، يكفي فقط أن يحسنّ اصطياد الفرص ويبذلن جهودًا كافية. كانت لولو في الأربعين عندما افتتحت دار أزياء آماريليس بدعم من الثري بروتو. أخذت الدار تدرّ عليها أرباحًا طائلة أثناء الحرب. والآن تواصل انطلاقتها بسرعة قياسيّة، لكن لوسي عانت كثيرًا لتحقّق هذا النجاح». ثم أضافت: «لذا هي شرّيرة».

ـ لاحظت ذلك. تفحّصت ماري آنج: «عمَّ جئتِ تبحثين هنا؟ عن أخبار تثير الفضائح؟».

ـ جئت لمتعتي الخاصّة. أستمتع جدًّا بحضور حفلات الكوكتيل. وأنت؟

ـ أنا لا أجد أيّة متعة! اشرحي من فضلك!

ـ حسنًا، نرى فيها جمعًا من الناس لا نرغب في رؤيتهم.

ـ هذا واضح.

ـ ومن ثم نسعى إلى الظهور بأبهى منظر.

ـ ولماذا يتوجّب علينا ذلك؟

ـ إذا أردنا أن نلفت الأنظار.

ـ وهل تريدين لفت الأنظار؟

ـ بالطبع. وأهوى بشكل خاصّ أن يلتقطوا لي الصور. أخذت تعضّ أصابعها: «تجدين أنّ هذا غير طبيعي؟ هل برأيك يجب الذهاب إلى محلّل نفساني»؟

ـ فهمت! إنّها تغلي هنا.

ـ ماذا؟ العقد النفسيّة؟

ـ شيء من هذا القبيل.

قالت شاكية:

ـ لكن ماذا يتبقّى منّي لو فقدتها؟

قالت كلودي:

ـ تعالوا إلى هنا. الآن، وقد غادر المزعجون، بإمكاننا أن نلهو قليلاً.

هناك دائمًا وقت محدّد عند كلودي يُعلن فيه أنّ المزعجين غادروا، رغم أنّ الأمر بالرحيل يتغيّر من مرّة لأخرى.

قلت:

ـ أنا آسفة، عليَّ أن أغادر معهم.

قالت كلودي:

ـ ممنوع، عليك البقاء للعشاء. سنتناول العشاء على طاولات صغيرة، سيكون الجوّ لطيفًا وسيحضر إلى المكان أناس أريد أن أعرّفك بهم.

ثم اجتذبتني على حدة وقالت ببشاشة: «قرّرت الاهتمام بك. من السخيف أن يعيش الإنسان على هامش الحياة. لا أحد يعرفك. أقصد القول في الأوساط الثريّة. دعي لي أمر إطلاقك على الساحة. سأصحبك إلى أمهر الخيّاطين. سأبرزك، وفي غضون سنة، ستحظين بالزبائن الأكثر رفعة ومقامًا وثراءً في باريس».

ـ لديَّ الكثير من الزبائن.

ـ نصفهم لا يدفع لك، والنصف الآخر يدفع بشكل سيّئ.

ـ ليست هذه المسألة.

ـ بل تلك هي المسألة: إذا دفع لك زبون واحد ما يدفعه عشرة، عندئذٍ ستعملين عشر مرّات أقلّ ويكون لديك متّسع من الوقت لتستمتعي وترتدي أجمل الثياب.

ـ نتكلّم بالموضوع لاحقًا.

كنت متفاجئة أنّها تفهمني على هذا النحو السيّئ. لكن، على أيّ حال لم أكن أفهمها على نحو أفضل منها. كانت تظنّ أنّ العمل بالنسبة لنا ليس إلاّ وسيلة للوصول إلى النجاح والثروة. لكنّي كنت مقتنعة، بشكل مبهم، أنّ كل هؤلاء المتكلّفين يرضون طوعًا بتغيير وضعهم الاجتماعي مقابل المواهب والنجاحات الفكريّة. في طفولتي بدت لي وظيفة المربّية أعظم من الدوقة أو من الملياردير، وهذه النظرة لم تتغيّر عندي. فيما كلودي تعتبر أنّ أكبر أمنية عند إينشتاين هي أن يُستقبل في صالونها. لا مجال للتفاهم فيما بيننا.

قالت كلودي:

ـ اجلسي معنا. سنلعب لعبة كشف الحقيقة.

أكره هذه اللعبة. لا أقول أبدًا إلاّ الأكاذيب، ويصعب عليّ أن أرى شركائي متشوّقين للبوح بأسرارهم التي يستودعونها صدورهم، دون أن يتسبّبوا بالأذى فيما بينهم من خلال أسئلة دقيقة ماكرة.

سألت أوغيت فولانج غيت فنتادور:

ـ ما هي زهرتك المفضّلة؟

ـ السوسن الأسود.

كلّهنّ جميعًا لديهنّ زهرتهنّ المفضّلة وفصلهنّ الأثير وكتابهنّ المفضّل وخيّاطهنّ المعتمد.

نظرت أوغيت إلى كلودي:

ـ ما هو عدد العشّاق الذين حظيت بهم؟

ـ لم أعد أعرف: خمسة وعشرون أو ستّة وعشرون. انتظري. سأذهب لمعاينة القائمة في غرفة الاستحمام. ثم رجعت وهي تصرخ بصوت ظافر: «سبعة وعشرون».

قالت لي أوغيت:

ـ بِمَ تفكّرين في هذه اللحظة.

أنا أيضًا بدت لي الحقيقة جليّة فجأة لا تقاوم، فقلت لكلودي وأنا أنهض:

ـ عن جدّ، لديّ عمل طارئ. لا تزعجي نفسك لأجلي.

خرجتُ من الصالون وماري آنج التي كانت تجلس منهكة على الكنبة، نهضت وتبعتني:

ـ لعلّ ما تتذرّعين به من عمل طارئ غير صحيح، أليس كذلك؟

ـ أنا دومًا منشغلة.

قالت لي وهي ترمقني بنظرات متوسّلة وواعدة زجرتُها في الحال:

ـ أدعوك للعشاء.

ـ لاحقًا. ليس لديّ وقت.

ـ إذًا في وقت لاحق. هل نستطيع أن نرى بعضنا بين الفينة والأخرى؟

ـ أنا فعلاً منشغلة.

بسطت لي يدها لتودّعني على مضض. امتطيت درّاجتي

وانطلقت بها قُدُمًا. لو تناولت العشاء معها لكان ذلك مسلّيًا لكنّي أعرف تمامًا أيّ مسار تتّخذ هذه الأمور: كانت ماري آنج تخاف من الرجال وتلعب دور الفتيات الصغيرات. كانت ستمنحني تلقائيًّا قلبها وجسدها الصغير النحيل. وإذا كنت أتنصّل من الأمر فهذا ليس لأنّ الوضع يخجلني بل لأنّني حدست حتميّته، وهذا يبعث الملل في نفسي. ذات يوم وجّهت لي نادين ملامة وكان فيها الكثير من الحقيقة: «تجعلين دومًا الفرصة تفلت من بين يديك ولا تسارعين إلى قطف ثمرة الصدفة في أوانها». كنت أنظر للناس بعين طبيبة ما يجعلني عاجزة عن إقامة علاقات إنسانيّة معهم. الغضب والضغينة قلّما أقدر عليهما، والمشاعر الطيّبة التي يكنّونها لي لا تترك أثرها في نفسي. مهنتي تقوم على إثارة المشاعر. عليّ أن أتلقّى بلامبالاة تبعات عمليّة التحويل[١] الذي أخلقه، وتبديدها في الوقت الملائم. حتى في حياتي الشخصيّة كنت متمسّكة بهذا الموقف. كنت أشخّص في الحال اضطرابات المريض الطفوليّة، وأرى نفسي كما أظهر في فانتسماته: أُمًّا وجدّة وأختًا وطفلة وعشيقة. لا أحبّ كثيرًا الشعوذات التي يستسلمون لها انطلاقًا من صورتي. لكن يجدر بي أن أنقاد لها. أفترض لو أنّ فردًا طبيعيًّا رغب في الاقتراب منّي لكنت تساءلت على الفور: ما الصورة التي يكوّنها عنّي؟ أيّ رغبات مكبوتة يسعى إلى إشباعها؟ وعندئذٍ أصير عاجزة عن القيام بأيّة مبادرة.

---

(١) التحويل transfert: في التحليل النفسي يقصد به انتقال مشاعر المريض العقليّة أثناء التحليل، سواءً كانت مشاعر المحبّة أو الكراهية من المواقف أو الأشخاص التي ابتعثتها أصلاً ودورانها حول شخص المحلّل نفسه.

لا بدَّ أنّني ابتعدت وصرت خارج باريس. كنت أسير بـدرّاجتي على طول نهر السين، على طرق صغيرة معبّدة يحيط بها يسارًا حاجز ويمينًا بيوت صغيرة متعرّجة ينيرها بين الفينة والأخرى ضوء فانوس قديم. كانت الطرقات موحلة، لكنّ الثلج الأبيض يغطّي الرصيف. ابتسمت للسماء القاتمة. تلك الساعة فزت بها إذ هربت من صالون كلودي، ولا أدين بها لأحد. لذا استشعرت بسعادة كبرى في الهواء البارد. أذكر، فيما مضى، وفي أحيان كثيرة، كانت أنفاسي تسكرني والفرح ينقضّ عليَّ فأقول عندئذ إنّه لولا وجود مثل هذه اللحظات، لا قيمة للحياة التي نحياها. ألن تعود هذه اللحظات من جديد؟ كان يُعرض عليّ أن أجتاز المحيط وأكتشف القارّة الجديدة، وكل ما أملكه كجواب: «أنا خائفة» ممَّ أنا خائفة؟ لم أكن جبانة فيما مضى. في غابات بايوليف أو في غابة غريزني، كنت أفترش التراب متوسّدة حقيبتي ومتدثّرة بالغطاء، وأنام وحدي تحت النجوم مطمئنّة وكأنّني في سريري. وكان يبدو لي طبيعيًّا أن أتجوّل على غير هدى، الجبال المكسوّة بحبيبات الثلج على السفوح الشديدة الانحدار، وكنت أستخفّ بكل النصائح التي تدعو للحذر وأجلس وحيدة في حانات هافر أو مرسيليا وأتنزّه بمفردي في قرى القبيليّين[١]. قمت فجأة بنصف استدارة. لا جدوى من السير على الدرّاجة حتى نهاية العالم: إذا أردت أن أستعيد حرّيّتي القديمة فمن الأجدى لي العودة إلى المنزل وإرسال الجواب هذا المساء إلى روميو وأقول له: موافقة.

لكنّي لم أرسل جوابًا. بعد ذلك بأيّام قليلة كنت ما أزال قلقة بشأن

(١) القبيليّون: سكّان المنطقة الجبليّة في الجزائر.

هذه الرحلة وأطلب النصح والمشورة وكأنّ الأمر يتعلّق برحلة استكشاف جوف الكرة الأرضيّة.

ـ لو كنت مكاني، هل كنت ستقبل؟

قال هنري متفاجئًا:

ـ بالطبع.

في هذه الليلة، كانت إشارات النصر الكبيرة المضاءة على شكل V تخترق سماء باريس. جلب الأصدقاء الشمبانيا والأسطوانات، وهيّأت عشاءً فاخرًا، ووزّعت الأزهار في كل مكان. بقيت نادين في غرفتها متذرّعة بعمل طارئ! كانت تمتنع عن حضور أيّ احتفال بذكرى الذين ماتوا. قال سكرياسين: «احتفال مضحك، ليست هذه النهاية بل البداية، بداية المأساة الحقيقيّة».

بالنسبة له، كانت الحرب العالميّة الثالثة على وشك الاندلاع. قلت له ببشاشة: «لا تجعل من نفسك متنبّئًا بخواتيم مأساويّة للأحداث. تنبّأت ليلة الميلاد لنا بالكوارث، وأعتقد أنّك خسرت الرهان».

قال:

ـ لم أراهن، لم تنقض سنة بعد.

ـ في جميع الأحوال لم يسأم الفرنسيّون من الأدب بعد. وجعلت هنري يشهد على كلامي «لا بل إنّ كمّيّة المخطوطات التي تتوافد إليهم في المجلّة، لا يُحصى عديدها، أليس كذلك؟».

قال سكرياسين:

ـ هذا يعني أنّ قدر فرنسا مشابه لقدر الإسكندريّة. كنت أفضّل أن تحرز مجلّة «*Vigilance*» نجاحًا أقلّ على أن تكون جريدة كبيرة مثل «*L'Espoir*» مهدّدة بالإفلاس.

قال هنري محتدًّا:

ـ عمَّ تتحدّث؟ «*L'Espoir*» بألف خير.

ـ قيل لي إنّكم ستُضطرّون إلى التفتيش عن إعانات ماليّة خاصّة.

ـ من قال لك ذلك؟

ـ آه نسيت! هكذا تسري شائعات.

قال هنري بجفاف:

ـ شائعات كاذبة.

لم يكن يبدو عليه أنّ مزاجه طيّب هذا المساء. استغربت الأمر. كان الجميع فرحًا، حتى بول، حتى سكرياسين الذي لم يفلح يأسه المزمن في تعكير مزاجه. أخذ روبير يروي قصصًا عن عالم آخر إبّان العشرينيّات. واستذكر معه لونوار وجوليان هذه الأزمة الإكزوتيكيّة. كان هناك ضابطان أميركيّان لا أحد يعرفهما يغنّيان خفيةً أغنية راقصة من الغرب الأميركي، وكانت امرأة أميركيّة شقراء تنام على أحد الدواوين. على الرغم من فواجع الماضي ومآسي المستقبل، كانت هذه الليلة ليلة عيد. أنا واثقة من ذلك، ليس بسبب الأغاني والألعاب الناريّة، بل لأنّ رغبة في الضحك والبكاء معًا قد اعترتني.

قلت:

ـ لنرَ ماذا يحصل في الخارج! ثم نعود للعشاء بعدئذ.

وافق الجميع بحماس، ومن دون كبير مشقّة بلغنا فتحةً المترو الذي أوصلنا إلى ساحة الكونكورد. كان الدرج المفضي إلى الساحة مكتظًّا بالحشود. تشبّثنا بأيدي بعضنا بعضًا، لكن في اللحظة التي

بلغنا الدرجة الأخيرة، حصل تجاذب شديد فوجدتني مفلتةً من قبضة روبير ووحدي برفقة هنري. أدرنا ظهرينا للشانزيليزيه التي كنّا اقترحنا أن نصعد إليها. جرفنا الحشد إلى التويلري.

قال هنري:

ـ لا تحاولي المقاومة! سنلتقي جميعًا عندك بعد قليل. ليس عليك إلاّ أن تواصلي السير مع الموكب.

وسط الأغاني والضحكات، جنحنا إلى ساحة الأوبّرا التي كانت مشعّة بالأنوار والمزيّنة بالشراشف الحمراء. شعرنا بالرعب قليلاً، فلو تعثّرنا أو سقطنا لداستنا الأقدام. لكنّ الأمر كان مثيرًا ولا شيء مختتمًا. لا الماضي انبعث ولا المستقبل كان أكيدًا، لكنّ الحاضر ظافر، وليس لنا إلاّ أن نتركه يحملنا على جناحيه، رؤوسنا فارغة وأفواهنا جافّة وقلوبنا خافقة.

اقترح هنري:

ـ ألا تذهبين لتناول كأس؟

ـ إذا كان ذلك ممكنًا.

وببطء، استطعنا أن نتحرّر من زحمة الناس المحتشدين لنجد أنفسنا وسط شارع يفضي إلى مونمارتر. دخلنا إلى كباريه مليء بالأميركيّين الذين يرتدون بزّاتهم العسكريّة وكانوا يدندنون الأغنيات. طلب هنري الشمبانيا. كان حلقي جافًّا من العطش والتعب والانفعال. أفرغت كأسين بجرعة واحدة.

قلت:

ـ إنّه عيد، أليس كذلك؟

ـ بالطبع!

نظرنا إلى أنفسنا كصديقين. من النادر أن أشعر أنّني مرتاحة كلّيًّا مع هنري. هناك الكثير من البشر بيننا: روبير ونادين وبول. لكن هذه الليلة بدا لي قريبًا جدًّا، والشمبانيا بعثت فيَّ الجرأة.

ـ ومع ذلك لا تبدو فرحًا هذا المساء.

ـ بلى.

ناولني سيجارة. لم يكن يبدو سعيدًا.

قال:

ـ لكنّي أتساءل من يُشيع أنّ «*L'Espoir*» تواجه وضعًا صعبًا. لا بدَّ أنّه سامازيل.

قلت:

ـ أنت لا تحبّه؟ ولا أنا أيضًا. إنّه من هؤلاء الأشخاص الذين لا يخلعون الأقنعة عن وجوههم.

ـ لكن روبير يقيم له وزنًا كبيرًا.

ـ روبير يسعى إلى الإفادة منه، لكنّه لا يشعر بمودّة حياله.

قال هنري:

ـ وهل من فرق؟

بدت لي نبرته حزينة كسؤاله:

ـ ماذا تقصد؟

ـ في هذه اللحظة دوبروي منغمس في مسألة تودّده للناس بقدر الفائدة التي يجنيها منهم، لا أكثر ولا أقلّ.

قلت مستنكرة:

ـ ما تقوله غير صحيح أبدًا.

نظر إليَّ بسخرية:

ـ أتساءل هل كان سيظلّ صديقًا لي لو أنّني لم أفتح أبواب «L'Espoir» لـ S.R.L؟

قلت:

ـ كان أمله سيخيب بطبيعة الحال، وكان أمله سيخيب أيضًا للأسباب التي دفعتك للموافقة.

ـ آه! حسنًا هذا النوع من الاقتراحات لا يعني شيئًا.

أتساءل إذا كان روبير أوحى له أنه مخيّر بين إتمام الصفقة أو فسخها. يمكنه أن يكون عنيفًا عندما يريد بلوغ أهدافه بأيّ ثمن. يحزنني أن يكون قد تسبّب بأذى لهنري، لا سيّما أنّ روبير كان وحيدًا للغاية وعليه ألاّ يفقد هذه الصداقة.

قلت:

ـ كلّما تعلّق روبير بالناس كلّما زاد تطلّبه تجاههم. خذ نادين مثلاً، لاحظت كيف يتعامل معها ببرودة ما إن كفّ عن توقّع الكثير منها.

ـ آه، ليس الأمر مماثلاً: أن يكون متطلّبًا لمصلحة الآخرين أو لمصلحته الشخصيّة. في الحالة الأخيرة، هذا دليل مودّة ولكن...

قلت:

ـ لكن بالنسبة لروبير الأمران متلازمان!

عادةً أكره أن أتكلّم عن روبير. لكنّي كنت راغبة في تبديد هذا النوع من الضغينة التي استشعرتها لدى هنري. قلت: «ربط مصير «L'Espoir» بمصير الـ S.R.L هو ضرورة في نظره. عليك الاعتراف بذلك».

تحرّيت هنري بنظراتي: «أتعتقد أنه استسهل أن يفرض نفسه

عليك؟ لكنّ هذا بدافع التقدير والاحترام».

قال هنري مبتسمًا:

ــ أعرف، ينسب للآخرين حقائقه الخاصّة به. اعترفي أنّ هذا النوع من التقدير إمبريالي بعض الشيء.

قلت:

ــ في جميع الأحوال، لم يكن مخطئًا تمامًا والدليل أنّك وافقت معه: لا أعرف على ماذا تلومه بالضبط.

ــ هل قلت إنّني ألومه على شيء؟

ــ لا، لكنّنا نستشعر الملامة.

تردَّد هنري ثم قال وهو يهزّ كتفيه: «آه، إنّها مسألة فوارق صغيرة في أساليب التصرّف. لو أنّه جعل نفسه مكاني لدقيقة لكنت في غاية الامتنان له». ابتسم بلطف كبير: «أنت كنت ستفعلين ذلك».

قلت:

ــ لست امرأة مهتمّة بالنشاط السياسي. أجل، أنت على صواب، من وقت لآخر يتعمّد روبير أن يغمض عينيه ويصمّ أذنيه، لكنّ هذا لا يمنعه من الاهتمام بشكل عامّ بالآخرين وأنّه يمتلك المشاعر الصادقة المنزّهة عن كل غاية تجاههم. أنت تظلمه...

قال هنري ببشاشة:

ــ ربّما. تعرفين: عندما نقبل القيام بعمل ما، على كره منّا، نشعر بالضغينة قليلاً حيال من دفعنا للقيام به، وهذا الشعور، بالطبع، ليس نزيهًا تمامًا.

تفحّصت هنري بشيء من الندم:

ـــ هل ترهق كاهلك كثيرًا هذه العلاقات الجديدة بين «*L'Espoir*» والـــ *S.R.L*؟

ـــ آه! الآن لم تعد المسألة مطروحة. سبق لي أن تورّطت.

ـــ لكنّك لم تكن راغبًا في التورّط؟

ابتسم وقال:

ـــ ليس إلى حدّ الجنون!

كرّر مرّات عدّة على مسامعي أنّ السياسة ترهقه، مع ذلك كان غارقًا في السياسة حتى أذنيه. تنهّدت: «هناك على أيّة حال بعض الصواب فيما قاله سكرياسين. لم يسبق للسياسة أن كانت مفترسة كما هي عليه الآن».

قال هنري بشيء من الحسد:

ـــ هذا الوحش دوبروي لا يسمح لشيء أن يفترسه. إنّه يكتب كالسابق.

ـــ أجل كالسابق. تردّدت أن أكمل. لكنّي أشعر أنّ هنري شخص موثوق به تمامًا، فأقلعت عن تردّدي وقلت: «يكتب كالسابق لكن بحرّيّة أقلّ. هذه المذكّرات التي قرأتَ مقاطع منها، تخلّى عن نشرها. قال إنّهم سيجدون فيها أشياء يستخدمونها ضدّه. من المؤسف التفكير بأنّ الأديب متى صار عامًّا لا يعود من يحقّ أن يكون صادقًا. أتوافقني الرأي؟».

صمت هنري ثم قال:

ـــ هناك نوع من المجّانيّة في الكتابة يختفي بالطبع. كل ما ينشره دوبروي اليوم يُقرأ من ضمن سياق يجد نفسه مرغمًا على الإحاطة به. لكنّي لا أعتقد أنّ هذا يقلّل من صدقه.

ـ ومع ذلك؟ فإنّ هذه المذكّرات لن تنشر. يؤسفني هذا!

قال بمودّة:

ـ أنت مخطئة. إنّ الكتاب الذي يعترف فيه إنسان ما بكل مكنونات نفسه دون مسؤوليّة ليس بالضرورة أصدق أو أكمل من الكتاب الذي يضطلع فيه الكاتب بمسؤوليّة ما يقوله.

قلت:

ـ أتظنّ؟ ثم أضفت: «هل سبق لك أن واجهت مثل هذه المسألة؟».

ـ لا، ليس بهذه الطريقة إطلاقًا.

ـ وهل هناك مسائل تُطرح عليك؟

قال بنبرة مراوغة:

ـ لا تزال الأسئلة تمطرنا بوابلها طيلة الوقت، أليس كذلك؟

أصررت:

ـ كيف تسير أحوال روايتك المفرحة؟

ـ لم أعد أكتب.

ـ هل أصبحت محزنة؟ سبق وحذّرتك!

قال هنري بابتسامة اعتذار:

ـ لم أعد أكتب إطلاقًا.

ـ هيّا، كفى!

ـ أكتب المقالات، نعم. لا تحتاج إلى جهد كبير وتُستهلك بسرعة، ولكنّ الكتاب شيء مختلف تمامًا، لم أعد أقدر...

لم يعد قادرًا. كان هناك إذًا شيء حقيقي في هذيانات بول. هو الذي عشق الكتابة، كيف أمكن لهذا أن يحصل؟

قلت:

ـ لكن لماذا؟

ـ تعرفين، القاعدة هي عدم الكتابة، أمّا الكتابة فهي شواذّ القاعدة.

ـ هذا الأمر لا ينطبق عليك، لم تكن تتصوّر الحياة دون كتابة.

نظرت إليه وأنا أشعر بالضيق. قلت لبول: «الناس يتغيّرون» لكن عبثًا ندرك أنّهم تغيّروا. نظلّ مصرّين على النظر إليهم نظرة ثابتة بالنسبة لجملة من الأشياء التي تخصّهم. نجمة ثابتة أخرى أخذت ترقص في سمائي:

ـ هل تجد أنّ الكتابة في أيّامنا هذه باتت غير مجدية؟

ـ آه! لا! إذا كان لا يزال هنالك أناس يعتبرون أنّ للكتابة معنى فهنيئًا لهم. شخصيًّا لم أعد أشعر بالرغبة. هذا كل شيء. ثم ابتسم: «سأعترف لك بكل شيء: لم يعد لديّ ما أقوله، أو بالأحرى ما أريد قوله يبدو لي مجرّدًا من أيّ معنى!».

ـ إنّها قضيّة مزاج وهي عابرة.

ـ لا أعتقد.

انقبض قلبي حزنًا. سيكون تخلّيه عن الكتابة أمرًا مؤسفًا ومرعبًا. قلت بملامة وأسى: «كنّا نلتقي غالبًا ولم تحدّثني بالأمر!».

ـ لم تسنح الفرصة.

ـ صحيح، أنت وروبير لم تعودا تتحدّثان إلاّ في السياسة!

ثمَّ هبط عليّ إلهام مفاجئ فقلت له: «هل تعرف، سنقوم بجولة على الدرّاجة هذا الصيف أنا وروبير. تعال معنا لأسبوع أو اثنين؟ سيكون الأمر ممتعًا».

قال بنبرة متردّدة:

ـ أجل، سيكون ممتعًا.

ـ سيكون ممتعًا بكل تأكيد. ثم تردّدت بدوري: «لكنّ بول لا تركب الدرّاجة».

قال بحيويّة:

ـ آه! في أيّ حال، لن أمضي برفقتها جميع عطلاتي. ستذهب إلى تور إلى عند أختها.

ساد صمت قصير، ثم سألت برعونة:

ـ لماذا لا تريد بول أن تعود إلى الغناء مجدّدًا؟

قال بصوت محبط:

ـ آه لو كنت تستطيعين أنت أن تبيّني لي السبب! لا أعرف ماذا يدور في رأسها هذه الأيّام. ثم هزّ كتفيه: «ربَّما كانت خائفة من أن تنصرف إلى أمور الغناء فتشغلها عنّي، وعندئذ أستغلّ الوضع لأغيّر في علاقتنا».

قلت:

ـ وهل هذا ما ترمي إليه؟

قال باندفاعة:

ـ نعم. ماذا تريدين؟ منذ زمن بعيد لم أعد أحبّها. إنّها تدرك ذلك ولا زالت تستميت في إقناع نفسها بأنّ شيئًا لم يتغيّر.

قلت:

ـ لديَّ انطباع أنّها تعيش على مستويين معًا. من جهة نراها مدركة تمامًا لحقيقة الأمر، ومن جهة أخرى تقول لنفسها إنّك تحبّها حبًّا مجنونًا، وإنّه كان بوسعها أن تكون أهمّ مغنّية في عصرها.

أعتقد أنّ التعقّل سيطغى على الموقف الآخر في النهاية. لكن ماذا سيصير حالُها؟

ـ آه. لا أعرف! لا أريد أن أتصرّف كنذل، ولكنّي لا أملك الدعوة لأكون شهيدًا. أحيانًا، يبدو لي الوضع في غاية البساطة: عندما نفقد الحبّ، نفقد الحبّ وكفى! في لحظات أخرى، يبدو لي هذا الموقف مجحفًا بحقّها.

ـ أعتقد أنّ الحبّ في مثل هذه الحالة إجحاف مماثل.

ـ وماذا بعد؟ ماذا بإمكاني أن أفعل؟

بدا لي فعلاً معذّبًا. ومرّة أخرى فكّرت بسعادة في أنّني امرأة، لأنّني سأكون على اتّصال بالرجال، وهذا يطرح مشاكل أقلّ.

قلت:

ـ يجب أن تبذل بول جهدها وإلاّ فستكون محاصرًا ومكبوتًا. لا يمكن أن نعيش في الذنب ولا أن نعيش مكرهين.

قال لي بوقاحة مصطنعة:

ـ ربّما كان يجدر بنا أن نتعلّم العيش مكرهين.

ـ لا! أنا واثقة! إذا كنّا غير سعيدين في حياتنا فلا مبرّر لمواصلة العيش.

ـ وهل أنت سعيدة بحياتك؟

أخذني السؤال على حين غرّة. كنت أتكلّم انطلاقًا من قناعة قديمة. لكن إلى أيّ حدّ كنت سعيدة في حياتي؟ لم أعد أعرف كثيرًا. قلت بانزعاج: «لست مستاءة من حياتي».

وبدوره تفرّس في وجهي وقال: «وهل يرضيك فقط ألاّ تكوني مستاءة؟»

ـ ليس الأمر على هذه الدرجة من السوء.

قال بلطف:

ـ تغيّرت، فيما مضى كنت راضية عن مصيرك بطريقة تقارب الوقاحة.

قلت:

ـ ولماذا تريدني أن أكون الشخص الوحيد الذي لم تغيّره الأيّام؟

لكنّه هو أيضًا لم يكن يتراجع عن هجومه:

ـ يبدو لي أحيانًا أنّ مهنتك تهمّك أقلّ من قبل!

قلت:

ـ لا بل تهمّني. لكن ألا ترى في الوقت الحاضر أنّه من السخيف قليلاً أن نعالج حالات نفسيّة.

ـ لكنّ هذا مهمّ لمن تشفينهم. هذا مهمّ اليوم كما كان سابقًا. ما الفرق؟

تردّدت ثم قلت:

ـ الفرق هو أنّني سابقًا كنت أؤمن بالسعادة. أقصد: كنت أعتقد أنّ الناس السعداء هم على صواب، وأنّ شفاء مريض يعني أن تجعل منه شخصًا متّزنًا قادرًا على إعطاء معنى لحياته. أمّا اليوم فيجب أن تكون ثقتنا قويّة بالمستقبل لكي ندرك أنّ لكل حياة معنى.

ابتسم هنري، كانت عيناه تلحّان في مساءلتي. قال: «ليس المستقبل على هذه الدرجة من السواد».

ـ لا أعرف، ربّما فيما مضى كنت أراه ورديّ اللون، لذا، الرمادي يخيفني. ابتسمت: «في هذا تغيّرت: بتّ أخاف من كل شيء».

ــ وفي هذا تفاجئينني.

ــ صدّقني! اسمع، منذ عدّة أسابيع تلقّيت دعــوة للــسفر إلــى أميركا لحضور مؤتمر عن الطبّ النفسي يُعقد في كــانون الثــاني المقبل، ولا زلت أتردّد في اتّخاذ قرار بهذا الشأن.

قال كمن أصابته صدمة:

ــ لكن لماذا؟

ــ لا أعرف، الرحلة تغويني وفي الوقت نفسه أخاف منها. ألن تشعر بالخوف؟ هل ستقبل لو كنت مكاني؟

قال:

ــ بالطبع سأقبل! ممَّ تخشين؟

ــ لا أخشى من أمر معيّن. تردّدت ثم قلــت: «ربّمــا ســيكون غريبًا أن نرى أنفسنا، ونرى الناس الذين نحبّهم من عمــق عــالم آخر، بعيد جدًّا...».

ــ لا بدَّ أنّ هذه تجربة تتّسم بالأهمِّيّة. ابتسم لي ابتسامة مشجّعة «لا شكّ أنّك ستقومين باكتشاف بعض الحقائق. لكن لا أظنّ إطلاقًا أنّ هذا سيزلزل كيانك. الأمور التي تعترضنا أو التي نــصنعها، لا تتّسم بأهمِّيّة كبيرة في نهاية المطاف».

أخفضت رأسي وفكّرت: «هذا صحيح. للأمور أهمِّيّة أقلّ ممّــا أتصوّر. سأرحل، سأعود، كل شيء يعبر، لا شيء يعبر»، وهــذا الحديث وجهًا لوجه عبر اللحظة. يجب العودة إلى البيــت لتنــاول العشاء. لو أنّ هذا اللقاء الحميم والثقة التي يشيعها يطــول حتــى الفجر، وحتى ما بعد الفجر أيضًا! لكن، لأسباب عديدة يجب عــدم السعي إلى تحقيق هذه الرغبة. هل كان يجدر بنا تحقيقها؟ على أيّ حال، لم نحاول...

قلت:

ـ فلنذهبْ للقاء الآخرين.

ـ نعم، حان الوقت.

مشينا بصمت حتى المترو، وذهبنا للقاء الآخرين.

المقابلة بين روبير ولافوري كانت عاصفة، وإن ظلّت ضمن حدود اللياقة: لم يرفع أحدٌ صوته في وجه الآخر، لكنّهما تبادلا التّهم بأنّهما مجرما حرب. اختتم لافوري قوله بنبرة متأسّفة: «سنكون مرغمين على اعتماد أسلوب المواجهة». هذا لم يمنع روبير من أن يحضّر بشغف للمؤتمر المتوقّع عقده في حزيران. ذات مساء بعد جلسة طويلة مع سامازيل وهنري، سألني روبير فجأة:

ـ برأيك هل أنا على صواب أم خطأ في سعيي لتنظيم هذا المؤتمر؟

فاجأني سؤاله:

ـ لماذا تسألني هذا السؤال؟

ابتسم:

ـ لكي أستمع إلى رأيك.

ـ تعرف ذلك أفضل منّي.

ـ من يدري!

ـ أن تتخلّى عن هذا المؤتمر يعني أنّك تتخلّى عن الـ *S.R.L*، صحيح؟

ـ بطبيعة الحال.

ـ شرحت لي بالتفصيل بعد شجارك مع لافوري أنّ مسألة

استسلامك غير مطروحة، فما الذي استجدّ؟

قال روبير:

ـ لم يستجدّ شيء.

ـ لماذا غيّرت رأيك إذًا؟ ألم تعد تعتقد أنّه بالإمكان ممارسة الضغط على الشيوعيّين؟

ـ بلى، في حال النجاح، من المحتمل ألاّ يقطعوا الجسور. بقي صوت روبير معلّقًا. تردّد ثم قال: «أتساءل عن المسألة برمّتها...».

ـ تقصد الحركة ككل؟

ـ نعم، أوروبّا الاشتراكيّة هذه هل هي يوطوبيا؟ لكن أعود وأقول كل فكرة لم تتحقّق تشبه اليوطوبيا إلى حدّ بعيد. لن نفعل شيئًا إذا اعتبرنا الأمور مستحيلة التحقّق. ما عدا تلك التي تحقّقت فعلاً.

بدا وكأنّه يدافع عن نفسه في مواجهة محاور غير مرئي. تساءلت من أين تأتي فجأة هذه الشكوك. تنهّد ثم قال: «ليس سهلاً التمييز بين الممكن تحقيقه والحلم».

ـ ألم يقل لينين نفسه: «يجب أن نحلم»؟

ـ نعم، شريطة أن نؤمن بأحلامنا إيمانًا شديدًا. تلك هي المسألة: هل أؤمن بحلمي فعلاً؟

نظرت إليه متفاجئة:

ـ ماذا تقصد؟

ـ أليست معاندتي هي على سبيل التحدّي والكبرياء والإعجاب بالنفس؟

ـ من المضحك أن يخطر على بالك هذا النوع من الوساوس. ليس من عاداتك أن ترتاب بنفسك.

ـ أرتاب بعاداتي!

ـ إذاً عليك أن ترتاب في هذا الارتياب. ربّما كان مصدره الخوف من الفشل أو الخوف من جملة تعقيدات قد تعترض طريقك. لذا تراودك فكرة الاستسلام.

ـ ربَّما، قال روبير.

ـ هل تزعجك فكرة أن يشنّ الشيوعيّون حملة ضدّك؟

ـ أجل تزعجني! نبذل الكثير من الجهد لكي نُفهم الآخرين ماذا نريد! وهم يبادرون إلى قطع الطريق على أيّة وسيلة للتفاهم. ثم أضاف: «نعم، ربّما كان الكاتب في داخلي ينصح الرجل السياسي فيَّ أن أتراجع عن مواقفي».

ـ أرأيت؟ إذا بدأت التدقيق في دوافعك فلن تنتهي أبدًا. ابق إذاً في مجال موضوعي، كما يقول سكرياسين.

قال روبير:

ـ للأسف! هذا مجال متحرّك جدًّا، خصوصًا حين تكون المعلومات في حوزتنا ناقصة. أجل. أؤمن بيسار أوروبّي. لكن أليس هذا الإيمان نابعًا من أنّني مقتنع بضرورته؟

أربكني أن يطرح روبير المسألة هكذا. يلوم نفسه بشدّة على ثقته الساذجة بصدق نوايا الشيوعيّين. لكن رغم ذلك، يجب ألاّ يدفعه ذلك إلى أن يشكّ بنفسه إلى هذا الحدّ. كانت هذه هي المرّة الأولى في حياتنا التي أراه فيها منساقًا إلى اتّخاذ موقف متخاذل.

قلت:

ـ منذ متى وأنت تفكّر في أن تنسى أمر الـ *S.R.L*؟

قال روبير:

ـ آه! لا أفكّر بذلك جدّيًّا. أنا أتساءل فقط.

ـ منذ متى تتساءل على هذا النحو؟

ـ منذ يومين أو ثلاثة.

ـ ودون أيّ سبب وجيه؟

ـ دون سبب وجيه.

تفحّصته ثم قلت:

ـ أيكون الإرهاق هو السبب بكل بساطة! تبدو تعبًا.

ـ أنا متعب قليلاً، هذا صحيح.

بدا لي هذا فجأة: بدا لي تعبًا جدًّا. عيناه ورديّتان، بشرته كامدة، وجهه منتفخ. فكّرت بقلق: «هذا لأنّه لم يعد شابًّا!» آه، لكنّه ليس عجوزًا أيضًا. ومع ذلك لم يعد بمقدوره أن يسمح لنفسه بالإفراط في العمل الذي كان يمارسه سابقًا. إلاّ أنّ الغريب في الأمر أنّه يجيزه لنفسه كما من قبل، لا بل يضاعف منه. ربّما لكي يثبت أنه لا يزال شابًّا؟ بالإضافة إلى الـ *S.R.L* ومجلّة «*Vigilance*» والكتاب الذي ينكبّ على إعداده، هناك اللقاءات والرسائل والمخابرات الهاتفيّة. كان لدى الجميع شؤونهم الملحّة ويجب إبلاغه بها: سواء تعلّق الأمر بتشجيعهم، أو انتقاداتهم، أو اقتراحاتهم، أو مشاكلهم. إذا لم يستقبلهم وإذا لم ينشر لهم، فهو يحكم عليهم بالجوع والبؤس والجنون والموت والانتحار. كان روبير يستقبلهم على حساب راحة لياليه، ولم يكن ينام قطّ تقريبًا.

قلت:

ـ ترهق نفسك بالكثير من المشاغل. إذا ثابرت على هذا المنوال فسيُقضى عليك. يومًا ما ستتعرّض للإصابة بالسكتة القلبيّة، وسأكون أنا في وضع لا أُحسد عليه.

قال:

ـ شهر واحد يفصلني عن فترة الإجازة، ليس أكثر.

ـ وهل تعتقد أنّه سيكفيك شهر عطلة لكي تستعيد كامل طاقتك؟

فكّرت قليلاً ثم قلت: «يجب العمل على إيجاد بيت في الضواحي، ستتوجّه عندئذٍ إلى باريس مرّة أو مرّتين في الأسبوع. ونقطع المخابرات الهاتفيّة واللقاءات في سائر أيّام الأسبوع. الراحة ولا شيء إلاّ الراحة».

قال روبير بنبرة ساخرة:

ـ وهل أنت من ستسعين لإيجاد البيت؟

لا أحبّ البتّة القيام بجولة على الوكالات وزيارة الدارات. ليس لديّ وقت أصلاً. لكنّي أشعر بالغصّة لدى رؤيتي روبير يرهق نفسه على هذا النحو. اتّخذ قراره بعقد المؤتمر الذي دعت إليه الـ *S.R.L* لكنّ الهواجس ظلّت تنتابه: لن يتهيّب الشيوعيّون إلاّ إذا كان النجاح باهرًا. في حال قطعوا الجسور معه، فما هو مصير الـ *S.R.L*؟ أنا أيضًا كنت حريصة كل الحرص على نجاح المؤتمر. أعلّق أهمّيّة أكبر من روبير على الأفراد واحدًا واحدًا وعلى كل ما تتضمّن الحياة الخاصّة من ثروات: المشاعر والثقافة والسعادة. ما أحوجني للتفكير بأنّه في مجتمع لا طبقات فيه ستتكامل الإنسانيّة دون أن تتنكّر لشيء من قيمها.

ولحسن الحظّ، لم تعد نادين تنقل لأبيها مآخذ أصدقائها

الشيوعيّين عليه، ولم تعد ترهقنا بالخطب المناهضة للإمبرياليّة الأميركيّة. أغلقت بشكل حاسم كتاب «الرأسمال»، ولم أتفاجأ عندما قالت لي برعونة:

ـ الشيوعيّون في العمق كالبورجوازيّين!

ـ ماذا تقصدين؟

كنت أقف أمام المرآة أعدّل من زينتي المسائيّة، وكانت جالسة إلى حافّة الديوان. غالبًا ما تختار هذه اللحظة لتحدّثني عن الأشياء التي تهمّها.

ـ إنّهم ليسوا ثوريّين. هم أيضًا يحبّذون النظام والعمل، ويؤمنون باستمرار العائلة، ويرتكزون إلى العقل. المساواة التي يطالبون بها مؤجّلة إلى المستقبل. وبانتظار أن تتحقّق، يتكيّفون مع حالة الظلم كما يتكيّف الآخرون. ثم إنّ مجتمعهم سيكون أيضًا مجتمعًا كغيره من المجتمعات.

ـ بالطبع.

ـ إذا كان يجدر الانتظار خمسمائة سنة حتى يتغيّر العالم بالكاد، فهذا لا يهمّني.

ـ أكنت تتصوّرين أنّه بالإمكان إعادة بناء العالم في فصل واحد؟

ـ هذا مضحك. تتكلّمين مثل جولي. أعرف أضاليلهم، لذا لا أرى ما يوجب التحاقي بالحزب الشيوعي. إنّه حزب كسائر الأحزاب.

فكّرت بحسرة وأنا أنهي تزيّني: «هاكم قصّة أخرى انتهت بشكل سيّئ. كانت بحاجة فعلاً إلى قصّة نهايتها سعيدة!».

قالت نادين:

ـ الأفضل أن يبقى الإنسان وحيدًا مثل فنسان. إنّه طاهر، إنّه ملاك.

«ملاك»، هذه هي الكلمة التي كانت تطلقها على دييغو. لا شك أنّها كانت تستعيد في فنسان هذا السخاء وهذه الغرابة في التصرّف اللذين كانا سابقًا يؤثّران فيها: إلاّ أنّ دييغو كان يُفرغ جنونه في كتاباته. أمّا فنسان فيُخشى أن يُفرغ جنونه في حياته. هل كان يضاجع نادين؟ لا أعتقد، لكنّهما كانا يلتقيان كثيرًا هذه الأيّام. سُررت لذلك لأنّ نادين بدت لي مضطربة لكن سعيدة.

لم أتوجّس حين سمعت رنين الجرس في الخامسة صباحًا. لم تكن نادين قد عادت وافترضت أنّها نسيت مفتاحها. لكن، حين فتحت الباب، رأيت فنسان. قال لي:

ـ لا تقلقي!

وهذا أقلقني في الحال. قلت: «حصل شيء لنادين!».

قال لي:

ـ لا، لا! إنّها بحالة ممتازة. كل شيء سيكون على ما يرام. مشى بحزم باتّجاه غرفة الجلوس وقال باشمئزاز: «نادين هي أيضًا امرأة». انتزع من جيب قميصه خريطة ووضعها على الطاولة: وباختصار، هي تنتظركِ على هذا المفترق. قال ذلك وهو يشير إلى تلاقي طريقين صغيرين شمال غرب شانتيي. «يجب أن تتدبّري سيّارة للذهاب إلى هناك حالاً والإتيان بها. لا شكّ أنّ بيرون سيعيرك سيّارة الجريدة. لكن لا تقولي له شيئًا. فقط اطلبي منه السيّارة. ولا شيء آخر واحذري أن تأتي على ذكري».

تلفّظ هذه الجمل بوتيرة واحدة، بصوت هادئ وحازم، لم أطمئنّ له إطلاقًا. كنت واثقة أنّه خائف: «قلْ لي ماذا تفعل هناك؟ هل حصل لها شيء؟».

ـ قلت لك لا. قدماها تؤلمانها، هذا كل شيء. لم تعد قادرة على المشي. ستصلين في الوقت الملائم لاصطحابها. هل عاينت المكان جيّدًا؟ سأشير إليه بصليب. كل ما عليك أن تفعليه هو أن تطلقي أبواق السيّارة أو تناديها باسمها. ستكون في الغابة الصغيرة إلى يمين الطريق.

قلت:

ـ ما هذه القصّة؟ ما الذي حصل؟ أريد أن أعرف.

قال فنسان:

ـ سرّ المهنة. ثم أضاف: «تحسنين صنيعًا لو أنّك تتّصلين فورًا ببيرون».

كرهت وجهه الممتقع وعينيه الداميتين وبروفيله الجميل. لكنّ غضبي عاجز. طلبت رقم هنري، وسمعت صوته وأنا متفاجئة:

ـ آلو! من المتّصل؟

ـ آن دوبروي. نعم هذا أنا. أريد منك خدمة عاجلة. ومن فضلك لا تطرح عليّ أسئلة. أنا بحاجة إلى سيّارة في الحال ومزوّدة بالوقود لمسافة مئتي كيلومتر.

ساد صمت قصير، ثم قال بصوت طبيعي:

ـ أنت محظوظة. ملأناها البارحة بالوقود. السيّارة ستكون أمام بابك خلال نصف ساعة، أي مسافة الطريق.

قلت:

ـ أحضرها لي إلى ساحة سان أندريه ديزار، وشكرًا.

قال فنسان مبتسمًا:

ـ آه! عظيم! كنت واثقًا من بيرون. ثم أضاف: «كوني مطمئنّة فعلاً. نادين ليست في خطر لا سيّما إذا استعجلت قليلاً. لا تنطقي بكلمة أمام أحد. هل فهمت؟ تعهّدَتْ لي بأنّه يمكن الاعتماد عليك».

قلت وأنا أتبعه باتّجاه الباب:

ـ نعم، يمكنكم الاعتماد عليّ... لكن قل لي ما الأمر؟

ـ لا شيء خطير، أقسم لك.

شعرت برغبة في أن أغلق الباب وراءه بعنف لكنّي أغلقته بهدوء لكي لا أوقظ روبير. لحسن الحظّ، لا بدَّ أنّه يغطّ في نوم عميق فهو لم يخلد للنوم إلاّ منذ ساعتين. لبست ثيابي على عجل، تذكّرت هاتين الليلتين حين انتظرت نادين فيما كان روبير يبحث عنها في شوارع باريس: الانتظار الفظيع! اليوم كان الأمر أسوأ. كنت متأكّدة أنّهم أقدموا على مغامرة خطيرة. كان فنسان خائفًا، قد يكون الأمر متعلّقًا بسرقة أو بسطو مسلّح. الله أعلم بذلك. وبعد العمليّة التي أنجزوها، لم تستطع نادين أن تواصل السّير على القدمين حتى المحطّة. كان ينبغي أن أصل قبل أن يُفتضح أمرها، قبل أن يُفتضح أمر نادين، نادين التي كانت تنتظرني منذ ساعات وحدها في الليل والبرد والخوف. كان صباحًا صيفيًّا جميلاً برائحة القطران والأغصان المقطوعة. من الآن وحتى ساعات قليلة، سيكون الطقس حارًّا. أمّا الآن فنداوة الطقس وصمت الأرصفة

والعصافير التي تغنّي. صباح فرح حافل بالقلق كصباح الخروج من مصر[1].

وصل هنري إلى الساحة بعد بضع دقائق من وصولي. قال وهو يبتسم:

ـ هذه هي السيّارة. بقي جالسًا أمام المقود ثم قال: «ألا تريدين أن أرافقك؟».

ـ لا، شكرًا.

ـ هل أنت واثقة؟

ـ نعم، أنا واثقة.

ـ منذ زمن طويل، لم تقودي السيّارة.

ـ أعرف أنّ بمقدوري ذلك.

نزل من أمام المقود وجلست مكانه، قال:

ـ هل الأمر متعلّق بنادين؟

ـ نعم.

قال بصوت مستنكر:

ـ إنّهم يستخدمونها كوسيلة ضغط!

ـ هل تعرف ما الأمر؟

ـ تقريبًا.

ـ أخبرني إذًا...

تردّد: «ليست هذه إلاّ افتراضات من جانبي: اسمعي سأبقى في البيت طيلة الصباح. إذا كنت بحاجة لمساعدة في أيّ أمر كان اتّصلي بي».

---

(١) الخروج من مصر: صورة توراتيّة من وحي سفر الخروج وتشير إلى هجرة العبرانيّين بقيادة موسى من مصر إلى فلسطين، وهذا السفر هو ثاني أسفار العهد القديم.

«المهمّ ألاّ أتعرّض لحادث»، فكّرت وأنا أقود السيّارة باتّجاه باب شابيل. اعتمدت أقصى درجات الحذر وحاولت أن أهدّئ من روعي: «يبدو أنّ هنري يفترض أن فنسان كان يكذب: ربّما كانوا كثرًا في انتظاري وربّما لم تكن نادين معهم». كم كنت أتمنّى ذلك! تمنّيت ألف مرّة أن أفترض أنّني ضحيّة مكيدة يدبّرونها لي على أن أتخيّل نادين ترتجف بردًا وخوفًا وغضبًا طيلة هذا الليل الطويل.

كانت الطريق الرئيسيّة مقفرة.. سلكت على يميني طريقًا فرعيّة ومن ثم طريقًا أخرى. كان المفترق مقفرًا أيضًا. أطلقت أبواق السيّارة وتفحّصت الخريطة. لم أخطئ، أنا في المكان الصحيح. لكن ماذا لو كان فنسان مخطئًا؟ لا، بدا دقيقًا جدًّا في إرشاداته. ما من خطأ ممكن. أطلقت البوق ثانية. ثم أوقفت المحرّك ونزلت. دخلت على يميني إلى الغابة الصغيرة وناديت: «نادين»، أوّل الأمر بنعومة ثم رفعت صوتي أكثر فأكثر. صمت. صمت مطبق: الآن فهمت معنى هذه العبارة. نادين: لا جواب. تمامًا كما لو أنّني أنادي: دييغو. هي أيضًا تبخّرت. هنا يفترض أن تكون. وهنا بالضبط لم تكن. بحثت في المكان، دست على أغصان يابسة وخزّ رطب. لم أعد أنادي. فكّرت مذعورة: «لقد أوقفوها!» ثم عدت إلى السيّارة. ربّما كانت منهكة من الانتظار. لم تكن صبورة. ربّما تحلّت بالشجاعة وواصلت المسير باتّجاه محطّة مجاورة. يجب اللحاق بها. يجب. كانوا سيلاحظون وجودها في هذه الساعة على رصيف مقفر. في شانتيي لن يلاحظ أحد وجودها. لكن شانتيي بعيدة جدًّا. ربّما التقيت بها على الطريق. لا بدّ أنّها اختارت كليرمون. حدّقت في الخريطة كما لو أنّني أستطيع أن أنتزع منها

جوابًا. للوصول إلى كليرمون كان هناك طريقان ممكنان. أخـــذت الطريق الأقصر بوجه الاحتمال. أدرت المفتاح لأشغّل المحرّك. بدأ قلبي يخفق واليأس يأخذ منّي كلّ مأخذ: استعصى المحرّك. ثم دار وانطلقت بي السيّارة على الطريق محدثة قفزات صغيرة. انزلقـت يداي الرطبتان على المقود. ومن حولي عاد الصمت ثقـيلاً. لكـنّ الضوء كان هو أيضًا مدوّخًا. وعمّا قريب ستفتح القرى أبوابهـا. «سيلقون القبض عليها». الصمت، الغياب، بدا لــي هــذا الـسلام مرعبًا. لم تكن نادين على الطريق ولا في شوارع كليرمون ولا في المحطّة. لا شكّ أنّها لا تملك خريطة ولا تعرف المنطقــة. وأنّهـا تتسكّع على غير هدى في الريف. سيعثرون عليها قبلــي. قمـت بنصف استدارة. سأعود إلى المفتـرق عبـر الطريـق الأخـرى وسأجول على كل هذه الطرقات حتى يفرغ الخزّان مــن الوقــود. وبعد ذلك؟ يجب عدم التساؤل من جديد. سأعبر كل الطرقات. هذه الطريق التي تصعد نحو النجد بين حقول مخضوضرة. وفجأة رأيت نادين التي جاءت لملاقاتي والابتسامة على شفتيها. وكأنّنا اتّفقنا منذ زمن بعيد على اللقاء هنا. أوقفت السيّارة بقوّة. اقتربَتْ من السيّارة دون عجلة وسألتني بصوت طبيعي تمامًا:

ـ هل أتيت للبحث عنّي؟

ـ لا كنت أتنزّه لمتعتي الخاصّة؟

فتحتُ الباب: «اصعدي».

جلست إلى جانبي. كان شعرها مسرّحًا، خدّاها مبودرين. بــدت هادئة. أطلقت السيّارة بأقصى سرعة ويداي متـشبّثتان بــالمقود. سألتني نادين بابتسامة نصف هازئة ونصف متساهلة:

ـ هل أنت غاضبة؟

هاتان الدمعتان الحارقتان اللتان انسكبتا من عينيّ كانتا في الواقع دمعتي غضب. انحرفت السيّارة، ربّما لأنّ يديّ كانتا ترتجفان. أبطأت السرعة وحاولت أن أبسط يديَّ وأسيطر على صوتي:

ـ لماذا لم تبقي في الغابة؟

ـ ضجرت.

انتزعت حذاءها ودسّته تحت المقعد. ثم أضافت:

ـ ظننت أنّك لن تأتي للبحث عنّي.

ـ هل أنت بلهاء؟ بالطبع سآتي.

ـ لم أكن متأكّدة. كنت أريد أن أستقلّ القطار إلى كليرمون وكنت سأصل في النهاية. انحنت إلى الأمام وأخذت تدلّك قدميها: «قدماي المسكينتان».

ـ ماذا فعلتِ؟

لم تجب.

قلت:

ـ حسناً احتفظي بأسرارك. سيُنشر الخبر في الصحف هذا المساء.

ـ سينتشر الخبر في الصحف!

ـ سيُنشر الخبر في الصحف!

انتصبت نادين وقد امتقع وجهها: «هل تعتقدين أنّ حارسة المبنى لاحظت أنّي لم أعد إلى البيت هذه الليلة؟».

ـ ليس في استطاعتها إثبات ذلك. وبالمناسبة، سأقول العكس، لكنّي أريد أن أعرف ماذا فعلتم.

قالت بلهجة كئيبة:

ـ حسناً، بما أنّك ستعرفين في جميع الأحوال! تلك المرأة مسنّة في أزيكور كانت أبلغت عن وجود صبيّين يهوديّين أُخفيا في إحدى المزارع. عُثر على الصبيّين. ميّتين. الجميع يعلم أنّها كانت السبب في وفاتهما. لكنّي تدّبرت أمرها لتبقى بمنأى عن الخطـر. وهـذه دناءة إضافيّة. قرّر فنسان وأصدقاؤه معاقبتها. منذ زمن طويل وأنا على علم بذلك، وكانوا يعرفون أنّني أريد مساعدتهم. هـذه المـرّة احتاجوا إلى امرأة فرافقتهم. كانت المرأة السافلة مـديرة لإحـدى الحانات. ترصّدنا حتى رحيل آخر الزبائن، ولحظة الإقفال رجوتها أن تتركني أدخل ولو قليلاً كي أحتسي كأسًا وأرتاح. وفيما هي تقدّم لي الشراب، اقتحم الآخرون المكان، هجموا عليها وأخـذوها إلـى القبو.

سكتت نادين. سألتها: «ألم...».

قالت معترضة:

ـ لا، جزّوا لها شعرها... ثم قالت بلهجة منتحبة: «لم أتحمّـل أكثر. أقفلت الباب وأطفأت الضوء. لكن بدا لـي الوقـت طـويلاً فاحتسيت كأسًا ريثما ينهون عملهم. بالطبع، لست متمرّسة في هذه الأمور، وهذا أنقذني. ومن ثم مشينا بضعة كيلـومترات لنجتـاز كليرمون. كانوا يريدون الانطلاق مجدّدًا عبر شانتيي: أنا لم يعـد بإمكاني أن أتقدّم. اجتذبوني حتى الغابة الصغيرة وطلبوا منّـي أن أنتظر. وهناك تسنّى لي الوقت لأستعيد قواي».

قاطعتها:

ـ أريد وعدًا منك: أن تقطعي كل صلة لك بهـذه العـصابة أو تتركي باريس هذا المساء على الفور.

قالت بنوع من الضغينة:

ـ على أيّ حال، لم يعودوا بحاجة إليَّ.

ـ هذا لا يرضيني: أريد وعدًا منك أو أرسلك غدًا بعيدًا، أقـسم لك.

منذ سنوات لم أكلّمها بهذه النبرة. نظرت إليَّ بخضوع وتوسّل:

ـ عديني أنت أيضًا ألاّ تقولي كلمة لوالدي.

لم يحدث لي إلاّ فيما ندر أن أخفيت عن روبير الحماقات التـي ترتكبها نادين. لكنّي هذ المرّة فكّرت أنّه لم يعد قادرًا على احتمال هموم إضافيّة جديدة، قلت لها: «وعد مقابل وعد».

قالت بنبرة حزينة:

ـ أعدك بأن أنفّذ كل ما تريدين.

ـ إذًا لن أقول شيئًا. ثم أضفت بقلق: «هل أنت واثقة أنّـك لـم تتركي أثرًا يدلّ على اشتراكك في العمليّة؟»».

ـ فنسان أكّد لي أنّه احتاط لكل شيء. ثم سألت بقلـق: «مـاذا سيحدث لو أنّهم أوقفوني؟»».

ـ لن يوقفك أحد. لست إلاّ شريكة. وأنت فتيّة جدًّا. لكن فنسان يخاطر كثيرًا بفعلته هذه. إذا أنهى بقيّة حياته في السجن، فهذا مـا يستحقّه. وأضفت بغضب: «قذرة هذه القصّة، سخيفة وقذرة».

لم تجب نادين، قالت بعد صمت قصير:

ـ ألم يسأل هنري شيئًا عندما أعارك السيّارة؟

ـ أعتقد أنّه يعرف مطوّلاً عن الموضوع.

قالت نادين:

ـ فنسان يثرثر. أنت أو هنري لا تشكّلان خطرًا، لكنّ شخصًا مثل سيزيناك بإمكانه أن يكون خطرًا.

ـ هل لسيزيناك ضلع في العمليّة؟ هذا ضرب جنون!

ـ لا، لا ضلع له فيها. على أيّة حال، فنسان يعرف أنّه مدمن، وأنّه يجب الاحتراس منه. إلاّ أنّهما متصادقان بشكل متين ويمضيان الوقت سويًّا.

ـ يجب التحدّث إلى فنسان وإقناعه بالتخلّي عن...

ـ لن تستطيعي إقناعه. لا أنت ولا أنا ولا أحد.

ذهبت نادين إلى النوم، وقلت لروبير إنّني خرجت للقيام بنزهة لمتعتي الخاصّة. كان منشغلاً جدًّا هذه الأيّام ولم يشتبه بشيء. اتّصلت بهنري وطمأنته ببعض العبارات الغامضة. صعب عليّ الاهتمام بمرضاي. وترقّبت صحف المساء. لم تذكر شيئًا عن الموضوع. ومع ذلك لم أنم في تلك الليلة. لم تعد فكرة السفر إلى أميركا واردة. فكّرت: نادين في خطر. وعدتني ألاّ تعاود مجدّدًا. لكنّ الله وحده يعرف بماذا ستتورّط لاحقًا! وفكّرت بحزن أنّني لن أنجح في حمايتها حتى لو بقيت إلى جانبها. يكفي أن تكون سعيدة وتشعر أنّها محبوبة، وتكفّ عن تدمير نفسها. لكنّي لم أكن أستطيع أن أمنحها الحبّ ولا السعادة. كنت عديمة الفائدة بالنسبة لها! أمّا الآخرون والغرباء فأحملهم على الكلام، أفكّك خيوط ذكرياتهم، أحلّ عقدهم، أعطيهم لدى خروجهم شللاً صغيرة مرتّبة يضعونها في أدراجهم وهذا يفيدهم أحيانًا. نادين، أستطيع قراءة أفكارها دون جهد، ولا أقدر على أن أبذل في سبيلها أيّ شيء. كنت أقول فيما

مضى: «كيف بالإمكان أن ننعم براحة البال عندما نفكّر أنّ الناس الذين نحبّهم في طريقهم للمجازفة بحياتهم التي لا يملكون سواها؟». إلاّ أنّ المؤمن يستطيع الصلاة وتقديم الهبات لله. بالنسبة لي، شراكة القدّيسين غير موجودة، وفكّرت: «هذه الحياة فرصتها الوحيدة. لن تكون هناك حقيقة ثابتة إلاّ تلك التي عرفتها، وما من عالمٍ ثانٍ إلاّ ذلك الذي آمنت به». كانت عينا نادين مرهقتين في صباح اليوم التالي، وكنت أكظم غيظي عنها. بقيَت طيلة النهار جالسة أمام مبحث في الكيمياء وعند المساء، وفيما كنت أزيل تبرّجي، قالت لي بهيئة تعبة:

ـ مادّة الكيمياء كابوس حقيقي؟ أنا واثقة كل الثقة أنّني سأرسب في الامتحان.

ـ نجحت دومًا في امتحاناتك..

ـ ليس هذه المرّة، على أيّ حال الرسوب أو النجاح سيّان عندي. لن أعمل أبدًا في مجال الكيمياء. فكّرت للحظة ثم قالت: «لن أستطيع امتهان شيء. لست مثقّفة ولا أصلح للعمل. تخونني الشجاعة. لا أصلح لشيء».

ـ لكن في المجلّة تدبّرت أمرك بسرعة وبشكل ممتاز.

ـ ليس في ذلك ما يدعو إلى الفخر. أبي على حقّ.

ـ عندما ستجدين عملاً تهتمّين له، أنا واثقة أنّك ستنجحين فيه. ولا بدّ أنّك ستجدينه.

هزّت رأسها نفيًا:

ـ أعتقد أنّني في الأساس خُلقت لأتزوّج وأنجب الأولاد ككل النساء. سأنظّف القدور وأنجب طفلاً كل سنة.

ـ إذا تزوّجت لمجرّد الزواج فلن تسعدي.

ـ آه، اطمئنّي. ما من رجل أبله بما فيه الكفاية لكي يرضى بي زوجة. يسعون إلى مضاجعتي، وبعد ذلك... عمْتِ مساءً. لست امرأة آسرة.

كنت أعرف جيّدًا طريقتها هذه في أن تقول بنبرة طبيعيّة الأشياء السيّئة عن نفسها. وكأنّها بوقاحتها تجرّد الحقيقة المرّة من مرارتها وتتجاوزها، لكن لسوء الحظّ، الحقيقة تبقى حقيقة.

قلت:

ـ أنت لا تريدين أن تجعلي من نفسك امرأة آسرة. حتى لو أصرَّ أحدهم على التمسّك بك، ترفضين تصديقه.

ـ هل تريدين أن تقولي لي أيضًا إنّ لامبير متعلّق بي؟

ـ منذ سنة أنت الفتاة الوحيدة التي يخرج برفقتها، أنت قلت لي ذلك بنفسك.

ـ بالطبع فهو لوطي.

ـ أنت مجنونة.

ـ لا يخرج أبدًا إلاّ برفقة الرجال. وهو مغرم بهنري. هذا واضح جدًّا.

ـ نسيت روزا.

قالت نادين بلهجة يشوبها الحنين:

ـ آه، روزا كانت جميلة. حتى اللوطيّون بإمكانهم أن يُغرموا بروزا. وأضافت نافدة الصبر: «أنت لا تفهمين. لامبير يكنّ مشاعر صداقة تجاهي لكن كما يكنّها لرجل. على أيّ حال، هذا يناسبني تمامًا. لا أريد أن أكون عشيقة رهن الاستبدال». تنهّدت: «الرجال

محظوظون، سيذهب للقيام بتحقيق شامل عبر فرنسا عن إنهاض المناطق المنكوبة، وغير ذلك. اشترى درّاجة ناريّة». ثم أضافت بفظاظة: «عليك أن تريه، يحسب نفسه لورنس العرب. وهو يجرجر نفسه على آلته المعدنيّة».

استشعرت الكثير من الحسد في صوتها فخطرت لي فكرة. في اليوم التالي بعد الظهر، مررت على جريدة «*L'Espoir*» وطلبت رؤية لامبير.

قال بلهجة مهذّبة:

ـ هل تريدين التحدّث إليّ؟

ـ نعم، إذا كان لديك القليل من الوقت.

ـ هل تريدين أن نذهب إلى البار؟

ـ لنذهب.

ما إن وضع النادل على طاولتي عصير الكريفون حتى دخلت صلب الموضوع:

ـ هل ستقوم بتحقيق شامل عبر فرنسا؟

ـ نعم سأنطلق في الأسبوع المقبل على درّاجتي الناريّة.

ـ هل بالإمكان اصطحاب نادين معك؟

نظر إليّ بشيء من العتب:

ـ نادين راغبة في مرافقتي؟

ـ تتحرّق رغبة إلى مرافقتك لكنّها لن تبادر أبدًا هي أوّلاً وتعرض عليك الأمر.

قال بلهجة متعالية:

ـ لم أعرض عليها مرافقتي لأنّي لا أتوقّع أبدًا أن توافق. نادرًا

ما توافق على ما أطلبه منها. على أيّ حال قلّما رأيتها في الأيّام الأخيرة.

قلت:

ـ أعرف، تمشي في أعقاب فنسان وسيزيناك. ليس ذلك معشرًا جيّدًا لها. تردّدت ثم قلت بسرعة: «لا بل إنّه معشر خطر. لهذا، جئت ألتقيك لأنّك تكنّ مشاعر صداقة حيالها. اصطحبها بعيدًا عن كل هذه العصابة».

وفجأة تبدّل وجه لامبير. فجأة بدا لي فتيًّا جدًّا وأعزل:

ـ هل تقصدين القول إنّها تتعاطى المخدّرات، صحيح؟

يلائمني هذا الارتياب تمامًا. قلت بلهجة متحفّظة:

ـ لا أعرف. لا أعتقد، لكن مع نادين يمكن توقّع أيّ شيء. إنّها تمرّ بأزمة نفسيّة في هذه الأيّام. وأقولها لك بصراحة. أنا خائفة.

ظلّ لامبير محافظًا على صمته لفترة. بدا منفعلاً. ثم قال: «سأكون سعيدًا جدًّا لو أنّ نادين وافقت على مرافقتي».

ـ حاول إذًا إقناعها، ولا تيأس. ربّما ستواجهك بالرفض في البداية. هي تتصرّف دومًا على هذا النحو. لذا كن ملحًّا في طلبك. ربّما أنقذت حياتها.

بعد ثلاثة أيّام قالت لي نادين بلهجة لامبالية:

ـ تخيّلي، لامبير المسكين يريد اصطحابي معه في رحلته!

ـ في هذا التحقيق عبر فرنسا؟ ستكون الرحلة مرهقة جدًّا.

ـ آه! ليس التعب مشكلتي. لا أستطيع التغيّب عن المجلّة لخمسة عشر يومًا.

ـ يحقّ لك في عطلة. هذه ليست مشكلة. لكن هذا متوقّف على رغبتك..

ـ يمكن القول إنّ هذه الرحلة تتّصف بالأهمّيّة، لكن تمضية ثلاثة أسابيع مع لامبير.. هذا أمر لا يحتمل!

تعمّدت التظاهر أنّني لا أدفعها للقيام بهذه الرحلة. سألتها بسذاجة:

ـ هل هو فعلاً مضجر إلى هذا الحدّ؟

قالت بانزعاج:

ـ لا، ليس مضجرًا إطلاقًا. فقط محتشم جدًّا ومتكلّف وكل شيء يروّعه. إذا دخلت إلى حانة وجوربي مثقوب، يؤنّبني! إنّه فتى كريم الأصل حقًّا! ثم أردفت: «هل عرفت أنّه تصالح مع أبيه؟ كم هو حقير!».

قلت:

ـ يا إلهي كم أنت سريعة في توجيه الاتّهامات. ماذا تعرفين بالضبط عن هذه القصّة وعن والد لامبير وعن علاقاتهما؟

تحدّثت بحماس كبير لدرجة أنّ نادين بقيت لوهلة منذهلة. عندما أكون مقتنعة فعلاً، أعرف كيف أُقنعها. بهذه الطريقة أثّرت في طفولتها. لكن، وبطبيعة الحال، بعد أن تطيعني. تشعر بالضغينة حيالي، ما دفعني إلى تفادي استعمال نفوذي. لكنّي اليوم كنت مستاءة من رؤيتها مصرّة على معاكستي إلى هذا الحدّ.

قالت بلهجة متردّدة:

ـ ليس بإمكان لامبير الاستغناء عن أبيه العزيز. تصرّفاته الصبيانيّة هذه هي أكثر ما يغيظني. لن يكون أبدًا رجلاً.

ـ إنّه في الخامسة والعشرين وقد عاش مراهقة غريبة. تعرفين بنفسك أنّه ليس سهلاً أن تطيري بأجنحتك وحدك.

ـ آه، لكنّ الأمر ليس مماثلاً بالنسبة لي. أنا امرأة.

ـ وما الفرق؟ ليس سهلاً أيضًا أن يكون الإنسان رجلاً. الرجال مطلوب منهم الكثير في أيّامنا هذه وأنت أوّل من يطالبهم. لم يشبعوا بعد من حليب أمّهاتهم وعليهم الاضطلاع بدور الأبطال، هذا محبط فعلاً. لا، ليس لديك الحقّ بأن تبدي مثل هذه القسوة تجاه لامبير. تستطيعين القول إنّك لا تنسجمين معه، إنّ هذه الرحلة لا تسلّيك. تلك مسألة أخرى.

ـ آه! أجد الأسفار ممتعة على الدوام.

بعد مضيّ يومين قالت لي نادين بلهجة يتخلّلها الغضب والدلع في الوقت نفسه: «غير معقول هذا الرجل! يمعن في ابتزازي! يقول إنّ مراسل السلام مهنة تزعجه وإنّني إذا لم أذهب معه فسيتخلّى عن مهمّته».

ـ وأنت ما رأيك؟

قالت ببراءة:

ـ أنت ماذا تعتقدين؟

قلت مصطنعة البرودة:

ـ أريد فقط أن أعرف إذا كان يُحسن قيادة الدرّاجة أم لا؟ ركوب تلك الآلات دونه مخاطر...

ـ ليس في الأمر مخاطر إطلاقًا، ركوبها أمر رائع. ثم أضافت: «إذا وافقت فهذا بسبب رغبتي في امتطاء الدرّاجة».

وخلافًا لكل ما هو متوقّع، نجحت نادين في امتحانات الكيمياء. بالنسبة للامتحان الخطّي، نالت المعدّل بالتمام. أمّا بالنسبة للشفهي فاستطاعت أن تخدع فاحصيها بسهولة بفضل ذرابة لسانها

وجرأتها. واحتفلنا ثلاثتنا بهذا النجاح من خلال عشاء مع شمبانيا في مطعم في الهواء الطلق. ومن ثم انطلقت برفقة لامبير. كانت الرحلة هذه فرصة مؤاتية من فرص الحياة. تقرّر عقد المؤتمر الذي دعت إليه الـ *S.R.L* في الأسبوع التالي. كان هناك أناس يأتون لزيارتنا طيلة الوقت وكنت سعيدة لأنّني أستفيد من لحظات الحرّيّة النادرة مع روبير في غياب نادين. كان هنري يساعده بتفانٍ مؤثّر، لا سيّما أنّني أعرف قلّة حماسته لهذه المهام. كان كلاهما يقولان إنّ المؤتمر يبشّر بانطلاقة ممتازة. فكّرت وأنا أنزل جادّة وغرام: «إذا كانوا يقولون هذا فلأنّه صحيح» ومع ذلك، شعرت بالقلق، منذ سنوات، لم يخاطب روبير الجمهور علنًا. فهل سيتمكّن من التأثير في الناس كما في السابق؟ تجاوزت سيّارات الشرطة المتوقّفة على طول الرصيف، وتابعت السّير حتى ساحة تيرن. جئت على الموعد باكرًا. قبل ذلك بعشر سنوات وعشيّة المؤتمر الذي عُقد في قاعة بلايل كنت وحيدة أيضًا. وحينها وصلت أبكر ممّا ينبغي، درت حول الساحة طويلاً ودخلت لاحتساء كأس من النبيذ في لا لورين. لم أدخل. الماضي مضى: لا أعرف لماذا تحسّرت عليه فجأة وانتابني هذا الألم. آه! ربّما لأنّه أيقظ الماضي بكل بساطة. رجعت أدراجي. مشيت على طول الرواق الحزين. تذكّرت استيائي عندما صعد روبير على المنصّة. بدا لي أنّهم يسرقونه منّي. هذا المساء أيضًا أخافتني فكرة رؤيته على المنصّة مجدّدًا، على مسافة بعيدة منّي. لم يكن هناك أناس كثيرون في القاعة. «الجمهور يأتي في آخر دقيقة»، قال لي آل كانج. حاولت أن أتحدّث معهم لأهدّئ من روعي، لكنّي انشغلت بمراقبة المدخل بقلق. أخيرًا ستتسنّى لنا

معرفة ما إذا كان الناس سيناصرون روبير أم لا. بالطبع، في حال ناصروه فهذا لا يعني أنّ النصر تحقّق لا محالة. لكن بالمقابل، إذا بقيت الصالة فارغة فإنّ الفشل سيكون حاسـمًا ونهائيًّـا. امـتلأت الصالة. كانت جميع المقاعد قد احتُلّت عندما توافد الخطبـاء إلـى المنصّة وسط التصفيق.

أربكتني رؤية كل هذه الوجوه الأليفة وقد تحوّلت إلـى وجـوه رسميّة. لونوار، بفعل محاكـاة عجيبـة، تماثـل مـع الكراسـي والطاولات وأصبح أشبه بقطعة خشب يابسة، سـامازيل احتـلّ المنصّة كلّها، فهنا مكانه الطبيعي. عندما بدأ هنري بالكلام، حـوّل صوته القاعة الهائلة إلى غرفة صغيرة: لم يكن يرى قبالته خمـسة آلاف شخص بل شخصًا واحدًا مكرّرًا خمسة آلاف مرّة، وخاطبـه وكأنّه يوجّه إليه حديثًا شخصيًّا. شيئًا فشيئًا غلبني الحمـاس. فيمـا يتعدّى الكلمات التي يقولها، بدت لي صداقته النبيلة يقينًا. كان يقول إنّ الناس ليسوا محكومين بالحقد والحرب وصـدّقنا ذلـك ونحـن نسمعه. صفّقنا له طويلاً. ألقى بعده ميريكو خطبة صغيرة بطيئـة النبرة. ومن ثم جاء دور روبير. يا للهتاف الحماسي! ما إن نهض عن كرسيّه حتى ضجّت القاعة: بدأوا يصفّقون له بأيدهم ويدبّكون بأرجلهم وهم يصرخون. تريَّث حتى هدأ الجمهور. وتساءلت هـل كان منفعلاً لأنّي أنا كنت كذلك. كنت أراه يومًا بعد يوم منحنيًا فوق مكتبه، عيناه متورّدتان، ظهره مقوّس، وحيدًا، مرتابًا فـي نفـسه. وكان أمامي الآن الرجل نفسه يحيّيه خمسة آلاف شخص. ماذا كان بالضبط بالنسبة إليهم؟ كاتبًا كبيرًا، والمشرف على أعمال اللجـان والاجتماعات المناهضة للفاشيّة، ومثقّفًا نذر نفسه للثـورة دون أن

يتنكّر لنفسه كمثقّف. بالنسبة للعجائز، كان روبير يمثّل مرحلة ما قبل الحرب. وبالنسبة للشباب، الحاضر وما يحمل من آمال. كان يحقّق إذًا صلة الوصل بين الماضي والحاضر.. وكان إلى جانب ذلك، خمسة آلاف شيء آخر، وكلٌّ يحبّه على طريقته. تواصل التصفيق وارتفعت وتيرة الصخب في داخلي وأصبحت هائلة. الشهرة والمجد يجعلانني عادة أُصاب بالبرودة. هذا المساء بَدَوَا لي أمرًا مشتهى. فكّرت: «سعيد من يقدر أن يرى حقيقة حياته أمام عينيه ويغتبط بها. سعيد من تتراءى له منعكسة على وجوه صديقة». أخيرًا هدأ الجميع. ما إن فتح روبير فاه حتى أصبحت يداي رطبتين وندّى جبيني عرقًا. عبثًا كانت معرفتي لطلاقة لسانه، شعرت بالتهيّب. لحسن الحظّ، سرعان ما أسرني خطابه: كان روبير يتكلّم دون تفخيم، بمنطق مشدود للغاية يقارب الحزم. لم يقترح برنامجًا: أملى علينا مهامَّ. وكانت المهامّ ملحّة جدًّا وعلينا إنجازها. وكان النصر مؤكّدًا بفعل ضرورته نفسها. من حولي، التمعت العيون ورأى كل واحد حقيقته بالذات على وجه الجالس قربه. لا، هذه الحرب لم تكن عبثيّة. أدرك الناس كلفتها الباهظة من خنوع وأنانيّة. سيضطلعون بمصيرهم ويجعلون السلام ينتصر ويمتلكون عبر الأرض كلّها الحرِّيّة والسعادة. هذا واضح وأكيد ويدركه الحسّ السليم الأكثر بساطة: لا تستطيع البشريّة أن تسعى إلى شيء آخر غير السلام والحرِّيّة والسعادة، وما الذي يمنعها من تحقيق ما ترغب فيه؟ وحدها البشريةّ سيّدة هذه الأرض. كانت هذه هي الحقيقة البديهيّة التي بهرتنا عبر ما قاله روبير. مسحت يدي بمنديلي. السلام آت، المستقبل زاهر، القاصي والداني باتا واحدًا. لم

أستمع إلى ساليف الذي تحدّث بعد روبير. كان مضجرًا مثله مثل ميريكو، لكن ليس لهذا أهمّيّة. ربحنا الجولة؛ لم يُكتب النجاح للمؤتمر فقط بل أيضًا لكلّ مضامينه.

وفي النهاية تحدّث سامازيل. في الحال بدأ يزمجر ويرعد وكأنّه منادٍ في سوق شعبي. عدت للجلوس في مقعدي وسط حشد عاجز مثلي، تسكره الكلمات ببلاهة. لم تكن هذه وعودًا ولا تنبّؤات بل فقط كلمات. في قاعة بلايل، كنت قد رأيت النور نفسه على الوجوه المصغية وهذا لم يمنع ما حدث لفرصوفيا وبوشنفالد[١] وستالينغراد وأورادور[٢]. أجل نعرف الكلفة الباهظة للأنانيّة والخنوع. نعرف ذلك منذ زمن طويل لكن دون جدوى. لم نستطع قطّ تدارك المآسي ولن ننتصر قريبًا، ليس في حياتنا الحاليّة على الأقلّ. أمّا ماذا سيحدث لاحقًا، في نهاية مرحلة ما قبل التاريخ الطويلة هذه، فهذا ما لا نستطيع تخيّله ويجب الاعتراف بذلك. المستقبل ليس أكيدًا، لا القريب منه ولا البعيد. نظرت إلى روبير. هل هي فعلاً الحقيقة التي توصّل إلى اكتشافها هي التي تنعكس في هذه الأعين كلها؟ لا شكّ أنّهم ينظرون إليه أيضًا من الأمكنة البعيدة الأخرى. من أميركا وروسيا، ومن عمق العصور. فماذا يرون؟ ربّما لم يكونوا لا يرون فيه إلاّ حالمًا عجوزًا وليس في حلمه ما يجعله قادرًا على التحقّق. ربّما كان سيرى نفسه على هذا النحو غدًا. وسيفكّر أنّ عمله السياسي لم يسفر عن أيّة نتيجة أو أسوأ من ذلك، لم يسفر إلاّ عن

---

(١) بوشنفالد: معسكر اعتقال ألماني شمالي غربي ويمار.

(٢) أورادور: مقاطعة في لإيينا العليا، حصلت فيها مجزرة طالت السكّان جميعًا على يد الشرطة العسكرية النازيّة في ١٠ حزيران ١٩٤٤.

خداع الناس. فقط لو أستطيع أن أبتَّ المسألة وأقول: ما من حقيقة على وجه الأرض! لكنّ الحقيقة موجودة لا مناص...

حياتنا هنا، ثقيلة كحجر ووجهها الآخر نجهله: إنّه مرعب، كنت واثقة هذه المرّة أنّني لا أهذي، لم أشرب شيئًا. لم يكن الليل قد حلّ ومع ذلك كان الخوف يضغط على قلبي.

سألتهم عند انتهاء المؤتمر بتجرّد:

ـ هل أنتم راضون؟

كان هنري مسرورًا وقال لي بفرح: «أحرز المؤتمر نجاحًا ملفتًا». وقال سامازيل: «إنّه نجاح باهر». لكن روبير همهم قائلاً: «لن يتمخّض هذا المؤتمر عن الشيء الكثير». قبل ذلك بعشر سنوات ولدى خروجنا من قاعة بلايل، لم يقل شيئًا مماثلاً. كان يشعّ فرحًا، مع أنّ الحرب كانت على وشك الاندلاع. من أين أتى بهذا الصفاء يومئذٍ؟ آه!، كان لدينا الوقت أمامنا، وكان روبير يتوقّع انهيار الفاشيّة بالرغم من الحرب الوشيكة الجاثمة بخطرها. كان لديه هذا الأمل الذي يتجاوز التضحيات التي لا بدّ من بذلها. أمّا اليوم فهو يشعر بثقل العمر. إنّه بحاجة إلى حقائق قصيرة الأمد. بقي متجهّم الوجه في الأيّام التي تلت المؤتمر. لم يُبد سروره، كما كان يفترض به أن يفعل، عندما أعلن شارلييه انضمامه إلى الـ *S.R.L*، ولم أره في حياتي خائبًا مثلما رأيته عقب لقائه به. لكنّي كنت أفهمه. لم يكن خائبًا بسبب حالة شارلييه الجسديّة: شعره الذي لم ينبت، جلده الأحمر والمحبّب، الكيلوغرامات العشرة التي أُضيفت إلى وزنه منذ آذار، أسنانه الاصطناعية. ولم يكن خائبًا بسبب القصص التي رواها عن اعتقاله، فلا شيء جديدًا يمكن أن

يُضاف إلى ما نعرفه سلفًا عن أهوال المعتقلات. بل بسبب هذه النبرة التي لا تحتمل في صوت شارلييه وهو يروي ما حدث له. هو الذي كان ألطف المثاليّين وأصلبهم راح يذكر الضربات والصفعات التي تلقّاها، والعذابات التي عانى منها، والجوع والإسهال اللذين تعرّض لهما، والخبل والانحطاط اللذين لحقا به، بضحكة ليست لئيمة حتى، ولا نعرف إن كانت ضحكة طفوليّة أم خرفة، ملائكيّة أو بلهاء. كان يهزأ من الاشتراكيّين الذين كانوا يأملون عودته إلى صفوفهم. وظلّ على تحفظّه ونفوره القديم حيال الشيوعيّين. أعرب عن إعجابه بالـ *S.R.L* ووعد بأن ينضمّ إليها مع مناصريه.

عندما غادر شارلييه، قال لي روبير:

ــ تفاجأتِ في ذلك اليوم من مواقفي المتردّدة. لكن، كما تعلمين، المرعب في تعاطي العمل السياسي اليوم هو أنّنا بتنا ندرك الكلفة الباهظة التي ندفعها ثمنًا للأخطاء التي نرتكبها.

كنت أعرف أنّه يعتبر كل رجال جيله، بمن فيهم هو أيضًا، مسؤولين عن الحرب. مع أنّه كان من هؤلاء الذين ناضلوا ضدّ الحرب من وجهة نظر واقعيّة، وبشراسة لا حدّ لها، لكن، بما أنّه فشل في منع حدوثها، اعتبر نفسه مذنبًا. فاجأني أن يكون اللقاء بشارلييه قد أيقظ حالات الندم التي انتابته من قبل. لأنّ ردود فعله تبرز حيال الأوضاع العامّة وليس حيال وضع معيّن محدّد.

قلت:

ــ على أيّ حال، حتى لو كانت الـ *S.R.L* على خطأ، فلن تتسبّب بفوضى كبرى.

قال روبير:

ـ للكوارث الصغيرة وزنها أيضًا. تردّد ثم أضاف: «يجب أن يكون المرء أصغر سنًّا منّي ليؤمن بأنّ المستقبل كفيل بإصلاح الأوضاع. أشعر وكأنّ المسؤوليّات الملقاة على عاتقي محدّدة أكثر من أيّ وقت مضى ولكنّها أكثر خطورة وأشدّ وطأة.

ـ ماذا تقصد؟

ـ حسنًا، بتّ أجاريك في التفكير: لا يمكن تجاوز حقيقة الموت وشقاء الفرد. ثم أضاف: «آه! أسير عكس التيّار. الشباب اليوم أقسى ممّا كنّا عليه. إنّهم متخابثون بشكل قاطع، أمّا أنا فأصير عاطفيًّا».

ـ ألا يمكن القول بالأحرى إنّكم صرتم أكثر واقعيّة ممّا كنتم عليه؟

قال روبير:

ـ لست متأكّدًا ممّا تقولين، ما هو تحديدك بالضبط للواقعيّة؟

نعم، بالطبع، بات أكثر قابليّة للانجراح من قبل. لحسن الحظّ أعطى المؤتمر ثماره، وكان يُسجّل في كل يوم انضمام أعضاء جدد لـ S.R.L تحدّثوا عن الحركة بعدوانيّة أقلّ، وليس أكثر. وصار في الإمكان مراقبة التطوّر الجدّي للحركة، الناحية السلبيّة الوحيدة هي أنّ «L'Espoir» خسرت الكثير من قرّائها، وأنّها ستكون مجبرة عمّا قريب على اللجوء إلى رساميل تراريو.

سألت وأنا أراقب ذاتي باستهجان في المرآة:

ـ هل أنتم واثقون أنّه سيدفع؟

ـ كل الثقة، قال روبير.

ـ إذًا لماذا تذهبون إلى هذا العشاء؟ لماذا تُصرّون على اصطحابي معكم إلى بيته؟

قال روبير بأسى وهو يعقد ربطة عنقه:

ـ من الأفضل التحدّث إليه عندما يكون مزاجه صافيًا. ثم أضاف: «إن شخصًا سنسرق منه ثمانية ملايين فرنك، علينا على الأقلّ مداراة أهوائه الغريبة».

ـ ثمانية ملايين فرنك؟

قال روبير:

ـ نعم خسائر الصحيفة وصلت إلى هذا الحدّ! إنّها غلطة لوك. كم هو عنيد! وسيكونون مجبرين في جميع الأحوال على الاستعانة بتراريو لتغطية العجز المالي. سامازيل أجرى بعض التحقيقات ويقول إنّهم لم يعد بإمكانهم الصمود.

قلت:

ـ لم يبقَ عليَّ إذًا إلاّ تقبّل الأمر الواقع: «*L'Espoir*» تساوي عشاءً في المدينة!

كانت ابتساماتنا مشعّة عندما دخلنا إلى القاعة الفسيحة التي كانت صالونًا ومكتبة. كان سامازيل قد وصل وزوجته. كان يرتدي بذلةً رماديّة فاتحة من القماش القطني يبرز اكتناز جسده. وكان تراريو يشعّ ابتسامات هو أيضًا. لم يكن برفقة زوجته بل برفقة فتاة طويلة القامة ذات شعر باهت ذكّرتني برفيقاتي المحتشمات أيّام الدراسة. في غرفة الطعام المفترشة ببلاط أسود وأبيض مقطّع، قدّموا لنا عشاء فاخرًا ينمّ عن ذوق رفيع. أثناء تناول القهوة، لم يقدّم تراريو ليكورًا لضيوفه بل سيجارًا. بدا تراريو مبتهجًا خليّ البال، متلذّذًا

باحتساء مشروب قديم. منذ زمن بعيد لم تطأ قدماي منزل بورجوازيّين حقيقيّين، وبدت لي هذه التجربة مريحة. أحيانًا أفكّر أنّ جميع المثقّفين الذين أعرفهم لديهم شيء مريب. لكن، عندما ألتقي ببورجوازيّين، أتيقّن أنّهم بلغوا كل ما يتمنّونه وليس لدينا ما يحسدوننا عليه. لا شكّ أنّ نادين والحياة التي أترك لها الحرّيّة باختيارها، غريبتان. لكن هذه العذراء الفاقدة النضارة، المقموعة التي تقدّم لنا القهوة تبدو لي أكثر فظاعة بكثير. أنا واثقة من أنّها ستخبرني أغرب الأمور إذا جعلتها تستلقي على الديوان في عيادتي. وترايو، ماذا عنه أيضًا؟ بالرغم من سخفه المكبوت وجدته في غاية الالتباس. كان ادّعاؤه المتدارك بشكل سيّئ منسجمًا مع الإعجاب المتحمّس جدًّا الذي يبديه لسامازيل.

لوقت طويل، تبادلا معًا ذكريات عن المقاومة والتهاني بالنسبة لنجاح مؤتمر الـ *S.R.L* وأعلن سامازيل: «ما يبشّر بالخير هو أنّنا في طريقنا إلى اجتذاب أوساط الأرياف إلى صفوفنا. من الآن وحتى سنة، إمّا يكون لدينا مئتا ألف منتسب وإمّا نخسر المعركة».

قال ترايو:

ـ لن نخسرها أبدًا. ثم التفت إلى روبير الذي ظلّ صامتًا أكثر ممّا ينبغي: «الفرصة المتاحة أمام حركتنا أنّها انطلقت بالضبط في اللحظة الملائمة. بدأت البروليتاريا تُدرك أنّ الحزب الشيوعي يخون مصالحها الحقيقيّة، وأنّ الكثير من البورجوازيّين المتنوّرين يدركون مثلي أكثر من أيّ وقت مضى أنّ عليهم الرضوخ للأمر الواقع والإطاحة بطبقتهم».

قال روبير على مضض:

ـ هذا لا يمنع أنّه لن يكون لدينا مئتا ألف منتسب في ظـرف سنة، وأنّ المعركة لن نخسرها لهذا السبب. لا مصلحة لـدينا فـي التكاذب.

قال تراريو:

ـ علّمتني تجربتي أنّه إذا اكتفينا بالقليل، لـن نحـصل علـى الكثير. لا مصلحة لدينا في الحدّ من طموحاتنا.

قال روبير:

ـ المهمّ ألاّ نحدّ من جهودنا.

قال تراريو بحزم:

ـ آه، اسمح لي أن أقول لك إنّنا لم نستغلّ حتّى الـساعة كافّـة إمكانيّاتنا. من المؤسف أن تكون الجريدة، لسان حال الـــ *S.R.L*، دون مهمّتها جدارة وأن ينخفض إصدارها إلى هذا الحدّ.

قلت:

ـ السبب هو انضمامها إلى الـ *S.R.L*. لذا، تناقص الإصدار.

نظر إليّ تراريو باستياء وفكّرت أنّه لو كانت لديه زوجة لحظّر عليها الكلام أو التعبير عن رأيها إذا لم يوجّه إليها السؤال مباشرة.

قال بشيء من الفظاظة:

ـ لا، السبب هو الافتقار إلى الديناميّة.

قال روبير بتشنّج:

ـ الواقع أنّ جمهور الجريدة كان أوسع ممّا عليه اليوم.

قال سامازيل بلطف:

ـ حينها أفادت من موجة الحماس التي أعقبت التحرير.

قال تراريو:

ـ يجب النظر إلى الأشياء نظرة مباشرة. نحترم جميعنا بيرون بشكل كاف، لذا، نجيز لنفسنا الحقّ بالتعبير عن آرائنا فيه بكل صراحة. بيرون كاتب رائع لكنّه يفتقر إلى رؤية سياسيّة وليس هو رجل مال. ثم إنّ وجود لوك إلى جانبه يزيد الأمور سوءًا.

أعرف أنّ روبير أقرب إلى أن يشاطر تراريو رأيه، ومع ذلك هزّ رأسه قائلاً: «بانضمامه إلى الـ *S.R.L*، خسر بيرون اليمين والشيوعيّين. وفوق ذلك إمكاناته الماليّة محدودة ولن يستطيع النهوض من كبوته مجدّدًا».

قال تراريو وهو يفصل بين كل مقطع صوتي وآخر:

ـ أنا مقتنع كل الاقتناع أنّه إذا كان هناك رجل مثل سامازيل على رأس «*L'Espoir*»، فسيتضاعف عدد قرّائها في بضعة أسابيع.

تفرّس روبير في وجه سامازيل وقال باختصار:

ـ لكنّه ليس على رأس «*L'Espoir*».

أخذ تراريو وقته ثم قال:

ـ وماذا لو اقترحت على بيرون أن أشتري منه «*L'Espoir*» محدّدًا السعر على أن أفوّض إلى سامازيل إدارة شؤون الجريدة؟

هزّ روبير كتفيه:

ـ حاول!

ـ برأيك لن يقبل؟

ـ ضع نفسك مكانه!

ـ حسنًا، وإذا طلبت أن أشتري فقط حصص لوك؟ أو عند لزوم الحال ثلث حصصهما هو ولوك؟

قال روبير:

ـ إنّها جريدتهما. لقد أوجدhها ويحقّ لهما بالتالي الحلّ والربط بشأنها.

ـ هذا مؤسف، قال تراريو.

ـ ربّما، لكن ما باليد حيلة.

أخذ تراريو يذرع الصالون بخطوات صغيرة. ثم قال بـصوت مرح: «لست من الأشخاص المتخاذلين. مهما بدا الأمر مـستحيلاً، سوف أعمد في الحال إلى إثبات العكس». ثم أضاف بلهجة وقورة: «إنّ مصالح الـ *S.R.L* تبدو لي أكثر أهمِّيّة من المـشاعر الفرديّـة حتى أكثرها أهليّة للاحترام».

قال سامازيل بهيئة حائرة: «إذا كنت تفكّر فيما خطّطت له أوّل البارحة، سبق وقلت لك إنّه لا يمكنني أن أجاريك».

قال تراريو بابتسامة صغيرة:

ـ وأجبتك بأنّني أتفهّم تحفّظاتك. ثم أضاف وهو ينظـر إلـى روبير بشيء من التحدّي: «أعوّض عن كل ديون «*L'Espoir*»وأخيّر بيرون بين إتمام الصفقة أو صرف النظر عنها: إمّا ينضمّ سامازيل إلى إدارة الجريدة وإمّا أحيله إلى الإفلاس».

قال روبير بنبرة محتقرة:

ـ سيختار بيرون الإفلاس ولن يستسلم للابتزاز.

ـ ليكن. فليفلس، وسأطلق جريدة أخرى يديرها سامازيل.

ـ لا! قال سامازيل نائحًا.

ـ تعرفون جيّدًا أنّ *S.R.L* لن يكون لها علاقة بهذه الجريدة. ثـم إنّ اللجوء إلى مثل هذه الوسائل تجيز طردكم الفوري.

تفرّس تراريو في وجه روبير وكأنّه يريد أن يقـيس صـلابة

موقفه. لا بدَّ أنّه رازها بسرعة لأنّه عجَّل في التراجع عن موقفه.

قال ببشاشة:

ـ لم أفكّر إطلاقًا في أن أضع هذا المشروع موضع التنفيذ، كنت سأعمد فقط إلى طرحه، لكي أرهب بيرون. لا بدَّ أنّكم حريصون على نجاح هذه الجريدة. ثم أضاف بعتب: ضاعفوا الإصدار فتتضاعف أموالكم!

قال روبير:

ـ أعرف وأكرّر أنّ هذا هو الخطأ الوحيد الذي اقترفه بيرون ولوك، برأيي، ألا وهو إصرارهما على العمل بوسائل مادّيّة محدودة. في اليوم الذي سيمتلكان الرساميل التي ستوضع في تصرّفهما، فعندئذٍ سترون الفرق.

قال تراريو مبتسمًا:

ـ بالتأكيد لأنّهما سيضطرّان في الوقت نفسه إلى تقبّل الرساميل ومعها سامازيل.

تصلّبت ملامح روبير:

ـ المعذرة! قلت لي في نيسان إنّك كنت مستعدًّا لدعم *«L'Espoir»* بلا شروط.

راقبت سامازيل بطرف عيني: لم يكن منزعجًا إطلاقًا. بدا الضيق على زوجته لكنّها على هذه الحال دومًا.

قال تراريو:

ـ لم أقل هذا. قلت إنّه من الناحية السياسيّة يعود أمر إدارة الجريدة بالطبع إلى المسؤولين في الـ *S.R.L* وإنّني لن أتدخّل في شؤونها. هذا كل ما في الأمر ولم تُطرح أيّة مسألة أخرى.

قال روبير بلهجة مستنكرة:

ـ لأنّ أيّة مسألة أخرى لم تكن مطروحة على بساط البحث. وعدت بيرون بأن تكون له استقلاليّته التامّة. وانطلاقًا من هذا الوعد، قام بهذه المغامرة الكبيرة وجعل «*L'Espoir*» تلتحق بالـ *S.R.L*.

قال تراريو بمودّة:

ـ افرض أنّني لا ألزم نفسي بما وعدته، فإنّي على أيّ حال لا أعرف لماذا قد يرفض بيرون هذا التدبير. سامازيل صديقه.

قال روبير محتدًّا:

ـ ليست المسألة هنا. إذا استشعر بيرون أنّنا تآمرنا عليه وسعينا من خلف ظهره لكي نمارس ضغوطًا عليه فسيعاند ويتصلّب في مواقفه. أعرفه.

بدا منزعجًا، وأنا أيضًا شعرت بالانزعاج لا سيّما أنّني أعرف المشاعر الحقيقيّة التي يضمرها هنري لسامازيل.

قال تراريو:

ـ أنا أيضًا متصلّب في مواقفي!

ـ سيكون موقف سامازيل محرجًا للغاية إذا دخل إلى الجريدة رغمًا عن بيرون.

قال سامازيل:

ـ أنا موافق معك! بالطبع، أعتقد أنّه في ظلّ ظروف أخرى، سيكون من حقّي الطبيعي أن أحاول بكلّ طاقتي توفير الدعم لصحيفة، على شفير الانهيار. لكنّي لن أرضى أبدًا بأن أفرض نفسي على بيرون رغمًا عنه.

ـ قال تراريو بلهجة ساخرة:

ـ اعذروني إذا كنت أنظر إلى هذه القضيّة قليلاً من منظار أنّها قضيّتي الشخصيّة. لا أسعى للحصول على أيّة فائدة مادّيّة. لكنّي أرفض قطعًا أن أهدر الملايين من أجل لا شيء. أريد نتائج إيجابيّة. ثم قال لسامازيل: «سواء رفض بيرون مشاركتك أو رفضت أنت مشاركته، انسَ الأمر. لن أتورّط أبدًا في مشروع أعرف مسبقًا أنّ مصيره الفشل. وجهة النظر هذه هي الصحيحة في رأيي». ثم ختم كلامه قائلاً: «على أيّة حال، لا شيء يدفعني إلى تغيير قناعتي».

قال سامازيل:

ـ يبدو لي من العبث النقاش ما دمت لم تتحدّث إلى بيرون. أنا مقتنع أنّه سيبذل جهده. وبعد كل حساب، كلّنا تجمعنا المصلحة نفسها وهي نجاح حركتنا.

قال تراريو لروبير:

ـ أجل، سيفهم بيرون بالتأكيد أين تكمن مصلحته: عليك أن تسعى دون تردّد إلى إقناعه بالقيام ببعض التنازلات.

هزّ روبير كتفيه:

ـ لا تعتمد عليّ!

تواصل الحوار لفترة قصيرة. وبعد نصف ساعة، عندما صرنا في أسفل الدرج، قلت:

ـ هذه القصّة تفوح منها رائحة قذرة! ماذا قال لك تراريو تحديدًا في نيسان؟

قال روبير:

ـ لم نتحدّث إلاّ عن الجانب السياسي لهذه القضيّة.

ـ وتماديت في وعودك لهنري؟ أليس كذلك؟ وعدته أكثر ممّا كان في مقدورك؟

ـ ربّما، قال روبير. لو أنّي تردّدت قيد أنملة لما أقنعته. نحن مجبرون من وقت لآخر على التسليف مسبقًا إذا أردنا اتّخاذ مواقف حاسمة، وإلاّ لما فعلنا شيئًا!

سألت:

ـ منذ قليل لم تجبر ترا ريو على إتمام الصفقة أو فسخها، لماذا؟ إمّا الوفاء بوعوده دون شرط أو الدخول في خصام يعرّضه للفصل من الـ *S.R.L*.

ـ وماذا بعد؟ افرضي أنّه اختار الخصام. إذا احتاج هنري إلى المال فما الذي سيصير بحاله؟

تابعنا السير بصمت، وقال فجأة: «إذا توقّفت هذه الجريدة عن الصدور بسببي فهذا ما لن أغفره لنفسي».

رأيت من جديد ابتسامة هنري ليلة الاحتفال بالنصر. سألته: «ألم تكن راغبًا في التورّط؟ ـ ليس بشكل جنوني». ها هو يتكبّد الثمن إذ أناط «*L'Espoir*» بالـ *S.R.L* كان متعلّقًا بهذه الجريدة وحريصًا على امتلاك حرّيّته، وكان يكره سامازيل. ما تتعرّض له الجريدة مقلق للغاية. لكن روبير بدا لي متجهّم الوجه، مغتمًّا ما دفعني للاحتفاظ بأفكاري لنفسي. قلت فقط: «لا أفهم كيف وثقت بترا ريو، إنّه لا يروق لي».

قال روبير باختصار: «كنت على خطأ». فكّر قليلاً ثم قال: «سأطلب المال من موفان».

قلت:

ـ لن يوفّر لك موفان المال.

ـ سألتمسه من أناس آخرين يملكونه. هناك الكثير منهم وسأجد ضالّتي عند أحد منهم.

ـ يبدو لي أنّ على ضالّتك أن يكون ملياردير ًا وعضوًا في الـ S.R.L في آن، وهذه تركيبة فريدة من نوعها.

ـ سأفتّش إلى ما لا نهاية. وفي الوقت نفسه، سأحاول التأثير في تراريو عبر سامازيل. سامازيل لا يقبل بأن يفرض نفسه.

قلت:

ـ لا يبدو أنّ هذا يزعجه كثيرًا... حاول مع ذلك.

التقى روبير موفان في اليوم التالي وتحدّث معه بالأمر، لكن بالطبع لم يعده بشيء. التقى أناسًا آخرين لكنّهم لم يبدوا أيّ استعداد لمدّ يد العون. كنت قلقة فعلاً. هذه القضيّة تحزنني. لم أتحدّث لروبير عن الأمر لأنّني أحاول قدر الإمكان أن أتفادى أن أكون من هؤلاء النساء اللواتي يضاعفن من هموم الرجل بمقاسمته همومهنّ. لكنّي فكّرت طيلة الوقت: «ما كان يليق بروبير أن يفعل هذا... فيما مضى لم يكن ليفعل هذا». فكرة غريبة فعلاً، ماذا تعني بالضبط؟ كان قد قال لي إنّ مسؤوليّاته تبدو له اليوم محدّدة ومتّسمة بالخطورة أكثر من السابق، لأنّه لم يعد بإمكانه أن يستخدم المستقبل كحجّة غياب: كان إذًا مستعجلاً للوصول وهذا جعل سريرته أقلّ صفاء. لم ترق لي هذه الفكرة بالذات، إذ حين نعيش بقرب شخص آخر كما أعيش أنا بالقرب من روبير، يصبح الحكم عليه بمثابة خيانة.

رجع لامبير ونادين بعد أيّام قليلة. هذه العودة أحدثت تحوّلاً سعيدًا في مجرى الأحداث. لوّحت الشمس بشرتيهما وبَدَوَا سعيدين ومربكين كزوجين حديثي العهد.

قال لامبير:

ـ ستكون نادين مراسلة من الدرجة الأولى. لجهة التكيّف مع جميع الظروف وحملها أيًّا كان على الكلام، إنّها رهيبة.

اعترضت نادين وهي تتغطرس:

ـ هذه المهنة مسلّية أحيانًا.

لكن فضلها الكبير هو أنّها عثرت، خلال هذه الرحلة، على مسافة ثلاثين كيلومترًا من باريس، على البيت الريفيّ الذي كنت أحلم به دون جدوى منذ بضعة أسابيع. أحببت للتوّ الواجهة الصفراء بمصاريعها الزرقاء والمروج البرّيّة والسرادق الصغير والورد البرّي. كان روبير أيضًا مبهوتًا بجمال المنزل وانتهى الأمر بنا إلى توقيع عقد الإيجار. كان داخل البيت خربًا وكانت الممرّات مكسوّة بنباتات القرّاص. لكنّ نادين قالت إنّها ستتكفّل بإعادة كل شيء إلى حاله. وفجأة، لم تعد تهتمّ بعملها كسكرتيرة. تخلّت عنه لبعض الوقت موكلة الأمر إلى البديلة التي تحلّ محلّها. ثم ذهبت لتخيّم مع لامبير في السرادق: كانا يوزّعان أوقاتهما بين تحرير كتابهما وأعمال البستنة وطلاء الجدران. بلونه البرونزي، ويديه اللتين أعيتهما قيادة الدرّاجة، وشعره الذي كانت نادين تجعّد خصلاته بشكل كامل، لم يعد لامبير يشبه كثيرًا ذاك المتأنّق الذي كان فيما مضى، ولا عاملاً يدويًّا أيضًا.

إلاّ أنّني وجدت نفسي مرغمة في نهاية المطاف على الوثوق بهما.

كانت نادين تعود بين الفينة والأخرى إلى باريس، لكنّها وعدتنا عشيّة رحيلنا إلى أوفرني بالمجيء إلى سان ـ مارتان. عبر الهاتف، دعتنا بأبّهة على العشاء.

ـ قولي لأبي إنّه سيكون هناك مايونيز وإنّ لامبير يجيد تحضيره.

لكن روبير لم يهتمّ للدعوة وقال بأسى: «عندما يراني لامبير، لا بدّ أنّه سيبادر إلى مهاجمتي وسأكون مجبرًا على الردّ عليه وهذا يزعج الجميع وأنا في الصدارة».

الواقع أنّ لامبير كان دومًا عدائيًّا بحضور روبير. على أيّة حال، ما أقلّ الذين يعتقدون أنّهم بغنًى عن اتّخاذ موقف حيال روبير. «لكنّه، في الحقيقة، كم كان وحيدًا!» لم يكونوا يتوجّهون إليه شخصيًّا بل إلى شخص جامد، بعيد، مجرّد من الحقيقة الملموسة. لا يعرف عن هويّته إلاّ اسمه فقط. وهو الذي أحبَّ فيما مضى أن يغيب وجهه بين الحشود المجهولة، لم يستطع الحؤول دون أن يخلق اسمه حاجزًا بينه وبين الآخرين. كان الجميع يذكّرونه باسمه بطريقة لا ترحم. أمّا الرجل الذي كان روبير بشحمه ولحمه، بضحكاته وعواطفه، بغضباته وسهاده، فلا أحد كان يبالي به.

حين أردت أن أستقلّ الحافلة الكبيرة، أصررت مع ذلك على أن يأتي برفقتي.

قال:

ـ أؤكّد لك أنّ أجواء السهرة ستتعكّر علمًا أنّي لا أنفر من لامبير.

قلت:

ـ له الفضل على نادين. إنّها المرّة الأولى التي توافق فيها على الاشتراك في العمل مع أحدهم.

ابتسم روبير:

ـ هي التي تحتقر الأدب، كم كانت فخورة لرؤية اسمها مطبوعًا!

قلت:

ـ نعم ما حدث! هذا يشجّعها على المتابعة. إنّه تمامًا نوع العمل الذي يناسبها.

وضع روبير يده على كتفي:

ـ ها قد اطمأننت قليلاً على مصير ابنتك، صحيح؟

ـ نعم.

قال روبير باحتداد:

ـ إذًا ماذا تنتظرين لكي ترسلي جوابًا إلى روميو؟ ليس لديك أدنى سبب للتردّد.

قلت باستعجال:

ـ من الآن وحتى كانون الثاني، قد تحدث أمور كثيرة!

كان روميو يطالبني بإلحاح أن أرسل له جوابًا. لكنّي كنت أخشى أن أحسم أمري.

قال روبير:

ـ اسمعي، كما رأيت، باتت نادين قادرة على تدبّر أمورها

بنفسها. على أيّة حال، قلت لي غالبًا إنّه لا شيء يستطيع أن يفيدها أكثر من أن تتعلّم الاستغناء عنّا.

قلت دون حماس:

ــ هذا صحيح.

تفرّس روبير في وجهي بنظرات حائرة:

ــ وأخيرًا ترغبين قي القيام بهذه الرحلة؟ أليس كذلك؟

قلت:

ــ «بالتأكيد». وللحال ذُعرت: «لكنّي لا أرغب في مغادرة باريس. لا أرغب في مغادرتك».

قال بحنان:

ــ يا حيوانتي الغبيّة! ستتركينني وعندما تعودين ستجدينني كما تركتني. ثم أضاف وهو يضحك: «لا بل سبق لك واعترفت أنّك لا تشتاقين إليَّ كثيرًا».

ــ نعم، فيما مضى، أمّا الآن، ومع كل هذه الهموم الملقاة على عاتقك، فأنا أشعر بالقلق.

نظر إليّ روبير بهيئة جادّة: «تقلقين كثيرًا، البارحة بشأن نادين واليوم بسببي. أصبح القلق هاجسًا لديك، أليس كذلك؟».

ــ ربّما.

ــ بالتأكيد! أنت أيضًا لديك عصابك الصغير لفترة السلم. لم تكوني على تلك الحال فيما مضى!

كانت ابتسامة روبير حنونة. لكن فكرة أنّ غيابي يمكن أن يكون مزعجًا بدت له من اختلاق عقل مريض. كان سيستغني تمامًا عنّي لمدّة ثلاثة أشهر، ثلاثة أشهر على الأقلّ. هذه الوحدة التي كان

يحيله إليها اسمه وسنّه وتصرّف الناس، لا أستطيع إلاّ أن أشاطره إيّاها ولا يمكنني الحدّ منها. ولن يؤثّر وجودي إلى جانبه لا سلبًا ولا إيجابًا في التخفيف من وطأتها.

قال روبير:

ـ انزعي من رأسك كل هذه الهواجس. اكتبي على وجه السرعة هذه الرسالة. حتّى لا تفوتك هذه الفرصة السانحة.

ـ سأكتب الجواب لدى عودتي من سان مارتان، إذا سار كل شيء على ما يرام.

قال روبير بلهجة حازمة:

ـ حتى لو لم يسر كل شيء على ما يرام.

ـ سنرى. تردّدت ثم قلت: «أين وصلت مع موفان؟».

ـ قلت لك إنّه ذهب لتمضية العطلة. سوف يعطيني جوابه النهائي في تشرين الأوّل. لكنّه وعدني عمليًّا بالدعم المالي. ابتسم روبير: «هو أيضًا، يريد أن يلزم جهة اليسار».

ـ هل وعدك فعلاً؟

ـ نعم، وعندما يعود موفان يفي بوعده.

ـ حسنًا، هذا يزيح همًّا عن صدري!

لم يكن موفان شخصًا مزاجيًّا. شعرت حقًّا بالطمأنينة. سألته:

ـ ألا تريد أن تحدّث هنري بالموضوع؟

ـ وما الفائدة؟ ماذا بوسعه أن يفعل؟ أنا الذي وضعته في هذه الورطة وأنا الذي يجب أن أخرجه منها. رفع روبير كتفيه: «ثمَّ إنّ في ذلك مخاطرة. قد نثير غضبه وعندئذ يطيح بكلّ شيء بعرض الحائط. لا، سأحدّثه عندما يصير المال جاهزًا بين يدي».

قلت:

ـ حسنا.

ثم نهضت. نهض روبير أيضًا وابتسم لي:

ـ لا تقلقي. أمضي سهرة رائعة.

ـ سأفعل ما بوسعي.

كان روبير على صواب. هذا القلق الذي يعتمل في كياني ولا يعرف له قرارًا يعود إلى زمن التحرير. كالكثيرين أمثالي، كنت أجد صعوبة في التكيّف من جديد. لن تأتيني السهرة في سان مارتان بشيء جديد. لم تكن نادين ولم يكن روبير هما السبب في تردّدي في الردّ على رسالة روميو. كان قلقي نابعًا من ذاتي. وعلى طول الطريق في الحافلة، تساءلت إذا كنت سأتوصّل إلى تجاوز هذا القلق أم لا. دفعت بوّابة الحديقة. كانت الطاولة موضوعة تحت شجرة الزيزفون، وكانت صيحات تتعالى من المنزل. دخلت توًّا إلى المطبخ. وجدت نادين واقفة بالقرب من لامبير الذي يضع فوطة حول عنقه ويخفق الصلصة المائعة غاضبًا.

قالت لي بفرح:

ـ وصلت والمأساة في ذروتها! فسدت صلصة المايونيز!

قال لي لامبير متجهّمًا:

ـ صباح الخير. أجل لقد فسدت معي أنا الذي كنت أجيد دومًا تحضيرها!

قالت نادين:

ـ قلت لك إنّ بإمكانك إصلاحها. واصل التحريك بسرعة.

ـ لكن لا، لقد فات الأوان.

ـ تخفقها بسرعة عالية.

ردّد لامبير غاضبًا:

ـ قلت لك فات الأوان!

قلت:

ـ أنا سأريك كيف يمكن إصلاح المايونيز.

رميت الصلصة الفاسدة في سلّة النفايات. ناولت لامبير بيضتين جديدتين: «تدبّر أمرك مجدّدًا».

ابتسمت نادين: «لديك أحيانًا أفكار جيّدة». ثم قالت بنبرة محايدة: «كيف حال أبي؟».

ـ آه! إنّه بحاجة إلى عطلة!

قالت نادين:

ـ عندما تعودان من جولتكما في فرنسا، سيكون البيت جاهزًا. تعالي وانظري الجهد الذي بذلناه في تجهيز المنزل!».

كانت غرفة الجلوس مزدحمة بالسلالم ودلاء الدهان وتنبعث منها رائحة حزينة شبيهة بتلك التي تنبعث من ورشات العمل. كانت جدران غرفتي مطليّة بالملاط الزهري المائل إلى الرمادي، أمّا غرفة روبير فلونها أمغر شاحب، وهذا الطلاء يناسبها جدًّا.

ـ هذا رائع! من قام بهذا العمل، هو أم أنت؟

ـ كلانا. أنا أعطي الأوامر وهو ينفّذ. ثم قالت بنبرة ناضجة: «يقوم بجهد يشهد له وهو مطيع جدًّا».

كانت نادين بحاجة لإصدار الأوامر لكي تستعيد ثقتها بنفسها: عندما تسعى إلى جعل الآخرين يطيعونها، تكفّ عن مساءلة نفسها.

منذ زمن بعيد، لم أرها بهذا الإشراق. كان يسلّيها أن تقوم بـــدور سيّدة المنزل. بين صحون السلطة واللحمة الباردة، وضع لامبيـــر قطعة كبيرة من المايونيز اللزج والمتماسك. واحتسينا، على مرأى من نادين، قنّينة من النبيذ الأبيض. كانا يرويـــان علـــى مـــسامعي مشاريعهما بحماس. سيقومان بجولة إلى بلجيكـــا أوّلاً ومـــن ثـــم هولندا، والدانمرك، وكل البلدان التي كانت محتلّة، ومن ثم بـــاقي بلدان أوروبا.

قال لامبير:

ـ تخيّلي، كنت مصمّمًا على التخلّي عن إجراء التحقيق. ولولا نادين لتخلّيت عنه حتمًا. على أيّ حال، إنّها موهوبة أكثـــر منّـــي وعمّا قريب سترفض هي مرافقتي.

قالت بلهجة نائحة:

ـ لأنّك لا تريدني أن أقود درّاجتك القذرة. مع أنّ قيادتها ليست أمرًا صعبًا.

ـ ليس صعبًا أن تموتي يا مجنونة.

كان يبتسم لها من أعماق قلبه. كانت تتمتّع في نظـــره بحظـــوة صغُر عن إدراكي، فأنا لن أعرفها أبدًا إلاّ من جانب واحد: أنّهـــا ابنتي. انتزع لامبير السدادة عن قنّينة نبيذ أبيض أخرى. لم يكـــن نديمًا بارعًا. بدأت عيناه تبرقان واحمرّ خـــدّاه وتحـــدّرت بـــضع قطرات عرق فوق جبينه.

قالت نادين:

ـ لا تبالغ في الشرب!

ـ آه! لا تلعبي دور الأمّ التي تعظ أولادها. هل تعـــرفين مـــاذا يحدث عندما تلعبين هذا الدور؟

أصبح وجه نادين متصلّبًا:

ـ لا تتفوّه بحماقات!

انتزع لامبير سترته: «أشعر بالحرّ».

ـ ستمرض.

ـ لا أمرض أبدًا. ثم التفت ناحيتي: «نادين لا تصدّق ما أقوله: لست ضخمًا لكنّي صلب جدًّا. وفي بعض الأحيان أقاوم أفضل من مدرّب في جوانفيل»[1].

قالت نادين ببشاشة:

ـ سنتحقّق من ذلك عندما سنجتاز الصحراء الكبرى على متن الدرّاجة.

قال لامبير:

ـ سنجتازها، الدرّاجة لا يعصي عليها أمر! ثم نظر إليّ: «هل تعتقدين أنّ ذلك ممكن؟».

ـ لا فكرة لديّ.

قال بحزم:

ـ على أيّة حال، سنحاول. يجب السعي للقيام بنشاطات والترفيه عن أنفسنا. أن نكون مثقّفين، فليس ذلك حجّة لكي نعيش ملازمين البيت.

قالت نادين ضاحكة:

ـ هذا وعد. سنجتاز الصحراء ومرتفعات التيبت وسنذهب لاستكشاف غابات الأمازون. تصدّت يدها ليد لامبير حين مدّها باتّجاه القنينة: «لا، شربت بما فيه الكفاية».

---

(١) جوانفيل: مستشفى للأمراض العقليّة في جوانفيل، إحدى ضواحي باريس.

ـ ليس صحيحًا. ثم نهض وقام بخطوتين: «هل أترنّح؟ أليس توازني رائعًا!».

قالت نادين:

ـ حاول أن تقوم بأعمال خفّة.

ـ أعمال الخفّة أحد اختصاصاتي. أمسك ثلاث برتقالات: رماها في الهواء فأفلتت منه واحدة، فارتمى بكل طوله على المرجة. أخذت نادين تضحك ضحكتها المجلجلة. ثم قالت بحنان:

ـ أحمق! ثم مسحت بطرف مريولها جبين لامبير المتعرّق. استسلم لحركتها بسعادة. قالت: «على فكرة، لديه مواهب متعدّدة: يغنّي أغاني مضحكة بشكل! هل تريدين أن يغنّي لك واحدة؟».

قال لامبير بحزم:

ـ سأغنّي لك «Cœur de Cochon»:

ضحكت نادين حتى الدمع، فيما استرسل هو في الغناء. وجدتُ حبور لامبير خاليًا من الظرف بشكل يدعو للرثاء. يخيّل إلينا أنّه يحاول من خلال اختلاجات خرقاء أن ينسلخ عن جلده لكن جلده يلتصق بجسده. تكشيراته وصوته المضحك والعرق المنساب على خدّه واحمرار عينيه القلق... كل ذلك أزعجني. سررت عندما خرَّ ساجدًا عند قدمي نادين التي داعبت رأسه بحركة مفعمة بالمرح وحبّ التملّك.

قالت:

ـ أنت فتى صغير طيّب. اهدأ الآن. استرح!

كانت تحبّ أن تلعب دور الممرّضة وهو يحلو له أن يتدلّع. لديهما أشياء كثيرة مشتركة. ماضيهما، فتوّتهما، حقدهما على

الأفكار والكلمات، نزوعهما إلى حبّ المغامرة، طموحاتهما الحائرة. ربّما سيعرفان كيف سيمنح أحدهما الآخر الثقة بالتبادل ويختلقان المشاريع ويحقّقان النجاحات ويتمتّعان بالسعادة. هي في التاسعة عشرة وهو في الخامسة والعشرين. كم كان المستقبل فتيًّا! هما لم يكونا من مخلّفات الماضي. فكّرت: «وأنا؟ هل أنا مدفونة حيّة في الماضي؟»».

«لا، أجبت نفسي بحماس؟» بإمكان نادين وروبير أن يستغنيا عنّي. لا أستطيع التذرّع بهما. إنّني فريسة جبني وحده، وفجأة شعرت بالخجل من جبني. الطائرة ستنقلني إلى مدينة عملاقة وخلال ثلاثة أشهر لا تعليمة أخرى إلاّ الثقافة والتسلية. الحرِّيّة بازدياد والجديد بازدياد، فكم أتمنّاهما! لا شكّ أنّها كانت وقاحة مجنونة منّي أن أذهب وأتيه في عالم الأحياء، أنا التي كنت صنعت عشًّا لي تحت شجر الآس: بئس الأمر! لم أعد راغبة في حرمان نفسي من الاستمتاع بهذه الفرحة الصاعدة في داخلي. نعم، هذه الليلة جوابي نعم: الاستمرار في الحياة رغم كل شيء. معاودة العيش. كنت أرجو أن تكون لي القدرة على العيش من جديد.

الفصل الخامس

I

تقلّب هنري في فراشه. كانت الريح تعصف عبر الجدران ذات الحجارة الصغيرة. بالرّغم من الغطاء وكنزات الصوف، راح يرتجف من شدّة البرد، وفقد قدرته على النوم. وحده رأسه كان ساخنًا وهادرًا كما لو أنّه محموم. ربّما كان محمومًا، ربّما أصابته حمّى لذيذة من شمس وتعب ونبيذ أحمر. أين كان بالضبط؟ في مكان ما حيث لا يمكن لأحد أن يتوقّع وجوده فيه. مكان مريح حيث لا تحسّر على شيء ولا أسئلة تُطرح، والأرق صافٍ أشبه بنوم لا أحلام فيه. تخلّى عن أشياء كثيرة. لم يعد يكتب ولم يعُد يستمتع بأيّامه. لكنّ ما ربحه بالمقابل هو امتلاكه وعيه لذاته، وعيًا لا حدّ له. بعيدًا عن الأرض ومشاكلها، بعيدًا عن البرد والريح وجسده المرهق، كان يسبح في بحر من البراءة. ربّما كانت البراءة تبعث على النشوة، شأنها شأن اللذّة. للحظة رفع أجفانه فأبصر الطاولة القاتمة والشمعة، وهذا الرجل المنصرف إلى الكتابة ففكّر وبه شعور من الرضى: «لا بدّ أنّني في القرون الوسطى!» وانطوى الليل على هذا الإلهام السعيد.

ــ ألم أكن أحلم؟ ألعلّني رأيتك هذه الليلة منصرفًا إلى الكتابة؟

قال دوبروي:

ـ كتبت قليلاً.

ـ خلتك الدكتور فاوست.

متدثّرين بأغطيتهم التي تدفعها الرّيح، جلسوا على عتبة الملاذ الذي اعتصموا فيه. أشرقت الشمس أثناء نومهم. السماء زرقاء صافية لا غيمة فيها. لكن، عند أسفل أقدامهم، انبسط الضباب أفقيًّا ثم هبّت رياح خفيفة راحت تمزّق بعض أجزائه فانكشفت وراءه بقعة من السهل المترامي أمامهم.

قالت آن:

ـ إنّه يعمل يوميًّا. لا يهمّه المكان. بإمكانه الكتابة في إسطبل أو تحت المطر أو في ساحة عامّة. المهمّ أن يمضي ساعاته الأربع بالكتابة. وبعدئذٍ يفعل ما نشاء.

قال دوبروي:

ـ وما الذي تريدون فعله الآن؟

ـ أعتقد أنّه من الأفضل لنا الاتّجاه نحو الأسفل حيث نمتّع أنظارنا بمشهد طبيعي ساحر.

انحدروا عبر جنبات الخلنج حتى وصلوا إلى القرية السوداء حيث كانت نساء مسنّات جالسات عند عتبات أبوابهنّ يحرّكن مغازلهنّ، وفوق ركابهنّ وسائد مشكوكة بالإبر. احتسوا مشروبًا قاتمًا في حانوت كان يُستخدم حانة ومحلّ سمانة في الوقت نفسه. وهناك تركوا درّاجاتهم، وامتطوا درّاجات أماميّة قديمة الطراز من مخلّفات الحرب، ولا يوحي مظهرها بالثقة: طلاؤها مقشور، وجوانبها ممزّقة، وعجلاتها منتفخة جرّاء الخروقات المستصلحة.

كانت درّاجة هنري تسير بشكل عسير ما دفعه إلى القلق والتساؤل عمّا إذا كان سيستطيع مواصلة استخدامها حتّى المساء. شعر بالارتياح حين رأى آن وروبير يستريحان عند ضفّة أحد الجداول، صودف أنّه اللوار. كانت المياه متجلّدة للغاية وليس باستطاعته الاستحمام. لكنّه رشّ جسده بالماء من الرأس حتى القدمين. وعندما امتطى مقعد الدرّاجة من جديد، تنبّه إلى أنّ عجلاتها لا زالت تدور بعد كل حساب. في الواقع، جسده هو الذي كان صدئًا وكانت إعادة تأهيله تتطلّب جهدًا حقيقيًّا. لكن، ما إنْ زالت أولى التشنّجات العضليّة واستعاد هنري أداة جسده المطواعة حتى شعر بالسعادة تغمر كيانه. لقد أغفل كم أنّ الجسد بإمكانه أن يكون أداة مطواعة. صحيح أن جنازير الدرّاجة وعجلاتها تضاعف مِن جهده لكنّ المحرّك الفعلي ضمن كل هذه الآليّة هو عضلاته ونَفَسه وقلبه في نهاية المطاف. راحت الدرّاجة تطوي المسافات وتنحدر في الممرّات الجبليّة ببسالة وإقدام.

قالت آن:

ـ لكأنّها تنهش الأرض نهشًا!

كان شعرها يتطاير في الرّيح، والشمس قد لوّحت بشرتها وذراعيها العاريتين. بدت أصغر سنًّا منها في باريس. دوبروي سمّرت الشمس بشرته هو أيضًا وأصبح أكثر هزالاً. بدا، بسرواله القصير وساقيه المعضلتين والتجاعيد المحفورة في وجهه الدخاني، وكأنّه أحد أتباع غاندي.

قال هنري:

ـ اليوم أفضل حالاً من البارحة.

أبطأ دوبروي في سيره حتّى صار بمحاذاة هنري ثم قال متهلّل الوجه:

ـ يجدر القول إنّ إيقاعنا في المسير لم يكن كما ينبغي. على فكرة، لم تخبرنا شيئًا عن أخبار باريس، هل حدث شيء منذ رحيلنا؟

قال هنري:

ـ لا شيء يستحقّ الذكر. كان الطقس حارًّا. يا إلهي كم كان الطقس حارًّا!

ـ وفي الجريدة كيف الحال؟ ألم ترَ تراريو؟

كان في صوت دوبروي فضول نهم يحاكي انشغال البال.

ـ لا، لوك مقتنع تمامًا أنّه إذا استطعنا الصمود لشهرين أو ثلاثة فسنخرج من الورطة وحدنا.

ـ يستحقّ الأمر عناء المحاولة. فقط يجدر بكم ألاّ تقترضوا مبالغ أكثر.

ـ أعرف. توقّفنا عن الاستدانة. لوك يريد التركيز على الإعلانات.

قال دوبروي:

ـ أعترف أنّني لم أتوقّع أن ينخفض إصدار الجريدة إلى هذا الحدّ!

قال هنري مبتسمًا:

ـ آه! أنت تعرف أنّه إذا آل بنا الأمر إلى القبول برساميل تراريو فلن أتضايق. لم ندفع غاليًا ثمن نجاح الـ *S.R.L*.

قال دوبروي:

ــ الواقع أنّ *S.R.L* نجحت بفضلكم.

كان صوته أكثر تحفّظًا من كلماته. لم يكن راضيًا عن الـ *S.R.L*: هذا لأنّه كان شديد الطموح والتطلّب. ليس سهلاً أن تنبثق حركة سياسيّة من العدم ثم يُراد لها، بين ليلة وضحاها، أن توازي بأهمّيّتها الحزب الاشتراكي القديم. أمّا هنري فكان متفاجئًا بنجاح المؤتمر الذي عقدته الحركة وإن كان هذا النجاح لا يثبت الشيء الكثير. ومع ذلك صعُب عليه أن ينسى بسرعة هذه الخمسة آلاف وجه التي اتّجهت صوبه.

ابتسم لآن قائلاً لها:

ــ للدرّاجة سحرها. بمعنى ما، إنّها أفضل من السيّارة.

أخذوا يجتازون الطريق بسرعة أقلّ. لكن روائح الأعشاب والخلنج والتنّوب وعذوبة الهواء وبرودته كانت تخترق الأجساد حتى العظم. أمّا المنظر فليس مجرّد زخرفة خارجيّة ممّا يدفع إلى امتلاكه عنوة، بقعة تلو بقعة، في الجهد المبذول في الطرق الصاعدة وفي الغبطة التي تمنحها المنحدرات... راحوا يتآلفون مع جميع مظاهر الطبيعة ويعيشونها من الداخل بدل تأمّلها من بعيد. أحسَّ هنري بشعور من الرضى في هذا اليوم الأوّل لدى اكتشافه أنّ الحياة وحدها كافية لأن تملأ الكيان بالغبطة. يا للصمت اللذيذ الذي يجول في رأسه! الجبال والبراري والغابات تكفّلت بأن تتوجد مكانه. فكّر: «ما أندر أن تشعر بهذا السلام في اليقظة وهو سلام لا تهنأ به إلاّ في النوم!».

قال في المساء لآن:

ــ أحسنت اختيار هذا المكان. إنّها بلاد جميلة.

ـ غدًا أيضًا سترى أيضًا أمكنة جميلة. هل تريد أن أحدّد لك رحلة الغد على الخريطة؟

تناولوا العشاء في أحد النُزل واحتسوا هناك كحولاً بيضاء شديدة المذاق.

بسط دوبروي عتاده على زاوية إحدى الطاولات المكسوّة بقماش مشمّع.

قال هنري:

ـ أرني. راح يواكب بنظراته حركة القلم على طول الأسطر الحمراء والصفراء والبيضاء.

ـ كيف بإمكانك الاختيار بين كل هذه الطرقات الصغيرة؟

ـ هذا هو الممتع في الأمر.

أدرك هنري في اليوم التالي أنّ الممتع هو رؤية مدى مطاوعة المستقبل للمخطّطات. فكل منعطف وطلعة ونزلة وكل كوخ في أمكنتها المتوقّعة. أيّ شعور بالأمان! لكأنّ قصّة حياتنا تجري أمام أعيننا. ومع ذلك فإنّ تحوّل الرموز المطبوعة إلى طرقات حقيقيّة وبيوت حقيقيّة يولّد في نفسك شعورًا لا يستطيع أيّ إبداع خلقه ألا وهو الواقع. هذا الشلاّل الذي أشير إليه على الخريطة من خلال علامة صغيرة زرقاء ليس بأقلّ روعة منه حين ينحدر أمامك من علوّ شاهق ليتدفّق مزبدًا هائلاً في عمق الوهاد المألومة.

قال هنري:

ـ أيّ رضًى أن ترى المنظر بأمّ عينك!

قال دوبروي بحسرة:

ـ نعم، لكن لن نستطيع امتلاكه. إنّها نظرة ليس إلاّ، تمنحك كل

شيء ولا شيء في الوقت نفسه.

لم تكن كل الأشياء تستوقفه، لكنّه حين ينبهر بمنظر ما، يستغرق في التأمّل. اضطرّ هنري وآن إلى اقتفاء أثره من صخرة إلى صخرة في أسفل المنحدر الذي يتساقط منه السيل. تقدَّم عاري القدمين في الحوض المزبد وغاصت رجلاه في الماء حتّى بلغت سرواله القصير. وعندما عاد للجلوس على الضفّة المنبسطة، قال بحزم:

ــ أجمل شلاّل رأيناه حتى الآن.

قالت آن وهي تضحك:

ــ الأثير عندك هو ما تراه عيناك.

قال دوبروي:

ــ أسود وأبيض بكلّيّته، وهنا يكمن جماله. بحثت عن ألوان أخرى ولم أجد أثرًا. وللمرّة الأولى، أرى بأمّ عيني أنّ الأسود والأبيض متشابهان تمامًا. ثم قال لهنري: «عليك الخوض في الماء لبلوغ تلك الصخرة الضخمة هناك وسترى سواد البياض وبياض السواد».

قال هنري:

ــ أصدّق ما تقوله.

يمكن لنزهة على الرصيف أن تصير بالنسبة لدوبروي مشروعًا يتطلّب جرأة أكثر من استكشاف القطب الشمالي. وكان هنري وآن يضحكان معًا، وفي أغلب الأحيان من تصرّفات دوبروي. ذلك أنّه لا يقيم أيّ فرق بين الإدراك والاكتشاف. ما من عين قبله تأمّلت شلاّلاً. ما من إنسان قبله عرف الماء أو الأسود أو الأبيض.

بالطبع، لو تُرك هنري على سجيّته، لما استطاع أن يلاحظ لعبة البخار والزبد بكل تفاصيلها، تحوّلاتها وتلاشياتها ودوّاماتها المنمنمة التي كان دوبروي يتفحّصها وكأنّه يريد أن يعرف مصير كل قطرة ماء. فكّر هنري وهو ينظر إليه بحنان: «بإمكاننا فعلاً أن نغضب منه لكن لا نستطيع الاستغناء عنه». كل شيء يصبح، بالقرب منه، مهمًّا، وتغدو الحياة بذاتها امتيازًا رائعًا فنعيشها بشكل مضاعف. كانت هذه الرحلة عبر الريف الفرنسي تتحوّل بفضل دوبروي إلى رحلة استكشاف.

قال هنري وهو يبتسم لدوبروي المستغرق في تأمّل الحواشي التي تزيّن بها الشمس الغاربة ثوب السماء.

ـ ستدهش فعلاً قرّاءك.

ـ لماذا؟ قال دوبروي بتلك اللهجة التي تعبّر عن صدمته كلّما تحدّث أحد عنه.

ـ عندما نقرأ كتبك، يُخيّل إلينا أنّ الناس هم الذين يشغلون بالك فقط، وأنّ الطبيعة لا وجود لها.

ـ الناس يعيشون في الطبيعة، إنّها حقيقة لا جدال فيها.

بالنسبة لدوبروي كل منظر أو حجر أو لون ينطوي على حقيقة إنسانيّة معيّنة. لم تكن الأشياء تمسّه عبر ذكريات وأحلام وملذّات أو انفعالات توقظها في كيانه، بل من خلال هذا المعنى الذي يكشفه في مكنوناتها. بطبيعة الحال كان منظر المزارعين المنصرفين إلى حصاد محصولهم يستوقفه أكثر من منظر البراري الجرداء. وعندما يجتاز قرية يصبح فضوله لامتناهيًا. يريد أن يعرف كل شيء: ما يأكله القرويّون، وكيف يقترعون، وما هي أعمالهم

بالتفصيل وما لون أفكارهم، وحين يريد الدخول إلى إحدى المزارع، تضحي جميع الذرائع صالحة: شراء البيض أو طلب كأس ماء. وما إن تسنح له الفرصة حتى يدخل معهم في حوارات طويلة.

في مساء اليوم الخامس، ثُقبت إحدى عجلات درّاجة آن في أحد المنحدرات. بعد ساعة من المسير صادفوا منزلاً منعزلاً تقطنه ثلاث نسوة شابّات مكلّحات الأسنان. كلّ منهنّ تحمل بين ذراعيها طفلاً ضخمًا ومتّسخًا جدًّا. جلس دوبروي وسط الباحة المفروشة بالسماد لكي يصلح الإطار الداخلي. وحين كان يلصق الروستينات(١)، نظر حوله بنهم وقال:

ــ ثلاث نساء وما من رجل. هذا غريب أليس كذلك؟

قالت آن:

ــ الرجال في الحقول.

ــ في مثل هذه الساعة؟

غطَّس حافّة الحتار الثخينة الصدئة في البركة فتصاعدت فقّاعات الهواء على سطح الماء: «لا يزال هناك ثقب! قولي لي، برأيك هل سيسمحن لنا بأن ننام في منزلهنّ؟».

ــ سأسألهنّ.

اختفت آن داخل المنزل ثم عادت في الحال: «أُصبن بصدمة لدى معرفتهنّ أنّنا نريد النوم على الحشيش اليابس. لكنّهنّ رحّبن بنا إلاّ أنّهنّ أصررن كل الإصرار على أن نتناول لديهنّ شرابًا ساخنًا».

---

(١) ما يستعمل في رتق ثقوب العجلات.

قال هنري:

ـ يروق لي النوم هنا. ما دمنا بعيدين عن كل شـــيء، فلـــنكن كذلك بكل ما في الكلمة من معنى.

على ضوء مصباح يتصاعد منه الدخان، احتسوا قهوة مصنوعة من الشعير، وتبادلوا أطراف الحديث على قدر ما يسمح الظـــرف. كانت النساء زوجات لثلاثة إخوة يملكون هذه الآلة الصغيرة. منـــذ عشرة أيّام نزلوا إلى أرديش الـــسفلى حيـــث اســـتؤجروا لقطـــف الخزامى. كانت النساء يمضين نهاراتهنّ الطويلة الصامتة في تقديم العلف للحيوانات وإطعام الأطفال. بالكاد يعرفن الابتـــسام ونـــسين تقريبًا الكلام. تنتشر في هذه الأراضي أشجار الكستناء، أمّا الليالي فباردة على الدوام. وهناك في الأسفل تنبت أزهار الخزامى ويبذل رجالهنّ جهدًا كبيرًا في قطفها لكي يجنوا فرنكات قليلة. هذا تقريبًا كل ما تعرفه هؤلاء النسوة عن العالم المحيط بهنّ. نعم، كان هنري وآن ودوبروي بعيدين عن كل شيء، بعيدين جدًّا... راح هنـــري يحلم، وهو يندسّ في الحشيش اليابس وقد أسكرته رائحة الـــشمس المخزّنة فيه، بأنّه لم يعد هناك طرقات ولا مدن: ولم تعـــد فكـــرة العودة تخطر له على بال.

انسابت الطريق كالأفعى عبر حقول الكستناء وانحدرت باتّجـــاه السهل من خلال دروب متعرّجة. دخلوا بفرح إلى المدينة الصغيرة التي كانت أشجار الدلب تبشّر بدفئها. جلـــس هنـــري وآن علـــى المصطبة المقفرة لأكبر مقهى موجود في البلدة، وطلبا شرائح مـــن الخبز مطليّة بالزبدة فيما ذهب دوبروي لشراء الجرائـــد. شـــاهداه يتبادل بضع كلمات مع البائع ثم يجتاز الساحة بخطى متمهّلة وهو

مسترسل في القراءة. ألقى الجريدة فوق المنضدة ورأى هنري العناوين العريضة: «الأميركيّون يلقون قنبلة ذريّة على هيروشيما». قرأوا المقالة بصمت، وقالت آن بصوت متهدّج:

ـ مئة ألف قتيل؟ لماذا؟

لا شكّ أنّ اليابان في طريقها إلى الاستسلام. كانت هذه نهاية الحرب. وصحيفتا «Le Petit Cévénol» و«L'Echo de l'Ardéche» تهلّلان للخبر، لكنّ الثلاثة جمعهم إحساس واحد فقط: الذعر.

قالت آن:

ـ ألم يكن بإمكانهم أن يلجأوا بادئ الأمر إلى التهديد أو التهويل من خلال القيام بتجربة في الصحراء أو ما شابه... هل كانوا فعلاً مجبرين على إلقاء هذه القنبلة على مدينة مأهولة؟

قال دوبروي:

ـ بالطبع، كان بإمكانهم السعي للضغط على النظام الحاكم في اليابان. هزّ كتفيه ثم قال: «أتساءل إذا كانوا يجرؤون مثلاً على إلقائها على إحدى المدن الألمانيّة أو على أيّ من شعوب العرق الأبيض. أمّا بالنسبة لشعوب العرق الأصفر فهم يجرؤون! إنّهم يحتقرون العرق الأصفر!».

قال هنري:

ـ مدينة بأكملها زالت من الوجود. لا بدَّ أنّ الأمر يسبّب لهم إرباكًا على أيّ حال!

قال دوبروي:

ـ أعتقد أنّ هناك سببًا آخر. إنّهم مسرورن كل السرور ليبرهنوا للعالم مدى قدراتهم. فبهذه الطريقة يستطيعون أن يمارسوا

سيطرتهم دون أن يجرؤ أحد على معارضتهم.

قالت آن:

ـ وهل قتلوا مئة ألف شخص لهذه الغاية؟

أمعنوا في ذهولهم، أمامهم فناجين القهوة بالقشدة، وأعينهم محدّقة في الكلمات المرعبة، وراحوا يكرّرون على مسامع بعضهم بعضًا الجمل غير المجدية نفسها.

قالت آن:

ـ يا إلهي! ماذا لو نجح الألمان في صناعة هذه القنبلة! لقد نجونا بأعجوبة!

قال دوبروي:

ـ لكن لا يروق لي أيضًا أنّ الأميركيّين يمتلكون هذا النوع من القنابل المدمّرة!

قالت آن:

ـ قيل في الجريدة إنّ بإمكانهم تفجير الأرض كلّها.

قال هنري:

ـ شرح لي لارغيه أنّ الطاقة الذريّة إذا تحرّرت بفعل حادث مؤسف، لا تفجّر الأرض فحسب بل تلتهم غلافها الجوّي أيضًا وتصبح الأرض أشبه بقمر.

قالت آن:

ـ ما تقوله ليس مطمئنًا أكثر.

لا ليس هذا مطمئنًا على الإطلاق. عاودوا ركوب درّاجاتهم على طريق مشمسة وعندئذٍ فرغت الأغنية المكرورة المرعبة من كل فحواها. مدينة من أربعمائة ألف نسمة زالت من الوجود وتشوّهت

طبيعتها. ولم تلق هذه الكارثة صدىً في أرجاء العالم. كان نهارًا كغيره من النهارات: السماء زرقاء، والأوراق خضراء، والأرض العطشى صفراء. وكانت الساعات تمضي الواحدة تلو الأخرى من برد الفجر إلى حرّ الظهيرة. والأرض تدور دورتها العاديّة حول الشمس، غير آبهة بحمولتها من المسافرين على غير هدى. كيف بالإمكان تحت هذه السماء الهادئة كالأبديّة، أن نصدّق أنّ لنا القدرة اليوم على تحويل الأرض إلى قمر قديم؟ لا شكّ أنّه لدى التجوال في الطبيعة لبضعة أيّام، يطالعنا جنونها القليل. ثمّة جنون في الانتفاخ النزق للغيوم، في الثورات والمعارك الجامدة للجبال، في غوغاء الحشرات والتكاثر المحموم للنبات. لكنّه جنون عذب وأحاديّ النمط. ما أغرب أن تفكّر أنّ الجنون بتملّكه عقل الإنسان يصبح هذيانًا إجراميًّا.

جلسوا على ضفّة أحد الأنهر. أخرج دوبروي أوراقه من جعبته. عندئذ قال له هنري:

ــ لا تزال لديك الشجاعة للكتابة!

قالت آن:

ــ إنّه وحش بشريّ وقادر على الكتابة في كل وقت حتى وهو بين أنقاض هيروشيما.

قال دوبروي:

ــ ولمَ لا، هناك دومًا أنقاض في مكان ما!

أمسك قلمه وبقي لوقت طويل محدّقًا في الفراغ. لا شكّ أنّ الكتابة وسط هذه الأنقاض المتراكمة حديثًا لا تبدو بهذه السهولة. وبدل أن ينحني فوق أوراقه، قال برعونة: «آه ليتنا نستطيع أن

نكون شيوعيّين دون أن يذيقونا مرارة الشيوعيّة ويجعلوا منها كابوسًا مرعبًا».

قالت آن:

ـ من هم؟

ـ الشيوعيّون أنفسهم. هل تنبّهتم للأمر: هذه القنبلة وسيلة ضغط لا مثيل لها. لا أعتقد أنّ اليانكي سيلقون غدًا قنبلة على موسكو. ولكنّهم في النهاية يلوّحون بهذه الإمكانيّة ويذكّرون بها. لن يكون هناك حدود لتماديهم! هذه هي اللحظة المناسبة لكي نتكاتف، وبدلاً من ذلك نكرّر مساوئ ما قبل الحرب كلها!

قال هنري:

ـ قلت «نكرّر». لكنّنا لسنا نحن البادئين.

قال دوبروي:

ـ نعم، نحن واعون لما نفعل. صحيح، وماذا بعد؟ هذا لا يفيدنا بشيء! إذا حصل الانقسام في صفوف اليسار فسنكون مسؤولين عنه بقدر الشيوعيّين لا بل وأكثر، لأنّنا الطرف الأضعف.

قال هنري:

ـ لا أفهم قصدك؟

ـ الشيوعيّون مقيتون، موافق. لكن فيما يخصّنا، لسنا أفضل منهم. وابتداءً من اللحظة التي يكشفون فيها عن عداوتهم لنا سنتحوّل إلى أعداء. من العبث القول إنّهم على خطأ. سواء كنّا على صواب أو كانوا هم على خطأ، سنكون أعداء الحزب البروليتاري الوحيد الكبير في فرنسا. وهذا بالتأكيد ما لا نريده.

ـ لكن هل هذا يعني أنّه يجب الخضوع لابتزازاتهم؟

قال دوبروي:

ـ ليس من الحكمة في شيء أن نفضّل الخسارة على عدم الاستسلام. سواء كان الأمر ابتزازًا أم لا، يجب ألاّ نتسبّب في شرذمة وحدة اليسار.

ـ الوحدة الحقيقيّة التي يقدرون على تصوّرها فعلاً هي حلّ الـ *S.R.L* وانضمام جميع أعضائه إلى الحزب الشيوعي.

ـ الأرجح أن نصل إلى هنا.

قال هنري متفاجئًا:

ـ هل بإمكانك الانتساب إلى الحزب الشيوعي؟ ثمة أشياء كثيرة تفصلك عن الشيوعيّين!

قال دوبروي:

ـ آه! أستطيع تدبّر الأمر! حين تُطرح المسألة على بساط البحث، أعرف كيف ألزم الصمّت.

أمسك أوراقه، وأخذ يخطّ كلمات. نثر هنري على العشب الكتب التي أخرجها من جعبته. مذ أقلع عن الكتابة، قرأ كومة من الكتب التي عرّفته على بلدان العالم. هذه الأيّام، كان منصرفًا إلى اكتشاف الهند والصين. لم يكن هذا مفرحًا. كل شيء يغدو سخيفًا حين نفكّر بمئات الآلاف من الجائعين. ربّما كانت التحفّظات على الحزب الشيوعي سخيفة هي أيضًا. كان يأخذ على الحزب، أكثر من أيّ شيء آخر، تعامله مع الناس وكأنّهم أشياء. إذا لم نترك للناس حرّيّة الخيار والحكم على الأشياء بملء إرادتهم، لا يستحقّ الأمر والحالة هذه عناء الاهتمام بهم، أو يكون اهتمامنا بهم باطلاً. لكنّ هذا المأخذ لا معنى له إلاّ في فرنسا وأوروبّا حيث بلغ الناس مستوى

معيّنًا من الوعي ولديهم حدّ أدنى من الاستقلاليّة وبعد النظر. أمّا حين يتعلّق الأمر بالجماهير التي يخبّلها البؤس وتنقاد وراء الشعوذات فما معنى أن نتعامل معها كبشر؟ يجب أن نوفّر لهم مأكلاً، هذا كلّ شيء. الهيمنة الأميركيّة تعني تجويع الناس واضطهاد كل بلدان الشرق بشكل مؤبّد. وخشبة الخلاص الوحيدة هي الاتّحاد السوفييتي. إنّ الفرصة الوحيدة المتاحة أمام البشريّة لكيما تتخلّص من الحاجة والاستعباد والبلاهة هي الاتّحاد السوفييتي. إذًا يجب القيام بكل ما يلزم لدعمه. عندما يتحوّل الملايين من البشر مجرّد بهائم هائمة تفتّش عن حاجاتها، تغدو النزعة الإنسانيّة عديمة الشأن، والفرديّة موقفًا دنيئًا. كيف نتجرّأ على المطالبة لأنفسنا بهذه الحقوق الفوقيّة، كأن تكون لنا الحرِّيّة في الحكم على الأشياء واتّخاذ القرار والتعبير عن الرأي؟ قطف هنري عشبة ومضغها ببطء. ما دام الإنسان، في جميع الأحوال، لن يستطيع العيش على هواه فلم لا يذعن للأمر، ويرتمي في أحضان حزب جماهيري على مستوى العالم كله، ويضمّ صوته إلى أصوات الجماعة التي لا حدود لها...؟ ألا يمنح ذلك السلام والقوّة؟ تفتح فمك فتتكلّم باسم البشريّة جمعاء ويصبح المستقبل إنجازك الشخصي. هذه الغاية تستحقّ أن نضحّي بأشياء كثيرة في سبيل بلوغها. انتزع هنري عشبة أخرى وفكّر: «هذا لن يمنع أنّ التضحية لن تكون سهلة عليَّ يومًا بيوم. من المستحيل أن تفكّر بما لا تفكّر به، أن تريد ما لا تريده! لكي تكون مناضلاً صالحًا، عليك أن تملك الإيمان الساذج، وأنا لا أملكه. ثم إنّ المسألة لا تُطرح على هذا النحو». فكّر بذلك منزعجًا. لا شكّ أنّه مثالي: «ما جدوى

انتسابي؟ هذه هي المسألة الوحيدة الواقعيّة. لا شكّ أنّ انتسابي لــن يجلب حبّة أرزّ واحدة إلى هندوسي واحد».

لم يعد دوبروي يسائل نفسه. هو، كان يكتب، يثابر على الكتابة كل يوم. وفي هذا الميدان، لا شيء يقف في وجهه. ذات يوم، بعد الظهر، وفيما كانوا يتناولون الغداء في قرية عند سفح الإيغــوال، هبّت عاصفة هوجاء فانقلبت الدرّاجات وحملت الريح بعيدًا جعبتين وسقطت مخطوطة دوبروي في مستنقع من الوحول. عندما انتشلها من جديد، تحوّلت الكلمات إلى خطوط سوداء فوق الأوراق المشبعة بمياه صفراء. جفّف دوبروي أوراقه بهدوء. وأعاد كتابة المقــاطع الأكثر تضرّرًا. من يَرَه يتولّد لديه الانطباع أنّه لم يتأثّر بما حــدث وأنّه مستعدّ لإعادة كتابة المخطوطة من أوّلها إلى آخرها بالهــدوء نفسه. لا شكّ أنّه كان محقًّا في معاندته ولديه أسبابه. أحيانًا، كــان هنري ينظر إلى يده وهي تنساب فوق الأوراق فيــشعر بــالحنين يعاوده في معصمه بالذات.

ــ هل بالإمكان قراءة بعض الصفحات في مخطوطتــك؟ أيــن وصلت بالضبط؟

هكذا سأله هنري في ذلك اليوم بعد الظهر حين كانوا جالــسين في أحد المقاهي في فالنس بانتظار أن تنجلي شدّة الحرارة.

قال دوبروي:

ــ أكتب فصلاً عن ماهية الثقافة، ماذا يعني تحديدًا هذا المفهوم الذي يدفع الإنسان إلى الكلام عن نفسه دون كلل. لماذا يصرّ بعض الناس أن يتكلّموا باسم الآخرين؟ من هو المثقّف؟ ألا يجعلــه هــذا القرار مختلفًا عن الآخرين؟ إلى أيّ حدّ تستطيع البشريّة التعــرّف

إلى نفسها في هذه الصورة التي تقدّمها عن نفسها؟

قال هنري:

ـ وماذا استخلصت؟ هل للأدب معنى؟

ـ بالطبع.

قال هنري وهو يضحك:

ـ نكتب لكي نثبت أنّنا على حقّ إذ نمتهن الكتابة. هذا رائع!

نظر إليه دوبروي بفضول:

ـ يومًا ما ستعود أنت أيضًا إلى الكتابة، أليس كذلك؟

قال هنري:

ـ ليس في هذا اليوم بالتأكيد!

ـ اليوم أو غدًا، ما الفرق؟

ـ ولن يحدث هذا غدًا أيضًا.

قال دوبروي:

ـ لكن لماذا؟

ـ نكتب بحثًا، هذا مفهوم! لكنّي أعترف أنّ كتابة رواية في هذه الظروف شيء محبط!

ـ ليس صحيحًا! لم أفهم قطّ لماذا تخلّيت عن روايتك.

قال هنري مبتسمًا:

ـ بسببك!

ـ كيف! بسببي؟ ثم التفت إلى آن مستهجنًا ما قاله: «هل سمعته؟».

ـ دعوتني إلى الانصراف إلى الحقل السياسي، والسياسة جعلتني أشمئزّ من الأدب.

أشار هنري إلى الفتى الذي يقف أمام صندوق المحاسبة وكان يبدو نصف غافٍ: «من فضلك كأس جعة كبير آخر. وأنتما، ألا تريدان؟».

قالت آن:

ـ لا، أكاد أختنق من الحرّ.

أشار دوبروي برأسه إيجابًا، ثم أردف:

ـ اشرح وجهة نظرك.

قال هنري:

ـ ما شأن الناس بما أفكّر به أو أحسّه؟ مشاغلي الصغيرة لا تهمّ أحدًا. والتاريخ العامّ لا يصحّ موضوعًا لرواية.

قال دوبروي:

ـ لكنّ لدينا جميعًا مشاغلنا الصغيرة التي لا تهمّ أحدًا. لذا نجد أنفسنا في قصص الجار التي لو عرف كيف يسردها لأثار اهتمامنا جميعًا.

قال هنري:

ـ هذا ما فكّرت فيه عندما بدأت روايتي.

احتسى جرعة من البيرة. لا رغبة لديه في الاستفاضة والتحليل بشأن موقفه. نظر إلى العجوزين اللذين كانا يلعبان النرديّة[١] عند آخر المقعد الأحمر. أيّ سلام يسود في هذا المقهى. تلك خدعة أخرى! بذل هنري جهدًا ليتابع حديثه: «المزعج في الأمر هو أنّ الجانب الشخصي في تجربة ما خطأ وسراب. ما إن ندرك هذا حتّى نفقد الرغبة في سرده».

---

(١) لعبة النرد، أي الطاولة.

قال دوبروي:

ـ لا أفهم ماذا تقصد.

تردّد هنري ثم قال: «افرض أنّك ترى أنوارًا في الليل على ضفّة الماء. إنّه منظر جميل. لكنّك عندما تعرف أنّ هذه الأنوار تضيء ضواحي يموت فيها الناس جوعًا، تشعر أنّها فقدت كل شاعريّتها وأنّ كل ما رأيته سراب. تقول لي إنّك تستطيع الكلام عن شيء آخر، عن هؤلاء الناس الذين يموتون جوعًا، على سبيل المثال. أفضّل التحدّث عنهم عبر مقالة أو في اجتماع».

قال دوبروي بحيويّة:

ـ لن أقول لك ذلك إطلاقًا. هذه الأنوار تضيء من أجل الجميع. بطبيعة الحال، يجب أن يشبع الناس جوعهم أوّلاً. لكنّ إشباع الجوع لن يفيد شيئًا إذا انتفت كل الأشياء البسيطة التي تصنع لذّة الحياة. لماذا نسافر؟ لأنّنا نعتبر أنّ المناظر التي نشاهدها ليست سرابًا.

قال هنري:

ـ ربّما كان هذا سيستعيد معناه يومًا. لكن في الوقت الراهن، هناك أشياء كثيرة أهمّ!

قال دوبروي:

ـ لكنّ لهذه الأشياء البسيطة معناها اليوم أيضًا. ولها وزن في حياتنا، فلم لا يكون لها وزن في ما نكتبه؟ ثم أضاف وقد اعتراه غيظ مفاجئ: «يصوّرون لنا اليسار محكومًا بأدب ترويجي حيث يجب على كل كلمة أن تعلّم القارئ أمثولة!».

قال هنري:

ـ لا أجد نفسي متعاطفًا مع هذه النظرة إلى الأدب.

ـ أعرف، لكنّك لا تجرّب شيئًا آخر. ثمّة أمور أخرى تستحقّ الاهتمام مع ذلك. رمق دوبروي هنري بنظرات لجوجة: «بالطبع، إذا تحدّثنا عن روعة هذه الأنوار الصغيرة لذاتها متجاهلين البؤس الذي تحجبه خلفها فهذه سفالة منّا. لكن جدْ طريقة أخرى للتحدّث عنها، مختلفة عن الأسلوب الذي يتّبعه جماليّو اليمين. اجعلِ الآخرين يستشعرون جمالها ولا يغمضون أعينهم عن البؤس الذي يلفّ الضواحي». ثم أضاف بحيويّة: «هذا ما يقترحه أدب اليسار، إبراز الأشياء من خلال وجهة نظر جديدة وإعادة إدراجها في مكانها الصحيح، لا نجعل العالم أقلّ غنى وجاذبيّة إذا كتبنا على هذا النحو. أمّا التجارب الشخصيّة، ما سمّيته سرابًا، فهي موجودة فعلاً».

قال هنري دون اقتناع:

ـ موجودة فعلاً.

ربَّما كان دوبروي على حقّ. ربَّما كانت هناك وسيلة لاستعادة كل شيء. ربّما كان الأدب لا يزال يحتفظ بقيمة ما. لكن في اللحظة الراهنة، بدا إدراك العالم بالنسبة لهنري أكثر إلحاحًا من إعادة خلقه عبر الكلمات. آثر أن يُخرج من جعبته كتابًا جاهزًا على أن يُخرج ورقًا أبيض.

تابع هنري منفعلاً:

ـ هل تعرف ماذا سيحصل؟ الكتب التي يؤلّفها أدباء اليمين ستكون في نهاية المطاف أكثر قيمة، وسيذهب الشباب إلى أمثال فولانج لينهلوا من مناهلهم.

قال هنري:

ـ لا! فولانج لن يستطيع أن يجتذب الشباب! الشباب لا يحبّون المهزومين.

قال دوبروي:

ـ لكنّنا نحن أيضًا نجازف بأن نظهر بمظهر المهزومين. ثم نظر إلى هنري بإصرار: «يحزنني أن تمتنع عن الكتابة».

قال هنري:

ـ ربّما عدت إلى الكتابة مجدّدًا.

كان الطقس حارًّا للغاية، لا يشجّع على الحوار. لكنّه كان يدرك في سرّه أنّه لن يعود للكتابة قريبًا. الجانب الإيجابي من ذلك أنّه كان لديه الوقت أخيرًا ليزيد من ثقافته. ففي غضون أربعة أشهر، استطاع ردم ثغرات شتّى في ثقافته. وعندما سيعود إلى باريس بعد ثلاثة أيّام، سيضع خطّة مدروسة بعناية للمواضيع التي يريد الاطّلاع عليها، وربّما توصّل من الآن وحتى سنة أو سنتين لأن يكوّن لديه على الأقلّ نواة ثقافة سياسيّة «شريطة ألاّ تعود بول لتشغل وقته» هكذا فكّر صبيحة اليوم التالي وهو يسير على درّاجته متراخيًا عبر الغابة التي كان ظلّ أشجارها الشحيح يكاد لا يحجب وهج السماء المستعرة. تباطأ قليلاً وترك دوبروي وآن يسيران أمامه. كان وحيدًا حين دخل إلى طرف الغابة. دوائر الشمس ترتعش على العشب الأخضر. حينئذٍ أحسّ بانقباض في قلبه دون أن يعرف السبب. لم يكن هذا بسبب الكوخ المحترق الذي يشبه خرائب كثيرة تآكلها الإهمال والزمن على مهل. ربّما كان انقباضه بسبب الصمت المخيّم على المكان: ما من عصفور، ما من حشرة، لا يُسمع سوى أزيز الحصى المتطاير من تحت عجلات الدرّاجة،

أزيز باذخ وسط هذا المشهد الموحش. نـــزل آن ودوبـــروي عـــن درّاجتيهما وراحا يتأمّلان شيئًا ما. لحق بهما هنري ورأى صلبانًا، صلبانًا بيضاء دون أسماء ولا أزهار. لوفيركور[١]. هـــذه الكلمـــة بلون الذهب المحروق، لون المراعي الجرداء والرمـــاد، القاســـية والجافّة مثل البراح[٢] لكن المجتذبة خلفها رائحة النضارة الجبليّـــة. لم يكن لوفيركور اسمًا خرافيًّا. لوفيركور، هذه البلاد الجبليّة بزغبها الرطيب والأصهب، بغاباتها الشفّافة، حيث الشمس القاسية جعلـــت الصلبان ترتفع.

ابتعدوا صامتين. أصبحت الدرب وعرة ما حدا بهم إلى النزول عن الدرّاجات ودفعها إلى الأمام وهم سائرون على الأقدام. تسرّبت الحرارة عبر الظلّ الشاحب. أحسَّ هنري بالعرق الذي يسيل مـــن جبين آن ومن خدّي دوبروي النحاسيّين، يسيل أيضًا على وجهه. لا شكّ أنّه الهذر نفسه في القلوب كلّها. أمامهم مرجة خضراء يحلـــو فيها نصب خيمة. كان أحد الأمكنة البريئة السرّيّة التي يظنّ المرء أنّ شظايا الحرب والحقد لن تتوصّل أبدًا إلى بلوغها. هـــذا الأمـــر كان يصحّ فيما مضى، أمّا اليوم فبات يعرف أن لا مكان بمنأى عن الحرب. سبعة صلبان.

هتفت آن:

ـ هذه هي الطريق الجبليّة المتعرّجة.

---

(١) لوفيركور Le Vercors: كتل كلسيّة في سلسلة جبال الألب الفرنسيّة بين الدروم والإيزير. خلال ١٩٤٤، تصدّى فيها ٣٥٠٠ مقاتل فرنسيّ من المقاومة لمدّة شـــهرين لهجمـــات الألمـــان الـــذين استرسلوا فيما بعد في أعمال انتقاميّة مرعبة.

(٢) البراح: أراض بائرة في جنوب فرنسا، ينبت فيها ما يوافق ترابها.

كان هنري يهوى تلك اللحظات، إذ بعد طلعة مسدودة من كل الجهات تطالعه بقعة أرض مترامية الأطراف، فيحلّق بنظره فوق الحقول والأسيجة والطرقات والأكواخ ويرى النور يبلّل (الأردواز) أو يداعب القرميد الزهري. لمح بداية الحاجز الجبلي الذي يرتفع حتى السماء، ثم اكتشف النجد الفسيح الذي يصطلي عاريًا بنيران الشمس. وكما فوق كل النجود الأخرى في فرنسا، كانت هناك مزارع وأكواخ وقرى: لكن من دون قرميد أو أردواز أو سقف. لا شيء إلاّ جدران، جدران ذات ارتفاع لامتناه، ممزّقة بنزق، لا تؤوي إلاّ الفراغ.

قالت آن:

ـ عبثًا نعرف. عبثًا نظنّ أنّنا نعرف.

ظلّوا لهنيهة جامدين، ثم راحوا ينحدرون في الطريق المحصبة التي تجلدها سياط الشمس. منذ ثمانية أيّام وهم يتحدّثون عن هيروشيما، ويتداولون عنها بالأرقام، ويتبادلون عبارات تعبّر عن مدى الرعب الذي تولّد في النفوس، ولا شيء كان يتحرّك في داخلهم. وفجأة، نظرة واحدة كانت كافية: كان الرعب هنا أمامهم فانقبضت قلوبهم وتجمّدت الكلمات على شفاههم.

أوقف دوبروي درّاجته فجأة وقال: «ماذا هنالك»؟

عبر الضباب المرتعش فوق القرية، انطلقت أبواق النفير. توقّف هنري ولمح عند قدميه، على طول الطريق الرئيسيّة، شاحنات عسكريّة ومجنزرات وسيّارات وعربات نقل صغيرة.

قال هنري:

ـ يبدو أنّ هنالك احتفالاً. سمعت الناس يتحدّثون عن احتفال

سيجري في مكان ما لكنّي لم أعر الأمر انتباهًا.

قال دوبروي:

ـ إنّه احتفال عسكري! ماذا سنفعل؟

قالت آن:

ـ لا يمكننا صعود الطريق من جديد ولا التوقّف تحت أشعّة هذه الشمس.

قال دوبروي منزعجًا:

ـ حقًّا لا نستطيع.

تابعوا الانحدار. إلى يسار القرية المحروقة، كانت هناك روضة تنتشر فيها الصلبان البيضاء المزيّنة بباقات أزهار حمراء. مشى جنود سنغاليّون مشية عسكريّة على إيقاع موسيقى الجيش الحزينة، وكانت ملابسهم تلمع. ومن جديد طغى صوت الأبواق على صمت المقابر.

قال هنري:

ـ يبدو أنّها نهاية الاحتفال. لا يزال لدينا حظّ بالعبور.

قال دوبروي:

ـ لنعبر من جهة اليمين.

تدافع الجنود على الشاحنات وتبعثر الحشد. كانوا رجالاً ونساءً وأطفالاً وعجائز يرتدون اللباس الأسود جميعهم، ويصطلون بنار الشمس الحارقة حتى ليكادون يختنقون في ثياب الحداد الجميلة. من كل مكان أتوا، من جميع القرى والدساكر، في السيّارات والعربات وعلى متن الدرّاجات الهوائيّة والدرّاجات الناريّة وسيرًا على الأقدام. كانوا خمسة آلاف أو عشرة آلاف شخص يتزاحمون بحثًا

عن ظلٍّ تحت الأشجار اليابسة والجدران المحترقة. جلسوا القرفصاء في الحفر وتمدّدوا شبه مضطجعين بجانب السيّارات. ثم راحوا يخرجون من أكياسهم أرغفة الخبز وزجاجات النبيذ الأحمر. الآن وقد أُترع الموتى بالخطب الرنّانة وباقات الأزهار والموسيقى العسكريّة، بات بإمكان الأحياء أن يأكلوا ويشربوا.

قالت آن:

ـ أين بإمكاننا أن نأخذ قسطًا من الراحة؟

بعد المرحلة الصباحيّة القاسية، رغبوا في التمدّد في الفيء وشرب المياه الباردة. دفعوا بكآبة درّاجاتهم على طول الطريق التي تعجّ بالأرامل واليتامى. ما من نسمة هواء. خلّفت الشاحنات التي انحدرت من جديد باتّجاه الوادي سحابة عظيمة من الغبار وراءها. قالت آن: «أين نجد فيئًا نستظلّ به؟ أين؟».

قال دوبروي:

ـ هناك طاولات في الظلّ!»

أشار إلى صفّ من الطاولات الموضوعة بالقرب من كوخ خشبي. لكنّ المقاعد مليئة بالناس، والنساء يحملن قدورًا عملاقة من الهريسة ويوزّعنها مداورة بواسطة المغارف.

قالت آن:

ـ هل هذه وليمة أم مطعم؟

قال دوبروي:

ـ تعالوا نلقِ نظرة. يسرّني أن أتناول أيّ شيء غير البيض المسلوق.

كان مطعمًا. التصق الناس قليلاً ببعضهم ليفسحوا المجال

لجلوس زبائن جدد. جلس هنري قبالة دوبروي بالقرب من امرأة ترتدي ثياب حداد وأوشحةً ثقيلة وقد قرّح البكاء جفنيها. انهال شيء أبيض مثل روث البقر في صحنه ثم وضع رجل فوقه بطرف الشوكة قطعة من اللحم المضهّب. كانت سلال الخبز وقناني النبيذ تتداولها الأيدي. كانوا يأكلون بصمت ونهمهم المتصنّع ذكّر هنري بالجنازات الريفيّة التي شاهدها في طفولته. الفارق أنّ المئات من النساء الأرامل واليتامى والأهالي اللابسين ثوب الحداد كانوا يشتركون تحت الشمس في التعبير عن أحزانهم وتفوح منهم رائحة العرق. مرّر العجوز الجالس بالقرب من هنري قنّينة النبيذ الأحمر. قال وهو يشير إلى المرأة التي تقرّح جفناها من شدّة البكاء: «اسكب لها لتشرب، إنّها أرملة المشنوق في سان ديني».

سألت إحدى النساء الجالسات على الطاولة:

ـ هل زوجها هو الذي شنقوه من قدميه؟

ـ لا. زوجها هو ذلك الذي اقتلعوا له عينيه.

سكب هنري كأسًا من النبيذ للأرملة. لم يجرؤ على النظر إليها. وفجأة شعر هو أيضًا بالعرق ينساب من تحت قميصه الخفيف. التفت نحو العجوز وسأله: «هل المظلّيّون هم الذين أضرموا النار في فاسيو»[1]؟

ـ نعم. اقتحموها دون مشقّة وأكثريّة الضحايا سقطت في فاسيو. لهذا جُعلت للضحايا مقبرة جماعيّة.

قالت المرأة قبالته بفخر:

---

(١) فاسيو: Vassieux-en-Vercors: في مقاطعة الدروم في فرنسا. أحرق الألمان البلدة في تموز عام ١٩٤٤ وقُتل ٧٥ من ساكنيها.

ـ فيركور كلها تستحقّ أن يُدفن موتاها في مقبرة جماعيّة. ثم أضافت: «أنت عمّ رينيه الضخم، ذلك الذي عُثر عليه في المغارة مع الصبي فيغرييه، ألست؟..».

قال العجوز:

ـ نعم أنا عمّه.

حول الطاولة، انفكّت عقدة الألسنة. أخذ الجالسون يرتشفون، بصخب، النبيذ الأحمر ويستذكرون اللحظات المرعبة: في سان ـ روش احتبس الألمان الرجال والنساء في الكنيسة. وبعد أن أضرموا النار فيها، سمحوا للنساء بالخروج، ما عدا امرأتين لم تخرجا.

نهضت آن فجأة وقالت: «سأعود بعد قليل...».

قامت ببضع خطوات وانهارت بطولها بالقرب من حائط الكوخ. اندفع دوبروي نحوها وتبعه هنري. كانت مغمضة العينين، شاحبة وكان جبينها يرشح عرقًا. تمتمت: «شعرت بالغثيان» وتجشّأت في منديلها. بعد هنيهة، فتحت عينيها من جديد وقالت: «عارض ويمرّ. إنّه النبيذ الأحمر».

قال دوبروي:

ـ إنّه النبيذ والشمس والتعب. أخذ يساعدها على ابتكار ذرائع، لكنّه كان يعرف بالتأكيد أنّها صلبة مثل حصان الحراثة.

قال هنري:

ـ يجب أن تتمدّدي في الفيء وترتاحي. سنفتّش عن زاوية هانئة. هل بإمكانك أن تقودي الدرّاجة لخمس دقائق؟

ـ نعم، نعم، أنا بخير الآن. عذرًا.

تلجأ النساء إلى فقدان الوعي والبكاء والتقيّؤ، لكن هذه الذرائع لا تفيدهنّ بشيء. لا حيلة لدينا في مواجهة الموتى. امتطوا درّاجاتهم. كان الهواء حارقًا كما لو أنّ النار أُضرمت في القرية مرّة ثانية. تحت كل طاحونة وفي ظلّ كل شجرة توزّع الناس. رمى الرجال ستراتهم الرسميّة وشمّرت النساء عن أكمامهنّ وفككن صداريهنّ. سُمعت أغانٍ وضحكات وصرخات صغيرة مدغدغة. ماذا بإمكانهم أن يفعلوا سوى الشرب والضحك والدغدغة؟ ما داموا أحياء فعليهم أن يعيشوا.

ساروا لمسافة خمسة كيلومترات. ثم استظلّوا بفيء ضئيل لجذع شجرة شبه يابس. على التراب المحفوف بالأصلات اليابسة والحصى، بسطت آن واقي المطر واضطجعت على أحد جانبيها طاوية ساقيها. أخرج دوبروي من جعبته أوراقًا برائحة الطين. بدت وكأنّها مبلّلة بالدموع. جلس هنري قربهما وأسند رأسه إلى جذع الشجرة. لم يكن يستطع لا النوم ولا العمل. وفجأة، بدت له رغبته بلهاء في التثقّف. الأحزاب السياسيّة في فرنسا، اقتصاد الدون، نفط إيران، المشاكل الحاليّة للاتّحاد السوفييتي... كل هذا من الماضي. هذا العهد الجديد الذي بدأ لم يكن متوقّعًا في الكتب. ثم ما قيمة الثقافة السياسيّة مهما رسخت في ظلّ التهديد الذي يشكّله استخدام الطاقة الذرّيّة؟ حركة الـ *S.R.L* وجريدة *«L'Espoir»* والعمل، كل ذلك أشبه بمزاح مشؤوم! بإمكان الرجال ذوي الإدارة الطيّبة أن يمتنعوا عن العمل قدر ما يشاؤون. فالعلماء والتقنيّون المنكبّون على صناعة القنابل والقنابل المضادّة والقنابل الهيدروجينيّة هم من يمسكون المستقبل في أيديهم، المستقبل السعيد!

أغمض هنري عينيه: فاسيو منذ سنة واليوم هيروشيما: أحرزنا تقدّمًا لا يُستهان به خلال سنة! والحرب آتية لا محالة. وحين تنتهي الحرب المقبلة ستعقبها مرحلة ما بعد الحرب، وستكون أكثر إتقانًا من تلك التي نعيشها الآن. إلاّ إذا لم يعد هناك ما يسمّى بمرحلة ما بعد الحرب. إلاّ إذا تسلّى المهزوم بتفجير الكرة الأرضيّة. أمر محتمل جدًّا. لن تتناثر أجزاؤها شظايا، لنسلّم بذلك. ستستمرّ الكرة في الدوران على نفسها متجلّدة، مقفرة: هذا التصوّر لا يبعث على طمأنة النفوس. لم تزعج فكرة الموت هنري قطّ. لكن فجأة بدا له هذا الصمت القمريّ فظيعًا: لن يعود هناك بشر. في مواجهة هذه الأبديّة الصمّاء والخرساء، أيّ معنى لرصف الكلمات وإقامة المؤتمرات؟ ليس في الأفق المنظور شيء إلاّ انتظار الكارثة الكونيّة بصمت، أو الميتة الحقيرة لكل فرد. لا شيء مجديًا بعد.

فتح عينيه. الأرض لا تزال مشبعة بالحرارة، السماء تلمع، آن نائمة ودوبروي يكتب عن الحقّ في الكتابة. كانت هناك قرويّتان في ثياب الحداد تسرعان في العودة إلى القرية. حجب الغبار حذاءيهما وأيديهما محمّلة بباقات من الورد الأحمر. تابعهما هنري بنظراته. هل كانت نساء سان روش يحملن الأزهار ليضعنها على أضرحة أزواجهنّ؟ كان هذا محتملاً. لا بدّ أنّهنّ صرن أرامل جديرات بالاحترام. هل كنّا نشير إليهنّ بالأصابع؟ وداخل بيوتهنّ، كيف يتدبّرن أمورهنّ؟ هل نسين أزواجهنّ، هل نسين قليلاً أم تمامًا أم إطلاقًا؟ سنة مضت، وقت قصير وطويل في آن. الرفاق الذين ماتوا تمّ نسيانهم فعلاً، ومعهم هذا المستقبل الذي كانت تعد به أيّام

آب[١]. وهذا لحسن الحظّ. التشبّث بالماضي وخيم، لكنّ التنكّر لــه ليس مدعاة للفخر أيضًا. لذا، أوجدوا تسـوية: الاحتفــال بــذكرى الموتى، بالأمس دم واليوم نبيذ أحمر ممزوج سرًّا بالدموع المالحة. هذه الطقوس لها أن تهدّئ من روع بعض الناس. أمّــا للآخــرين فتبدو كريهة. لنفرض أنّ إحدى هاتيك النساء أحبّت زوجهــا حبًّــا جارفًا: ماذا تعني لها كل هذه الأبواق والخطابات؟ حدّق هنري في الجبال الصهباء. رأى تلك المرأة واقفة أمام خزانتها ترتّب مناديــل الحداد، والأبواق تصدح في الخارج، وهي تصرخ في الداخل: «لا أستطيع، لا أريد»، فيجيبها المحتفلون: «يجب أن تكــوني معنــا» ويضعون بين ذراعيها باقات الورد الأحمر ويتوسّلون إليها باســم القرية وباسم فرنسا وباسم الموتى أن تحضر. في الخارج، الحفلــة تبدأ وهي تخلع ملابس الحداد. وماذا بعد؟ التبس الأمر على هنري. فكَّر: «كفى، قرّرت ألاّ أعود إلى الكتابة». لكنّه لم يحــرّك ســاكنًا وظلّت نظراته جامدة. كان يريد قطعًا أن يقرّر مصير هذه المرأة.

عاد هنري إلى باريس قبل بول. استأجر غرفة قبالة الجريــدة. بما أنّ «*L'Espoir*» تسير على وتيرة بطيئة في هذا الصيف اللاهب أمضى ساعات أمام مكتبه منصرفًا إلى عمله: «كتابة مسرحيّة أمر ممتع!» ذلك اليوم الذي توهّج بنبيذه وأزهاره وحرّه ودمه تحوّل إلى مسرحيّة، باكورة مسرحيّاته. أجل، هناك دومًا أنقاض، وهناك دومًا أسباب لعدم الكتابة. لكنّها كلها تفقد أهمّيّتها ما إن تعاودك الرغبــة في الكتابة.

استجابت بول لرغبة هنري في تقاسم لياليــه بــين الاســتوديو

---

(١) أيام آب: أيام تحرير باريس خلال الحرب العالميّة الثانية، من ١٩ إلى ٢٥ آب ١٩٥٥.

الأحمر والفندق. لكنّه عندما بات ليلته خارج المنزل للمرّة الأولى، رأى في اليوم التالي هالات عميقة حول عينيها، فصمّم على ألاّ يعيد الكرّة من جديد. لا يهمّ. من وقت لآخر، كان يحتبس في غرفته فيشعر بأنّ هذه الوحدة تحرّره قليلاً. «لا يجوز أن نطلب الكثير ونلحّ في الحصول عليه»، يجب على المرء أن يكون متواضعًا وعندئذ يفوز ببعض المكافآت الصغيرة.

إلاّ أنّ وضع الجريدة ظلّ هشًّا. انشغل بال هنري جدِّيًّا عندما اكتشف ذات خميس أنّ صندوق المؤسّسة فارغ. هزئ لوك منه واتّهمه بأنّه، بالنسبة لشؤون المال، يتصرّف بذهنيّة الحانوتي الصغير. ربَّما كان هذا صحيحًا. في جميع الأحوال، كان واضحًا أنّ الشؤون الماليّة كانت من اختصاص لوك وقد أطلق له هنري يده في هذا الميدان. في الواقع، تدبّر لوك أمره لكي يدفع للموظّفين أجورهم يوم السبت. سأله هنري من أين جاء بالمال فقال له إنّه «سلفة مسبقة على عقد إعلاني». لم تتعرّض الجريدة إلى أزمة ماليّة جديدة ولم يرتفع إصدارها، لكنّها استطاعت الصمود بشكل عجيب. ولم تصبح الـ *S.R.L* حركة جماهيريّة مع أنّ نفوذها تعاظم في الأرياف. لكنّ المريح في الأمر أنّ الشيوعيّين كفّوا عن مهاجمتها وعاد الأمل بوحدة مستديمة ليستفيق من جديد. قرّرت اللجنة بالإجماع في تشرين الثاني أن تدعم توريز [1] في مواجهة ديغول. فكّر هنري وهو يتحدّث بلا رابط مع سامازيل الذي جاءه بمقال يعرض فيه للأزمة الناشئة: «عندما يشعر الإنسان أنّه متّفق

---

(١) توريز: Thorez (موريس توريز ١٩٠٠-١٩٦٤) سياسي فرنسي وقيادي شيوعي، أمين عام الحزب الشيوعي الفرنسي (١٩٣٠-١٩٦٤) من آثاره "ابن الشعب" (عام ١٩٣٧).

مع أصدقائه وحلفائه ونفسه، تسهل الحياة عليه فعلاً». كانت المطابع تهدر في الداخل وفي الخارج مساء خريفي جميل، وفي مكان ما كان فنسان يغنّي بصوت ناشز وفرح. وحتى سامازيل كانت لديه أحواله الحسنة في النهاية. وكان يُتوقّع نجاح كبير لكتابه عن رجال المقاومة الذي كانت «*Vigilance*» تنشر مقاطع منه. بدا سامازيل سعيدًا بسهولة هذا الانتصار المقبل وكانت مودّته شبه صادقة عندما سأله:

ــ أودّ أن أطرح عليك سؤالاً محرجًا. ابتسم ابتسامة عريضة ثم أضاف: «قال أحدهم إنّ الأسئلة ليست محرجة قطّ، الأجوبة فقط يمكن أن تكون كذلك. لست مضطرًّا لأن تجيبني. لكنّ هناك أمرًا ما يحيّرني: كيف بإمكان «*L'Espoir*» أن تستمرّ رغم هذا الإصدار المحدود جدًّا؟».

قال هنري ببشاشة:

ــ ليست لدينا أموال سرّيّة. السبب هو أنّنا ننشر الإعلانات أكثر من قبل بكثير. الإعلانات المتواضعة، مع بعض المداخيل، يمكن أن تشكّل مصدرًا مهمًّا لتمويل الصحيفة.

قال سامازيل:

ــ أعتقد أنّ لديّ فكرة واضحة عن مداخيل الجريدة من الإعلانات. حسنًا، انطلاقًا من حساباتي، كان يجب أن تبلغوا مرحلة العجز في الميزانيّة.

ــ أرهقنا كاهلنا بديون ضخمة.

ــ أعرف. لكنّي أعرف أيضًا أنّه منذ تموز الماضي لم تتراكم الديون. هذا ما يبدو لي أمرًا عجيبًا.

قال هنري بنبرة مستخفّة:

ــ لا بدَّ أنّ هناك خطأ في حساباتك.

ــ هذا أمر جائز.

لم يكن يبدو عليه أنّه مقتنع. عندما اختلى هنري بنفسه، كان منشغل البال إلى حدّ بعيد. كان عليه السعي للتزوّد بأرقام دقيقة. «أمر عجيب» هذه هي بالضبط العبارة التي تلفّظت بها شفتاه عندما قال له لوك، وهو يسحب من الصندوق الفارغ مالاً ليدفع للموظّفين: «سلفة مقدّمة على عقد إعلاني». لا بدَّ أنّه بدا مستخفًّا إذ اكتفى بهذا التفسير؛ عن أيّ عقد كان يتكلّم؟ وكم كانت السلفة؟ هل قال لوك الحقيقة؟ من جديد شعر هنري بالقلق. لم تتوفّر بين يدي سامازيل جميع المعطيات، لكنّه يتقن الحساب. بأيّ طريقة يتدبّر لوك أمره تحديدًا؟ من يعرف ما إذا كان يقوم باسمه الشخصي باستلاف القروض خلافًا للقانون؟ لا يمكن أن يسمح لوك لنفسه باتّباع أساليب غير شريفة للحصول على المال. رأى هنري لزامًا عليه أن يعرف من أين يأتي المال. عندما فرغت المكاتب من الموظّفين عند الساعة الثانية صباحًا، دخل هنري إلى قاعة التحرير. كان لوك منصرفًا إلى إجراء الحسابات.

قال هنري:

ــ إذا كان لديك القليل من الوقت، سنراجع معًا السجلاّت. أريد أن أطّلع على كيفيّة إدارة شؤون الصحيفة الماليّة.

ــ أنا منهمك في العمل!

قال هنري وهو يجلس على حافّة الطاولة:

ــ أستطيع الانتظار. سأنتظر.

كان لوك يرتدي قميصًا قصير الأكمام وبانت حمّالات بنطالــه. حدّق فيها هنري لوقت طويل، حمّالات صفراء. رفع لــوك رأســه وقال: «لماذا تريد أن تشغل بالك بقصص المال. ثق بي».

قال هنري:

ــ لماذا تطلب منّي أن أثق بك فيما يسهل عليك أن تكشف لــي عن السجلاّت؟

ــ لن تفهم شيئًا. المحاسبة عالم بحدّ ذاته.

ــ في المرّات السابقة شرحت لي وفهمــت. ليســت المحاســبة ضربًا من السحر.

ــ سنضيّع وقتًا بلا طائل.

ــ لن يكون وقتًا ضائعًا. يزعجني ألاّ أعرف كيف تتدبَّر أمرك. هيّا، أرني هذه السجلاّت. لماذا تمانع؟

حرّك لوك ساقيه تحت الطاولة. كانت هناك وسادة ضخمة مــن الجلد يسند إليها قدميه المريضتين. قال منزعجًا:

ــ لم أدوّن كل شيء في السجلاّت.

قال هنري بحيويّة:

ــ هذا ما يهمّني بالضبط. كل ما ليس مسجّلاً. ابتسم: «ما الذي تخفيه عنّي؟ هل استلفت مبالغ ما؟».

قال لوك بنبرة متذمّرة:

ــ حظّرت عليّ ذلك.

قال هنري بلهجة شبه ممازحة:

ــ ما الأمر إذًا؟ هل عقدت صفقة مع أحدهم؟

ــ وهل تريدني أن أجعل من الجريدة ذريعة لعقد الصفقات؟ هزّ

لوك رأسه: «يبدو أنّك لا تنام كفاية».

قال هنري:

ـ اسمع! لا أهوى الأحاجي. لا أريد أن تعتاش الجريدة بالتحايل. احتفظ بأسرارك لنفسك. لكن من جهتي سأتّصل غدًا بتراريو.

قال لوك:

ـ هذا يسمّى ابتزازًا.

ـ لا، هذا يسمّى حذرًا. تراريو، أعرف ما لون ماله. أمّا هذا المال الذي دخل فجأة إلى الصندوق السبت الماضي فلا أعرف من أين أتى.

تردّد لوك ثم قال:

ـ كان... إسهامًا من أحد المتطوّعين.

تفرَّس هنري في لوك متوجّسًا: زوجة بشعة، ثلاثة أولاد، كرش، حمّالات بنطلون، داء النقرس، وجه ممتلئ جامد... تبدو هذه الصورة جامدة متكلّسة. لكن ريح جنون عابرة عصفت عام ١٩٤١ واستطاعت اختراق كتلة اللّحم هذه. وبفضل هذا، ولدت «*L'Espoir*». فهل هبّت هذه النسمة الجنونيّة من جديد؟

ـ هل سلبت المال من أحدهم؟

قال لوك متنهّدًا:

ـ لا أقدر على ذلك. لا، الأمر يتعلّق بهبة، هبة بسيطة.

ـ لا نهب مبالغ بهذا الحجم. من منح مثل هذه الهبة يا ترى؟

ـ وعدت بكتمان السرّ.

ـ ابتسم هنري.

ـ من؟ هيّا قل لي. لا تكذب عليَّ. من الواهب الكريم. هذا غير معقول!

ـ أقسم لك إنّه موجود.

ـ أيكون لامبير على سبيل الصدفة؟

ـ لامبير لا يهتمّ لأمر الجريدة. يأتي ليراك، وإلاّ لما وطئت قدماه هذا المكان. لامبير!

قال هنري نافد الصبر:

ـ من إذاً؟ هيّا تكلّم أو اتّصل...

قال لوك بصوت تعتريه بحّة:

ـ أتعدني بأنّك لن تبوح لأحد بالسرّ؟

ـ أقسمٍ لك بالفم الملآن.

ـ حسناً، إنّه فنسان.

نظر هنري منذهلاً إلى لوك الذي كان ينظر إلى قدميه:

ـ هل أنت متأكّد أنّك لست مجنوناً؟ ألا ترتاب بالطريقة التي يجني فيها فنسان ماله؟ كم عمرك.

قال لوك متبرّمًا:

ـ أربعون عامًا. أعرف أنّ فنسان نهب الذهب لدى أطبّاء أسنان كانوا متعاونين مع النازيّين. لا أرى في ذلك سوءًا. إذا كنت خائفاً من أن تُتّهم بالتواطؤ. اطمئنّ لقد أخذت احتياطاتي.

ـ وفنسان؟ هل أخذ احتياطاته هو أيضًا؟ سيقضي نحبه يومًا بسبب هذه الممارسات البلهاء، ألا تدرك هذا؟ هل أنت أبله أم ماذا؟ هل ستشعر بالفخر إذا قُبض على هذا المجنون؟

ـ لم أطلب منه شيئًا. لو امتنعت عن أخذ ماله لكان منحه لمستوصف للكلاب.

ـ لكن، ألا تفهم أنّك بقبولك المال منه تشجّعه على المضي قدمًا في ما يفعله. كم من المرّات استطاع تعويمنا؟

ـ ثلاث مرّات؟

ـ وهل كنت عاقدًا العزم على أن يستمرّ هذا؟ أنت أكثر جنونًا منه؟

نهض هنري ومشى باتّجاه النافذة. خلال شهر أيّار، عندما علم أنّ فنسان أدخل نادين في قائمة عصابته، وبّخه شديد التوبيخ وأرسله إلى أفريقيا لمدّة شهر. أكّد له فنسان لدى عودته أنّه تاب عن أفعاله واهتدى. ثم هاكم ما فعله!!

قال هنري:

ـ عليّ أن أجد وسيلة لثنيه عن هذا السلوك!

قال لوك:

ـ وعدتني الاحتفاظ بالسرّ. أخذ منّي عهدًا ألاّ أُطلعك على الأمر، وخصوصًا أنت.

ـ واضح! عاد إلى الطاولة: «على أيّ حال، سواء قلت له أم لم أقل فسيّان عنده».

قال لوك متنهّدًا:

ـ هناك سند يجب دفعه من الآن وحتى عشرة أيّام. لن نستطيع دفعه.

قال هنري:

ـ سأكلّم ترازيو غدًا.

ـ فقط لو كان بإمكاننا أن نصمد شهرًا بعد. نحن على وشك العوم تقريبًا.

ـ تقريبًا: هذا غير كاف. ثم ماذا تجدي المعاندة؟ الإصدار لا يرتفع ونجازف بأن يغيّر تراريو رأيه على المدى البعيد. وضع هنري يده على كتف لوك: «ما دمنا سنكون أحرارًا كالسابق فما المانع من طلب الدعم من تراريو؟».

ـ لن يكون الأمر مماثلاً للسابق.

ـ بل سيكون بالضبط مماثلاً للسابق مع فارق أنّه لن تكون لدينا مصاعب ماليّة.

قال لوك متنهّدًا:

ـ لكن هذا كان الممتع في الحكاية.

كان هنري يشعر بالارتياح لدى تفكيره أنّ مشكلة التمويل ستحلّ نهائيًّا. بعد يومين، دخل إلى مكتب تراريو بقلب صافي السريرة. كان مكتبه مليئًا بالكتب ويدلّ على أنّ صاحبه مثقّف أكثر منه رجل أعمال، لكن تراريو نفسه كان نحيلاً، أنيقًا شبه أصلع وتبدو عليه هيئة صناعي ثريّ.

قال تراريو وهو يصافح هنري بحرارة:

ـ طيلة فترة الاحتلال عملنا سويّة جنبًا إلى جنب، ولم تسنح الفرصة لكي نلتقي. تعرف فردلان أليس كذلك؟

ـ بالطبع هل عملت ضمن شبكته؟

قال تراريو بنبرة مشؤومة قليلاً:

ـ نعم، كان رجلاً مميّزًا. ثم ارتسمت على وجهه ابتسامة فخر طفوليّة: «وبفضله التقيت سامازيل». أشار إلى هنري بالجلوس فاستجاب لطلبه. ثم أردف: «في ذلك الوقت كان للقيم الإنسانيّة وزنها وليس للمال».

قال هنري لكي لا يظلّ صامتًا:

ـ إنّه زمن ولّى.

قال تراريو بنبرة مشوّقة.

ـ يعزّينا في النهاية أن تكون لدينا إمكانيّة استخدام المال للدفاع عن بعض القيم.

قال هنري:

ـ هل أطلعك دوبروي على الأمر؟

ـ نعم، بشكل عام.

كان في نظرة تراريو سؤال ملحّ: يعرف الوقائع بكافّة الوجوه لكنّه يريد أن يحظى بالوقت الكامل ليستقرئ أفكار هنري. وكان هنري يمثّل دوره على أكمل وجه. أخذ هنري يتكلّم من دون قناعة. من جهة، كان يراقب تراريو الذي أصغى إليه بمودّة متعجرفة. كان واثقًا من امتيازاته، راضيًا لأنّه تخلّى عنها شفهيًّا، ويشعر بتفوّقه في الوقت نفسه على هؤلاء الذين لا يملكون شيئًا، كما على هؤلاء الذين لم يتقبّلوا في قرارة أنفسهم التخلّي عن ممتلكاتهم. لم يتخيّله هنري على هذا النحو من خلال الأوصاف التي وصفه بها دوبروي. ليس هناك أيّ أثر للضعف أو القلق في وجهه، ولا أيّ أثر للسخاء أيضًا. وإذا كان يساريًّا فهذا فقط على سبيل الانتهازيّة، ليس أكثر.

قال فجأة:

ـ على هذه النقطة بالذات أعترض! تقول إنّ الانخفاض في نسبة الإصدار كان محتّمًا. حدّق في عيني هنري مباشرة وكأنّه يوشك أن يعلن واقعة خطيرة: «لا أؤمن بالحتميّة. هذا أحد الأسباب

التي تمنعني من تبنّي الجدليّة الماركسيّة. تجربتــي مختلفــة عــن تجربتك. إنّها تجربة رجل أعمال، رجل أفعال، وقد علّمتنــي أنّــه يمكن التغيير في مسار الأحداث إذا تدخّل عامل ملائم في الوقــت الملائم».

قال هنري بصوت يشوبه الجفاف:

ـ تقصد القول إنّه كان بإمكاننا أن نتجنّب هذا الانخفاض فــي الإصدار؟

أخذ تراريو وقته ثم قال: «في جميع الأحوال، أنا واثق من أنّــه لا يزال في إمكاننا اليوم رفع نسبة الإصدار». ثم أضاف بحركــة مليئة بالحيويّة: «المسألة بالنسبة لي لا علاقة لها بالمال. ونظرًا لما تمثّله «*L'Espoir*» يبدو لي مهمًّا أن تستردّ جمهورها الواسع».

تعرّف هنري بمتعة إلى مفردات سامازيل في خطاب تراريــو قال: «أتمنّى ذلك قدر ما تتمنّاه. النقص في التمويــل هــو ســبب تراجعنا: بوجود الرساميل، آخذ علــى عــاتقي إجــراء تحقيقــات ودراسات تجعلنا نحظى بجمهور واسع».

قال تراريو بلهجة باردة:

ـ التحقيقات والدراسات مهمّة. لكنّها ليست أساسيّة.

ـ وما هو الأساسي إذًا؟

ـ أريد أن أتكلّم معك بصراحة. أنت مشهور جدًّا ولديك شعبيّة كبيرة. لكن اسمح لي بأن أقول لك إنّ صديقك لوك شخص عــديم الشأن ومغمور، وصراحة، فالمقالات التي قرأتها له غير موفّقة.

قاطعه هنري بطريقة جافّة:

ـ لوك صحافي ممتاز، ودوره في الجريدة لا يقلّ شــأنًا عــن

دوري. إذا كنت تفكّر في إبعاده فانسَ الموضوع.

ــ ألا يمكننا أن نحمله على الانسحاب من خلال شرائنا حصّته بسعر مغرٍ وإعطائه مركزًا مرموقًا.

قال هنري:

ــ لا مجال للبحث! لن يقبل أبدًا ولن أطلب منه ذلك على أيّ حال «*L'Espoir*». هي أنا ولوك. إمّا أنّ تموّلنا أو لا. ليس هناك حلّ آخر.

قال تراريو بصوت لاه:

ــ بالطبع، إذا كنت ملتزمًا بأحد الشركاء في مشروع ما يبدو لك التخلّي عنه مسألة صعبة أكثر ممّا هي عليه بالنسبة لمراقب من الخارج.

ــ لا أفهمك.

قال تراريو:

ــ ليس هناك من قانون يحدّد أن تكون اللجنة المديرة لجريدة مؤلّفة من شخصين. ثم ابتسم: «ونظرًا للصداقة التي تجمعكما، أنا متأكّد أنّك تجد صعوبة في ضمّ سامازيل إليكم».

لاذ هنري بالصمت. هذا هو إذًا السبب الكامن وراء اهتمام سامازيل بمصير الجريدة!

قال هنري أخيرًا وببرودة: «لا أرى ضرورة لذلك. سامازيل يستطيع أن ينشر مقالاته لدينا ساعة يشاء. وهذا كافٍ».

قال تراريو بلهجة متعالية:

ــ ليس هو الذي يتمنّى هذه المشاركة. أنا الذي أتمنّاها. ثم صار صوته متصلّبًا: «أعتقد أنّه يجب أن يكون إلى جانب اسمك اسم

شعبي أيضًا. نجم سامازيل يصعد بسرعة البرق. وسيتردّد اسمه على ألسنة الناس في المستقبل القريب: هنري بيرون وجان بيار سامازيل، المصلحة المشتركة تقتضي ذلك. ومن ثم، يجب أن تبثّ في جريدتك ديناميّة جديدة. سامازيل قوّة من قوى الطبيعة. هاك ما أقترحه عليك. أُسدّد ديونكم، أعيد شراء نصف الحصص في الجريدة بشروط نتباحث فيها لاحقًا، وتتقاسمون أنت ولوك وسامازيل نصف الحصص الباقية. أمّا القرارات فتُتّخذ بغالبيّة الأصوات».

قال هنري:

ـ لديّ الكثير من التقدير لسامازيل. لكنّي أنا أيضًا سأكلّمك بصراحة: سامازيل قويّ الشخصيّة بحيث يصعب عليَّ أن أشعر أنّني لا أزال في دياري، في جريدتي.

قال تراريو:

ـ هذا اعتراض شخصي جدًّا.

ـ ممكن. لكنّ الأمر يتعلّق بجريدة أنا أوجدتها.

ـ إنّها جريدة الـ *S.R.L*.

ـ هذا الأمر لا يلغي الآخر.

قال تراريو:

ـ تلك هي المسألة. أموّل جريدة الـ S.R.L وأريد أن أضمن لها أكبر قدر من الفرص. ثم أشار بحركة قاطعة: «هذه الجريدة إنجاز خارق. صدّقني أنا أقدّرها حقّ قدرها. لكننّا نواجه مصاعب جديدة والأمر يتعلّق بالنجاح على نطاق أوسع: إنّ جهود رجل واحد مهما عظمت ليست كافية».

قال هنري:

ـ أعود وأكرّر لك: لست وحدي، ولي شريك. أشعر أنّني قادر تمامًا وبمعونة لوك، على مواجهة هذا الوضع الجديد.

هزَّ تراريو رأسه:

ـ ثمّة شيء أفخر به وهو أنّني أستطيع أن أقدّر بدقّة إمكانيّات رجل ما. يجب تسوية الوضع وإعادته إلى نصابه، وأنت بحاجة إلى شخص قويّ مثل سامازيل لكي يساعدك.

ـ لا أوافقك الرأي.

فجأة قالها تراريو بلهجة تفتقر إلى التهذيب:

ـ لكن هذا هو رأيي، فلا أحد يستطيع تغييره.

ـ هل تقصد القول إنّه إذا رفضت اقتراحك، فإنّك لن توافق على تمويل الجريدة؟

قال تراريو وقد رقّت ملامحه:

ـ ليس لديك سبب وجيه لرفض هذا الحلّ الذي أقترحه عليك.

قال هنري:

ـ تعهّدت أن تساعدني دون قيد أو شرط. وبناءً على هذا التعهّد جعلت من الجريدة لسان حال حركة الـ *S.R.L*.

ـ كفى. لا أفرض عليك أيّة شروط. من البديهي أن تحافظ الجريدة على خطّها السياسي الذي تنتهجه. أطلب منك فقط أن تأخذ الإجراءات الضروريّة للنهوض بالجريدة، نهوضًا تتمنّاه قدر ما أتمنّاه.

نهض هنري وقال:

ـ سأبحث الموضوع مع سامازيل.

ـ سامازيل لن يقبل بالطبع الدخول إلى الجريدة رغمًا عن إرادتك. لأجل هذا، أفضّل أن يبقى الحوار بيننا، سواء أتى الرفض منك أو منه لا يهمّ. لن أموّل الجريدة إلاّ إذا شارك في إدارتها.

قال هنري:

ـ في جميع الأحوال، سأطلعه على المشاورات التي تمّت بيننا.

ثم أضاف وهو يحافظ على نبرة صوته الهادئة: «لقد وثقت بكلامك وكانت النتيجة أنّ الجريدة تعرّضت لأزمة ماليّة حادّة. أوصلتها إلى حافّة الإفلاس. وأنت تستغلّ ذلك لكي تقوم بهذا الابتزاز. إنّ رجلاً يلجأ إلى استخدام هذا الأسلوب من الابتزاز، أفضّل في جميع الأحوال الاستغناء عن خدماته».

قال تراريو وهو ينهض بدوره:

ـ ليس لك الحقّ بأن تتّهمني بالابتزاز. جميع القضايا التي أعالجها، أعالجها بنزاهة. هذه القضيّة كما القضايا الأخرى. لم أُخف أحدًا القول بأنّ بعض التعديلات تبدو لي ضروريّة من أجل إدارة أفضل للجريدة.

قال هنري:

ـ ليس هذا ما قاله دوبروي لي.

قال تراريو، وقد علت نبرته:

ـ لست مسؤولاً عمّا يقوله دوبروي لك. أعرف ماذا قلته أنا له. وإذا كان ثمة سوء تفاهم فهذا مؤسف حقًّا. لكنّي عبّرت عن رأيي بوضوح.

ـ هل أطلعته على الحلّ الذي اقترحته عليّ؟

ـ تمامًا. وتناقشنا فيه طويلاً.

كان في صوته صدق مقنع، حتى أنّ هنري بقي لبرهة صامتًا، ثم قال أخيرًا: «وفي جميع الأحوال لم يفهم أنّ هذا الشرط واجب لازم!».

قال تراريو بشيء من العدائيّة:

ـ أفترض أنّه فهم ما أراد فهمه بالذات. ثم قال بلهجة هادئة: «اسمع! لماذا لا يبدو لك اقتراحي مقبولاً؟ شعرت بالاغتياظ لأنّك توهّمت أنّك ضحيّة مناورة غير شريفة. يكفي أن نتقابل مع دوبروي لكي أقنعك بحسن نواياي. عندئذ، ستفهم حتمًا ما هي الفرصة التي يمثّلها عرضي لك. كن متأكّدًا، لن يجازف أحد بدعم الجريدة مع ديونها التي بلغت ستّة ملايين. يجب أن يكون هذا المجازف متفانيًا لحركة *S.R.L* مثلي لكي يوافق على هذا الأمر. وإذا وافق أحدهم فسيطرح عليكم شروطًا أقسى من الشروط التي أطرحها، وستتناول حتمًا الجوانب السياسيّة».

قال هنري:

ـ سأظلّ أفتّش عن دعم منزّه عن كل مصلحة ولن أيأس.

قال تراريو:

ـ لكنّك حظيت به. ثم ابتسم: «اعتبر هذه المقابلة، ببساطة، على أنّها اتصال أوّلي بك. وفيما يخصّني، المفاوضات تبقى مفتوحة، فكّر بالموضوع!».

ـ شكرًا على النصيحة.

أجاب متبرّمًا. لكنّه لم يكن حاقدًا على تراريو. آه يا لتفاؤل دوبروي! تفاؤله الذي لا شفاء منه! لا، ليست المسألة مسألة تفاؤل. دوبروي ليس ساذجًا إلى هذا الحدّ... وفجأة انكشفت له الحقيقة

جليّة: «لقد خدعني!» وانهار على المقعد في جادّة مارسو. في رأسه، في جسده، كانت الغوغاء من العنف بحيث شعر أنّه على حافّة الإغماء. «لقد كذب عليَّ عمدًا لأنّه كان يريد أن يحظى بـ «*L'Espoir*». وأنا انطلت الحيلة عليّ ووقعت في الفخّ!». جاء عند منتصف الليل يدقّ على الباب، ابتسم: هناك رساميل تدعمنا دون قيد أو شرط، تعال نقمْ بجولة، إنّها ليلة جميلة جدًا. نصب شباكه بخيوط ابتساماته. نهض هنري من جديد وانطلق بخطى مسرعة، لو أنّه مشى بسرعة أقلّ لترنّح ساقطًا في أرضه.

ماذا بإمكانه أن يجيب؟ لن يكون بإمكانه الإجابة. اجتاز باريس دون أن ينتبه لذلك، ووصل أمام بيت دوبروي. توقّف للحظة على سفرة الدرج ليهدّئ من خفقان قلبه. أحسَّ وكأنّ ذهنه توقّف عن العمل ولم يعد قادرًا على التفوّه بكلمة واحدة.

سأل هنري:

ـ هل بوسعي التحدّث إلى السيّد دوبروي؟

استغرب سماع صوته: بدا له صوتًا عاديًّا.

قالت إيفيت:

ـ ليس هنا. لا أحد هنا.

ـ متى يعود؟

ـ لا أعرف إطلاقًا.

سمحت له إيفيت بالدخول إلى المكتب. ربَّما لن يعود دوبروي قبل حلول الليل، وهنري مرتبط بعمله. لكن لا شيء بات له أهمِّيّة في نظره، لا الجريدة ولا الـ *S.R.L* ولا تراريو ولا لوك. فقط دوبروي. منذ ذلك الربيع الغابر عندما كان مغرمًا ببول، لم يسبق

له قطّ أن تشوّق للقاء أحد الأشخاص كما يتلهّف الآن للقاء دوبروي. جلس في الكنبة حيث يجلس عادة. لكنّه اليوم شعر بالغيظ من الأثاث والكتب: كلّها شريكة في التآمر عليه! كانت آن تقدّم الجامبون والسلطات على حمّالة المشروبات. وكانوا يتناولون العشاء بفرح الأصدقاء. يا للمهزلة السخيفة! كان لدى دوبروي حلفاء وأتباع ووسائل، ولكن ليس لديه صديق. كم كان يصغي جيّدًا! بأيّ عفويّة كان يتكلّم! وكان مصمّمًا لدى أوّل فرصة للتضحية بك ليبلغ غاياته! تودّده الحارّ وابتسامته ونظرته التي كانت تأسر الآخرين، إنّما هي فقط تعبير عن الاهتمام الملحّ الذي كان يوليه للعالم أجمع («كان يعرف كم كنت متعلّقًا بهذه الجريدة وقد سرقها منّي!»). ربّما كان هو الذي اقترح استبدال لوك بسامازيل. نصحه قائلاً: اذهب لرؤية تراريو. «إنّها مؤامرة، فخّ نُصب لي، وإذا أطبق الفخّ فكيف أخرج منه؟ بين سامازيل والإفلاس، يجب أن أفضّل سامازيل، وهنا سيتفاجأ فعلاً». كان هنري يفتّش عن كلمات شديدة اللهجة ليعلن القرار الذي اتّخذه في وجه دوبروي. لكن، لم يكن هناك شيء حيوي في غضبه. على العكس، أحسَّ نفسه مرهقًا، لا بل مرتعبًا ومُهانًا بشكل غامض كما لو أنّنا انتشلناه للتوّ، بعد ساعات من التخبّط في الرمال المتحرّكة. اصطفق باب المدخل وغرز أظافره في مسندي الكنبة. كان يتمنّى يائسًا أن يجعل دوبروي يتذوّق مرارة الفظاعة نفسها التي أذاقه إيّاها.

قال دوبروي وهو يمدّ يده لمصافحته:

ـــ هل تنتظرني منذ وقت طويل؟

ضغط هنري على يده بطريقة آليّة، اليد نفسها، الوجه نفسه اللذان رآهما البارحة. لا يمكننا أن نرى الحقيقة عبر الحجاب حتى حين نكون نعرفها من قبل.

تمتم:

ــ ليس من وقت طويل جدًّا. يجب أن أكلّمك على وجه السرعة.

قال دوبروي بصوت يحاكي اللطف بطريقة ممتازة:

ــ ما الذي لا يسير على ما يرام؟

ــ لا زلت خارجًا من عند ترازيو.

تغيّرت ملامح دوبروي، قال بصوت قلق:

ــ آه! هل الأمور على ما يرام؟ لم يعد بإمكانكم الصمود؟ وترازيو هل يصعّب عليكم الأمور؟

ــ أكيد! أكّدت لي أنّه أعلن عن استعداده لدعم الجريدة دون شروط، وهو يفرض عليّ أن أضمّ سامازيل إلى إدارة الجريدة. حدّق هنري بدوبروي: «يبدو أنّك على علم بذلك!».

قال دوبروي:

ــ اطّلعت على الأمر منذ تمّوز، وشرعت على الفور أبحث عن المال في مكان آخر. أظننت أنّ موفان سيوفّر المال اللازم. وعدني تقريبًا بذلك. رأيته للتوّ. كان عائدًا من السفر ولم يبدُ عليه قط أنّه حسم قراره. نظر دوبروي إلى هنري بقلق وقال: «هل يمكنكم الصمود لمدّة شهر آخر؟». هزّ هنري رأسه نفيًا وسأل بغضب: «هذا غير وارد. لماذا لم تطلعني على حقيقة الأمر؟».

ــ كنت أعتمد على موفان.

هزّ كتفيه: «ربّما كان عليَّ أن أحيطك علمًا بالأمر. لكنّك تعرف

أنّني لا أحبّ الاعتراف بالهزيمة. أنا الذي أوقعتك في هذه الورطة، وقد عاهدت نفسي على أن أخرجك منها».

ـ تتحدّث عن لقاء تمّوز، لكن تراريو أكّد لي أنّه لم يلتزم لحظة بتوفير الدعم غير المشروط لنا.

قال دوبروي بحيويّة:

ـ في نيسان كانت مسألة الخطّ السياسي للجريدة هي المطروحة دون غيرها، وقد وافق تراريو على خطّها بشكل تامّ.

ـ لكنّك أعطيتني ضمانات إضافيّة عن عدم تدخّل تراريو في أيّ شيء على الإطلاق.

قال دوبروي:

ـ آه! اسمع! بالنسبة للقاء نيسان، لا يجدر بك أن تلومني. نصحتك بأن تذهب فورًا للقاء تراريو، والتباحث شخصيًّا معه في الأمور.

ـ كلّمتني بثقة أوحت لي أنّ هذا التباحث معه لن يؤدّي إلى نتيجة إضافيّة.

قال دوبروي:

ـ قلت ما أفكّر فيه بالطريقة التي أفكّر فيها. قد أكون أخطأت: لا أحد معصوم عن الخطأ. لكنّي لم أرغمك على أن تأخذ كلامي على أنّه الصواب عينه.

قال هنري:

ـ ليس من عاداتك أن ترتكب أخطاء فادحة على هذا النحو!

وفجأة ابتسم دوبروي:

ـ ما الذي تقصد قوله؟ إنّني كذبت عليك؟ وعمدًا؟

تلفّظ بالكلمة التي أراد قولها هو نفسه، وكان يكفي أن يجيبه «نعم»، جواب سهل. لكن لا، مستحيل، ليس حيال هذه الابتسامة، ليس في هذا المكتب، ليس على هذا النحو. قال هنري بصوت يكظم غيظه: «أعتقد أنّك سعيت إلى تحقيق رغباتك واستعجلت تصديقها، ولكن على حسابي أنا شخصيًّا. تراريو أعلن استعداده لدعم الجريدة ماليًّا، لكن بأيّ شروط؟ لم يهمّك أن تعرف».

قال دوبروي:

ـ ربّما سعيت إلى الاهتمام قبل كل شيء بتحقيق رغباتي. لكنّي أقسم لك إنّه لو كان لديّ ارتياب للحظة واحدة في ما كان تراريو يسعى إليه لكنت استغنيت عنه وعن أمواله.

كان في صوته دفء مقنع، لكن هنري لم يشعر أنّه اقتنع.

قال دوبروي:

ـ سأتحدّث هذا المساء إلى تراريو. وإلى سامازيل أيضًا.

قال هنري:

ـ هذا لن يفيد شيئًا!

آه! انطلق الحوار بشكل سيّئ. العبور من الكلمات التي نقولها لأنفسنا إلى الكلمات التي نتلفّظها بصوت عالٍ، ليس سهلاً. «مؤامرة». بدا الأمر فجأة جسيمًا، بدا جنونيًّا. بالطبع، لم يقل دوبروي بينه وبين نفسه وهو يفرك يديه ابتهاجًا: «أدبّر مؤامرة». لو أنّ هنري تجرّأ وقال هذه الكلمة في وجهه لكان دوبروي واجهه بابتسامة عريضة.

قال دوبروي:

ـ تراريو عنيد، لكن بإمكاننا أن نستميل سامازيل.

هزَّ هنري رأسه:

ـ لن نكسبه إلى جانبنا. لا، ليس هناك إلاّ حلّ واحد: أَنسى الموضوع.

هزَّ دوبروي كتفيه متهكّمًا:

ـ تعرف جيّدًا أنّك لن تقدر.

قال هنري:

ـ هنا المفاجأة: سأقدر.

ـ وتضرب الـ *S.R.L* بعرض الحائط؟ هل تعي خطورة هذا القرار؟ كم سيغتبط أعداؤنا! الجريدة مفلسة، الـ *S.R.L* منحلّة! سيكون الأمر رائعًا!

قال هنري بمرارة:

ـ بإمكاني التخلّي عن الجريدة لمصلحة سامازيل وأقتني مزرعة في الأرديش. لن يؤثّر ذلك على الـ *S.R.L*.

نظر إليه دوبروي متبرّمًا: «أتفهّم غضبك وأقرّ بذنبي. أخطأت لأنّي وضعت، بهذه السهولة، ثقتي بترازيو. كان عليَّ أن أكلّمك في الأمر في شهر تمّوز، لكنّي سأقوم بكل ما في وسعي لكي أصلح الوضع». أصبح صوته متوسّلاً «أتوسّل إليك، لا تعاند. سنبحث معًا عن طريقة للخروج من الورطة».

تفرّس هنري فيه بصمت: بادر إلى الاعتراف بأخطائه، وكان ذلك براعة منه ووسيلة مثلى للتقليل من خطورتها. لكنّ دوبروي عرف كيف يخفي الخطأ الأفدح. اعترف بالذنب الذي اقترفه وهو أنّه بالغ في وضع ثقته بترازيو. كان دوبروي يحاول الإيحاء، مقابل التضحيات التي يفرضها عليك بحكم الصداقة والمودّة، بأنه

يمنحك صداقته هو أيضًا فيما لم يكن يعطي أيّ شيء على الإطلاق. كان أولى بهنري أن يقول له: «تضرب بي وبالجميع عرض الحائط. ووفاءً للحقيقة وحبًّا بالخير تضحّي بأيّ شخص كان. لكنّ الحقيقة هي ما تفكّر به، والخير هو ما تريده. تعتبر الكون كلّه أشبه بصنيعك، وليس هناك أيّة حدود بين المخلوقات الإنسانيّة وبينك، وعندما تسعى للظهور بمظهر الرجل الشهم والنبيل فهذا أيضًا لمجدك الشخصي». بالإمكان أن يقال له ألف شيء وشيء. لكن عندئذ سيكون عليك أن ترضى بأن يقفل هذا الباب خلفك لكي لا يفتح أبدًا. «هذا ما يجب أن أفعله». أيًّا يكن القرار الذي سيتّخذه بشأن الجريدة، عليه أن يقطع علاقته بدوبروي في الحال. نهض. نظر إلى حمّالة المشروبات والكتب وصورة آن، وشعر في الحال أنّ شجاعته تخونه. طيلة خمسة عشر عامًا كان هذا المكتب بالنسبة له محور العالم، وملاذاً. هنا بدت الحقيقة مؤكّدة، والسعادة مهمّة، والامتياز الكبير أن يكون الإنسان منسجمًا مع نفسه. لم يكن قادرًا على أن يتخيّل نفسه ذاهبًا للسير في الشوارع، وخلف ظهره هذا الباب المقفل إلى الأبد.

قال بصوت محايد:

ــ هذا غير مجد. نحن في وضع حرج. لست متصلّبًا في موقفي. لكن في ظلٍّ هذه الشروط لم أعد أحفل بأمر الجريدة. بالطبع يمكن تدبّر الأمر بشكل لا يؤدّي فيها رحيلي إلى تبعات سيّئة بالنسبة للجريدة أو للـ *S.R.L*.

قال دوبروي:

ــ اسمع. امنحني فرصة يومين. إذا لم أستطع أن أفعل شيئًا في

غضون يومين، عندئذٍ لك أن تقرّر بمعزل عنّي.

ــ لا بأس. لا فائدةَ من إطالة الوقت في اتّخاذ القرار المناسب.

عندما أصبح هنري في الشارع، أحسّ بدوار في رأسه. قام ببعض الخطوات باتّجاه مبنى الجريدة، لكنّه أدرك أنّ هذا المكان هو آخر مكان يتمنّى الذهاب إليه، لا سيّما بسبب اضطراره إلى مواجهة لوك، لوك الذي سينوح ويُعول أو الذي سيقترح غارة جديدة على أحد أطبّاء الأسنان. هذا الأمر يتجاوز حدود طاقته. وهناك بول وهذياناتها ولعناتها. لا مجال للبحث. ومع ذلك، كان بحاجة لأن يتكلّم مع أحد ما. شعر بأنّه مخدوع كما يشعر الخارج من إحدى الجلسات التي يكشف فيها مشعوذ محتال عن شعوذاته بطريقة مزيّفة. كان دوبروي يغشّ، أوشك أن يُضبط متلبّسًا بالجرم المشهود لكن لا، نجح في تضليل اللاعبين، والورقة المغشوشة لم تكن في يده ولا في جيبه. لأيّ حدٍّ كذب على نفسه وعلى الآخرين؟ هل المسافة بين الخبث والنيّة السيّئة قصيرة وأين تقع حدود الخيانة؟ الخيانة حصلت وهذا غنيّ عن الشكّ. لكن من المستحيل اكتشافها: «أفسحت المجال للآخرين مرّة أخرى أن يحيكوا المؤامرات ضدّي». ومن جديد، بدا له نور الحقيقة ساطعًا باهرًا: إنّها مؤامرة متعمّدة. دوبروي نسج كل الخيوط من وراء ظهره هازئًا به. توقّف هنري وسط الجسر وأسند يديه إلى الحاجز. هل كان يهذي؟ أو خلافًا لذلك، عندما يرتاب في مكيافيليّة دوبروي هل كان يمعن في البلاهة؟ في جميع الأحوال إذا ظلّ على تلك الحال من التردّد عاجزًا عن اتّخاذ قرار فإنّ رأسه سينفجر. يجب أن يعرض الأمر على أحد الأصدقاء في الحال. ورد اسم لامبير على

لسانه فورًا: «لو أخذت بنصائحه لما وصلت إلى هنا». لم يكن لامبير يحبّ دوبروي، لكنّه يدّعي الموضوعيّة، وكان الشخص الوحيد الذي يستطيع هنري أن يجري حوارًا رصيناً معه. أكمل عبور الجسر ثم دخل إلى حجرة الهاتف في أحد مقاهي Biard:

ــ آلو، بيرون يتكلّم. هل أستطيع الحضور لإلقاء التحيّة عليك؟

أجابه لامبير بصوته الدافئ مع قليل من الدهشة:

ــ بالطبع! لا بل إنّها فكرة ممتازة.

ثمّ أضاف:

ــ كيف الحال.

ــ بخير. سأوافيك في الحال.

كان الدفء المنبعث من صوت لامبير الذي بدا منشغل البال يهدّئ من روعه. وكانت عاطفة لامبير تتّسم بشيء من الرعونة ولكن، على الأقلّ، لم يكن هنري بالنسبة له بيدقًا على رقعة شطرنج يحرّكه كيفما يشاء. صعد الدرج بخطى سريعة: غريب هذا النهار كيف أمضاه وهو يصعد الأدراج وكأنّه يسعى إلى الانضمام إلى عضويّة الأكاديميّة.

قال لامبير فرحًا:

ــ مرحبًا، ادخل من هنا. اعذرني على هذه الفوضى. لم يتسنَّ لي الوقت لأعيد تنظيم الأمور قليلاً.

قال هنري:

ــ أحسنت صنيعًا، لديك مسكن جميل!

كانت الغرفة واسعة مضيئة والفوضى فيها منظّمة: بيك أبّ، مكتبة أسطوانات، كتب مجلّدة ومرتّبة وفقًا لاسم الكاتب. كان لامبير

يرتدي سترة سوداء رياضيّة قطنيّة ومنديلاً أصفر حريريًّا. شعر هنري بأنّه إلى حدّ ما غريب في هذا المكان.

سأل لامبير وهو يفتح خزانة في أسفل المكتبة:

ـ هل تريد مشروبًا أو ويسكي أو مياهًا معدنيّة أو عصير فواكه؟

ـ ويسكي ثقيلة.

ذهب لامبير لجلب الماء من غرفة الحمّام، فبدت بلونها الأخضر الشاحب. لمح هنري لباسًا ضخمًا من الإسفنج ومجموعة متكاملة من الفراشي وأصناف الصابون.

سأل لامبير:

ـ كيف صدف أنّك لست في الجريدة في مثل هذه الساعة؟

ـ هناك مشاكل في الجريدة.

ـ أيّ نوع من المشاكل؟

لم يكن صحيحًا أنّ لامبير لا يهتمّ بالجريدة. لكنْ كان هناك بين لوك وبينه نفور قويّ يبدو جليًّا حين يلتقيان معًا. استمع لامبير إلى قصّة هنري بانتباه وقد ظهرت على ملامح وجهه علامات الاستنكار.

قال لامبير:

ـ لا شكّ أنّها مؤامرة تحاك ضدّك! ثم فكّر: «ألا تعتقد أنّ دوبروي سيتدبّر أمره ليدخل إلى الجريدة إلى جانب سامازيل؟ أو أنّه سيسعى للحلول محلّه؟».

قال هنري:

ـ لا، لا أعتقد، فالصحافة لا تستهويه. وفي جميع الأحوال فهو

يشرف على الجريدة باسم الـ *S.R.L* لكنّ هذا لن يغيّر شيئًا في حقيقة أنّه نصب لي فخًّا مقيتًا». تفرّس في لامبير: «ماذا تفعل لو كنت مكاني؟».

ـ إذا شئت، أفعل كل ما بوسعي كي لا أرضخ لعمليّة الابتزاز التي تمارس ضدّي وأسعى لإزعاجهم بجميع الوسائل. لكن لم يكن يجدر بك، ولا بأيّ شكل، أن تتخلّى لهم عن الجريدة بهذه البساطة، لأنّ هذا مرادهم.

قال هنري:

ـ لا أريد إثارة فضيحة. سأتخلّى عن كل شيء بهدوء ورويّة.

ـ لكن هذا الاعتراف بالهزيمة مدعاة سرور لهم.

ـ أنت الذي تنصحني دومًا بالتخلّي عن السياسة. ها قد سنحت الفرصة لأخرج.

ـ لكنّ التخلّي عن الجريدة أمر مختلف ويتجاوز القضايا السياسيّة. أنت أنشأتها. إنّها مغامرتك. وأضاف بحرارة: «دافعْ عن نفسك. ليتني أملك أموالاً طائلة حقًّا! لديّ منها فوق حاجتي لكنّي لا أعرف ماذا أفعل بها».

ـ لن أستطيع إيجاد المال لدعم الجريدة في أيّ مكان. هم يعرفون ذلك.

ـ اقبلْ بسامازيل وتدبّر أمرك مع لوك لتحييده.

ـ وإذا تضامن سامازيل مع تراريو فسيشكّلان قوّة منافسة لمشاريعنا.

ـ كيف يستطيع سامازيل أن يعيد شراء حصّته؟

ـ بواسطة دفعة مسبقة على كتابه، أو بمساعدة تراريو.

ـ ولماذا يتمسّك تراريو بسامازيل إلى هذا الحدّ؟

ـ وكيف لي أن أعرف؟ لا أعرف أصلاً لماذا ينتسب شخص مثله إلى الـ *S.R.L*.

قال لامبير:

ـ يجب إيجاد حلّ نردّ به عليهم. وراح يذرع الغرفة بهيئة متأمّلة، وفجأة سمع رنين الجرس لمرّتين دون توقّف. احمرّ لامبير حتى بلغ أصول شعره: «إنّه أبي. لم أكن أنتظره في هذا الوقت المبكر!».

ـ عليّ الانصراف.

نظر إليه لامبير بهيئة منزعجة ومتوسّلة:

ـ ألا تريد إلقاء التحيّة عليه؟

قال هنري بحيويّة:

ـ بالطبع.

إلقاء التحيّة لا يُلزم بشيء، ومع ذلك لم يفلح هنري إلاّ في رسم ابتسامة متشنّجة، وهو يرى هذا الرجل الذي ربّما كان هو الذي أودى بحياة روزا، والذي تعاون مع الاحتلال النازي إلى أبعد حدّ، يراه متقدّمًا باتّجاهه. وجهه الشاحب المنتفخ يكلّله شعره الرمادي وتضيئه عينان زرقاوان كالخزف الصينيّ، زرقة فاتحة مذهلة النضارة في وجهٍ فقد نضارته. انتظر لامبير أن يمدّ هنري له يده لكن أباه هو الذي بادر إلى الكلام أوّلاً:

ـ كنت متشوّقًا للتعرّف إليك. حدّثني جيرار عنك كثيرًا. رسم ابتسامة لم يلبث أن محاها في الحال: «آه... ما هذه الفتوّة!».

بالنسبة له، لامبير يدعى جيرار ولا يزال في عينيه ذلك الطفل

الذي عرفه سابقًا. كان هذا أمرًا طبيعيًّا وغريبًا في آن. لا يشبه الابن أباه بشيء، ومع ذلك، لسبب أو لآخر، لا نفاجأ حين نعرف القرابة التي تجمعهما.

قال هنري بنشاط:

ـ لامبير هو الفتيّ وليس أنا.

ـ أنت فتيّ بالنسبة لرجلٍ ذاع صيته كثيرًا. جلس السيّد لامبير: «كنتما تتحدّثان...» ثم التفت إلى ابنه وأضاف: «لا أريد إزعاجكما لكنّي أنهيت أعمالي أبكر ممّا تصوّرت. لا حاجة بي إلى الذهاب إلى أيّ مكان فقلت أصعد لرؤيتك».

ـ أحسنت صنيعًا! هل تريد أن تشرب شيئًا؟ عصير فواكه، مياهًا معدنيّة؟

كان في صوت لامبير لهفة وحيرة ضاعفتا من شعور هنري بالضيق:

ـ لا، شكرًا. هذه الطبقات الأربع، يصعب على عظامي الواهية ارتقاؤها. لكنّ المكان مريح هنا. نظر من حوله نظرة استحسان.

قال هنري:

ـ نعم، يختار لامبير أمكنة سكنه بعناية.

ـ هذا تقليد في العائلة. ثم أضاف السيّد لامبير: «أعترف أنّني لا أحبّذ كثيرًا ذوقه في الملبس». كان صوته خجولاً، لكنّه ألقى نظرة مستهجنة على السترة القطنيّة السوداء.

همهم لامبير بصوت متردّد:

ـ لكلّ منّا ذوقه.

ساد صمت قصير، فاستغلّ هنري الفرصة للنهوض: «أنا آسف،

عندما قرعتَ الجرس، كنتُ على وشك الرحيل، لديّ عمل ملحّ».

قال السيّد لامبير:

ـ لا بل أنا من يُبدي أسفه. قرأت كل ما كتبته وباهتمام كبير. ثمّة أشياء أودّ أن أناقشها وإيّاك. ثم أضاف وهو يكبح ابتسامته من جديد: «لكنّي أفترض أنّ هذا النقاش لن يكون مهمًّا إلاّ بالنسبة لي». كان في صوته المتّسق وابتسامته المتحفّظة وحركاته، ذلك السحر المتعب الذي يخيّل للناظر وكأنّه يمتنع عن استخدامه، وأيضًا ذلك التحفّظ الذي يضفي عليه هيئة متعالية وهازئة في آن.

قال هنري:

ـ ستسنح الفرصة ونلتقي من جديد مطوّلاً.

قال الرجل العجوز:

ـ ليس هذا مؤكّدًا.

في غضون ثلاثة أشهر سيكون في السجن، وربّما لن يخرج منه حيًّا أبدًا. لا بدَّ أنّه كان في أيّامه نذلاً كبيرًا، هذا السيّد المسنّ المتعاون مع العدوّ. لكنّ أمره بات مكشوفًا وصار في الجهة الأخرى، جهة المحكومين وليس المذنبين فقط. هذه المرّة ابتسم له هنري دون مشقّة وصافحه.

قال لامبير وهو يرافق هنري إلى المدخل:

ـ هل أستطيع أن أراك غدًا؟ خطرت لي فكرة.

ـ هل هي فكرة جيّدة؟

ـ ستحكم بنفسك عليها. انتظر حتى أعرضها عليك ومن ثم تقرّر. إذا مررت عند الساعة العاشرة، هل هذا يناسبك؟

ـ لا بأس. لكن لا تتأخّر أكثر لأنّ لديَّ موعدًا مع سكرياسين.

ـ حسنًا. وعدت نادين بإمضاء فترة بعد الظهر برفقتها. لكن اعتمد عليّ. سأراك قبل الساعة العاشرة بقليل.

في جميع الأحوال، لم يكن هنري ينوي أن يتّخذ قراره اليوم. لم يعد يريد أن يشغل باله بما سيفعله خصوصًا، ولا أن يتباحث مع أحد بشؤونه. كان عليه الذهاب إلى الجريدة ليحسم أمره، لكنّه أعلن للوك بلهجة باردة إنّ لقاءه بتراريو قد تأجّل. استغرق في كتابة بريده قليلاً من الوقت. بول أيضًا لن يطلعها على الأمر. الشيء الوحيد الذي تمنّاه هو أن تكون قد خلدت للنوم عندما سيدير المفتاح في قفل باب الاستوديو. لكن لا مفرّ، أيًّا تكن الساعة التي يعود فيها، يجدها دومًا مستيقظة. كانت جالسة على الديوان متبرّجة منذ وقت قصير، في ثوبها الحريري المتموّج. قرّبت منه فمها فلثمه لثمة خاطفة.

ـ هل كان نهارك جيّدًا؟

ـ جيّد جدًّا، وأنتِ؟

ابتسمت ولم تجب:

ـ وماذا قال تراريو؟

ـ موافق.

سألته وهي تنظر إليه نظرات متفحّصة:

ـ ألا يزعجك الأمر؟

ـ أيّ أمر؟

ـ موافقتك على دعمه الماليّ.

قال هنري مستخفًّا:

ـ لكن لا، هذه مسألة محسومة منذ وقت طويل.

ترددتْ ولم تقل شيئًا. منذ يومين وهي تتصرّف على هذا النحو. كان هنري يعرف بماذا تفكّر، لكنّه لا يريد إتاحة الفرصة لها للتعبير عنه. أغاظه حذرها وفكّر بنيّة سيّئة: «تريد أن تراعيني. لقد اتّخذت قرارًا بألاّ تصطدم بي، وترجئ هذا إلى الوقت المناسب». وفكّر أيضًا وهو يحاول النظر إلى الأمور بطريقة حياديّة: «منذ ستّة أشهر وأنا أوجّه إليها الانتقادات، سواء كان مزاجها مرحًا أم عدوانيًّا. لكن، في الواقع تصنّعها هو ما يزعجني أكثر من أيّ شيء آخر». تعرف أنّها في خطر وتحاول أن تدافع عن نفسها وهذا حقّ طبيعي: لكن هذا لا يمنع أنّ حيلها البائسة تجعلها تبدو وكأنّها تناصبه العداء. لم يعد يأتي على ذكر الغناء أمامها. استطاعت أن تتبيّن السبب الكامن خلف تشجيعه إيّاها على الغناء، ورفضت بشكل قاطع الذهاب إلى كل اللقاءات التي تدبّرها لها مع الفنّانين. لكن في هذا أخطأت في الحساب. كان حاقدًا عليها بسبب عنادها، والآن صمّم على الإقلاع عن مساعدتها سعيًا إلى التخلّص منها.

قالت وهي تناوله ظرفًا:

ـ إنّها رسالة من بونسليه.

قال هنري:

ـ لا شكّ أنّه سيبادرني بالرفض. قرأ الرسالة بسرعة ثم أعطاها إلى بول: «كما قلت لك، إنّه يرفض...».

لمرّتين، أرجعت إليه مخطوطته مرفقةً بإطراء منفّر: مسرحيّة عظيمة لكنّها فضائحيّة وفي غير أوانها. لذا يستحيل ركوب مثل هذه المجازفة ونشرها. ربّما لاحقًا، حين تهدأ النفوس وتسمح الظروف. بالطبع، لم تكن المسرحيّة تعجب هؤلاء الذين أرادوا

نسيان الماضي، ولا هؤلاء الذين يدّعون إصلاحه على هواهم. ومع ذلك، كان يودّ فعلاً أن تُعرض وكان ينظر إليها بعطفٍ خاصّ، أكثر من أيّ عمل آخر كتبه. إنّ أيّة رواية لا يمكن إعادةً قراءتها من جديد، فالكلمات تلتصق بالعينين. لكن هذا الحوار الذي سيتجسّد يومًا في أصوات حيّة، كان يسمعه وكأنّه يجري أمامه منفصلاً عنه، تمامًا كما ينظر الرسّام إلى لوحته نظرة تجرّد ورضا في آن.

قالت بول بصوت ملهم:

ـ يجب أن تُعرض مسرحيّتك.

ـ لا أتمنّى إلاّ هذا.

وأردفت:

ـ لا أعلّق أهمِّيّة على النجاح أكثر منك. لكنّي أشعر أنّك لن تعود إلى كتابة روايتك قبل أن تتخلّص من هذه المسرحيّة.

قال هنري بدهشة: كيف خطرت لك هذه الفكرة العجيبة!

ـ حتّى الآن لم تنكبّ من جديد على كتابة روايتك، صحيح؟

ـ صحيح. لكن لا دخل للمسرحيّة بذلك.

سألته وهي تتفرّس فيه، وكأنّها تريد معرفة المزيد عن الأمر:

ـ وما السبب إذًا؟

ابتسم:

ـ لنقل إنّ هذا بدافع الكسل.

قالت بلهجة وقورة:

ـ لم تعرف بحياتك معنى الكسل، وهزّت برأسها: «لا شكّ أنّ ذلك مردّه إلى تمنّع داخليّ».

ـ هذه الرواية انطلقت بشكل سيّئ. أرغب في إعادة كتابتها.

لكنّ هذا سيكون عملاً شاقًّا. لذا، أنا لست مستعجلاً. هذا كل شيء.

هزّت برأسها:

ـ لم يسبق لك أن كنت متخاذلاً إزاء المصاعب التي تواجهك.

ـ حسنًا، هذه المرّة، أتراجع.

قالت بول:

ـ لماذا لم تطلعني أبدًا على مخطوطتك. ربّما استطعت أن أقدّم لك النصيحة.

ـ قلت لك مئة مرّة إنّ مسودّاتي مشوّشة وناقصة.

قالت بهيئة متأمّلة:

ـ أجل، هذا ما قلته لي.

ـ أطلعتك على مسرحيّتي.

ـ لكن جميع المسودّات التي أطلعتني عليها كانت ناقصة.

لم يُجب. في هذه المسودّة بالذات، تكلّم بحرّيّة كاملة عن نفسه وعنها. الرواية التي سيحاول يومًا استخلاصها من هذه المسودّة ستكون أقلّ تحفّظًا. توجّب على بول القليل من الصبر فقط.

تثاءب وقال:

ـ سأسقط أرضًا لفرط النعاس. غدًا لن أعود إلى هنا، سأذهب للنوم في الفندق لأنّي أظنّ أنّ سكرياسين لن يتركني قبل طلوع الفجر.

ـ لا أفهم ما هي الحسنة الخاصّة التي يوفّرها لك الفندق وليست متوفّرة هنا! سواء عدت مع الفجر أم في الغسق، فأنت تفعل ما يحلو لك.

نهض، فنهضت أيضًا. جاءت اللحظة الحرجة. طبع قبلة على

صدغها وأدار ظهره جهة الحائط متظاهرًا بالاستسلام توًّا للنوم. لكنّها أحيانًا كانت تتشبّث به وتبدأ في الارتجاف أو التأتأة، وكانت مضاجعتها الوسيلة الوحيدة لتهدئتها. لم يكن ينجح في ذلك إلاّ نادرًا وبمشقّة بالغة. ليس باستطاعتها تجاهل الأمر. لكي تعوّض عن برودته، تتفانى في إظهار شوقها إليه، شوقًا مفتعلاً يجعل من هذه اللذّة وهمًا. كان هنري يكره ليس فقط وقاحتها الهاذية بل أيضًا ضغينتها وخصوصًا خضوعها. لحسن الحظّ، بقيت هذه الليلة ساكنة. لا بدّ أنّها كانت تشعر أنّ شيئًا ما لا يسير على ما يرام. أسند خدّه إلى نداوة الوسادة وأبقى عينيه مفتوحتين. استرجع أحداث هذا النهار في ذاكرته، لكنّه لم يعد يشعر بالغضب: فقط بالخيبة. لم يكن هو المخطئ بل دوبروي. وهذا الخطأ لا يمكن التعويض عنه لا بالندم ولا بالوعود. لذا، شعر بوطأته على كاهله كما لو كان خطأه بالذات.

عندما استيقظ هنري، أوّل فكرة خطرت على باله هي أن يضرب كل شيء بعرض الحائط. لم يتّصل بدوبروي. وردّد فكرته هذه طيلة النهار كأنّها تعزيمة مهدّئة. تخيّل نفسه يناقش ويساوم ويعاهد بشأن مصير هذه الجريدة التي كانت معقله الذي لا ينازعه أحد فيه، وأشعره هذا المشهد بالغثيان. كان يفضّل ألف مرّة التخلّي عن كل شيء، والانعزال في الريف، وإعادة كتابة روايته، واستعادة مهنته ككاتب: سوف يقرأ «*L'Espoir*» وهو منزوٍ في ركنه أمام النار بنظرات متسلّية. بدا له هذا المشروع من الجاذبيّة بحيث تمنّى، عندما رأى باب مكتبه ينفتح أمامه في العاشرة مساءً، أن تكون الفكرة التي سيعرضها عليه لامبير غير قابلة للاستحسان.

قال لامبير بصوت يعبّر عن اعتذاره أكثر منه عن شكره:

ــ كان لطفاً منك البارحة البقاء قليلاً! سُرَّ أبي جدًّا لذلك.

قال هنري:

ــ يبدو لي أنّ التعرّف إليه مثيرٌ للاهتمام. بدا متعبًا ولكن تشعر أنّه كان يملك في السابق سحرًا كبيرًا ولا تزال لديه منه بقيّة.

قال لامبير متفاجئًا:

ــ تتحدّث عن سحر في شخصيّته؟ كان مستبدًّا، مستبدًّا جدًّا ومحتقِرًا للآخرين. على أيّة حال لا يزال في أعماقه كذلك.

ــ آه! أتخيّل بسهولة أنّ العلاقة به لم تكن مريحة!

ــ لا، لم تكن مريحة إطلاقًا. قال لامبير وقد نمّت عنه حركة وكأنّه يطرد ذكريات سيّئة. ثم سأل: «هل استجدّ شيء بالنسبة للجريدة؟».

ــ لا شيء.

ــ حسنًا اسمع ما سأقترحه عليك. ارتبك فجأة: «ربّما لن تعجبك فكرتي».

ــ قلها مع ذلك.

ــ إذا كنت أنت ولوك في مواجهة سامازيل وترايو، فإنّكما تجازفان بأن تكونا لقمةً سائغة! لكن افرض أنّني صرت شريكًا لكما...

ــ أنت؟

ــ لديَّ ما يكفي من المال لأشتري حصصًا قدر سامازيل. وبما أنّ اتخاذ القرارات سيكون بأكثريّة الأصوات بناءً لما اتّفقتم عليه، فسنصبح عندئذٍ ثلاثة في مواجهة اثنين، هكذا يجري التصويت دومًا لصالحنا.

ـ لكنّك كنت متردّدًا في البقاء في مجال الصحافة؟

ـ في النهاية، هي مهنة ككل المهن الأخرى. وأضاف لامبير بلهجة تصطنع السخرية: «ومن ثم فإنّ جريدة «*L'Espoir*» شكّلت أيضًا ملحمتي الصغيرة الخاصّة بي».

ابتسم هنري:

ـ لسنا دومًا متّفقين سياسيًّا.

ـ لا أبالي بالسياسة. أريدك أن تحتفظ بجريدتك. على أيّة حال سأصوّت إلى جانبك. ثم أضاف ببشاشة: «على العموم، لن أقنط من رؤيتك تزدهر وتتقدّم. لا، المسألة الوحيدة هي معرفة ما إذا كان تراريو سيوافق على شراكتي أم لا».

قال هنري:

ـ عليه أن يكون مسرورًا لكونه ألحق بالجريدة صحافيًّا كفوءًا مثلك. ثم أضاف «لحسن الحظّ، لم تسأم من القيام بالتحقيقات حتى الآن. وعلى فكرة، مقالك عن هولندا رائع».

ـ الفضل يعود لنادين، فقد اشتركت بالقيام بهذا التحقيق معي على قدم المساواة. ثم نظر إلى هنري بقلق: «هل تعتقد أن تراريو سيوافق؟».

ـ يُفترض أن يزعجهم رحيلي عن الجريدة. إذا وافقتُ على شراكة سامازيل، فستُقدّم تنازلات كبيرة لي.

قال لامبير كمن أصابه شيء من الخيبة:

ـ لا تبدو متحمّسًا لفكرتي!

ـ آه! كل هذه القصّة تزعجني! لا أعرف ماذا عليّ أن أفعل.

ثم سأل وهو يتعمّد عدم الاسترسال في هذا الحديث المزعج:

ـ هل لديك درّاجتك؟
ـ نعم، أتريدني أن أقلّك إلى مكان ما؟
ـ أنزلني في شارع ليل. سكرياسين يقيم عند الأمّ بلزنس.
ـ هل يضاجعها؟
ـ لا أعرف. كلودي تؤوي دومًا جحفلاً من الأدباء والفنّانين ولا أعرف مَنْ منهم تضاجع.
سأل لامبير وهما ينزلان الدرج:
ـ هل ترى سكرياسين غالبًا؟
ـ لا، من وقت لآخر يستدعيني قائلاً إنّ الأمر ملحّ للغاية، وإنّه عليّ المجيء على وجه السرعة! وعندما أتهرّب من دعوته إثر المرّة العاشرة، يؤول بي الأمر أخيرًا للذهاب إليه.
امتطيا الدرّاجة الناريّة التي سلكت أرصفة السين محدثةً جلبةً وراءها. نظر هنري بشيء من الندم إلى رقبة لامبير. كان اقتراحه لطيفًا فهو ليس مهتمًّا بالدخول إلى الجريدة، لكنّه فعل ذلك إرضاءً له. «ولم أشكره كما ينبغي على ما فعله من أجلي!». لكنّه في الواقع، لم يكن ممتنًا له إطلاقًا. «فالحفاظ على الجريدة، والبقاء في الـ *S.R.L*، هذا يعني الاستمرار في العمل مع دوبروي جنبًا إلى جنب. لكن ما أصعب العمل جنبًا إلى جنب عندما تكون الضغينة في قلوبنا. لم يجد القوّة ليقطع صداقته بدوبروي بشكل صارخ، لكنّه لن يلعب لعبة الصداقة: «لا، هذه قضيّة منتهية». هكذا فكّر عندما توقّفت الدرّاجة أمام فندق بلزنس.
قال لامبير بصوت خائب:
ـ حسنًا إلى اللقاء.

تردّد هنري في توديع لامبير. أزعجه أن يفارقه بهذه السرعة بعد أن استقبل ببرودة عَرْضًا حمّله كل عاطفته.

سأله:

ــ ألديك رغبة في مرافقتي؟

أشرق وجه لامبير. كان يهوى التعرّف إلى أناس مشهورين: «بكلّ سرور. لكن ألن يُعدّ هذا تطفّلاً؟».

ــ لا على الإطلاق. سنذهب لتناول الفودكا في إحدى الحانات الغجريّة، وإذا عنَّ لسكرياسين أن يدعو كل الموسيقيّين للجلوس على طاولته فله ذلك. ليس عليك أن تقلق برفقته.

ــ أشعر أنّه لا يحبّني كثيرًا.

قال هنري متحبّبًا:

ــ لكنّه يحبّ فعلاً رفقة الناس الذين لا يحبّهم كثيرًا. تعال معي.

التفّا حول المبنى الكبير الذي كانت جميع نوافذه مضاءة. تناهى إليهما صوت موسيقى جاز. قرع هنري على باب جانبيّ ففتح له سكرياسين. ابتسم ابتسامة دافئة ولم يبدُ عليه إطلاقًا أنّه فوجئ بحضور لامبير.

ــ كلودي تقيم حفلة كوكتيل. هذا فظيع. النزل مليء بالرجال الذين يقال عنهم «جيغولو»[١]. لا نشعر أنّنا مرتاحون في مكان كهذا. هيّا معي لنهرب من هنا دون أن يرانا أحد.

كانت أزرار قميصه العليا محلولة ونظراته يغشاها ثبات ضبابي. صعدا بضع درجات وفي آخر الرواق، انفتح باب على غرفة منيرة وسُمعت همسات.

---

(١) جيغولو gigolo: رجل تستأجره امرأة (أكبر منه سنًا في الغالب) ليراقصها أو ليكون زبونها.

قال هنري:

ـ هل لديك زوّار؟

أجابه سكرياسين بنبرة مشوّقة:

ـ إنّها مفاجأة.

تبعه هنري بشيء من التوجّس. وعندما رآهما، تراجع إلى الخلف دون قصد منه. فولانج برفقة أوغيت! مدَّ لويس فولانج يده لهنري مصافحًا وقد بدا عليه الانشراح. لا يزال كما هو تقريبًا. فقط كانت تجاعيد جبينه أكثر تغضّنًا من ذي قبل، وذقنه أكثر ثباتًا: وجه جميل منحوت بعناية للأجيال المقبلة! وبلمحة بصر، تذكّر هنري أنّه كلّما كان يقرأ المقالات المتملّقة التي يكتبها لويس فولانج في الزاوية الحرّة، يعاهد نفسه بأنّه ما إن يراه، سيوجّه لكمة عنيفة إلى فمه. لكنّ الغريب في الموضوع أنّه بادر هو أيضًا إلى مصافحته.

قال لويس:

ـ أنا سعيد جدًّا لرؤيتك يا عزيزي. لم أجرؤ قطّ على إزعاجك، لكنّي رغبت دومًا في الجلوس معك والتحدّث إليك.

قالت أوغيت:

ـ لم تتغيّر.

ولا هي تغيّرت. لا تزال شقراء، شديدة الشحوب، أنيقة كما في السابق، وتبتسم الابتسامة العطرة نفسها. لن تتغيّر أبدًا، لكن ذات يوم سنلمسها بطرف إصبعنا وستنهار على الأرض غبارًا.

قال هنري:

ـ لا أرى أحدًا في الواقع. أعمل بلا انقطاع.

قال لويس بمودّة:

ــ نعم، لا بدَّ أنّ حياتك خالية من أيّة بهجة. لكنّك ارتقيت إلى وضع أدبي ممتاز. على أيّة حال، هذا لم يفاجئني. لطالما كنت مقتنعًا على الدوام بأنّك ستفرض نفسك على الساحة. هل تعرف أنّ كتابك بيع منه في السوق السوداء بحدود ثلاثة آلاف نسخة؟

قال هنري:

ــ في الوقت الحالي، جميع الكتب تباع كالنقانق.

قال لويس بنبرة مستخفّة:

ــ هذا صحيح. لكنّ التعليقات التي صدرت على كتابك كانت مدهشة. ثم ابتسم: «يجدر القول إنّك وُفّقت في اختيار موضوع يساوي ذهبًا. هذا مصدر نجاحك. فعندما نحظى بموضوع مشابه، يُكتب الكتاب من تلقاء ذاته».

ظلّ لويس محافظًا على ابتسامته الفاترة. لكنّ في صوته لهفة تتناقض مع تصرّفاته التي لم تكن مدوّرة الزوايا فيما مضى.

قال هنري:

ــ وأنت ماذا صار بحالك؟ كان هنري يشعر بالخزي بشكل مبهم، دون أن يعرف ما إذا كان هذا الشعور يرتدّ عليه أم على لويس.

قال لويس وهو ينظر إلى أظافره:

ــ آمل أن أكون المشرف على زاوية النقد الأدبي في مجلّة أسبوعيّة ستصدر قريبًا.

قال سكرياسين نافد الصبر:

ــ تعالوا نهرب من هنا. هذه الموسيقى لا تحتمل، هيّا نذهب إلى

الإيسبا ونشرب القليل من الشمبانيا.

قال هنري:

ـ خلتك لن تعود ثانية إلى هذه الحانة القذرة بعدما نشلوا محفظة نقودك.

ابتسم سكرياسين بمكر: «إنّهم يمارسون مهنة السرقة. وعلى الزبون أن يعرف كيف يدافع عن نفسه».

تردّد هنري. لو رفض سيكون فظًّا. لكن لماذا يحاولون إرغامه على فعل أشياء لا يريدها. لا يريد تمضية السهرة مع لويس. قال: «في جميع الأحوال، لن أتمكّن من مرافقتك. جئت على وجه السرعة لأنّي وعدتك بالمجيء. لكن عليَّ العودة إلى الجريدة».

قال لويس:

ـ أكره الحانات الليليّة. لنبقَ هنا بعيدًا عن الصخب.

قال سكرياسين:

ـ كما تشاء. ثم نظر إلى هنري بهيئة بائسة:

ـ مع ذلك لديك الوقت لشرب كأس؟

قال هنري:

ـ نعم بالتأكيد.

فتح سكرياسين خزانة وأخرج منها زجاجة ويسكي: «لم يتبقَّ فيها الكثير».

قال لويس:

ـ أنا لا أشرب. ولا أوغيت.

ظهرت كلودي على عتبة الباب. قالت وهي تشير إلى سكرياسين: «إنّه حقًّا رائع! يأتي إلى حفلات الكوكتيل التي أقيمها

وهو نصف سكران؛ يشتم المدعوّين ويختطف الناس النافذين منّي خفية! أبدًا لن أستقبل بعد اليوم روسيًّا في بيتي!..».

قال سكرياسين:

ــ لا تؤنّبيني بهذا الشكل ثم أضاف متنهّدًا: «جاء كري كري[١]. كري ــ كري المحرّض ومثير الشغب».

أغلقت كلودي الباب خلفها، وقالت بحزم:

ــ أبقى معكم وتتولّى ابنتي مهمّة ربّة المنزل.

ساد صمت مزعج. راح لويس يقدّم مداورة سجائر أميركيّة على الحاضرين.

قال لهنري بتهذيب:

ــ ماذا تفعل الآن؟

ــ أفكّر في كتابة رواية أخرى.

ــ قالت لي آن إنّك كتبت مسرحيّة جميلة جدًّا.

قال هنري ببشاشة:

ــ أجل كتبت مسرحيّة لكنّ ثلاثة ناشرين رفضوا نشرها.

قالت كلودي:

ــ عليّ أن أجمعك بلوسي بلوم.

ــ لوسي بلوم؟ من هذه؟

ــ غريب أمرك! الجميع يعرفونك ولا تعرف أحدًا. هي المسؤولة عن دار أزياء آماريليس، دار الأزياء الكبيرة الذائعة الصيت.

ــ لا أعرفها.

---

(١) كري كري: لقب لسكرياسين.

ـ لولو هي عشيقة ريشتير الذي طلّقته زوجته لتتزوّج فيرنون. وفيرنون هو مدير استوديو ٤٦.

ـ لا أعرفه هو أيضًا.

أخذت كلودي تضحك: «فيرنون يطيع زوجته طاعة عمياء لكي تغفر له صداقاته بالرجال لأنّه لوطي من الطراز الأوّل. وبقيت جولييت على صداقة حميمة مع زوجها السابق الذي يطيع لولو طاعة عمياء. هل فهمت؟».

قال هنري:

ـ واضح ومفهوم. لكن ما علاقة صديقتك لولو بمسرحيّتي؟

ـ لديها ابنة رائعة وترغب في أن تكون ممثّلة، ألديك دور لامرأة في مسرحيّتك؟

ـ نعم، لكن...

ـ إذا كانت هناك «لكن»، لن نصل لشيء. أقول لك إنّ الفتاة رائعة. وحين تأتي لزيارتي سأعرّفك إليها. تتغيّب دومًا عن سهراتي التي دعوتك إليها وأقيمها مساء كل خميس. ثم قالت بحدّة: «لكنّي أريد أن أطلب منك خدمة ولا يمكنك أصلاً أن ترفضها؛ أدير منزلاً لإيواء أولاد المعتقلين، وهذا مكلف كثيرًا بالنسبة لي، لا سيّما أنّ المسؤوليّة ملقاة على عاتقي وحدي. لذا عمدت إلى تنظيم سلسلة محاضرات يجريها محاضرون متطوّعون. هناك متفاخرون مستعدّون لأن يدفعوا ألفي فرنك لرؤيتك تحاضر بشحمك ولحمك. وسيحضر الكثير منهم. أنا مطمئنّة لهذه الناحية. سأدرجك على قائمة محاضراتي الأولى».

ـ أكره هذا النوع من الحفلات.

ـ لأجل أولاد المعتقلين. لا يمكنك أن ترفض، دوبروي نفسه وافق.

ـ وأصدقاؤك المتعاطفون مع الحركات الإنسانيّة، هل سيتبرّعون بألفي فرنك دون أن يتوسّلوا شيئًا بالمقابل؟

ـ سيتبرّعون مرّة لا عشر مرّات. الإحسان جميل جدًّا، لكن يجب أن يكون مربحًا. هذا هو مبدأ الحفلات الخيريّة. أخذت كلودي تضحك: «انظر إلى سكرياسين كم هو حانق لأنّني أستأثر بك!».

قال سكرياسين:

ـ أعتذر. لكنّي في الواقع أريد أن أتكلّم قليلاً مع بيرون.

قالت كلودي:

ـ تكلّم. وذهبت لتجلس على الكنبة بالقرب من أوغيت. وراحتا تثرثران بصوت منخفض.

وقف سكرياسين في مواجهة هنري. «قلت لي منذ يوم ليس ببعيد إنّ الجريدة لن تتخلّى عن قول الحقيقة حتى لو صارت لسان حال الـ *S.R.L* صحيح؟».

ـ صحيح. لكن ما الأمر؟

ـ لذا أردت أن أراك على وجه السرعة. إذا أتيتك بوقائع مروّعة عن ممارسات النظام السوفييتي، وقائع دامغة لا يرقى إليها الشكّ فهل ستنشرها؟

قال هنري ضاحكًا:

ـ آه بالتأكيد. لكن *الفيغارو* تسارع أكثر منّا إلى نشرها.

قال سكرياسين:

ـ لديَّ صديق عاد من برلين. زوّدني بمعلومات دقيقة عن

الطريقة التي سحق بها الروس الثورة الألمانيّة في مهدها. يجب أن تكون الجريدة يساريّة لتنشر مثل هذه الأخبار. هل أنت مستعدّ لذلك؟

ــ ما الذي أطلعك عليه صديقك؟

أجال سكرياسين النظر من حوله: «سأقول لك باختصار. هناك بعض الضواحي في برلين ظلّت موالية للشيوعيّة بتعصّب شديد، حتى في ظلّ هتلر. خلال معركة برلين، احتلّ عمّال كوبنيك وودينغ لاروج المعامل فرفعوا العلم الأحمر ونظّموا اللجان. كان بإمكان هذا التحرّك أن يفضي إلى ثورة شعبيّة كبيرة، إذ بدأت مسيرة تحرّر العمّال من تلقاء أنفسهم.

وكانت اللجان مستعدّة لتزويد النظام الجديد بكوادرها. توقّف سكرياسين عن الكلام ثم أضاف: «وبدلاً من هذا، ما الذي حصل؟ جاء البيروقراطيّون من موسكو وبدّدوا اللجان وأطاحوا بالقاعدة وأقاموا جهاز دولة، وجهاز احتلال تحديدًا». حدّق سكرياسين بهنري: «ألا يعني لك ذلك شيئًا؟ احتقار الناس والطغيان البيروقراطي: القضيّة واضحة!».

ــ لم تزوّدني بأيّة معلومات جديدة. فقط نسيت أن تقول إنّ هؤلاء البيروقراطيّين كانوا شيوعيّين ألمانًا لجأوا إلى الاتّحاد السوفييتي وأنشأوا منذ زمن طويل لجنة ألمانيا الحرّة في موسكو. على أيّة حال، كان لديهم نفوذ أكثر من هؤلاء المتمرّدين أثناء سقوط برلين. بالطبع كان بين هؤلاء العمّال شيوعيّون صادقون، لكن أنّى لك أن تميّز بينهم عندما يدّعي ستّون مليون نازي بالإجماع أنّهم كانوا ضدّ النظام السابق! أتفهّم موقف الروس

المستخفّ بتلك الثورة، لكنّ هذا لا يثبت أنّهم يحتقرون القاعدة الشعبيّة لها بشكل عامّ.

قال سكرياسين غاضبًا:

ـ كنت واثقًا! أنتم مستعدّون دومًا لمهاجمة أميركا. لكن لا تسمحوا لأحد بأن يوجّه أيّة تهمة للاتّحاد السوفييتي!

قال هنري:

ـ لكن من البديهي أنّ لهم الحقّ في أن يتصرّفوا على هذا النحو!

ـ لا أفهم! هل أنت حقًّا أعمى البصيرة؟ أم أنّك خائف؟ دوبروي مرتهن لهم. الجميع يعرف ذلك. لكن أنت الغافل الأكبر!

ـ دوبروي ارتُهن لهم! أنت نفسك لا تصدّق.

ـ آه،! لم يشتركم الحزب الشيوعي بالمال! دوبروي مسنّ ومشهور. لديه أصلاً الجمهور البورجوازي ويطمح الآن إلى استمالة بقيّة الجماهير!

ـ اذهب وقل لمناضلي الـ *S.R.L* بأنّ دوبروي شيوعي. لن يصدّقك أحد!

أسند رأسه إلى مسند الكنبة مغتاظًا:

ـ الـ *S.R.L*، أيّة مهزلة!

قال لويس لهنري وهو يبتسم:

ـ أليس محزنًا أنّنا لا نستطيع تمضية سهرة بين الأصدقاء دون أن نتخاصم حول القضايا السياسيّة؟ العمل في السياسة أمر معلوم، لكن لماذا نتحدّث عنها طيلة الوقت؟

كان يحاول القفز من فوق سكرياسين واستعادة الماضي

المشترك مع هنري. انزعج هنري منه، لا سيّما أنّه يشاطره الرأي.

قال متبرّمًا:

ـ أوافقك الرأي.

قال لويس:

ـ وفي النهاية ننسى أنّ هناك مسائل أخرى على الأرض تستحقّ الاهتمام. نظر إلى أظافره بخجل: «أشياء كالجمال والشعر والحقيقة. لم يعد أحدٌ يبالي بها!».

قال هنري:

ـ لا تخف، لا يزال هناك أناس يهتمّون لأمرها.

فكَّر هنري: «عليَّ أن أصارحه. أن أقول له إنّه لم يعد هناك شيء يمكننا القيام به سويّة». لكن لم يكن سهلاً عليه أن يبادر إلى شتم أعزّ أصدقائه دون أن يكون مستفزًّا. وضع كأسه على الطاولة. همَّ بالنهوض للرحيل. إلاّ أنّ لامبير أخذ يتكلّم. قال محتدًّا:

ـ من تقصد؟ بالتأكيد لا تقصد مجلّة *Vigilance*. إنّكم لا تقبلون نصًّا من النصوص ما لم يكن حافلاً بالسياسة. أمّا إذا كان جميلاً أو شاعريًّا فأنتم تتجاهلونه بكلّ بساطة.

قال لويس:

ـ هذا هو مأخذي على *Vigilance*. ثم أضاف بلهجة مهذّبة: «بطبيعة الحال، بإمكانك أن تؤلّف كتبًا رائعة تتناول مواضيع سياسيّة. وروايتك نموذج عنها. لكن أن نعيد للأدب الصافي حقوقه فذلك أمر بات ملحًّا».

قال هنري:

ـ بالنسبة لي، هذه العبارة لا تعني شيئًا. ثم أضاف بلهجة

متهكّمة: «لا بل إنّها عبارة خطرة. كلّنا نعرف أين يؤدّي بنا الأمر إذا عزلنا الأدب عن الأمور الأخرى».

قال لويس:

ـ هذا رهن بالحقبات التاريخيّة. شخصيًّا، أخطأت عام ١٩٤٠ حين اعتقدت أنّه بالإمكان تجاهل أحوال السياسة. ثم أضاف بلهجة حازمة: «صدّقني فهمت خطئي بكل معانيه.أمّا اليوم فيبدو لي أنّ لنا الحقّ من جديد بأن نكتب مجّانًا لمتعتنا الخاصّة».

نظر إلى هنري نظرة مستوضحة ومهذّبة وكأنّه يريد الحصول منه على ترخيص. أزعج احترامه المتصنّع هنري. لكن لن يستفيد شيئًا فيما لو خرج عن طوره.

قال بجفاف:

ـ لكلّ إنسان الحرِّيّة في أن يفكّر كما يشاء.

قال لامبير:

ـ ليس حرًّا بالقدر الذي تتصوّر! ألم تنتبه للأمر: من الصعب السير عكس التيّار؟

هزَّ لويس رأسه بحركة متودّدة: «واليوم بات هذا الأمر أصعب من البارحة، لا سيّما أنّ كل الأحداث الجارية توحي للفرد بأنّه بات عديم الفائدة. إذا استعاد الفرد نفسه يستعيد أشياء كثيرة لكن لا أحد يوفّر له الوسائل، وهذا ما يقودنا إلى حلقة جهنّميّة!

قال لامبير محتدًّا:

ـ لا، لا أحد يوفّر له الوسائل. ثم نظر إلى هنري نظرة مفعمة بالحيويّة «هل تذكر الحوار الذي جرى بيننا في مقهى «لو سكريب» حول هذا الموضوع؟ قلت لك إنّ كل واحد يجب أن يعبّر

عن حقيقة ذاته. لا زلت أؤمن بذلك. إذا اعتقدنا أنّه لا شأن لنا ولا قدرة ولا حقوق، فماذا سيصير بحالنا؟ انظر: شانسيل تعمّد قتل نفسه، سيزيناك يدمن المخدّرات، فنسان يدمن الكحول، لاشوم مرتهن للحزب الشيوعي...».

قال هنري:

ـ تخلط الأمور كلها دون رابط! لا أرى ماذا بإمكان الأدب الصافي أن يقدّم لفنسان أو لسيزيناك. ثم قال وهو يلتفت إلى لويس: «أمّا بالنسبة لما ترويه عن الفرد الضائع والمستعاد، فهذه أضاليل. ثمة أفراد يتميّزون بقدرات خاصّة وآخرون معدمو القدرات. هذا رهن بما يفعلونه بحياتهم. في مطلع الشباب، نكون تائهين لا نتبيّن سبيلنا بوضوح، لأجل ذلك نشعر أنّنا مستاؤون. لكن ما إن ندرك شيئًا ما ـ شيئًا آخر غير أنفسنا ـ لا تعود هنالك مشكلة».

تكلّم هنري بلهجة غاضبة، أزعجه أن يعير لامبير أهمِّيّة للَغو لويس. نهض وقال: «عليَّ الرحيل».

ونهض معه سكرياسين: «هل أنت مصمّم على ألاّ تقيم وزنًا للمعلومات التي أملكها؟».

ـ لم تزوّدني بمعلومة واحدة.

سكب سكرياسين كأس ويسكي وتجرّعها دفعة واحدة. ثم تناول الزجاجة من جديد. فاقتربت كلودي منه بحيويّة وألقت يدها على ذراعه.

ـ أعتقد أنّ البابا فيكتور أفرط في الشرب.

قال سكرياسين بعنف:

ـ وهل تعتقدين أنّي أشرب للذّتي الخاصّة؟

ابتسم هنري:

ـ سيكون من الأفضل لو تشرب للذّتك الخاصّة.

قال سكرياسين وهو يملأ كاسه:

ـ إنّها الطريقة الوحيدة لأنسى.

سألته أوغيت وقد جفلت من كلامه:

ـ تنسى ماذا؟

ـ في غضون سنتيْن سيحتلّ الروس فرنسا وأنتم ستستقبلونهم راضين مستسلمين.

قالت أوغيت:

ـ سنتان؟

قال هنري:

ـ لكن، لا تصدّقوه!

قال سكرياسين:

ـ تسلمّونهم أوروبّا، أنتم متواطئون جميعكم. أنتم خائفون. وتخونون بلادكم لأنّكم خائفون. هذه هي الحقيقة!

قال هنري:

ـ الحقيقة هي أنّ كرهك للاتّحاد السوفييتي أعمى بصيرتك. تموّه الحقائق وتلملم الأكاذيب. ما تقوم به قذر لأنّك، عبر الاتّحاد السوفييتي، تهاجم الاشتراكيّة بشكل عام.

قال سكرياسين بصوت اعترته بحّة:

ـ تعرف جيّدًا أنّ الاتّحاد السوفييتي لا علاقة له بالاشتراكيّة.

قال هنري:

ـ لا تقل لي إنّ أميركا أقرب إليها.

نظر سكرياسين إلى هنري بعينين محمرّتين غضبًا:

ـ تقول إنّك صديقي وتدافع عن نظام حَكَم عليّ بالموت! في اليوم الذي سيقتلونني رميًا بالرصاص، ستدافع عن موقفهم في الجريدة قائلاً إنّه كانت لديهم أسبابهم!

قال هنري:

ـ يا إلهي! المناضلون القدامى كانوا مزعجين بما فيه الكفاية. وها هم اليوم يجهدون للظهور بمظهر الضحايا المقبلين.

نظر سكرياسين إلى هنري بحقد. أمسك كأسه الملأى حتى نصفها ورماها باتّجاهه بكل قوّته. أشاح هنري برأسه متفاديًا الضربة وتحطّمت الكأس بعد أن اصطدمت بالجدار.

قال هنري وهو يمشي باتّجاه الباب: «عليك الذهاب والخلود للنوم». أشار بحركة من يده: «إلى اللقاء».

قالت كلودي:

ـ لا تحقد عليه إنّه ثمل.

ـ هذا واضح.

تهاوى سكرياسين على الكنبة واضعًا رأسه بين يديه.

عندما أصبح هنري ولامبير في باحة الفندق، قال:

ـ ما هذه الجلسة!

ـ أنت على صواب: أنا من رأي فولانج: يجب الكفّ عن التحدّث في السياسة.

ـ سكرياسين لا يناقش بل يتنبّأ.

ـ آه، دائمًا تجري الأمور على هذا النحو. نتراشق بالكؤوس على رؤوسنا، حتى أنّنا لا نعرف عمّا نتكلّم. كلاكما تجهلان ما

يحدث في ألمانيا الشرقيّة. هو مناهض للاتّحاد السوفييتي وأنت منحاز له!

ـ لست منحازًا. أشكّ فعلاً بأنّ كل شيء في الاتّحاد السوفييتي يسير على ما يرام. والعكس يفاجئني. لكن في النهاية، هم الذين يسيرون على الطريق الصحيح.

مطَّ لامبير شفتيه ولم يجب بشيء.

قال هنري:

ـ أتساءل ما الذي كان يتوقّعه سكرياسين من هذا اللقاء. لا بدَّ أنّ لويس هو الذي أوحى له به، آملاً في أن أساعده على تبرئة نفسه من الأخطاء التي ارتكبها في ظلّ الاحتلال.

ـ ربّما كان يرغب في أن يستعيد علاقة الصداقة التي كانت تربطه بك من قبل.

ـ لويس؟ تقصد.

تفرّس لامبير في هنري بنظرات حادّة:

ـ هل كان صديقك المفضّل سابقًا؟

قال هنري:

ـ صداقة غريبة! عندما التحق بمعهد تول، كان قادمًا من باريس، انبهرت به وهو وجدني أقلّ ريفيّة من الآخرين. لكنّ أيًّا منّا لم يحبّ الآخر قطّ.

قال لامبير:

ـ لكنّي وجدته محبّبًا.

ـ وجدته محبّبًا لأنّ السياسة تضجرك ولأنّه يؤمن بأنّ الأدب

غاية قائمة بذاتها. لكنّك تدرك لماذا يدافع عن هذا الموقف، أليس كذلك؟

تردّد لامبير ثم قال: «سواء كان لهذا السبب أم ذاك، ما قاله صحيح. المشاكل الفرديّة موجودة ولا يسهل حلّها عندما يعتبرك الجميع مخطئًا إذ تطرحها».

ـ لكنّي لم أدّع هذا إطلاقًا. يجب طرحها، موافق. جلّ ما قلته أنّنا لا نستطيع عزلها عن المشاكل الأخرى. فلكي تدرك من أنت وما الذي تريد فعله، يجب أن تقرّر كيف تحدّد موقعك في العالم».

امتطى لامبير درّاجته وصعد هنري وراءه. فكّر: «سنة كانت كافية حتى يعودوا بغرور الضالّ المطمئنّ بأنّه يساوي تسعة وتسعين خروفًا. بما أنّ هؤلاء المغرورين يقولون أشياء مختلفة عنّا، سرعان ما يصدّقهم لامبير والشبّان الذين في سنّه معتقدين أنّهم يأتون بأفكار جديدة فتغويهم التجربة. لذا يجب منعهم بجميع الوسائل». ما إنْ توقّفت الدرّاجة، حتى قال هنري بلهجة لطيفة:

ـ هل تعرف، أقبل عرضك بامتنان. خطرت لك فكرة رائعة، وهكذا نبقى أسيادًا في ديارنا!

قال لامبير سعيدًا.

ـ إذًا قبلت!

ـ بالطبع. كل هذه القصّة جعلتني سيّئ المزاج. لذا لم أقفز فرحًا عندما عرضت عليَّ الفكرة، لكنّي سعيد لأنّي لا زلت قادرًا على الحفاظ على الجريدة.

قال لامبير:

ـ هل تعتقد أن تراريو سيوافق؟

ـ سيكون مجبرًا على الموافقة. ضغط على يد لامبير بحرارة: «شكرًا، إلى الغد».

ـ فكّر وهو يدخل غرفته: «لا، ليس هذا الوقت الملائم للتهرّب من المسؤوليّات». ليس من السهل تجاهل الضغينة التي يشعر بها حيال دوبروي. لكن هذا لن يحول دون عملهما المشترك. المشاعر مسائل ثانويّة. المهمّ هو الحؤول دون رجوع فولانج إلى الساحة والانتصار في المعركة. أشعل سيجارة. أحسّ أنّ لامبير سينضمّ إلى لجنة «*L'Espoir*» وسيعمل هنري جاهدًا على جعله أكثر التزامًا بأهداف الجريدة، وهكذا يتسنّى له استكمال تنشئته السياسيّة ويشعر أنّه أقلّ ضياعًا في هذا العالم. وعندما ينخرط في العمل لن يعود للتساؤل عمّا يفعله بحياته.

فكّر هنري: «هذا صحيح: ليس مريحًا أن ننتمي إلى جيل الشباب في هذه المرحلة». قرّر أن يجري حوارًا جدّيًّا مع لامبير في الغد القريب: «ماذا سأقول له بالضبط؟» أخذ يخلع ثيابه: «لو كنت شيوعيًّا أو مسيحيًّا لكنت أقلّ ارتباكًا. إنّ الأخلاقيّة التي تأخذ في الاعتبار كل القيم المطروحة يسهل فرضها، لكنّ المعنى الذي نعطيه لحياتنا قضيّة أخرى مختلفة تمامًا يستحيل شرحها بجمل قليلة. يجب حثّ لامبير على رؤية العالم بعينيّ». تنهّد هنري: هذا هو الهدف من الأدب: أن نُظهر العالم للآخرين كما نراه. لكنّه حاول وأخفق: «هل فعلاً حاولت؟» أشعل سيجارة أخرى. جلس على حافّة السرير. كان يريد أن يكتب كتابًا مجّانيًّا: مجّانيًّا، لا ضرورة له ولا داعي. لكنّه اشمأزّ منه بسرعة وهذا أمر لم يستغربه. عاهد نفسه على أن يكون صادقًا لكنّه لم يكن إلاّ مجاملاً.

زعم أنّه يتحدّث عن نفسه دون أن يتقيّد بـزمن فـي الماضـي أو الحاضر فيما كانت حقيقة حياته خارجه، كانت في الأحداث، فـي الناس، في الأشياء. لكي يتكلّم عن نفسه، يجدر به التكلّم عن كـل البقيّة. نهض وشرب كوبًا من الماء. في لحظة ما، وافقه أن يقـول إنّ الأدب لم يعد له معنى، لكن هذا لم يمنعه من كتابـة مـسرحيّة اغتبط كثيرًا لكتابتها. مسرحيّة لهـا إطارهـا الزمنـي وموقعهـا التاريخي ومغزاها الأخلاقي. لأجل هذا سُرّ بها. لماذا لا يشرع إذًا في كتابة رواية لها إطارها الزمني وموقعها الـسياسي ومغزاهـا الأخلاقي؟ كتابة قصّة عن عالم اليوم يجد فيهـا القـرّاء همـومهم ومشاكلهم. قصّة لا تبرهن ولا تحرّض بل تكـون فقـط صـورة صادقة عن الأحداث التي تتعرّض لها. لم يستطع النوم إلاّ بعد وقت طويل.

لم ينجح دوبروي في إقناع ترايور ولا سامازيل. لكـن، ربّمـا أدركا دون شكّ الضمانة التي يمثّلها لامبيـر لهنـري فـي لجنـة الجريدة، أو أنّهما تهيّبا من فضيحة تسيء إلى الـ *S.R.L*، أو أنّهما ببساطة لم تكن لديهما أيّة خطّة مكيافيليّة. لذا وافقـا دون صـعوبة تُذكر على المبادرة التي اقترحها هنري. لم تتأثّر الجريـدة كثيـرًا بالتغيير الذي بدا على مستوى إداري بحت. فنسان هو الوحيد الذي دخل إلى قاعة التحرير حين كان هنري ولـوك وحـدهما وقـال بصوت غاضب:

ـ لا أفهم شيئًا ممّا يجري!

قال هنري:

ـ لكنّ الأمر بسيط.

ـ لا أعرف تراريو هذا. لكنّ رجلاً موسرًا إلى هذا الحدّ يشكّل خطورة بالتأكيد. كان الأفضل لنا لو استغنينا عنه.

قال هنري:

ـ لا نستطيع.

قال فنسان:

ـ ولماذا أدخلت لامبير في اللجنة؟ تنتظرك مفاجآت سـيّئة. إذ كيف أفكّر أنّه تصالح مع والده مع يقينه الثابت بأنّه كان متعاونًا مع العدوّ.

قال هنري:

ـ ليس ما يثبت أنّ العجوز سلّم روزا. كفّ إذًا عن الحكم على الناس وفقًا لمزاجك. أعرف لامبير ولديَّ ثقة تامّة به.

رفع فنسان كتفيه هازئًا: «كل هذه القضيّة مؤسفة جدًّا!».

قال لوك متنهّدًا: «فلنعترف أنّنا خسرنا الجولة...».

ـ أيّ جولة؟

ـ الوضع برمّته. نأمل دومًا بأن تتغيّر الأمور قليلاً، ولكن من جديد ليس هناك إلاّ المال الذي يُحسب له كل حساب.

ـ قال هنري:

ـ لا يمكن للأشياء أن تتغيّر بهذه السرعة!

قال فنسان:

ـ لا شيء يتغيّر! وفجأة استدار ومشى باتّجاه الباب.

قال لوك والقلق بادٍ على وجهه:

ـ هل يعرف أنّني أخبرتك؟

قال هنري:

ـ لا، لم أقل له شيئًا ولن أقول له شيئًا إذ لا جدوى من ذلك.

في اليوم المحدّد للتوقيع على العقد، أضرمت بول نارًا كبيرة في حطبات المدفأة بالرغم من لطافة الجوّ في تشرين الثاني، ثم سألت وهي تحرّك النار بذهن شارد:

ـ هل صمّمت على التوقيع؟

ـ بالطبع.

ـ لماذا؟

ـ ليس لديّ خيار أفضل.

ـ لدينا دومًا الخيار.

ـ ليس في مثل هذه الحالات.

ـ بلى.

نهضت وقالت في مواجهة هنري: «كان بإمكانك الرحيل!» وأخيرًا، نطقت بهذه الكلمات التي كتمتها منذ أيّام بطريقة خرقاء. كانت بجمودها ويديها المتشنّجتين المشبّثتين بأطراف شالها تبدو وكأنّها شهيدة على أهبة أن تمنح نفسها للحيوانات المفترسة. بدا صوتها واثقًا:

ـ أجد أنّ رحيلك سيتّسم بلباقة أكبر!

ـ لو تعرفين مدى لامبالاتي باللباقة.

ـ لخمس سنوات خلت ما كنت لتتردّد.

رفع كتفيه هازئًا:

ـ تعلّمت أشياء في خمس سنوات، وأنت ألم تتعلّمي؟

قالت بصوت مصطنع:

ـ وماذا تعلّمت؟ أن تساوم وتتنازل؟

ـ حدّثتك عن الأسباب التي دفعتني للموافقة على العقد.

ـ آه، ثمّة أسباب دومًا. لا نتورّط دون أسباب، ولكن لهذا السبب بالضبط يجب رفض الأسباب». تبدّل وجه بول. كانت نظراتها زائغة متوسّلة: «تعرف، اخترت الطرقات التي يتطلّب سلوكها مشقّة أكبر، اخترت الوحدة والشفافية. كنّا نقول إنّك تشبه مار جرجس الصغير في ثيابه البيضاء الذهبيّة في رسمة بيزانيللو»[1].

ـ كنت تقولين...

صاحت:

ـ لا تتنكّر للماضي!

قال متبرّمًا:

ـ لا أتنكّر لشيء.

ـ بل تتنكّر لنفسك وتتنكّر لصورتك. ثم أضافت بغضب: «وأعرف من المسؤول عن ذلك. عليَّ يومًا أن أكلّمه».

ـ تقصدين دوبروي؟ لكنّ ما تقولينه غير معقول! تعرفينني بما يكفي لتدركي أنّ أحدًا لا يستطيع إرغامي على فعل ما لا أريد.

قالت وهي تنظر إلى هنري بأسى:

ـ أحيانًا يُخيّل إليَّ أنّك شخص غريب وأنّي لم أعد أعرفك إطلاقًا. ثم أضافت بنظرات تائهة: «هل هذا حقًّا أنت؟».

قال هازئًا:

ـ هذا ما يبدو لي.

---

(١) بيزانيللو: من فنّاني عصر النهضة في إيطاليا. هنا تشير بول إلى لوحته: القدّيس جرجس والأميرة.

ـ لكنّك لست واثقًا من ذلك أنت نفسك. أراك من جديد...

قاطعها بفظاظة:

ـ لا تُرجعي زمنًا مضى وولّى إلى غير رجعة. أنا نفسي اليوم كما البارحة.

قالت بصوت مُلهم:

ـ لا، أعرف أين تكمن مصلحتنا الحقيقيّة، وسأدافع عنها بوجه الجميع ورغم كلّ شيء.

ـ إذًا لن تنتهي شجاراتنا! لقد تغيّرتُ. اقتنعي بذلك. الناس يتغيّرون يا بول. والأفكار تتغيّر والمشاعر أيضًا. يجب أن تتقبّلي ذلك في نهاية المطاف.

ـ أبدًا لن يحصل هذا. واغرورقت عيناها بالدموع: «كن واثقًا أنّ هذه الشجارات تعذّبني أكثر منك. لو لم أكن مرغمة على اتّخاذ هذه المواقف، لما وقفت في وجهك».

ـ لا أحد يجبركِ.

قالت بلهجة شرسة:

ـ لديَّ رسالتي أنا أيضًا وعليَّ الاضطلاع بها. لن أسمح لهم بأن يحوّلوا اتّجاه حياتك.

لن يستطيع مواجهة هذه الكلمات الرنّانة. همهم بصوت متجهّم: «هل تعرفين ما الذي سيحصل؟ سيؤول بنا الأمر إلى التباغض».

ـ هل تطاوعك نفسك أن تبغضني يومًا؟ أخفضت رأسها بين يديها ثم رفعته ثانية: «إذا استوجب الأمر، حتى جفاؤك سأتحمّله، وفاءً لحبّي لك».

رفع كتفيه هازئًا دون أن يعقّب. مشى باتجاه غرفته وهو يفكّر

بحماس: «يجب وضع حدّ لهذه العلاقة، يجب الانتهاء منها».

أعلنت الـ *S.R.L* في تشرين الثاني دعمها لمطالب توريز. وبالمقابل أظهر الشيوعيّون من جديد بعض اللطف، وأخذوا يعاودون قراءة «*L'Espoir*» في المعامل. لكنّ التناغم لم يدم طويلاً. انتفض الشيوعيّون بغضب ضدّ المقال الذي يأخذ فيه هنري عليهم تصويتهم على القروض البالغة قيمتها مئة وأربعين مليارًا لتسليح القوى العسكريّة، وأيضًا ضدّ مقال سامازيل الذي يشدّد فيه على الخلافات بينهم وبين الاشتراكيّين فيما يتعلّق بموقفهم من سياسة الدول العظمى الثلاث. كانت ردّة فعل الشيوعيّين تقوم على تأليب الأنصار على الـ *S.R.L* ومناوأتهم بجميع الطرق الممكنة. أعرب سامازيل عن رغبته في الانفصال عنهم صراحة. وبحسب رأيه، كان يفترض بالـ *S.R.L* أن تنتظم كحزب وتعلن عن مرشّحيها لانتخابات حزيران. رُفض اقتراحهم. لكنّ اللجنة قرّرت استغلال فرصة الانتخابات وسيلةً لتبنّي سياسة أقلّ سلبيّة حيال الحزب الشيوعي: شيشنّون حملة انتخابيّة واسعة.

ختم دوبروي قائلاً:

ــ لا نريد إضعاف الحزب الشيوعي، لكنّنا نتمنّى عليه أن يغيّر خطّه. حسنًا، ها قد سنحت فرصة للتغلّب عليه، ما نطرحه من شعارات لا يمسّه البتّة. لكنّه مجبر على أخذ القاعدة الشعبيّة بعين الاعتبار. سنُلزم الناس بأن يصوّتوا لأحزاب اليسار، لكن من خلال وضع شروط على المرشّحين. في الوقت الراهن، توجّه البروليتاريا جملة انتقادات ضدّ الشيوعيّين. إذا عرفنا كيف نقنّن هذا الاستياء،

وتوصّلنا إلى ترجمته عمليًّا من خلال مطالب محدّدة فسننجح في جعل القادة يغيّرون مواقفهم.

عندما يتّخذ دوبروي قرارًا ما، يتبيّن أنّ كلّ اهتماماته السابقة بأكملها كانت موجّهة طيلة الوقت باتّجاه وضعه موضع التنفيذ. هذا ما خلص إليه هنري من جديد عند انتهاء الجلسة. وكما في كل سبت، ذهب هنري ودوبروي لتناول العشاء في أحد مقاهي الرصيف. أطلع دوبروي هنري على المقال الذي سيكتبه هذه الليلة. كان يخيّل إليه أنّه يخطّط دومًا مسبقًا لينشر مقالاته في الوقت الذي يحدّده بالضبط. كان يأخذ على الشيوعيّين بالدرجة الأولى قبولهم دعم الأنكلوساكسونيّين. صحيح أنّ هذا الدعم يعجّل في عودة الازدهار، لكنّ العمّال لن يجنوا من ذلك أيّة فائدة.

سأل هنري:

ـ هل تعتقد أنّه سيكون هناك تأثير لهذه الحملة؟

قال دوبروي وهو يرفع كتفيه: «سنرى. كنت تقول خلال فترة المقاومة إنّه علينا التحرّك كما لو أنّ فعاليّة الحركة التي صمّمنا على القيام بها مضمونة بشكل أكيد. هذا مبدأ جيّد وأحبّ أن ألتزم به».

تفرّس هنري في دوبروي مفكّرًا: «ليس هذا هو الجواب الذي كان سيقوله السنة الفائتة!».

كان جليًّا أنّ الهموم تشغل بال دوبروي هذه الأيّام.

قال هنري:

ـ بكلام آخر، يبدو أنّك لا تأمل بتحقيق الشيء الكثير من هذا التحرّك؟

ـ اسمع، الأمل بتحقيق شيء وفقدان الأمل من تحقيقه، شيء ذاتي بالفعل. إذا أردنا تنظيم أنفسنا وفق مزاجاتنا فهذا لن يؤدّي بنا إلى نتيجة ملموسة. نصبح أشبه بسكرياسين. حين نتّخذ قرارًا، يجب أن نتجاوز مشاعرنا الذاتيّة.

كان في صوته وفي ابتسامته شيء من العفويّة التي كانت تمسّ هنري فيما مضى. لكن منذ الأزمة التي شابت علاقتهما في تشرين الثاني، فقد هنري حيال دوبروي دفء العاطفة. «إذا بدا وكأنّه يتحدّث إليّ بكل ثقة فهذا لأنّ آن ليست هنا. إنّه بحاجة لأحد ما ليختبر عليه أفكاره». لكنّه في الوقت ذاته، أخذ يلوم نفسه على سوء نيّته.

نشر دوبروي في *«L'Espoir»* سلسلة من المقالات تميّزت بصرامتها الشديدة. وقد أظهرت حيالها الصحافة الشيوعيّة تبرّمًا. أقام الشيوعيّون مقارنة بين موقف الـ *S.R.L* وموقف التروتسكيّين الذين رفضوا المشاركة في المقاومة بحجّة أنّها تخدم الإمبرياليّة الإنكليزيّة.

وبالرغم من هذه الاعتراضات، كان هذا الجدال بين الحزب الشيوعي والـ *S.R.L* وتبادلهما بالتناوب التّهم الزاعمة بتجاهل المصالح الحقيقيّة للطبقة العاملة، يحافظ على نبرة محتشمة بشكل نسبيّ، لكن هنري انذهل لدى قراءته ذات خميس في جريدة *«L'Enclume»* مقالة تهاجم دوبروي بعنف وشراسة غير مسبوقين. تنتقد المقالة البحث الذي نشره حديثًا في مجلّة *«Vigilance»* وهو فصل من كتابه الذي حدّث عنه هنري منذ بضعة أشهر، مقاربًا فيه بطريقة غير مباشرة تمامًا المسائل السياسيّة. انطلاقًا من هنا، ودون

سبب ظاهر، كانت المقالة بمثابة مرافعة حقيقيّة تضمّنت سلسلة من الاتّهامات لدوبروي: كأن يُقال عنه إنّه الكلب الحارس للرأسماليّة وعدوّ الطبقة العاملة.

قال هنري:

ـ ما الذي دهاهم؟ كيف يسمح لاشوم بنشر هذا المقال؟ إنّه حقًّا عمل دنيء.

قال لامبير:

ـ وهل يفاجئك مثل هذا الموقف منه؟

ـ نعم. كما تفاجئني نبرة المقال العالية. بدا لي أنّ هناك تساهلاً في الجوّ.

قال سامازيل:

ـ لست متفاجئًا إلى هذا الحدّ. على مسافة ثلاثة أشهر من الانتخابات لن يجرجروا في الوحل جريدة مثل «*L'Espoir*» يقرأها آلاف العمّال ومن بينهم الشيوعيّون. وهذا الموقف ينطبق على الـ *S.R.L* ولديهم مصلحة في مراعاتها. أمّا أن يسقط دوبروي في أعين المثقّفين اليساريّين من الشبّان، فهذا يصبّ في مصلحتهم.

هذا الرضا الظاهر لسامازيل ولامبير أزعج هنري. شعر أنّه متشنّج قليلاً عندما قال له لامبير بعد يومين ببشاشة لاذعة قليلاً: «أردت أن أتسلّى، فكتبت مقالة تعقيبًا على المقال الذي ظهر في «*L'Enclume*». أتساءل فقط عمّا إذا كنت توافق على نشره».

ـ لماذا؟

ـ لأنّي لا أحكم لأحد من الخصمين، لا لمصلحة لاشوم ولا لدوبروي. فهو يستحقّ ما حدث له، وهذا يعلّمه ألاّ يراهن دومًا

على اللعب على الحبلين. إذا كان مثقّفًا فعليه ألاّ يضحّي بفضائل المثقّف في سبيل السياسة، وإذا كان يعتبر أنّ هذه الفضائل ترف غير مجدٍ فليفصح عن ذلك، وعندئذٍ نتوجّه إلى سواه فيما يخصّ الفكر الحرّ.

قال هنري:

ــ أشكّ في أن أنشر مقال من هذا النوع في «*L'Espoir*». موقفك مجحف في جميع الأحوال. لكن أطلعني على ما كتبت.

كان المقال لبقًا وقاطعًا وحصيفًا بالرغم من سوء نيّته. يهاجم الشيوعيّين بإفراط ودوبروي بفظاظة متمادية في تطرّفها.

قال هنري:

ــ لديك موهبة المقالات الهجائيّة. مقال لامع. ابتسم: «بطبيعة الحال، هذا غير صالح للنشر».

ثم سأل لامبير:

ــ أليس صحيحًا ما أقوله؟

ــ دوبروي منقسم على نفسه، صحيح. لكنّي أتفاجأ إذ تلومه على ذلك. فأنا مثله كما تعرف.

قال لامبير:

ــ أنت؟ لكن هذا بدافع الصدق تجاهه. ثم أعاد المقال إلى جيبه «اسمع، لا أعلّق أهمّيّة على مقالي، لكنّ الأمر مضحك. حتى لو أردت نشره فما من وسيلة. بالنسبة لجريدتك. ولـ «*Vigilance*» أنا مناهض للشيوعيّة وبالنسبة لأهل اليمين أنا يساريّ متطرّف».

قال هنري:

ــ هذا أوّل مقال لك أرفض نشره.

ـ آه، التحقيقات والملاحظات الانتقاديّة تصلح لكل أوان. لكن إذا أردت فعلاً أن أعبّر عن رأيي بالنسبة لموضوع يهمّني قليلاً، فإنّك لا تستطيع أن تقدّم لي إلاّ اعتذاراتك.

قال هنري بمودّة:

ـ ليس عليك إلاّ أن تجرّب.

ابتسم لامبير:

ـ لحسن الحظّ، ليس لديّ شيء مهمّ لأقوله.

سأل هنري:

ـ ألم تحاول كتابة مقالات أخرى؟

ـ لا.

ـ تثبّط عزيمتك بسرعة.

قال لامبير بعدائيّة مفاجئة:

ـ أتعرف ماذا يثبّط عزيمتي: أن أرى قصّة الفتى بولفي منشورة في «*Vigilance*» لا أفهم كيف تحبّ هذا النوع من الأدب!

قال هنري متفاجئًا:

ـ ألم تجدها مهمّة؟ نشعر أنّه ينقل إلينا روح الهند الصينيّة، وأنّه يروي لنا تجربته كمستوطن ويحكي طفولة بأكملها!

قال لامبير: «لا بل قل إنّ «*Vigilance*» لا تنشر روايات ولا قصصًا قصيرة بل تحقيقات فقط، يكفي أن يمضي شخص طفولته في المستعمرة ويكون مناهضًا للاستعمار، عندئذٍ تصدرون حكمًا بالإيجاب لصالح موهبته».

قال هنري:

ـ بولفي موهوب فعلاً. الواقع أنّ المهمّ في القصص هو أن

تسرد شيئًا. إنّ عيب قصصك القصيرة هو أنّك اخترت ألاّ تخبر عن شيء. لو أنّك تحدّثت عن تجاربك كما تحدّث هذا الفتى عن تجاربه، لكنت قمت بعمل ممتاز.

هزّ لامبير كتفيه: «فكّرت أنا أيضًا في كتابة قصّة عن طفولتي ثم أغفلت الموضوع. تجاربي الخاصّة لا صلة بينها وبين ما يجري على الساحة من أحداث. إنّها ذاتيّة بشكل تامّ، وبالتالي لا معنى لها من وجهة نظرك».

قال هنري:

ــ لا شيء خالٍ من المعنى. طفولتك هي أيضًا لها معنى. المسألة تتعلّق بإيجادِ هذا المعنى وحملنا على التفاعل معه.

قال لامبير بصوت هازئ: «أعرف. كلّ ما نكتبه وإن كان ذاتيًّا يمكن أن يتحوّل إلى وثيقة إنسانيّة». ثم هزَّ رأسه نفيًا: «ليس هذا ما يهمّني. إذا كنت أكتب فهذا لكي أقول الأشياء في تفاهتها. لن أسعى إلى التعويض عن تفاهتها إلاّ من خلال طريقتي في قولها». هزَّ كتفيه هازئًا: «اطمئنّ. لن أفعل ذلك، وإلاّ لشعرت بالذنب. المسألة هي أنّني فقط لا أحبّ الأدب الذي تحبّه. إذًا لن أكتب شيئًا: هذا هو الأمر بكل بساطة».

قال هنري:

ــ اسمع، في المرّة المقبلة التي سنخرج فيها سويًّا سنتكلّم بالتفصيل في هذه المسألة. وإذا جعلتك تأنف ممّا تكتبه فأنا متأسّف.

ــ لا تتأسّف. لا يستحقّ الأمر عناء ذلك.

خرج لامبير من المكتب متجهّمًا وكاد أن يصفق الباب خلفه بقوّة. بدا مهانًا حقًّا.

فكّر هنري. «لا بأس، سيتخطّى الأمر». قرَّر ألاّ ينفعل كعادته فالأمور تجري دومًا بسوء أقلّ ممّا تصوّر. لم يكن سامازيل مزعجًا كما تصوّر هنري إذ استطاع اكتساب ودّ فريق العمل كله، باستثناء لوك. لم يطأ تراريو أرض الجريدة. وارتفع عدد الإصدار أكثر بكثير من ذي قبل. وفي النهاية، شعر هنري أنّه أكثر حرِّيّة من السابق، ثم إنّه قطع شوطًا في كتابة روايته وهذا ما جعله متفائلاً. فبعد أن خشي من مواجهة مصاعب هائلة فها هو الكتاب ينتظم تقريبًا، وكان يكتب ببهجة لا شيء يعكّر صفوها إلاّ مطالبة بول بأن يعمل بالقرب منها، وبأن يطلعها على مسودّاته. كان يرفض فتغتاظ لرفضه. ومن جديد، في ذلك الصباح، وفيما كانا ينهيان إفطارهما، هاجمته قائلة:

ـ هل يسير عملك بشكل جيّد؟

ـ بين بين.

ـ متى ستطلعني على شيء منه؟

ـ قلت لك أكثر من مرّة إنّه ليس هنالك شيء جاهز يمكن قراءته.

ـ لكن مذ قلت لي ذلك كان بإمكانك تنقيحه ليصبح واضحًا!

ـ أعدت كتابة كل شيء.

أسندت كوعيها إلى الطاولة ثم ذقنها براحتي يديها:

ـ فقدت ثقتك بي، أليس كذلك؟

ـ بالطبع أثق بك.

قالت وهي شاردة النظرات:

ـ لا، لم تعد تثق بي، منذ تلك الرحلة على الدرّاجة.

تفرّس هنري فيها مندهشًا:

ــ ماذا بإمكان هذه الرحلة أن تؤثّر على علاقتنا؟

قالت له:

ــ هنا بيت القصيد.

ــ ماذا تقصدين؟

ــ حسنًا، لم تعد تصدّق ما أقوله. رفع كتفيه هازئًا فأضافت بحيويّة: «أستطيع أن أذكر لك عشرين حالة امتنعت فيها عن تصديق ما أقوله لك».

ــ مثلاً؟

ــ مثلاً، قلت لك في أيلول إنّك تستطيع النوم في الفندق ساعة تشاء، وفي كل مرّة تذهب للنوم فيه تسألني المعذرة، وكأنّك ارتكبت ذنبًا بحقّي. لا تريد أن تصدّق أنني أفضّل حرّيّتك على سعادتي.

ــ مهلك بول، في المرّة الأولى التي نمت فيها في الفندق، وجدت عينيك متورّمتين في صباح اليوم التالي.

قالت بصوت عدائي:

ــ لديّ الحقّ في أن أبكي، أليس كذلك؟

ــ لكنّي لا أرغب في أن أتسبّب لك بالبكاء.

ــ وهل تظنّ أنّني لا أبكي حين تحجب عنّي ثقتك وتقفل على مخطوطتك بالمفتاح، فأنت تقفل عليها بالمفتاح...

قال مغتاظًا:

ــ ليس هناك ما يدعو إلى البكاء.

ــ هذا مهين. ثم نظرت إلى هنري نظرات جفلة وشبه طفوليّة:

ــ أحيانًا أتساءل ما إذا كنت ساديًّا أم لا.

سكب لنفسه فنجانًا آخر من القهوة دون أن يجيب. قالت بغضب: «أنت تخاف من أن أفتّش في أدراجك؟».

قال هنري وهو يجهد ليكون بشوشًا:

ـ هذا ما أفعله لو كنت مكانك!

نهضت وأزاحت كرسيّها:

ـ وتعترف بذلك! تقفل الأدراج بسببي! هل وصل الأمر بنا إلى هذا الحدّ.

قال: «هذا لأجنّبك الإغراءات». وهذه المرّة، كانت الغبطة في صوته مصطنعة تمامًا.

ثمّ كرّرت:

ـ وصل بنا الأمر إلى هذا الحدّ؟ نظرت إلى هنري مباشرة في عينيه: «لو أقسمت إنّني لن أمسّ هذه الأوراق فهل ستصدّقني؟ هل ستترك الدرج مفتوحًا؟».

ـ أنت تصوّبين كامل انتباهك إلى هذه المخطوطة لدرجة أنّك لا تستطيعين أنت نفسك أن تضمني تصرّفاتك. أؤمن بصدقك لكنّي سأقفل الدرج.

ساد صمت. ثم قالت بول ببطء: «لم يسبق لك قطّ أن أهنتني كما تفعل الآن».

قال هنري وهو يدفع كرسيّه بعنف:

ـ إذا كنت لا تستطيعين مواجهة الحقيقة، لا تجبريني على قولها لك.

صعد الدرج وجلس أمام طاولته. تستحقّ فعلاً أن يريها المخطوطة فبهذه الطريقة يتخلّص منها. بطبيعة الحال، عند نشرها،

سيكون مرغمًا على التعديل في بعض الصفحات: شرط ألاّ تموت أثناء ذلك. وفي الانتظار سيعيد قراءتها ويشعر أنّه انتقم لنفسه. «الأدب، بمعنى ما، حقيقيّ أكثر من الحياة. دوبروي هزئ منّي، لويس نذل، بول تُسمّم عليَّ حياتي، وأبتسم لهم. أمّا على الصفحات فأذهب إلى أقصى ما أحسّ به». قرأ مرّة أخرى مشهد القطيعة. ما أسهل الافتراق على الورق! نكره ونصرخ ونقتل وننتحر، نذهب إلى النهاية. هنا الخطأ. «وإن يكن فهذا يبعث على الرضا بشكل غريب. في الحياة نتنكّر لأنفسنا باستمرار والناس الآخرون يعاكسوننا. بول تغيظني ومع ذلك أشفقتُ عليها منذ قليل واعتقدْتُ أنّني أكنّ شيئًا من الحبّ تجاهها. على الورق، أوقف سير الوقت وأفرض على العالم أجمع قناعاتي التي تصبح الحقيقة الوحيدة». انتزع غطاء قلمه. لن تقرأ بول أبدًا هذه الصفحات. ومع ذلك، شعر بنفسه منتصرًا كما لو أنّه أرغمها على التعرّف إلى نفسها في البورتريه الذي رسمه لها: امرأة تلعب دور العاشقة بشكل مشوّه ولا تهوى إلاّ تمثيليّاتها وأحلامها. امرأة تتظاهر بالعظمة والسخاء ونكران الذات فيما لا تملك لا كبرياء ولا شجاعة، معاندة في أنانيّتها وأهوائها المصطنعة. هكذا كان يراها، وشخصيّتها على الورق تطابقت فعلاً مع هذه الرؤية.

في الأيّام التي أعقبت هذا الحوار بذل هنري كل ما في وسعه ليتفادى الدخول في نزاعات جديدة، إلاّ أنّ بول وجدت ذريعة أخرى كي تستهجن مواقفه: المحاضرة التي وافق على إلقائها عند كلودي. حاول بداية تبريرها قائلاً إنّ دوبروي نفسه حاضر عند كلودي وإنّ الأمر يتعلّق بحملة لجمع المال من أجل دار الأطفال، وليس

بالإمكان رفض ذلك. وبما أنّها لم تكن توقف هجماتها، قرّر السكوت. وكان جليًّا أنّ هذا التكتيك يثير استياء بول. كانت تصمت هي أيضًا لكنّها تبدو وكأنّها تراجع في رأسها قرارات مهمّة. وفي اليوم الذي سيلقي فيه المحاضرة، وفيما كان يعقد ربطة عنقه أمام المرآة في غرفتهما، نظرت إليه بقسوة شديدة ففكّر راجيًا: «يبدو أنّها هي التي ستقترح عليّ القطيعة». ثم سألها بلهجة ودودة.

ـ هل أنت واثقة أنّك لا تريدين مرافقتي؟

فضحكت ضحكة عالية متشنّجة لدرجة أنّه لو كان لا يعرفها لظنّ أنّها مجنونة لا محالة: «أتسخر منّي! أنا أرافقك إلى هذه المهزلة!».

ـ كما تشائين.

ـ لديّ أعمال أهمّ لأقوم بها.

قالت بصوت يستدعي السؤال. فطاوعها وسألها:

ـ وما هي الأعمال التي ستقومين بها؟

قالت بلهجة متعالية: «هذا شأني».

هذه المرّة، لم يصرّ، وعندما كاد ينتهي من تسريح شعره، قالت له بلهجة مستفزّة:

ـ سأذهب إلى «*Vigilance*» لأرى دوبروي.

فندت منه التفاتة سريعة: أثار جوابها لديه الصدمة التي كانت تسعى إليها.

ـ ولماذا تريدين أن تري دوبروي؟

ـ أبلغتك من قبل أنّني سأذهب يومًا لأتكلّم معه في بعض الأمور.

ـ مثل ماذا؟

ـ لديّ أشياء كثيرة أقولها له من جهتي، ومن جهتك أيضًا.

ـ أرجوك لا تتدخّلي بعلاقتي بدوبروي. ليس لديك ما تقولينه إطلاقًا، ولن تذهبي لرؤيته.

قالت: «أستميحك المعذرة. كان ينبغي عليَّ أن ألتقيه قبل الآن. هذا الرجل قرينتك السيّئة، ولا يوجد سواي يستطيع إنقاذك من براثنه!».

شعر هنري أنّ الدم يندفع إلى وجهه: ماذا ستخبر دوبروي؟ في بعض لحظات الغضب أو القلق حدث لهنري أنّ عبَّر عن آرائه حيال دوبروي بحرِّيّة أمام بول. يستحيل عليه أن يتصوّرها تكرّر بعضًا من كلماته، لكن كيف يتمّ إقناعها بالعدول عن لقائه؟ كانوا في انتظاره عند كلودي، ولن يجد الوسيلة لإقناعها في غضون خمس دقائق. يجب أن يشلّ حركتها أو يسجنها. فتمتم:

ـ أنت تهذين.

ـ هل ترى؟ عندما يعيش المرء وحيدًا مثلي يُتاح له الكثير من الوقت للتفكير. أفكّر بك وبكلّ ما يعنيك. وأحيانًا أستطيع رؤية الأمور بوضوح. رأيت دوبروي منذ بضعة أيّام بوضوح خارق، وأدركت أنّه سيفعل كل ما بوسعه للنيل منك والقضاء عليك.

ـ آه، تراودك رؤى غريبة! سعى جاهدًا لترهيب بول ولم يجد إلاّ وسيلة واحدة: تهديدها بالقطيعة.

قالت بصوت يتعمّد الغموض:

ـ لا أعتمد فقط على رؤاي.

ـ على ماذا أيضًا؟

ـ لقد استعلمت عن الموضوع. وحدّقت إلى هنـــري بنظــرات مداعبة.

تفحّصها بحيرة:

ـ بالتأكيد، لم تقل لك آن إنّ دوبروي يريد تدميري.

ـ ومن يحدّثك عن آن! آن عمياء البصيرة أكثر منك!

سألها وهو يشعر بقلق مبهم:

ـ إذاً من هو هذا النافذ البصيرة الذي استشرته؟

أصبحت نظرة بول أكثر وقارًا:

ـ تحدّثت إلى لامبير.

ـ لامبير؟ أين رأيته؟ وشعر أنّ ريقه يجفّ من شدّة الغضب.

قالت بول بلهجة هادئة:

ـ رأيته هنا عندي في الاستوديو. هل هذه جريمة؟ اتّصلت بــه وسألته أن يحضر.

ـ متى؟

قالت بلهجة راضية:

ـ البارحة. هو أيضًا لا يحبّ دوبروي.

ـ هذا استغلال للثقة التي منحتك إيّاها. تخيّلهــا تتحــدّث إلــى لامبير بتعابيرها المضحكة وانفعالها السخيف فاعترته رغبــة فــي صفعها. قال بلهجة مسعورة:

ـ تتكلّمين دومًا عن الطهارة واللباقة، لكنّ امرأة تشارك رجــلاً حياته وفكره وأسراره ثم تستغلّها من خلف ظهره دون أن تعلمــه فهي امرأة تتصرّف بطريقة مشينة حقًّا، هل تسمعين؟ قالها وهــو يمسك بمعصمها: «مشينة».

هزّت رأسها:

ــ حياتك هي حياتي لأنّني ضحّيت بها لأجلك. لديَّ حقوق عليك.

ــ لم أطلب منك أيّة تضحية. حاولت مساعدتك السنة الفائتة لكي تستعيدي حياتك الخاصّة بك لكنّك لم تريدي. هذا شأنك، لكن ليس لك أيّة حقوق عليّ.

ــ أنت السبب في أنّني لم أشأ استعادة حياتي فأنت تحتاج إليّ.

ــ هل تظنّين أنّني بحاجة إلى شجاراتك الدائمة؟ أنت مخطئة إلى أبعد الحدود. أحيانًا تجتاحني رغبة في ألاّ أطأ هذا المكان مرّة ثانية، وأريد أن أقول لك شيئًا: إذا كنت تصرّين على رؤية دوبروي فلن أغفر لك ذلك؛ لن تري صورة لوجهي بعد اليوم.

قالت بشغف:

ــ لكنّي أريد إنقاذك! ألم ترَ أنّك على وشك أن تضيّع نفسك. تستجيب لكلّ التسويات المطروحة وتذهب للتحدّث في الصالونات... وأعرف لماذا لا تجرؤ على إطلاعي على ما تكتبه: لأنّ إفلاسك ينعكس في عملك، ولأنّك تشعر بالعار لدرجة أنّك تقفل على مخطوطتك بالمفتاح. لذا، يجب أن يكون ما كتبته ضحلاً لأنّه كُتب تحت وطأة ظروفك السيّئة.

نظر إليها هنري بكراهيّة:

ــ إذا أطلعتك على مخطوطتي، تعدينني بألاّ تذهبي لرؤية دوبروي؟

وفجأة رقّت ملامح بول: «هل ستطلعني عليها؟».

ــ هل تعدينني بعدم إجراء هذا اللقاء؟

فكّرت في ما قاله ثم: «أعدك صادقةً بإلغائه اليوم».

قال هنري:

ـ هذا يكفيني. فتح الدرج وانتزع منه الدفتر الضخم الزنجاري اللون ورماه على السرير.

قالت بول بصوت يعروه الارتباك:

ـ أستطيع قراءته؟ هل هذا صحيح؟ فارقتها ثقتها فتخلّت عن لعب أدوارها المأسويّة. فجأة بدت حريّة بالرثاء.

ـ تستطيعين.

ـ آه، ما أسعدني! ثم أضافت بخجل: «هذا المساء سنتناقش في الأمر كما في السابق».

لم يُجب. نظر إلى هذا الدفتر الذي كانت بول تداعبه براحة يدها.

مجرّد ورق وحبر، ورق بريء غير مؤذٍ كالسموم التي كان والده يعزلها داخل الصيدليّة. وفي الحقيقة أحسّ بنفسه أجبن من ذلك الذي يدسّ السمّ لضحيّته.

هتفت من خلف الدرابزين: إلى اللقاء، فيما كان يهمّ بالفرار من الاستوديو.

واصل هنري الفرار مجتازًا الدرج بسرعة. حاول عبثًا أن يفرغ رأسه من الأفكار. هذا المساء، عندما سيرى بول، ستكون قد قرأت المخطوطة. ستقرأ كل جملة وتعيد قراءة كل كلمة: هذا ما يسمّى اغتيالاً. توقّف. أسند يده إلى الدرابزين ثم أعاد ارتقاء الدرجات القليلة. فانقضّ عليه الكلب الأسود الكبير وهو ينبح: كان يكره هذا الكلب، هذا الحبّ المتشنّج لبول، صمتها، شجاراتها، آلامها. ثم أعاد

نزول الدرجات أربعًا أربعًا حتى وصل إلى الشارع.

كان نهارًا جميلاً من نهارات الشتاء المغلّفة بضباب شفيف والهواء فيها ورديّ الأبعاد. لمح هنري عبر الواجهة الزجاجيّة قطعة من السماء الحريريّة. ثم أجال النظر في الحاضرين من جديد. ما أصعب أن يتحدّث عندما يكون في مواجهة مستمعيه. رأى القبّعات الصغيرة والمجوهرات وملابس الفرو. كان الحشد في معظمه من النساء، لا سيّما من هؤلاء اللواتي بقيت عليهنّ مسحة من مال وعرفن كيف يحافظن عليها ويبرزنها. ماذا يعني تاريخ الصحافة الفرنسيّة لجمهور كهذا؟ كان الجوّ حارًّا جدًّا في الداخل والهواء يعبق بالعطر. لاحظ هنري ابتسامة ماري آنج المرهفة، وبادره فنسان بإيماءة ضاحكة. رأى لامبير جالسًا وسط مليارديرة أرجنتينيّة وامرأة محدودبة تدّعي مناصرة للأدب. أحسّ هنري بالرهبة عندما رآه مواجهة، وبالعار، فأخفض عينيه من جديد وترك الكلمات تسيل من فمه.

ــ را ــ ئع!

دعت كلودي بإشارة من يدها الجمهور إلى التصفيق. صفّقوا بأيديهم وهتفوا بأصوات عالية شرسة متدافعين نحو المنصّة. فتحت أوغيت بابًا صغيرًا خلف هنري:

ــ تعال من هنا. كلودي ستطرد «السيّد ــ دات». لن تحتفظ إلاّ بحفنة من الأصدقاء وبعض المقرّبين. لا بدَّ أنّك تشعر بالعطش. ثم جذبت هنري إلى البوفيه حيث كان جوليان جالسًا وحده قبالة خادمين وهو يحتسي كأس شمبانيا.

قال جوليان:

ـ اعذرني. لم أسمع شيئًا. جئت لأثمل مجّانًا.

قال هنري:

ـ أنت معذور تمامًا. المحاضرات سماعها مزعج بقدر كتابتها.

قال فنسان:

ـ المعذرة! لم أشعر إطلاقًا بالانزعاج. كانت المحاضرة غنيّة بالمعلومات. ثم أردف وهو يضحك: «أنا أيضًا سأشرب على أيّ حال كأسًا».

قال هنري وهو يبتسم ابتسامة ظريفة:

ـ اشرب.

رأى سيّدة شعرها خطّه الشيب تندفع نحوه ووسام الشرف معلّق على صدرها. قالت:

ـ شكرًا لمساهمتك! هذا بديع! هل تعرف أنّ محاضرتك أحرزت نجاحًا أكبر من محاضرة دوآميل؟

قال هنري:

ـ هذا من دواعي سروري.

تحرّى عن لامبير بنظراته: تُرى ماذا قالت له بول؟ لم يسبق لهنري أن أطلع لامبير على حياته الخاصّة. بطبيعة الحال، كان يعرف أشياء حميمة عنه عبر نادين، لكنّ هنري لا يحفل بقصّته مع نادين، التي كانت شفّافة كالماء النقيّ. أمّا مع بول فالأمر مختلف. ابتسم للامبير وقال:

ـ هل يزعجك أن تصطحبني على درّاجتك عند انتهاء هذا الاحتفال؟

قال لامبير بنبرة طبيعيّة تمامًا:

ـ هذا يسرّني.

ـ شكرًا! وهكذا سيكون بإمكاننا التحدّث قليلاً.

توقّف عن الكلام لأنّ كلودي دخلت بوقاحة إلى الصالون مندفعة ناحيته:

ـ ستتكرّم علينا وتوقّع على بعض الكتب: هؤلاء السيّدات هنّ من المعجبات بأدبك إلى أبعد حدّ.

قال هنري:

ـ بكل سرور. ثم أضاف بصوت منخفض: «لا أستطيع البقاء طويلاً، ينتظرونني في الجريدة».

ـ لكن عليك أن تقابل السيّدتين بلوم. تعمّدتا المجيء لرؤيتك وستصلان بين دقيقة وأخرى.

قال هنري:

ـ لن أطيل البقاء لأكثر من نصف ساعة.

أخذ الكتاب من شقراء طويلة القامة:

ـ ما اسمك؟

قالت الشقراء بابتسامة متعالية:

ـ لا تعرفه لكنّك ستتعرّف إليه: كوليت ماسون.

شكرته بابتسامة أخرى غامضة، وكتب اسمًا آخر على كتاب آخر. يا للمهزلة! كان يوقّع ثم يبتسم، ويبتسم ثم يوقّع.. امتلأ الصالون بجحفل من أصدقاء كلودي المقرّبين. هم أيضًا ابتسموا وصافحوا هنري وأعينهم تلتمع بفضول مشوب بالوقاحة، وردّدوا الكلمات نفسها التي ردّدوها في المرّة السابقة على مسامع دوآميل والتي سيردّدونها هي نفسها في المرّة المقبلة على مسامع موريباك

أو أراغون. من وقت لآخر يلتقي بقارئ متحمّس يظنّ أنّه مرغم على التعبير عن إعجابه: هذا اهتزَّ كيانه عندما قرأ وصفًا لليلة أرق، وذاك عندما قرأ جملة عن المدافن. كان الأمر يتعلّق دومًا بمقطع سخيف مكتوب بلامبالاة. وسألته غيت فنتادور وهي تلومه على اختياره أبطالاً يُرثى لحالهم فيما راحت تبتسم مداورة لأناسٍ أتعس من أبطاله بكثير. فكّر هنري: «ما أقسى ما نطلقه من أحكام على أشخاص الرواية! لا نسامحهم على أيّ ضعف يظهرونه! ثم ما أغرب الطريقة التي يقرأ بها الناس! أظنّ أنّ أغلب القرّاء، بدل أن يتّبعوا المسالك التي نخطّها لهم على الورق، فإنّهم يعبرونها على غير هدى، من وقت لآخر، تحدث كلمة فيهم صداها فتوقظ ذكريات وحنينًا، أو يلمحون أحيانًا انعكاسًا لأنفسهم في إحدى الصور فيتريّثون لدقيقة ويتمرْأون فيها، ثم ينطلقون من جديد متلمّسين طريقهم. من الأفضل ألاّ نرى أبدًا قرّاءنا مواجهة». هكذا فكّر.

اقترب من ماري آنج التي كانت تراقبه من علٍ بهيئة مزدرية.

ـ لماذا تضحكين هازئة؟

ـ لا أهزأ. أراقب فقط. ثم قالت بتهكّم: «لديك الأسباب التي تبرّرك في أن تعيش محتجبًا عن الأنظار. لست لامعًا على الصعيد الاجتماعي».

ـ وما الذي يجدر بي فعله لأكون كذلك؟

ـ انظر إلى صديقك فولانج واتّعظ.

ـ لست موهوبًا.

لا يستهويه أن يحوز على إعجابهم، ولا يسعى إلى إدانتهم أو إزعاجهم. كان جوليان يفرغ بأبّهة الكأس تلو الكأس مفرغًا معها ما

في صدره بصوت جهوريّ. كانوا يتحلّقون حوله وهم يضحكون مُظهرين حياله موقفًا متساهلاً. هتف قائلاً: «أنا لو كان لي اسم مماثل لتخلّصت منه على الفور. بلزنس، بولينياك، لاروشفوكو، هذه الأسماء جُرجرت في كل صفحات تاريخ فرنسا والغبار يعلوها». كان بإمكانه شتمهم والتفوّه بأسوأ العبارات وأكثرها فظاظة، ولم يكن هذا ليثر غضبهم. إذا لم يتمكّن الكاتب من الحصول على ألقاب وجوائز وأوسمة فمن الأفضل له أن يكون شاعرًا هزليًّا. كان جوليان يظنّ أنّه يسيطر عليهم فيما كان يدفعهم إلى الإمعان في وعيهم لتفوّقهم. لا، الوسيلة الوحيدة هي عدم الاختلاط بهؤلاء الناس. الكتّاب الذين يتردّدون على الأوساط الراقية والمثقّفون المزيّفون الذين يتدافعون حول كلودي يبعثون في النفس شعورًا أكبر بالإحباط. لم تعد الكتابة تسلّيهم ولم تعد تمتّعهم ولا يهمّهم أن يفكّروا. كان السأم الذي يكابدونه ينعكس على وجوههم. همّهم الوحيد هو الهالة الاجتماعيّة التي يخلقونها حول شخصهم والنجاح الذي يُحرزونه في مهنتهم. ولم يكونوا يتخالطون إلاّ ليحسدوا بعضهم بعضًا عن كثب: إنّهم رعاع مخيفون. ابتسم هنري بمودّة عندما رأى سكرياسين. كان نزقًا، مشوّشًا، صعب الاحتمال. ولكنّه مفعم بالحياة. وعندما يستعمل الكلمات فهذا لأنّه شُغِف بها وليس ليقايضها بالمال والمجاملات والأمجاد. بالنسبة له، الادّعاء لا يأتي إلاّ في مرتبة ثانويّة ولم يكن إلاّ عيبًا سطحيًّا لديه.

قال سكرياسين:

ـ آمل ألاّ تكون حاقدًا عليّ؟

ـ بالطبع لا، أفرطْتَ في الشرب. والآن كيف الحال؟ أما زلت تقيم هنا؟

ـ نعم، تعمّدت النزول لألقي عليك التحيّة. آمل أن تكون الطبقة الاجتماعيّة الراقية قد غادرت المكان. هل تريد كلــودي منّــي أن أتكلّم أمام هؤلاء الذين كانوا هنا؟

قال فولانج الذي اقترب بخطى متثاقلة: «ليس جمهورًا ســيّئًا». وأخذ يوزّع مداورة ابتساماته اللطيفة المتعالية. تريّث قليلاً مراقبًــا لامبير ثم قال:

ـ الناس الذين يمتلكون أموالاً طائلة يتظاهرون بالسخف، لكــنّ لديهم غالبًا حسّ القيم الحقيقيّة. كلودي تمتلك، على سبيل المثــال، ذلك الترف المفعم ذكاء.

قال سكرياسين:

ـ الترف يغيظني!

انفجرت ماري آنج ضاحكة، فحدجها لويس بنظرات قاسية.

قالت أوغيت بتساهل:

ـ تقصد الترف المزيّف؟

ـ سواء كان مزيّفًا أم حقيقيًّا، لا أحب الترف.

قالت أوغيت:

ـ كيف بالإمكان ألاّ تحبّ الترف؟

قال سكرياسين:

ـ لا أحبّ الناس الذين يحبّون الترف. ثم أضاف فجــأة: «كنّــا نعيش ثلاثتنا في كوخ ولا نملك من حطام هذه الدنيا إلاّ رداء. كنّــا نتضوّر جوعًا، ومع ذلك فهذه كانت أجمل أيّام حياتي».

قال فولانج بصوت لاهٍ:

ـ هذا يدلّ على عقدة ذنب غريبة.

ـ أعرف عقدي. لا علاقة لها بهذا الأمر.

قال فولانج وهو يستدير ناحية هنري:

ـ بل له علاقة بالتأكيد! أنتما الاثنان طهريّان ككلّ أهل اليسار. الترف يجفلكم لأنّكم لا تحتملون أن الشعور بالذنب. هذه الصرامة في المواقف مخيفة. نرفض الترف وشيئًا فشيئًا يقودنا ذلك إلى رفض الشعر والفنّ.

لم يجب هنري. لم يكن يعلّق أهمِّيّة على أقوال فولانج. لكن ما لفت نظره هو اكتشافه مدى التغيّر الذي طرأ على تصرّفاته منذ لقائهما الأخير. لم يعد هناك أثر للتواضع في صوته ولا في ابتساماته. وعاد إليه كل تعنّته القديم.

قال لامبير بصوت خجول: «الترف والفنّ ليسا شيئًا واحدًا».

قال لويس:

ـ لا، لكن إذا لم يعد لدى الإنسان إحساس بالخطأ، إذا اختفى الشرّ عن وجه الأرض، يختفي الفنّ أيضًا. الفن سعي لتمثّل الشرّ. التقدُّميّون النظاميّون يريدون إلغاء الشرّ من الوجود وبذلك يحكمون على الفنّ بالموت. ثم تنهّد: «العالم الذي يعدوننا به عالم كئيب ليس إلاّ».

رفع هنري كتفيه هازئًا:

ـ أنتم، مناهضو التقدّم النظاميّون مضحكون. تارةً تتنبّأون بأنّنا لن نتوصّل أبدًا إلى إلغاء الظلم. وتارة أخرى تصرّحون أنّ الحياة ستصبح عندئذ أشدّ اكفهرارًا من سجن. حججكم تنقلب عليكم.

قال لامبير وهو يستطلع نظرات لويس:

ـ هذه الفكرة القائلة إنّ الشرّ ضروري للفنّ مهمّة في نظري.

ألقت كلودي يدها على ذراع هنري. قالت:

ـ هذه هي لوسي بلوم، تلك السمراء الطويلة القامة الأنيقة للغاية. تعال أعرّفك بها.

أشارت إلى امرأة طويلة القامة، جافّة، ترتدي ثيابًا سوداء. هل كانت أنيقة؟ لم يفهم هنري قطّ معنى هذه الكلمة. بالنسبة له هناك نساء يُثرن الشهوة وهناك نساء لا يُثرنها. وهذه لم تكن منهنّ.

قالت كلودي:

ـ وهذه هي الآنسة جوزيت بلوم.

كانت الصبيّة ساحرة إلى أبعد حدّ. لكنْ لا علاقة لجان بطلة مسرحيّته بهذه القامة المنتمية إلى المجتمع الرّاقي، كانت بمعطفها الفرو وعطرها وكعبها العالي وأظافرها المطليّة بالأحمر وضفائرها العنبريّة، تبدو كدمية مترفة بين دمى أخرى.

قالت لوسي بلوم بصوت واثق:

ـ قرأت مسرحيّتك. إنّها رائعة. أنا واثقة من أنّ بإمكانها أن تدرّ مالاً وفيرًا. هذا أمر أستطيع استشفافه بحدسي. تكلّمت مع فيرنون مدير ستوديو ٤٦، وهو صديق عزيز جدًّا لي، وقال إنّه مهتمّ للغاية بموضوع عرضها على المسرح.

ـ قال هنري:

ـ ألا يجدها فضائحيّة أكثر من اللازم؟

ـ لكن إذا كانت المسرحيّة فضائحيّة فهذا يمكن أن يكون لصالحها كما يمكن أن يكون سببًا لفشلها. هذا رهن بأمور كثيرة.

أعتقد أنّني أستطيع إقناع فيرنون بالمجازفة. ساد صمت. ثم أضافت دون تمهيد وبشيء من الوقاحة: «فيرنون جاهز لإعطاء فرصة لجوزيت، لم تحظَ حتّى اليوم إلاّ بأدوار صغيرة، إنّها في الحادية والعشرين من عمرها، لديها خبرة وتستطيع تقمّص الشخصيّة بشكل مدهش، أريدك أن تشاهدها وهي تؤدّي المشهد الثاني من المسرحيّة».

قال هنري:

ـ بكل سرور.

ـ التفتت لوسي إلى كلودي: «ألديك زاوية هادئة حيث بإمكان الصغيرة أن تؤدّي الدور؟»".

قالت جوزيت:

ـ آه! ليس الآن.

نظرت إلى أمّها وهنري نظرات جفلة. لم تكن لديها الثقة المعهودة لدى عارضات الأزياء المترفات. يمكن القول إنّها كانت تخاف من جمالها بالذات، وكانت فعلاً جميلة بعينيها الكبيرتين القاتمتين وفمها المكتنز، قليلاً وشعرها المتوحّش وبشرتها الصافية كالقشدة.

قالت لوسي:

ـ لن يستغرق الأمر أكثر من عشر دقائق.

قالت جوزيت:

ـ لكنّي لا أستطيع أن أؤدّيه هكذا على البارد.

قال هنري:

ـ لا شيء مستعجل. إذا وافق فيرنون فعلاً على عرض

المسرحيّة، سنحدّد موعدًا نلتقي فيه.

ابتسمت لوسي ابتسامة خفيفة: «أستطيع أن أؤكّد لك أنّه سيوافق إذا اتّفقنا أن تلعب جوزيت الدور».

اصطبغت بشرة الشقراء من عنقها وحتى أصول شعرها بالحمرة خجلاً. ابتسم هنري لجوزيت بلطف:

ــ متى تريدين أن نحدّد الموعد؟ هل يوافقك الثلاثاء في الساعة الرابعة؟

أحنت رأسها موافقة.

قالت لوسي:

ــ ستأتي عندي. الجوّ ملائم جدًّا لتعملا سويّة.

سألها بنبرة مهذّبة:

ــ هل أنت مهتمّة للدور؟

ــ بالتأكيد.

قال ببشاشة:

ــ أعترف أنّني لم أتخيّل أنّ جان ستكون بهذا الجمال.

ارتسمت ابتسامة خجولة على الفم الخطير الشهوة ثم ما لبثت أن توارت. علّموا جوزيت كل فنون تعابير الوجه الضروريّة للنجاح، لكنّها كانت تنفذّها بشكل سيّئ. كان وجهها الجهم بعينيه اللامتناهيتين يبدّد كل الأقنعة.

قالت لوسي:

ــ الممثّلات لسن أبدًا فائقات الجمال. وعندما تظهر الممثّلة التي ستلعب الدور الذي رسمته لها على المسرح وهي نصف عارية، فإنّ ما يسعى الجمهور إلى رؤيته فعلاً هو هذا! قالت وهي ترفع

فجأة تنّورة جوزيت كاشفة حتّى منتصف الفخذين عن ساقين طويلتين ناعمتين.

ــ ماما!

أثار صوت جوزيت الغاضب دهشة هنري. هل كانت فعلاً مجرّد دمية مترفة شبيهة بالأخريات؟ لا شكّ أنّها لا تبدو على درجة عالية من الذكاء، لكن شقَّ عليه أن يصدّق أنّ هذا الوجه المؤثّر لا يعني شيئًا.

قالت لوسي بلوم بصوت جافّ:

ــ لا تلعبي دور الفتيات الساذجات. هذه ليست مهنتك. ثم أضافت: «ألن تسجّلي الموعد على مفكّرتك؟».

ــ انصاعت جوزيت. فتحت حقيبتها وانتزعت منها مفكّرة. لمح هنري في داخلها محرمة دانتيل وعلبة بودرة صغيرة مذهّبة. بدت له هذه الحقيبة النسائيّة بما تحتويه مليئةً بسحر الماضي. للحظة أمسك في يده تلك الأصابع الطويلة المقصوصة بعناية.

ــ إلى الثلاثاء.

ــ إلى الثلاثاء.

عندما ابتعدت المرأتان، قالت كلودي وهي تبتسم ابتسامة خفيفة ماكرة:

ــ هل أعجبتك؟ إذا خفق لها قلبك قليلاً فبإمكانك المضيّ قدمًا. ليست متطلّبة جدًّا، الفتاة المسكينة!

ــ ولماذا تقولين إنّها مسكينة؟

ــ لا يسهل العيش مع لوسي. النساء اللواتي شقين طويلاً قبل أن يحرزن نجاحًا لسن، كما تعرف، عطوفات إجمالاً.

لو جرى هذا اللقاء في مناسبة أخرى لكان هنري استمع إلى ثرثرات كلودي متسلّيًا. لكن كان هناك فولانج ولامبير اللذان كانا مسترسلين في حديث خاصّ. سمع فولانج يخطب بإطناب مؤشّرًا بحركات لطيفة ولامبير يهزّ رأسه مبتسمًا. أراد هنري أن يتدخّل.

وأحسَّ بالطمأنينة عندما رأى فنسان يبتعد عن البوفيه متقدّمًا باتّجاه فولانج، ثم هتف بصوت قوي:

ـ أريد أن أطرح عليك سؤالاً واحدًا فقط: ماذا يفعل شخص مثلك هنا؟

قال لويس بهدوء:

ـ كما ترى، أتكلّم مع لامبير. وأنت، أنت قصدت المكان لتثمل. الأمر واضح!

ـ قال فنسان:

ـ ألم يحيطوك علمًا بالأمر. إنّها محاضرة يعود ريعها لصالح أطفال المعتقلين، مكانك ليس هنا.

قال لويس:

ـ ومن يعرف مكانه الصحيح في هذا العالم؟ إذا كنت تظنّ أنّك تعرف مكانك الصحيح فهذه ولا شكّ نعمة تحلّ على السكارى.

قال لامبير بصوت نفّاذ:

ـ آه فنسان شخص مهمّ جدًّا! يعرف كل شيء ويصدر أحكامه على الجميع ولست محتاجًا أن تدفع له أجرًا لكي يملي عليك دروسًا في الأخلاق.

اعترى وجه فنسان شحوب شديد، وبدا وكأنّ الدم سيسيل من عينيه، ثم تمتم قائلاً:

ـ بإمكاني التعرّف فورًا على الأنذال...

قال لويس:

ـ أعتقد أنّ هذا الشاب بحاجة إلى عناية طبِّيّة. فتى في مثل هذا العمر ورائحة الكحول تفوح منه! إنّه مشهد مُحبط.

اقترب هنري بحيويّة:

ـ وأنت يا من تتكيّف مع الشرّ بهذه الشجاعة النادرة، ها قد صرت فجأة طهرانيًّا! فنسان حصّة الشيطان على طريقته، فلماذا لا يسكر؟

تمتم فنسان وهو يبتسم ابتسامة جارحة:

ـ نذل وابن نذل، يتّفقان بالتأكيد!

قال لامبير:

ـ ماذا قلت؟ أعد لي ما قلته!

أعاد فنسان التأكيد على ما قاله:

ـ أقول إنّه يجب أن تكون وغدًا حقيرًا لكي تستطيع التصالح مع الشخص الذي سلَّم روزا. هل تتذكّر روزا؟

قال لامبير:

ـ تعال معي ننزل إلى الباحة ونُسَوِّ المسألة.

ـ لا حاجة للنزول.

أمسك هنري بفنسان فيما وضع لويس يده على كتف لامبير وقال: «دع المسألة ليوم آخر».

ـ سأهشّم وجهه.

قال هنري:

ـ في يوم آخر، وعدتني أن تصطحبني على الدرّاجة وأنا على عجلة من أمري.

بمودّة قال لفنسان الذي راح يتلفّظ كلمات غير مفهومة: «وأنت اتركنا بسلام».

انصاع لامبير لهنري الذي جرّه وراءه، لكن حين اجتازا الباحة، قال بصوت متجهّم: «ما كان يجدر بك أن تمنعني من الثأر لكرامتي. كنت سألقّنه درسًا لن ينساه. أتقن توجيه اللكمات كما تعرف».

ـ لم أقل إنّك لا تتقن توجيه اللّكمات لكنّ هذا تصرّف غبيّ.

قال لامبير:

ـ كان عليّ أن أبادر إلى ضربه في الحال دون أن أسعى لمجادلته، لكنّ ردود فعلي بطيئة. عندما يُفترض بي أن أستخدم القوّة ألجأ إلى الحوار...

قال هنري:

ـ فنسان ثمل، وتعرف جيّدًا أنّ به مسًّا من الجنون. لا تهتمّ بما يقوله.

قال لامبير غاضبًا:

ـ رائع ما تقوله! لو كان بهذا الجنون الذي تتحدّث عنه لما كنت زميلاً له إلى هذا الحدّ! امتطى درّاجته ثم قال:

ـ أين تريد الذهاب؟

ـ إلى البيت. سأمرّ بالجريدة لاحقًا.

خطرت له فجأة صورة بول جالسة وسط الاستوديو ونظراتها جامدة تحدّق في الفراغ. قرأت المسودّة. قرأت مشهد القطيعة جملة

بجملة، وكلمة بكلمة. الآن باتت على اطّلاع على ما يدور في ذهن هنري حيالها. شعر بالحاجة الملحّة لرؤيتها. كان لامبير يذرع الأرصفة غاضبًا. وعندما توقّف على الإشارة الحمراء، سأله هنري:

ـ هل تذهب معي لنشرب كأسًا؟

كان عليه أن يرى بول في الحال، لكنّ الشجاعة خانته عندما فكّر أنّه سيلتقي بها وجهًا لوجه.

قال لامبير بنبرة حزينة:

ـ كما تشاء.

دخلا إلى المقهى في زاوية الرصيف، جلسا أمام طاولة الشرب وطلبا كأسي نبيذ أبيض.

قال هنري بلطف:

ـ لن تستطيع البقاء على هذه الحالة من التجهّم لمجرّد أنّني منعتك من التشاجر مع فنسان!

قال لامبير باحتداد:

ـ لا أفهم كيف تستطيع تحمّل هذا الشخص. سكره وثيابه المتّسخة وارتياده المواخير، وفوق ذلك كله تصرّفاته كمجرم خارج على القانون. كل هذا يجعلني أتقزّز منه. ارتكب جرائم قتل أثناء عمله كمقاوم، كما حصل للكثيرين أمثاله، لكن ليست هذه حجّة لكي يواصل الإنسان حياته متباهيًا علنًا بحقده ومرهقًا الآخرين بضغائنه، ونادين تسمّيه رئيس الملائكة بذريعة أنّه شبه عاجز جنسيًّا! لا، لا أفهم. إذا كان مجنونًا فلنعالجه ببعض الصدمات الكهربائيّة الناجعة فيكفّ عن إزعاجنا.

قال هنري:

ـ أنت مجحف بحقّه.

ـ أعتقد أنّك أنت المنحاز.

قال هنري بلهجة يشوبها الجفاف:

ـ أحبّه فعلاً. ثم أضاف: «لم أكن أريد أن أحدّثك بخصوص فنسان. قالت لي بول أمرًا غريبًا. قالت إنّها استدعتك البارحة لتسألك عن دوبروي. وجدت الأمر في غير موضعه تمامًا. ولا بدَّ أنّه أحدث إرباكًا لك!».

قال لامبير بحيويّة:

ـ لكن لا، لم أفهم ماذا كانت تريد منّي تحديدًا لكنّها كانت لطيفة جدًّا معي.

تفحّص هنري لامبير. بدا صادقًا. ربّما كانت بول قد احتفظت برباطة جأشها أمامه. قال: «هي الآن مصابة بكره دوبروي. إنّها امرأة متطرّفة جدًّا في مشاعرها؛ ربّما انتبهت للأمر!».

قال لامبير:

ـ نعم. لكنْ بما أنّي لا أحبّ دوبروي فهذا لم يزعجني.

ـ إذًا نعم الأمر! خشيت أن يكون هذا الحديث قد أزعجك.

ـ لا، إطلاقًا!

قال هنري مردّدًا:

ـ نِعْم الأمر! إلى اللقاء. شكرًا لأنّك حملتني معك.

سلك هنري الزقاق بخطى بطيئة، لم يعد إيقاف التنفيذ ممكنًا: بعد دقيقتين، سيكون وجهًا لوجه أمام بول. سيشعر أنّه سيواجه نظراتها ويجب أن يختار كلماته بعناية: «سأكذب. سأقول لها إنّه لا علاقة

لها بإيفيت، وإنّني استعرت منها بعض الكلمات والحركات لكنّي غيّرت كل شيء في الشخصيّة». أخذ يصعد الدرج: «لن تصدّقني مهما قلت!». ربّما لن تدع له مجالاً للكلام... حثّ الخطى. شعر بانقباض في حلقه. ثم صعد الدرجات الأخيرة راكضًا.

ما من ضجّة. لا نباح، لا رنين، لا موسيقى منبعثة من جهاز راديو: «صمت أشبه بصمت المقابر». وفكّر مرتعبًا: «انتحرت». توقّف أمام الباب. سمع وشوشة.

ــ ادخل.

كانت بول مبتسمة ومفعمة بالحيويّة. نهضت الناطورة الجالسة على حافة الديوان قائلة:

ــ أضعت وقتك وأنا أقصّ عليك أخباري.

قالت بول:

ــ لا، إطلاقًا. كان حديثك مؤثّرًا.

قالت الناطورة:

ــ كوني مطمئنّة. غدًا أتحدّث إلى المالك.

عندما أغلقت الناطورة الباب من جديد قالت بول بفرح:

ــ السقف يوشك أن ينهار. إنّ هذه المرأة خفيفة الظلّ. أخبرتني قصصًا مدهشة عن المتشرّدين في الحيّ. يمكنك كتابة رواية عنها.

قال هنري:

ــ الأمر معلوم. كان ينظر إلى بول بمزيج من الخيبة والارتياح.

أمضت بعد الظهر وهي تثرثر مع الناطورة ولم تجد متّسعًا من الوقت لقراءة المخطوطة. ويجب معاودة كل شيء من جديد.

ويعرف أنّه لا يملك القوّة لذلك.

قال بصوت محايد:

ـ لا بدَّ أنّها منعتك من قراءة روايتي. ثم أضاف وهو يبتسم مكرهًا: «حسنًا فعلت».

نظرت إليه بول مصدومة:

ـ لكنّي قرأتها دون شكّ!

ـ صحيح! وما رأيك؟

قالت ببساطة:

ـ رائعة!

أخذ الدفتر وتفحّصه بلامبالاة ظاهريّة:

ـ كيف وجدت شخصيّة شارفال؟ هل هي جذّابة برأيك؟

قالت بول:

ـ ليس كثيرًا. لكنّه يتّسم بشهامة حقيقيّة. هل هذا ما قصدته؟

هزَّ هنري رأسه إيجابًا:

ـ هل أعجبك مشهد ١٤ تمّوز؟

أمعنت بول التفكير ثم أجابت:

ـ لم يكن المفضّل لديّ.

فتح هنري الدفتر على الصفحة المشؤومة.

ـ والقطيعة مع إيفيت ما رأيك فيها؟

ـ إنّه فصل آسر.

ـ حقًّا؟

نظرت إليه ببعض الارتياب: «ولماذا يفاجئك هذا؟» ضحكت: «ألأنّك فكّرت بنا وأنت تكتبها؟».

رمى الدفتر على الطاولة:

ــ أنت غبيّة!

قالت بول بإصرار:

ــ إنّه كتابك الأجمل. ثم مرّرت يدها بحنان في شعر هنري. «لا أفهم حقًّا لماذا كنت متكتّمًا بهذا الشكل».

قال:

ــ أنا حقًّا لا أعرف السبب.

أحسّ هنري بالرهبة قليلاً إزاء هذا الصمت الثقيل. كانت السجاجيد والستائر والسجف تغلّف الغرفة الكبيرة الموسرة. عبر الأبواب المغلقة، ما من أيّ ضجّة تذكر. حتى إنّ هنري تساءل عمّا إذا كان لا بدّ من قلب الأثاث في الغرفة ليحرّك ساكنًا!

ــ هل أطلت عليك الانتظار؟

قال بتهذيب:

ــ قليلاً:

وقفت جوزيت أمامه والابتسامة الجزعة على شفتيها. كانت ترتدي ثوبًا عنبري اللون، شفّافًا وغير محتشم إطلاقًا. استرجع في ذاكرته ما قالته كلودي: «ليست متطلّبة». هذه الابتسامة، هذا الصمت، هذه الدواوين المغطّاة بالفرو تدعو بوضوح إلى التصرّفات الجريئة كلها. بوضوح تامّ. لو أنّ هنري استغلّ هذه الفرصة المتاحة، لشعر أنّه قادم على اغتصاب قاصر على مرأى من قوّادة غير آبهة بما يجري حولها، ضاحكة وهازئة. قال بشيء

من الحزم: «إذا شئت، نباشر العمل فورًا. أنا على عجلة من أمري قليلاً. هل لديك النصّ؟».

قالت جوزيت:

ــ أعرف المونولوج غيبًا؟

ــ هيّا إلى العمل!

وضع نموذجًا لمسرحيّته على المنضدة وجلس في مثواة[١]. هذا المونولوج هو الأصعب، ولم تكن جوزيت تفهم منه شيئًا. بدت مرتعبة: شعر هنري بالانزعاج لرؤيتها تبذل جهودًا مضنية وغير مدروسة في أداء الدور، آملةً، متلهّفةً أن تثير إعجابه. أمّا هو فكان يبدو أشبه بمنحرف ثريّ يشاهد في أحد المواخير المترفة عرضًا من طراز خاصّ.

قال:

ــ لنجرّب المشهد الثالث من الفصل الثاني. سأعطيك النسخة.

قالت جوزيت:

ــ من الصعب التمثيل والقراءة في آن.

ــ لنحاول.

إنّه مشهد حبّ، وستجد جوزيت نفسها فيه بشكل أفضل. كان إلقاؤها جيّدًا ووجهها وصوتها مؤثّرين حقًّا. من يدري إذا تسلّمها مخرج بارع، لعلّه سينجح في اكتشاف موهبتها؟

قال هنري متهلّل الوجه:

ــ لم تتوصّلي بعد إلى الإحساس بالدور وعيشه من الداخل. لكن لا بأس هناك أمل في التقدّم.

---

(١) مثواة: bergère: كرسيّ واسع منجّد المساند والظهر.

ـ هل تعتقد؟

ـ أنا متأكّد. اجلسي هناك لأشرح لك الشخصيّة قليلاً.

جلست بالقرب منه. منذ زمن طويل لم يجلس بالقرب من فتاة بهذا الجمال. فيما كان يكلّمها، راح يتنشّق شعرها. كان عطرها ككل العطور، تفوح منه رائحة زكيّة. لكنّه بدا طبيعيًّا وكأنّه مستمدّ من رائحة بشرتها. شعر هنري برغبة متزايدة في استنشاق الرائحة الأخرى النديّة والطريّة التي يحدس بها تحت ثوبها. رغب في أن يعبث بشعرها ويدخل لسانه في هذا الفم الأحمر. كان الأمر سهلاً، لا بل أكثر من سهل. شعر أنّ جوزيت تنتظر أن ينعم عليها بلذّته، خانعةً ومثبّطة العزيمة إلى أبعد حدّ.

سألها:

ـ هل فهمت الدور؟

ـ نعم.

ـ لنبدأ إذًا من جديد.

استعاد المشهد. حاولت أن تضفي شيئًا من الحيويّة على الحوار ولكن كل محاولة تكون أسوأ من سابقتها.

قال:

ـ تبالغين في الأداء. كوني أبسط.

أجابته بلهجة حزينة.

ـ آه! لن أنجح أبدًا في تأدية الدور.

ـ بل ستنجحين إذا تمرّنت.

أطلقت جوزيت تنهيدة طويلة. يا للطفلة المسكينة! وفوق ذلك ستلومها أمّها على أنّها لم تقدر على جعله ينال منها مراده. نهض

هنري متحسّرًا على هواجسه تجاهها: ما أشهى هذا الفم! أيّ فرحة أن يضاجع امرأة مثيرة حقًّا!

قال:

ـ سنحدّد موعدًا آخر.

ـ إنّها مضيعة للوقت.

ـ بالنسبة لي، ليس هذا وقتًا ضائعًا. ابتسم: «إذا لم تكوني خائفة من تضييع وقتك، ربّما استطعنا في المرّة المقبلة بعد التمرين الخروج سويّة؟».

ـ ممكن.

ـ هل تحبّين الرقص؟

ـ بطبيعة الحال.

ـ حسنًا، سأصطحبك للرقص.

في السبت التالي، التقى هنري جوزيت في بيتها، شارع غابرييل، في صالون مفروش بالساتان الزهري والأبيض. عندما رآها من جديد، شعر بصدمة خفيفة. الجمال الحقيقي، ما إن يغيب عن أعيننا حتّى نخذله. كانت بشرة جوزيت أكثر شحوبًا وشعرها أكثر قتامة ممّا تذكّر. وكانت هناك حُبيبات متلألئة في عينيها وكأنّها محار في قعر ساقية. وفيما كان يعطيها نسخة عن المشهد المسرحي بطريقة ساهمة، راح يجيل نظره في جسدها الشابّ المتموّج بالمخمل الأسود. فكّر أنّ هذا الجسد وهذا الصوت كافيان للتعويض عن أخطاء كثيرة. على أيّة حال، لو التقت بمن يُحسن اكتشاف موهبتها، فما من سبب يدعو لتكون خرقاء أكثر من غيرها. لا بل إنّه في بعض الأحيان كان يجد نبرات صوتها مؤثّرة

ما شجّعه على المضيّ في خوض تجربته معها.

قال بحرارة:

ـ سيكون الأمر على ما يرام. بالطبع يجب العمل بكدّ وجدّ، لكن في النهاية ستنجحين..

قالت:

ـ أودّ من كلّ قلبي.

قال:

ـ والآن لنذهب للرقص. ما رأيك في النزول إلى سان جرمان دي بري؟

ـ كما تريد.

جلسا في قبو في شارع سان بنوا، تحت صورة لامرأة ملتحية. كانت جوزيت ترتدي ثوبًا يخفي مفاجآت كثيرة: خلعت البوليرو[١] فكشفت عن منكبين مستديرتين يانعتين تتناقضان مع وجهها الطفولي. فكّر هنري بفرح: «هاكم ما كان ينقصني لكي أستمتع بملذّات الحياة: فتاة جميلة بالقرب منّي».

ـ هل نرقص؟

ـ نرقص.

أن يحتضن بين ذراعيه هذا الجسد الدافئ اللطيف، فذلك أمر يبعث فيه الدوار. ما كان أحبّ هذا الدوار إلى قلبه وما أحبّه الآن! كان يعشق من جديد الجاز والدخان والأصوات الشابّة وفرح الآخرين. كان مستعدًّا ليحبّ هذين النهدين وهذا البطن. إلاّ أنّه قبل أن يبادر إلى القيام بأيّة حركة، أراد على الأقلّ أن يشعر أنّ

---

(١) البوليرو: سترة فضفاضة تبلغ الخصر طولاً.

جوزيت تملك شيئًا من المودّة تجاهه.

ـ هل يعجبك هذا المكان؟

ـ نعم. تردّدت ثم قالت: «هذا مكان خاصّ، أليس كذلك؟».

ـ أجل على ما أعتقد. أيّ نوع من الأمكنة تفضّلين؟

قالت بلهفة:

ـ آه! هنا ممتاز.

حين يتيح لها فرصة الحديث تبدو مرتعبة. لا بدّ أنّ أمّها دأبت على تعليمها أن تلزم الصمت في حضرة الآخرين. صمتا حتى الساعة الثانية صباحًا وهما يحتسيان الشمبانيا. عندما كانت جوزيت ترقص، لم تكن تبدو لا حزينة ولا فرحة. طلبت منه إرجاعها إلى منزلها في الساعة الثانية ولم يجرؤ على سؤالها ما إذا كان ذلك ضجرًا أو تعبًا أو تحفّظًا. اصطحبها إلى بيتها. في السيّارة قالت بتهذيب لا يكلّ:

ـ أودّ أن أقرأ كتابًا لك.

ـ هذا سهل. ابتسم: «هل تحبّين القراءة؟».

ـ عندما يتسنّى لي الوقت.

ـ لكن ألا يتسنّى لك الوقت غالبًا؟

تنهدّت: «ليس بالضرورة».

هل كانت بلهاء تمامًا؟ أم أنّها حمقاء قليلاً؟ أم أنّ الخجل يشلّها؟ صعب عليه اكتشاف الجواب الصحيح. كانت من الجمال بحيث يفترض أن تكون بلهاء عادة وفي الوقت نفسه كان جمالها يضفي عليها غُلالةً من الغموض.

قرّرت لوسي بلوم أن يوقّع العقد في منزلها بعد عشاء ودّي.

اتّصل هنري بجوزيت طالبًا منها أن يحتفلا سويّة بهذا الخبر السارّ. وبلهجة مهذّبة شكرته على كتابه الذي أرسله إليها مع إهداء ودّي، وتواعدت معه على اللقاء عند المساء في بار صغير في مونمارتر.

سأل وهو يمسك للحظة بيد جوزيت:

ـ هل أنت سعيدة؟

ـ بماذا؟ قالت، وكانت تبدو أقلّ شبابًا من العادة وغير سعيدة البتّة.

ـ بتوقيع العقد. حسم الأمر. ألا يسرّك هذا؟

حملت كأس مياه فيشي إلى شفتيها ثم قالت بصوت خفيض:

ـ هذا يخيفني.

ـ فيرنون ليس مجنونًا ولا أنا. لا تخافي، ستنجحين.

ـ لكنّك لم تكن تتصوّر الشخصيّة على هذا النحو، أليس كذلك؟

ـ لم أعد أستطيع أن أراها بطريقة أخرى.

ـ هل هذا صحيح؟

ـ نعم، صحيح.

كان هذا صحيحًا. ستؤدّي الدور بشكل مقبول. لكنّه لم يعد يريد أن يتخيّل أنّ لجان عينين مختلفتين أو صوتًا مختلفًا.

قالت جوزيت:

ـ أنت لطيف!

نظرت إليه بامتنان حقيقي. لكن أن تمنح نفسها امتنانًا أو بدافع حسابات خاصّة، فالأمران سيّان، ولم يكن هذا ما أراده هنري. لم يتحرّك. تخلّلت اللقاء فترات صمت عذبة متيَّمة بينهما، وإن تكلّما فعن المخرجين المحتملين وتوزيع الأدوار والديكورات التي ينشدها

هنري. لكن جوزيت ظلّت على قلقها. اصطحبها حتى الباب وأبقت يدها في يده.

قالت بصوت مخنوق:

ـ إلى الاثنين إذًا.

ـ أما تزالين خائفة؟ هل ستنامين نومًا هادئًا؟

ـ أجل، أنا خائفة.

ابتسم:

ـ ألن تدعيني إلى كأس ويسكي أخيرة؟

نظرت إليه بسعادة.

ـ لم تكن لديّ الجرأة.

صعدت الدرج بحيويّة. رمت معطفها الفرو كاشفة عن جذعها المشدود بالحرير الأسود. ناولت هنري كأسًا كبيرة يرنّ فيها الثلج فرحًا.

قال:

ـ نخب نجاحك!

تشبّثت بخشب الطاولة «لا تقل هذا! يا إلهي! ماذا لو أخفقت!».

ردّد:

ـ ستنجحين!

رفعت كتفيها هازئة: «أخفق في كل شيء».

ابتسم:

ـ هذا يفاجئني.

ـ لكن هذا ما سيحصل. تردّدت ثم قالت: «لا يجدر بي أن أخبرك لأنّك ستفقد ثقتك بي. ذهبت إلى قارئة البخت بأوراق اللعب

هذا اليوم بعد الظهر. أنبأتني أنّني ذاهبة إلى خيبة كبيرة».

قال هنري بحزم:

ـ متنبّئات الورق يبالغن دومًا. هل أوصيت على فستان جديد لك صدفة؟

ـ نعم، سيكون الإثنين جاهزًا.

ـ حسنًا لن يكون جاهزًا. هذه هي الخيبة التي تحدّثت عنها المتنبّئة.

ـ آه! لكن هذا سيكون مخيّبًا! ماذا سألبس على هذا العشاء؟

قال وهو يضحك:

ـ إنّها خيبة حقيقيّة! لكن مع ذلك ستكونين الأجمل، الإثنين كما دومًا. وهذا أقلّ خطورة من أن تمثّلي الدور بشكل سيّئ، أليس كذلك؟

ـ لديك طريقة لطيفة جدًّا لترتيب الأمور. من المؤسف أنّك لا تستطيع الطيران إلى السماء وتدير شؤون البشر.

كانت قريبة جدًّا منه. هل كان الامتنان وحده هو الذي يجعل شفتيها مثيرتين وعينيها ضبابيّتين؟

قال وهو يأخذها بين ذراعيه:

ـ لكنّي لن أمنحه مكاني!

عندما فتح هنري عينيه، لمح في الظلّ جدارًا مبطّنًا بالأخضر الشاحب وقفزت إلى قلبه فرحة اليوم الذي أعقب هذا اللقاء. فرحة تستكملها لذّات حيويّة ومالحة: الماء البارد، كفّ الاستحمام. انسلّ خارج السرير دون أن يوقظ جوزيت وعندما خرج من غرفة الحمّام نظيفًا، مرتديًا ثيابه وجائعًا، كانت لا تزال نائمة. اجتاز

الغرفة على رؤوس أصابعه وانحنى فوقها. كانت تضطجع ملتفّة بدفئها، برائحتها، بشعرها البرّاق الذي يغمر عينيها. شعر بالسعادة الفائقة لأنّه امتلك هذه المرأة ولأنّه رجل. فتحت عينًا، عينًا واحدة وكأنّها تحاول إبقاء الأخرى نائمة.

ـ هل نهضت؟

ـ نعم. سأذهب لشرب فنجان قهوة في الحانة عند تقاطع الشارعين وأعود.

ـ لا! لا! سأحضّر لك الشاي.

فركت عينيها المخدّرتين. أزاحت عنها أغطيتها فبدت في قميصها المزبد امرأة جديدة. احتضنها بين ذراعيه.

ـ تبدين أشبه بإله الغابات.

ـ إلهة الغابات.

ـ إله الغابات.

قرّبت فمها مسحورة.

أن تقول لهنّ إنّهنّ يشبهن أميرة فارسيّة أو هنديّة صغيرة أو ثعلبًا، أو لبلابًا أو عنقود غليسين جميل، هذا أمر يغمر قلوبهنّ بالحبور على الدوام: أن تقول لهنّ إنّهنّ يشبهن شيئًا آخر، شيئًا مختلفًا.

ردّد من جديد: «يا إله الحقول الصغير». قبّلها قبلة خفيفة. لبست مبذلها وتبعها إلى المطبخ. كانت السماء تلتمع، وكان البلاط الأبيض يلتمع، وجوزيت تروح وتجيء بحركات متردّدة.

ـ تريد حليبًا أم حامضًا؟

ـ قليلاً من الحليب.

وضعت صينيّة الشاي في الصالون الصغير الأبيض الـوردي. نظر بفضول إلى المناضد والمقاعد النقّالة المحشوّة. كيف تستطيع جوزيت التي كانت أنيقة الملبس ومنسجمة الصوت والحركـات أن تسكن وسط هذا الديكور الذي يشبه ديكورًا سينمائيًّا سيّئًا.

ـ هل أنت من جهّزت هذه الشقّة؟

ـ أمّي وأنا.

نظرت إليه بقلق فأجاب بسرعة.

ـ إنّها جميلة جدًّا.

متى توقّفت عن السكن مع أمّها؟ لماذا؟ لمـن؟ رغـب فـي أن يطرح عليها جملة أسئلة مفاجئة. وراءها حياة بأكملها، كل يوم، كل ساعة فيها عيشت ثانية بثانية. وكل ليلة. كان يجهل كل شيء عنها. ليست اللحظة ملائمة لكي يخضعها لاستجواب، لكنّـه شـعر أنّـه مستاء في وسط هذه التحف المختارة بشكل سيّئ وهذه الـذكريات غير المرئيّة.

ـ هل تعرفين ماذا يجب أن نفعل؟ أن نذهب للتنزّه. إنّه صباح جميل جدًّا.

ـ تتنزّه؟ أين؟

ـ في الشوارع.

ـ تقصد مشيًا على الأقدام؟

ـ نعم، مشيًا على الأقدام في الشوارع.

بدت مرتبكة: «إذًا عليّ أن أرتدي ثيابي؟».

ضحك: «هذا أفضل. لكنّك لست مضطرة إلى التنكّر بثوب سيّدة راقية».

ـ ماذا عليّ أن ألبس؟

ماذا يلبس الإنسان لكي يتنزّه مشيًا على القدمين في الشوارع في الساعة التاسعة صباحًا؟ فتحت خزانتها وأدراجها. لمست مناديل وقمصانًا. ارتدت جوارب حريريّة، واستعاد هنري في راحة يده ذكرى حارقة لجورب الحرير على ساق امرأة.

ـ هل يبدو منظري حسنًا هكذا؟

ـ أنت رائعة.

كانت ترتدي تايورًا قصيرًا قاتمًا ومنديلاً أخضر. رفعت شعرها: بدت رائعة.

ـ ألا تجدني سمينة في هذا التايور؟

ـ لا.

نظرت إلى نفسها في المرآة منشغلة البال: ماذا كانت ترى؟ كيف تشعر المرأة بأنوثتها وجمالها من الداخل؟ كيف تشعر بمداعبة الحرير هذه على طول فخذيها والساتان البرّاق لصق جلدها؟ ثم تساءل: «تُرى كيف تتذكّر الليلة التي أمضيناها سويّة؟ هل هتفت بأسماء أخرى بهذا الصوت الليلي وأيّها؟ بيار، فيكتور، جاك؟ وماذا يعني لها اسم هنري؟». أشار إلى روايته الموضوعة على إحدى المناضد بشكل لافت:

ـ هل قرأتها؟

ـ ألقيت نظرة عليها. ثم تردّدت وقالت: «هذه حماقة منّي، لا أعرف كيف أتابع قراءة كتابة ما».

ـ هل أضجرتك؟

ـ لا، لكنّي، ما إن اقرأ كلمة حتى أسترسل في الحلم بأشياء أخرى.

ـ وإلى أين تأخذك أحلامك؟ أقصد بمَ تحلمين؟

ـ آه! الأحلام غامضة، غامضة.

ـ هل تفكّرين بأمكنة أو بناس معيّنين.

ـ لا شيء معيّنًا، أحلم فقط.

ضمّها بين ذراعيه ثم سألها وهو يبتسم:

ـ هل وقعت في الغرام غالبًا؟

ـ أنا؟ رفعت كتفيها هازئة: «بمن؟».

ـ لا بدَّ أنّ أشخاصًا كثيرين أُغرموا بك فأنت جميلة جدًّا.

قالت وهي تشيح بوجهها:

ـ إنّه لشيء مهين أن تكون المرأة جميلة.

أرخى قبضة عناقه. لم يكن يدري لماذا كانت تلهمه هذا العطف الكبير. كانت تعيش بترف، ومنقطعةً عن العمل، ويداها ناعمتان رقيقتان لم تعرفا الكدح، ومع ذلك كان قلبه يذوب شفقة حيالها.

قالت جوزيت وهي ترفع إلى السماء وجهًا متبرّجًا: «ما أظرف التجوّل في الشوراع في مثل هذه الساعة!».

قال وهو يضمّ ذراعها:

ـ ظريف أن أكون هنا، معك. تنشَّق بسعادة هواء الخارج. هذا الصباح، كل شيء بدا جديدًا. كان الربيع في أوّل إطلالته ولكنّك تتذوّق في الهواء تواطؤًا دافئًا. كانت ساحة الآبيس تفوح منها راحة الملفوف والسمك. وكانت النساء بمرايلهنّ يتفحّصن بارتياب السلطات الأولى، كانت شعورهنّ الدبقة جرّاء النوم، المتّسمة بألوان

غير مسبوقة، لا تذكّر لا بالطبيعة ولا بالفنّ.

قال مشيرًا إلى امرأة مسنّة متبرّجة، مشنشلة بالجواهر وتعتمر قبّعة كبيرة قذرة:

ــ انظري إلى هذه الجنّيّة العجوز!

قالت جوزيت:

ــ آه! أعرفها. ثم أضافت متجهّمة الوجه: «ذات يوم سأشبهها».

ــ هذا سيفاجئني.

نزلا بضعة أدراج بصمت. أخذت جوزيت تترنّح في مشيتها بسبب كعبيها العاليين جدًّا. سألها:

ــ كم عمرك؟

ــ إحدى وعشرون سنة.

ــ أقصد القول: عن جدّ؟

تردّدت ثم قالت: «ستّ وعشرون». ثم أضافت مرتعبة: «لا تقل لأمّي إنّني أخبرتك بذلك».

قال:

ــ نسيت من الآن. أنت تبدين فتيّة جدًّا.

تنهّدت وقالت: «لأنّني أهتمّ بنفسي. هذا متعب».

قال بحنان: لا تتعبي نفسك إذًا. وشدّ على ذراعها بقوّة أكبر. «هل ترغبين في التمثيل من زمان؟».

قالت وهي تهمهم بين أسنانها:

ــ لم أرد أن أكون عارضة أزياء ولا أحبّ السادة العجائز.

لا بدَّ أنّ أمّها هي التي اختارت لها عشّاقها. وربّما كان صحيحًا أنّها لم تقع في الغرام. ستٌّ وعشرون سنة مع هاتين العينين وهذا

الفم وتجهل الحبّ: إنّها جديرة بالشفقة! تساءل: «وأنا؟ من أنا بنظرها؟ وماذا سأكون»؟ على أيّ حال، كانت لذّته في تلك الليلة صادقة، وصادق هذا النور الواثق في عينيه. وصلا إلى بولفار كليشي حيث كانت تتناعس أكواخ السوق. كان هناك طفلان يدوران على لعبة الخيل الخشبيّة والجبال الروسية هامدة تحت الغطاء الذي يدثّرها.

ـ هل تعرفين كيفيّة اللعب بالبليار الياباني؟

ـ لا.

انتصبت مطيعة إلى جانبه أمام أحد الألواح المثقوبة، وسألها: «ألا تحبّين السوق الشعبيّ؟».

ـ لم أذهب قطّ إلى سوق شعبي.

ـ ألم تصعدي قطّ إلى الجبال الروسيّة أو في القطار الشبح.

ـ لا، عندما كنت صغيرة، كنّا فقراء. ثم ألحقتني أمّي بمدرسة داخليّة. وحين خرجت كنت قد صرت كبيرة.

ـ كم كان عمرك؟

ـ ستّة عشر عامًا.

بعناية رمت الكرات الخشبيّة السوداء باتجاه الخانات المستديرة: «هذا صعب!» .

ـ لكن لا! انظري. لقد ربحت تقريبًا. أمسك ذراعها من جديد: «في أحد المساءات المقبلة سنصعد على الأحصنة الخشبيّة».

قالت وكأنّها لا تصدّق:

ـ أنت ستصعد على الأحصنة الخشبيّة؟

ـ ليس عندما أكون وحيدًا بالطبع.

ومن جديد، تعثّرت على الطريق المنحدرة بقوّة.

ـ هل أنت تعبة!

ـ قدماي تؤلمانني بسبب الحذاء.

ـ لندخل هنا. دفع هنري باب أحد المقاهي صدفة. حانة صغيرة مغطّاة بالقماش المشمّع.

ـ ماذا تتناولين؟

ـ ماء فيشي.

ـ دومًا ماء فيشي، لماذا؟

قالت بحزن:

ـ بسبب الكبد.

أمر هنري الخادم:

ـ كوب ماء فيشي، وكأس نبيذ أحمر من فضلك.

ثم أشار إلى لافتة معلّقة على الحائط: «انظري».

بصوتها البطيء الخفيض قرأت جوزيت: «حاربوا الإدمان بشرب الخمر» وأخذت تضحك صراحة.

ـ ألا تتنزّهين أبدًا؟

ـ ليس لديَّ الوقت.

ـ وماذا تفعلين إذًا؟

ـ هناك أشياء كثيرة أقوم بها: دروس الإلقاء، التبضّع، مزيّن الشعر. أنت لا تعرف ما يستغرقه الجلوس عند المزيّن. ومن ثم حفلات الشاي والكوكتيل.

ـ وهل هذا يسلّيك؟

ـ أوَتعرف أحدًا يستمتع بسلواه؟

ــ أعرف أناسًا سعيدين في حياتهم وأنا منهم.
لم تقل شيئًا، وعانقها بعذوبة.
ــ وما الذي يجب أن تفعليه لتكوني سعيدة؟
قالت دفعة واحدة:
ــ ألاّ أعود بحاجة لأمّي، وأن أكون متيقّنة من عدم العودة إلى الفقر.
ــ ستنالين ما تمنّيته. وماذا تفعلين عندئذٍ؟
ــ سأكون سعيدة.
ــ وماذا ستفعلين؟ هل ستسافرين؟ هل ستخرجين؟
أخرجت من حقيبتها علبة بودرة مذهّبة وأصلحت حمرتها: «عليّ أن أذهب. عليّ تجريب بعض الثياب في محلّ أمّي».نظرت إلى هنري بقلق: «هل تعتقد حقًّا أنّ ثوبي لن يثير الإعجاب؟»».
قال ضاحكًا:
ــ لا إطلاقًا. أعتقد أنّ قارئة البخت في الورق مخطئة تمامًا. فهذا يحدث لهنّ كما تعرفين. هل هو ثوب جميل؟
ــ ستراه الإثنين. تنهّدت جوزيت: «عليَّ أن أروّج لنفسي وأظهر على الملأ. لذا يجب أن أرتدي الملابس الأنيقة».
ــ ألا يضجرك الاهتمام بالثياب إلى هذا الحدّ؟
ــ لو كنت تعرف كم يسبّب تجريب الثياب من الإرهاق لصاحبه. أظلّ أعاني من دوار في الرأس طيلة النهار.
نهضا وصعدا إلى حيث محطّة التاكسيات.
ــ أرافقك.
ــ لا تزعج نفسك.

قال بلطف:

ـ هذا يسرّني.

ـ أنت لطيف.

ـ حين تقول «أنت لطيف»، بهذا الصوت وترمقه بهاتين العينين، يشعر أنّه أصيب في الصميم. في التاكسي وضع رأس جوزيت على كتفيه. تساءل: «ماذا أستطيع أن أفعل من أجلها؟» إعدادها لتصبح ممثّلة؟ بالطبع، لكنّها، لا تهوى المسرح وهذا لا يملأ الفراغ الذي تشعر به في داخلها. وماذا لو لم تنجح؟ كانت مستاءة من تفاهة حياتها وكمدها. ولكن، كيف بالإمكان إثارة اهتمامها؟ هل يحدّثها في شتّى المواضيع ويستفتح ذهنها؟.. لكن، ليس من الوارد أن يرافقها إلى المتاحف ويجرّها إلى الحفلات ويعيرها الكتب ويستعرض لها أمور الدنيا. قبّل شعرها بنعومة. يجب أن يحبّها. هكذا تنتهي بنا الحال مع النساء، يجب أن نحبّهنّ جميعًا حبًّا حصريًّا.

ـ إلى اللقاء هذا المساء.

ـ نعم. سأذهب لانتظارك في حانتنا الصغيرة.

ضغطت بنعومة على يده وعرف أنّهما يفكّران معًا: إلى هذه الليلة في سريرنا. عندما توارت داخل المبنى الفخم، أخذ ينزل السين سيرًا على قدميه. إنّها الساعة الحادية عشرة والنصف: «سأصل مبكّرًا عند بول، فهذا يسرّها». كان راغبًا هذا الصباح في أن يحمل السرور إلى قلب الناس. ساوره القلق: «مع ذلك يجدر بي أن أكلّمها». بعد أن ضمَّ جوزيت بين ذراعيه لم يستطع تحمّل فكرة أن يمضي لياليه مع بول: «ربّما كان هذا لا يعني لها شيئًا فهي

تعرف أنّني لم أعد أرغب فيها». بثّت هذه الفكرة الأمل في داخله. تفادت بول أن تتماهى مع بطلة روايته الحزينة. ومع ذلك، تغيّرت مذ قرأت المخطوطة. لم تعد تفتعل المشاجرات ولم تعترض عندما رأت هنري ينقل أوراقه وملابسه تدريجيًّا إلى غرفة الفندق. كان يمضي لياليه هناك أغلب الأحيان. من يدري إذا كانت سترضى بإقامة علاقة صداقة هادئة معه تحمل إلى قلبها عزاء قليلاً؟ كانت سماء الربيع مفعمة بالبهجة، ونشعر لمرآها أنّ بإمكاننا العيش بصدق دون أن نتسبّب بالعذاب لأحد. عند زاوية الطريق، توقّف هنري أمام بائعة أزهار: أغرته فكرة أن يشتري لبول باقة كبيرة من البنفسج الشاحب، على جاري العادة. لكنّه خاف أن يفاجئها ذلك. ثم عدل عن رأيه ودخل إلى محلّ السمانة المجاور: «قنّينة نبيذ ستكون أقلّ إحراجًا». كان عطِشًا وجائعًا وأحسّ في فمه منذ الآن طعم البوردو القويّ القديم. ضمّ القنّينة إلى صدره كأنّه يختصر كل الصداقة التي يودّ أن يمنحها إيّاها.

دون أن يقرع، وبهدوء كلّي كما في السابق، وضع المفتاح في القفل ودفع الباب. لم تسمع شيئًا. كانت راكعة على السجّادة المغطّاة بأوراق قديمة: تعرَّف إلى رسائله. كانت تمسك بين يديها إحدى صوره وتنظر إليها بوجه لم يألفه من ذي قبل. لم تكن تبكي. لكن، أمام عينيها الجافّتين، شعر أنّ أملاً ما يتريّث وراء دموعها المسكوبة. كانت تتأمّل مصيرها وجهًا لوجه: لم تعد تنتظر شيئًا، ومع ذلك بدت مقتنعة به أيضًا. كانت وحيدة تمامًا أمام الصورة الجامدة بحيث أحسَّ هنري أنّه مجرّد من ذاته. تعمّد قرع الباب

وسمع ضجّة مشوّشة من الحرير المدعوك وحفيف الأوراق. قالت «ادخل» بصوت غير واثق.

ــ ماذا كنت تفعلين؟

ــ أعاود قراءة الرسائل القديمة. لم أتوقّع قدومك في مثل هذا الوقت المبكر.

رمت الأوراق وراءها على المثواة وأخفت الصورة. وجهها هادئ ولكنّه كئيب. تذكّر أنّها لم تكن قطّ سعيدة. وضع القنّينة على الطاولة وقد اعتراه شعور من الغضب.

قال:

ــ سيكون من الأفضل لو أنّك لا تسجنين نفسك في قفص الماضي وتنطلقين قليلاً للعيش في الحاضر.

ــ آه! تعرف! الحاضر! رمقت الطاولة بنظرة زائغة: «نسيت وضع الغطاء».

ــ هل تريدين أن أصطحبك إلى مطعم؟

ــ لا! لا! انتظرني دقيقة!

مشت باتّجاه المطبخ. مدَّ يده نحو الرسائل فقالت له بغضب: «اتركها».

حملتها ورمتها في إحدى الخزائن. رفع كتفيه مستخفًّا. بمعنى ما، كانت على حقّ. كل هذه الكلمات القديمة الجامدة تحوّلت إلى أكاذيب. نظر صامتاً إلى بول تدور حول الطاولة: لن يكون سهلاً أن أعرض عليها صداقتي.

جلسا، أحدهما قبالة الآخر، أمام صحون المقبّلات. نزع هنري سدادة القنّينة. قال بلهجة مستعجلة:

ـ تحبّين البوردو الأحمر أليس كذلك؟

أجابت بنبرة لامبالية:

ـ نعم، بالطبع.

وبالطبع، لم يكن هذا يوم سعدها. لا يستطيع أن يحتفل مع بول بحبّه الجديد لجوزيت فهذا منتهى الضلال والأنانيّة. لكن هنري، مع لومه نفسه، أحسَّ بضغينة خفيّة تكاد تُبدي دلائلها.

قال:

ـ عليك الخروج قليلاً مع ذلك.

قالت منذهلة:

ـ الخروج؟

ـ نعم، عليك الخروج ومشاهدة الناس.

ـ لماذا؟

ـ وبماذا يفيدك أن تبقي في هذا الحجْر طيلة النهار؟

قالت بابتسامة حزينة:

ـ أحبّ حجْري كثيرًا. لا أضجر من المكوث فيه.

ـ لا يمكنك الاستمرار هكذا طيلة حياتك. لم تعد لديك رغبة في الغناء، حسنًا، القضيّة منتهية. لكن حاولي أن تجدي أشياء أخرى تفعلينها.

ـ مثل ماذا؟

ـ حاولي أن تسعي لإيجادها.

هزّت رأسها نفيًا:

ـ أنا في السابعة والثلاثين ولا أتقن أيّة مهنة. أستطيع أن أكون لمّامة خرق. فماذا تريد بعد؟

ـ المهنة شيء نتعلّمه. لا شيء يمنعك من التعلّم والاكتساب.

نظرت إلى هنري بقلق:

ـ تريدني أن أعمل لأكسب رزقي؟

قال بحيويّة:

ـ ليست المسألة مسألة مال. أريد أن تهتمّي أو أن تشغلي نفسك بشيء ما.

قالت:

ـ أهتمّ بنا.

ـ هذا لا يكفي.

ـ منذ عشر سنوات وأنا مكتفية بذلك.

استجمع كل قواه وقال:

ـ اسمعي يا بول. تعرفين جيّدًا أنّ الأشياء تغيّرت بيننا؟ وأنّه ليس من مصلحة أحد منّا الكذب على الذات. جَمَعَنا حبّ كبير وجميل لكن لنعترف ً أنّه في طريقه ليتحوّل إلى صداقة. ثم أضاف باستعجال: «هذا لا يعني أنّنا سنرى بعضنا أقلّ، لا، إطلاقًا. لكن عليك أن تستعيدي استقلاليّة ما».

حدّقت فيه مباشرة: «لن أشعر بصداقة تجاهك». ارتسمت ابتسامة صغيرة على شفتيها: «ولا أنت تجاهي».

ـ لكن بلى يا بول.

قاطعته:

ـ اسمع. هذا الصباح، لم تستطع انتظار الوقت المحدّد. وصلت عشرين دقيقة أبكر من المعتاد وقرعت الباب باضطراب. هل تسمّي هذا صداقة؟

ـ أنت مخطئة.

عاوده الشعور بالغضب حيال عنادها. لكنّه تذكَّر الأسى الذي باغته على هذا الوجه فتلاشت الكلمات المعادية في حلقه. أنهيا وجبتهما بصمت. كان وجه بول يقطع الطريق على كل ثرثرة. حين نهض عن المائدة، سألت بصوت واضح:

ـ هل أنت عائد هذا المساء؟

ـ لا.

ـ لم تعد تبيت ليلتك هنا إلاّ فيما ندر. ابتسمت بحزن: «هل هذا يندرج ضمن مخطّطك الجديد في الصداقة؟».

تردّد: «هكذا سارت الأمور!».

تفرّست فيه طويلاً بنظرات تقدح شررًا، ثم قالت ببطء: «قلت لك إنّي أحبّك الآن بسخاء كلّي وباحترام مطلق لحرّيّتك. هذا يعني أنّني لن أطالبك بشيء. تستطيع أن تضاجع نساء أخريات وتحتفظ بسرّك لنفسك دون أن تشعر بالذنب تجاهي. الأشياء اليوميّة التافهة لم أعد أبالي بها أكثر فأكثر».

قال منزعجًا: «ليس لديّ ما أخفيه عنك».

قالت بلهجة وقورة: «ما قصدت قوله هو أنّه لا لزوم ليكون لديك أيّة هواجس بشأني. أيًّا يكن الأمر، باستطاعتك أن تعود للنوم هنا دون أن يساورك الشعور بأنّك لم تعد جديرًا بنا. سأنتظرك هذه الليلة».

فكّر: «بئس الأمر! هي التي سعت إلى ذلك». ثم قال بصوت عالٍ: «اسمعي يا بول. أريد أن أكلّمك بصراحة: أعتقد أنّه يجب ألاّ نمضي أبدًا الليل سويّة. أنت متعلّقة جدًّا بالماضي وتعرفين جيّدًا كم

من الليالي الجميلة أمضيناها معًا فيما مضى. لا نفسدنَّ ذكراها. أمّا الآن فقد تلاشت كل رغبة بيننا».

قالت بول غير مصدّقة ما يقوله:

ـ ألم تعد لديك رغبة بي؟

ـ ليس بشكل كافٍ. ولا أنت تجاهي أيضًا. لا تقولي العكس. أنا أيضًا لديَّ ذاكرة.

قالت بول:

ـ لكنّك مخطئ. مخطئ إلى حدّ فظيع! إنّه سوء فهم مرعب! لم أتغيّر.

كان يعرف أنّها تكذب على نفسها وعليه.

قال بلطف:

ـ لكنّي أنا في جميع الأحوال تغيّرت. ربّما كان هذا مختلفًا بالنسبة لامرأة. لكن بالنسبة للرجل، يستحيل عليه أن يرغب في الجسد نفسه إلى ما لا نهاية. أنت جميلة كما في السابق، لكنّك بتّ مألوفة جدًّا لي.

تحرّى بقلق وجه بول وحاول أن يبتسم لها. لم تكن تبكي، لكنّ الرعب كان يشلّ حركاتها. جهدت لتتكلّم:

ـ ألن تعود للنوم هنا؟ هذا ما تحاول قوله لي؟

ـ نعم، وهذا لن يُحدث فارقًا كبيرًا.

قاطعته بحركة من يدها. لم تكن تقبل إلاّ الأكاذيب التي اختلقتها لنفسها. كان صعبًا أن يخفّف عليها وطأة الحقيقة أو حملها على الإذعان للأمر.

قالت دون أثر للغضب في صوتها:

ـ ارحل. ارحل من هنا. أريد أن أكون وحدي.

ـ دعيني أشرح لك.

ـ من فضلك ارحل.

نهض: «كما تريدين. لكنّي سأعود غدًا وسنتحدّث بالموضوع». لم تجب. أغلق الباب خلفه وبقي هنيهة على سفرة الدرج مترصّدًا ضجّة أو شهقة أو سقطة أو حركة. لكن لا شيء إلاّ الصمت. فكّر هنري وهو ينزل الدرج بتلك الكلاب التي يقطعون لها الحبال الصوتيّة قبل إخضاعها لعذابات التشريح: لا مؤشّر ماديًّا لعذابها في هذا العالم وهذا أقلّ احتمالاً من سماعها تصرخ من شدّة الألم!

لم يتحدّثا لا في اليوم التالي ولا في الأيّام التي أعقبت. تظاهرت بول بنسيانها الحديث، ولم يشأ هنري العودة إليه. «يجب أن أحدّثها عن جوزيت في نهاية المطاف. لكن ليس في الحال». أمضى لياليه كلّها في الغرفة الخضراء الشاحبة. وكانت ليالي مفعمة بالشغف والرغبة. لكن لدى نهوضه عند الصباح، لم تسعَ جوزيت قطّ إلى استبقائه عندها. وفي اليوم الذي وُقّع فيه العقد، اتّفقا على البقاء سويّة حتى وقت متأخّر من بعد الظهر. وكانت هي من تركته منذ الساعة الثانية لكي تذهب إلى مزيّن الشعر. هل كان هذا على سبيل التحفّظ أم اللامبالاة؟ ليس ملائمًا أن نسبر مشاعر امرأة سخيّة بجسدها وليس لديها شيء آخر تعطيه. «وأنا؟ أتراني بدأت أتعلّق بها؟». تساءل وهو ينظر إلى واجهات سانت أونوريه. شعر بنفسه حائرًا قليلاً. كان الوقت مبكّرًا جدًّا على الذهاب إلى الجريدة. قرّر أن يمرّ بحانة «بار روج». قديمًا، كان يقصد هذا المكان ما إن يتسنّى له القليل من الوقت. منذ أشهر، لم يعد يتردّد على هذا

المكان. لكن لا شيء تغيّر. كان فنسان ولاشوم وسيزيناك جالسين على طاولتهم المعتادة. وكان سيزيناك يبدو شبه نائم.

قال لاشوم وهو يبتسم ابتسامة عريضة:

ــ تسرّنا رؤيتك. هل هجرت الحيّ؟

ــ تقريبًا.

جلس هنري وطلب قهوة. ثم قال مبتسمًا نصف ابتسامة: «شعرت بالحاجة إلى رؤيتك أنت أيضًا. لكن ليس فقط لمتعة الالتقاء بك بل لأقول لك رأيي بصراحة: كان نشر هذا المقال عن دوبروي الشهر الفائت عملاً دنيئًا».

تجهّم وجه لاشوم:

ــ نعم، قال لي فنسان إنّك اعترضت عليه. لكن لماذا؟ هناك أشياء كثيرة صحيحة في ما قاله فيكو، أليس كذلك؟

ــ لا! مجمل هذا البورتريه مشوّه ومليء بالأخطاء حتى التفاصيل.

تتّهمون دوبروي بأنّه عدوّ الطبقة العاملة! يكفي هذا التجنّي، يكفي! ألا تذكر؟ منذ سنة وعلى هذه الطاولة بالذات، كنت تُملي عليّ مواعظك قائلاً إنّه يجب أن نعمل سويّة متكاتفين أنت والرفاق ودوبروي وأنا. ثم تسمح بنشر هذا المقال الدنيء؟

نظر إليه لاشوم معاتبًا: «لم نكتب شيئًا في *«L'Enclume»* ضدك».

ــ ستفعلون ذلك يومًا!

ــ تعرف أنّ هذا لن يحصل.

ــ لكن لماذا التهجّم على دوبروي بهذه الطريقة وفي هذه اللحظة

بالذات؟ صحفكم الأخرى كانت نسبيًّا تبدي لياقة حياله. ومن ثم فجأة، ودون مبرّر وبسبب مقالات لا تمتّ إلى السياسة بصلة، أخذتم تشتمونه وبوقاحة!

تردّد لاشوم ثم قال:

ـ أوافق على ما تقوله، اختيار التوقيت كان سيّئًا. أعترف أنّ فيكو صعّد لهجته أكثر ممّا ينبغي. لكن عليه أن يفهم! ضقنا ذرعًا بذلك العجوز وبإنسانونيّته الجوفاء. على الصعيد السياسي، لا يمكن اعتبار الـ *S.R.L* مزعجة فعلاً. لكن دوبروي، بصفته منظّرًا سياسيًّا يقهقه في الكلام ويؤثّر بشكل سيّئ على أفكار الشباب. وما الذي يقترحه عليهم؟ التوفيق بين الماركسيّة والقيم البورجوازيّة القديمة! أعترف أنّنا لسنا بحاجة اليوم لمثل هذا التوفيق. يجب الإطاحة بكل القيم البورجوازيّة.

قال هنري:

ـ دوبروي يدافع عن أمور أخرى غير القيم البورجوازيّة.

ـ هذا ما يدّعيه، لكنّ الخداع يكمن هنا بالضبط!

رفع هنري كتفيه: «لا أتّفق معكم. لكن وفي جميع الأحوال لماذا لم تقل ما أعلنته هنا للتوّ بدل أن تصف دوبروي قائلاً بأنّه كلب البورجوازيّة وحارسها الأمين؟».

قال لاشوم:

ـ نحن مضطرّون لتبسيط الأمور بغية إيصال وجهة نظرنا للجماهير.

قال هنري:

ـ كفى تخريفًا. جريدة «*L'Enclume*» تتوجّه إلى مثقّفين وكانوا

سيفهمون معنى المقال لو توجّهت إليهم بأسلوب آخر.

قال لاشوم:

ـ لست أنا من كتب هذا المقال!

ـ لكنّك وافقت عليه.

تبدّل صوت لاشوم:

ـ وهل تظنّ أنّني أفعل ما أريد؟ سبق وقلت لك إنّ التوقيت اختير بشكل سيّئ وإنّ فيكو صعّد لهجته. من جهتي، أرى أنّه يجب التناقش مع شخص مثل دوبروي بدل شتمه. لو كانت لدينا مجلّتنا الخاصّة بنا أنا وأصدقائي لما حصل ما حصل.

قال هنري مبتسمًا:

ـ تقصد القول إنّ التعبير عن الرأي بحرّيّة لم يعد مسألة مطروحة في المجلّة؟

ـ لا!

ساد صمت قصير. تفحّص هنري لاشوم بنظراته:

ـ أعرف ما معنى الالتزام بخطّ ما. لكن، ألا يزعجك أن تبقى في المجلّة إذا لم تكن متّفقًا مع زملائك على توجّهها السياسي؟

ـ أعتقد أنّه من الأفضل أن أظلّ إلى جانبهم على أن يستقدموا واحدًا آخر بدلاً منّي. وسأبقى فيها ما داموا يقبلون بي.

ـ وهل تعتقد أنّهم سيبقونك هناك؟

ـ أنت تعرف أنّ الحزب الشيوعي مختلف عن الـ *S.R.L*. عندما يكون هناك موقفان متصارعان داخل الحزب، سرعان ما توجّه أصابع الاتّهام إلى الفئة الخاسرة.

كان صوت لاشوم يفيض بالمرارة ما دفع هنري ليسأله:

ـ قل لي أنت يا من كنت تحثّني على الانتساب إلى الحزب الشيوعي... أمحتملٌ أنّك ستخرج منه؟

ـ أعرف الكثيرين ممّن لا ينتظرون إلاّ هذا! مثقّفو الحزب جماعة تتخاصم بشراسة فيما بينها! هزَّ لاشوم رأسه: «لا يهمّ: لن أترك الحزب. ثمة لحظات راودتني فيها فكرة الاستقالة منه. لسنا جميعًا قديسين، لكننا نتعلّم التغاضي عن بعض الأمور في نهاية المطاف».

قال هنري:

ـ لديّ انطباع أنّني لن أتعلّم أبدًا التغاضي عن بعض الأمور.

قال لاشوم:

ـ تقول هذا من بعيد. لكن، لو كنت مقتنعًا أنّ الحزب بمجموعه يوشك على النجاحٍ فستجد عندئذ أنّ قصصك الشخصيّة الصغيرة لا حساب لها، مقارنةً مع القضايا الأساسيّة الملحّة. ثم أضاف بحيويّة: «هل تعرف؟ هناك شيء أنا متأكّد منه وهو أنّ الشيوعيّين وحدهم يقومون بعمل مفيد. احتقرني إذا شئت. لكن هذا ما يدفعني إلى تحمّل الإهانات على أن أغادر الحزب».

قال هنري:

ـ أفهمك.

فكّر: «من هو الصادق فعلاً؟ انتسبت إلى الـ *S.R.L* لأنّني أوافق على خطّها السياسي، لكنّي لا أحفل إذا فشلت هذه الحركة أم لا. ولاشوم ينشد الفعاليّة ويتغاضى في سبيل هذه الغاية عن استخدام الحزب أساليب لا يستحسنها. لا أحد منّا خياراته مطلقة، والعمل السياسيّ نفسه يقتضي ذلك».

نهض هنري وقال: «سأذهب إلى الجريدة».
قال فنسان: «أنا أيضًا!».
نهض سيزيناك عن كرسيّه: «وأنا أرافقكما».
قال فنسان بوقاحة:
ـ لا، ابق هنا، لديّ حديث مع بيرون.
عندما دفعا باب الحانة، سأل هنري:
ـ سيزيناك، ما حاله؟
ـ لا شيء مهمّ. يقول إنّه يترجم لكن لا أحد يعرف ماذا. يسكن عند بعض الزملاء ويلتهم كل ما يقدّم له. حاليًّا ينام عندي.
ـ احترس.
ـ ممَّ؟
ـ المدمنون خطرون، بوسعهم التنكّر لآبائهم وأمّهاتهم.
قال فنسان:
ـ لست مجنونًا. لا أطلعه على أيّ شيء بشأني. معه، لا تسويات، إنّه اليأس في حالته المطلقة.
نزلا الشارع بصمت وسأله هنري.
ـ قلت إنّك تريد التحدّث معي في أحد المواضيع، أليس كذلك؟
ـ نعم. تفرّس فنسان في عيني هنري: «يقال إنّ مسرحيّتك سوف تُعرض في تشرين الأوّل في ستوديو ٤٦ وإنّ ابنة لوسي بلوم ستكون نجمتها، صحيح؟»».
ـ نعم، هذا المساء سأوقّع عقدًا مع فيرنون. لكن لماذا تسألني؟
ـ بالطبع أنت لا تعرف أنّ الأمّ بلوم جُزّ شعرها وأنّها استحقّت ما فعلوه بها. لديها قصر في النورماندي استقبلت فيه حشدًا من

الضبّاط الألمان. ربّما كانت تضاجعهم، والصغيرة أيضًا.

قال هنري:

ـ لماذا تأتي لتخبرني هذا الهذر المؤذي؟ منذ متى تعتبر نفسك شرطيًّا؟ ثم هل تظنّ أنّي أهوى سماع مثل هذه الأخبار؟

ـ ما أقوله ليس هذرًا. ثمة ملفّ أُعدّ بهذا الخصوص وقد اطّلع بعض الأصدقاء عليه. إنّها رسائل وصور جمعها أحد الفتيان الهواة ظنًّا منه أنّ ذلك الملفّ يمكن أن يستفيد منه لاحقًا.

ـ هل اطّلعت أنت على الملفّ؟

ـ لا.

قال هنري مستهجنًا:

ـ حسنًا، في جميع الأحوال لا آبه للأمر. هذا لا يهمّني.

ـ يهمّنا جميعًا أن نحول دون أن يمسك الأنذال بزمام الأمور في البلاد كما نرفض التواطؤ معهم.

ـ اذهب إلى مكان آخر واتلُ عظاتك.

ـ اسمع، لا تغضب. أردت أن أحذّرك: الأمّ بلوم مستهدفة. نراقبها باستمرار، ومن الغباوة أن تعرّض نفسك للمضايقات بسبب هذه المرأة.

ـ لا تقلق بشأني.

ـ لا بأس، أردت أن أُحيطك علمًا بالموضوع. هذا كل شيء.

أكملا طريقهما بصمت، لكن عبارة واحدة استقرّت في ذهن هنري واسترجعها دون توقّف: «الصغيرة أيضًا». طيلة بعد الظهر، تردّد صداها في داخله. اعترفت جوزيت بأنّ أمّها باعتها أكثر من مرّة. على أيّ حال، كل ما كان هنري يتوقّعه منها هو تمضية

بضع ليالٍ بقربها وربّما بضع ليالٍ أخرى... ومع ذلك، وطيلة العشاء الذي لم ينتهِ، وفيما كان ينظر إليها تبتسم لفيرنون بلطف ناعس، أحسَّ برغبة ممضّة للانفراد بها واستجوابها.

قالت لوسي: «لا بدَّ أنّك مسرور، وُقّع العقد!». كان فستانها وجواهرها ملتصقة بجسدها كشعرها، ما يحمل على الظنّ أنّها وُلدت ونامت وستموت في فستان من ماركة آماريليس. تموّجت خصلة ذهبيّة وسط شعرها الأسود، وتأمّلها هنري مسحورًا: ترى كيف بدا مظهرها بجمجمتها الحليقة؟

ـ أنا مسرور جدًّا.

ـ سيقول لك دودول إنّه حين آخُذ أمرًا على عاتقي، يمكن للمرء أن يطمئنّ.

قال دودول بهدوء:

ـ آه إنّها امرأة مدهشة.

كانت كلودي قد أكّدت لهنري أنّ دودول وهو العشيق الرسميّ للوسي، رجل مستقيم. وفي الواقع كان شعره فضّيًّا ووجهه مرتاح القسمات ويوحي بالإخلاص، كتلك الوجوه التي لا نصادفها إلاّ لدى الأنذال ذوي النفوذ الذين لديهم من المال ما يخوّلهم شراء ضمائر الناس وبيع ضمائرهم. ربّما كان، بمعنًى ما، مستقيمًا وفق منطقه بالذات.

قالت لوسي:

ـ ستقول لبول إنّها سافلة لأنّها تخلّفت عن الحضور.

قال هنري:

ـ كانت متعبة فعلاً.

انحنى أمام جوزيت مستأذنًا بالانصراف. كانت جميع النساء يلبسن الأسود والجواهر البرّاقة. كانت هي أيضًا في الأسود وتبدو وكأنّها تنوء تحت ثقل شعرها. مدّت له يدها مبتسمة بتهذيب لا يكلّ. طيلة السهرة، لم تتنكّر رمشة عين واحدة للامبالاتها الظاهرة. هل يسهل عليها الخبث؟ كانت بسيطة جدًّا، صريحة جدًّا، بريئة جدًّا في عريها الليلي. وتساءل هنري باضطراب يشوبه الحنان والشفقة والرعب عمّا إذا كان الملفّ يتضمّن صورًا لها. منذ بضعة أيّام والتاكسيات عادت تسير بحرّيّة في شوارع المدينة. كانت هناك ثلاث منها متوقّفة في ساحة لامويبت، استقلّ هنري واحدة منها للصعود إلى مونمارتر. ما كاد يطلب كأس ويسكي حتى رأى جوزيت ترتمي قربه في الكنبة العريضة. قالت: «كان فيرنون لطيفًا، ثم إنّه لوطيّ، لذا لن يتعمّد مضايقتي».

ـ وماذا تفعلين حين يزعجك أحد؟

ـ هذا وقف على الأشخاص. أحيانًا يتسبّب الأمر ببعض الإحراج.

قال هنري محاولاً الاحتفاظ بنبرة صوته العاديّة:

ـ ألم يزعجك الألمان كثيرًا خلال الحرب؟

ـ الألمان؟ احمرّت بشرتها، كما رآها مرّة، من أصول الثديين وحتى منابت الشعر. «لماذا تسألني هذا السؤال؟ ماذا أخبروك؟».

ـ يقال إنّ أمّك استقبلت الألمان في قصرها في النورماندي.

ـ احتلّوا القصر لكن لا دخل لنا بذلك. أعرف أنّ هناك أناسًا ردّدوا في القرية شائعات قذرة لأنّهم يكرهون أمّي. من المؤسف أن

يحصل لها ما حصل. ليست لطيفة، لكنّها لم تفعل شيئًا سفيهًا أيضًا وأبقت الألمان على مسافة منها.

ابتسم هنري:

ــ حتى لو اتّخذت الأمور مجرى آخر فلن تخبريني.

قالت:

ــ آه! لماذا تقول هذا؟ نظرت إليه وهي تمطّ شفتيها بشكل مثير وقد غشّى الضباب عينيها. أحسّ بشيء من الرعب من سطوة هذا الوجه الجميل عليه.

ــ كانت لأمّك دار أزياء خاصّة بها ويهمّها قبل كل شــيء أن تنطلق أعمالها، لا سيّما أنّها لا تقيم وزنًا للهواجس الأخلاقيّة. ربّما سعت إلى استخدامك.

قالت بصوت مرتعب:

ــ ماذا تقصد من قولك هذا؟

ــ أظنّ أنّك كنت متهوّرة وخرجت برفقة ضبّاط مثلاً.

ــ كنت مهذّبة، لا شيء أكثر. كنت أتحدّث إليهم ويقلّونني فــي سيّاراتهم من القرية إلى البيت. هزّت جوزيت كتفيها هازئة: «ليس لديّ مأخذ على سلوكهم. كانوا في غاية الاستقامة وكنت فتيّة. لــم أفهم شيئًا من هذه الحرب ورغبت في أن تنتهي بسرعة. هذا كل ما في الأمر». ثم أضافت: «الآن فقط عرفت أنّهم كانوا وحوشًا فــي معسكرات الاعتقال وكل...».

قال هنري بحنان:

ــ لا تعرفين الشيء الكثير، لكنّ هذا ليس مهمًّا!

في ١٩٤٣، لم تكن فتيّة إلى هذا الحدّ. كانت نادين في الــسابعة

عشرة من عمرها. لكن لا مجال للمقارنة بينهما. جوزيت تلقّت تربية سيّئة ولم يتسنّ لها التعرّف على ما يدور حولها من أحداث. كانت تبتسم بمودّة كاملة للضبّاط الألمان عندما تلتقي بهم في شوارع القرية وتصعد في سيّاراتهم. وهذا كافٍ لإثارة فضيحة وسط أهالي القرية. هل حصلت أمور أخرى غير ذلك؟ هل تكذب؟ كانت صريحة جدًّا وخبيثة جدًّا في الوقت نفسه: كيف السبيل إلى معرفة الحقيقة. وبأيّ حقّ؟ ساورته هذه الأفكار وقد اعتراه شعور مفاجئ بالقرف وبالخزي لأنّه لعب دور المستجوب.

قالت بخجل:

ــ هل تصدِّق كلامي؟

ــ أصدّقك. جذبها نحوه. «لننسَ هذا الموضوع وكل شيء. لنكفّ عن الكلام ونعد إلى بيتك. لنعد بسرعة».

افتتحت جلسات المحاكمة المتعلّقة بالسيّد لامبير في مدينة ليل أواخر شهر أيّار. تضافرت ظروف كثيرة لصالحه كتدخّل ابنه وأشخاص ذوي نفوذ، وأطلقت المحكمة حكمها عليه بالبراءة. عندما تبلّغ هنري حكم البراءة سُرَّ للأمر «هنيئًا للامبير». وبعد أربعة أيّام، وفيما كان لامبير يعمل في الجريدة تلقّى مخابرة هاتفيّة من ليل: سقط والده من باب القطار على الحضيض وكان من المفترض أن يصل إلى باريس عبر القطار السريع مساءً. أبلغوه أنّ حالته خطيرة جدًّا. وسرعان ما اكتشف بعد ساعتين أنّ والده توفّي على الفور. امتطى هنري درّاجته دون أن ينبس بكلمة، وعندما عاد إلى باريس بعد إتمام مراسم الجنازة بقي ملازمًا بيته ولم يتّصل بأحد.

بعد بضعة أيّام من الصمت والانقطاع عن الناس، فكّر هنري: «يجب أن أمرّ لرؤيته هذا اليوم بعد الظهر». حاول عبثًا الاتّصال، لم يجبه أحد لأنّ لامبير قطع خطوط الهاتف. فكّر هنري «ضربة مؤلمة فعلاً»، وهو ينظر بغير اقتناع إلى الأوراق المبسوطة على مكتبه. كان أبوه رجلاً عجوزًا وصلفًا وكان لامبير يشعر نحوه شعور إشفاق أكثر منه شعور ودّ. ومع ذلك، لم يستطع هنري أن يتعامل مع هذه القصّة بخفّة. غريب أمر القدر، كيف أعقب حكم البراءة حادث مفجع أدّى إلى وفاته في الحال! حاول أن يعيد تركيز انتباهه إلى الأوراق المطبوعة على الدكتيلو! فكّر بأسى: «عند الظهر ستحضر جوزيت ولن أكون قد انتهيت بعد من قراءة هذا الملفّ: كاراغندا، ترازدسوكي، أوزبك». لم يستطع إحياء هذه الأسماء البربريّة ولا هذه الأرقام التي بحوزته. لكنّ عليه الاطّلاع على هذه الأوراق قبل الاجتماع الذي سيُعقد اليوم بعد الظهر. في الواقع، إذا كان يعجز عن التركيز على هذا الملفّ فمردّ ذلك إلى أنّه لا يصدّقه. أيّ ثقة يمكن أن نوليها لوثيقة أحضرها سكرياسين؟ هل هو موجود فعلاً ذاك المسؤول السوفييتي الغامض الذي تعمّد الهرب من الجحيم الأحمر لكي ينشر هذه الأخبار؟ كان سامازيل يدّعي أنّه متأكّد من هويّته لكنّ هنري ظلَّ مرتابًا. قلّب إحدى الصفحات.

ـ كوكو!

كانت هذه جوزيت، متدثّرةً بمعطف طويل أبيض وقد أسدلت على كتفيها شعرها الرائع. قبل أن تغلق الباب، نهض هنري وضمّها بين ذراعيه. عادة، وبعد أوّل قبلة يتبادلانها، يجد هنري

نفسه أسير عالم طفولي ورديّ بعيد عن كل الهموم. اليوم، كانت موافاة هذا العالم دونها صعوبات إذ بقيت همومه متّصلة بجلده.

قالت متهلّلة الوجه:

ـ هنا تقيم إذًا! الآن فهمت لماذا لم تدعُني من قبل: مسكنك قبيح جدًّا، لكن أين تضع كتبك؟

ـ لا أملك كتبًا. عندما أقرأ كتابًا أعيره للأصدقاء ولا يعيدونه لي.

ـ اعتقدت دومًا أنّ الكاتب يعيش بين جدران مليئة بالكتب. نظرت إليه مرتابة: «هل أنت واثق من أنّك كاتب جيّد؟».

بدأ يضحك:

ـ أعرف أنّني كاتب وحسب.

سألت وهي تهمّ بالجلوس:

ـ هل كنت منصرفًا للعمل؟ هل وصلت أبكر ممّا ينبغي؟

قال:

ـ امنحيني خمس دقائق وبعدها أكون تحت تصرّفك. هل تريدين إلقاء نظرة على الصحف؟

مطّت شفتيها قليلاً:

ـ هل هناك صفحة متفرّقات؟

قال معاتبًا:

ـ كنت أعتقد أنّك شرعت في قراءة المقالات السياسيّة. لا؟ هل انتهيت من قراءتها؟

ـ الخطأ لا يقع عليّ. حاولت. لكنّ الجمل تولّي هاربة من أمام ناظري. ثم أضافت بحزن: «أشعر أنّ كل هذا لا يعنيني».

ـ إذًا تسلّي بقصّة مشنوق بونتواز[1].

ناريلسك، إيفاركا، أبساغاشيف. كل هذه الأسماء والأرقام بقيت ميتة. كانت الجمل تولّي هاربة بالنسبة له هو أيضًا من أمام ناظريه. وهو أيضًا كان لديه الانطباع أنّ ذلك لا يعينه وأنّه يحدث في مكان ما بعيد جدًّا، مختلف جدًّا ويصعب الحكم على ما يحدث فيه بشكل فائق.

قالت جوزيت بصوت خفيض:

ـ هل لديك سيجارة؟

ـ نعم.

ـ وعود ثقاب.

ـ تفضّلي، لكن لماذا تتحدّثين بصوت منخفض؟

ـ كي لا أزعجك.

نهض ضاحكًا: «انتهيت. أين تريدينني أن أصطحبك اليوم للغداء؟».

قالت بحزم: إلى «ليزيل بوروميه».

ـ تلك الحانة «الأولترا سنوب»، التي افتُتحت البارحة خصّيصًا ليؤمّها أكثر الناس تفاخرًا؟ لا، من فضلك، اختاري مكانًا آخر...

ـ لكن...حجزت طاولة لنا.

ـ نلغي الحجز، هذا سهل. مدّ يده إلى الهاتف فأوقفته:

ـ الواقع أنّهم في انتظارنا.

---

(١) بونتواز: مدينة في إقليم فال دواز في منطقة إيل دو فرانس وهي العاصمة القديمة لمنطقة فكسان Vexin الفرنسية، يُروى أن أحدهم شنق نفسه في أحد منازل المدينة. وثمة لوحة لبول سيزان «منزل مشنوق» رُسمت في بونتواز وهي إحياء لهذه الخرافة الشعبيّة.

ـ من؟

أخفضت رأسها فكرّر سؤاله:

ـ من ينتظرنا؟

ـ إنّها فكرة أمّي. يجب أن أبدأ بالترويج لنفسي في الإعلام. «ليزيل» حانة هي الآن حديث الساعة. طلبت من الصحافيّين أن يجروا معي مقابلة صغيرة مصوّرة مستوحاة من الموضوع التالي: «الكاتب يتحدّث إلى نجمة مسرحيّته».

قال هنري:

ـ لا عزيزتي. تصوّري قدر ما يحلو لك من دوني!

ـ هنري!

اغرورقت عينا جوزيت بالدموع. كانت دموعها السخيّة كدموع الأطفال تُحدث فيه تأثيرًا عميقًا: «أوصيت على هذا الثوب لأجل هذه الغاية. كنت سعيدة جدًّا».

ـ هناك مطاعم أخرى مسلّية ولا أحد يزعجنا فيها.

ـ لكنّهم بانتظارنا، قالت يائسة وهي تحدّق إليه بعينيها الكبيرتين الدامعتين: «اسمع، هل يمكنك أن تفعل شيئًا لأجلي؟».

ـ لكن يا حبّي ماذا تفعلين أنت لأجلي؟

ـ أنا؟ لكن أنا...

قال بفرح:

ـ أجل أنت... لكن أنا أيضًا...

لم تشاركه مرحه بل قالت بجدِّيّة:

ـ ليس الأمر مشابهًا. أنا امرأة.

فكّر وهو يضحك: «إنّها على حقّ. ألف مرّة محقّة: ليس الأمر مشابهًا».

ـ هل تعلّقين هذه الأهمّيّة الكبرى على هذا الغداء؟

ـ ألا تفهم! هذا ضروري لمهنتي. يجب أن أظهر نفسي على الملأ وأجعل الآخرين يتحدّثون عنّي إذا أردت أن أنجح فعلاً.

ـ مارسي عملك بشكل جيّد. مثّلي أدوارك جيّدًا وستجعلينهم يتحدّثون عنك.

ـ أريد أن أخلق الظروف المؤاتية للنجاح. ثم أضافت وقد اكتست ملامحها بشيء من القسوة: «هل تعتقد أنّ الاعتِماد على أمّي أمر ظريف. وعندما أذهب إلى صالوناتها وتقول لي أمام الجميع: لماذا تلبسين القبقاب؟ هل تعتقد أنّ هذا يبعث على السرور»؟

ـ ومِمَّ يشكو القبقاب؟ إنّه حذاء جميل فعلاً؟

ـ جميل إذا أردت تناول الغداء في الريف لكنّه لا يلائم المدينة.

ـ لكنّك تبدين لي أنيقة دومًا في نظري.

قالت بحزن:

ـ لأنّك لا تفهم شيئًا في الأناقة يا عزيزي. هزّت كتفيها هازئة: «أنت لا تعرف كيف تكون حياة امرأة لم تصل إلى مبتغاها».

وضع يده على يدها الرقيقة: «ستصلين إلى مبتغاك. تعالي نذهب ويلتقط الصحافيّون لك صورًا في «ليزيل بوروميه»».

سألت وهما ينزلان الدرج:

ـ ألديك سيّارة؟

ـ لا، سنأخذ التاكسي.

ـ ولماذا لا تملك سيّارة خاصّة بك؟

ــ ألم تلاحظي بعد أنّني لست ثريًّا؟ وإلاّ لجعلتك ترتدين أجمل أحذية في باريس!

عندما أصبحا في السيّارة سألت: «لماذا لست ثريًّا؟ أنت أشدّ ذكاء من أمّي ودودول؟ ألا تحبّ المال؟».

ــ الجميع يحبّونه. لكن، لكي يكون لديك المال فعلاً، يجب أن تحبّيه أكثر من أيّ شيء آخر.

فكّرت جوزيت ثم قالت: «لا أحبّ المال حبًّا بالمال، بل لأنّني أحبّ الأشياء التي نشتريها به».

طوّق كتفيها بذراعه: «ربّما جعلتنا مسرحيّتي من الأثرياء. عندئذٍ، سنشتري لك الأشياء التي تحبّينها».

ــ وهل ستصحبني إلى مطاعم جميلة؟

ــ أحيانًا.

إلاّ أنّه شعر بالاستياء وهو يتقدّم في البستان المزهر تحت أنظار النساء اللواتي يرتدين ملابسهنّ بكثير من الزهو، والرجال ذوي الوجوه الملمّعة. جنبات الورد، الزيزفون القديم، غبطة المياه إذ تتراقص أشعّة الشمس فوق صفحتها، كل هذا الجمال البخس تركه عديم الحسّ، وتساءل: «ماذا جئت أفعل هنا؟».

قالت جوزيت بحماس: «هذا جميل، أليس كذلك؟ أعبد الريف». ابتسامة عريضة حوّلت وجهها الخاضع متجلّيًا وابتسم هنري هو أيضًا: «المكان جميل جدًّا: ماذا تريدين أن تأكلي؟».

قالت جوزيت بأسى:

ــ أعتقد أنّني سأطلب كريب فروت ولحمًا مشويًّا فأنا أخضع لحمية غذائيّة.

كانت تبدو فتيّة جدًّا في ثوبها الأخضر الذي يكشف عن ذراعيها الناعمتين والمكتنزتين. وفي العمق، كانت تبدو طبيعيّة بالرغم من أزيائها التي تظهرها كامرأة متصنّعة. وكان طبيعيًّا أيضًا أن تكون لديها هذه الرغبة في النجاح والظهور وارتداء الثياب والاستمتاع بالحياة. وكان مدعاة للفخر هذا الإعلان الصادق عن رغباتها دون أن تهتمّ بمعرفة ما إذا كانت نبيلة أم سخيفة. حتى ولو حدث وكذبت، كانت صادقة أكثر من بول التي لا تكذب أبدًا. إذ ثمّة خبث في هذا السعي الدائم للظهور بمظهر النبلاء الذي أحاطت بول نفسها به. تخيّل هنري القناع المتعالي الذي سترتديه لتواجه به هذا الترف السهل، وأيضًا البسمة المتفاجئة لدوبروي والنظرات الجفلة لآن. سيهزّون جميعهم رؤوسهم بامتعاض لدى نشر المقابلة والصور المرفقة بها.

فكّر: «هذا صحيح! جميعنا طهرانيّون قليلاً وأنا أيضًا. هذا لأنّنا نكره أن يصنّفنا الآخرون من سعداء الحظّ». كان يودّ أن يتجنّب هذا الغداء لكي يتفادى الظهور بمظهر أنّه قادر على تحمّل كلفته. «ومع ذلك، حين أكون في «لو بار روج» برفقة الأصدقاء، لا أهتمّ للمال الذي أنفقه في سهرة واحدة».

انحنى صوب جوزيت:

ــ هل أنت سعيدة؟

ــ آه! أنت لطيف جدًّا. ليس هناك إلاّ أنت!

ليس غبيًّا لكي يضحّي بهذه الابتسامة لقاء محرّمات سخيفة! مسكينة جوزيت، لم تتسنّ لها فرصة الابتسام. «النساء لسن سعيدات بطبيعتهنّ»، فكّر وهو ينظر إليها. كانت قصّته مع بول

تنتهي بشكل مُحزن. ونادين، لم يستطع أن يقدّم لها شيئًا. أمّا جوزيت.. فمعها سيكون الأمر مختلفًا. تريد الوصول إلى النجاح وسيساعدها في تحقيق أمنيتها. ابتسم للصحافيّين اللذين كانا يقتربان منهما.

بعد ساعتين، عندما أودعته سيّارة تاكسي أمام المبنى حيث يسكن لامبير، كانت نادين تجتاز الباب الكبير ذا المصراعين. ابتسمت له بمودّة. كانت تعتبر أنّها أدّت دورها على أكمل وجه في قصّتهما وكانت دومًا ودودة جدًّا معه.

ـ عجبًا! أنت أيضًا تزوره! هذا اليتيم العزيز يحظى برعاية ممتازة!

نظر إليها هنري بشيء من الاستنكار: «ليست القصّة مثيرة للضحك»!

قالت نادين:

ـ ولماذا يزعجه أن يموت ذاك الوغد العجوز؟ رفعت كتفيها هازئة «أعرف أنّه يفترض بي أن أكون من أخوات المحبّة والإحسان والمؤاساة وما إلى ذلك. لكنّي لا أستطيع. اليوم كنت مفعمة بالنوايا الحسنة ثم حضر فولانج فولّيت هاربة».

ـ فولانج في الأعلى؟

ـ نعم، لامبير يراه غالبًا.

لم يستطع هنري أن يتبيّن إذا كان هناك لؤم ما في نبرة صوتها المتكاسلة.

ـ سأصعد في جميع الأحوال.

ـ أتمنّى لك جلسة طيّبة.

صعد الدرج بهدوء. كان لامبير يرى فولانج غالبًا: لماذا لم يقل له هذا. «خاف أن يتسبّب بإزعاجي»، وهذا صحيح. قرع الجرس. ابتسم لامبير دون حماس.

ــ آه! هذا أنت! لطف منك...

قال لويس:

ــ أيّة صدفة سعيدة! لم نتقابل منذ أشهر!

ــ أشهر!

التفت هنري إلى لامبير. بدا يتيمًا جدًّا في طقمه القطني الذي كانت أردافه مبطّنة بالقماش الأسود حدادًا. لو كان والد السيّد لامبير حيًّا لكان استحسن هذا الطقم وهذه الأناقة الكلاسيكيّة: «ربّما لم تكن لديك رغبة في الخروج من المنزل هذه الأيّام، لكن اجتماعًا هامًّا سيُعقد بعد الظهر في مكتب دوبروي. سيتعيّن على إدارة «*L'Espoir*» اتّخاذ قرارت حاسمة. أودّ لو ترافقني!».

في الواقع، لم يكن محتاجًا للامبير، لكنّه رغب في أن ينتزعه ممّا يجترّه من الذكريات.

قال لامبير: «رأسي منشغل بأمور أخرى». ثم ارتمى في الكنبة وقال: «فولانج متأكّد من أنّ أبي لم يمت جرّاء حادث عارض. لقد قُتل».

ارتعش هنري:

ــ قُتل؟

قال لامبير:

ــ الأبواب لا تُفتح وحدها. لم ينتحر وقد بُرّئ لتوّه.

قال لويس:

ـ ألا تذكر قصّة موليناري بين ليون وفالنس؟ ألا تذكر قصّة بيرال؟ هما أيضًا سقطا من القطار بعد تبرئتهما.

قال هنري:

ـ والدك كان مسنًا وتعبًا. لا بدَّ أنّ الانفعال الذي أثارته المحاكمة أحدث فيه اضطرابًا عميقًا.

هزَّ لامبير رأسه:

ـ أعرف من قام بذلك! لن يفلت منّي!

تشنّجت يدا هنري. هذا ما كان يشغل باله منذ ثمانية أيّام. هذا الشكّ. فكّر وهو يتوسّل في سرّه «لا، ليس فنسان، لا هو ولا غيره!» مولينارى وبيرال، لا يحفل بأمرهما. وربمّا كان السيّد لامبير العجوز نذلاً مثلهما. لكنّه تخيّل من جديد بوضوح جليّ هذا الوجه الذي نزف على قضبان السكّة الحديديّة. وجهه الأصفر الذي تشعّ فيه زرقة العينين المصدومتين. يجب أن يكون ما حصل حادثًا عرضيًّا.

قال لويس:

ـ هناك عصابة مجرمين في فرنسا. هذه حقيقة. نهض: «ما أرعب هذه الأحقاد التي لم تبلغ نهايتها بعد». ساد صمت، ثم قال بصوت متوسّل: «تعال لنتناول العشاء معًا في أحد المساءات المقبلة. لم نعد نراك أبدًا. هذه حماقة منّا. ثمّة أشياء كثيرة أريد أن أحدّثك عنها».

قال هنري بشكل مبهم:

ـ ما إن يتسنّى لي الوقت.

عندما أغلق الباب وراءه، سأل هنري لامبير:

ـ هل كانت تلك الأيّام في ليل مؤلمة؟

رفع لامبير كتفيه وقال بلهجة مفعمة بالضغينة: «يبدو أنّه انتقاص من الذكورة أن تضطرب إذا اغتالوا أباك. بئس الأمر! أعترف بأنّ ذلك أثّر فيّ عميق التأثير!».

قال هنري:

ـ أتفهّم موقفك. ابتسم: «هذه القصص عن الرجولة أفكار من اختراع النساء».

ما هي المشاعر التي اعترت لامبير بالنسبة لوالده؟ لم يكن يشعر إلاّ بالشفقة حياله وها هو يضمر الضغينة على قاتله. لا شكّ أنّ الإعجاب والقرف والاحترام والحنان الخائب، كل هذه المشاعر تختلط في ذهنه الآن. وفي جميع الأحوال، كان هذا الرجل يعني له الشيء الكثير.

قال هنري بصوته الأكثر حنانًا:

ـ لا تبقَ هكذا منعزلاً في ركنك تقضم أظافرك ندمًا. قم بجهد. تعال معي. هذا سيفيدك وستؤدّي لي خدمة.

قال لامبير:

ـ لكنّ صوتي لك في جميع الأحوال.

قال هنري:

ـ أحبّ أن أعرف وجهة نظرك. يدّعي سكرياسين أنّ مسؤولاً سوفياتيًّا كبيرًا فرَّ من الاتحاد السوفييتي وقد زوّده بمعلومات مدهشة ومسيئة تحديدًا لسمعة النظام بالطبع. اقترح على سامازيل أن تساعد «*L'Espoir*» و«*Vigilance*» والـ *S.R.L* في نشرها؟ ولكن

ما قيمتها الحقيقيّة؟ لديَّ نبذ منها في حوزتي لكنّي لا أملك وسيلة لإثباتها.

احتدّ وجه لامبير:

ــ آه! هذا الموضوع يهمّني. ثم نهض فجأة: «هذا يهمّني جدًّا».

عندما دخلا إلى مكتب دوبروي كان وحده مع سامازيل.

قال سامازيل:

ــ اعلموا أنّ نشر المعلومات هذه قبل الجميع سيكون أمرًا مدهشًا. الخطّة الخمسيّة الأخيرة ترقى إلى شهر آذار ونجهل كل شيء عنها تقريبًا. إنّ مسألة معتقلات العمّال ستهزّ الرأي العامّ. إجمالاً لقد طرحت هذه المسألة قبل الحرب. والحزب الذي كنت أنتمي إليه اهتمّ بها، لكن في ذاك الوقت لم تستطع أن تترك صداها بين القرّاء. اليوم، الجميع يجد نفسه مرغمًا على اتّخاذ موقف حيال مشكلة الاتّحاد السوفييتي. وها نحن قادرون على الإضاءة على هذه المسألة من زوايا عديدة.

قال دوبروي وقد بدا صوته ضئيلاً أمام صوت سامازيل الجهوريّ الهادر: «قبل كل شيء، هذا النوع من الشهادات مشبوه لسببيْن. أوّلاً لأنّ المتّهم تصالح لفترة طويلة مع النظام الذي يشهّر به الآن، وثانيًا لأنّه انفصل عن النظام نهائيًّا ولذلك لا يمكننا أن نتوقّع منه ألاّ يتمادى في شنّ هجماته عليه».

سأل هنري:

ــ ماذا نعرف عنه تحديدًا؟

قال سامازيل:

ــ يُدعى جورج بلتوف. كان مديرًا للمعهد الزراعي في

تبريوكا. فرَّ منذ شهر من المنطقة الروسيّة الألمانيّة في المنطقة الغربيّة. وهويّته مؤكّدة بشكل تامّ.

ـ لكن ليس هواه السياسي، قال دوبروي.

بدا سامازيل نافد الصبر: «في جميع الأحوال درست الملفّ الذي أرسله إلينا سكرياسين. الروس أنفسهم يعترفون بوجود معتقلات العمّال وما يسمّى بالاحتجاز الإداري.

قال دوبروي:

ـ حسناً لكن كم يبلغ عدد الرجال في هذه المعتقلات، هنا تكمن المسألة كلّها.

قال لامبير:

ـ عندما كنت في ألمانيا السنة الفائتة، أخبرونا أنّه لم يكن عدد المعتقلين في بوشنفالد بهذا الحجم إلاّ منذ التحرير الروسي.

قال سامازيل:

ـ خمسة عشر مليوناً تبدو لي فرضيّة معقولة.

ردّد لامبير:

ـ خمسة عشر مليوناً!

أحسّ هنري بغصّة في حلقه. سمعهم يتحدّثون عن هذه المعسكرات لكن بطريقة مبهمة، ولم تستوقفه الأقاويل ظنّاً منه أنّها ملفّقة! أمّا بالنسبة لهذا الملفّ بالذات، فقد تصفّحه دون اقتناع. كان يرتاب بسكرياسين. على الورق، بدت له الأرقام خياليّة بقدر الأسماء بنغمتها الغريبة. لكنّ المسؤول الروسي الذي نقل هذه الأخبار موجود ودوبروي يأخذ هذه المسألة على محمل الجدّ. تجاوز الحقيقة يريح المرء لكنّه لا يعطي فكرة عن واقع الأمر. كان

في «ليزيل بوروميه» برفقة جوزيت. كان الطقس جميلاً وكانت تخطر على باله بعض الهواجس الأخلاقيّة الصغيرة التي يسهل تجاهلها، فيما، وفي كل أنحاء الأرض، هناك أناس يُستغلّون ويُجوّعون ويُقتلون.

دخل سكرياسين بسرعة إلى الغرفة فاتّجهت جميع الأنظار إلى المجهول ذي الشعر الأسود والفضّيّ والعينين البرّاقتين الشبيهتين بكرتين من فحم الأنتراسيت. كان يتبع سكرياسين مقطّب الجبين، جامد الوجه وكأنّه وُلد ضريرًا. كان حاجباه الفاحمان يلتقيان فوق قمّة أنفه الحادّة. كان طويل القامة وفي غاية الأناقة.

قال سكرياسين:

ـ صديقي جورج. سنحتفظ بهذا الاسم موقّتًا. نظر من حوله: «هل المكان آمن تمامًا؟ أيعقل أن ينصت أحد إلى حديثنا؟ من يسكن في الطابق العلوي؟»،

قال دوبروي:

ـ هناك أستاذ بيانو مسالم للغاية والساكنون في الطوابق السفليّة في عطلة».

إنّها المرّة الأولى التي لم يخطر فيها لهنري أن يهزأ من تصرّفات سكرياسين المدّعية: كانت هذه القامة الكبيرة القاتمة قربه تضفي على المشهد جلالاً مثيرًا للقلق. جلس الجميع. قال سكرياسين: «جورج يتقن الروسيّة والألمانيّة وفي حوزته وثائق سيتحدّث عنها باختصار ويعقّب عليها من أجلكم. من بين جميع المسائل التي يريد أن يلقي عليها أضواء كاشفة للحقيقة المرعبة هي

مسألة معسكرات العمّال التي تتّسم بالأهمِّيّة الكبرى. سينطلق منها إذًا.

قال لامبير محتدًّا:

ــ ليتكلّم الألمانيّة.

قال سكرياسين:

ــ كما تشاؤون. ثم توجّه إلى جورج ببضع كلمات روسيّة فهزّ رأسه دون أن يهتزّ قناعه. بدا وكأنّ هذه الضغينة المؤلمة والثابتة التي تعتمل في داخله تشلّ حركة جسده. وفجأة أخذ يتكلّم. بقيت نظرته جامدة وكأنّها مستغرقة في رؤى لا تمتّ إلى هذا العالم بصلة. لكن من فمه الميت تصاعد صوت متلوّن النبرات، شغوف، جافّ، مؤثّر. كان لامبير يركّز نظره على شفتيه وكأنّه تعلّم أن يتهجّأ لغة الخرسان.

قال لامبير:

ــ يقول إنّه يجب علينا أن نفهم أوّلاً أنّ معسكرات العمّال ليست ظاهرة عرضيّة يمكن أن نتوقّع إلغاءها ذات يوم. إنّ برنامج الاستثمار الذي اقترحته الدولة السوفييتية يقتضي وجود زيادات لا يمكن تحقيقها إلاّ عبر عمل إضافيّ. إذا انخفض استهلاك العمّال الأحرار إلى مستوى معيّن، فإنّ إنتاجيّة العمل ستنخفض بدورها. لذا عمدوا إلى خلق طبقة عمّاليّة مستغلّة لا تتلقّى مقابل الحدّ الأقصى من العمل إلاّ الحدّ الأدنى الذي يبقيها على قيد الحياة. إنّ مثل هذا المخطّط لا يمكن أن يُنفذ إلاّ في إطار نظام معتقليّ.

خيّم صمت شبيه بصمت القبور على المكتب. ما من حركة. تابع جورج الكلام وحوّل لامبير من جديد الصوت المأسويّ إلى

كلمات مفهومة: «إنّ العمل التصحيحيّ وُجد منذ بداية النظام. لكن في عام ١٩٣٤، ادّعت مفوّضيّة الشعب للشؤون الداخليّة بأنّ لها الحقّ في اعتقال عمّال داخل معسكر العمل لفترة لا تتعدّى خمس سنوات. بالنسبة للعقوبات التي تتطلّب وقتًا أطول كان الحكم الأوّليّ الصادر بحقّ المساجين ضروريًّا. أُفرغت المعسكرات في جزء منها بين ١٩٤٠ و١٩٤٥. فأُلحق الكثير من السجناء بالجيش فيما قضى الآخرون جوعًا. لكن منذ سنة عادت وامتلأت مجدّدًا».

أخذ جورج يشير على الأوراق المبسّطة أمامه إلى أسماء وأرقام، ولامبير يترجم تباعًا. كاراغاندا، ترازدسكوي، أوزبك، ليست مجرّد كلمات فقط بل أسماء سهوب متجلّدة ومستنقعات وأكواخ متعفّنة حيث يعمل رجال ونساء لمدّة ١٤ ساعة في اليوم لقاء ٦٠٠ غرام من الخبز. كانوا يموتون من البرد وداء الحفر والإسهال والإرهاق. وحين يصبحون واهنين عاجزين عن العمل، يُنقلون إلى المستشفيات وهناك يُخضعون لتجويع قسريّ حتى الموت. فكّر هنري ساخطًا «لكن، أيعقل أن يكون هذا صحيحًا؟» كان جورج مشبوهًا، وكانت روسيا نائية جدًّا وكانت أشياء كثيرة تُروى! نظر إلى دوبروي. بدا وجهه مغلقًا، خاليًا من أيّ تعبير. لا بدّ أنّه اختار الشكّ. الشكّ هو الدفاع الأوّلي، لكن يجب عدم الركون إليه هو أيضًا. فكل هذه الأشياء التي تُروى تحمل في طيّاتها حقائق لا يُستهان بها. خالج هنري الشكّ في عام ١٩٣٨ بأنّ الحرب ستندلع، وارتاب عام 1940 بوجود غرف الغاز، لكنّ الحرب اندلعت وغرف الغاز وُجدت. ربّما كان جورج يبالغ، لكنّه لم يخترع كل شيء. وضع هنري على ركبتيه الملفّ السميك وفتحه. كل ما قرأه

شارد الذهن منذ ساعتين يتّخذ الآن معنى رهيبًا. كانت هناك نصوص رسميّة مترجمة إلى الإنكليزيّة وتُسلّم بوجود المعسكرات. ولا يمكننا أن نرفض، دفعةً واحدةً، كلَّ هذه الشهادات الصادرة، بعضها عن مراقبين أميركيّين، وبعضها الآخر عن المعتقلين الذين سُلّموا إلى النازيّين ثم وجدوا أنفسهم في سجون السوفييت، وإلاّ اتُّهمنا بسوء النيّة. مستحيل نكران الأمر: في الاتّحاد السوفييتي يستغلّ أناس أناسًا آخرين حتى الموت!

عندما صمت جورج، خيّم على المكان صمت مطبق.

قال سكرياسين:

ـ لقد قبلتم، بمازوشيّة تتّفق مع طبيعة المثقّفين، فكرة إقامة ديكتاتوريّة الفكر. لكن هذه الجرائم المرتكبة بحقّ الإنسان وحقّ كل إنسان، هل يمكنكم تقبّلها؟

قال سامازيل:

ـ يبدو لي الجواب بديهيًّا.

قال دوبروي بلهجة جافّة:

ـ «أستميحك المعذرة. بالنسبة لي، أجد أنّ الأمر مدعاة للشكّ. لا أعرف لماذا هرب صديقك ولا أعرف لماذا تعاون لهذه الفترة الطويلة مع هذا النظام الذي يندّد به أمامنا. أعتقد أنّ له أسبابه المحقّة. لكن لا أريد المجازفة بأن أساند مؤامرة مناهضة للاتّحاد السوفييتي. على أيّة حال، لسنا مؤهّلين لإعطائكم ردّنا باسم الـ S.R.L لأنّ نصف أعضاء اللجنة موجودون فقط.

قال سامازيل:

ـ إذا اتّفقنا فستكون الغلبة لقرارنا بالتأكيد.

ـ لكن، كيف بإمكانكم التردّد! قال لامبير وعلامات الاستنكار بادية على وجهه. «افرضوا أنّ ربع ما يقوله صحيح فينبغي إعلان ذلك عبر مكبّرات الأصوات كلّها. أنتم لا تعرفون ما معنى كلمة معسكر! سواء كان روسيًّا أم نازيًّا؛ فالأمر سيّان: لم نحارب البعض لكي نشجّع البعض الآخر على ارتكاب ما كنّا نشكو منه».

هزّ دوبروي كتفيه استخفافًا وقال: «ليست المسألة متعلّقة بتغيير النظام في الاتّحاد السوفييتي ولكن فقط بتركيز جهودنا اليوم في فرنسا لصقل فكرتنا عنه».

قال لامبير:

ـ لذا هذه القضيّة تعنينا مباشرةً.

أجاب دوبروي:

ـ حسنًا، لكنّنا سنكون مجرمين إذا تورّطنا في إعلان موقفنا من القضيّة دون معلومات وافية.

قال سكرياسين:

ـ تقصد القول إنّك تشكّ بالمعلومات التي يقدّمها جورج؟

ـ لا أعتبرها إنجيلاً.

ضرب سكرياسين بقبضته الملفّ الموضوع على المكتب:

ـ وكل هذه المعلومات ماذا تفعل بها؟

هزّ دوبروي رأسه:

ـ أعتبر أنّ أيًّا من الوقائع لا تشكّل أدلّة دامغة لا يمكن ردّها.

أخذ سكرياسين يتكلّم الروسيّة بذرابة وكان جورج يجيبه بصوت بارد.

ـ جورج يقول إنّه يتكفّل بتزويدكم ببراهين دامغة. أرسلوا أحدًا

ما إلى ألمانيا الغربيّة. لديه أصدقاء هناك يستطيعون إعطاءكم معلومات دقيقة عن المعسكرات الخاضعة لنفوذ السوفييت. ومن ثم وجدت في أرشيفات الرايخ بعض الوثائق التي نقلت إلى الاتّحاد السوفييتي بعد المعاهدة الألمانيّة ـ السوفييتية وهي تشير إلى أرقام يمكنكم الاطلاع عليها.

قال لامبير:

ـ سأذهب إلى ألمانيا وفي الحال.

نظر إليه سكرياسين نظرة استحسان وقال:

ـ مُرّ لرؤيتي. إنّها مهمّة حسّاسة ويجب التحضير لها بعناية. ثم التفت إلى دوبروي: «إذا وقفت على صحّة الإثباتات وحصلت على الوثائق التي تطلبها فهل تتكلّم؟».

قال دوبروي نافد الصبر:

ـ ائتني بإثباتاتك واللجنة تقرّر. وبانتظار ذلك ما تقولونه يعتبر مجرّد ثرثرة.

نهض سكرياسين ونهض معه جورج: «أطلب منكم جميعًا السرّيّة التامّة بالنسبة لهذا الحديث الذي أجريناه للتوّ. حرص جورج على أن يلتقي بكم شخصيًّا لكنْ بوسعكم أن تتخيّلوا الأخطار التي تتهدّده في مدينة كباريس».

هزوّا رؤوسهم بشكل مطمئن. انحنى جورج لتحيّتهم بوقار صارمٍ وتبعه سكرياسين دون أن يزيد كلمة.

قال سامازيل:

ـ يؤسفني أن ترفضوا هذه المسألة نظرًا لأهمّيّتها. ليس من شكّ في صحّة ما يُقال. يمكننا أن ننشر فورًا مقتطفات عن الانتهاكات

التي يمارسها هذا النظام، وهذا كافٍ لإثارة الرأي العامّ.

قال دوبروي:

ـ إثارة الرأي العامّ ضدّ الاتّحاد السوفييتي! هذا بالضبط ما يجب تفاديه وخصوصًا في هذه المرحلة.

قال سامازيل:

ـ لكن ليس اليمين هو الذي سيفيد من هذه الحملة بل حركة الـ *S.R.L* وهي بحاجة لها فعلاً! الوضع تغيّر منذ الانتخابات. «إذا استمررنا في مراعاة الطرفين، فسيقضى على الـ *S.R.L* إنّ نجاح الشيوعيّين سيدفع بالكثير من المتردّدين للالتحاق بالحزب الشيوعي وبالكثير من المذعورين للارتماء في أحضان الرجعيّة. بالنسبة للمتردّدين، لا يمكننا فعل شيء. أمّا بالنسبة للخائنين فيمكننا أن نجتذبهم إلينا إذا هاجمنا الستالينيّة صراحة وسعينا إلى إقامة تكتّل يساري مستقلّ عن موسكو».

قال دوبروي:

ـ مضحك هذا اليسار الذي سيجمع مناهضين للشيوعيّة حول برنامج مناهض للشيوعية!

قال سامازيل مغتاظًا:

ـ تعرف ما الذي سيحصل إذا استمررنا على هذه الحال لمدّة شهرين. لن يعود هناك ما يسمّى بالـ *S.R.L* بل كل ما سيتبقّى مجرّد حفنة صغيرة من المثقّفين التابعين للشيوعيّين، الذين يحتقّرهم الشيوعيّون ويتلاعبون بهم في آن.

قال دوبروي:

ـ لا أحد يتلاعب بنا.

كان هنري يستمع إلى هذه الأصوات المضطربة وكأنّه خلف الضباب لا يتبيّن له طريقًا. مصير الـ *S.R.L*؟ لم يعد يحفل به. إلى أيّ حدّ كان جورج يقول الحقيقة؟ تلك هي المسألة الوحيدة. إلاّ إذا كان قد كذب على طول الخطّ. وإلاّ سيكون مستحيلاً من الآن فصاعدًا الحكم على الاتّحاد السوفييتي كما حكمنا عليه من قبل. كل الأمور تحتاج إلى إعادة نظر. ودوبروي، لم يكن يريد إعادة النظر في شيء. كان يركن إلى الشكّ وسامازيل يتحيّن هذه الفرصة لكي يعبّر عن نقمته ضدّ الشيوعيّين. وهنري لم يكن يريد القطيعة معهم. لكنّه لا يريد الكذب على نفسه. نهض وقال: «المسألة كلّها هي في معرفة ما إذا كان جورج يكذب أم لا. وبانتظار جلاء الحقيقة، فإنّ كلامنا أشبه بالصوت في البريّة».

قال دوبروي:

ـ هذا رأيي أيضًا.

خرج لامبير وسامازيل بالتزامن مع هنري. ما إن أُغلق الباب خلفهما حتى همهم لامبير: «صحيح ما يقال عن أنّ دوبروي مُرتهن! يريد التعتيم على هذه القضيّة ووأدها في المهد، لكن هذه المرّة لن يستطيع أن يثنينا عن قرارنا».

قال سامازيل:

ـ لسوء الحظّ، اللجنة تخضع له دومًا. في الواقع الـ *S.R.L* هي دوبروي.

قال لامبير:

ـ لكن «*L'Espoir*» ليست مضطرة للخضوع لسلطة الـ *S.R.L*.

ابتسم سامازيل:

ـ آه! إنّها مسألة خطيرة تلك التي طرحتها لتوّك! ثم أضاف بلهجة حالمة: «بالطبع إذا قرّرنا الكلام حالاً فإنّ أحدًا لن يستطيع منعنا!».

نظر إليهما هنري مندهشًا وقال:

ـ هل تخطّطان لقطيعة بين الجريدة والحركة؟ ماذا دهاكما؟

قال سامازيل:

ـ وفقًا للمنطق الذي تسير به الأمور حاليًّا لن تصمد الحركة أكثر من شهرين. وأتمنّى أن تستمرّ الجريدة على قيد الحياة بعد انهيار الحركة!

ابتعد سامازيل مبتسمًا ابتسامته العريضة. استند هنري إلى الحاجز على الرصيف:

ـ أتساءل ما الذي يخطّط له!

قال لامبير:

ـ يتمنّى أن تعود جريدة «*L'Espoir*» مطلقة اليد. إنّه محقّ! هناك عادوا إلى ممارسة أساليب الاستعباد. وهنا يمارسون هويّة القتل! ويريدون أن نقف مكتوفي الأيدي!

نظر هنري إلى لامبير:

ـ في حال اقترح سامازيل القطيعة، لا تنسَ وعدك بمساندتي في جميع الظروف!

قال لامبير:

ـ موافق! إلاّ أنّني أحذّرك: إذا أصرّ دوبروي على التعتيم على القضيّة فسأترك الجريدة وأعيد بيع حصصي فيها.

قال هنري:

ـ اسمع! لا نستطيع أن نقرّر شيئًا قبل أن نتثبّت من الوقائع.

ـ ومن يقرّر إذا كانت دامغة؟

ـ اللجنة.

ـ اللجنة هي دوبروي. وإذا كان منحازًا فانحيازه يمنعه من الاعتراف بالحقيقة!

قال هنري معاتبًا:

ـ لكنّ الاقتناع دون أدلّة هو أيضًا انحياز.

قال لامبير محتدًّا:

ـ لا تخبرني أنّ جورج اخترع كل هذا! لا تقل لي إنّ كل هذه الوثائق كانت مزيّفة! تفرّس في هنري مرتابًا: «هل أنت موافق على أنّه إذا كانت هذه هي الحقيقة فيجب قولها؟».

قال هنري:

ـ نعم.

ـ حسنًا سأنطلق إلى ألمانيا في أقرب وقت ممكن وأقسم لك إنّني لن أضيّع وقتي هناك. ابتسم: «هل تريد أن أوصلك إلى مكان ما؟».

ـ لا شكرًا، سأتمشّى قليلاً.

سيذهب لتناول العشاء عند بول ولم يكن مستعجلاً لموافاتها. أخذ يمشي بخطى متمهّلة. قول الحقيقة: لم يطرح هذا مشاكل حقيقيّة حتى الآن. قال نعم للامبير دون تردّد وكان جوابه أشبه بردّة الفعل الارتكاسيّة. لكن في الواقع، لم يكن يعرف ما الذي يجدر به أن يصدّقه ولا ما الذي يتوجّب عليه فعله. لم يعد يعرف شيئًا. كان يعاني من الصداع وكأنّه تلقّى ضربة قويّة على رأسه. لا شكّ أنّ

جورج لم يخترع كل شيء. ولعلّ كل ما قاله صحيح. كانت هناك معسكرات حيث تحوّل خمسة عشر مليون نسمة إلى أشباه نـــاس؛ لكن، بفضل هذه المعسكرات هُزمت النازيّة. وفـــي تلـــك الـــبلاد الشاسعة التي هي في طور البناء تتجسّد الفرصة الوحيـــدة لألـــف مليون من أشباه الناس الذين يتضوّرون جوعًا في الصين والهنـــد، الفرصة الوحيدة لملايين العمّال الخاضعين لظـــروف لاإنـــسانيّة، فرصتنا الوحيدة. تساءل بخشية «هل ستفوتنا هذه الفرصـــة هـــي أيضًا؟». ثم تنبّه إلى أنّه لم يطرح قطّ هذه المسألة على بساط البحث بشكل جدّي. يعرف الممارسات الشاذّة والتجاوزات التي يرتكبهـــا النظام في الاتّحاد السوفييتي لكن هذا لـــن يحـــول دون انتـــصار الاشتراكيّة يومًا في الاتّحاد السوفييتي، الاشتراكيّة الصحيحة، تلـــك التي تتصالح فيها العدالة والحرِّيّة، وهذا بفضل الاتّحاد السوفييتي. إذا تخلّى عن هذا اليقين هذا المساء فإنّ المستقبل بأكمله ســـتلتهمه الظلمات: لن نلمح بارقة أمل في أيّ مكان آخر: «أمن أجـــل هـــذا ربّما ألوذ بالشكّ؟ هل أرفض مثل هذه البداهة على سبيل الجبن. إذا لم يعد هناك زاوية في الأرض نستطيع التطلّع إليها بـــشيء مـــن الثقة، فإنّ الهواء سيصير خانقًا. لكن هل أخدع نفسي فيما لو تقبّلت راضيًا صور الرعب؟ ألأنّني لا أستطيع التحـــالف مـــع الاتحـــاد السوفييتي أحاول أن أجد عزاءً ما في كرهه جذريًّا. ليتنا نـــستطيع أن نكون معه كلِّيًّا أو ضدّه كلِّيًّا. لكن لكي نكون ضـــدّه، يجـــب أن نعرض بدائل أخرى نقدّمها للبشر. ومن البديهي أنّ الثـــورة إمّـــا تُصنع في الاتّحاد السوفييتي أو لا تُصنع. لكن، إذا كـــان الاتّحـــاد السوفييتي يستبدل فقط نظامًا قمعيًّا بنظام آخر مماثل، أو إذا كـــان

عاد إلى ممارسة أشكال أخرى للاستعباد فكيف بالإمكان والحالة هذه الحفاظ على الحدّ الأدنى من العلاقة معه؟ «ربّما كان الشرّ في كل مكان». تذكّر تلك الليلة في سيفين حيث غفا بلذّة في أحضان البراءة. إذا كان الشرّ في كلّ مكان فهذا يعني أنّ البراءة غير موجودة. مهما فعل، فهو على خطأ. مخطئ لأنّه ينشر حقيقة مجتزأة، ومخطئ أيضًا لأنّه يحجب حقيقة حتّى لو كانت مجتزأة. نزل إلى الضفّة. إذا كان الشرّ في كل مكان، فليس هناك من خلاص للبشريّة ولا لنفسه. هل يجدر أن يصل به الأمر إلى هذا الحدّ من التفكير؟ بذهول جلس يتأمّل الماء المنساب أمام ناظريه.